W0070463

Vladimir Nabokov
Gesammelte Werke

Herausgegeben
von Dieter E. Zimmer

Band III

Rowohlt

Vladimir Nabokov

Gelächter im Dunkel
Verzweiflung
Camera obscura

Frühe Romane 3

Rowohlt

Die Originalausgabe von
«Gelächter im Dunkel» erschien 1938
unter dem Titel «Laughter in the Dark»
im Verlag Bobbs-Merrill Company, New York,
die von «Verzweiflung» 1966 unter dem
Titel «Despair» bei G. P. Putnam's Sons, New York.
«Camera obscura» wurde als «Kamera obskura»
1933 in Berlin, Sowremennyje Sapiski / Parabola,
veröffentlicht.

1. Auflage dieser Ausgabe September 1997
Copyright © 1997 by Rowohlt Verlag GmbH,
Reinbek bei Hamburg
«Gelächter im Dunkel» Copyright © 1962 by
Rowohlt Taschenbuch Verlag GmbH,
1997 by Rowohlt Verlag GmbH, Reinbek bei Hamburg
«Laughter in the Dark» Copyright © 1938 by Bobbs-Merrill
Company, New York,
Copyright © renewed 1965 by Vladimir Nabokov
«Verzweiflung» Copyright © 1972 by Rowohlt Taschenbuch
Verlag, Reinbek bei Hamburg
«Despair» Copyright © 1965, 1966 by Vladimir Nabokov
«Camera obscura» Copyright © 1997
by Rowohlt Verlag GmbH, Reinbek bei Hamburg
«Kamera obskura» Copyright © 1933 by Vladimir Nabokov,
Copyright © renewed 1961 by Vladimir Nabokov
Veröffentlicht im Einvernehmen mit The Estate of
Vladimir Nabokov
Alle deutschen Rechte vorbehalten
Schutzumschlag und Einbandgestaltung
von Walter Hellmann
Gesetzt aus der Janson (Linotron 505)
Gedruckt und gebunden von Clausen & Bosse, Leck
Printed in Germany
ISBN 3 498 04641 1

Gelächter im Dunkel

Roman

Deutsch von
Renate Gerhardt und
Hans-Heinrich Wellmann,
bearbeitet von
Dieter E. Zimmer

Für Véra

Kapitel 1

Es war einmal ein Mann, der hieß Albinus und lebte in der deutschen Stadt Berlin. Er war reich, angesehen und glücklich; um eines jungen Mädchens willen verließ er eines Tages seine Frau; er liebte; wurde nicht geliebt; und sein Leben endete in einer Katastrophe.

Das ist schon die ganze Geschichte, und wir hätten es dabei bewenden lassen, läge nicht Nutzen und Vergnügen im Erzählen; und wenn auch auf einem Grabstein Raum genug ist, die gekürzte, in Moos gebundene Fassung eines Menschenlebens aufzunehmen, so sind doch Einzelheiten stets willkommen.

Eines Nachts geschah es, daß Albinus ein wunderbarer Einfall kam. Gewiß, es war nicht ganz sein eigener, denn er war ihm beim Lesen eines Satzes von Conrad gekommen (nicht des berühmten Polen, sondern von Udo Conrad, der die Memoiren eines vergeßlichen Mannes schrieb und jene andere Geschichte über den alten Zauberkünstler, der sich in seiner Abschiedsvorstellung selbst wegzauberte). Jedenfalls machte er den Einfall zu seinem eigenen, indem er Zuneigung zu ihm faßte, mit ihm spielte, ihn in sich anwachsen ließ, bis er zu seiner zweiten Natur wurde, und in der Freien Stadt des Geistes macht dergleichen eine Sache zum rechtmäßigen Eigentum. Als Kunstkritiker und Bilderkenner hatte er sich oft damit vergnügt, daß er diesen oder jenen alten Meister Landschaften und Gesichter signieren ließ, die ihm, Albinus, im täglichen Leben begegnet waren: Es verwandelte sein Dasein in eine Bildergalerie – jedes Bild eine köstliche Fälschung. Eines Abends dann, als sich sein gelehrter Verstand beim Schreiben eines kleinen Essays erholte (nichts geradezu Brillantes, er war kein besonders begabter Mann), eines Essays über Filmkunst, da kam ihm der wunderbare Einfall.

Er hing mit farbigen Trickfilmen zusammen – die gerade damals aufgekommen waren. Wie faszinierend müßte es sein, dachte er, wenn man diese Technik dazu verwenden könnte, einige bekannte Bilder, vor allem der Niederländer, werkgetreu mit ihren lebhaften Farben auf der Leinwand zu reproduzieren und dann zum Leben zu erwecken – Bewegung und Gestik in vollkommenem Einklang mit ihrem leblosen Zustand auf dem Bild zeichnerisch weiterzuentwickeln, etwa eine Schenke voll kleinen Volks, das fröhlich an Holztischen zecht, mit einem Durchblick auf einen sonnigen Hof mit gesattelten Pferden – alles wird plötzlich dadurch lebendig, daß der kleine Mann in Rot seinen Krug absetzt, das Mädchen mit dem Tablett sich freiwindet und ein Huhn auf der Schwelle zu picken beginnt. Das Ganze könnte fortgesetzt werden, indem man etwa die kleinen Figuren herauskommen und dann durch die Landschaft desselben Malers spazieren läßt, mit einem braunen Himmel vielleicht und einem zugefrorenen Kanal und Leuten, die auf den drolligen Schlittschuhen von damals jene altmodischen Kurven beschreiben, die das Bild andeutet; oder eine nasse Landstraße im Nebel und ein paar Reiter – um schließlich zur Schenke zurückzukehren und die Figuren und das Licht wieder in die alte Ordnung zu bringen, sie sozusagen wieder seßhaft zu machen und alles mit dem ersten Bild abzuschließen. Dann könnte man es auch mit den Italienern versuchen: in der Ferne der blaue Kegel eines Berges, ein weißer gewundener Pfad, kleine Pilger, die bergan ihres Weges ziehen. Und vielleicht sogar religiöse Themen, aber nur solche mit ganz kleinen Figuren. Und der Zeichner müßte nicht nur eine gründliche Kenntnis des betreffenden Malers und seiner Epoche besitzen, sondern auch mit genügend Talent gesegnet sein, um zwischen den erzeugten Bewegungen und jenen, die der alte Meister fixiert hatte, jeden Mißklang zu vermeiden: Er müßte sie aus dem Bild selbst entwickeln – machen ließe sich das schon. Und die Farben ... natürlich müßten sie viel raffinierter sein als die der Trickfilme. Was für eine Geschichte könnte man erzählen: die Geschichte der Sichtweise eines Künstlers, die glückliche Reise von Auge und Malpinsel, und eine Welt in der Manier dieses Künstlers, getaucht in die Farbtöne, die er selbst gefunden hatte!

Nach einiger Zeit sprach er mit einem Filmproduzenten darüber, aber dieser war nicht im mindesten angetan: Er sagte, es würde eine unendliche Feinarbeit mit sich bringen, würde neue Verbesserungen in der Technik der Animation erfordern und eine Menge Geld verschlingen; sagte, daß ein solcher Film wegen seiner mühseligen Herstellung natürlich nicht länger als ein paar Minuten dauern könnte; daß er selbst dann die meisten Leute zu Tode langweilen und sich als eine allgemeine Enttäuschung erweisen würde.

Dann besprach er die Sache mit einem anderen Filmmenschen, und der rümpfte auch nur geringschätzig die Nase. «Wir könnten mit etwas ganz Einfachem beginnen», sagte Albinus, «ein buntes Glasfenster, das sich belebt, bewegte Heraldik, ein kleiner Heiliger oder zwei.»

«Ich fürchte, das ist nichts», sagte der andere. «Phantasiefilme können wir nicht riskieren.»

Aber Albinus gab seine Idee nicht preis. Schließlich hörte er von einem cleveren Burschen, einem Axel Rex, der ein großes Geschick für Extravaganzen besaß – tatsächlich hatte er ein persisches Märchen gezeichnet, das die intellektuellen Snobs von Paris in Entzücken versetzte und den Mann ruinierte, der das Unternehmen finanziert hatte. So versuchte Albinus, ihn zu sprechen, erfuhr aber, daß er gerade in die Staaten zurückgekehrt sei, wo er Cartoons für eine Illustrierte zeichnete. Nach einiger Zeit gelang es Albinus, sich mit ihm in Verbindung zu setzen, und Rex schien interessiert.

An einem bestimmten Tag im März bekam Albinus einen langen Brief von ihm, aber sein Eintreffen fiel mit einer plötzlichen Krise in Albinus' privatem – sehr privatem – Leben zusammen, so daß der wunderbare Einfall, der sonst fortgelebt und vielleicht eine Mauer gefunden hätte, an der er emporranken und aufblühen konnte, im Laufe der letzten Woche auf seltsame Weise dahingesiecht und gewelkt war.

Rex schrieb, es sei hoffnungslos, weiterhin die Hollywoodleute überreden zu wollen, und unterbreitete dann kaltblütig den Vorschlag, als wohlhabender Mann solle Albinus doch seinen Einfall selber finanzieren; in welchem Falle er, Rex, ein Honorar von soundsoviel (eine erstaunliche Summe) akzeptieren würde, die Hälfte davon im voraus zu zahlen, um etwa einen Breughel-Film zu zeichnen – die Sprichwörter zum Beispiel oder irgend etwas anderes, das Albinus von ihm in Bewegung gesetzt haben wollte.

«Ich an deiner Stelle», bemerkte Albinus' Schwager Paul, ein untersetzter, gutmütiger Mann mit den Clips von zwei Bleistiften und zwei Füllfederhaltern auf seiner Brusttasche, «ich würde es riskieren. Gewöhnliche Filme kosten mehr – ich meine solche mit Kriegen und einstürzenden Häusern.»

«Ja, aber die bringen das Geld auch wieder herein, und meiner nicht.»

«Ich glaube mich zu erinnern», sagte Paul und sog an seiner Zigarre (sie beendeten gerade das Abendessen), «daß du bereit warst, eine beträchtliche Summe dafür zu opfern – kaum weniger als das Honorar, das er verlangt. Nun, was ist denn? Du siehst nicht mehr so begeistert aus wie noch vor kurzem. Du gibst die Sache doch nicht etwa auf?»

«Ich weiß nicht. Es ist die praktische Seite, die mich daran stört; an sich gefällt mir mein Einfall immer noch.»

«Was für ein Einfall?» erkundigte sich Elisabeth.

Das war eine kleine Angewohnheit von ihr – Fragen zu stellen über Dinge, die in ihrer Gegenwart bereits erschöpfend erörtert worden waren. Es war reine Nervosität ihrerseits, nicht Stumpfheit oder Mangel an

Aufmerksamkeit; und noch während sie ihre Frage stellte und hilflos den Satz hinunterschlitterte, merkte sie meist, daß sie die Antwort die ganze Zeit gewußt hatte. Ihrem Mann war diese kleine Angewohnheit bekannt, und sie ärgerte ihn nicht; im Gegenteil, sie rührte und amüsierte ihn. Er fuhr dann ruhig in der Unterhaltung fort und wußte dabei genau (freute sich sogar darauf), daß sie im nächsten Augenblick die Antwort auf ihre Frage selber geben würde. Aber an diesem besonderen Märztag war Albinus in einem solchen Zustand von Gereiztheit, Verwirrung und Elend, daß seine Nerven plötzlich mit ihm durchgingen.

«Lebst du denn auf dem Mond?» fragte er barsch, und seine Frau sah auf ihre Fingernägel und sagte beschwichtigend:

«O ja, jetzt erinnere ich mich.»

Dann wandte sie sich der achtjährigen Irma zu, die kleckernd und schmierend einen Teller voll Schokoladenpudding in sich hineinschlang, und rief:

«Nicht so hastig, Kind, bitte nicht so hastig!»

«Ich überlege gerade», begann Paul und sog an seiner Zigarre, «daß jede neue Erfindung...»

Von seinen eigenartigen Gefühlen beherrscht, dachte Albinus: ‹Was zum Teufel geht mich dieser Rex an, diese idiotische Unterhaltung, dieser Schokoladenpudding...? Ich bin dabei, wahnsinnig zu werden, und keiner weiß es. Und ich kann es nicht aufhalten, es hat keinen Zweck, es auch nur zu versuchen, und morgen werde ich wieder dort hingehen und wie ein Narr in dieser Dunkelheit sitzen – unvorstellbar.›

Gewiß, es war unvorstellbar – um so mehr, als er sich

in all den neun Jahren seines Ehelebens an die Kandare genommen hatte und niemals, niemals... ‹Eigentlich›, dachte er, ‹sollte ich mit Elisabeth darüber sprechen; oder einfach mit ihr eine Weile verreisen; oder einen Psychoanalytiker aufsuchen; oder...›

Nein, man kann nicht einfach eine Pistole nehmen und ein Mädchen abknallen, das man nicht einmal kennt, nur weil man es attraktiv findet.

Kapitel 2

Albinus hatte nie viel Glück gehabt in Herzensdingen. Obwohl er gut aussah, auf eine ruhige, wohlerzogene Art, war es ihm irgendwie nie gelungen, seine Anziehungskraft auf Frauen praktisch zu nutzen – denn sein freundliches Lächeln und die sanften blauen Augen, die ein wenig hervortraten, wenn er angestrengt nachdachte (und da er langsam im Begreifen war, geschah dies öfter als angebracht), hatten etwas durchaus Einnehmendes. Er war ein guter Unterhalter, mit jenem ganz leichten Stocken in seiner Sprechweise, nahezu einem Stottern, das selbst der abgestandensten Phrase frischen Charme verleiht. *Last but not least* (denn er war in einer gemütlichen deutschen Welt zu Hause) hatte ihm sein Vater ein solide investiertes Vermögen hinterlassen; dennoch pflegten Romanzen irgendwie platt zu werden, sobald sie seinen Weg kreuzten.

In seiner Studentenzeit hatte er eine langweilige Liaison der schwergewichtigen Art mit einer traurigen, ältlichen Dame, die ihm später, während des Krieges, purpurrote Socken an die Front schickte, juckende Wollsachen, enorme leidenschaftliche Briefe, mit Höchstgeschwindigkeit in einer wilden, unleserlichen Handschrift auf Pergamentpapier geschrieben. Dann war da die Affaire mit der Frau des Herrn Professors, die er am Rhein getroffen hatte; sie war hübsch, wenn man sie aus einem bestimmten Blickwinkel und in einem bestimmten Licht betrachtete, aber so kalt und spröde, daß er sie bald fallenließ. Schließlich gab es da in Berlin, kurz vor seiner Heirat, eine magere, trübselige Frau mit hausbackenem Gesicht, die an jedem Samstagabend zu kommen pflegte und ihm dann ihre gesamte Vergangenheit in allen Einzelheiten berichtete, immer wieder die gleichen gottverdammten Sachen, matt in seinen Umarmungen seufzte und stets mit der einzigen französischen Redewendung endete, die sie kannte: «*C'est la vie.*» Schnitzer, Mißgriffe, Enttäuschung; sicher war der Cupido, der ihm zu dienen suchte, ein Linkshänder mit fliehendem Kinn und ohne Phantasie. Und neben diesen blassen Romanzen hatte es Hunderte von jungen Frauen gegeben, von denen er geträumt, die er aber niemals kennengelernt hatte; sie waren einfach an ihm vorbeigegangen und hatten ein oder zwei Tage lang jenes hoffnungslose Gefühl hinterlassen, das Schönheit zu dem macht, was sie ist: ein ferner einsamer Baum vor goldenen Himmeln; Lichtkringel an der Innenbeuge einer Brücke; etwas, das sich nicht fangen läßt.

Er heiratete, und obwohl er Elisabeth in gewisser Weise liebte, blieb sie ihm jenen Reiz schuldig, nach dem zu verlangen er müde geworden war. Sie war die Tochter eines bekannten Theaterdirektors, ein geschmeidiges, schmächtiges, blondes Fräulein mit farblosen Augen und rührenden Pickelchen genau über einer kleinen Nase von jener Art, die englische Romanschriftstellerinnen «*retroussée*» nennen (man beachte das sicherheitshalber angehängte zweite e). Ihre Haut war so zart, daß die leichteste Berührung einen rosa Fleck auf ihr hinterließ, der nur langsam verblaßte.

Er heiratete sie, weil es sich einfach so ergab. Die Hauptverantwortung für ihre Ehe trug ein Ausflug in die Berge mit ihr samt ihrem fetten Bruder und einer bemerkenswert athletischen Cousine, die sich gottseidank schließlich in Pontresina den Fuß verstauchte. Es war etwas so Zartes, so Ätherisches um Elisabeth, und sie hatte ein so gutmütiges Lachen. Sie wurden in München getraut, um dem Ansturm ihrer zahlreichen Berliner Bekannten zu entgehen. Die Kastanien standen in voller Blüte. Ein sorgsam gehütetes Zigarettenetui ging in einem vergessenen Garten verloren. Einer der Ober im Hotel konnte sieben Sprachen. An Elisabeth zeigte sich, daß sie eine zarte kleine Narbe hatte – die Folge einer Blinddarmentzündung.

Sie war eine anhängliche kleine Seele, fügsam und sanft. Ihre Liebe war von der Lilienart; aber dann und wann entflammte sie, und in solchen Augenblicken wurde Albinus zu dem Glauben verleitet, daß er gar keine andere Liebespartnerin mehr brauchte.

Als sie schwanger wurde, nahmen ihre Augen einen leeren Ausdruck von Zufriedenheit an, als ob sie über jene neue Welt in ihrem Innern nachsänne; ihr achtloser Gang wandelte sich in ein achtsames Watscheln, und gierig verschlang sie eine Handvoll Schnee nach der anderen, die sie eilig zusammenkratzte, wenn gerade niemand hinsah. Albinus versorgte sie, so gut er nur konnte; nahm sie mit auf lange, langsame Spaziergänge;

paßte auf, daß sie früh zu Bett ging und daß Haushalts-
gegenstände mit scharfen Kanten sanft zu ihr waren,
wenn sie sich umherbewegte; aber nachts träumte er
davon, an einem heißen, einsamen Strand einem Mädchen zu begegnen, das sich im Sande rekelte, und gewöhnlich überfiel ihn in solchen Träumen eine plötzliche Angst, von seiner Frau ertappt zu werden. Am
Morgen betrachtete Elisabeth ihren aufgeschwollenen
Körper im Spiegel des Kleiderschranks und lächelte ein
befriedigtes und geheimnisvolles Lächeln. Dann wurde
sie eines Tages in ein Entbindungsheim gebracht, und
Albinus lebte drei Wochen lang allein. Er wußte nichts
mit sich anzufangen; trank ziemlich viel Brandy; wurde
von zwei dunklen Gedanken gequält, jeder von einer
anderen Art von Dunkelheit; der eine war, daß seine
Frau sterben könnte, und der andere, daß er, wenn er
nur ein bißchen beherzter wäre, ein entgegenkommen-
des Mädchen finden und sie in sein leeres Schlafzimmer
bringen könnte.

Würde das Kind je zur Welt kommen? Albinus ging
auf und ab in dem langen, weißgestrichenen, weiß email-
lierten Korridor mit der Alptraumpalme im Blumentopf
oben auf dem Treppenabsatz; alles war ihm verhaßt,
die hoffnungslose Weiße des Hauses und die rotbackigen, raschelnden Krankenschwestern mit weißbeflü-
gelten Köpfen, die ihn ständig zu vertreiben suchten.
Endlich tauchte der Assistenzarzt auf und sagte düster:
«So, es ist alles vorüber.» Vor Albinus' Augen erschien
ein feiner, dunkler Regen, wie das Flimmern eines sehr
alten Films (1910, ein munterer, ruckweise gehender
Leichenzug, dessen Beine sich zu schnell bewegen). Er

stürzte ins Krankenzimmer. Elisabeth war glücklich von einer Tochter entbunden.

Das Baby war zuerst rot und runzlig wie ein Spielzeugballon, dem die Luft ausgeht. Bald jedoch glättete sich sein Gesicht, und nach einem Jahr begann es zu sprechen. Jetzt, im Alter von acht Jahren, war das Mädchen viel weniger zungenfertig, denn es hatte die zurückhaltende Natur seiner Mutter geerbt. Auch seine Heiterkeit war die seiner Mutter – eine seltsam unaufdringliche Heiterkeit. Es war einfach ein stilles Entzücken am eigenen Dasein, mit einem Schuß humorvollen Erstaunens, überhaupt am Leben zu sein – ja, das war der Tenor: todesbewußte Heiterkeit.

Und all diese Jahre hindurch blieb Albinus treu, obgleich ihn die Zwiespältigkeit seiner Gefühle reichlich verwirrte. Er fühlte, daß er seine Frau aufrichtig und zärtlich liebte – sosehr er eben imstande war, ein menschliches Wesen zu lieben; und er war völlig offen zu ihr in allen Dingen, bis auf jenes törichte Verlangen, jenen Traum, jene Begierde, die ein Loch in sein Leben brannte. Sie las alle Briefe, die er schrieb oder erhielt, ließ sich gerne über die Einzelheiten seiner Geschäfte unterrichten – besonders über jene, die den Umgang mit alten, düsteren Bildern betrafen, zwischen deren Rissen man die weiße Kruppe eines Pferdes oder ein dämmerndes Lächeln erkennen konnte. Sie machten ein paar herrliche Auslandreisen, und es gab viele wunderbar stille Abende zu Hause, an denen er mit ihr auf dem Balkon saß hoch über den blauen Straßen, deren Drähte und Schornsteine wie in chinesischer Tusche über den Sonnenuntergang gemalt waren, und darüber nachdachte, daß er tatsächlich glücklicher war, als er es verdiente.

Eines Abends (eine Woche vor dem Gespräch über Axel Rex) bemerkte er auf dem Weg zu einem Café, in dem er eine geschäftliche Verabredung hatte, daß seine Uhr Amok lief (auch dies geschah nicht zum ersten Male) und daß er noch eine ganze Stunde Zeit hatte, ein Geschenk, das irgendwie genutzt werden mußte. Natürlich war es sinnlos, nach Hause zurückzukehren, ans andere Ende der Stadt, doch hatte er auch keine Lust, herumzusitzen und zu warten: Der Anblick anderer Männer mit Freundinnen regte ihn immer auf. So schlenderte er ziellos umher und kam an einem kleinen Kino vorbei, dessen Lichter einen scharlachroten Schein über den Schnee warfen. Er blickte flüchtig auf das Plakat (das einen Mann zeigte, der zu einem Fensterrahmen aufschaute, in dem ein Kind im Nachthemd stand), zögerte – und kaufte eine Eintrittskarte.

Kaum hatte er die samtene Dunkelheit betreten, als auch schon der ovale Strahl einer Taschenlampe auf ihn zuglitt (wie das so üblich ist) und ihn nicht weniger rasch und zügig den dunklen, sacht abfallenden Gang hinabführte. Gerade als das Licht auf die Eintrittskarte in seiner Hand fiel, sah Albinus das geneigte Gesicht des Mädchens, und während er hinter ihr herging, konnte er im Dämmer ihre schmale Gestalt erkennen und die ebenmäßige Schnelligkeit ihrer leidenschaftslosen Bewegungen. Während er sich auf seinen Platz schob, schaute er zu ihr auf, und da zufällig das Licht darauf fiel, sah er wieder den klaren Schimmer ihres Auges und den schmelzenden Umriß einer Wange, die aussah, als wäre sie von einem großen Künstler gegen einen schweren, dunklen Hintergrund gemalt worden. Es war an alldem nichts Außergewöhnliches: Solche Dinge waren ihm schon öfter widerfahren, und er wußte, daß es unklug war, dabei zu verweilen. Sie ging fort, wurde von der Dunkelheit verschluckt, und plötzlich fühlte er sich gelangweilt und traurig. Er war zum Ende des Films hereingekommen: Zwischen umgestürzten Möbelstücken wich ein Mädchen vor einem maskierten Mann mit einer Schußwaffe zurück. Er fand nicht das geringste Interesse daran, Geschehnisse zu betrachten, die er nicht verstand, weil er ihren Anfang nicht kannte.

Als in der Pause die Lichter wieder angegangen waren, sah er sie wieder: Sie stand am Ausgang neben einem scheußlichen, purpurroten Vorhang, den sie gerade zur Seite gezogen hatte, und die hinausgehenden Leute strömten an ihr vorbei. Eine Hand hielt sie in der Tasche ihrer kurzen, bestickten Schürze, und ihr schwarzer Kittel lag sehr eng um Arme und Busen. Fast ehrfürchtig starrte er ihr ins Gesicht. Es war ein bleiches, schmollendes, schmerzlich schönes Gesicht. Er schätzte ihr Alter auf etwa achtzehn.

Als dann fast alle Plätze leer geworden waren und neue Leute sich seitlich in die Reihen schoben, lief sie hin und her, einige Male ganz dicht an ihm vorbei; aber er wandte sich ab, weil es weh tat hinzuschauen und weil er daran denken mußte, wie viele Male Schönheit – oder was er Schönheit nannte – an ihm vorbeigegangen und entschwunden war.

Er saß noch eine halbe Stunde im Dunkel, die vorstehenden Augen auf die Leinwand gerichtet. Dann stand er auf und ging. Sie zog den Vorhang für ihn zur Seite, und leise klapperten die hölzernen Ringe.

‹Ah, aber ich will noch einmal hinschauen›, dachte Albinus unglücklich.

Es schien ihm, daß ihre Lippen ein wenig zuckten. Sie ließ den Vorhang fallen.

Albinus trat in eine blutrote Pfütze; der Schnee schmolz, die Nacht war feucht, die Wasserfarben der Straßenlaternen rannen und zerflossen. «Argus» – guter Name für ein Kino.

Nach drei Tagen konnte er die Erinnerung an sie nicht länger ignorieren. Er war lächerlich aufgeregt, als er dort aufs neue eintrat – wieder in der Mitte von irgend etwas. Alles war genau wie beim ersten Mal: die gleitende Taschenlampe, die langen luiniesken Augen, der rasche Gang in der Dunkelheit, die schöne Bewegung ihres schwarzbekleideten Armes, als sie den Vorhang zur Seite schob. ‹Jeder normale Mann wüßte, was er zu tun hat›, dachte Albinus. Ein Wagen rollte eine glatte Straße mit Haarnadelkurven zwischen Felswänden und Schluchten hinab.

Als er ging, versuchte er, ihren Blick aufzufangen, doch es mißlang. Draußen goß es Strömen, und das Pflaster glomm karmesinrot.

Wäre er nicht zum zweiten Mal dort hingegangen, wäre es ihm vielleicht gelungen, dieses Gespenst von einem Abenteuer zu vergessen, aber nun war es zu spät. Er ging zum dritten Male hin, fest entschlossen, sie anzulächeln – und was für eine verzweifelte Grimasse wäre es geworden, hätte er es zuwege gebracht. Jeden-

23

falls klopfte sein Herz so stark, daß er die Gelegenheit versäumte.

Und am nächsten Tage kam Paul zum Abendessen, sie besprachen die Sache mit Rex, Irma verschlang ihren Schokoladenpudding, und Elisabeth stellte ihre üblichen Fragen.

«Lebst du denn auf dem Mond?» fragte er, und dann versuchte er, seine Ungezogenheit durch ein verspätetes Kichern wiedergutzumachen.

Nach dem Abendessen saß er neben seiner Frau auf dem breiten Sofa, pickte mit kleinen Küssen nach ihr, während sie in einem Modejournal Gewänder und anderes betrachtete, und dumpf dachte er bei sich:

‹Verdammt noch mal, ich bin glücklich, was brauche ich mehr? Dieses Wesen, das da im Dunkeln umgeht... am liebsten würde ich ihr den schönen Hals umdrehen. Nun ja, sie ist ohnehin tot, denn ich gehe dort nicht mehr hin.›

Kapitel 3

Sie hieß Margot Peters. Ihr Vater war Hauswart und hatte im Kriege einen Nervenschock erlitten: Sein grauer Kopf zuckte unaufhörlich, als wollte er ständig allen Kummer und alles Leid bestätigen, und beim geringsten Anlaß geriet er in heftige Erregung. Ihre Mutter war noch recht jung, aber ebenfalls reichlich mitgenommen – eine plumpe, verhärtete Frau, deren rote Hand ein wahres Füllhorn von Schlägen war. Ihr Kopf war gewöhnlich in ein Kopftuch gewickelt, um ihr Haar bei der Arbeit vor Staub zu schützen, aber nach ihrem Großreinemachen am Sonnabend – hauptsächlich ausgeführt mit Hilfe eines Staubsaugers, der auf geniale Weise am Fahrstuhl angeschlossen war – putzte sie sich heraus und machte sich auf Besuchstour. Bei den Mietern war sie unbeliebt wegen ihrer Frechheit und der unverschämten Art, mit der sie den Leuten befahl, ihre Füße auf der Matte abzuputzen. Die Treppe war das Hauptidol ihres Daseins – nicht als Symbol glorreichen Aufstiegs, sondern als etwas, das schön blank bleiben mußte, und ihr schlimmster Alptraum (nach einer zu großen Portion Kartoffeln und Sauerkraut) war somit eine weiße Treppe mit schwarzen Stiefelspuren, erst rechts, dann links, dann wieder rechts und so weiter – bis hinauf zum obersten Treppenabsatz. Wirklich, eine arme Frau und kein Gegenstand des Spottes.

Otto, Margots Bruder, war drei Jahre älter als sie. Er arbeitete in einer Fahrradfabrik, verabscheute das zahme Republikanertum seines Vaters, verbreitete sich in der benachbarten Kneipe über Politik und erklärte, indem er seine Faust auf den Tisch hieb: «Der Mensch muß vor allem einen vollen Bauch haben.» Das war sein Leitmotiv, und obendrein ein recht gesundes.

Als Kind war Margot zur Schule gegangen und hatte dort etwas weniger Ohrfeigen eingefangen als zu Hause. Die geläufigste Bewegung eines jungen Kätzchens ist ein in plötzlichen Serien auftretender kleiner Sprung; die ihre war ein rasches Heben des linken Ellenbogens, um ihr Gesicht zu schützen. Trotz alledem wuchs sie zu einem hellen und temperamentvollen Mädchen heran. Als sie kaum acht Jahre alt war, nahm sie mit viel Vergnügen an den schreienden, schurrenden Fußballspielen teil, die Schuljungen mitten auf der Straße mit einem apfelsinengroßen Gummiball spielten. Mit zehn lernte sie auf dem Rad ihres Bruders zu fahren. Mit bloßen Armen und fliegenden Rattenschwänzen sauste sie die Straße auf und ab; hielt dann an, einen Fuß auf dem Bordstein, ruhend, nachdenklich. Mit zwölf wurde sie weniger ungestüm. Jetzt kamen die Tage, an denen sie am liebsten an der Tür stand und in gedämpftem Ton mit der Tochter des Kohlenhändlers schwatzte, Ansichten über die Frauen austauschte, die einen der Hausbewohner besuchten, oder die vorübergehenden Hüte diskutierte. Einmal fand sie auf der Treppe eine schäbige Handtasche, die ein Stück Mandelseife enthielt, an dem ein dünnes, gebogenes Haar klebte, sowie ein halbes Dutzend sehr eigenartige Photos. Bei einer anderen Gelegenheit küßte sie der rothaarige Junge, der ihr beim Spielen immer ein Bein stellte, auf den Nacken. Dann hatte sie eines Abends einen hysterischen Anfall, wofür sie in kaltes Wasser getaucht wurde und eine anständige Tracht Prügel erhielt.

Ein Jahr später war sie bemerkenswert hübsch geworden, trug ein kurzes rotes Kleid und war verrückt auf Kino. Später erinnerte sie sich an diesen Abschnitt ihres Lebens mit einem seltsamen, bedrückenden Gefühl – die hellen, warmen, friedlichen Abende; das Geräusch von Läden, die für die Nacht verriegelt wurden; ihr Vater, der rittlings auf dem Stuhl vor der Tür saß, seine Pfeife rauchte und mit dem Kopf zuckte; ihre Mutter, die Arme in die Seite gestemmt; der Fliederbusch, der über den Staketenzaun hing; Frau von Bock, die ihre Einkäufe in einem grünen Netz nach Hause trug; das Dienstmädchen Martha, das wartete, bis es mit dem Windhund und zwei Drahthaarterriern über die Straße gehen konnte... Es wurde dunkler. Ihr Bruder kam dann mit ein paar vierschrötigen Freunden, die herumstanden, sie anrempelten und ihr in die bloßen Arme kniffen. Einer von ihnen hatte Augen wie der Filmschauspieler Conrad Veidt. Die Straße, deren Häuser in den oberen Stockwerken noch in gelbes Licht gebadet waren, wurde ganz still. Nur gegenüber spielten zwei kahlköpfige Herren auf einem Balkon Karten, und jede Lachsalve und jedes Kartenknallen war zu hören.

Als sie kaum sechzehn war, befreundete sie sich mit dem Mädchen, das hinter dem Ladentisch des kleinen Papierwarengeschäfts an der Ecke verkaufte. Die jüngere Schwester dieses Mädchens verdiente schon einen ansehnlichen Lebensunterhalt als Modell bei einem Künstler. So träumte auch Margot davon, Modell zu werden und dann Filmstar. Dieser Übergang erschien ihr ganz einfach: Der Himmel war ja da, bereit für ihren Stern. Etwa um die gleiche Zeit lernte sie tanzen, und hin und wieder ging sie mit dem Ladenmädchen in das Tanzlokal «Paradies», wo ihr ältliche Männer beim Getöse und Gewimmer einer Jazzband außerordentlich freimütige Anträge machten.

Als sie eines Tages an der Straßenecke stand, fuhr plötzlich ein Bursche auf einem roten Motorrad heran, den sie schon ein- oder zweimal bemerkt hatte, und lud sie zu einer Tour ein. Er hatte flachsblondes, zurückgekämmtes Haar, und sein Hemd blähte sich hinter ihm, noch voll von dem Wind, der sich darin gefangen hatte. Sie lächelte, stieg hinter ihm auf, zog ihren Rock zurecht, und im nächsten Augenblick fuhren sie schon mit ungeheurer Geschwindigkeit, während seine Krawatte ihr ins Gesicht flatterte. Er fuhr mit ihr aus der Stadt hinaus und hielt dann. Es war ein sonniger Abend, und ein kleiner Schwarm Mücken stopfte an immer der gleichen Stelle ein Loch in der Luft. Alles war sehr still: die Stille von Kiefern und Heidekraut. Er stieg ab, und während er sich neben sie auf den Grabenrand setzte, erzählte er ihr, daß er letztes Jahr einfach so bis nach Spanien gefahren sei. Dann legte er den Arm um sie und begann sie zu drücken und zu befummeln und sie

so heftig zu küssen, daß das Unbehagen, das sie an jenem Tage verspürte, zur Benommenheit wurde. Sie
wand sich los und begann zu weinen. «Du darfst mich
küssen», schluchzte sie, «aber bitte nicht so.» Der
Junge zuckte mit den Schultern, warf seine Maschine
an, rannte los, sprang auf, ging in die Kurve, war verschwunden und ließ sie auf einem Kilometerstein zurück. Nach Hause ging sie zu Fuß. Otto, der gesehen
hatte, wie sie fortgefahren war, hieb ihr seine Faust in
den Nacken und trat sie dann geschickt mit Füßen, so
daß sie hinfiel und sich an der Nähmaschine braun und
blau schlug.

Im nächsten Winter stellte das Ladenmädchen sie
Frau Lewandowski vor, einer ältlichen Frau mit stattlichen Proportionen und feinen Manieren, jedoch entstellt durch eine gewisse Saftigkeit ihrer Ausdrucksweise und einen feurigen handgroßen Fleck auf der
Wange: Sie pflegte ihn damit zu erklären, daß ihre Mutter während der Schwangerschaft durch ein Feuer erschreckt worden sei. Margot bezog ein kleines Mädchenzimmer in ihrer Wohnung, und ihre Eltern waren
um so dankbarer, sie los zu sein, als sie bedachten, daß
jede Arbeit geheiligt wurde durch das Geld, das sie einbrachte; und glücklicherweise war ihr Bruder, der gern
in drohenden Worten davon redete, daß die Kapitalisten die Töchter der Armen kauften, für einige Zeit
fort, auf Arbeit in Breslau.

Zuerst stand Margot Modell in der Klasse einer Mädchenschule; etwas später dann in einem richtigen Atelier, wo nicht nur Frauen, sondern auch Männer sie
zeichneten, von denen die meisten sehr jung waren. Ihr

glänzendes schwarzes Haar war hübsch geschnitten, und sie saß auf einem kleinen Teppich, völlig nackt, die Füße unter sich geschlagen, auf ihren blauvenigen Arm gestützt, ihren schlanken Rücken (mit einem Schimmer von feinem Flaum zwischen den schönen Schultern, deren eine an ihre flammende Wange gehoben war) leicht vorgebeugt, in einem Anschein von nachdenklicher Müdigkeit; aus den Augenwinkeln beobachtete sie, wie die Studenten ihre Blicke hoben und senkten, und sie hörte das feine Schaben und Kratzen der Kohlestifte, die diese oder jene Wölbung schattierten. Aus purer Langeweile pflegte sie den bestaussehenden jungen Mann herauszusuchen und ihm einen dunklen, feuchten Blick zuzuwerfen, jedesmal wenn er das Gesicht mit den geöffneten Lippen und der gerunzelten Stirn hob. Es gelang ihr nie, die Farbe seiner Aufmerksamkeit zu ändern, und das wurmte sie. Wenn sie sich früher vorgestellt hatte, allein in einem Lichtkegel dazusitzen, so vielen Augen ausgesetzt, hatte sie sich eingebildet, daß es sehr erhebend wäre. Aber sie wurde steif davon, das war alles. Um sich zu unterhalten, machte sie ihr Gesicht für die Sitzung zurecht, malte ihren trockenen heißen Mund an, tönte die Augenlider dunkel, obwohl sie weiß Gott schon dunkel genug waren, und einmal malte sie sogar ihre Brustwarzen mit dem Lippenstift an. Dafür wurde sie von der Lewandowski mächtig ausgeschimpft.

So vergingen die Tage, und Margot hatte nur eine sehr vage Vorstellung, worauf sie wirklich hinauswollte, obwohl da immer noch diese Vision war: sie als Filmschönheit in traumhaften Pelzen und ein traumhafter Hotelportier, der ihr unter einem Riesenschirm aus einem traumhaften Auto hilft. Noch immer überlegte sie, wie sie wohl von ihrem verblaßten kleinen Teppich im Atelier geradewegs in diese diamantleuchtende Welt hüpfen könnte, als ihr Frau Lewandowski zum ersten Male von einem liebeskranken jungen Mann aus der Provinz erzählte.

«Du brauchst unbedingt einen Freund», erklärte die Dame selbstgefällig, während sie ihren Kaffee trank, «du bist ein viel zu lebhaftes Ding, um nicht einen Gefährten nötig zu haben, und dieser bescheidene junge Mann möchte in dieser schlimmen Stadt eine reine Seele finden.»

Margot hatte Frau Lewandowskis fetten gelben Dackel auf dem Schoß. Sie zog die weichen, seidigen Ohren des Tieres in die Höhe, so daß ihre Spitzen in der Mitte über dem sanften Kopf zusammenstießen (innen ähnelten sie vielbenutztem altrosa Löschpapier), und antwortete ohne aufzuschauen:

«Also das hat noch Zeit. Ich bin doch erst sechzehn, oder? Und wozu soll das überhaupt gut sein? Führt es zu was? Ich kenne diese Burschen.»

«Du bist eine Närrin», sagte Frau Lewandowski ruhig. «Ich rede nicht von irgendeinem Taugenichts, sondern von einem freigebigen Herrn, der dich auf der Straße gesehen hat und seither von dir träumt.»

«Irgend so ein alter Tattergreis, schätze ich», sagte Margot und küßte die Warze auf der Hundewange.

«Närrin», wiederholte Frau Lewandowski. «Er ist dreißig, glattrasiert, distinguiert, mit Seidenkrawatte und goldener Zigarettenspitze.»

«Komm, komm, wir gehen spazieren», sagte Margot zu dem Hund, und der Dachshund glitt mit einem Plumps von ihrem Schoß auf den Boden und trottete durch den Flur davon.

Nun war der Herr, von dem Frau Lewandowski gesprochen hatte, alles andere als ein schüchterner junger Mann vom Lande. Er war durch zwei muntere Handelsreisende mit ihr in Verbindung gekommen, mit denen er im Schiffszug auf der ganzen Strecke von Bremen nach Berlin Poker gespielt hatte. Zuerst war vom Preis nicht die Rede gewesen: Die Kupplerin hatte ihm nur den Schnappschuß von einem lächelnden Mädchen mit Sonne in den Augen und einem Hund in den Armen gezeigt, und Müller (das war der Name, den er angab) hatte nur genickt. Am verabredeten Tag kaufte sie Kuchen und machte reichlich Kaffee. Sie riet Margot umsichtig, ihr altes rotes Kleid anzuziehen. Gegen sechs Uhr läutete es. ‹Ich lasse mich auf kein Risiko ein, ich nicht›, dachte Margot. ‹Wenn ich ihn nicht mag, sage ich es ihr rundheraus, und wenn doch, dann nehme ich mir Zeit, die Sache zu überlegen.›

Leider war es gar nicht so einfach, zu entscheiden, was von Müller zu halten war. Erstens hatte er ein auffallendes Gesicht. Sein glanzloses schwarzes Haar, sorglos zurückgebürstet, etwas zu lang und von seltsam vertrocknetem Aussehen, war sicher keine Perücke, obwohl es ungemein danach aussah. Seine Wangen schienen hohl, weil die Jochbögen so weit vorstanden, und ihre Haut war von einem stumpfen Weiß, als ob eine Schicht Puder auf ihnen läge. Seine stechenden, blinzelnden Augen und diese komischen dreieckigen Nasenlöcher, die an einen Luchs erinnerten, standen keinen Augenblick still, im Unterschied zu der schweren unteren Gesichtshälfte mit den beiden bewegungslosen Furchen an den Mundwinkeln. Seine Kleidung schien sehr fremdländisch: dieses sehr blaue Hemd mit der leuchtendblauen Krawatte, der dunkelblaue Anzug mit den enorm weiten Hosen. Er war groß und schlank, und seine viereckigen Schultern bewegten sich herrlich, als er sich seinen Weg zwischen Frau Lewandowskis Plüschmöbeln suchte. Margot hatte ihn sich ganz anders vorgestellt, und nun saß sie mit fest verschränkten Armen da, fühlte sich recht betreten und unglücklich, während Müller sie mit den Augen verschlang. Mit kratzender Stimme fragte er sie nach ihrem Namen. Sie nannte ihn.

«Und ich bin der kleine Axel», sagte er mit kurzem Lachen, wandte sich dann brüsk von ihr ab und setzte seine Unterhaltung mit Frau Lewandowski fort; sie sprachen in aller Ruhe von Berliner Sehenswürdigkeiten, und er war von spöttischer Höflichkeit zu seiner Gastgeberin.

Dann verfiel er plötzlich in Schweigen, zündete sich eine Zigarette an, und während er ein winziges Stück Zigarettenpapier fortnahm, das an seiner vollen, sehr roten Lippe hängengeblieben war (wo war die goldene Spitze?), sagte er:

«Ein Einfall, Teuerste. Hier ist ein Parkettplatz für dieses Dingsda von Wagner; es wird Ihnen sicher gefallen. Also setzen Sie sich Ihr Hütchen auf und schieben Sie ab. Nehmen Sie sich ein Taxi, ich bezahle es auch.»

Frau Lewandowski dankte ihm, erwiderte aber mit einiger Würde, daß sie lieber zu Hause bliebe.

«Kann ich mit Ihnen allein sprechen?» fragte Müller offensichtlich verärgert und stand auf.

«Nehmen Sie noch Kaffee», schlug die Dame kühl vor.

Müller leckte sich das Maul und setzte sich wieder. Dann lächelte er, und in zurückgewonnener guter Laune begann er eine ulkige Geschichte von einem seiner Freunde zu erzählen, einem Opernsänger, der im Zustand der Trunkenheit versäumte, in *Lohengrin* im rechten Augenblick den Schwan zu besteigen und dann hoffnungsvoll auf den nächsten wartete. Margot biß sich auf die Lippen, beugte sich dann plötzlich vor und brach in ein höchst backfischhaftes Gelächter aus. Frau Lewandowski lachte ebenfalls, und ihr großer Busen erzitterte sacht.

‹Gut›, dachte Müller, ‹wenn die alte Hexe wünscht, daß ich den liebestollen Narren spiele, dann werde ich das tun – und mich rächen. Und zwar viel sorgfältiger und erfolgreicher, als sie ahnen kann.›

Also kam er am nächsten Tag und dann wieder und wieder. Frau Lewandowski, die nur einen kleinen Vorschuß bekommen hatte und die ganze Summe wollte, ließ das Paar nicht einen Augenblick allein. Aber manchmal, wenn Margot noch spät am Abend den Hund ausführte, tauchte Müller plötzlich aus dem Dunkel auf und schlenderte neben ihr her. Es verwirrte sie so, daß sie ungewollt ihren Schritt beschleunigte und dabei den Hund vernachlässigte, der ihr folgte, den Körper in leichtem Winkel zur Richtung seines Wackeltrotts. Frau Lewandowski bekam Wind von diesen heimlichen Zusammenkünften und führte hinfort den Dachshund selber aus.

Mehr als eine Woche verging solchermaßen. Dann beschloß Müller zu handeln. Es wäre absurd, den Riesenpreis zu zahlen, da er auf dem besten Wege war, ohne die Hilfe der Frau zu dem zu kommen, was er wollte. Eines Abends erzählte er ihr und Margot noch drei weitere komische Geschichten, die komischsten, die sie je gehört hatten, dann trank er drei Tassen Kaffee, ging zu Frau Lewandowski, hob sie auf die Arme, trug sie eilig ins Bad, zog gewandt den Schlüssel heraus und schloß die Tür von außen ab. Die arme Frau war zuerst so total verblüfft, daß sie mindestens fünf Sekunden lang keinen Laut herausbrachte, aber dann – o Gott!...

«Pack schnell deine Sachen und komm mit», sagte er und wandte sich zu Margot um, die mitten im Zimmer stand und beide Hände an den Kopf preßte.

Er nahm sie mit in eine kleine Wohnung, die er am Tag zuvor für sie gemietet hatte, und sobald Margot über die Schwelle trat, ergab sie sich mit Lust und Freude dem Schicksal, das lange genug auf sie gewartet hatte.

Und Müller gefiel ihr sehr. Es war etwas so Befriedigendes im Zugriff seiner Hände, in der Berührung seiner dicken Lippen. Er sprach nicht viel mit ihr, aber oft hielt er sie auf seinen Knien und lachte leise, während er über etwas Unbekanntes nachdachte. Sie konnte nicht erraten, was er in Berlin machte oder wer er wirklich war. Noch konnte sie sein Hotel herausfinden; und als sie einmal versuchte, seine Taschen zu durchwühlen, gab er ihr einen solchen Schlag auf die Knöchel, daß sie beschloß, es das nächste Mal besser zu machen, aber er paßte viel zu gut auf. Jedesmal wenn er ging, hatte sie Angst, er würde nie zurückkommen; im übrigen war sie außergewöhnlich glücklich und hoffte, sie würden immer zusammenbleiben. Hin und wieder schenkte er ihr etwas – Seidenstrümpfe, eine Puderquaste –, nichts sehr Kostspieliges. Aber er führte sie in gute Restaurants und ins Kino und hinterher in ein Café, und einmal, als sie nach Luft schnappte, weil ein berühmter Schauspieler sich nur ein paar Tische von ihnen entfernt niedersetzte, schaute er zu dem Mann auf, und sie grüßten sich, was sie um so reizender nach Luft schnappen ließ.

Er dagegen entwickelte einen solchen Geschmack an Margot, daß er oft, wenn er gerade gehen wollte, plötzlich seinen Hut in die Ecke warf (zufällig hatte sie an seiner Innenseite entdeckt, daß er in New York gewesen war) und dazubleiben beschloß. Das alles währte genau einen Monat. Eines Morgens dann stand er früher auf als gewöhnlich und sagte, er müsse jetzt gehen. Sie fragte ihn, für wie lange. Er starrte sie an, ging dann in seinem purpurroten Pyjama im Zimmer auf und ab und rieb sich die Hände, als wasche er sie.

«Für immer, schätze ich», sagte er plötzlich und begann sich anzuziehen, ohne sie anzusehen. Sie dachte, er scherze vielleicht, gab den Bettdecken einen Fußtritt, denn es war sehr heiß im Zimmer, und drehte das Gesicht zur Wand.

«Zu schade, daß ich kein Photo von dir habe», sagte er, während er sich in seine Schuhe stemmte.

Dann hörte sie ihn packen und das Köfferchen verschließen, das er für die Kleinigkeiten benutzte, die er mit in die Wohnung gebracht hatte. Nach ein paar Minuten sagte er:

«Rühr dich nicht und schau dich nicht um.»

Sie rührte sich nicht. Was machte er bloß? Sie zuckte mit der nackten Schulter.

«Rühr dich nicht», wiederholte er.

Ein paar Minuten lang war es still, bis auf einen leichten kratzenden Laut, der ihr irgendwie bekannt vorkam.

«Jetzt darfst du dich umdrehen», sagte er.

Aber Margot lag noch immer bewegungslos. Er ging zu ihr, küßte sie aufs Ohr und ging rasch hinaus. Der Kuß sang ihr noch eine Weile im Ohr.

Sie lag den ganzen Tag im Bett. Er kam nie wieder.

Am nächsten Morgen erhielt sie ein Telegramm aus Bremen. «MIETE BEZAHLT BIS JULI ADIEU KLEINER TEUFEL.»

«Himmel, was soll ich machen ohne ihn», sagte Margot laut. Sie sprang ans Fenster, riß es auf und war im Begriff hinauszuspringen. Aber in diesem Augenblick fuhr laut schnaufend eine rot-goldene Feuerwehr heran und hielt vor dem gegenüberliegenden Haus. Eine Menschenmenge hatte sich dort angesammelt, Rauchwolken quollen aus dem obersten Fenster, und schwarze Fetzen verkohlten Papiers trieben im Wind. Sie fand das Feuer so interessant, daß sie ihre Absicht vergaß.

Sie hatte nur noch wenig Geld. In ihrem Kummer ging sie in ein Tanzlokal, wie es verlassene Edelfräulein im Film tun. Zwei japanische Herren sprachen sie an, und da sie mehr Cocktails getrunken hatte, als für sie gut waren, willigte sie ein, die Nacht mit ihnen zu verbringen. Am nächsten Morgen verlangte sie zweihundert Mark. Die japanischen Herren gaben ihr drei fünfzig in Kleingeld und jagten sie hinaus. Sie beschloß, in Zukunft umsichtiger zu sein.

Eines Abends in einer Bar legte ein dicker alter Mann mit einer Nase wie eine überreife Birne seine runzlige Hand auf ihr seidenes Knie und sagte sehnsüchtig:

«Freut mich, dich wiederzusehen, Dora. Weißt du noch, was für einen Spaß wir miteinander hatten letzten Sommer?»

Sie lachte und antwortete, daß er sich geirrt habe. Der alte Mann fragte sie mit einem Seufzer, was sie trinken wolle. Dann fuhr er sie nach Hause und wurde im Dunkel des Wagens so viehisch, daß sie hinaussprang. Er folgte ihr und bat sie fast unter Tränen, sich doch wieder mit ihm zu treffen. Sie gab ihm ihre Telephonnummer. Als er ihr Zimmer bis November bezahlt und ihr auch Geld genug für einen Pelzmantel gegeben hatte, erlaubte sie ihm, die Nacht über dazubleiben. Er war ein bequemer Bettgenosse, der im gleichen Augenblick, in dem er aufgehört hatte zu keuchen, in tiefen Schlaf fiel. Dann hielt er eine Verabredung nicht ein, und als sie schließlich in seinem Büro anrief, sagte man ihr, er sei gestorben.

Sie verkaufte ihren Pelzmantel, und das Geld reichte bis zum Frühjahr. Zwei Tage vor dieser Transaktion verspürte sie ein dringendes Verlangen, sich in all ihrer Pracht den Eltern vorzuführen. Darum fuhr sie in einem Taxi am Haus vorbei. Es war ein Sonnabend, und ihre Mutter polierte gerade die Klinke der Haustür. Als sie ihre Tochter sah, hielt sie plötzlich inne. «Na, so was!» rief sie gefühlvoll. Margot lächelte schweigend, stieg wieder in ihr Taxi und sah durchs Fenster, wie ihr Bruder aus dem Haus gerannt kam. Er schrie ihr etwas nach und schüttelte die Faust.

Sie nahm ein billigeres Zimmer. Halb ausgezogen, die kleinen Füße ohne Schuhe, saß sie in der zunehmenden Dunkelheit auf dem Bettrand und rauchte endlose Zigaretten. Ihre Wirtin, ein mitfühlender Mensch, kam hin und wieder auf einen seelenvollen Schwatz herein und erzählte Margot eines Tages, daß einer ihrer Vettern ein kleines Kino besaß, das ganz gut ging. Der Winter schien kälter zu sein, als Winter sonst zu sein pflegen; Margot sah sich nach etwas Verpfändbarem um: jenen Sonnenuntergang vielleicht.

‹Was soll ich als nächstes tun?› dachte sie.

Eines rauhen blauen Morgens machte sie in einem mutigen Augenblick ihr Gesicht auffallend zurecht, suchte eine Filmfirma mit vielversprechendem Namen auf und brachte es fertig, einen Termin genannt zu bekommen, an dem sie den Manager in seinem Büro sprechen konnte. Er erwies sich als ein älterer Mann mit einer schwarzen Binde über dem rechten Auge und einem durchdringenden Glanz im linken. Margot begann ihm zu versichern, daß sie schon früher gedreht habe – und mit großem Erfolg.

«Welcher Film?» fragte der Manager, während er ihr wohlwollend in das erregte Gesicht starrte. Kühn nannte sie eine Firma, einen Film. Der Mann schwieg.

Dann schloß er das linke Auge (es wäre ein Zwinkern gewesen, hätte man das andere sehen können) und sagte:

«Sie können von Glück sagen, daß Sie an mich geraten sind. Ein anderer an meiner Stelle wäre durch Ihre... äh... Jugend in Versuchung geführt worden, Ihnen ganze Berge schönster Versprechungen zu machen und... Na ja, Sie wären den Weg allen Fleisches gegangen und niemals die Silberfee von Romanzen geworden – jedenfalls nicht der Art von Romanzen, mit der wir uns hier befassen. Ich bin, wie Sie wohl gemerkt haben, nicht mehr jung, und was ich vom Leben noch nicht gesehen habe, ist nicht sehenswert. Meine Tochter, schätze ich, ist älter als Sie. Und aus diesem Grunde werde ich Ihnen mal was sagen, mein liebes Kind. Sie sind nie Schauspielerin gewesen und werden es aller Wahrscheinlichkeit nach auch nie sein. Gehen Sie nach Hause, überlegen Sie sich's, sprechen Sie mit Ihren Eltern, wenn die noch mit Ihnen reden, was ich allerdings bezweifle...»

Margot schlug mit ihrem Handschuh auf die Schreibtischkante, stand auf und stakste hinaus, das Gesicht verzerrt von Wut.

Eine andere Firma hatte ihr Büro im gleichen Haus, aber dort wurde sie nicht einmal vorgelassen. Voller Zorn machte sie sich auf den Heimweg. Ihre Wirtin kochte ihr zwei Eier und klopfte ihr auf die Schultern, während Margot aß, gierig und aufgebracht. Dann holte die gute Frau Cognac und zwei kleine Gläser, füllte sie mit zitternder Hand, verkorkte die Flasche sorgfältig und trug sie weg.

«Auf Ihr Glück», sagte sie und setzte sich wieder an den wackeligen Tisch. «Es wird schon alles gut, mein Kind. Morgen besuche ich meinen Vetter, und dann sprechen wir über Sie.»

Das Gespräch war ein ziemlicher Erfolg, und zu Anfang hatte Margot Spaß an ihrer neuen Beschäftigung, obwohl es natürlich ein bißchen demütigend war, ihre Filmkarriere auf diese Weise zu beginnen. Drei Tage später kam es ihr vor, als hätte sie ihr ganzes Leben lang nichts anderes getan, als tappende Leute an ihre Plätze zu führen. Am Freitag wurde jedoch das Programm gewechselt, und das munterte sie auf. Sie stand im Dunkel gegen eine Wand gelehnt und sah Greta Garbo zu. Aber nach einer Weile hatte sie endgültig genug. Noch eine Woche verging. Ein Mann trödelte beim Hinausgehen am Ausgang herum und sah mit scheuem, hilflosem Ausdruck zu ihr hin. Zwei oder drei Abende später kam er wieder. Er war sehr gut angezogen, und seine blauen Augen starrten sie hungrig an.

‹Sieht ganz annehmbar aus, aber doch wohl ein ziemlicher Langweiler›, dachte Margot bei sich.

Als er dann zum vierten und fünften Mal auftauchte – und ganz sicher nicht wegen des Films, denn das war immer derselbe –, hatte sie ein leises Gefühl angenehmer Erregung.

Aber wie schüchtern er war, dieser Mensch! Als sie eines Abends nach Hause ging, bemerkte sie ihn auf der anderen Straßenseite. Sie ging langsam weiter, ohne sich umzuschauen, aber mit Augenwinkeln, die wie die Löffel eines Hasen nach hinten gestellt waren: in der Erwartung, daß er ihr folgen würde. Aber er tat es nicht

– er entschwand einfach. Als er dann wieder ins «Argus» kam, hatte er ein bleiches, morbides, sehr interessantes Aussehen. Nach der Arbeit tippelte Margot auf die Straße hinaus; blieb stehen; öffnete ihren Regenschirm. Da stand er wieder auf dem gegenüberliegenden Bürgersteig, und sie ging in aller Ruhe zu ihm hinüber. Aber als er sie näher kommen sah, eilte er sofort davon.

Er kam sich albern vor, und ihm war übel. Er wußte, sie war hinter ihm, und hatte darum Angst, zu schnell zu gehen, damit er sie nicht verlor; aber er hatte auch Angst, seinen Schritt zu verlangsamen, damit sie ihn nicht überholte. An der nächsten Straßenkreuzung mußte er warten, während Wagen auf Wagen an ihm vorübersauste. Hier überholte sie ihn, wurde fast von einem Lastfahrrad angefahren, und beim Zurückspringen stieß sie mit ihm zusammen. Er faßte sie an ihren schmalen Ellbogen, und sie gingen zusammen hinüber.

‹Nun hat es begonnen›, dachte Albinus und paßte ungeschickt seinen Schritt dem ihren an. Er war noch nie neben einer so kleinen Frau gegangen.

«Sie sind ganz naß», sagte sie mit einem Lächeln. Er nahm ihr den Schirm aus der Hand; sie preßte sich noch dichter an ihn. Für einen Augenblick befürchtete er, sein Herz werde zerspringen, aber dann entspannte sich etwas in ihm aufs köstlichste, als hätte er die Melodie seiner Erregung gefunden, dieser feuchten Erregung, die auf die straffe Seide über ihm trommelte und trommelte. Jetzt kamen seine Worte ungehemmt, und er genoß ihre neugeborene Leichtigkeit.

Der Regen hörte auf, aber sie gingen noch immer unter dem Schirm. Als sie vor ihrer Haustür anhielten, schloß er das nasse, glänzende schöne Ding und gab es ihr zurück.

«Gehen Sie noch nicht fort», flehte er (während er eine Hand in der Tasche behielt und mit dem Daumen seinen Trauring abzustreifen versuchte). «Bitte nicht», wiederholte er (er ging ab).

«Wird spät», murmelte sie, «meine Tante wird böse.»

Er zog sie an den Handgelenken zu sich und suchte sie mit der Gewaltsamkeit des Schüchternen zu küssen, aber sie duckte sich, und seine Lippen trafen nur auf ihre Samtkappe.

«Lassen Sie mich gehen», murmelte sie mit gesenktem Kopf. «Sie wissen, daß Sie das nicht tun sollten.»

«Nicht gehen», rief er. «Ich habe niemanden auf der Welt, nur Sie.»

«Ich kann nicht, ich kann nicht», antwortete sie, und während sie den Schlüssel im Schloß umdrehte, stemmte sie ihre schmale Schulter gegen die große Tür.

«Ich werde morgen wieder auf Sie warten», sagte Albinus.

Sie lächelte ihm durch die Glasscheibe zu und lief dann durch den düsteren Flur zum Hinterhof.

Er holte tief Atem, tastete nach seinem Taschentuch, schneuzte sich die Nase, knöpfte seinen Mantel sorgfältig zu, dann auf; bemerkte, wie leicht und bloß sich seine Hand anfühlte, und streifte eilig den Ring über, der noch warm war.

Kapitel 4

Zu Hause hatte sich nichts verändert, und das schien erstaunlich. Elisabeth, Irma, Paul gehörten sozusagen einer anderen Epoche an, klar und ruhig wie der Hintergrund bei den frühen Italienern. Wenn Paul den ganzen Tag in seinem Büro gearbeitet hatte, verbrachte er gern einen stillen Abend im Heim seiner Schwester. Er hegte große Hochachtung für Albinus, für seine Gelehrsamkeit, seinen Geschmack, für die schönen Dinge, mit denen er sich umgab – für den spinatgrünen Gobelin im Speisezimmer, eine Jagdszene im Walde.

Als Albinus die Tür seiner Wohnung öffnete und daran dachte, daß er gleich seiner Frau ansichtig sein würde, verspürte er ein seltsames Sinken in der Magengrube: Würde sie ihm seine Treulosigkeit nicht vom Gesicht ablesen können? Denn dieser Gang im Regen war ein Treubruch; alles Vorangegangene waren nur Gedanken und Träume gewesen. Vielleicht waren durch irgendein schreckliches Mißgeschick seine Handlungen beobachtet und berichtet worden? Vielleicht roch er nach dem billigen, süßen Parfum, das sie benutzte? Während er in den Flur trat, spann er eilig im Geiste eine Geschichte, die ihm zustatten kommen könnte: von einer jungen Künstlerin, ihrer Armut und ihrer Begabung, und wie er ihr zu helfen versuche. Aber nichts hatte sich verändert, weder die weiße Tür, hinter der am Ende des Flures seine Tochter schlief, noch der weite Mantel seines Schwagers, der auf seinem Bügel hing (einem besonderen, mit roter Seide überzogenen Bügel), so stumm und ehrwürdig wie immer.

Er trat in den Salon. Da waren sie – Elisabeth in dem vertrauten Tweedkleid mit Karos, Paul, an seiner Zigarre ziehend, und eine alte Dame aus ihrer Bekanntschaft, die Witwe eines Barons, die durch die Inflation verarmt war und jetzt einen kleinen Teppich- und Kunsthandel betrieb... Ganz gleich, worüber sie sprachen: der Rhythmus des Alltags war so beruhigend, daß er eine freudige Aufwallung verspürte: Er war nicht entdeckt worden.

Und später dann, als er neben seiner Frau lag im Schlafzimmer, das matt beleuchtet und sehr ruhig möbliert war, die (weißgestrichene) Zentralheizung wie immer zum Teil im Spiegel zu sehen, grübelte Albinus über seine eigene zwiespältige Natur nach: Seine Liebe zu Elisabeth war völlig gesichert und unvermindert, aber zu gleicher Zeit brannte in seinem Geist der Gedanke, daß vielleicht schon morgen – ja, ganz sicher morgen...

Aber als so einfach erwies es sich nicht. Bei ihren nächsten Zusammenkünften verstand es Margot geschickt, zu verhindern, daß er ihr zu nahe kam – und er hatte nicht die geringste Chance, sie in ein Hotel mitzunehmen. Sie erzählte ihm nicht viel von sich – nur daß sie eine Waise sei, Tochter eines Malers (seltsamer Zufall das), und bei ihrer Tante wohne; daß sie es ziemlich schwer habe,

sich aber danach sehne, ihre anstrengende Arbeit aufzugeben.

Albinus hatte sich mit dem eilig erfundenen Namen
Schiffermüller vorgestellt, und Margot dachte bitter:
‹Schon wieder ein Müller›, und dann: ‹Du lügst natür-
lich.›

Der März war regnerisch. Diese nächtlichen Spaziergänge unter dem Regenschirm marterten Albinus, so
daß er bald vorschlug, in ein Café zu gehen. Er wählte
ein trübes kleines Loch, in dem er sicher war, keine Bekannten zu treffen.

Er hatte die Gewohnheit, wenn er sich an den Tisch
setzte, sofort Zigarettenetui und Feuerzeug herauszulegen. Auf dem Etui erspähte Margot seine Initialen. Sie
sagte nichts, sondern bat ihn nach kurzem Überlegen,
ihr das Telephonbuch zu holen. Während er in seinem
langsamen, schlaksigen Gang zur Zelle ging, nahm sie
rasch seinen Hut vom Stuhl und untersuchte schnell
das Futter: Da war sein Name (er hatte ihn dort angebracht, um geistesabwesenden Künstlern auf Partys zu-
vorzukommen).

Schon war er mit dem Telephonbuch zurück, hielt es
wie eine Bibel, lächelte zärtlich, und während er auf
ihre langen, gesenkten Wimpern starrte, überflog Margot die ‹A›s und fand Albinus’ Adresse und Telephonnummer. Dann schloß sie schweigend den abgegriffenen blauen Band.

«Ziehen Sie den Mantel aus», murmelte Albinus.

Ohne sich die Mühe zu machen aufzustehen, begann
sie sich aus den Ärmeln zu rekeln, neigte dabei den
schönen Hals und schob erst die rechte und dann die

linke Schulter nach vorn. Während Albinus ihr half, erhaschte er einen Veilchenhauch und sah, wie ihre Schulterblätter sich bewegten und die bläßliche Haut zwischen ihnen sich in Falten legte und wieder glättete. Dann nahm sie den Hut ab, schaute in ihren Taschenspiegel, netzte den Zeigefinger und betupfte die schwarzen Schmachtlocken an ihren Schläfen.

Albinus setzte sich neben sie und schaute und schaute auf dieses Gesicht, in dem alles so bezaubernd war – die brennenden Wangen, die vom Cherry Brandy glitzernden Lippen, die kindliche Feierlichkeit in den langgeschnittenen braunen Augen und das kleine beflaumte Muttermal in der sanften Rundung genau unter dem linken.

‹Wenn ich wüßte, daß man mich dafür aufhängte›, dachte er, ‹ich würde sie trotzdem anschauen.›

Selbst dieser vulgäre Berliner Jargon, den sie sprach, erhöhte nur den Charme ihrer heiseren Stimme und ihrer großen weißen Zähne. Wenn sie lachte, schloß sie die Augen halb, und ein Grübchen tanzte auf ihrer Wange. Er tastete ungeschickt nach ihrer kleinen Hand, aber sie entzog sie ihm rasch.

«Du machst mich verrückt», sagte er. Margot tätschelte seine Manschette und sagte:

«Nu sei brav!»

Sein erster Gedanke am nächsten Morgen war: So kann das nicht weitergehen, so nicht. Ich muß ihr ein Zimmer mieten. Zum Teufel mit dieser Tante. Wir werden allein sein, ganz allein. Ein Lehrbuch der Liebe für Anfänger. Oh, was ich ihr alles beibringen werde. So jung, so sauber, so erregend...

«Schläfst du?» fragte Elisabeth leise.

Er brachte ein perfektes Gähnen zuwege und öffnete die Augen. Elisabeth saß in ihrem blaßblauen Nachthemd auf dem Rand des Doppelbettes und sah die Post durch.

«Irgendwas Interessantes?» fragte Albinus und starrte in dumpfer Verwunderung auf ihre weiße Schulter.

«Ach, er bittet dich wieder um Geld. Schreibt, seine Frau und seine Schwiegermutter seien krank gewesen und daß die Leute gegen ihn intrigieren. Schreibt, er kann sich keine Farbe mehr kaufen. Wir werden ihm wieder helfen müssen, glaube ich.»

«Ja, natürlich», sagte Albinus, und in seinem Geist formte sich ein seltsames, lebhaftes Bild von Margots totem Vater: Auch er war sicher ein armseliger, schlechtgelaunter und nicht sehr begabter Künstler gewesen, den das Leben rauh angefaßt hatte.

«Und hier ist eine Einladung vom Künstlerclub. Diesmal werden wir hingehen müssen. Und hier ist ein Brief aus Amerika.»

«Lies ihn vor», bat er.

«Sehr geehrter Herr, viel Neues, fürchte ich, habe ich nicht mitzuteilen, doch gibt es einige Dinge, die ich meinem langen letzten Brief hinzufügen möchte, den Sie (in Klammern) noch nicht beantwortet haben. Da ich im Herbst wahrscheinlich nach Europa komme...»

In diesem Augenblick klingelte das Telephon auf dem Nachttisch. «Tz, tz», sagte Elisabeth und beugte sich vor. Albinus folgte geistesabwesend den Bewegungen ihrer schlanken Finger, als sie nach dem weißen

48

Hörer griffen und ihn umfaßten, und dann hörte er am anderen Ende eine dünne Geisterstimme quieken.

«Ah, guten Morgen», rief Elisabeth und machte gleichzeitig eine bestimmte Grimasse zu ihrem Mann hinüber, ein sicheres Zeichen, daß es die Baronin war, die sprach, und zwar viel.

Er streckte die Hand nach dem amerikanischen Brief aus und schaute aufs Datum. Komisch, daß er den letzten noch nicht beantwortet hatte. Wie jeden Morgen kam Irma herein, um ihre Eltern zu begrüßen. Schweigend küßte sie ihren Vater und dann die Mutter, die mit geschlossenen Augen der telephonischen Erzählung lauschte und dann und wann deplazierte Zustimmung oder geheucheltes Erstaunen grunzte.

«Ich sehe, heute bist du ein ganz liebes kleines Mädchen», flüsterte Albinus seiner Tochter zu. Mit einem Lächeln öffnete Irma eine Hand voller Murmeln.

Sie war keineswegs hübsch; Sommersprossen bedeckten ihre bleiche, unebene Stirn, ihre Wimpern waren viel zu blond, die Nase für ihr Gesicht zu lang.

«Unbedingt», sagte Elisabeth und seufzte vor Erleichterung, als sie auflegte.

Albinus schickte sich an, den Brief zu Ende zu lesen. Elisabeth hielt ihre Tochter bei den Handgelenken und erzählte ihr irgend etwas Lustiges, lachte, küßte sie und zog sie nach jedem Satz mit einem kleinen Ruck an sich. Irma lächelte spröde und scharrte mit dem Schuh auf dem Boden. Noch einmal klingelte das Telephon. Diesmal nahm Albinus ab.

«Guten Morgen, mein lieber Albert», sagte eine weibliche Stimme.

«Wer...», begann Albinus, und plötzlich hatte er das elende Gefühl, in einem sehr schnellen Fahrstuhl abwärts zu sausen.

«Es war nicht besonders nett von dir, mir einen falschen Namen zu nennen», fuhr die Stimme fort, «aber ich verzeihe dir. Ich wollte dir nur sagen...»

«Falsch verbunden», sagte Albinus heiser und knallte den Hörer auf. Zugleich überlegte er mit Bestürzung, daß Elisabeth etwas gehört haben konnte, so wie er die dünne Stimme der Baronin gehört hatte.

«Was war das?» fragte sie. «Warum bist du so rot geworden?»

«Absurd! Irma, mein Kind, lauf zu, zapple nicht so herum. Völlig absurd. Das ist der zehnte falsch verbundene Anruf in zwei Tagen. Er schreibt, daß er wahrscheinlich gegen Ende des Jahres herüberkommen wird. Es wird mich freuen, ihn dann kennenzulernen.»

«Wer schreibt das?»

«Großer Gott! Nie kriegst du mit, was man sagt. Dieser Mann aus Amerika. Dieser Rex.»

«Was für ein Rex?» fragte Elisabeth unbekümmert.

Kapitel 5

Ihr Treffen an diesem Abend war stürmisch. Albinus war den ganzen Tag zu Hause geblieben, weil er panische Angst hatte, daß sie noch einmal anrufen würde. Als sie aus dem «Argus» auftauchte, begrüßte er sie sofort mit:

«Hör mal, Kind, ich verbiete dir, mich anzurufen. Es geht nicht. Wenn ich dir meinen Namen nicht genannt habe, so hatte ich meine Gründe.»

«Schon gut. Mit dir bin ick fertig», sagte Margot sanft und ging davon.

Er stand da und starrte ihr hilflos nach.

Was für ein Esel er doch war! Er hätte den Mund halten sollen; dann hätte sie sich eingebildet, sie hätte doch einen Fehler gemacht. Albinus holte sie ein und ging neben ihr her.

«Verzeih», sagte er. «Sei mir nicht böse, Margot. Ich kann nicht leben ohne dich. Hör mal, ich habe mir alles überlegt. Gib deine Stellung auf. Ich bin reich. Du sollst dein eigenes Zimmer haben, deine eigene Wohnung, alles, was du willst...»

«Du bist ein Lügner, ein Feigling und ein Narr», sagte Margot (und brachte ihn damit sehr genau auf einen Nenner). «Und du bist verheiratet – darum versteckst du diesen Ring in der Tasche von deinem Regenmantel. Aber klar bist du verheiratet; sonst wärst du am Telephon nicht so kiebig gewesen.»

«Und wenn ich's bin?» fragte er. «Wirst du dich dann nicht mehr mit mir treffen?»

«Was macht mir das schon? Betrüg sie doch, es wird ihr guttun!»

«Margot, hör auf!» stöhnte Albinus.

«Laß mich in Ruhe!»

«Margot, hör mir zu. Es stimmt, ich habe Familie, aber treibe damit bitte, bitte keine Scherze mehr... Nein, geh nicht!» rief er, griff nach ihr, verfehlte sie und umklammerte ihre schäbige kleine Handtasche.

«Geh zum Teufel!» schrie sie und schlug ihm die Tür vor der Nase zu.

Kapitel 6

«Ich möchte, daß Sie mir die Karten legen», sagte Margot zu ihrer Wirtin, und diese holte hinter den leeren Bierflaschen einen abgegriffenen Stoß Karten hervor, von denen die meisten ihre Ecken eingebüßt hatten, so daß sie fast rund aussahen. Ein reicher Mann mit dunklem Haar, Sorgen, ein Fest, eine lange Reise...

‹Ich muß ausfindig machen, wie er lebt›, dachte Margot, ihre Ellbogen auf den Tisch gestützt. ‹Vielleicht ist er schließlich gar nicht richtig reich, und es lohnt die Mühe nicht, sich mit ihm abzuplagen. Oder soll ich es riskieren?›

Am nächsten Morgen zu genau der gleichen Zeit rief sie ihn wieder an. Elisabeth war im Bad. Albinus sprach fast flüsternd und hatte ein Auge auf die Tür. Obgleich krank vor Angst, war er verrückt vor Glück, daß ihm verziehen war.

«Mein Liebling», murmelte er, «mein Liebling.»

«Sag mal, wann wird die Angetraute von zu Hause weg sein?» fragte sie lachend.

«Ich fürchte, das weiß ich nicht», antwortete er mit einem kalten Schauder. «Warum?»

«Ich würd gern mal für einen Augenblick reinschaun.»

53

Er schwieg. Irgendwo ging eine Tür.

«Ich kann nicht weitersprechen», murmelte Albinus.

«Wenn ich zu dir komme, küsse ich dich vielleicht.»

«Heute, ich weiß nicht. Nein», stammelte er, «ich glaube nicht, daß sich das machen läßt. Wenn ich plötzlich auflege, wundere dich nicht. Ich werde dich heute abend treffen, und dann werden wir...» Er legte auf, blieb eine Weile bewegungslos sitzen und horchte auf das Klopfen seines Herzens. ‹Ich glaube, ich bin wirklich ein Feigling›, dachte er. ‹Sicher wird sie noch eine halbe Stunde im Badezimmer herumtrödeln.›

«Eine kleine Bitte», sagte er zu Margot, als sie sich trafen. «Wir wollen ein Taxi nehmen.»

«Ein offenes», sagte Margot.

«Nein, das ist zu gefährlich. Ich verspreche dir, daß ich mich benehmen werde», fügte er hinzu, während er liebevoll auf ihr kindlich zu ihm erhobenes Gesicht schaute, das im Licht der Straßenlaterne sehr weiß aussah.

«Hör mal», fing er an, als sie im Taxi saßen. «Erstens bin ich dir natürlich nicht böse, daß du mich angerufen hast, aber ich bitte dich, ich flehe dich an, es nicht wieder zu tun, mein Liebling, mein Teures.» (‹Schon besser›, dachte Margot.)

«Und zweitens, sag mir, wie du meinen Namen herausgefunden hast?»

Sie log ganz ohne Grund, sagte ihm, daß eine Bekannte sie auf der Straße zusammen gesehen hätte und ihn auch kenne.

«Wer war es?» fragte Albinus entsetzt.

54

«Och, nur eine Arbeiterfrau. Ich glaube, eine ihrer Schwestern war mal Köchin oder Hausmädchen bei euch.»

Albinus marterte verzweifelt sein Hirn.

«Jedenfalls habe ich ihr gesagt, daß sie sich geirrt hat. Ich bin ein kluges kleines Mädchen.»

Die Dunkelheit im Taxi glitt und schwankte dahin, wenn viertel und halbe und ganze Rechtecke aschfahlen Lichts von Fenster zu Fenster hindurchhuschten. Margot saß so nahe, daß er die wonnige animalische Wärme ihres Körpers spürte. ‹Ich werde sterben oder den Kopf verlieren, wenn ich sie nicht haben kann›, dachte Albinus.

«Und drittens», sagte er laut, «suche dir eine Bleibe, sagen wir zwei oder drei Zimmer und Küche – das heißt, unter der Bedingung, daß ich dich gelegentlich besuchen darf.»

«Albert, hast du schon wieder vergessen, was ich heute morgen vorgeschlagen habe?»

«Aber es ist so riskant», stöhnte Albert. «Siehst du... Morgen zum Beispiel bin ich von vier bis sechs allein, aber man kann nie wissen, was geschieht...», und er stellte sich vor, wie seine Frau wegen irgend etwas zurückkäme, das sie vergessen hatte.

«Aber ich habe dir gesagt, daß ich dich küssen würde», sagte Margot leise, «und außerdem gibt es bekanntlich nichts auf der Welt, das sich nicht irgendwie wegerklären läßt.»

Am nächsten Tag also, als Elisabeth und Irma zum Tee gegangen waren, schickte er Frieda, das Hausmädchen (es war zum Glück der Ausgangstag der Köchin), mit einem hübschen, langen Auftrag fort, ein paar Bücher kilometerweit weg irgendwo abzugeben.

Jetzt war er allein. Seine Uhr war vor ein paar Minuten stehengeblieben, aber die Standuhr im Speisezimmer ging genau, und wenn er sich aus dem Fenster beugte, konnte er auch die Kirchenuhr sehen. Viertel nach vier. Es war ein strahlender, windiger Tag Mitte April. Der schnelle Schatten des Rauchs lief auf der sonnenbeschienenen Wand des gegenüberliegenden Hauses seitwärts vom Schatten eines Schornsteins fort. Nach einem kürzlich niedergegangenen Regenschauer trocknete der Asphalt in großen Flecken; die Feuchtigkeit war noch in Form grotesker schwarzer Skelette zu sehen, wie quer über die Breite der Straße gemalt.

Halb fünf. Sie konnte jede Minute kommen.

Immer wenn er an Margots schlanke, mädchenhafte Figur dachte, an ihre seidige Haut, die Berührung ihrer drolligen, ungepflegten Hände, fühlte er ein Verlangen in sich aufsteigen, das fast schmerzhaft war. Jetzt erfüllte ihn die Vorstellung des versprochenen Kusses mit solcher Erregung, daß sie ihm kaum steigerungsfähig vorkam. Und doch blieb dahinter, am Ende einer Flucht von Spiegeln, immer noch die weiß schimmernde Form ihres Körpers zu erreichen, genau die Form, die Kunststudenten so gewissenhaft und so schlecht gezeichnet hatten. Aber von diesen stumpfsinnigen Stunden im Atelier hatte Albert keine Ahnung, obwohl er, durch einen seltsamen Trick des Schicksals, unwissentlich bereits die Formen ihres nackten Körpers gesehen hatte: Der Hausarzt, der alte Lampert, hatte ihm ein paar Kohlezeichnungen gezeigt, die sein Sohn

56

vor zwei Jahren gemacht hatte, und unter ihnen befand sich die eines Mädchens mit Bubikopf, das auf dem Teppich, auf dem es saß, die Füße untergeschlagen hatte und sich auf seinen steifen Arm stützte, dessen Schulter seine Wange berührte. «Nein, ich glaube, ich ziehe den Bucklingen vor», hatte er bemerkt und sich dabei wieder einem früheren Blatt zugewendet, auf dem ein bärtiger Krüppel abgebildet war. «Ja, es ist jammerschade, daß er die Kunst aufgesteckt hat», hatte er hinzugefügt, als er die Mappe zumachte.

Zehn Minuten vor fünf. Sie hatte schon zwanzig Minuten Verspätung. «Ich werde bis fünf warten und dann ausgehen», murmelte er. Plötzlich sah er sie. Sie kam ohne Mantel und Hut über die Straße, als ob sie gleich um die Ecke wohnte.

‹Noch ist es Zeit, hinunterzurennen und ihr zu sagen, daß es nun zu spät wird›, aber statt es zu tun, ging Albert atemlos und auf Zehenspitzen auf den Flur, und als er hörte, wie das kindliche Stampfen ihrer Schritte die Treppe heraufkam, öffnete er lautlos die Tür.

Margot in ihrem kurzen, roten Kleid mit bloßen Armen lächelte in den Spiegel und wirbelte dann auf dem Absatz herum, während sie sich den Hinterkopf glattstrich.

«Du wohnst aber stilvoll», sagte sie, und ihre strahlenden Augen streiften über den Flur mit seinen großen, kostbaren Bildern, der Porzellanvase in der Ecke und dem cremefarbenen Kretonne anstelle von Tapeten. «Hier lang?» fragte sie und stieß eine Tür auf. «Oh!» sagte sie.

Er legte eine zitternde Hand um ihre Hüfte und

schaute mit ihr zu dem Kristallüster auf, als wäre er selber hier fremd. Aber er sah alles durch einen schwimmenden Nebel. Sie stellte die Füße über Kreuz und wippte sacht, während sie dastand und ihre Augen schweifen ließ.

«Du bist reich», sagte sie und trat in das nächste Zimmer. «Himmel, was für Teppiche!»

Sie war so überwältigt von dem Buffet im Speisezimmer, daß Albinus es fertigbrachte, verstohlen ihre Rippen und darüber einen heißen, weichen Muskel zu befingern.

«Na denn mal weiter», sagte sie begierig.

In einem vorüberziehenden Spiegel sah er einen bleichen, ernsten Herrn neben einem Schulmädchen im Sonntagskleid gehen. Vorsichtig streichelte er ihren glatten Arm, und das Glas wurde trübe.

«Komm weiter!» sagte Margot.

Er wollte sie wieder zurück ins Arbeitszimmer lotsen. Wenn seine Frau dann früher zurückkam als erwartet, wäre es einfach: eine junge hilfsbedürftige Künstlerin.

«Und was ist da drin?» fragte sie.

«Das ist das Kinderzimmer. Du hast jetzt alles gesehen.»

«Laß mich los!» sagte sie und bewegte die Schultern.

Er holte tief Atem.

«Es ist das Kinderzimmer, mein Liebling. Nur das Kinderzimmer – es gibt da nichts zu sehen.»

Aber sie ging hinein, und plötzlich fühlte er einen seltsamen Drang, sie anzuschreien: ‹Bitte faß ja nichts an!›, aber sie hielt schon einen purpurroten Plüschele-

58

fanten in der Hand. Er riß ihn ihr fort und schleuderte ihn in eine Ecke. Margot lachte.

«Deine Kleine lebt hier ja wie die Made im Speck», sagte sie. Dann öffnete sie die nächste Tür.

«Das reicht, Margot», bat Albinus, «wir geraten zu weit weg vom Flur, wir hören die Wohnungstür nicht. Es ist schrecklich gefährlich.»

Aber sie schüttelte ihn ab wie ein ungezogenes Kind und schlüpfte durch den Korridor ins Schlafzimmer. Dort setzte sie sich vor den Spiegel (die Spiegel hatten viel zu tun an diesem Tag), drehte und wendete eine silberbeschlagene Bürste in der Hand, schnupperte an einer Flasche mit Silberstöpsel.

«Nicht doch!» rief Albinus.

Sie wand sich geschickt an ihm vorbei, lief zum Doppelbett und setzte sich auf den Rand. Wie ein Kind zog sie den Strumpf hoch, ließ das Strumpfband schnalzen und streckte ihm die Zungenspitze heraus.

‹. . . und dann bringe ich mich um›, dachte Albinus, der plötzlich den Kopf verlor.

Er taumelte mit ausgebreiteten Armen auf sie zu, aber sie sprang mit einem schadenfrohen Zwitschern an ihm vorbei und schoß aus dem Zimmer. Er stürzte zu spät hinter ihr her. Margot schlug die Tür zu und drehte keuchend und lachend von außen den Schlüssel herum. (Oh, wie die arme dicke Frau gebummert und getrommelt und geschrien hatte!)

«Margot, mach sofort auf!» sagte Albinus leise.

Er hörte ihre Schritte davontanzen.

«Mach auf!» wiederholte er mit lauterer Stimme. Stille.

59

‹Die kleine Hexe›, dachte er, ‹was für eine absurde Situation!›

Er hatte Angst. Er war erhitzt. Er war nicht gewöhnt, in den Zimmern herumzutoben. Er war in einer Agonie betrogenen Verlangens. War sie wirklich fort? Nein, es ging jemand in der Wohnung herum. Er versuchte es mit ein paar Schlüsseln, die er in der Tasche hatte; dann verlor er die Geduld und rüttelte heftig an der Tür.

«Mach sofort auf! Hörst du?»

Die Schritte kamen näher. Es war nicht Margot.

«Heda. Was ist denn los?» fragte eine unerwartete Stimme – die von Paul! «Bist du eingeschlossen? Soll ich dich herauslassen?»

Die Tür ging auf. Paul sah verstört aus. «Was ist passiert, alter Junge?» wiederholte er und starrte auf die Haarbürste, die auf dem Boden lag.

«Ach, eine lächerliche Sache... Erzähl ich dir gleich... Laß uns erst was trinken.»

«Du hast mir einen höllischen Schreck eingejagt», sagte Paul. «Mir war total unbegreiflich, was denn bloß geschehen war. Ein Glück, daß ich gekommen bin. Elisabeth sagte mir, sie würde gegen sechs zu Hause sein. Ein Glück, daß ich so früh da war. Wer hat dich eingeschlossen? Euer Mädchen ist doch nicht etwa verrückt geworden, hoffe ich?»

Albinus stand mit dem Rücken zu ihm und beschäftigte sich mit dem Cognac.

«Bist du auf der Treppe niemandem begegnet?» fragte er und versuchte, deutlich zu sprechen.

«Ich habe den Fahrstuhl genommen», sagte Paul.

‹Gerettet›, dachte Albinus, und seine Lebensgeister erholten sich beträchtlich. (Aber wie gefährlich dumm, zu vergessen, daß Paul auch einen Schlüssel zur Wohnung hatte!)

«Man sollte es nicht glauben», sagte er, während er den Cognac schlürfte, «es war ein Einbrecher. Sag natürlich nichts zu Elisabeth. Dachte, es sei niemand zu Hause, schätze ich. Plötzlich hörte ich die Wohnungstür seltsam knacken. Ich kam aus dem Arbeitszimmer, um zu sehen, was da klapperte – und da schlich gerade ein Mann ins Schlafzimmer. Ich folgte ihm und versuchte, ihn zu packen, aber er machte irgendwie plötzlich kehrt und schloß mich ein. Zu dumm, daß er entwischt ist. Ich dachte, du wärst ihm vielleicht begegnet.»

«Du machst Witze», sagte Paul entsetzt.

«Nein, ganz und gar nicht. Ich war im Arbeitszimmer und hörte die Wohnungstür klappen. Darum ging ich hinaus, um zu sehen, was los war, und...»

«Aber vielleicht hat er was gestohlen, wir müssen nachschauen. Und wir müssen die Polizei benachrichtigen.»

«Ach, dazu hatte er keine Zeit», sagte Albinus, «es geschah alles in Sekunden; ich habe ihn verscheucht.»

«Wie sah er aus?»

«Ach, einfach so ein Mann mit einer Mütze. Ein größerer Mann. Sah sehr kräftig aus.»

«Er hätte dich verletzen können! Was für ein unangenehmes Erlebnis. Komm, wir müssen uns umschauen.»

Sie gingen durch die Zimmer. Untersuchten Schlös-

ser. Alles war in Ordnung. Erst am Ende ihrer Untersuchungen, als sie durch die Bibliothek gingen, durch-
schoß Albinus ein plötzliches Entsetzen: In einer Ecke
zwischen den Regalen, direkt hinter einem drehbaren
Bücherständer, schaute der Zipfel eines leuchtendroten
Kleides hervor. Durch irgendein Wunder sah Paul es
nicht, obgleich er alles sehr gewissenhaft absuchte. Im
Nebenzimmer befand sich eine Miniaturensammlung,
und er beugte sich über das schräge Glas.

«Das genügt, Paul», sagte Albinus heiser. «Es hat
keinen Sinn weiterzumachen. Es ist ganz klar, daß er
nichts mitgenommen hat.»

«Wie verstört du aussiehst», rief Paul, als sie zum
Arbeitszimmer zurückgingen. «Armer Kerl! Hör mal,
du mußt entweder dein Schloß auswechseln lassen oder
die Tür immer verriegelt halten. Und was ist mit der
Polizei? Soll ich nicht lieber...»

«Sch», zischte Albinus.

Stimmen kamen näher, und Elisabeth trat ein, hinter
ihr das Kindermädchen, Irma und eine ihrer kleinen
Freundinnen – ein dickes Kind, das trotz seines
scheuen, stumpfen Aussehens höchst ungestüm sein
konnte. Albinus kam es vor, als sei alles ein Alptraum.
Margots Gegenwart in diesem Haus war ungeheuerlich, unerträglich... Das Hausmädchen kam – mit den
Büchern – zurück, sie hatte die Adresse nicht gefunden,
kein Wunder! Der Alptraum wurde immer wilder. Er
schlug vor, heute abend ins Theater zu gehen, aber Elisabeth sagte, sie sei müde. Beim Abendessen war er so
damit beschäftigt, seine Ohren nach jedem verdächtigen Rascheln zu spitzen, daß er nicht bemerkte, was er

aß (kaltes Rindfleisch mit Mixed Pickles). Paul schaute ständig um sich, gab kleine Huster von sich oder summte – wenn, dachte Albinus, dieser zudringliche Narr bloß auf seinem Platz bliebe und nicht immer herumschnöberte. Aber es bestand auch noch eine andere furchtbare Möglichkeit: Die Kinder könnten anfangen, durch alle Zimmer zu toben; und er wagte nicht, die Tür der Bibliothek abzuschließen; das könnte zu unvorstellbaren Komplikationen führen. Gottseidank ging Irmas kleine Freundin bald, und Irma wurde ins Bett gesteckt. Aber die Spannung blieb. Er hatte das Gefühl, daß sie alle – Elisabeth, Paul, das Hausmädchen und er selber – in der ganzen Wohnung herumwimmelten, anstatt beieinander zu hocken, wie es sich gehörte, und Margot eine Gelegenheit zum Hinausschlüpfen zu geben, falls sie wirklich diese Absicht haben sollte.

Etwa um elf ging Paul endlich. Wie gewöhnlich schob Frieda Riegel und Kette vor. Nun konnte Margot nicht hinaus!

«Ich bin schrecklich müde», sagte Albinus zu seiner Frau und gähnte nervös, und dann konnte er mit dem Gähnen nicht mehr aufhören. Sie gingen zu Bett. In der Wohnung war alles still. Elisabeth war drauf und dran, das Licht auszumachen.

«Schlaf du ruhig», sagte er. «Ich glaube, ich gehe noch ein bißchen lesen.»

Sie lächelte schläfrig, ohne seine Inkonsequenz zu beachten. «Weck mich nicht auf, wenn du wiederkommst», murmelte sie.

Alles war viel zu still, um natürlich zu wirken. Es

war, als wüchse die Stille immer weiter an, um plötzlich überzulaufen und loszulachen. Er war aus dem Bett geschlüpft, und in Morgenrock und Filzpantoffeln ging er geräuschlos durch den Flur. Seltsam: alle Furcht war weg. Der Alptraum war zu dem scharfen, süßen Gefühl absoluter Freiheit zerronnen, das sündigen Träumen eigen ist.

Albinus öffnete den obersten Knopf seines Pyjamas, während er dahinschlich. Er zitterte am ganzen Körper. ‹In einem Augenblick – in einem Augenblick ist sie mein›, dachte er. Leise öffnete er die Tür zur Bibliothek und drehte das mild abgeschirmte Licht an.

«Margot, du verrücktes kleines Ding», flüsterte er fiebrig.

Aber es war nur ein scharlachrotes Seidenkissen, das er vor ein paar Tagen selbst hierhergebracht hatte, um darauf zu kauern, während er in Nonnenmachers *Geschichte der Kunst* nachschlug, zehn Bände, Folio.

Kapitel 7

Margot teilte ihrer Wirtin mit, daß sie bald ausziehen würde. Es lief alles bestens. In seiner Wohnung hatte sie sich von der Solidität des Reichtums ihres Verehrers überzeugt. Auch war seine Frau, nach dem Photo auf seinem Nachttisch zu urteilen, keineswegs so, wie sie sich sie vorgestellt hatte – eine große, stattliche Person mit grimmigem Gesicht und eisernem Griff; im Gegenteil schien sie ein stilles, vages Wesen zu sein, das ohne große Schwierigkeit aus dem Weg zu schaffen war.

Und Albinus gefiel ihr ganz gut: Er war ein eleganter Herr, der nach Körperpuder und gutem Tabak roch. Natürlich konnte sie nicht hoffen, daß sich das Entzücken ihrer ersten Liebesaffaire wiederholen würde. Und sie erlaubte sich nicht, an Müller zu denken, an seine kreideweißen, hohlen Wangen, sein ungepflegtes schwarzes Haar und seine langen, geschickten Hände.

Albinus konnte sie beruhigen und ihr Fieber lindern – wie jene kühlen Wegerichblätter, die so guttun, wenn man sie auf eine entzündete Stelle legt. Dann war da auch noch etwas anderes. Er war nicht nur wohlhabend, sondern gehörte auch zu der Welt, die einem leichten Zugang zur Bühne und zum Film verschaffen konnte. Hinter verschlossener Tür machte sie dem

Spiegel ihres Kleiderschrankes zuliebe oft alle möglichen wunderlichen Grimassen oder wich vor dem Lauf eines imaginären Revolvers zurück. Und es schien ihr, daß sie so gut wie jede andere Filmschauspielerin einfältig und höhnisch lächeln konnte.

Nach sorgfältiger und mühevoller Suche fand sie ein paar recht hübsche Zimmer in einer sehr guten Gegend. Albinus war so aufgeregt seit ihrem Besuch, daß er ihr leid tat und sie weiter keine Umstände machte, sondern das dicke Bündel Geldscheine annahm, das er während eines Abendspazierganges in ihre Tasche stopfte. Außerdem ließ sie sich von ihm im Schutze einer Veranda küssen. Das Feuer dieses Kusses umgab ihn noch wie ein bunter Heiligenschein, als er nach Hause zurückkam. Er konnte ihn nicht im Flur ablegen wie seinen schwarzen Filzhut, und als er ins Schlafzimmer kam, dachte er, daß seine Frau den Lichthof sehen müsse.

Aber es kam Elisabeth, der sanften, fünfunddreißigjährigen Elisabeth, nie in den Sinn, daß ihr Mann sie betrügen könnte. Sie wußte, daß er vor seiner Heirat kleine Abenteuer gehabt hatte, und sie erinnerte sich, daß sie selbst als kleines Mädchen heimlich in einen alten Schauspieler verliebt gewesen war, der ihren Vater zu besuchen pflegte und das Abendessen mit wundervollen Imitationen von allerlei Lauten vom Bauernhof belebte. Sie hatte gehört und gelesen, daß Ehemänner und -frauen sich ständig betrogen; Ehebruch war der Kern allen Klatsches, romantischer Dichtung, komischer Geschichten und berühmter Opern. Aber sie war einfach und fest davon überzeugt, daß ihre eigene Ehe ein ganz besonderes, kostbares und reines Band war, das niemals zerrissen werden konnte.

Die Abende, an denen ihr Mann nicht da war und die, wie er erklärte, mit irgendwelchen Künstlern verbracht wurden, die an seiner Filmidee interessiert waren, flößten ihr nie auch nur den geringsten Verdacht ein. Seine Reizbarkeit und Nervosität schob sie auf das Wetter, das für Mai ganz ungewöhnlich war: Einmal war es heiß, dann wieder gab es eisige Regengüsse mit Hagelkörnern, die auf den Fensterbrettern hochsprangen wie winzige Tennisbälle.

«Sollen wir nicht irgendwohin verreisen?» schlug sie eines Tages beiläufig vor. «Tirol? Rom?»

«Geh du, wenn du magst», erwiderte Albinus. «Ich habe viel zu tun, mein Liebes.»

«Ach nein, es war nur so ein Einfall», sagte sie und ging mit Irma in den Zoo, um das Elefantenbaby anzusehen, das, wie sich herausstellte, kaum einen Rüssel hatte, dafür aber den ganzen Rücken entlang einen Fransenrand gesträubter kurzer Haare.

Mit Paul war es anders. Die Episode mit der verschlossenen Tür hatte ein seltsames Unbehagen in ihm geweckt. Albinus hatte es nicht nur unterlassen, die Polizei zu benachrichtigen, sondern war regelrecht verärgert, als Paul auf das Thema zurückkam. Darum mußte Paul unaufhörlich über diese Geschichte nachgrübeln. Er versuchte sich zu erinnern, ob er vielleicht doch eine verdächtige Gestalt gesehen hatte, als er ins Haus kam und zum Fahrstuhl gegangen war. Er war, wie er meinte, ein guter Beobachter: Er hatte zum Beispiel eine Katze bemerkt, die aufsprang, als er vorüberging,

und zwischen den Stäben des Gartenzauns hindurch-
schlüpfte, ein Schulmädchen in Rot, der er die Tür
aufgehalten hatte, Radiogelächter und -gesang aus der
Portierwohnung, wo – wie üblich – der Rundfunk eingeschaltet war. Ja, der Einbrecher mußte hinabgerannt
sein, als er im Fahrstuhl hochgefahren war. Aber woher kam ihm dieses ungute Gefühl?

Das eheliche Glück seiner Schwester war ihm etwas
Heiliges. Als er einige Tage später mit Albinus am Telephon verbunden wurde, während dieser noch sprach,
und daher gewisse Worte mithören konnte (des Schicksals klassische Methode: Horcher an der Wand), hätte
er fast das Streichholz verschluckt, mit dem er sich gerade die Zähne reinigte.

«Frag mich nicht, kauf einfach, was du willst!»

«Aber verstehst du denn nicht, Albert...», sagte
eine vulgäre, launische weibliche Stimme.

Mit einem Schaudern legte Paul den Hörer auf, als
habe er unbeabsichtigt eine Schlange angefaßt.

Als er an jenem Abend mit seiner Schwester und seinem Schwager zusammensaß, fiel ihm kein Gesprächs-
gegenstand ein. Er saß einfach da, war befangen und
nervös, rieb sich das Kinn, schlug die Beine übereinander und wieder auseinander, sah auf seine Uhr und
steckte das blanke, zeigerlose Ding wieder in die
Westentasche zurück. Er war eines von jenen feinfühli-
gen Wesen, die schuldbewußt erröten, wenn jemand
anders etwas verbockt.

Konnte dieser Mann, den er liebte und verehrte, Elisabeth betrügen? ‹Nein, nein, es ist ein Irrtum, irgendein dummes Mißverständnis›, sagte er sich immer wie-

der, während er heimlich zu Albinus hinschaute, der mit ungerührter Miene ein Buch las, sich hin und wieder räusperte und die Seiten sorgfältig mit einem Papiermesser aus Elfenbein aufschnitt... ‹Unmöglich! Diese verschlossene Schlafzimmertür hat mich darauf gebracht. Für die Worte, die ich mitgehört habe, gibt es sicher eine ganz harmlose Erklärung. Wie könnte irgendwer Elisabeth betrügen?›

Sie saß in eine Ecke des Sofas gekuschelt und erzählte langsam und umständlich die Handlung eines Theaterstückes, das sie gesehen hatte. Ihre blassen Augen mit den leichten Sommersprossen darunter waren so aufrichtig wie die ihrer Mutter, und ihre ungepuderte Nase glänzte rührend. Paul nickte mit dem Kopf und lächelte. Von ihm aus hätte sie Russisch sprechen können. Dann plötzlich und nur eine Sekunde lang fing er einen Blick aus Albinus' Augen auf, wie sie ihn über das Buch hinweg ansahen, das er in der Hand hielt.

Kapitel 8

Inzwischen hatte Margot die Wohnung gemietet und begonnen, einige Einrichtungsgegenstände zu kaufen, beim Eisschrank angefangen. Obwohl Albinus recht hübsch bezahlt hatte, und sogar mit einem ganz angenehmen Gefühl, gab er das Geld auf Treu und Glauben, denn er hatte nicht nur die Wohnung nicht gesehen – er wußte nicht einmal die Adresse. Sie hatte ihm gesagt, es wäre für sie ein großer Spaß, wenn er ihr neues Heim erst zu sehen bekommen würde, sobald es fertig eingerichtet war.

Eine Woche verging. Er glaubte, daß sie ihn am Sonnabend anrufen würde. Den ganzen Tag bezog er Wache am Telephon. Aber es glänzte nur und blieb stumm. Am Montag kam er zu dem Schluß, daß sie ihn hereingelegt hatte – für immer verschwunden war. Abends kam Paul. Diese Besuche waren inzwischen für beide die Hölle. Noch schlimmer – Elisabeth war nicht zu Hause. Paul saß im Arbeitszimmer Albinus gegenüber, rauchte und betrachtete das Ende seiner Zigarre. In letzter Zeit war er sogar dünner geworden. ‹Er weiß alles›, dachte Albinus niedergeschlagen. ‹Na, und wenn schon? Er ist ein Mann, er sollte Verständnis haben.›

Irma trottete herein, und Pauls Züge hellten sich auf. Er nahm sie auf den Schoß und stieß ein komisches leises Grunzen aus, als sie ihn mit ihrer kleinen Faust in den Magen boxte, während sie es sich bequem machte.

Dann kam Elisabeth vom Bridge-Tee zurück. Der Gedanke ans Abendessen und den langen Abend danach erschien Albinus plötzlich mehr, als er ertragen konnte. Er verkündete, daß er nicht zu Hause essen würde; seine Frau fragte ihn gutmütig, warum er das nicht früher gesagt habe.

Er hatte nur den einen Wunsch: Margot sofort zu finden, koste es, was es wolle. Das Geschick, das ihm so viel versprochen hatte, hatte nicht das Recht, ihn jetzt zu betrügen. Er war so verzweifelt, daß er sich zu einem sehr gewagten Schritt entschloß. Er wußte, wo ihr altes Zimmer war, und er wußte, daß sie dort mit ihrer Tante gewohnt hatte. Dorthin ging er. Als er den Hinterhof überquerte, sah er ein Hausmädchen an einem offenen Parterrefenster Betten machen und erkundigte sich bei ihr.

«Fräulein Peters?» wiederholte sie und hielt das Kissen, das sie gerade aufgeschüttelt hatte. «Ich glaube, die ist umgezogen. Aber kucken Sie mal lieber selbst. Fünfter Stock, linke Tür.»

Eine schlampige Frau mit blutunterlaufenen Augen öffnete die Tür ganz wenig, ohne die Kette zurückzumachen, und fragte, was er wolle.

«Ich möchte Fräulein Peters' neue Adresse wissen, sie hat hier bei ihrer Tante gewohnt.»

«Ach so?» sagte die Frau mit plötzlichem Interesse;

und jetzt hakte sie die Kette aus. Sie führte ihn in ein winziges Wohnzimmer, in dem bei der geringsten Bewegung alle Gegenstände erzitterten und klapperten. Auf einem Stück Wachstuch mit runden, braunen Flecken standen ein Teller mit Kartoffelbrei, Salz in einer eingerissenen Papiertüte und drei leere Bierflaschen. Mit einem geheimnisvollen Lächeln bat sie ihn, sich zu setzen.

«Wenn ich ihre Tante wäre», sagte sie zwinkernd, «würde ich ihre Adresse wahrscheinlich nicht wissen. Nein», fügte sie mit gewisser Heftigkeit hinzu, «sie hat keine Tante nicht.»

‹Betrunken›, dachte Albinus matt. «Hören Sie», sagte er, «können Sie mir nicht sagen, wo sie hingezogen ist?»

«Sie hat bei mir zur Untermiete gewohnt», sagte die Frau versonnen, während sie verbittert über Margots Undankbarkeit nachdachte, ihr sowohl den reichen Freund als auch die neue Adresse vorzuenthalten, obwohl es nicht sehr schwer gewesen war, letztere herauszubekommen.

«Was kann ich tun?» rief Albinus. «Können Sie mir keinen Rat geben?»

Ja, leider undankbar. Sie hatte ihr so geholfen. Nun wußte sie nicht genau, ob sie Margot einen Gefallen oder das Gegenteil tun würde, wenn sie die Adresse verriete (sie hätte letzteres vorgezogen), aber dieser große, nervöse, blauäugige Herr sah so unglücklich aus, daß sie ihm mit einem Seufzer sagte, was er wissen wollte.

«Hinter mir waren sie auch immer her in der guten

72

alten Zeit», murmelte sie und nickte mit dem Kopf, während sie ihn hinausließ. «Doch, das waren sie.»

Es war halb acht. Lichter gingen an, und ihr sanfter, orangefarbener Schimmer wirkte in der bleichen Dämmerung sehr reizvoll. Der Himmel war noch immer ganz blau, mit einer einzigen, lachsfarbenen Wolke in großer Ferne, und von all dem labilen Gleichgewicht zwischen Licht und Dämmerung wurde es Albinus ganz schwindlig.

‹Noch einen Augenblick, und ich bin im Paradies›, dachte er, während er in einem Taxi über den wispernden Asphalt jagte.

Drei hohe Pappeln wuchsen vor dem großen Backsteinhaus, in dem sie jetzt wohnte. Ein nagelneues Messingschild mit ihrem Namen war an der Tür befestigt. Ein riesiges weibliches Wesen mit Armen wie Klumpen rohen Fleisches meldete ihn an. ‹Hat schon eine Köchin›, dachte er liebevoll. «Treten Sie ein», sagte die Köchin, als sie zurückkam. Er strich sein spärliches Haar glatt und trat ein.

Margot lag in einem Kimono auf einem entsetzlichen chintzbezogenen Sofa, die Arme unter dem Kopf verschränkt. Auf ihrem Bauch lag ein aufgeschlagenes Buch, Umschlag nach oben.

«Du bist aber fix», sagte sie und streckte lässig die Hand aus.

«Du scheinst ja gar nicht überrascht zu sein, mich zu sehen», murmelte er leise. «Rate mal, wie ich deine Adresse herausgefunden habe.»

«Ich habe dir meine Adresse geschrieben», sagte sie mit einem Seufzer und hob beide Ellbogen wieder an.

73

«Es war sehr komisch», fuhr Albinus fort, ohne auf ihre Worte zu achten – einfach erfreut über den Anblick ihrer geschminkten Lippen, die er im nächsten Augenblick... «Sehr komisch – besonders weil du mich zum Narren gehalten hast mit dieser erfundenen Tante von dir.»

«Warum bist du da hingegangen?» fragte Margot, plötzlich sehr verärgert. «Ich habe dir meine Adresse doch geschrieben – oben rechts in die Ecke, klar und deutlich.»

«Obere Ecke? Klar und deutlich?» wiederholte Albinus und verzog verblüfft sein Gesicht. «Wovon redest du bloß?»

Sie schloß das Buch mit einem Knall und setzte sich auf.

«Du hast meinen Brief doch sicher bekommen?»

«Welchen Brief?» fragte Albinus – und plötzlich hielt er sich die Hand vor den Mund, und seine Augen öffneten sich sehr weit.

«Ich hab dir heute morgen einen Brief geschrieben», sagte sie, legte sich wieder hin und schaute ihn neugierig an. «Ich dachte, du würdest ihn mit der Abendpost bekommen und mich dann sofort besuchen.»

«Das hast du nicht!» rief Albinus.

«Klar habe ich. Und ich kann dir genau sagen, was ich geschrieben habe: ‹Liebster Albert, das winzige Nest ist bereit, und das Vögelchen wartet auf Dich. Umarme mich nur nicht zu fest, sonst wirst Du Deiner Süßen den Kopf mehr denn je verdrehen.› Das war's so in etwa.»

«Margot», flüsterte er heiser, «Margot, was hast du

74

getan? Ich bin zu Hause weggegangen, bevor ich ihn bekommen konnte. Der Briefträger... er kommt nicht vor dreiviertel acht. Jetzt ist es...»

«Na, da kann ich nichts für», sagte sie. «Wirklich, dir kann man auch nichts recht machen. Es war ein so süßer Brief.»

Sie zuckte die Achseln, nahm das Buch auf und drehte ihm den Rücken zu. Auf der rechten Seite war eine Photostudie von Greta Garbo.

Albinus ertappte sich bei dem Gedanken: ‹Wie seltsam. Eine Katastrophe geschieht, und dennoch nimmt man ein Bild zur Kenntnis.› Zwanzig vor acht. Margot lag da, ihr Körper gewunden und bewegungslos wie der einer Eidechse.

«Zertrümmert, das hast du...», begann er aus vollem Halse, aber beendete den Satz nicht. Er rannte hinaus, eilte die Treppe hinab, sprang in ein Taxi, und während er auf dem äußersten Rand des Sitzes saß und sich nach vorn lehnte (und auf diese Weise ein paar Zentimeter gewann), starrte er auf den Rücken des Fahrers, und dieser Rücken war hoffnungslos.

Er kam an, sprang heraus, bezahlte, wie es Männer im Film tun – blindlings ein Geldstück hinwerfend. Am Gartenzaun sah er die vertraute Gestalt des hageren, x-beinigen Briefträgers im Gespräch mit dem kleinen, untersetzten Portier.

«Post für mich?» fragte Albinus atemlos.

«Ich habe sie gerade eingeworfen», antwortete der Briefträger mit freundlichem Grinsen.

Albinus schaute hinauf. Die Fenster der Wohnung waren hell erleuchtet, alle – etwas ganz Ungewöhnliches. Mit ungeheurer Anstrengung ging er ins Haus und begann hinaufzugehen. Er kam an den ersten Treppenabsatz – und an den zweiten. «Ich will es erklären... eine junge Künstlerin in Not... Nicht ganz richtig im Kopf, schreibt Liebesbriefe an Fremde.» ... Unsinn – das Spiel war aus.

Ehe er an seine Wohnungstür kam, drehte er sich plötzlich um und eilte wieder hinab. Eine Katze kam über den Gartenweg und schlüpfte behende zwischen den Eisenstäben hindurch.

Zehn Minuten später war er wieder in dem Zimmer, das er vor kurzem so fröhlich betreten hatte. Margot lag noch immer in der gleichen gekurvten Haltung auf der Couch – eine träge Eidechse. Das Buch war noch an der gleichen Seite aufgeschlagen. Albinus setzte sich in einiger Entfernung von ihr und fing an, mit den Fingergelenken zu knacken.

«Hör auf damit», sagte Margot, ohne den Kopf zu heben. Er hörte auf, begann aber bald von neuem.

«Na, ist der Brief eingetrudelt?»

«Ach, Margot», sagte er und räusperte sich mehrmals. «Zu spät, zu spät», schrie er mit ungewohnt schriller Stimme.

Er stand auf, ging im Zimmer auf und ab, schneuzte sich die Nase und setzte sich dann wieder auf den Stuhl.

«Sie liest alle meine Briefe», sagte er, sah durch einen feuchten Nebel auf seine Schuhspitze und versuchte, sie in das zitternde Muster des Teppichs einzuordnen.

«Na, das hättest du ihr aber verbieten sollen.»

«Margot, du verstehst nicht... Das war immer so –

76

eine Gewohnheit, ein Vergnügen. Verlegte sie manch-
mal, noch ehe ich sie gelesen hatte. Es gab alle mög-
lichen amüsanten Briefe. Wie konntest du das nur tun?
Ich kann mir nicht vorstellen, was sie jetzt macht.
Wenn durch ein Wunder, gerade dies eine Mal...
Vielleicht war sie mit irgend etwas beschäftigt...
Vielleicht... Nein!»

«Na, denn paß auf, daß du dich nicht sehen läßt,
wenn sie hier aufkreuzt. Ich red mit ihr auf dem Korridor allein.»

«Wer? Wann?» fragte er und erinnerte sich dumpf an
die betrunkene Hexe, die er – vor einer Ewigkeit – aufgesucht hatte.

«Wann? Jeden Augenblick, nehme ich an. Jetzt hat
sie ja meine Adresse, oder?»

Albinus hatte noch immer nicht verstanden.

«Ach, das meinst du», murmelte er schließlich. «Wie
dumm du bist, Margot! Glaube mir, das ist auf jeden
Fall ausgeschlossen. Alles... aber das nicht.»

‹Um so besser›, dachte Margot, und plötzlich fühlte
sie sich äußerst übermütig. Als sie den Brief ab-
schickte, hatte sie viel trivialere Folgen vorhergesehen:
Er weigert sich, den Brief zu zeigen, die Frau wird
wild, stampft mit den Füßen, wird hysterisch. So ist
der erste Verdacht erregt, und das ebnet den Weg.
Aber nun hatte das Glück ihr geholfen, und der Weg
war mit einem Streich freigemacht. Sie ließ das Buch
auf den Boden gleiten und lächelte, als sie sein gesenk-
tes, zuckendes Gesicht sah. Es war Zeit zu handeln,
meinte sie.

Margot streckte sich aus, spürte ein angenehmes

Prickeln in ihrem schlanken Körper und sagte, während sie zur Decke schaute: «Komm her.»

Er kam, setzte sich auf den Rand der Couch nieder und schüttelte niedergeschlagen den Kopf.

«Küß mich», sagte sie und schloß die Augen. «Ick tröste dich.»

Kapitel 9

Berlin-West, an einem Morgen im Mai. Männer mit weißen Mützen, die die Straße fegten. Wer läßt alte Lackstiefel im Rinnstein liegen? Sperlinge machten sich im Efeu zu schaffen. Ein elektrisches Milchauto auf fetten Reifen rollte sahnig vorbei. Die Sonne blendete in einem Mansardenfenster an einer Dachschräge aus grünen Ziegeln. Die junge frische Luft selbst hatte sich noch nicht an das Hupen des fernen Verkehrs gewöhnt; sie nahm die Laute ruhig auf und trug sie davon wie etwas Zerbrechliches und Kostbares. In den Vorgärten stand der persische Flieder in Blüte. Trotz der frühen Kühle flatterten schon weiße Schmetterlinge umher, wie in einem ländlichen Garten. Alles dies umgab Albinus, als er das Haus verließ, in dem er die Nacht verbracht hatte.

Er war sich eines dumpfen Unbehagens bewußt. Er war hungrig; er hatte sich weder rasiert noch gebadet; das gestrige Hemd fühlte sich auf seiner Haut widerlich an. Er kam sich völlig verausgabt vor – und ein Wunder war das nicht. Dies war die Nacht gewesen, von der er seit Jahren geträumt hatte. Schon der Art, wie sie ihre Schulterblätter zusammengezogen und geschnurrt hatte, als er ihr das erste Mal den flaumigen

Rücken küßte, hatte er entnommen, daß er genau das bekommen würde, was er wollte, und das war nicht die Kühle der Unschuld. Wie in seinen kühnsten Vorstellungen war alles erlaubt gewesen: Puritanische Liebe, spröde Zurückhaltung waren in dieser neuen freien Welt weniger bekannt als Eisbären in Honolulu.

Ihre Nacktheit war so natürlich gewesen, als wäre sie es seit langem gewohnt, am Strand seiner Träume entlangzulaufen. Es war etwas herrlich Akrobatisches in ihren Bettgewohnheiten. Und hinterher hüpfte sie dann hinaus, tänzelte im Zimmer auf und ab, schwenkte ihre mädchenhaften Hüften und kaute an einem trockenen Brötchen, das vom Abendessen übriggeblieben war.

Sie schlief ganz plötzlich ein, so als hätte sie mitten im Satz aufgehört zu sprechen, als das elektrische Licht schon todeszellengelb und das Fenster gespenstisch blau wurde. Er suchte den Weg ins Badezimmer, aber dem Hahn waren nur ein paar Tropfen rostfarbenen Wassers abzuwinnen. Er seufzte, zog mit zwei Fingern einen trostlosen Luffaschwamm aus der Wanne, ließ ihn zimperlich fallen, untersuchte die glitschige rosa Seife und überlegte, daß er Margot in den Regeln der Sauberkeit unterweisen mußte. Zähneklappernd zog er sich an, breitete die Daunendecke über sie, die süß schlief, küßte ihr warmes, zerzaustes dunkles Haar, hinterließ eine Bleistiftnotiz auf dem Tisch und ging leise hinaus.

Im milden Sonnenschein dahinschlendernd, wurde ihm jetzt klar, daß die Abrechnung bevorstand. Als er das Haus wiedersah, in dem er so lange Zeit mit Elisabeth gewohnt hatte; als er den Aufzug betrat, in dem das Kindermädchen mit seinem Baby auf dem Arm und seine sehr bleiche und glückliche Frau vor acht Jahren hinaufgefahren waren; als er vor der Tür stand, auf der gesetzt sein Gelehrtenname prangte, war Albinus fast bereit, auf jegliche Wiederholung der vergangenen Nacht zu verzichten, wenn nur ein Wunder geschehen war. Er war sicher, daß er seine Abwesenheit irgendwie erklären könnte, wenn Elisabeth den Brief nicht gelesen hatte – er könnte sagen, er habe zum Spaß versucht, Opium zu rauchen, in den Räumen jenes japanischen Künstlers, der einmal zum Abendessen bei ihnen gewesen war – das wäre ganz plausibel.

Aber jetzt mußte er die Tür öffnen, hineingehen und sehen... Was würde er sehen? ... Wäre es nicht vielleicht am besten, überhaupt nicht hineinzugehen – einfach alles so zu lassen, wie es war, zu desertieren, zu verschwinden?

Plötzlich dachte er daran, wie er sich während des Krieges gezwungen hatte, sich nicht zu tief zu ducken, wenn er die Deckung verließ.

Im Flur blieb er bewegungslos stehen und horchte. Kein Laut. Gewöhnlich war die Wohnung um diese Zeit voller Geräusche: Irgendwo lief sonst das Wasser, das Kindermädchen sprach laut mit Irma, das Hausmädchen klapperte im Eßzimmer mit dem Geschirr... Kein Laut! In der Ecke stand Elisabeths Regenschirm. Er versuchte, daraus etwas Trost zu ziehen. Während er so dastand, erschien ganz plötzlich Frieda ohne Schürze auf dem Flur, starrte ihn an und sagte dann deprimiert:

«Alle sind sie gestern abend weg, gnädiger Herr.»

«Wohin?» fragte Albinus, ohne sie anzusehen.

Sie erzählte ihm alles. Sie sprach schnell und ungewöhnlich laut. Dann brach sie in Tränen aus, während sie ihm Hut und Stock abnahm.

«Möchten Sie Kaffee?» jammerte sie.

Die Unordnung im Schlafzimmer sagte alles. Die Abendkleider seiner Frau lagen auf dem Bett. Eine Schublade der Kommode war herausgezogen. Das kleine Portrait seines verstorbenen Schwiegervaters war vom Tisch verschwunden. Eine Ecke des Teppichs war umgeschlagen.

Albinus klappte sie zurück und ging still in sein Arbeitszimmer. Ein paar geöffnete Briefe lagen auf dem Schreibtisch. Ah, da war er – was für eine kindliche Handschrift! Miserable Rechtschreibung. Eine Einladung zum Mittagessen von den Dreyers. Wie nett. Ein kurzer Brief von Rex. Die Zahnarztrechnung. Ausgezeichnet.

Zwei Stunden später erschien Paul. Wie ich sehe, hat er sich sehr ungeschickt rasiert. Quer über seiner dicken Wange klebte ein Stück schwarzes Pflaster.

«Ich komme, um die Sachen zu holen», sagte er im Vorbeigehen.

Albinus folgte ihm, klimperte mit dem Kleingeld in der Hosentasche und schaute schweigend zu, während er und Frieda hastig den Koffer packten, als wären sie in Eile, einen Zug zu erreichen.

«Vergiß nicht den Regenschirm», sagte Albinus unbestimmt.

Dann ging er ihnen wieder nach, und im Kinderzimmer wurde wieder gepackt. Im Zimmer des Fräuleins stand ein Handkoffer bereit. Sie nahmen auch den.

«Paul, nur ein Wort», murmelte Albinus, und er räusperte sich und ging ins Arbeitszimmer. Paul kam herein und stellte sich ans Fenster.

«Dies ist eine Tragödie», sagte Albinus.

«Ich will dir mal eins sagen», rief Paul schließlich, während er aus dem Fenster starrte. «Es wird ein großes Glück sein, wenn Elisabeth den Schock überlebt. Sie...»

Er brach ab. Das schwarze Kreuz auf seiner Wange ging auf und ab.

«Sie ist wie eine Tote, so wie die Dinge liegen. Du hast... Du bist... Wirklich, mein Herr, Sie sind ein Schurke, ein totaler Schurke.»

«Bist du nicht ein bißchen grob?» sagte Albinus und versuchte zu lächeln.

«Es ist ungeheuerlich!» rief Paul und sah seinen Schwager zum ersten Male an. «Wo hast du sie aufgelesen? Wie kommt diese Prostituierte dazu, dir zu schreiben?»

«Sachte, sachte», sagte Albinus und leckte sich die Lippen.

«Ich verprügele dich, da kannst du Gift drauf nehmen!» schrie Paul noch lauter.

«Denk an Frieda», murmelte Albinus. «Sie kann jedes Wort hören.»

«Willst du mir wohl eine Antwort geben?» und Paul versuchte, seinen Rockaufschlag zu packen, aber Albinus schlug ihm mit einem kränklichen Lächeln auf die Hand.

«Ich lasse mich nicht ins Kreuzverhör nehmen», flüsterte er. «Das ist alles außerordentlich schmerzlich. Kannst du dir nicht vorstellen, es sei ein entsetzliches Mißverständnis? Angenommen...»

«Du lügst!» brüllte Paul und stampfte mit einem Stuhl auf den Boden. «Du Schuft! Ich war gerade bei ihr. Eine kleine Hure, die in eine Besserungsanstalt gehört. Ich wußte, daß du lügen würdest, du Schuft. Wie konntest du so etwas tun! Das ist nicht nur lasterhaft, das ist...»

«Das reicht», unterbrach Albinus ihn fast unhörbar.

Ein Lastwagen fuhr vorbei; leise klirrten die Fensterscheiben.

«Ach, Albert», sagte Paul in unerwartet ruhigem und melancholischem Ton, «wer hätte das gedacht...»

Er ging hinaus. Frieda schluchzte in den Kulissen. Irgend jemand trug das Gepäck hinaus. Dann war alles still.

Kapitel 10

Am selben Nachmittag packte Albinus seinen Koffer und fuhr zu Margot. Es war nicht leicht gewesen, Frieda zu überreden, in der leeren Wohnung zu bleiben. Schließlich stimmte sie zu, als er vorschlug, daß ihr Bräutigam, ein solider Polizeiwachtmeister, im bisherigen Schlafzimmer des Kindermädchens wohnen könnte. Und wenn jemand anrief, sollte sie sagen, Albinus sei mit seiner Familie unerwartet nach Italien gereist.

Margot empfing ihn kühl. Heute morgen war sie von einem dicken, erbosten Herrn herausgeläutet worden, der auf der Suche nach seinem Schwager war; er hatte sie beschimpft. Die Köchin, eine besonders kräftige Person, hatte ihn gottseidank hinausbefördert!

«Diese Wohnung ist wirklich nur für eine Person gedacht», sagte sie und schaute auf Alberts Koffer.

«Ach, bitte», murmelte er elend.

«Überhaupt haben wir noch eine Menge zu bereden. Ich habe nicht vor, mir die Beleidigungen deiner blöden Verwandtschaft anzuhören» – und sie ging in ihrem roten Seidenmorgenrock im Zimmer auf und ab, die rechte Hand in der linken Achselhöhle, und paffte an ihrer Zigarette. Mit dem dunklen Haar, das ihr über die Braue fiel, sah sie aus wie eine Zigeunerin.

Nach dem Tee fuhr sie weg, um ein Grammophon zu kaufen. Warum ein Grammophon? Ausgerechnet heute... Völlig erschöpft und mit rasenden Kopfschmerzen lag Albinus auf dem Sofa in dem gräßlichen Wohnzimmer und dachte: ‹Irgend etwas unsagbar Schreckliches ist geschehen, aber ich bin wirklich ganz ruhig. Elisabeths Ohnmacht dauerte zwanzig Minuten, und dann schrie sie; wahrscheinlich hörte es sich furchtbar an; und ich bin ganz ruhig. Sie ist noch immer meine Frau, und ich liebe sie, und ich werde mich natürlich erschießen, falls sie durch meine Schuld sterben sollte. Ich möchte nur wissen, wie sie Irma den Umzug in Pauls Wohnung und all die Eile und Aufregung erklärt haben? Es war abscheulich, wie Frieda es beschrieb. ‚und die gnä' Frau hat geschrien und geschrien.'... Seltsam, weil Elisabeth nie zuvor in ihrem Leben die Stimme erhoben hatte.›

Als Margot am nächsten Tag ausgegangen war, um Schallplatten zu kaufen, schrieb er einen langen Brief. Darin versicherte er seiner Frau ganz aufrichtig, obwohl in vielleicht zu blumiger Sprache, daß er sie nach wie vor schätze, trotz seiner kleinen Eskapade, «die unser Familienglück zerschlitzt hat wie das Messer eines Irren ein Bild». Er weinte, horchte, um sicher zu sein, daß Margot nicht zurückkam, und schrieb weiter, schluchzend und vor sich hin murmelnd. Er bat seine Frau um Verzeihung, aber sein Brief enthielt keinen Hinweis darauf, daß er bereit sei, seine Liebschaft aufzugeben.

Eine Antwort erhielt er nicht.

Dann wurde ihm klar, daß er, wenn er sich nicht wei-

ter quälen wollte, das Bild seiner Familie aus dem Gedächtnis tilgen und sich ganz und gar der wilden, fast
krankhaften Leidenschaft überlassen müsse, die Margots heitere Anmut in ihm wachrief. Sie ihrerseits war
immer bereit, auf seine Annäherungen einzugehen; es
erfrischte sie nur; sie war verspielt und sorglos; vor zwei
Jahren hatte ihr der Arzt gesagt, daß sie nie ein Kind
bekommen würde, und sie betrachtete das als eine
Wohltat und einen Segen.

Albinus brachte ihr bei, täglich zu baden, statt nur
Hände und Hals zu waschen, wie sie es bisher getan
hatte. Ihre Nägel waren jetzt immer sauber und leuchtend rot lackiert, an Händen wie Füßen.

Unentwegt entdeckte er neue Reize an ihr – rührende
kleine Dinge, die ihm an jedem anderen Mädchen grob
und ordinär erschienen wären. Die kindlichen Linien
ihres Körpers, ihre Schamlosigkeit und das langsame
Verglimmen ihrer Augen (als würden sie wie die Lichter im Theater langsam gelöscht) versetzte ihn in eine
solche Raserei, daß er die letzten Reste jener Scheu verlor, die seine steife und zarte Frau von seinen Umarmungen verlangt hatte.

Er verließ das Haus kaum, aus Angst, Bekannte zu
treffen. Nur mit Widerstreben und nur morgens ließ er
Margot ausgehen – auf ihre abenteuerlichen Jagdzüge
nach Strümpfen und seidener Unterwäsche. Er war erstaunt über ihren Mangel an Neugier: Sie stellte ihm nie
irgendwelche Fragen über sein früheres Leben. Manchmal versuchte er, sie an seiner Vergangenheit zu interessieren, erzählte ihr von seiner Kindheit, von seiner
Mutter, an die er sich nur schwach erinnerte, und von

seinem Vater, einem vollblütigen Großgrundbesitzer, der seine Hunde und Pferde, seinen Hafer und sein Korn sehr geliebt hatte und ganz plötzlich gestorben war – an einem gewaltigen Lachanfall im Billardzimmer, wo ein Gast eine unflätige Geschichte erzählte.

«Wie ging die Geschichte? Erzähl sie mir», sagte Margot – aber er hatte sie vergessen.

Er erzählte ihr von seiner frühen Leidenschaft für die Malerei, seinen Arbeiten, seinen Entdeckungen; er erzählte ihr, wie sich ein Bild mittels Knoblauch und zerquetschtem Harz restaurieren ließe, die den alten Firnis in Staub verwandelten, und wie unter einem mit Terpentin befeuchteten Flanellappen die Rauchigkeit oder das grobe darübergemalte Bild verschwänden und die ursprüngliche Schönheit hervorblühte.

Margot war hauptsächlich am Marktwert eines solchen Bildes interessiert.

Er erzählte ihr vom Krieg und dem kalten Schlamm der Schützengräben, und sie fragte ihn, warum er sich bei seinem Reichtum keinen Posten hinter den Linien organisiert habe.

«Was bist du doch für ein ulkiges Schätzchen!» rief er dann und streichelte sie.

Sie fing an, sich abends zu langweilen; es verlangte sie nach Kinofilmen, schicken Restaurants und negroider Musik.

«Das sollst du alles, alles haben», sagte er, «ich muß mich nur erst etwas erholen. Ich habe alle möglichen Pläne... Wir werden bald an die See fahren.»

Er sah sich im Wohnzimmer um und wunderte sich, wie er, der doch stolz darauf war, daß er Dinge von

schlechtem Geschmack nicht ertrug, dieses Schrek-
kenskabinett aushalten konnte. Alles, so sann er, wurde
durch seine Leidenschaft verschönt.

«Wir haben uns wirklich sehr hübsch eingerichtet –
nicht wahr, Liebling?»

Sie stimmte herablassend zu. Sie wußte, daß dies
alles nur vorübergehend war: Die Erinnerung an seine
luxuriöse Wohnung ging ihr nicht aus dem Kopf; aber
natürlich gab es keinen Grund zur Eile.

Als Margot im Juli eines Tages zu Fuß von ihrem
Schneider zurückkam und sich schon dem Hause näherte, packte sie jemand von hinten über dem Ellbogen.
Sie schnellte herum. Es war ihr Bruder Otto. Er grinste
unangenehm. In geringer Entfernung standen zwei seiner Freunde und grinsten auch.

«Schön, daß ich dich treffe, Schwesterherz», sagte
er. «Nicht sehr nett von dir, deine Leute zu vergessen.»

«Laß los!» sagte Margot ruhig und senkte die Wimpern.

Otto stemmte die Arme in die Hüften: «Wie fein du
aussiehst», sagte er und musterte sie von Kopf bis Fuß.
«Wirklich, ganz junge Dame!»

Margot drehte sich um und ging davon. Aber er
packte sie wieder am Arm und tat ihr weh, und wie als
Kind stieß sie ein leises «Aua!» aus.

«Hör mal», sagte Otto, «ich beobachte dich schon
drei Tage lang. Ich weiß, wo du wohnst. Aber wir gehen besser ein Stück weiter.»

«Laß mich los!» flüsterte Margot und versuchte,
seine Finger zu lockern. Ein Passant blieb stehen, eine
Schlägerei witternd. Ihr Haus war ganz in der Nähe.

Albinus hätte zufällig aus dem Fenster schauen können. Das wäre ärgerlich.

Sie gab seinem Druck nach. Er führte sie um die Ecke; boshaft grinsend und mit den Armen schlenkernd folgten die beiden andern, Kaspar und Kurt.

«Was willst du?» fragte sie und schaute angewidert auf die schmierige Mütze ihres Bruders und die Zigarette hinter seinem Ohr.

Er machte eine Kopfbewegung zur Seite. «Gehn wir in die Kneipe da!»

«Nein», rief sie, aber die beiden andern kamen dicht heran und knurrten, während sie sie auf die Tür zuschoben. Sie begann sich zu fürchten.

In der Kneipe besprachen ein paar Männer die kommenden Wahlen in lauten bellenden Tönen.

«Setzen wir uns hier in die Ecke», sagte Otto.

Sie setzten sich. Margot erinnerte sich lebhaft und mit einer Art Verwunderung, wie sie alle zusammen in die Vororte auf Bummel gegangen waren – sie, Otto und diese beiden sonnengebräunten Jungen. Sie brachten ihr das Schwimmen bei und grapschten unter Wasser nach ihren nackten Schenkeln. Kurt hatte auf dem Unterarm einen tätowierten Anker und auf der Brust einen Drachen. Sie rekelten sich am Ufer und bewarfen sich mit dem feuchten, samtweichen Sand. Sie klatschten ihr auf die nassen Badehosen, sobald sie sich flach hinlegte. Wie lustig das alles war, die fröhliche Menschenmenge, überall Papierabfall, und der muskulöse, blondhaarige Kaspar am Seeufer schüttelte die Arme, als zittere er, und brüllte: «Is det Wasser aber naß!» Beim Schwimmen hielt er den Mund unter

Wasser und trompetete wie ein Seehund. Und wenn er herauskam, kämmte er als erstes sein Haar zurück und setzte sorgfältig seine Mütze auf. Sie erinnerte sich, wie sie Ball spielten; und dann legte sie sich hin, und die anderen bedeckten sie mit Sand, ließen nur ihr Gesicht frei und legten oben ein Kreuz aus Kieselsteinen aus.

«Nun hör mal zu», sagte Otto, als vier goldberandete Gläser hellen Biers auf dem Tisch erschienen. «Du brauchst dich wegen deiner Leute nicht zu schämen, bloß weil du einen reichen Freund hast. Im Gegenteil, du mußt an uns denken.» Er trank einen Schluck, und seine Freunde taten es ihm nach. Beide betrachteten Margot mit verachtungsvoller Feindseligkeit.

«Du hast keine Ahnung, wovon du redest», sagte sie geringschätzig. «Es ist ganz anders, als du denkst. Nämlich wir sind verlobt.»

Alle drei brachen in Gelächter aus. Margot war so angeekelt, daß sie wegschaute und mit dem Verschluß ihrer Handtasche spielte. Otto nahm sie ihr aus der Hand, machte sie auf und fand darin eine Puderdose, Schlüssel, ein winziges Taschentuch und drei Mark fünfzig, die er an sich nahm.

«Das reicht fürs Bier», bemerkte er, machte dann eine kleine Verbeugung und legte die Tasche vor sie hin.

Sie bestellten noch mehr. Auch Margot nahm mit Mühe ein paar Schluck: Sie machte sich nichts aus Bier, aber sie wollte nicht, daß sie ihres tranken.

«Kann ich jetzt gehen?» fragte sie und betupfte die Zwillingslocken an ihren Schläfen.

«Was? Sitzt du denn nicht gern mit deinem Bruder und seinen Freunden zusammen?» fragte Otto in gespieltem Erstaunen. «Meine Liebe, du hast dich sehr verändert. Aber – wir sind noch gar nicht zur Sache gekommen...»

«Du hast mein Geld gestohlen, und jetzt gehe ich.»

Wieder knurrten alle, und wieder fühlte sie sich geängstigt.

«Von Stehlen kann keine Rede sein», sagte Otto boshaft. «Das ist nicht dein Geld, sondern Geld, das du von jemand gekriegt hast, der es der Arbeiterklasse abgepreßt hat. Also rede lieber nicht von Stehlen. Du...»

Er faßte sich und fuhr ruhiger fort:

«Hör zu, du. Besorg uns etwas Kleingeld von deinem Freund, für die Familie. Fünfzig werden reichen. Verstanden?»

«Und wenn ich's nicht mache?»

«Dann wird die Rache süß», antwortete Otto ruhig. «Wir wissen nämlich alles über dich. Verlobt ist gut!»

Margot strahlte plötzlich und flüsterte mit gesenkten Wimpern: «Na gut, ich werde es besorgen. Ist das alles? Kann ich jetzt gehen?»

«Braves Mächen. Aber warum so eilig? Übrigens sollten wir uns ein bißchen öfter sehen. Wir wär's mal mit einem Ausflug an den See, he?» Er wendete sich an seine Freunde. «Was für Jux haben wir doch immer gemacht! Sie sollte sich nicht so haben, was?»

Aber Margot war schon aufgestanden und leerte ihr Glas im Stehen.

«Morgen mittag an derselben Ecke», sagte Otto,

«und dann fahren wir für den ganzen Tag raus. Einverstanden?»

«Einverstanden», sagte Margot strahlend. Sie schüttelte reihum die Hände und ging hinaus.

Sie kam nach Hause, und als Albinus die Zeitung
niederlegte und sich erhob, um sie zu begrüßen, wankte
sie und tat, als ob sie ohnmächtig würde. Es war eine
mäßige Vorstellung, aber sie erfüllte ihren Zweck. Er
war ernstlich besorgt, bettete sie bequem auf die
Couch, brachte ihr Wasser.

«Was ist los? So sag doch», wiederholte er und streichelte ihr Haar.

«Nun wirst du mich verlassen», stöhnte Margot.

Er schluckte und zog sofort den schlimmsten Schluß:
Sie war ihm untreu gewesen.

‹Gut. Dann bringe ich sie um›, dachte er schnell.
Aber laut wiederholte er ganz ruhig: «Was ist geschehen, Margot?»

«Ich habe dich betrogen», wimmerte sie.

‹Sie muß sterben›, dachte Albinus.

«Ich habe dich entsetzlich betrogen, Albert. Erstens
ist mein Vater gar kein Maler; er war Schlosser, und
jetzt ist er Portier; meine Mutter wienert das Treppen-
geländer, und mein Bruder ist gewöhnlicher Arbeiter.
Ich hatte eine schwere, schwere Kindheit. Ich wurde
geprügelt, gemartert.»

Albinus fühlte eine unerhörte Erleichterung und
dann eine Flut von Mitleid.

«Nein, küß mich nicht. Du mußt alles wissen. Ich
bin von zu Hause fortgelaufen. Ich habe mir Geld als
Modell verdient. Eine schreckliche Alte hat mich ausge-

93

beutet. Dann hatte ich eine Affaire. Er war verheiratet wie du, und seine Frau wollte sich nicht scheiden lassen, also habe ich ihn verlassen, denn ich konnte es nicht ertragen, nur seine Geliebte zu sein, auch wenn ich ihn wie wahnsinnig geliebt habe. Dann hat mich ein alter Bankier gepiesackt. Er wollte mir sein gesamtes Vermögen vermachen, aber ich habe ihn natürlich abgewiesen. Er starb an gebrochenem Herzen. Dann habe ich die Arbeit im ‹Argus› angenommen.»

«Oh, mein armes, armes, gejagtes kleines Häschen», murmelte Albinus (der übrigens schon lange nicht mehr glaubte, daß er ihr erster Liebhaber war).

«Und du verachtest mich wirklich nicht?» fragte sie, durch ihre Tränen lächelnd, was schwierig war, denn es gab keine Tränen zum Hindurchlächeln. «Da bin ich aber froh, daß du mich nicht verachtest. Doch jetzt muß ich dir noch das Schlimmste erzählen: Mein Bruder hat ausfindig gemacht, wo ich wohne, ich hab ihn heute getroffen, und er verlangt Geld – versucht mich zu erpressen, weil er glaubt, du weißt nichts – über meine Vergangenheit, meine ich. Also als ich ihn sah und dachte, was das für eine Schande ist, einen solchen Bruder zu haben, und als ich dann auch daran dachte, daß mein süßes, treuherziges Dickerchen keine Ahnung hat, aus was für einer Familie ich komme – also da habe ich mich so geschämt, über sie und auch darüber, daß ich dir nicht die Wahrheit gesagt habe...»

Er hob sie auf seine Arme und wiegte sie hin und her; wäre ihm eins eingefallen, so hätte er ein Wiegenlied gesummt. Sie begann leise zu lachen.

«Was können wir dagegen tun?» fragte er. «Ich werde jetzt Angst haben, dich noch einmal allein ausgehen zu lassen. Sollen wir die Polizei verständigen?»

«Nein, bloß nicht», rief Margot mit außerordentlichem Nachdruck.

Kapitel 11

Am nächsten Tag begleitete Albinus sie zum ersten Male, als sie ausging. Sie wollte viele leichte Kleider und Badesachen und pfundweise Creme, die der Sonne behilflich sein sollte, sie zu bräunen. Solfi, der Badeort an der Adria, den Albinus für ihre erste gemeinsame Reise ausgewählt hatte, war ein heißer und bestechender Ort. Als sie ins Taxi stiegen, sah sie ihren Bruder auf der anderen Straßenseite stehen, aber sie machte Albinus nicht auf ihn aufmerksam.

Sich mit Margot zu zeigen, verursachte ihm außerordentliches Unbehagen; an seine neue Lage konnte er sich einfach nicht gewöhnen. Als sie zurückkehrten, war Otto verschwunden. Margot schloß ganz richtig, daß er tief beleidigt war und nun etwas Unbesonnenes tun würde.

Zwei Tage vor ihrer Abreise saß Albinus an einem besonders unbequemen Schreibtisch und schrieb einen Geschäftsbrief, während sie im Nebenzimmer ihre Sachen in den neuen, glänzenden Koffer packte. Er hörte das Rascheln von Seidenpapier und ein kleines Lied, das sie mit geschlossenem Mund leise vor sich hinsummte.

‹Wie seltsam ist das alles›, dachte er. ‹Hätte man mir

96

zu Silvester gesagt, wie total sich mein Leben in ein paar Monaten ändern würde...›

Margot ließ im Nebenzimmer etwas fallen. Das Summen hörte für einen Augenblick auf und wurde dann leise wiederaufgenommen.

‹Vor sechs Monaten war ich noch ein Mustergatte in einer margotlosen Welt. Rasche Arbeit hat das Schicksal geleistet! Andere Männer können ein glückliches Familienleben mit kleinen Treulosigkeiten verbinden, aber in meinem Fall ging sofort alles in die Brüche. Warum? Und hier sitze ich nun und scheine ganz klar und vernünftig zu denken. Aber in Wirklichkeit ist das Erdbeben in vollem Gange, und weiß Gott, wie das alles endet...›

Plötzlich ging die Klingel. Aus drei verschiedenen Türen gleichzeitig kamen Albinus, Margot und die Köchin alle in den Flur gerannt.

«Albert», flüsterte Margot, «sei sehr vorsichtig. Ich bin sicher, das ist er.»

«Geh in dein Zimmer», flüsterte er zurück. «Ich werde ihn schon richtig behandeln.»

Er öffnete die Tür. Es war das Mädchen der Putzmacherin. Sie war kaum gegangen, als es noch einmal klingelte. Er öffnete wieder. Vor ihm stand ein junger Mann mit grobschlächtigem, dummem Gesicht, der dennoch Margot überraschend ähnlich sah – diese dunklen Augen, dieses glatte Haar, diese gerade Nase, an der Spitze leicht aufgeworfen. Er trug seinen Sonntagsanzug, und das Ende seiner Krawatte war zwischen den Knöpfen ins Hemd geschoben.

«Was wünschen Sie?» fragte Albinus.

97

Otto hüstelte und sagte mit vertraulicher Heiserkeit in der Stimme:

«Ich muß mit Ihnen über meine Schwester sprechen. Ich bin Margots Bruder.»

«Und warum gerade mit mir, wenn ich fragen darf?»

«Sie sind Herr...?» begann Otto in fragendem Ton. «Herr...»

«Schiffermüller», sagte Albinus, sehr erleichtert, daß der Junge seinen wirklichen Namen nicht wußte.

«Nun ja, Herr Schiffermüller, ich habe Sie zufällig mit meiner Schwester gesehen. Darum dachte ich, es würde Sie vielleicht interessieren, wenn ich... wenn wir...»

«Gewiß – aber warum so zwischen Tür und Angel? Kommen Sie doch bitte herein.»

Er kam und hüstelte wieder.

«Was ich sagen wollte, ist dies, Herr Schiffermüller. Meine Schwester ist jung und unerfahren. Mutter hat keine Nacht mehr geschlafen, seit unsere kleine Margot von zu Hause weg ist. Sie ist erst sechzehn, müssen Sie wissen – glauben Sie ihr nicht, wenn sie sagt, daß sie älter ist. Ich will Ihnen mal *was* sagen, wir sind ehrbare Leute – mein Vater ist alter Soldat. Es ist eine höchst unangenehme Situation. Ich weiß nicht, was da für eine Wiedergutmachung geleistet werden kann...»

Otto gewann Selbstvertrauen und begann fast zu glauben, was er sagte.

«Ich weiß es wirklich nicht», fuhr er mit zunehmender Erregung fort. «Stellen Sie sich vor, Herr Schiffermüller, Sie hätten eine geliebte und unschuldige Schwester, die sich jemand gekauft hat...»

98

«Nun hören Sie mal zu, mein lieber Junge», unterbrach ihn Albinus. «Da scheint ein Irrtum vorzuliegen. Meine Verlobte hat mir gesagt, daß ihre Familie nur allzu dankbar war, sie loszuwerden.»

«Aber nicht doch», sagte Otto blinzelnd. «Sie werden mir nicht weismachen, daß Sie sie heiraten wollen. Wenn ein Mann ein ehrbares Mädchen heiraten will, dann spricht er mit ihrer Familie darüber. Ein bißchen mehr Umsicht und ein bißchen weniger Stolz, Herr Schiffermüller!»

Albinus blickte Otto neugierig an, während ihm durch den Kopf ging, daß dieser junge Grobian in gewisser Hinsicht ganz vernünftig redete, denn er hatte ebensoviel recht, sich um Margots Wohlergehen Sorgen zu machen, wie Paul um *seine* Schwester. Tatsächlich hatte dieses Gespräch einen leichten parodistischen Beigeschmack, verglichen mit jener anderen entsetzlichen Unterhaltung vor zwei Monaten. Und es war angenehm zu wissen, daß er nun seine eigene Sache vertreten konnte, Bruder hin oder her, sozusagen Vorteil ziehen aus der Tatsache, daß Otto nur ein Bluffer und Großmaul war.

«Sie hören besser auf», sagte er, sehr resolut, sehr kühl – jeder Zoll ein Patrizier. «Ich weiß genau, wie die Dinge liegen. Es ist nicht Ihre Sache. Und jetzt gehen Sie bitte.»

«Ach, so sieht's aus», sagte Otto stirnrunzelnd. «Na gut.»

Er schwieg, knautschte seine Mütze in der Hand und schaute zu Boden. Dann versuchte er es in einem anderen Ton.

«Sie werden vielleicht teuer bezahlen müssen, noch ehe Sie am Ziel sind, Herr Schiffermüller. Meine kleine Schwester ist nicht ganz, wofür Sie sie halten. Ich habe sie unschuldig genannt, aber das war nur brüderliches Mitleid. Sie lassen sich zu leicht an der Nase herumführen, Herr Schiffermüller. Es ist verdammt komisch, daß Sie sie Ihre Verlobte nennen. Es bringt mich zum Lachen. Ich könnte Ihnen da ein, zwei Sachen erzählen...»

«Ganz überflüssig», erwiderte Albinus errötend. «Sie hat mir alles selbst erzählt. Ein unglückliches Kind, das von seiner Familie im Stich gelassen wurde. Bitte gehen Sie auf der Stelle» – und Albinus hielt die Tür auf.

«Das wird Ihnen noch leid tun», sagte Otto linkisch.

«Gehen Sie, oder ich werfe Sie hinaus», sage Albinus (sozusagen seinem Sieg noch ein letztes Glanzlicht aufsetzend).

Otto zog sich sehr langsam zurück.

Mit der für seine bürgerliche Herkunft charakteristischen oberflächlichen Sentimentalität stellte sich Albinus (dem es an nichts fehlte) plötzlich vor, wie armselig und häßlich das Leben dieses Jungen sein mußte. Außerdem sah er tatsächlich Margot ähnlich, wenn sie schmollte. Bevor er die Tür schloß, zog er rasch einen Zehnmarkschein hervor und drückte ihn Otto in die Hand.

Die Tür schloß sich. Allein auf dem Treppenabsatz, betrachtete Otto den Schein, stand einen Augenblick gedankenverloren, läutete dann.

«Was, wieder zurück?» rief Albinus.

Otto streckte die Hand mit dem Geld aus.

«Ich will Ihr Trinkgeld nicht», murmelte er zornig. «Geben Sie es lieber den Arbeitslosen – es laufen genug herum.»

«Aber bitte, nehmen Sie es», sagte Albinus und war schrecklich verlegen.

Otto zuckte die Achseln.

«Ich nehme keine Krumen von den verdammten Reichen. Ein armer Mann hat seinen Stolz. Ich...»

«Aber es sollte doch nur...», hob Albinus an.

Otto scharrte mit den Füßen, stopfte den Schein mürrisch in die Tasche und ging brummelnd die Treppe hinab. Der sozialen Ehre war Genüge getan, nun konnte er es sich leisten, menschlichere Bedürfnisse zu befriedigen.

‹Nicht viel›, überlegte er, ‹aber jedenfalls besser als gar nichts – und er hat Angst vor mir, der froschäugige, stotternde Narr.›

Kapitel 12

Von dem Augenblick an, als Elisabeth Margots kurze Epistel gelesen hatte, hatte sich ihr Leben in eines jener langen, grotesken Rätsel verwandelt, die einem im Traumklassenzimmer dumpfen Deliriums zur Lösung vorgelegt werden. Und zuerst hatte sie das Gefühl, ihr Mann sei tot und die Leute versuchten, ihr vorzulügen, daß er sie nur verlassen habe.

Sie erinnerte sich, wie sie ihn – an jenem Abend, der nun schon so fern zu liegen schien – auf die Stirn geküßt hatte, ehe er fortging, und er, als er sich zu ihr niederbeugte, sagte: «Jedenfalls solltest du lieber Lampert aufsuchen. Sie darf sich nicht weiter so kratzen.»

Das waren seine letzten Worte in diesem Leben gewesen, einfache, häusliche Worte über einen leichten Hautausschlag an Irmas Hals – und dann war er für immer gegangen.

Die Zinksalbe hatte den Ausschlag in ein paar Tagen geheilt – aber es gab keine Salbe auf der Welt, die die Erinnerung an seine große, weiße Stirn und an die Art, wie er beim Verlassen des Zimmers seine Taschen beklopfte, mildern oder ausradieren konnte.

Während der ersten Tage weinte sie so viel, daß sie selbst erstaunt war über die Leistungskraft ihrer Trä-

nendrüsen. Ob Wissenschaftler wissen, wieviel Salzwasser aus den Augen eines Menschen fließen kann?
Und das erinnerte sie daran, wie sie eines Sommers an
der italienischen Küste das Baby in einer Wanne mit
Meereswasser gebadet hatten – ach, jetzt konnte man
eine viel größere Wanne mit ihren Tränen füllen und
einen strampelnden Riesen darin waschen.

Irgendwie erschien es ihr viel ungeheuerlicher, daß er
Irma aufgegeben als daß er sie verlassen hatte. Oder
würde er versuchen, seine Tochter zu stehlen? War es
klug gewesen, sie nur mit dem Kindermädchen aufs
Land zu schicken? Das war es, sagte Paul, und er
drängte sie, ebenfalls zu fahren. Aber sie wollte nichts
davon hören. Obwohl sie glaubte, sie könne niemals
verzeihen (nicht daß er *sie* gedemütigt hatte – sie war viel
zu stolz, um darin ein ihr angetanes Unrecht zu sehen –,
sondern weil er sich selbst erniedrigt hatte), so wartete
Elisabeth doch weiter, hoffte von Tag zu Tag, daß sich
die Tür öffnen würde wie die Nacht bei einem Donner-
schlag und daß ihr Mann hereinkommen würde, bleich
wie Lazarus, die blauen Augen geschwollen und naß,
die Kleider zu Fetzen abgetragen, die Arme weit geöffnet.

Den größten Teil des Tages über saß sie in einem der
Zimmer oder manchmal sogar auf dem Flur – wo auch
immer die schweren Nebel ihrer Gedanken sie überka-
men – und grübelte über diese oder jene Einzelheit ihrer
Ehe nach. Es kam ihr vor, als sei er immer untreu gewesen. Und nun erinnerte sie sich und verstand (wie
jemand, der eine Fremdsprache lernt, sich vielleicht
daran erinnert, daß er ein Buch in dieser Sprache gese-

hen hatte, als er sie noch nicht konnte) die roten Flecke – klebrige rote Küsse –, die sie am Taschentuch ihres Mannes einmal bemerkt hatte.

Paul tat, was er konnte, sie auf andere Gedanken zu bringen. Er sprach nie von Albinus. Er legte einige seiner Lieblingsgewohnheiten ab – zum Beispiel die, den Sonntagmorgen im Türkischen Bad zu verbringen. Er brachte ihr Zeitschriften und Romane mit; und sie sprachen über ihre Kindheit, ihre seit langem toten Eltern und ihren blonden Bruder, der an der Somme gefallen war: ein Musiker, ein Träumer.

An einem heißen Sommertag, an dem sie in den Park gegangen waren, beobachteten sie einen kleinen Affen, der seinem Eigentümer ausgerückt war und in einer hohen Ulme saß. Sein kleines schwarzes Gesicht in einem Kranz aus grauem Flaum lugte aus den grünen Blättern, war dann verschwunden, und einen halben Meter weiter oben raschelte und schwankte ein Ast. Vergeblich suchte sein Herr, ihn herunterzulocken, mit leisem Pfeifen, einer großen, gelben Banane, einem Taschenspiegel, mit dem er blinkte und blinkte.

«Er kommt nicht zurück, es ist hoffnungslos; er wird nie zurückkommen», murmelte sie und brach in Tränen aus.

Kapitel 13

Nichts als tiefes Blau über sich, lag Margot auf dem platinfarbenen Sand ausgestreckt, ihre Glieder in Dunkelhonigbraun und mit einem dünnen weißen Gummigürtel, der das Schwarz ihres Badeanzugs unterstrich: das vollkommene Strandplakat. Der Länge nach neben ihr liegend, stützte Albinus seine Wange und schaute mit unendlichem Entzücken auf ihre geschlossenen Lider und ihren frisch geschminkten Mund. Ihr nasses dunkles Haar war aus der runden Stirn zurückgestrichen, und Sandkörner glitzerten in ihren kleinen Ohren. Wenn man sehr genau hinsah, konnte man ein schillerndes Glänzen in den Grübchen auf ihren braunglänzenden Schultern sehen. Das enganliegende, schwarze, seehundartige Ding, das sie anhatte, war viel zu kurz, um wahr zu sein.

Albinus ließ eine Handvoll Sand wie aus einem Stundenglas auf ihren eingezogenen Bauch rinnen. Sie öffnete die Augen, blinzelte in die silberblaue Helligkeit, lächelte und machte die Augen wieder zu.

Nach einer Weile richtete sie sich auf, legte die Arme um die Knie und blieb reglos sitzen. Nun konnte er ihren bis zur Hüfte bloßen Rücken sehen, auf dem entlang der Krümmung ihrer Wirbelsäule Sandkörner glitzerten. Er wischte sie behutsam weg. Ihre Haut war seidig und heiß.

«Himmel», sagte Margot, «wie blau das Meer heute ist.»

Es war wirklich blau: purpurblau in der Ferne, pfauenblau mit zunehmender Nähe, diamantblau, wo die Wellen das Licht einfingen. Der Schaum überstürzte sich, rann, wurde langsamer, zog sich dann zurück und hinterließ einen glatten Spiegel auf dem nassen Sand, den die nächste Welle wieder überspülte. Ein behaarter Mann in orangeroten Hosen stand am Wasser und putzte seine Brille. Ein kleiner Junge quietschte vor Vergnügen, als der Schaum in die von einer Mauer umgebene Stadt strömte, die er gebaut hatte. Fröhliche Sonnenschirme und gestreifte Zelte schienen in der Sprache der Farben zu wiederholen, was die Rufe der Badenden für das Ohr waren. Ein großer bunter Ball wurde von irgendwoher geworfen und prallte mit einem dumpfen Ton auf den Sand. Margot grapschte ihn, sprang auf und warf ihn zurück.

Nun sah Albinus ihre Gestalt in das fröhliche Muster des Strandes eingerahmt; ein Muster, das er kaum bemerkte, so völlig war sein Blick auf Margot konzentriert. Schlank, sonnverbrannt, mit ihrem dunklen Wuschelkopf und den einen Arm mit dem Glanz eines Armbands noch immer vom Wurf ausgestreckt, erschien sie ihm wie eine köstlich kolorierte Vignette über dem ersten Kapitel seines neuen Lebens.

Sie lief zu ihm hin, wie er der Länge nach ausgestreckt lag (ein Handtuch über den rosa Schultern voller Blasen) und die Bewegungen ihrer kleinen Füße beobachtete. Sie beugte sich über ihn und gab ihm mit einem berlinerischen Kichern einen ziemlich harten Klaps auf die wohlgefüllte Badehose.

«Is det Wasser aber naß!» rief sie und lief in die Brandung. Dort ging sie mit schwingenden Hüften und ausgebreiteten Armen voran, watete in das knietiefe Wasser vor, fiel dann auf alle viere, versuchte zu schwimmen, gluckste, krabbelte wieder hoch und ging weiter, bis zu den Hüften im Schaum. Er platschte hinter ihr her. Sie wandte sich nach ihm um, lachte, sputzte, wischte sich das nasse Haar aus den Augen. Er versuchte, sie unterzutauchen, packte sie dann am Fußgelenk, und sie strampelte und schrie.

Eine Engländerin, die in einem Liegestuhl unter einem malvenfarbenen Sonnenschirm lag und *Punch* las, drehte sich zu ihrem Mann um, einem rotgesichtigen Mann mit weißem Hut, der im Sand hockte, und sagte:

«Sieh mal, wie dieser Deutsche mit seiner Tochter tobt! Los, sei nicht so faul, William! Geh mit den Kindern mal richtig schwimmen.»

Kapitel 14

Danach gingen sie in ihren bunten Bademänteln einen von Ginster und Kreuzdorn halb zugewucherten Kiespfad hinauf und hinauf. Dortselbst schimmerte eine kleine Villa, deren Miete enorm war, weiß wie Zucker zwischen den schwarzen Zypressen. Große, schöne Grillen glitten über den Kies. Margot versuchte, sie zu fangen. Sie kauerte sich nieder, streckte vorsichtig Zeigefinger und Daumen aus, aber die scharfen Ellbogen der Grille ruckten plötzlich, die fächerförmigen blauen Flügel schossen hervor, und sie flog drei Meter weiter, um zu verschwinden, sobald sie niederfiel.

In dem kühlen Zimmer mit dem rotgefliesten Fußboden, wo einem das durch die Schlitze der Fensterläden einfallende Licht in den Augen tanzte und in leuchtenden Linien zu Füßen lag, streifte Margot schlangengleich ihre schwarze Haut ab, und mit nichts am Leib als einem Paar hochhackiger Pantöffelchen klapperte sie im Zimmer auf und ab, während sie einen schmatzigen Pfirsich aß; und Streifen aus Sonnenlicht liefen ihr kreuz und quer über den Körper.

Abends war Tanz im Casino. Das Meer sah bleicher aus als der gerötete Himmel, und festlich schimmerten die Lichter eines vorüberziehenden Dampfers. Ein schwerfälliger Nachtfalter flatterte um eine Lampe mit rosa Schirm; und Albinus tanzte mit Margot. Ihr glatt-gebürstetes Haar reichte ihm kaum an die Schulter.

Sehr bald nach ihrer Ankunft machten sie verschie-dene Bekanntschaften. Er wurde sich einer nagenden, beschämenden Eifersucht bewußt, als er sah, wie dicht sich Margot beim Tanzen an ihren Partner preßte, be-sonders da er wußte, daß sie unter ihrem dünnen Kleid nichts anhatte: Ihre Beine waren so hübsch gebräunt, daß sie keine Strümpfe trug. Manchmal verlor Albinus sie aus den Augen. Dann stand er auf, ging ruhelos um-her und klopfte mit einer Zigarette auf das Etui. Er schlenderte in ein Zimmer, wo Karten gespielt wurden, von dort weiter auf die Terrasse und wieder zurück, in der würgenden Überzeugung, daß sie ihn betrog. Plötz-lich tauchte sie dann aus dem Nichts auf und setzte sich in ihrem schönen, schimmernden Kleid an seine Seite und nahm einen langen Schluck Wein. Er verriet seine Ängste nicht, aber streichelte unter dem Tisch nervös ihre nackten Knie, die sie aneinanderschlug, als sie sich in ihrem Stuhl zurücklehnte und lachte – ein bißchen hysterisch, dachte er – über irgend etwas – nicht gerade sehr komisch –, das ihr letzter Partner von sich gegeben hatte.

Zu Margots Gunsten muß gesagt werden, daß sie ihr Äußerstes versuchte, ihm treu zu bleiben. Aber wie zärtlich und aufmerksam er in seinen Liebesbezeigun-gen auch war, sie wußte die ganze Zeit, daß es für sie immer Liebe minus *etwas* sein würde, während selbst die geringste Berührung ihres ersten Liebhabers eine Musterprobe von *allem* war. Unglücklicherweise sah ein junger Österreicher, der der beste Tänzer in Solfi war und ein erstklassiger Pingpongspieler obendrein, dem Mann Müller irgendwie ähnlich; es war da etwas um seine starken Fingerknöchel, seine wachen, hämischen Augen, das sie ständig an Dinge erinnerte, die sie lieber vergessen hätte.

In einer heißen Nacht verirrte sie sich mit ihm zwischen zwei Tänzen zufällig in einen dunklen Winkel des Casinogartens. Der dumpfe, süße Geruch eines Feigenbaums machte die Luft schwer, und da war auch die banale Mischung von Mondlicht und ferner Musik, die geeignet ist, einfache Seelen zu ergreifen.

«Nein, nein», murmelte Margot, als sie seine Lippen auf ihrem Hals und ihrer Wange fühlte, während seine geschickten Hände sich an ihren Beinen hochtasteten.

«Das sollten Sie nicht!» flüsterte sie, warf den Kopf zurück und erwiderte gierig seinen Kuß. Er liebkoste sie so vollendet, daß sie das bißchen verbliebene Kraft verebben fühlte; aber sie schlüpfte rechtzeitig davon und rannte auf die strahlend erleuchtete Terrasse.

Diese Szene wiederholte sich nie. Margot hatte sich so in das Leben verliebt, das Albinus ihr bieten konnte – ein Leben voll vom Glanz eines erstklassigen Filmes, mit schwankenden Palmen und schaudernden Rosen (denn es ist immer windig im Filmland) –, und sie fürchtete so sehr, es eines Tages abreißen zu sehen, daß sie sich kein Risiko einzugehen traute; eine Zeitlang verlor sie sogar ihre vorherrschende Eigenschaft – ihr Selbstvertrauen. Sie gewann es jedoch zurück, sobald sie im Herbst nach Berlin zurückkam.

«Sehr hübsch, wirklich», sagte sie trocken, als sie das

gute Hotelzimmer in Augenschein nahm, das sie bezogen hatten, «aber ich hoffe, du verstehst, Albert, daß wir nicht ewig so weitermachen können.»

Albinus, der sich zum Abendessen anzog, beeilte sich zu versichern, daß er schon etwas unternahm, eine neue Wohnung zu mieten.

‹Hält er mich wirklich für eine dumme Kuh?› fragte sie sich in grimmiger Empörung.

«Albert», sagte sie laut, «ich sehe, du verstehst mich nicht.» Sie seufzte tief und bedeckte das Gesicht mit den Händen. «Du schämst dich meinetwegen», sagte sie und beobachtete ihn durch ihre Finger.

Fröhlich versuchte er, sie zu umarmen.

«Rühr mich nicht an!» schrie sie und versetzte ihm einen patenten Stoß mit dem Ellbogen. «Ich weiß ganz genau, daß du Angst hast, mit mir auf der Straße gesehen zu werden. Wenn du dich meinetwegen schämst, kannst du mich ja verlassen und zu deinem Lieschen zurückgehen. Du bist ein freier Mann.»

«Nicht doch, Liebling», flehte er hilflos.

Sie warf sich auf das Sofa und brachte es fertig, in Schluchzen auszubrechen.

Albinus zog die Knie seiner Hosenbeine hoch, kniete nieder und versuchte behutsam, ihre Schulter zu berühren, die jedesmal zuckte, wenn seine Finger nahe kamen.

«Was willst du denn?» fragte er sanft. «Was willst du denn, Margot?»

«Ich will ganz offen mit dir leben», greinte sie. «In deiner Wohnung. Und Besuche machen und empfangen...»

«Sehr gut», sagte er, stand auf und wischte die Knie ab.

(‹Und übers Jahr heiratest du mich›, dachte Margot, während sie gekonnt weiterschluchzte, ‹du heiratest mich, falls ich dann nicht schon in Hollywood bin – in diesem Fall kannst du zum Teufel gehen.›)

«Wenn du nicht aufhörst zu weinen», sagte Albinus, «fange ich selbst noch zu weinen an.»

Margot setzte sich auf und lächelte kläglich. Tränen vergrößerten ihre Schönheit nur. Ihr Gesicht flammte rot, die Iris ihrer Augen glänzte, und eine große Träne zitterte an der Seite ihrer Nase: Nie zuvor hatte er so große und leuchtende Tränen gesehen.

Kapitel 15

Genau wie Albinus sich daran gewöhnt hatte, mit Margot nie über Kunst zu sprechen, von der sie nichts verstand und aus der sie sich nichts machte, mußte er nun lernen, die inneren Qualen zu verbergen, die er während der ersten Tage ihres gemeinsamen Lebens in der alten Wohnung durchmachen mußte, in der er zehn Jahre mit seiner Frau verbracht hatte. Überall gab es Dinge, die ihn an Elisabeth erinnerten; ihre Geschenke an ihn und seine an sie. In Friedas Augen las er stumme Mißbilligung, und noch ehe eine Woche um war, ging sie, nachdem sie verachtungsvoll Margots zweiten oder dritten Ausbruch schrillen Gezeters angehört hatte.

Das Schlafzimmer und das Kinderzimmer schienen Albinus mit rührendem und unschuldsvollem Vorwurf anzustarren – besonders das Schlafzimmer; denn Margot hatte sofort alles aus dem Kinderzimmer hinausgeworfen und es in ein Pingpongzimmer verwandelt. Aber das Schlafzimmer… In der ersten Nacht bildete sich Albinus ein, er könne den schwachen Duft des Eau de Cologne seiner Frau wahrnehmen, und das deprimierte und hemmte ihn, so daß Margot über seine unerwartete Zurückhaltung kicherte.

Der erste Telephonanruf war eine Tortur. Ein alter

Bekannter rief an, um zu fragen, ob sie sich in Italien gut erholt hätten, wie es Elisabeth gehe und ob sie am Sonntagvormittag mit seiner Frau ins Konzert gehen wolle.

«Also eigentlich leben wir zur Zeit getrennt», sagte Albinus mühsam. (‹Zur Zeit!› dachte Margot spöttisch, während sie sich vor dem Spiegel verrenkte, um ihren Rücken zu betrachten, der von braun zu golden abgeblaßt war.)

Die Nachricht von der Veränderung in seinem Leben verbreitete sich rasch, obwohl er naiverweise hoffte, niemand wisse, daß seine Geliebte bei ihm wohnte; er übte die gewohnte Vorsicht, als sie begannen, Partys zu geben, indem er Margot mit den anderen Gästen aufbrechen ließ – um zehn Minuten später wiederzukommen.

Er verspürte ein düsteres Interesse, zu beobachten, wie die Leute nach und nach aufhörten, sich nach seiner Frau zu erkundigen; wie manche ihn überhaupt nicht mehr besuchten; wie einige wenige, die unerschütterlichen Schnorrer, überraschend freundlich und herzlich zu ihm waren; wie die Masse der Bohemiens dreinzuschauen versuchte, als wäre nichts geschehen; schließlich gab es einige – meist Gelehrte wie er –, die ihn nach wie vor besuchten, aber nicht mehr mit ihren Frauen, unter denen anscheinend eine bemerkenswerte Kopfschmerzenepidemie ausgebrochen war.

Er gewöhnte sich an Margots Anwesenheit in diesen Räumen, die einmal so voller Erinnerungen waren. Sie mußte nur die Anordnung einiger geringfügiger Gegenstände verändern, und sofort verloren sie ihre Seele, und die Erinnerung war ausgelöscht; es war nur eine Frage der Zeit, bis sie alles angefaßt hatte, und da sie schnelle Finger hatte, war in ein paar Monaten sein früheres Leben in diesen zwölf Zimmern gänzlich tot. Schön wie die Wohnung war, hatte sie doch nichts mehr mit jener gemein, in der er mit seiner Frau gelebt hatte.

Als er eines späten Abends Margots Rücken nach einer Tanzerei abseifte und sie sich damit vergnügte, in der vollen Badewanne auf ihrem riesigen Schwamm zu stehen (Blasen stiegen auf wie in einem Glas Champagner), fragte sie ihn plötzlich, ob er nicht glaube, daß sie Filmschauspielerin werden könne. Er lachte und sagte gedankenlos, denn seine Aufmerksamkeit war von anderen erfreulichen Dingen völlig absorbiert: «Natürlich, warum nicht?»

Ein paar Tage später kam sie auf das Thema zurück, und diesmal wählte sie einen Augenblick, da Albinus' Kopf klarer war. Er war entzückt über ihr Interesse am Kino und begann, ihr eine seiner Lieblingstheorien darzulegen, die die relativen Meriten des Stumm- und Sprechfilms betraf. «Der Ton», sagte er, «wird dem Kino auf der Stelle den Garaus machen.»

«Wie machen sie einen Film von einem?» unterbrach sie ihn.

Er schlug vor, sie in ein Studio mitzunehmen, wo er ihr alles zeigen und ihr den Vorgang erklären könne. Danach entwickelten sich die Dinge sehr rasch.

‹Halt, was tue ich da?› fragte sich Albinus eines Morgens, als er sich erinnerte, daß er am Vorabend einem mittelmäßigen Produzenten die Finanzierung eines Films zugesagt hatte, unter der Bedingung, daß Margot die zweite weibliche Hauptrolle bekam, die Rolle einer verlassenen Geliebten.

‹Dumm von mir!› dachte er. ‹Das Studio wird von flotten jungen Schauspielern mit Sexappeal wimmeln – und ich mache mich lächerlich, wenn ich sie überallhin begleite. Andererseits›, tröstete er sich, ‹braucht sie irgendeine Beschäftigung, um bei Laune zu bleiben, und wenn sie morgens früh aufstehen muß, verbringen wir nicht mehr jede gottverdammte Nacht auf einer Tanzerei.›

Der Vertrag wurde unterschrieben, und die Proben begannen. Die ersten beiden Tage kam Margot äußerst verdrießlich nach Hause. Sie klagte, daß sie gezwungen würde, die gleiche Bewegung Hunderte von Malen hintereinander zu machen; daß der Regisseur sie angeschrien habe; daß die Scheinwerfer sie blendeten. Sie hatte nur den einen Trost: Die (halbwegs) berühmte Schauspielerin, die die Hauptrolle spielte, Dorianna Karenina, war charmant zu ihr, lobte ihr Spiel und prophezeite, daß sie noch Wunder vollbringen würde. (‹Ein schlechtes Zeichen›, dachte Albinus.)

Sie bestand darauf, daß er während der Arbeit nicht anwesend war: Es mache sie befangen, sagte sie. Wenn er vorher alles gesehen hätte, wäre der Film außerdem keine Überraschung mehr für ihn – und Margot bereitete anderen doch so gerne Überraschungen. Dennoch machte es ihm großes Vergnügen, einmal einen Blick auf sie zu erhaschen, als sie vor dem Drehspiegel dramatische Posen einnahm; eine knarrende Diele verriet ihn, sie warf ein rotes Kissen nach ihm, und er mußte schwören, nichts gesehen zu haben.

Er brachte sie gewöhnlich mit dem Wagen zum Studio und holte sie auch wieder ab. Eines Tages sagte man ihm, die Probe würde etwa zwei Stunden dauern, darum machte er einen Spaziergang und geriet blindlings in die Gegend, wo Paul wohnte. Plötzlich verspürte er ein heftiges Verlangen, seine blasse, unschöne kleine Tochter wiederzusehen: Es war ungefähr die Zeit, zu der sie gewöhnlich aus der Schule kam. Als er um die Ecke bog, bildete er sich ein, sie in der Ferne mit ihrem Kindermädchen gehen zu sehen, aber plötzlich verspürte er Furcht und ging rasch fort.

An diesem besonderen Tag kam Margot erhitzt und lachend zu ihm heraus: Sie hatte wunderbar gespielt, wunderbar – und bald würde der Film fertig sein.

«Ich will dir mal *was* sagen», sagte Albinus. «Ich werde Dorianna zum Abendessen zu uns bitten. Wir geben ein großes Abendessen und laden ein paar interessante Gäste ein. Gestern rief mich ein Künstler an, genau gesagt ein Karikaturist, ein Mann, der lustige Zeichnungen macht und so, du weißt schon. Er ist gerade aus New York zurückgekommen und auf seine Art ein Genie. Den lade ich auch ein.»

«Nur, ich will neben dir sitzen», sagte Margot.

«Gut, aber denk daran, mein Schatz, sie müssen nicht alle wissen, daß du bei mir wohnst.»

«Ach, das wissen doch alle, du Narr», sagte Margot, und ihr Gesicht verdunkelte sich plötzlich.

«Aber es setzt dich und nicht mich in ein schlechtes Licht», betonte Albinus. «Du mußt das verstehen. Es macht mir nichts aus, natürlich nicht, aber um deinetwillen, bitte, mach es wie letztes Mal.»

«Aber es ist so blöd... Und außerdem gibt es eine Möglichkeit, diese Unannehmlichkeiten zu vermeiden.»

«Wie – sie vermeiden?»

«Wenn du nicht verstehst», schmollte sie. (‹Wann wird er anfangen, von der Scheidung zu reden?› dachte sie.)

«Sei doch vernünftig», sagte Albinus schmeichelnd. «Ich tue ja alles, was du verlangst. Du weißt doch ganz genau, mein Kätzchen...»

Er hatte nach und nach eine ganze Menagerie von Kosenamen zusammenbekommen.

Kapitel 16

Alles war, wie es sein sollte. Auf dem lackierten Tablett im Flur waren sorgfältig paarweise Karten mit den Namen der erwarteten Gäste vorbereitet worden, so daß jeder sogleich wußte, mit wem er zu Tisch gehen würde: Dr. Lampert und Sonja Hirsch; Axel Rex und Margot Peters; Boris von Iwanoff und Olga Waldheim – und so weiter. Ein eindrucksvoller Diener (kürzlich engagiert) mit dem Gesicht eines englischen Lords (oder jedenfalls kam es Margot so vor, und ihre Augen pflegten nicht unfreundlich auf ihm zu ruhen) führte die Gäste würdevoll herein. Alle paar Minuten läutete die Klingel. Im Salon waren außer Margot bereits fünf. Herein kam Iwanoff – von Iwanoff, wie er es für richtig hielt, sich anreden zu lassen –, dürr, frettchenhaft, mit schlechten Zähnen und einem Monokel. Dann Baum, der Schriftsteller, ein untersetztes, rotgesichtiges, geschwätziges Wesen mit stark kommunistischen Neigungen und einem bequemen Einkommen, begleitet von seiner Gattin, einer nicht mehr jungen Frau mit noch immer blendender Figur, die in ihrer sorgenreichen Jugend in einem Glasbecken zwischen dressierten Seehunden herumgeschwommen war.

Die Unterhaltung war schon recht lebhaft. Olga

Waldheim, eine weißarmige, vollbusige Sängerin mit gewelltem Haar in der Farbe von Orangenmarmelade und mit einem Juwel von Melodie in jeder Modulation ihrer Stimme, erzählte wie gewöhnlich niedliche Geschichten über ihre sechs Perserkatzen. Albinus, der dastand und lachte, schaute über das weiße Bürstenhaar des alten Lampert (ein guter Hals-Nasen-Ohren-Arzt und mäßiger Violinist) zu Margot hinüber und überlegte, wie gut ihr doch das schwarze Tüllkleid mit der Samtdahlie auf der Brust stand, dem Schatz. Es lag ein schwaches, abwehrendes Lächeln auf ihren leuchtenden Lippen, als sei sie nicht ganz sicher, ob man sie aufziehe, und ihre Augen hatten jenen besonderen, rehartigen Ausdruck, der – wie er wußte – bedeutete, daß sie Dingen ihr Ohr lieh, die sie nicht verstand: in diesem Fall Lamperts Gedanken über Hindemiths Musik.

Plötzlich bemerkte er, daß sie heftig errötet und aufgestanden war. ‹Wie töricht – warum steht sie auf?› dachte er, als mehrere neuangekommene Gäste eintraten – Dorianna Karenina, Axel Rex und zwei unbedeutende Dichter.

Dorianna umarmte und küßte Margot, deren Augen glänzten, als habe sie gerade geweint. ‹Wie töricht›, dachte Albinus wieder, ‹vor dieser zweitrangigen Schauspielerin zu kriechen.› Dorianna war berühmt wegen ihrer erlesenen Schultern, ihres Mona-Lisa-Lächelns und ihrer belegten Grenadierstimme.

Albinus ging zu Rex hinüber, der nicht recht wußte, welches sein Gastgeber war, und sich die Hände rieb, als wasche er sie.

«Sehr erfreut, Sie endlich kennenzulernen», sagte

Albinus. «Wissen Sie, ich hatte Sie mir ganz anders vorgestellt – klein, dick, mit Hornbrille, obwohl mich Ihr Name andererseits immer an eine Axt erinnert. Meine Damen und Herren, dies ist der Mann, der zwei Kontinente zum Lachen bringt. Hoffen wir, daß er nun ständig in Deutschland bleibt.»

Mit blinzelnden Augen machte Rex ein paar Verbeugungen und rieb sich die ganze Zeit die Hände. Er trug einen auffallenden Straßenanzug in einer Welt schlechtgeschnittener deutscher Smokings.

«Bitte nehmen Sie Platz», sagte Albinus.

«Habe ich nicht einmal Ihre Schwester kennengelernt?» erkundigte sich Dorianna in ihrem schönen Baß.

«Meine Schwester ist im Himmel», antwortete Rex ernsthaft.

«Oh, das tut mir leid», sagte Dorianna.

«Wurde nie geboren», fügte er hinzu – und setzte sich auf einen Stuhl neben Margot.

Vergnügt lachend ließ Albinus seine Augen zu ihr zurückkirren. Sie neigte sich ihrer Nachbarin zu, Sonja Hirsch, der unschönen, mütterlichen Kubistin, in seltsam kindlicher Haltung, die Schultern ein wenig gekrümmt und ungewöhnlich schnell sprechend, mit feuchten Augen und flatternden Augenlidern. Er sah auf ihr kleines hochrotes Ohr hinunter, die Vene an ihrem Hals, den zarten Schatten zwischen ihren Brüsten. Eilig, fieberhaft gab sie einen Strom völligen Unsinns von sich, eine Hand an die flammende Wange gepreßt.

«Männliche Bedienstete stehlen viel weniger», plapperte sie, «obwohl niemand ein wirklich großes Bild mitgehen lassen würde, und früher habe ich die ganz großen bewundert, mit Reitern drauf, aber wenn man so viele Bilder sieht...»

«Fräulein Peters», sagte Albinus in beruhigendem Ton, «dies ist der Mann, der zwei Kontinente...»

Margot fuhr zusammen und wandte sich um.

«Ach so. Guten Tag.»

Rex verbeugte sich, und zu Albinus gewendet bemerkte er ruhig:

«Auf dem Schiff habe ich zufällig Ihre ausgezeichnete Biographie des Sebastiano del Piombo gelesen. Nur schade, daß Sie seine Sonette nicht zitieren.»

«Aber sie sind miserabel», antwortete Albinus.

«Eben», sagte Rex. «Das macht ja gerade ihren Reiz aus.»

Margot sprang auf und ging mit raschen, fast hüpfenden Schritten auf den letzten Gast zu – ein langgliedriges, vertrocknetes weibliches Wesen, das aussah wie ein gerupfter Adler. Margot hatte bei ihr Stunden in Sprechtechnik genommen.

Sonja Hirsch rutschte auf Margots Platz und wendete sich an Rex:

«Was halten Sie von Cummings' Werk?» fragte sie. «Ich meine, seine letzten Arbeiten – die *Gallows and Factories*, wissen Sie?»

«Mist», sagte Rex.

Die Tür zum Speisezimmer ging auf. Die Herren hielten nach ihren Damen Ausschau. Rex stand abseits. Sein Gastgeber, der schon Dorianna untergehakt hatte, blickte sich suchend nach Margot um. Er sah, wie sie sich ganz vorn zwischen den Paaren hindurchdrängte, die in das Speisezimmer strömten.

‹Sie ist nicht auf der Höhe heute abend›, dachte er besorgt und übergab seine Dame an Rex.

Als die Hummer in Angriff genommen wurden, war das Gespräch am oberen Ende der Tafel, wo (die folgende Namenreihe wäre am besten in einer Kurve anzuordnen) Dorianna, Rex, Margot, Albinus, Sonja Hirsch und Baum saßen, munter im Gange, obschon recht unzusammenhängend. Margot hatte ihr drittes Glas Wein mit einem Zuge geleert, saß nun sehr gerade mit leuchtenden Augen da und starrte vor sich hin. Rex beachtete weder sie noch Dorianna, deren Name ihn irritierte, sondern diskutierte mit Baum, dem Schriftsteller, quer über den Tisch hinweg über künstlerische Ausdrucksmittel.

«Ein Autor zum Beispiel», bemerkte er, «spricht über Indien, das ich nie gesehen habe, und schwärmt von Tänzerinnen, Tigerjagden, Fakiren, Betelnüssen, Schlangen: der Glamour des geheimnisvollen Orients. Aber wozu ist es gut? Zu nichts. Anstatt mir Indien wirklich vorzustellen, bekomme ich nur schlimme Zahnschmerzen von all diesen orientalischen Leckereien. Nun gibt es aber noch die andere Art, beispielsweise den Autor, der schreibt: ‹Ehe ich mich hinlegte, stellte ich meine nassen Stiefel zum Trocknen hinaus, und am Morgen stellte ich fest, daß ein dicker, blauer Wald auf ihnen gewachsen war› [‹Schimmelpilz, gnädige Frau›, erklärte er Dorianna, die eine Augenbraue hochgezogen hatte], und sofort wird Indien für mich lebendig. Der Rest ist Handwerk.»

«Diese Yogis tun erstaunliche Dinge», sagte Dorianna. «Sie können anscheinend auf eine Weise atmen, daß...»

«Aber entschuldigen Sie, mein lieber Herr», rief Baum aufgeregt – hatte er doch gerade einen Fünfhundertseitenroman geschrieben, dessen Schauplatz Ceylon war, wo er zwei tropenbehelmte Wochen verbracht hatte. «Sie müssen das Bild sorgfältig farbig ausmalen, so daß jeder Leser es verstehen kann. Worauf es ankommt, ist nicht das Buch, das man schreibt, sondern das Problem, das es stellt – und löst. Wenn ich die Tropen beschreibe, werde ich meinen Gegenstand von der wichtigsten Seite angehen, und das ist – die Ausbeutung und Grausamkeit des weißen Kolonialherrn. Wenn Sie an die Abermillionen denken...»

«Ich nicht», sagte Rex.

Margot, die vor sich hin starrte, kicherte plötzlich – und irgendwie hatte es mit der Unterhaltung gar nichts zu tun. Albinus, gerade dabei, mit der mütterlichen Kubistin die neueste Kunstausstellung zu besprechen, warf einen raschen Seitenblick auf seine junge Geliebte. Ja, sie trank zuviel. Gerade als er hinschaute, nahm sie einen Zug aus seinem eigenen Glas. ‹Was für ein Kind!› dachte er und faßte unter dem Tisch nach ihrem Knie. Margot kicherte wieder und warf eine Nelke quer über den Tisch nach dem alten Lampert.

«Ich weiß nicht, meine Herren, was Sie von Udo Conrad halten», sagte Albinus, sich in das Wortgefecht mischend. «Ich habe den Eindruck, er verkörpert jenen Autorentyp mit einem genauen Blick und einem göttlichem Stil, der Ihnen gefallen dürfte, Herr Rex, und

wenn er kein großer Schriftsteller ist, dann nur darum –
und hier, Herr Baum, bin ich ganz Ihrer Meinung –,
weil ihm soziale Probleme zuwider sind, was in diesem
Zeitalter sozialer Umwälzungen schandbar ist, ich
möchte sogar sagen sündhaft. In meiner Studentenzeit
kannte ich ihn gut, denn wir waren zusammen in Hei-
delberg, und später haben wir uns hin und wieder getroffen. Ich glaube, sein bestes Buch ist *Der Verschwinde-
trick*, dessen erstes Kapitel er übrigens hier an diesem
Tisch vorgelesen hat – ich meine – äh – an einem ähnlichen Tisch, und...»

Nach dem Essen saßen sie lässig umher und rauchten
und tranken Likör. Margot huschte vom einen zum andern, und einer der unbedeutenden Poeten folgte ihr
wie ein räudiger Hund. Sie schlug vor, ihm mit ihrer
Zigarette ein Loch in die Handfläche zu brennen, und
machte sich ans Werk; und obwohl er reichlich
schwitzte, lächelte er als der kleine Held, der er war,
weiter. Rex, der am Ende in einer Ecke der Bibliothek
unmöglich beleidigend zu Baum gewesen war, schloß
sich nun Albinus an und begann, ihm gewisse Aspekte
Berlins zu beschreiben, als handle es sich um eine ferne
pittoreske Stadt; er machte das so gut, daß Albinus versprach, in seiner Begleitung jene Gasse, jene Brücke,
jene seltsam gefärbte Wand aufzusuchen...

«Ich bedaure es ungeheuer», sagte er, «daß wir
nicht zusammen an meiner Filmidee arbeiten können.
Ich bin sicher, Sie hätten Wunder vollbracht, aber um
ganz offen zu sein, ich kann es mir nicht leisten – jedenfalls nicht im Augenblick.»

Schließlich wurden die Gäste von jener Woge erfaßt,

die als leises Murmeln beginnt und dann anschwillt, bis sie in einem Wirbel schaumigen Auf-Wiedersehens alle aus dem Haus geschwemmt hatte.

Albinus blieb allein zurück. Die Luft war blau und schwer von Zigarrenrauch. Irgend jemand hatte etwas auf dem türkischen Tisch ausgeschüttet – er war ganz klebrig. Der würdevolle, obwohl leicht schwankende Diener (‹Wenn er sich noch mal betrinkt, werfe ich ihn raus›) öffnete das Fenster, und die schwarze, klare, frostige Nacht strömte herein.

‹Irgendwie keine sehr erfolgreiche Party›, dachte Albinus, als er sich aus dem Smoking gähnte.

Kapitel 17

«Ein gewisser Mann», sagte Rex, während er mit Margot um die Ecke bog, «verlor einmal einen diamantenen Manschettenknopf im großen blauen Meer, und zwanzig Jahre später aß er an genau dem gleichen Tag, anscheinend einem Freitag, einen großen Fisch – aber es war kein Diamant darin. Das ist es, was mir am Zufall so gefällt.»

Margot trottete neben ihm her, den Sealmantel eng um sich geschlagen. Rex packte sie am Ellenbogen und zwang sie stehenzubleiben.

«Ich hätte nie gedacht, daß ich dir noch einmal begegnen würde. Wie bist du da hingekommen? Ich traute meinen Augen nicht, wie der Blinde sagte. Sieh mich an. Ich bin nicht sicher, ob du hübscher geworden bist, aber ich mag dich trotzdem.»

Margot schluchzte plötzlich auf und wendete sich ab. Er zog sie am Ärmel, aber sie wendete sich noch weiter. Sie drehten sich auf der Stelle.

«Um Gottes willen, sag doch was. Wohin würdest du lieber gehen – zu mir oder zu dir? Was ist los mit dir?»

Sie schüttelte ihn ab und ging rasch bis an die nächste Ecke. Rex folgte ihr.

«Was in aller Welt ist mit dir los?» wiederholte er verdutzt.

Margot beschleunigte ihre Schritte. Er holte sie wieder ein.

«Komm schon mit, du Gans», sagte Rex. «Sieh mal, hier hab ich was...» Er zog seine Brieftasche heraus.

Margot schlug ihm prompt mit dem Handrücken ins Gesicht.

«Dieser Ring an deinem Zeigefinger ist sehr scharf», sagte er ruhig. Und er folgte ihr weiter, eilig in seiner Brieftasche wühlend.

Margot rannte auf den Eingang des Hauses zu und schloß die Tür auf. Rex versuchte, ihr etwas in die Hand zu stecken, aber plötzlich hob er die Augen.

«Ach, so stehen die Aktien also?» sagte er, als er die Haustür wiedererkannte, aus der sie gerade gekommen waren.

Margot stieß die Tür auf, ohne sich umzusehen.

«Hier, nimm das», sagte er barsch, und als sie es nicht tat, schob er es ihr in den Pelzkragen. Die Tür wäre zugeschlagen, wäre sie nicht von der widerspenstigen, preßluftgebremsten Art gewesen. Er stand da, zupfte an seiner Unterlippe und ging dann.

Margot tappte durch die Dunkelheit zum ersten Treppenabsatz hinauf und war im Begriff weiterzugehen, als sie sich plötzlich schwach werden fühlte. Sie setzte sich auf eine Stufe und schluchzte, wie sie nie zuvor geschluchzt hatte – nicht einmal damals, als er sie verlassen hatte. Sie fühlte etwas Zerknittertes an ihrem Hals und faßte danach. Es war ein Stück rauhes Papier. Sie drückte auf den Lichtknopf und sah, daß sie nicht

Geld in der Hand hielt, sondern eine Bleistiftzeichnung: die Rückenansicht eines Mädchens, mit bloßen Schultern und bloßen Beinen, auf einem Bett, das Gesicht zur Wand. Darunter stand ein Datum geschrieben, erst in Bleistift, dann mit Tinte nachgezogen – der Tag, der Monat, das Jahr, in dem er sie verlassen hatte. Darum also hatte er ihr gesagt, sie solle sich nicht umdrehen – weil er sie gezeichnet hatte! War das wirklich erst zwei Jahre her?

Das Licht ging mit einem dumpfen Ton aus, und Margot lehnte sich an das Fahrstuhlgitter und weinte von neuem. Sie weinte, weil er sie damals verlassen hatte; weil er seinen Namen und seinen Ruhm vor ihr verborgen hatte; weil sie diese ganze Zeit mit ihm hätte glücklich sein können, wenn er geblieben wäre; und weil sie dann den beiden Japanern, dem alten Mann und Albinus entgangen wäre. Und dann weinte sie auch, weil beim Abendessen Rex ihr rechtes und Albinus ihr linkes Knie berührt hatte – als wäre das Paradies zu ihrer Rechten und zu ihrer Linken die Hölle gewesen.

Sie wischte sich die Nase am Ärmel ab, tastete in der Dunkelheit umher und drückte wieder auf den Knopf. Das Licht beruhigte sie ein wenig. Sie betrachtete noch einmal die Zeichnung; überlegte, daß es gefährlich wäre, sie zu behalten, obwohl sie ihr viel bedeutete; riß sie in kleine Stücke und warf sie durch das Gitter in den Fahrstuhlschacht. Das erinnerte sie an ihre frühe Kindheit. Dann zog sie ihren Taschenspiegel heraus, puderte ihr Gesicht mit einer raschen, kreisenden Bewegung, spannte dabei die Oberlippe, schloß ihre Handtasche mit einem energischen Klicken und eilte die Treppe hinauf.

«Warum so spät?» fragte Albinus.

Er war schon im Pyjama.

Sie erklärte atemlos, daß sie Mühe gehabt habe, Iwanoff loszuwerden, der darauf bestanden hatte, sie nach Hause zu fahren.

«Wie die Augen meiner Allerschönsten sprühen», murmelte er, «und wie müde und erhitzt sie ist. Meine Schöne hat getrunken.»

«Nein, laß mich in Ruhe heute abend», antwortete Margot leise.

«Häschen, bitte», flehte Albinus, «ich habe so auf dich gewartet!»

«Dann warte noch ein bißchen länger. Erst will ich wissen: hast du schon etwas wegen deiner Scheidung unternommen?»

«Scheidung?» antwortete er bestürzt.

«Manchmal verstehe ich dich nicht, Albert. Schließlich müssen wir der Sache doch eine feste Grundlage geben, nicht wahr? Oder vielleicht hast du vor, mich nach einer Weile zu verlassen und zu deinem Lieschen zurückzugehen?»

«Dich verlassen?»

«Wiederhol nicht immer meine Worte, du Idiot! Nein, du kommst mir nicht mehr nahe, bis ich eine vernünftige Antwort von dir habe.»

«Na gut», sagte er. «Am Montag rede ich mit meinem Anwalt.»

«Bestimmt? Versprochen?»

Kapitel 18

Axel Rex war froh, wieder in seiner schönen Heimat zu sein. Er hatte in letzter Zeit Ärger gehabt. Irgendwie hatten die Scharniere des Glücks sich verklemmt – und er hatte es im Dreck steckenlassen wie ein kaputtes Auto. Es hatte zum Beispiel Krach mit seinem Verleger gegeben, der seinen letzten Witz nicht goutiert hatte – nicht daß er je für die Wiedergabe gedacht gewesen war. Es hatte allgemeinen Krach gegeben. Eine reiche alte Jungfer war darein verwickelt gewesen und eine faule (‹obwohl sehr amüsante›, dachte Rex traurig) Geldtransaktion und ein recht einseitiges Gespräch mit gewissen Behörden über das Thema unerwünschte Ausländer. Die Leute waren wenig nett zu ihm gewesen, überlegte er, vergab ihnen aber bereitwillig. Komisch, wie die Leute seine Arbeit bewunderten und im gleichen Augenblick versuchten (ein- oder zweimal recht erfolgreich), ihm ins Gesicht zu schlagen.

Das Schlimmste bei alldem aber war die Frage seiner finanziellen Lage. Der Ruhm – nicht ganz im Weltmaßstab, den jener harmlose Narr gestern angedeutet hatte, aber dennoch Ruhm – hatte ihm seinerzeit eine ganze Menge Geld eingebracht. Nun, da er ziemlich in der Luft hing und seine Karriere als Cartoonist ungewiß war in diesem Berlin, wo die Leute noch im Schwiegermutterstadium des Humors steckten, in dem sie sich immer befunden hatten, nun hätte er jenes Geld noch immer gehabt – wenigstens zum Teil –, wäre er nicht ein Spieler gewesen.

Da er von zartestem Alter an eine Neigung zum Bluff gehegt hatte, war es kein Wunder, daß sein Lieblingsspiel Poker war. Er spielte es, wo immer er Partner finden konnte; und er spielte es in seinen Träumen: mit historischen Gestalten oder einem entfernten Vetter, der schon lange tot war und an den er sich im wirklichen Leben nie erinnerte, oder mit Leuten, die – wiederum im wirklichen Leben – sich glatt geweigert hätten, mit ihm im gleichen Zimmer zu sein. In diesem Traum nahm er die ausgeteilten fünf Karten auf, steckte sie zusammen und hielt sie dicht vor die Augen, sah mit Vergnügen den Joker mit Kappe und Schellen, und während er mit vorsichtigem Daumen erst die eine und dann die nächste obere Ecke umbog, stellte er nach und nach fest, daß er fünf Joker hatte. ‹Ausgezeichnet›, dachte er bei sich, ohne sich über ihre Zahl im geringsten zu wundern, und machte in aller Ruhe seinen ersten Einsatz, den Heinrich der Achte (von Holbein), der nur vier Damen hatte, verdoppelte. Dann erwachte er, noch immer mit seinem Pokergesicht.

Der Morgen war so trübe und dunkel, daß er seine Nachttischlampe anmachen mußte. Die Scheibengardine sah schmutzig aus. Sie hätten ihm ein besseres Zimmer geben können für sein Geld (das sie, dachte er, vielleicht nie zu sehen bekommen würden). Plötzlich erinnerte er sich mit süßem Schrecken an die seltsame Begegnung gestern.

In der Regel dachte Rex ohne besondere Gefühlsaufwallung an seine Liebesabenteuer zurück. Margot war eine Ausnahme. Im Verlauf dieser letzten zwei Jahre hatte er sich oft dabei ertappt, daß er an sie dachte; und er hatte die eilig hingeworfene Bleistiftzeichnung oft mit so etwas wie Melancholie angesehen; ein seltsames Gefühl, denn Axel Rex war, gelinde gesagt, ein Zyniker.

Als er in seiner Jugend Deutschland zum ersten Male den Rücken kehrte (sehr rasch, um dem Krieg aus dem Wege zu gehen), hatte er seine arme, schwachsinnige Mutter verlassen, und am Tage nach seiner Abreise nach Montevideo war sie die Treppe hinabgestürzt und hatte sich tödlich verletzt. Als Kind hatte er lebende Mäuse mit Öl übergossen, sie angezündet und zugeschaut, wie sie ein paar Sekunden lang umherrasten wie flammende Meteore. Und man forscht besser nicht nach, was für Dinge er mit Katzen anstellte. Als sich dann in reiferen Jahren sein künstlerisches Talent entwickelte, versuchte er seine Neugier auf subtilere Weise zu befriedigen, denn es war nichts Krankhaftes mit einem medizinischen Namen – das keineswegs –, nur kalte, großäugige Neugier, einfach die Randnotizen, die das Leben zu seiner Kunst beisteuerte. Es amüsierte ihn enorm, wenn sich das Leben blamierte und hilflos in die Karikatur abrutschte. Es war ihm zuwider, anderen Streiche zu spielen: Ihm gefiel es, wenn sie von selbst geschahen, vielleicht ab und zu mit jenem kleinen, letzten Schubs von seiner Hand, der das Rad bergab ins Rollen brachte. Gerne hielt er Leute zum Narren; und je weniger Mühe der Vorgang mit sich brachte, desto mehr sagte ihm der Spaß zu. Und wenn er den Bleistift in der Hand hatte, war dieser gefährliche Mann gleichzeitig tatsächlich ein hervorragender Künstler.

Mit den Kindern allein im Haus, sagte der Onkel, er wolle sich verkleiden, um ihnen eine Freude zu machen. Als er nach langem Warten noch immer nicht erschien, gingen sie hinab und sahen, wie ein maskierter Mann das Tafelsilber in einen Sack packte. «Oh, Onkel», riefen sie entzückt. «Tja, ist meine Verkleidung nicht gut?» sagte der Onkel und nahm die Maske ab. So geht der hegelsche Syllogismus des Humors. These: Der Onkel verkleidet sich als Einbrecher (die Kinder lachen); Antithese: Es *war* ein Einbrecher (der Leser lacht); Synthese: Es war dennoch der Onkel (der Leser wird zum Narren gehalten). Dies war der Superhumor, den Rex in seinen Arbeiten gerne mitteilte; und das, behauptete er, war etwas ganz Neues.

Eines Tages begann ein großer Maler hoch oben auf dem Gerüst sich rückwärts zu bewegen, um sein fertiges Fresko besser betrachten zu können. Der nächste Schritt nach hinten hätte ihn in die Tiefe stürzen lassen, und da ein Warnruf tödlich sein konnte, hatte sein Schüler die Geistesgegenwart, den Inhalt eines Eimers auf das Meisterwerk zu schleudern. Sehr komisch! Aber um wieviel komischer, wäre der hingerissene Maler ruhig ins Nichts zurückgetreten – während die Zuschauer im übrigen den Eimer erwarteten. Die Kunst des Cartoons, so wie Rex sie verstand, beruhte daher (außer ihrer synthetischen Natur des Doppelt-zum-Narren-Haltens) auf dem Kontrast zwischen der Grausamkeit auf der einen und der Leichtgläubigkeit auf der anderen Seite. Und wenn Rex im wirklichen Leben ohne einen Finger zu rühren zusah, wie ein blinder Bettler mit vergnügt tastendem Stock drauf und dran war, sich auf eine frisch gestrichene Bank zu setzen, so nur, weil er daraus die Inspiration für seine nächste kleine Zeichnung bezog.

Aber all das hatte nichts zu tun mit den Gefühlen, die Margot in ihm erweckt hatte. In ihrem Fall triumphierte sogar im künstlerischen Sinne der Maler in Rex über den Humoristen. Es störte ihn ein wenig, daß ihn ihr Wiedersehen so freute: Wenn er Margot verlassen hatte, so tatsächlich nur, weil er befürchtete, sich zu sehr in sie zu verlieben.

Nun wollte er zunächst einmal ausfindig machen, ob sie wirklich mit Albinus zusammenlebte. Er sah auf die Uhr. Mittag. Er sah in seine Brieftasche. Leer. Er zog sich an und machte sich zu Fuß auf den Weg zu dem Haus, in dem er am Vorabend gewesen war. Schnee fiel sacht und stet.

Albinus öffnete zufällig selbst die Tür und erkannte in der schneebedeckten Gestalt seinen Gast zuerst nicht wieder. Als Rex aber die Schuhe auf der Matte abgetreten hatte und das Gesicht hob, begrüßte ihn Albinus sehr herzlich. Der Mann hatte ihm gestern abend Eindruck gemacht, nicht nur durch seinen schlagfertigen Witz und seine lockeren Umgangsformen, sondern auch durch sein ungewöhnliches Aussehen: Die bleichen, hohlen Wangen, die wulstigen Lippen und das sonderbare schwarze Haar bildeten eine Art faszinierender Häßlichkeit. Andererseits war es angenehm, sich daran zu erinnern, daß Margot, als sie über die Party sprachen, bemerkt hatte: «Dieser Künstlerfreund von dir hat ja eine widerliche Visage – so einen würde ich um keinen Preis küssen.» Und was Dorianna über ihn zu sagen gehabt hatte, war ebenfalls interessant.

Rex entschuldigte sich für die Formlosigkeit seines Besuchs, und Albinus lachte verzeihend.

«Um die Wahrheit zu sagen», meinte Rex, «Sie sind einer der wenigen Leute in Berlin, die ich gern näher kennenlernen würde. In Amerika schließt man eher Freundschaft als hier, und drüben habe ich mir angewöhnt, mich unkonventionell zu geben. Entschuldigen Sie, wenn ich Sie schockiere – aber halten Sie es wirklich für angebracht, dieser schmucken Lumpenpuppe zu erlauben, sich auf dem Diwan zu rekeln, wenn direkt darüber ein Ruysdael hängt? Übrigens, darf ich mir Ihre Bilder mal näher ansehen? Das da drüben macht einen ausgezeichneten Eindruck.»

Albinus führte ihn durch die Zimmer. Jedes einzelne enthielt irgendein sehr gutes Bild – ganz wenige Fälschungen darunter. Rex schaute sich hingerissen um. Er fragte sich, ob jener Lorenzo Lotto mit dem malvenfarben gewandeten Johannes und der weinenden Jungfrau so ganz echt war. Es gab eine Zeit in seinem abenteuerlichen Leben, da er als Bildfälscher gearbeitet und einige sehr gute Sachen gemacht hatte. Das siebzehnte Jahrhundert – das war seine Epoche. Gestern abend hatte er im Speisezimmer einen alten Freund bemerkt, und nun betrachtete er ihn hochentzückt aufs neue. Es war in Baugins bester Manier: eine Mandoline auf einem Schachbrett, rubinroter Wein in einem Glas und eine weiße Nelke.

«Sieht es nicht modern aus? Wirklich, fast surrealistisch», sagte Albinus liebevoll.

«Durchaus», sagte Rex und hielt sich das Handgelenk, während er sinnend das Bild betrachtete. Es war modern: Erst vor acht Jahren hatte er es gemalt.

Dann gingen sie durch den Flur, in dem ein schöner Linard hing – Blumen und ein Nachtfalter mit Augenflecken. In diesem Augenblick tauchte in einem leuchtendgelben Bademantel Margot aus dem Badezimmer auf. Sie lief den Korridor hinab und verlor unterwegs fast einen Pantoffel.

«Hier herein», sagte Albinus mit einem verschämten Lachen. Rex folgte ihm in die Bibliothek.

«Wenn ich nicht irre», sagte er lächelnd, «war das Fräulein Peters. Eine Verwandte von Ihnen?»

‹Was nützt es, sich zu verstellen?› dachte Albinus rasch. Unmöglich, einen so aufmerksamen Mann hinters Licht zu führen – und war es nicht auch ganz elegant – auf eine feine, bohemehafte Art? «Meine kleine Mätresse», antwortete er laut.

Er lud Rex ein, zum Essen zu bleiben, und dieser nahm ohne Umstände an. Als Margot zu Tisch erschien, war sie matt, aber ruhig: Die Erregung, die sie am Abend zuvor kaum hatte bezwingen können, hatte sich in so etwas wie Glück verwandelt. Während sie zwischen diesen beiden Männern saß, die an ihrem Leben teilhatten, kam sie sich wie die Hauptdarstellerin in einem mysteriösen und leidenschaftlichen Filmdrama vor – darum versuchte sie sich auch entsprechend zu benehmen: geistesabwesend zu lächeln, die Lider zu senken, ihre Hand zärtlich auf Albinus' Ärmel zu legen, als sie ihn bat, ihr das Obst zu reichen, und einen flüchtigen, gleichgültigen Blick über ihren ehemaligen Liebhaber streifen zu lassen.

‹Nein, ich lasse ihn nicht wieder entwischen, keine Sorge›, sagte sie plötzlich zu sich selbst, und ein köstlicher, längst vergessener Schauer lief ihr den Rücken hinab.

Rex redete ziemlich viel. Zwischen anderen amüsanten Dingen erzählte er ihnen eine ulkige Geschichte von einem betrunkenen Lohengrin, der den Schwan verpaßte und hoffnungsvoll auf den nächsten wartete. Albinus lachte herzlich, aber Rex wußte (und das war die private Pointe seines Witzes), daß er nur die eine Hälfte des Witzes sah und daß Margot sich der anderen Hälfte wegen auf die Lippen biß. Er sah sie beim Sprechen kaum an. Wenn er es dann doch tat, senkte sie sofort ihren Blick auf diese oder jene Stelle ihres Kleides, auf der seine Augen für einen Augenblick geruht hatten, und zupfte es unbewußt zurecht.

«Und bald», sagte Albinus zwinkernd, «werden wir jemanden auf der Leinwand sehen.»

Margot machte einen Schmollmund und versetzte seiner Hand einen Klaps.

«Sind Sie denn Schauspielerin?» fragte Rex. «Ach, wirklich? Und darf ich fragen, in welchem Film Sie auftreten?»

Sie antwortete, ohne ihn anzuschauen, und fühlte

sich außerordentlich stolz. Er war ein berühmter Künstler und sie ein Filmstar. Nun waren sie beide auf gleicher Ebene.

Rex brach unmittelbar nach dem Essen auf, überlegte, was er als nächstes tun sollte, und ging in ein Spielcasino. Ein *straight flush* (der ihm seit einer Ewigkeit nicht mehr zuteil geworden war) munterte ihn ein wenig auf. Am nächsten Tag rief er Albinus an, und sie gingen in eine Ausstellung betont moderner Bilder. Am Tag darauf war er zum Abendessen in Albinus' Wohnung. Dann erschien er unerwartet, aber Margot war nicht zu Hause, und er mußte eine gute, langatmige Intellektuellenkonversation mit Albinus durchhalten, der anfing, ihn außerordentlich zu mögen. Rex ärgerte sich gründlich. Endlich hatte das Schicksal Mitleid mit ihm und wählte für seine gute Tat die Gelegenheit eines Eishockeyspiels im Sportpalast.

Während sie zu dritt in ihre Loge gingen, bemerkte Albinus Pauls Schultern und Irmas blonden Zopf. Irgend etwas dieser Art mußte ja eines Tages geschehen, aber obwohl er es immer erwartet hatte, kam es für ihn so überraschend, daß er sich verlegen umdrehte und dabei Margot heftig in die Rippen stieß.

«Paß gefälligst auf, du» sagte sie schnippisch.

«Macht es euch bequem und bestellt Kaffee», sagte Albinus. «Ich muß mal – äh – telephonieren. Ich hatte es ganz vergessen.»

«Bitte, geh nicht weg», sagte Margot und stand wieder auf.

«Es ist ziemlich dringend» beharrte er, zog die Schultern ein und versuchte, sich so klein wie möglich zu machen (ob Irma ihn gesehen hatte?). «Falls ich aufgehalten werde, macht euch keine Sorgen. Entschuldigen Sie mich, Rex!»

«Bitte, bleib hier», wiederholte Margot sehr leise.

Aber er bemerkte weder ihren seltsamen Blick noch wie ihre Wangen sich röteten und ihre Lippen zitterten. Sein Rücken wurde ganz rund, und er eilte zum Ausgang.

Einen Augenblick herrschte Schweigen, und dann stieß Rex einen tiefen Seufzer aus.

«Enfin seuls», sagte er ingrimmig.

Sie saßen Seite an Seite in ihrer teuren Loge an einem kleinen Tisch mit einem sehr weißen Tischtuch. Unten, gleich hinter der Barriere, erstreckte sich die weite gefrorene Fläche. Die Kapelle spielte einen stampfenden Zirkusmarsch. Die leere Eisfläche hatte einen öligen, blauen Glanz. Die Luft war heiß und kalt zugleich.

«Begreifst du jetzt?» fragte Margot plötzlich und wußte selber kaum, was sie da fragte.

Rex wollte gerade antworten, doch in diesem Augenblick hallte ein Beifallssturm durch das riesige Gebäude. Er preßte unter dem Tisch ihre kleinen heißen Finger. Margot fühlte Tränen aufsteigen, zog aber ihre Hand nicht zurück.

Ein Mädchen in weißem Trikot und einem silbrigen, flauschgesäumten kurzen Rock kam auf den Spitzen ihrer Schlittschuhe über das Eis gelaufen, und als sie genug Schwung hatte, beschrieb sie einen wunderschönen Bogen und sprang und drehte sich und glitt wieder dahin.

Ihre glitzernden Schlittschuhe leuchteten auf wie Blitze, während sie Kreise zog und tanzte und das Eis mit enervierender Wucht einritzte.

«Du hast mich sitzenlassen», begann Margot.

«Ja, aber ich bin schleunigst zurückgekommen, nicht? Nicht weinen, Baby. Bist du schon lange mit ihm zusammen?»

Margot versuchte zu sprechen, aber aufs neue füllte mächtiges Getöse das Gebäude. Das Eis war wieder leer. Sie stützte die Ellbogen auf den Tisch und preßte die Hände an die Schläfen.

Inmitten von Pfiffen, Klatschen und Geschrei glitten die Spieler lässig über das Eis – erst die Schweden, dann die Deutschen. In leuchtendem Pullover, mit großen Lederpolstern vom Fußspann bis zur Hüfte glitt der Torwart der Gäste langsam auf sein winziges Tor zu.

«Er will sich von ihr scheiden lassen. Ist dir klar, was du dir für einen höchst ungeschickten Augenblick für dein Kommen ausgesucht hast?»

«Unsinn. Glaubst du etwa wirklich, daß er dich heiratet?»

«Wenn du alles über den Haufen wirfst, dann nicht.»

«Nein, Margot, der heiratet dich nicht.»

«Und ich sage dir, er tut's.»

Ihre Lippen bewegten sich weiter, aber der Lärm ringsum erstickte ihren geschwinden Streit. Die Menge schrie vor Aufregung, während flinke Stöcke den Puck auf dem Eis verfolgten, ihn schlugen, ihn abfingen, ihn weitergaben, ihn verpaßten und in raschem Aufprall zusammenkrachten. Auf seinem Posten wendig hierhin und dorthin gleitend, preßte der Torwart die Beine fest zusammen, so daß die beiden Beinschützer nebeneinander einen einzigen Schild bildeten.

«... es ist schrecklich, daß du zurückgekommen bist. Du bist ein Bettler im Vergleich zu ihm. Herr im Himmel, jetzt weiß ich, du wirst alles kaputtmachen.»

«Unsinn, Unsinn, wir werden sehr vorsichtig sein.»

«Ich drehe noch durch», sagte Margot. «Bring mich bloß aus diesem Krach raus. Laß uns gehen. Ich bin sicher, daß er jetzt nicht zurückkommt, und wenn, wird es ihm eine Lehre sein.»

«Komm mit zu mir. Du mußt. Sei kein Narr. Wir machen schnell. In einer Stunde bist du zu Hause.»

«Halt den Mund. Ich gehe kein Risiko ein. Monatelang habe ich mich abgerackert, um ihn soweit zu kriegen, und nun ist er reif. Erwartest du wirklich, daß ich jetzt alles hinschmeiße?»

«Er heiratet dich nicht», sagte Rex überzeugt.

«Bringst du mich nach Hause oder nicht?» fragte sie fast schreiend – und durchs Hirn blitzte ihr der Gedanke: ‹Im Taxi lasse ich mich von ihm küssen.›

«Warte noch ein bißchen. Sag mal, woher weißt du, daß ich blank bin?»

«Das sehe ich deinen Augen an», erwiderte sie, und dann verstopfte sie sich die Ohren, denn jetzt hatte der Lärm seinen Höhepunkt erreicht: Ein Tor war geschossen worden, der schwedische Torwart lag der Länge nach auf dem Eis, und der Schläger, der ihm aus der Hand geschlagen worden war, drehte sich um und um, während er auf dem Eis davonglitt wie ein verlorengegangener Bootsriemen.

«Na gut, ich sage nur das eine: Es ist Zeitverschwendung, die Sache aufzuschieben. Es muß geschehen, früher oder später. Los, komm! Die Aussicht aus meinem Fenster ist ganz schön, wenn das Rollo runter ist.»

«Noch ein Wort, und ich fahre allein nach Hause.»

Als sie hinter den Logen entlanggingen, erschrak Margot und runzelte die Stirn. Ein rundlicher Herr mit Hornbrille starrte sie voller Abscheu an. Neben ihm saß ein kleines Mädchen, das das Spiel durch einen großen Feldstecher verfolgte.

«Dreh dich mal um», fuhr Margot ihren Begleiter an. «Siehst du den fetten Kerl da mit dem Kind? Das ist sein Schwager und seine Tochter. Nun weiß ich, warum mein Wurm weggekrochen ist. Schade, daß ich sie nicht früher bemerkt habe. Er war mal sehr frech zu mir, darum hätte ich nichts dagegen, wenn ihn jemand ordentlich durchprügeln würde.»

«Und trotzdem redest du von Hochzeitsglocken», lautete Rex' Kommentar, während er die flachen, breiten Stufen neben ihr hinabging. «Er heiratet dich nie und nimmer... Nun hör mal zu, meine Liebe, ich habe dir einen neuen Vorschlag zu machen. Und der ist endgültig, glaube ich.»

«Und der wäre?» fragte Margot argwöhnisch.

«Ich bringe dich nach Hause, aber das Taxi mußt du bezahlen, meine Liebe.»

Kapitel 19

Paul starrte ihr nach, und die Fettwülste über seinem Kragen nahmen die Farbe von roten Beten an. Trotz seiner sanftmütigen Natur hätte es ihm nichts ausgemacht, Margot ebendas anzutun, was sie ihm antun wollte. Er fragte sich, wer ihr Begleiter sein mochte und wo Albinus war; er hatte es sicher im Gefühl, daß jener Herr irgendwo in der Nähe war, und der Gedanke, daß das Kind ihn plötzlich sehen könnte, war unerträglich. Erleichtert atmete er auf, als abgepfiffen wurde und er mit Irma entwischen konnte.

Sie kamen nach Hause. Irma sah müde aus, die Fragen ihrer Mutter nach dem Spiel beantwortete sie nur mit einem Nicken und lächelte jenes blasse, rätselhafte Lächeln, das ihre bezauberndste Eigenart war.

«Es ist erstaunlich, wie sie auf dem Eis umherjagen», sagte Paul.

Elisabeth sah ihn nachdenklich an und wandte sich dann an ihre Tochter. «Zeit zum Schlafengehen», sagte sie.

«Ach, nein», bat Irma schläfrig.

«Du meine Güte! Es ist beinahe Mitternacht, du bist noch nie so lange aufgewesen.»

«Hör mal, Paul», sagte Elisabeth, als Irma glücklich

im Bett verstaut war. «Mir ist so, als ob was passiert wäre. Ich war so unruhig, während ihr weg wart. Paul, sag es mir!»

«Aber es gibt nichts zu sagen», antwortete er und wurde sehr rot im Gesicht.

«Du hast niemanden getroffen?» fragte sie auf gut Glück. «Wirklich nicht?»

«Wie kommst du denn auf diese Idee?» murmelte er, völlig aus der Fassung gebracht durch die schon fast telepathische Sensibilität, die Elisabeth seit der Trennung von ihrem Gatten an den Tag gelegt hatte.

«Ich habe immer Angst davor», flüsterte sie, während sie langsam den Kopf neigte.

Am nächsten Morgen wurde Elisabeth von dem Kindermädchen geweckt, das mit einem Thermometer in der Hand zu ihr ins Zimmer kam.

«Irma ist krank, gnä' Frau», sagte sie geschäftig. «Sie hat achtunddreißig drei Fieber.»

«Achtunddreißig drei», wiederholte Elisabeth, und plötzlich dachte sie: ‹Deshalb also war ich gestern so unruhig.› Sie sprang aus dem Bett und eilte ins Kinderzimmer. Irma lag auf dem Rücken und blickte mit glänzenden Augen starr an die Decke.

«Ein Fischer und ein Boot», sagte sie und zeigte auf die Decke, wo der Schein der Nachttischlampe eine Art von Muster hinwarf. Es war noch früh am Morgen und schneite.

«Tut dir der Hals weh, mein Liebling?» fragte Elisabeth und machte sich noch immer an ihrem Morgenrock zu schaffen. Dann beugte sie sich besorgt über das spitze kleine Gesicht des Kindes.

«Mein Gott, wie heiß ihre Stirn ist», rief sie und strich Irmas feines, blasses Haar zurück.

«Und ein, zwei, drei, vier Schilfrohre», sagte Irma leise und blickte noch immer nach oben.

«Wir rufen besser den Arzt an», sagte Elisabeth.

«Ach, das ist nicht nötig, gnä' Frau», sagt das Kindermädchen. «Ich gebe ihr etwas heißen Tee mit Zitrone und eine schöne Aspirin. Im Augenblick haben alle Grippe.»

Elisabeth klopfte an Pauls Tür. Er war beim Rasieren, und noch mit dem Seifenschaum auf den Wangen ging er in Irmas Zimmer. Paul schnitt sich oft beim Rasieren, sogar mit dem Apparat – und nun durchtränkte ein heller, roter Fleck den Schaum an seinem Kinn.

«Erdbeeren und Schlagsahne», sagte Irma leise, als er sich über sie beugte.

Der Arzt kam gegen Abend, setzte sich zu Irma auf den Bettrand und begann, den Blick unverwandt in eine Zimmerecke gerichtet, ihren Puls zu zählen. Irma starrte auf die weißen Härchen in der Höhlung seiner großen, labyrinthischen Ohren und auf die W-förmige Ader an seiner rosigen Schläfe.

«Gut», sagte der Art und sah sie über den Brillenrand an. Dann bat er sie, sich aufzusetzen, und Elisabeth zog dem Kind das Nachthemd hoch. Irmas Körper war sehr weiß und dünn, mit hervorstehenden Schulterblättern. Der Arzt hielt sein Stethoskop an ihren Rücken, atmete schwer und befahl ihr, ebenfalls zu atmen.

«Gut», sagte er wieder.

Dann klopfte er verschiedene Stellen der Brust ab

und pflügte mit eiskalten Fingern ihre Magengrube. Schließlich stand er auf, tätschelte sie auf den Kopf, wusch sich die Hände, krempelte seine Manschetten um, und Elisabeth führte ihn in das Arbeitszimmer, wo er sich bequem niedersetzte, seinen Füllfederhalter aufschraubte und seine Rezepte ausschrieb.

«Ja», sagte er, «es herrscht ziemlich viel Influenza. Gestern mußte ein Liederabend abgesagt werden, weil die Sängerin und ihr Begleiter beide damit zu Bett lagen.»

Am nächsten Morgen war Irmas Temperatur beträchtlich gesunken. Dagegen fühlte sich Paul ziemlich elend; er krächzte und schnaubte dauernd seine Nase, lehnte es aber entschieden ab, im Bett zu bleiben, und ging sogar wie immer ins Büro. Auch das Fräulein war verschnupft.

Als Elisabeth am Abend das warme Glasröhrchen unter dem Arm ihrer Tochter hervorzog, stellte sie zu ihrer Freude fest, daß das Quecksilber kaum über die rote Fieberlinie gestiegen war. Irma blinzelte, das Licht blendete sie; und sogleich drehte sie das Gesicht zur Wand. Der Raum wurde wieder dunkel. Alles war warm, gemütlich und etwas absurd. Bald schlief Irma ein, aber mitten in der Nacht erwachte sie aus einem unbestimmt unangenehmen Traum. Sie hatte Durst und tastete nach dem klebrigen Glas mit Zitronenwasser, das auf dem Nachttisch stand, leerte es, stellte es sorgfältig wieder zurück und schmatzte leise mit den Lippen.

Das Zimmer kam ihr dunkler vor als sonst. Im Nebenzimmer schnarchte heftig, fast ekstatisch das Kindermädchen. Irma hörte ihr zu und begann dann, auf das freundliche Rumpeln der U-Bahn zu warten, die ganz in der Nähe des Hauses aus dem Untergrund auftauchte. Aber sie kam nicht. Vielleicht war es zu spät, und es fuhren keine Züge mehr. Irma lag mit weit geöffneten Augen da. Plötzlich hörte sie von der Straße her einen vertrauten Pfiff aus vier Tönen. Genauso pfiff ihr Vater immer, wenn er nach Hause kam – nur um sie wissen zu lassen, daß er in wenigen Augenblicken bei ihnen sein würde und das Abendbrot aufgetragen werden könne. Irma wußte ganz genau, daß nicht er es war, sondern ein Mann, der seit vierzehn Tagen die Dame im vierten Stock besuchte – die kleine Tochter des Hausmeisters hatte ihr das erzählt und ihr die Zunge herausgesteckt, als Irma sehr vernünftig bemerkte, es sei doch dumm, so spät zu kommen. Sie wußte auch, daß sie nicht über ihren Vater reden durfte, der mit seiner kleinen Freundin zusammenlebte: Letzteres hatte Irma dem Gespräch zweier Damen entnommen, die vor ihr die Treppe hinuntergegangen waren.

Der Pfiff unter dem Fenster wiederholte sich. Irma dachte: ‹Wer weiß? Vielleicht ist es doch Vater? Und keiner läßt ihn herein; vielleicht haben sie mir absichtlich gesagt, daß es ein fremder Mann war?›

Sie streifte die Bettdecke ab und ging auf Zehenspitzen zum Fenster. Dabei stieß sie gegen einen Stuhl, und etwas Weiches (ihr Elefant) fiel plumpsend und quiekend herunter; aber das Fräulein schnarchte unbekümmert weiter. Sie öffnete das Fenster, und ein köstlicher, eiskalter Luftzug drang ins Zimmer. Auf der Straße stand jemand in der Dunkelheit und starrte zum Haus hoch. Sie sah eine ganze Weile zu ihm hinunter, aber zu ihrer großen Enttäuschung war es nicht ihr Vater. Der Mann stand da und stand. Dann drehte er sich um und ging langsam weg. Er tat Irma leid. Sie war so starr vor Kälte, daß sie kaum das Fenster schließen konnte, und auch als sie wieder ins Bett ging, wollte ihr nicht warm werden. Endlich schlief sie ein und träumte, daß sie mit ihrem Vater Hockey spielte. Er lachte, rutschte aus, fiel auf den Hintern, verlor dabei seinen Zylinder, und auch sie knallte hin. Das Eis war schrecklich, aber sie konnte nicht wieder aufstehen, und ihr Hockeyschläger kroch davon wie eine Spannerraupe.

Am nächsten Morgen war ihr Fieber auf vierzig gestiegen, ihr Gesicht aschgrau, und sie klagte über Schmerzen an der Seite. Sofort wurde der Arzt gerufen.

Der Puls der Patientin betrug hundertzwanzig, die Brust über dem Sitz des Schmerzes hörte sich bei der Perkussion dumpf an, und das Stethoskop verriet eine leichte Crepitatio.

Er verschrieb Zugpflaster, Phenacetin und ein Beruhigungsmittel. Elisabeth hatte plötzlich das Gefühl, daß sie verrückt würde, daß das Schicksal nach allem, was geschehen war, einfach nicht das Recht hatte, sie derart zu quälen. Mit großer Mühe nahm sie sich zusammen, als sie dem Arzt auf Wiedersehen sagte. Bevor er ging, sah er noch nach dem Kindermädchen, das hohes Fieber hatte, aber bei dieser kräftigen Frau gab es keinen Grund zur Besorgnis.

Paul begleitete ihn auf den Flur und fragte mit heiserer Stimme – er versuchte, durch seine Erkältung hindurch zu flüstern –, ob Gefahr bestehe.

«Ich schaue heute noch einmal herein», sagte der Arzt langsam.

‹Immer das gleiche›, dachte der alte Lampert, als er hinunterging. ‹Immer die gleichen Fragen, die gleichen flehenden Blicke.› Er zog sein Notizbuch zu Rate, rutschte hinter das Lenkrad seines Wagens und schlug gleichzeitig die Tür zu. Fünf Minuten später betrat er ein anderes Haus.

Albinus empfing ihn in der seideverbrämten warmen Hausjacke, die er immer trug, wenn er in seinem Arbeitszimmer beschäftigt war.

«Sie fühlt sich seit gestern nicht ganz wohl», sagte er besorgt. «Klagt über Schmerzen am ganzen Körper.»

«Temperatur?» wollte Lampert wissen und fragte sich, ob er diesem bangenden Liebhaber erzählen sollte, daß seine Tochter Lungenentzündung hatte.

«Nein, das ist es gerade: Sie scheint keine Temperatur zu haben», sagte Albinus beunruhigt. «Und ich habe gehört, daß Grippe *ohne* Fiebersymptome besonders gefährlich ist.»

(‹Warum soll ich es ihm sagen?› dachte Lampert. ‹Er hat seine Familie ohne Gewissensbisse verlassen. Sie werden es ihm schon selbst erzählen, wenn sie wollen. Warum soll ich mich da einmischen?›)

«Nun», sagte Lampert mit einem Seufzer, «dann sehen wir uns unsere charmante Patientin mal an.»

Margot lag mißgelaunt und putzmunter auf dem Sofa, in einen seidenen Morgenrock mit viel Spitzen gehüllt. Neben ihr saß Rex mit übereinandergeschlagenen

Beinen und skizzierte ihren reizenden Kopf auf die Unterseite einer Zigarettenschachtel.

(‹Ein reizendes Geschöpf, ohne Frage›, dachte Lampert, ‹aber sie hat etwas Schlangenhaftes.›)

Rex zog sich pfeifend ins Nebenzimmer zurück. Albinus stand in der Nähe herum. Lampert machte sich daran, die Patientin zu untersuchen. Eine leichte Erkältung, das war alles.

«Sie sollten ein, zwei Tage zu Hause bleiben», sagte Lampert. «Was macht übrigens der Film? Fertig?»

«Gottseidank ja», antwortete Margot und zog träge den Morgenrock um sich. «Und nächsten Monat soll's eine Privatvorführung geben. Bis dahin muß ich gesund sein, komme was wolle.»

(‹Und außerdem›, überlegte Lampert unpassenderweise, ‹wird dieses kleine Hürchen sein Ruin sein.›)

Als der Arzt gegangen war, kehrte Rex an Margots Seite zurück, zeichnete müßig weiter und pfiff dabei die ganze Zeit durch die Zähne. Einige Augenblicke lang stand Albinus mit schiefem Kopf neben ihm und verfolgte die rhythmischen Bewegungen dieser knochigen weißen Hand. Dann ging er in sein Arbeitszimmer, um einen Artikel über eine vieldiskutierte Ausstellung fertigzuschreiben.

«Ganz nett, der Hausfreund zu sein», sagte Rex mit schnaubendem Lachen.

Margot sah ihn an und sagte ärgerlich:

«Ja, ich liebe dich, das stimmt, du Scheusal – aber da ist nichts zu machen, das weißt du selbst.»

Er drehte die Zigarettenschachtel zusammen und ließ sie auf den Tisch trudeln.

«Hör mal, meine Liebe, irgendwann mußt du zu mir kommen, das ist klar. Meine Besuche hier sind natürlich sehr lustig und so, aber ich habe die Nase voll von dieser Art von Spaß.»

«Erstens – bitte schrei nicht so! Du bist nicht zufrieden, bis wir etwas idiotisch Unvorsichtiges gemacht haben. Bei dem geringsten Anlaß, bei dem geringsten Verdacht bringt er mich um oder wirft mich raus, und keiner von uns kriegt einen Pfennig.»

«Dich umbringen», kicherte Rex. «Das ist gut!»

«Bitte warte noch ein bißchen. Verstehst du denn nicht? Wenn er mich einmal geheiratet hat, werde ich weniger nervös sein und mehr Handlungsfreiheit haben. Seine Ehefrau kann man nicht so leicht loswerden. Außerdem gibt es da auch noch den Film. Ich habe so allerhand Pläne.»

«Den Film», lachte Rex wieder.

«Ja, du wirst schon sehen. Er wird bestimmt ein großer Kassenschlager. Wir müssen warten. Ich bin genauso ungeduldig wie du, Liebster.»

Er setzte sich auf den Rand ihres Sofas und legte den Arm um ihre Schultern.

«Nein, nein», sagte sie erschauernd, schon mit halbgeschlossenen Augen.

«Nur einen winzig kleinen Kuß.»

«Ganz winzig», sagte sie mit erstickter Stimme.

Er beugte sich über sie, aber plötzlich klappte in einiger Entfernung eine Tür, und sie hörten Albinus kommen: Teppich, Fußboden, Teppich, wieder Fußboden.

Rex wollte sich eben aufrichten, aber im selben Augenblick bemerkte er, daß einer seiner Jackenknöpfe sich in den Spitzen auf Margots Schultern verfangen hatte. Margot versuchte, ihn schnell loszuknöpfen. Rex zog, aber die Spitzen gaben nicht nach. Margot stöhnte vor Angst, als sie mit ihren scharfen, glänzenden Nägeln am Knoten zerrte. In diesem Augenblick stürzte Albinus in das Zimmer.

«Nein, ich umarme Fräulein Peters nicht», sagte Rex kaltblütig. «Ich wollte es ihr nur bequem machen und habe mich dabei verheddert, wie Sie sehen.»

Margot zerrte noch an den Spitzen herum, ohne ihre Wimpern zu heben. Die Situation war im höchsten Maß farcenhaft, und Rex genoß sie ungeheuer.

Albinus zog schweigend ein dickes Taschenmesser mit einem Dutzend Klingen hervor und klappte etwas heraus, das sich als kleine Feile erwies. Er versuchte es noch einmal und brach sich den Nagel ab. Die Burleske entwickelte sich nett.

«Um Himmels willen, erstechen Sie sie nicht», sagte Rex begeistert.

«Hände weg», sagte Albinus – aber Margot schrie:

«Wag es ja nicht, in die Spitze zu schneiden; schneid den Knopf ab!»

«Halt – es ist mein Knopf!» brüllte Rex.

Einen Augenblick sah es so aus, als ob beide Männer auf sie fallen würden. Rex zog ein letztes Mal, etwas riß, und er war frei.

«Kommen Sie in mein Arbeitszimmer», sagte Albinus düster zu ihm.

‹Nun müssen wir clever sein›, dachte Rex; und er erinnerte sich an eine Ausflucht, die ihm einmal geholfen hatte, einen Rivalen an der Nase herumzuführen.

«Bitte, setzen Sie sich», sagte Albinus stirnrunzelnd. «Was ich Ihnen zu sagen habe ist ziemlich wichtig. Es handelt sich um diese Weiße-Raben-Ausstellung. Ich wüßte gern, ob Sie mir wohl helfen würden. Sehen Sie, ich bin gerade dabei, einen ziemlich verwickelten und – naja – subtilen Artikel zu beenden, und einige Aussteller werden von mir recht unsanft behandelt.»

(‹Oho!› dachte Rex. ‹Deswegen hast du also so kummervoll ausgesehen. Die Düsterkeit des Gelehrten? Die Geburtswehen der Inspiration? Großartig.›)

«Tja, was ich von Ihnen will», fuhr Albinus fort, «ist, daß Sie meinen Artikel mit eingestreuten kleinen Karikaturen illustrieren, die besonders hervorheben, was ich kritisiere, die Farbe und Strich aufspießen – wie Sie es einmal mit Barcelo gemacht haben.»

«Ich stehe zu Ihrer Verfügung», sagte Rex. «Aber auch ich habe eine kleine Bitte. Sie wissen, was ich meine – einige Honorare stehen aus, und da bin ich ziemlich knapp bei Kasse. Könnten Sie mir wohl einen Vorschuß geben? Nur eine Kleinigkeit – sagen wir fünfhundert Mark.»

«Aber natürlich. Mehr, wenn Sie wollen. Sie müssen sowieso das Honorar für die Zeichnungen festlegen.»

«Ist das ein Katalog?» fragte Rex. «Darf ich mal reinsehen? Mädchen, Mädchen, Mädchen», fuhr er mit betontem Widerwillen fort, als er die Reproduktionen betrachtete. «Viereckige Mädchen, schiefe Mädchen, Mädchen mit Elephantiasis...»

«Und weshalb bitte», fragte Albinus listig, «langweilen Mädchen Sie so?»

Rex erklärte es ganz offen.

«Nun, das ist nur Geschmackssache, denke ich», sagte Albinus, der stolz auf seine Unvoreingenommenheit war. «Natürlich verurteile ich Sie nicht. Unter Männern von künstlerischem Naturell ist das weit verbreitet, glaube ich. Bei einem Krämer würde es mich abstoßen, aber bei einem Maler ist es etwas ganz anderes – ganz liebenswert eigentlich, ganz romantisch – ‹Romanze› kommt ja von ‹Rom›. Dennoch», fügte er hinzu, «kann ich Ihnen versichern, daß Sie viel versäumen.»

«Nein, danke. Eine Frau ist für mich nur ein harmloses Säugetier oder eine nette Kameradin – manchmal.»

Albinus lachte. «Nun, da Sie darüber so offen sprechen, will ich Ihnen auch ein Geständnis machen. Diese Schauspielerin, die Karenina, hat gleich, als sie Sie gesehen hat, gesagt, sie sei sicher, daß Ihnen das zartere Geschlecht gleichgültig ist.»

(‹Ach ja?› dachte Rex.)

Kapitel 20

Ein paar Tage vergingen. Margot hatte noch Husten, und da sie in puncto Gesundheit sehr empfindlich war, blieb sie zu Hause und vergnügte sich aus Mangel an Beschäftigung – Lesen war nicht ihre Stärke – so, wie Rex es ihr empfohlen hatte: Bequem in ein buntes Kissenchaos gebettet, schlug sie im Telephonbuch nach und rief unbekannte Personen, Geschäfte und Firmen an. Sie bestellte Kinderwagen und Lilien und Radiogeräte an Adressen, die sie aufs Geratewohl herausgesucht hatte; sie hielt ehrenwerte Bürger zum Narren und riet ihren Frauen, weniger vertrauensvoll zu sein; sie rief dieselbe Nummer zehnmal hintereinander an und trieb dadurch die Herren Traum, Baum & Käsebier zur Verzweiflung. Sie erhielt wundervolle Liebeserklärungen und noch wundervollere Verwünschungen. Albinus kam herein und betrachtete sie mit einem zärtlichen Lächeln, während sie für eine gewisse Frau Kirchhof einen Sarg bestellte. Ihr Kimono war aufgegangen, die Füßchen strampelten schadenfroh, die langgeschnittenen Augen bewegten sich beim Zuhören hin und her. Albinus war erfüllt von einer leidenschaftlichen Zärtlichkeit, und er stand regungslos ein paar Schritte entfernt, ängstlich bedacht, nicht näherzu kommen und ihr Vergnügen nicht zu stören.

Gerade erzählte sie Professor Grimm ihre Lebensgeschichte und flehte ihn an, sie um Mitternacht zu treffen, während der Professor am anderen Ende der Leitung schmerzlich und umständlich erwog, ob diese Einladung ein Schabernack oder das Ergebnis seines Ruhmes als Ichthyologe war.

Angesichts der telephonischen Späße Margots war es nicht verwunderlich, daß Paul in der letzten halben Stunde vergeblich versucht hatte, Albinus zu erreichen. Er rief weiter an, und jedes Mal hörte er dasselbe erbarmungslose Besetztzeichen.

Schließlich stand er auf, fühlte einen Anfall von Schwindel und setzte sich schwerfällig wieder hin. Er hatte zwei Nächte lang nicht geschlafen; er war krank und von Trauer bestürmt; trotzdem, er mußte es tun, und er würde es tun. Das dauernde Besetztzeichen schien ihm zu bedeuten, daß das Schicksal entschlossen war, seine Absicht zu vereiteln, aber Paul war dickköpfig: Wenn es nicht auf diese Art zu machen war, würde er es auf eine andere versuchen.

Er schlich auf Zehenspitzen ins Kinderzimmer, das dunkel und – trotz der Anwesenheit mehrerer Menschen – sehr still war. Er sah den Hinterkopf seiner Schwester, den hinten im Haar steckenden Kamm und den Wollschal um ihre Schultern; und plötzlich drehte er sich entschlossen um und trat hinaus auf den Flur, zog seinen Mantel an (stöhnend und sein Schluchzen unterdrückend) und machte sich auf, Albinus zu holen.

«Warten Sie», sagte er zu dem Taxifahrer, als er auf dem Damm vor dem vertrauten Haus ausstieg.

Er stieß bereits die Eingangstür auf, als Rex von hinten herbeieilte. Beide Männer traten im gleichen Augenblick ein. Sie sahen sich an – es gab ein großes Hurrageschrei, als der Puck ins schwedische Tor geschossen wurde.

«Wollen Sie zu Herrn Albinus?» fragte Paul grimmig.

Rex lächelte und nickte mit dem Kopf.

«Dann lassen Sie sich sagen, daß er im Moment keine Besucher empfängt. Ich bin der Bruder seiner Frau und habe eine sehr schlechte Nachricht für ihn.»

«Würden Sie mir Ihre Botschaft wohl anvertrauen?» fragte Rex konziliant.

Paul litt an Kurzatmigkeit. Er machte auf dem ersten Treppenabsatz halt. Mit gesenktem Kopf wie ein Stier starrte er Rex an, der neugierig und erwartungsvoll auf sein geschwollenes, verweintes Gesicht zurückblickte.

«Ich ersuche Sie, Ihren Besuch aufzuschieben», sagte Paul schwer atmend. «Das Töchterchen meines Schwagers liegt im Sterben.» Er setzte seinen Weg treppauf fort, und Rex folgte ihm schweigend.

Als er die unverschämten Schritte hinter sich hörte, fühlte Paul das Blut in den Kopf schießen, aber er fürchtete, sein Asthma würde ihn aufhalten, und so beherrschte er sich. Vor der Wohnungstür wandte er sich wieder an Rex und sagte:

«Ich habe keine Ahnung, wer Sie sind und was Sie sind, aber ich habe beim besten Willen kein Verständnis für Ihre Hartnäckigkeit.»

«Also, mein Name ist Axel Rex, und ich bin hier

ganz zu Hause», erwiderte Rex liebenswürdig, während er einen langen weißen Finger ausstreckte und auf die Klingel drückte.

‹Soll ich ihn schlagen?› dachte Paul, und dann: ‹Wozu jetzt noch...? Die Hauptsache ist, alles so schnell wie möglich hinter mich zu bringen.›

Ein kleiner, grauhaariger Diener (dem englischen Lord war der Laufpaß gegeben worden) ließ sie ein.

«Melden Sie Ihrem Herrn», sagte Rex mit einem Seufzer, «daß dieser Herr hier gerne...»

«Halten Sie den Mund, Sie!» sagte Paul, und mitten im Flur rief er so laut er konnte: «Albert!» und noch einmal: «Albert!»

Als Albinus das verzerrte Gesicht seines Schwagers sah, setzte er an, linkisch auf ihn zuzustürzen, rutschte und blieb dann stehen.

«Irma ist schwer krank», sagte Paul und hieb mit seinem Stock auf den Boden. «Du kommst am besten sofort.»

Es entstand ein kurzes Schweigen. Rex beobachtete sie beide gierig. Margots schrille Stimme drang aus dem Wohnzimmer: «Albert, ich muß dich sprechen.»

«Komme schon», stammelte Albinus und eilte ins Wohnzimmer. Margot stand da, die Arme über der Brust gekreuzt.

«Mein Töchterchen ist schwer krank», sagte Albinus. «Ich gehe sofort zu ihr.»

«Sie lügen dich an», schrie Margot zornig. «Es ist eine Falle, um dich zurückzulocken.»

«Margot... Um Gottes willen!»

Sie ergriff seine Hand. «Und wenn ich mitkomme?»

«Margot, genug! Du mußt verstehen... Wo ist mein Feuerzeug? Wo ist mein Feuerzeug? Wo ist mein Feuerzeug? Er wartet auf mich.»

«Sie halten dich zum Narren. Ich lasse dich nicht gehen.»

«Sie warten auf mich», stammelte Albinus mit aufgerissenen Augen.

«Wenn du es wagst...»

Paul blieb in der gleichen Haltung auf dem Flur stehen und stocherte mit seinem Stock auf dem Boden. Rex zog eine kleine emaillierte Dose hervor. Aus dem Wohnzimmer dröhnten aufgeregte Stimmen. Rex bot Paul ein paar Hustendrops an. Ohne hinzusehen, stieß Paul sie mit dem Ellbogen zurück und verschüttete die Bonbons. Rex lachte. Schon wieder – dieser Stimmenschwall.

«Gräßlich», murmelte Paul und ging hinaus. Mit bebenden Wangen eilte er die Treppen hinunter.

«Nun?» fragte das Fräulein flüsternd, als er zurück war.

«Nein, er kommt nicht», antwortete Paul. Kurz bedeckte er die Augen mit der Hand, räusperte sich und ging wie zuvor auf Zehenspitzen ins Kinderzimmer.

Nichts hatte sich dort verändert. Sanft, rhythmisch warf Irma den Kopf auf dem Kissen hin und her. Ihre halb geöffneten Augen waren trüb; von Zeit zu Zeit erschütterte sie ein Schluckauf. Elisabeth glättete die Bettdecke: eine mechanische Geste ohne Sinn. Ein Löffel fiel vom Tisch, und sein feines Klingen tönte lange in den Ohren der Anwesenden nach. Die Krankenschwester zählte den Pulsschlag, blinzelte und legte vorsichtig, als fürchtete sie, es zu verletzen, das Händchen auf die Decke zurück.

«Vielleicht hat sie Durst?» flüsterte Elisabeth.

Die Krankenschwester schüttelte den Kopf. Jemand im Zimmer hustete sehr leise. Irma warf sich hin und her; dann hob sie ein schmales Knie unter der Bettdecke und streckte es wenig später sehr langsam wieder aus. Eine Tür quietschte, das Fräulein kam herein und sagte Paul etwas ins Ohr. Paul nickte, und sie ging hinaus. Kurz darauf quietschte die Tür wieder; aber Elisabeth wendete den Kopf nicht...

Der Mann, der eingetreten war, blieb ein paar Schritte vom Bett entfernt stehen. Er konnte das blonde Haar und den Schal seiner Frau nur verschwommen erkennen, aber mit qualvoller Deutlichkeit sah er Irmas Gesicht – ihre schmalen, schwarzen Nasenlöcher und den gelblichen Glanz ihrer runden Stirn. So stand er eine lange Zeit, dann öffnete er sehr weit den Mund, und jemand (ein entfernter Cousin von ihm) faßte ihm von hinten unter die Achselhöhlen.

Er kam wieder zu sich, als er in Pauls Arbeitszimmer saß. Auf dem Diwan in der Ecke saßen zwei Damen, an deren Namen er sich nicht erinnern konnte, und sprachen in gedämpftem Ton; er hatte das seltsame Gefühl, daß alles wieder in Ordnung wäre, wenn sie ihm einfielen. Zusammengekauert in einem Sessel schluchzte Irmas Fräulein. Ein würdiger alter Herr mit einer großen, kahlen Stirn stand am Fenster und rauchte, während er sich dann und wann von den Hacken auf die Zehen hob. Auf dem Tisch schimmerte eine Schale mit Apfelsinen.

«Warum haben sie nicht vorher nach mir geschickt?» murmelte Albinus und hob seine Augenbrauen, an niemand Bestimmten gewandt. Er runzelte die Stirn, schüttelte den Kopf und ließ seine Fingergelenke knacken. Schweigen. Die Uhr auf dem Sims tickte. Lampert kam aus dem Kinderzimmer.

«Nun?» fragte Albinus heiser.

Lampert wandte sich an den würdigen alten Herrn, der leicht mit den Schultern zuckte, und ging hinter ihm her in das Krankenzimmer.

Eine lange Zeit verstrich. Die Fenster waren ganz dunkel; niemand hatte sich die Mühe gemacht, die Gardinen zuzuziehen. Albinus nahm eine Apfelsine und begann sie langsam zu schälen. Draußen schneite es, und nur gedämpft drangen die Straßengeräusche herauf. Von Zeit zu Zeit gab die Zentralheizung einen klimpernden Ton von sich. Unten auf der Straße pfiff jemand vier Noten (*Siegfried*); und dann war alles wieder still. Albinus aß langsam die Apfelsine. Sie war sehr sauer. Plötzlich kam Paul ins Zimmer, und ohne jemanden anzuschauen, stieß er ein einziges kurzes Wort hervor. Im Kinderzimmer sah Albinus den Rücken seiner Frau, die bewegungslos und gespannt über das Bett gebeugt war, wie es schien, noch immer mit einem geisterhaften Glas in der Hand. Die Krankenschwester legte den Arm um ihre Schultern und führte sie in die Düsternis.

Albinus ging zum Bett. Für einen Augenblick erhaschte er undeutlich das Bild eines kleinen, toten Gesichts und einer kurzen blassen Lippe mit entblößten Schneidezähnen – und ein kleiner Milchzahn fehlte.

Dann wurde alles neblig vor seinen Augen. Er drehte sich um und ging sehr vorsichtig hinaus, um niemanden und nichts anzustoßen. Die Haustür unten war verschlossen. Aber als er dort stand, kam eine angemalte Dame mit einem spanischen Schal herunter, öffnete und ließ einen schneebedeckten Mann herein. Albinus sah auf seine Uhr. Es war nach Mitternacht. War er wirklich fünf Stunden dort gewesen?

Er ging den weißen, weichen, knirschenden Bürgersteig entlang und konnte immer noch nicht ganz glauben, was geschehen war. Mit überraschender Deutlichkeit sah er im Geist Irma auf Pauls Knie klettern oder einen leichten Ball mit den Handflächen gegen die Wand patschen; aber die Taxis hupten, als wäre nichts geschehen, der Schnee glitzerte weihnachtlich unter den Laternen, der Himmel war schwarz, und nur in der Ferne, über der dunklen Masse der Dächer, in Richtung der Gedächtniskirche, wo die großen Kinopaläste waren, zerschmolz die Dunkelheit zu einem warmen, rotbraunen Glanz. Plötzlich fielen ihm die Namen der beiden Damen auf dem Diwan ein: Blanche und Rosa von Nacht.

Schließlich kam er nach Hause. Margot lag auf dem Rücken ausgestreckt und rauchte genießerisch. Albinus wußte undeutlich, daß er sich schrecklich mit ihr gestritten hatte, aber das war jetzt gleichgültig. Sie folgte schweigend seinen Bewegungen, als er still im Zimmer auf und ab schritt und sein Gesicht abwischte, das vom Schnee naß war. Sie fühlte jetzt nichts als eine köstliche Zufriedenheit. Rex war kurz vorher gegangen, auch er sehr befriedigt.

Vielleicht zum ersten Male im Verlauf des Jahres, das er mit Margot verbracht hatte, war sich Albinus völlig der dünnen, schleimigen Schicht von Schändlichkeit bewußt, die sich auf sein Leben gelegt hatte. Nun schien das Schicksal ihn mit blendender Deutlichkeit zu drängen, zur Vernunft zu kommen; er hörte seine donnernde Aufforderung; er erkannte, welch eine einmalige Gelegenheit ihm geboten wurde, sein Leben wieder auf das frühere Niveau zu heben; und er wußte mit der Klarsicht der Trauer: Wenn er jetzt zu seiner Frau zurückkehrte, würde die unter normalen Umständen ausgeschlossene Versöhnung sich fast von selbst ergeben.

Gewisse Erinnerungen an jene Nacht ließen ihm keine Ruhe: Er erinnerte sich, wie Paul ihn plötzlich mit einem feuchten, flehentlichen Blick angesehen und dann im Abwenden seinen Arm leicht gedrückt hatte. Er erinnerte sich, wie er im Spiegel einen flüchtigen Blick aus den Augen seiner Frau aufgefangen hatte, in dem ein herzbewegender Ausdruck lag – mitleiderregend, gejagt –, aber noch einem Lächeln verwandt.

Er grübelte all dem mit tiefem Gefühl nach. Ja – wenn er zur Beerdigung seines Töchterchens ginge, würde er für immer bei seiner Frau bleiben.

Er rief Paul an, und das Mädchen nannte ihm Ort und Stunde der Beerdigung. Am nächsten Morgen stand er auf, als Margot noch schlief, und befahl dem Diener, seinen schwarzen Anzug und Zylinder herauszulegen. Nachdem er hastig etwas Kaffee getrunken hatte, ging er in Irmas früheres Kinderzimmer – wo jetzt ein langer Tisch stand mit einem grünen Netz quer darüber; achtlos nahm er einen kleinen Zelluloidball auf und ließ ihn springen, aber statt an sein Kind zu denken, sah er eine andere Gestalt, ein anmutiges, lebhaftes, ausgelassenes Mädchen, das sich lachend und mit einer erhobenen Ferse über den Tisch beugte, während sie mit dem Pingpongschläger zuschlug.

Es war Zeit aufzubrechen. In wenigen Minuten würde er vor einem offenen Grab Elisabeth unter dem Ellbogen stützen. Er warf den kleinen Ball auf den Tisch und ging schnell ins Schlafzimmer, um Margot ein letztes Mal schlafen zu sehen. Und während er am Bett stand und seine Augen an diesem kindlichen Gesicht mit den weichen rosigen Lippen und den geröteten Wangen weidete, erinnerte sich Albinus an ihre erste gemeinsame Nacht und dachte mit Schrecken an die Zukunft neben seiner blassen, verblühten Frau. Diese Zukunft kam ihm wie einer jener langen, dämmrigen, staubigen Korridore vor, wo man eine vernagelte Kiste findet – oder einen leeren Kinderwagen.

Mit Mühe wandte er die Augen von dem schlafenden Mädchen ab, knabberte nervös an seinem Daumennagel und ging zum Fenster. Es taute. Helle Autos platschten durch die Pfützen ihres Wegs; an der Ecke verkaufte ein abgerissener Halunke Veilchen; ein unternehmungslustiger Schäferhund folgte beharrlich einem winzigen Pekinesen, der knurrte, sich herumdrehte und am Ende seiner Leine rutschte; eine große, leuchtende Scheibe des schnellen blauen Himmels spiegelte sich in einer Fensterscheibe, die ein Dienstmädchen mit bloßen Armen kräftig putzte.

«Warum bist du so früh auf? Wo gehst du hin?» fragte Margot mit schleppender, von einem Gähnen unterbrochener Stimme.

«Nirgends», sagte er, ohne sich umzuwenden.

Kapitel 22

«Nu sei nicht so deprimiert, Dickerchen», sagte sie vierzehn Tage später zu ihm. «Ich weiß, alles ist sehr traurig, aber sie sind doch fast Fremde für dich geworden; das fühlst du doch selbst, nicht wahr? Und natürlich haben sie das kleine Mädchen gegen dich aufgehetzt. Glaub mir, ich kann mich durchaus in deine Gefühle hineinversetzen, obwohl ich, wenn ich ein Kind haben könnte, lieber einen Jungen hätte.»

«Du bist selbst noch ein Kind», sagte Albinus und strich ihr übers Haar.

«Heute an meinem großen Tag müssen wir guter Laune sein», fuhr Margot fort. «Mein großer Tag! Es ist der Anfang meiner Karriere. Ich werde berühmt.»

«Ach ja, ich hatte ganz vergessen. Wann ist es? Wirklich heute?»

Rex kam hereingeschlendert. Seit kurzem war er jeden Tag bei ihnen, und Albinus hatte ihm bei verschiedenen Gelegenheiten sein Herz ausgeschüttet und ihm alles das erzählt, was er Margot nicht sagen konnte. Rex hörte so freundlich zu, machte so vernünftige Bemerkungen und war so mitfühlend, daß Albinus die Kürze ihrer Bekanntschaft als bloßer Zufall erschien, der keinerlei Beziehung zur inneren, geistigen Zeit hatte, in der ihre Freundschaft sich entwickelt hatte und gereift war.

«Man kann sein Leben nicht auf dem Treibsand des Unglücks aufbauen», hatte Rex zu ihm gesagt. «Das ist eine Sünde wider das Leben. Ich hatte einmal einen Freund, einen Bildhauer, dessen unfehlbares Formgefühl beinahe unheimlich war. Ganz plötzlich dann heiratete er aus Mitleid eine häßliche, ältliche, bucklige Frau. Ich weiß nicht genau, was eigentlich passiert ist, aber bald nach ihrer Heirat packten sie eines Tages jeder einen kleinen Koffer und gingen zu Fuß ins nächste Irrenhaus. Meiner Ansicht nach darf ein Künstler sich nur von seinem Schönheitssinn leiten lassen: der wird ihn nie trügen.»

«Der Tod», hatte er bei anderer Gelegenheit gesagt, «scheint nur eine schlechte Angewohnheit zu sein, die die Natur zur Zeit noch nicht ablegen kann. Ich hatte einmal einen lieben Freund – ein wunderschöner Junge, voller Lebenslust, mit einem Gesicht wie ein Engel und den Muskeln eines Panthers. Er schnitt sich, als er eine Dose eingemachter Pfirsiche aufmachte – wissen Sie, diese große, weiche, schmaddrige Sorte, die einem in den Mund flutscht und runterschlabbert. Ein paar Tage später starb er an Blutvergiftung. Albern, nicht? Und doch... Ja, es ist seltsam, aber wahr, daß die Gestalt seines Lebens, als Kunstwerk betrachtet, nicht so vollkommen gewesen wäre, wenn er alt geworden wäre. Oft ist der Tod die Pointe im Witz des Lebens.»

Bei solchen Gelegenheiten konnte Rex endlos, unermüdlich reden, Geschichten über nichtexistente Freunde erfinden und Reflexionen vorbringen, die nicht zu profund für den Geist seines Zuhörers waren, und sie in pseudobrillante Formulierungen fassen. Seine Bildung war lückenhaft, aber sein Geist scharf und durchdringend, und seine Lust, die Mitmenschen zum Narren zu halten, grenzte ans Geniale. Das einzig Reale an ihm war vielleicht seine eingefleischte Überzeugung, daß alles, was je auf dem Gebiet der Kunst, der Wissenschaft oder des Gefühls geschaffen worden war, nur ein mehr oder weniger geschickter Trick sei. Wie bedeutend auch immer der betreffende Gegenstand sein mochte, stets wußte er etwas Geistreiches oder Abgedroschenes darüber zu sagen, indem er genau das bot, wonach Geist oder Gemüt seines Zuhörers verlangten, obwohl er zugleich unglaublich unverschämt und anmaßend sein konnte, wenn sein Gesprächspartner ihn ärgerte. Selbst wenn er ganz ernsthaft über ein Buch oder ein Bild sprach, hatte Rex das angenehme Gefühl, Komplize einer Verschwörung, Komplize eines genialen Scharlatans zu sein – nämlich des Autors jenes Buches oder des Malers jenes Bildes.

Er beobachtete mit Interesse, wie Albinus litt (seiner Ansicht nach ein Einfaltspinsel mit simplen Leidenschaften und einer soliden, allzu soliden Kenntnis der Malerei). Der arme Kerl meinte, die tiefsten Tiefen menschlichen Leids erreicht zu haben; wohingegen Rex – mit einem Gefühl angenehmer Vorfreude – glaubte, daß alles dies, weit davon entfernt, die Grenze zu sein, erst der Anfang einer tollen Komödie war, in welcher ihm, Rex, ein Platz in der Intendantenloge vorbehalten war. Der Inspizient dieser Aufführung war weder Gott noch der Teufel. Ersterer war viel zu grau und ehrwürdig und altmodisch; und letzterer, übersättigt von den Sünden anderer, war sich und anderen eine Last, war langweilig wie Regen... genauer gesagt, Regen im Morgengrauen auf dem Gefängnishof, wo ein armer, nervös gähnender Irrer in aller Stille wegen Mordes an seiner Großmutter hingerichtet wird. Der Inspizient, den Rex im Sinn hatte, war ein schwer faßbarer, doppelter, dreifacher, sich selbst reflektierender, zauberischer Proteus von einem Phantom, der Schatten bunter Glaskugeln, die eine Kurve fliegen, der Geist eines Jongleurs vor einem flimmernden Vorhang... Das jedenfalls war es, was Rex in den seltenen Augenblicken philosophischer Meditation vermutete.

Er nahm das Leben leicht, und das einzige menschliche Gefühl, das er jemals empfand, war seine lebhafte Zuneigung zu Margot, die er sich selbst durch ihre körperlichen Qualitäten zu erklären suchte, durch etwas im Geruch ihrer Haut, dem Epithel ihrer Lippen, der Temperatur ihres Körpers. Aber die richtige Erklärung war das kaum. Ihre gegenseitige Leidenschaft hatte ihren Grund in einer tiefen Affinität ihrer Seelen, auch wenn Margot eine ordinäre kleine Berliner Göre war und er ein kosmopolitischer Künstler.

Als Rex an jenem großen Tag kam, konnte er ihr, während er ihr in den Mantel half, zuflüstern, daß er ein Zimmer gemietet habe, wo sie sich ungestört treffen könnten. Sie warf ihm einen zornigen Blick zu – denn Albinus klopfte keine zehn Schritt entfernt seine Taschen ab. Rex kicherte, und ohne seine Stimme spürbar zu senken, fügte er hinzu, er würde sie dort jeden Tag zu einer bestimmten Zeit erwarten.

«Ich habe Margot zu einem Rendezvous eingeladen, aber sie will nicht kommen», sagte er strahlend zu Albinus, als sie hinuntergingen.

«Soll sie es ruhig einmal probieren», lächelte Albinus und kniff Margot zärtlich in die Wange. «Nun werden wir sehen, was für eine Schauspielerin du bist», setzte er hinzu, während er sich die Handschuhe anzog.

«Morgen um fünf, Margot, hm?» sagte Rex.

«Morgen wird sich das Kind einen Wagen aussuchen», sagte Albinus, «da kann sie also nicht zu Ihnen kommen.»

«Sie hat am Vormittag Zeit genug zum Aussuchen. Paßt Ihnen fünf, Margot? Oder sagen wir sechs und machen es fest ab?»

Margot wurde plötzlich wütend. «Idiotischer Witz», sagte sie durch die Zähne.

Die beiden Männer lachten und wechselten amüsierte Blicke.

Der Hausmeister, der draußen mit dem Briefträger sprach, starrte ihnen neugierig nach, als sie vorbeigingen.

«Es ist kaum zu glauben», sagte er, als sie außer Hörweite waren, «daß die kleine Tochter von diesem Herrn vor ein paar Wochen gestorben ist.»

«Und wer ist der andere Herr?» fragte der Briefträger.

«Fragen Sie mich nicht. Ein zusätzlicher Liebhaber, vermute ich. Wirklich, ich schäme mich, daß die anderen Mieter das alles mitansehen müssen. Und dabei ist er ein reicher, großzügiger Herr. Ich sag's ja immer: wenn er schon eine Geliebte haben muß, hätte er sich auch etwas Größeres und Rundlicheres aussuchen können.»

«Liebe ist blind», sagte der Briefträger nachdenklich.

Kapitel 23

In dem kleinen Saal, wo der Film vor zwei Dutzend Schauspielern und Gästen gezeigt werden sollte, fühlte Margot einen seligen Schauer den Rücken herunterlaufen. Nicht weit entfernt bemerkte sie den Filmproduzenten, in dessen Büro sie einmal so beschämt worden war. Er trat auf Albinus zu, und Albinus stellte ihn Margot vor. Auf dem rechten Augenlid hatte er ein großes, gelbes Gerstenkorn.

Margot ärgerte sich, daß er sie nicht wiedererkannte.

«Wir haben uns vor einigen Jahren schon einmal gesprochen», sagte sie listig.

«Ganz recht», erwiderte er mit einem höflichen Lächeln. «Ich weiß noch genau.» (Er tat es nicht.)

Sobald das Licht aus war, fummelte Rex, der zwischen Margot und Albinus saß, nach ihrer Hand und drückte sie. Obwohl es im Raum heiß war, saß Dorianna Karenina in einem kostbaren Pelz zwischen dem Produzenten und dem Mann mit dem Gerstenkorn, zu dem sie sehr liebenswürdig zu sein suchte.

Der Titel und dann die Namen rollten zaghaft zitternd ab. Der Apparat summte leise und monoton, etwa wie ein entfernter Staubsauger. Musik gab es nicht.

Margot erschien fast sofort auf der Leinwand. Sie las ein Buch; dann legte sie es energisch hin und latschte zum Fenster; ihr Verlobter ritt nämlich vorbei.

Margot war so entsetzt, daß sie ihre Hand von Rex löste. Wer um alles in der Welt war dieses gräßliche Geschöpf? Unbeholfen und häßlich, mit geschwollenem, seltsam verändertem, blutegelschwarzem Mund, falsch gezogenen Brauen und Kleiderfalten dort, wo man sie nicht erwartete, starrte das Mädchen auf der Leinwand wild vor sich hin und brach dann mitten entzwei, den Bauch auf das Fensterbrett und den Hintern zu den Zuschauern hingestreckt. Margot stieß Rex' tastende Hand weg. Sie wollte jemanden beißen oder sich auf den Boden werfen und mit den Füßen um sich treten.

Das Ungeheuer da auf der Leinwand hatte nichts mit ihr gemein – es war schrecklich, schrecklich! Es sah wirklich aus wie ihre Mutter, die Portiersfrau, auf ihrem Hochzeitsphoto.

‹Vielleicht wird er später besser›, dachte sie unglücklich.

Albinus lehnte sich zu ihr hinüber, umarmte dabei beinahe Rex und flüsterte zärtlich:

«Süß, wunderbar, ich hatte ja keine Ahnung…»

Er war wirklich entzückt; irgendwie fühlte er sich an das kleine «Argus»-Kino erinnert, wo sie sich zuerst gesehen hatten, und es rührte ihn, daß Margot so fürchterlich spielte – und doch mit so reizendem, kindlichem Eifer, wie ein Schulmädchen, das ein Geburtstagsgedicht aufsagt.

Auch Rex war entzückt. Er hatte niemals daran gezweifelt, daß Margot auf der Leinwand eine Niete sein

174

würde, und er wußte, sie würde sich für diesen Reinfall an Albinus rächen. Als Reaktion darauf würde sie morgen kommen. Pünktlich um fünf. Es lief alles sehr erfreulich. Seine Hand begann wieder zu tasten, und plötzlich kniff sie ihn heftig.

Nach kurzer Abwesenheit trat Margot wieder auf: Verstohlen schlich sie an Hausfassaden entlang, streichelte die Mauern und blickte über die Schulter (was seltsamerweise die Passanten nicht im mindesten überraschte), und dann stahl sie sich in ein Café, wo sie – wie eine gute Seele ihr verraten hatte – vielleicht ihren Liebhaber in Gesellschaft eines Vamps (Dorianna Karenina) finden würde. Sie stahl sich hinein, und ihr Rücken sah fett und plump aus.

‹Gleich kriege ich einen Schreikrampf›, dachte Margot.

Zum Glück kam rechtzeitig eine Blende, und ins Blickfeld rückten ein kleiner Tisch im Café, eine Flasche im Eiskübel sowie der Held, der Dorianna gerade eine Zigarette anbot, die er dann selber für sie anrauchte (eine Geste, die in der Vorstellung eines jeden Regisseurs das Symbol für neugeborene Intimität ist). Dorianna warf den Kopf zurück, atmete den Rauch aus und lächelte mit einem Mundwinkel.

Jemand im Saal begann zu klatschen; andere stimmten ein. Margot trat auf, der Applaus verstummte. Margot öffnete den Mund, wie sie ihn im wirklichen Leben nie öffnete, und kam dann mit hängendem Kopf und baumelnden Armen wieder auf die Straße.

Dorianna, die wirkliche Dorianna, die vor ihnen saß, drehte sich um, und ihre Augen strahlten im Halbdunkel liebenswürdig: «Bravo, Kleines», sagte sie mit ihrer rauchigen Stimme, und Margot hätte ihr gern das Gesicht zerkratzt.

Jetzt grauste ihr so vor jedem weiteren Auftritt auf der Leinwand, daß sie sich ganz schwach fühlte und nicht mehr imstande war, Rex' beharrliche Hand wegzustoßen und zu kneifen. Er fühlte ihren warmen Atem im Ohr, als sie leise stöhnte: «Bitte hör auf, oder ich setze mich auf einen anderen Platz.» Er tätschelte ihr Knie und nahm seine Hand fort.

Die verlassene Liebste erschien wieder, und jede ihrer Bewegungen war eine Qual für Margot. Sie fühlte sich wie eine Seele in der Hölle, der teuflische Geister das unvermutete Innenfutter ihres irdischen Lebenswandels offenbaren. Diese steifen, plumpen, eckigen Gesten... In ihrem gedunsenen Gesicht erkannte sie irgendwie die Züge ihrer Mutter wieder, wenn sie versuchte, zu einem einflußreichen Mieter höflich zu sein.

«Sehr gelungen, diese Szene», flüsterte Albinus und beugte sich wieder zu ihr hinüber.

Rex wurde es langweilig, im Dunkeln zu sitzen und sich einen schlechten Film anzusehen, während ein schwerer Mann sich über ihn lehnte. Er schloß die Augen, sah die kleinen farbigen Karikaturen, die er kürzlich für Albinus gezeichnet hatte, und dachte über das faszinierende, wenn auch ganz einfache Problem nach, wie er etwas mehr Bargeld aus ihm herausquetschen könnte.

Das Drama näherte sich dem Ende. Vom Vamp verlassen, machte sich der Held während eines guten kinematographischen Regengusses auf den Weg zu einer

Apotheke, um sich Gift zu kaufen, erinnerte sich aber an seine alte Mutter und kehrte statt dessen auf seinen heimatlichen Bauernhof zurück. Dort, zwischen Hühnern und Schweinen, spielte sein ursprünglicher Schatz mit ihrem unehelichen Baby (es würde nun nicht mehr lange unehelich bleiben, nach der Art zu urteilen, wie er über den Zaun spähte). Dies war Margots beste Szene. Aber als das Kind sich an sie schmiegte, strich sie plötzlich (ganz ohne Absicht) mit dem Handrücken ihr Kleid hinunter, als wische sie die Hand ab – und das Kind starrte sie von der Seite her an. Ein Lachen rieselte durch den Saal. Margot konnte es nicht länger ertragen und begann leise zu weinen.

Sobald das Licht anging, verließ sie ihren Platz und schritt rasch zum Ausgang.

Mit einem besorgten Blick voller Befürchtungen eilte Albinus hinter ihr drein.

Rex stand auf und reckte sich. Dorianna tippte an seinen Arm. Neben ihr stand der Mann mit dem Gerstenkorn und gähnte.

«Ein Reinfall», sagte Dorianna und blinzelte. «Arme Kleine.»

«Und Sie sind zufrieden mit Ihrer Leistung?» fragte Rex neugierig.

Dorianna lachte. «Ich werde Ihnen ein Geheimnis verraten: Eine echte Schauspielerin kann gar nicht zufrieden sein.»

«Genausowenig wie manchmal das Publikum», sagte Rex ruhig. «Übrigens, sagen Sie mir, meine Liebe, wie sind Sie eigentlich auf Ihren Bühnennamen gekommen? Irgendwie irritiert er mich.»

«Ach, das ist eine lange Geschichte», sagte sie wehmütig. «Wenn Sie einmal zu mir zum Tee kommen, erzähle ich Ihnen vielleicht mehr darüber. Der Junge, der den Namen vorschlug, hat Selbstmord begangen.»

«Ah – kein Wunder. Aber was ich wissen wollte… Sagen Sie, haben Sie Tolstoj gelesen?»

«Tolles Zeug?» fragte Dorianna Karenina. «Nein, ich fürchte nicht. Wieso?»

Kapitel 24

Es gab einige stürmische Szenen zu Hause, Geschluchze, Geheule, hysterische Anfälle. Sie warf sich
auf das Sofa, das Bett, den Fußboden. Ihre Augen
sprühten Feuer und Zorn; einer ihrer Strümpfe war
heruntergerutscht. Die Welt schwamm in Tränen.

Als Albinus versuchte, sie zu trösten, gebrauchte er
unbewußt dieselben Worte, mit denen er einmal Irma
besänftigt hatte, als er eine Schramme küßte – Worte,
die jetzt, nach Irmas Tod, vakant waren.

Zuerst ließ Margot ihre ganze Wut an ihm aus;
dann beschimpfte sie Dorianna in schrecklichen Ausdrücken; worauf sie sich den Produzenten vorknöpfte.
Nebenbei stichelte sie gegen Großmann, den Alten
mit dem Gerstenkorn, obwohl er mit der Sache absolut
nichts zu tun hatte.

«Nun gut», sagte Albinus endlich. «Ich werde alles
für dich tun, was ich nur kann. Aber ich glaube wirklich
nicht, daß es ein Reinfall war. Im Gegenteil, in mehre-
ren Szenen hast du sehr gut gespielt – in der ersten zum
Beispiel, weißt du, als du...»

«Halt den Mund!» kreischte Margot und warf eine
Apfelsine nach ihm.

«Aber hör mir doch zu, mein Liebling. Ich will ja

alles tun, um mein Kleines glücklich zu machen. Nun wollen wir ein frisches Taschentuch nehmen und unsere Tränen für immer abwischen. Ich werde dir sagen, was ich mache. Der Film gehört mir. Ich habe für den Quatsch bezahlt – ich meine: den Quatsch, den Schwarz daraus gemacht hat. Ich werde nicht zulassen, daß er irgendwo gezeigt wird, und ihn mir als Souvenir aufheben.»

«Nein, verbrenn ihn», schluchzte Margot.

«Nun gut, ich verbrenne ihn. Dorianna wird nicht allzu erfreut darüber sein, wie ich dir versichern kann. Na – sind wir jetzt zufrieden?»

Sie schluchzte weiter, aber etwas ruhiger.

«Nun, nun, nicht mehr weinen, Liebling. Morgen gehst du und suchst dir was Schönes aus. Soll ich dir sagen, was? Etwas Großes auf vier Rädern. Hast du das vergessen? Na, wird das keinen Spaß machen? Dann zeigst du es mir, und vielleicht [er lächelte und hob die Augenbrauen, als er schalkhaft das Wort ‹vielleicht› in die Länge zog] kaufe ich es dann. Wir fahren ganz weit weg. Den Frühling erlebst du im Süden... Na, Margot?»

«Darum geht es gar nicht», sagte sie schmollend.

«Es geht darum, daß du glücklich bist. Und du wirst glücklich sein. Wo ist das Taschentuch? Wir kommen im Herbst zurück, du nimmst noch einige Schauspielkurse, und ich finde dir einen wirklich tüchtigen Produzenten – Großmann zum Beispiel.»

«Nein, den nicht», murmelte Margot mit einem Schauder.

«Na gut, dann einen anderen. Und jetzt sei ein braves Kind, wisch die Tränen ab, und wir gehen zum Abendessen. Bitte, Kleines.»

«Ich werde nie glücklich sein, solange du dich nicht scheiden läßt», sagte sie und seufzte tief. «Aber ich fürchte, du wirst mich jetzt verlassen, wo du mich in diesem gräßlichen Film gesehen hast. Ach, ein anderer Mann hätte ihnen dafür ins Gesicht geschlagen, daß sie mich so fürchterlich aussehen ließen! Nein, du sollst mich nicht küssen. Sag, hast du irgend etwas wegen der Scheidung unternommen? Oder hast du die ganze Sache fallenlassen?»

«Nun, nein... Siehst du, es ist so», stammelte Albinus. «Du... Wir... Ach, Margot, wir haben gerade... Das heißt, sie ist besonders... Mit einem Wort, dieser Trauerfall macht es mir recht schwer.»

«Was sagst du da?» fragte Margot und stand auf. «Weiß sie etwa immer noch nicht, daß du dich von ihr scheiden lassen willst?»

«Nein, so habe ich das nicht gemeint», sagte Albinus lahm. «Natürlich fühlt sie... Das heißt, sie weiß... Oder besser gesagt...»

Margot richtete sich langsam auf, höher und höher, wie eine Schlange, wenn sie sich entrollt.

«Ehrlich gesagt, sie will die Scheidung nicht», sagte Albinus schließlich, und es war das erste Mal im Leben, daß er eine Lüge über Elisabeth über die Lippen brachte.

«Ach, wirklich?» fragte Margot, während sie auf ihn zuging.

‹Nun wird sie mich schlagen›, dachte Albinus erschöpft.

Margot trat ganz dicht an ihn heran und legte ihm langsam die Arme um den Hals.

«Ich kann nicht länger nur deine Geliebte sein», sagte sie und schmiegte ihre Wange an seinen Schlips. «Ich kann nicht. Tu was. Sag dir morgen: Ich tue es für mein Baby! Es gibt Anwälte. Alles läßt sich arrangieren.»

«Ich verspreche dir, diesen Herbst werde ich es tun», sagte er. Sie seufzte leise, ging zum Spiegel und betrachtete träge ihr Ebenbild.

‹Scheidung?› dachte Albinus. ‹Nein, das kommt nicht in Frage.›

Kapitel 25

Rex hatte den Raum, den er für seine Zusammenkünfte mit Margot gemietet hatte, in ein Atelier verwandelt, und immer, wenn Margot kam, fand sie ihn bei der Arbeit. Gewöhnlich pfiff er beim Zeichnen.

Margot blickte auf seine kreideweißen Wangen, seine vollen roten Lippen, die beim Pfeifen einen Kreis bildeten, und sie fühlte, daß dieser Mann ihr alles bedeutete. Er trug ein Seidenhemd mit offenem Kragen und eine alte Flanellhose. Mit der chinesischen Tusche vollbrachte er Wunder.

So sahen sie sich fast jeden Nachmittag, und Margot schob weiterhin den Tag der Abreise hinaus, obwohl der Wagen gekauft und es bereits Frühling war.

«Darf ich Ihnen einen Vorschlag machen?» sagte Rex eines Tages zu Albinus. «Wozu brauchen Sie einen Chauffeur für Ihre Tour? Ich bin ein ganz guter Fahrer, müssen Sie wissen.»

«Das ist sehr nett von Ihnen», antwortete Albinus etwas zögernd. «Aber... nun, ich fürchte, Sie von Ihrer Arbeit abzuhalten. Wir wollen nämlich ziemlich weit weg.»

«Auf mich müssen Sie wirklich keine Rücksicht nehmen. Ich wollte sowieso Ferien machen. Strahlende

Sonne... Seltsame, alte Gebräuche... Golfplätze...
Ausflüge eingeschlossen...»

«Wenn es so steht, würden wir uns natürlich
freuen», sagte Albinus und fragte sich ängstlich, was
Margot wohl davon hielte. Aber nach kurzem Zögern
stimmte Margot dem Vorschlag zu.

«Na gut, soll er mitkommen», sagte sie. «Ich mag ihn
wirklich ganz gern, aber er hat sich angewöhnt, mir
seine Liebesgeschichten zu erzählen, und seufzt dabei,
als ob das alles ganz normal wäre. Es geht einem ein
bißchen auf die Nerven.»

Es war am Tag vor der Abreise. Auf dem Heimweg
nach dem Einkaufen schaute Margot bei Rex herein.
Die Farbkästen, die Stifte, der staubige Sonnenstrahl,
der schräg durch den Raum fiel – alles das erinnerte sie
an die Zeit, als sie noch Modell gestanden hatte.

«Warum hast du's denn so eilig?» fragte Rex faul, als
sie die Lippen schminkte. «Es ist doch heute das letzte
Mal. Ich habe keine Ahnung, wie wir es auf der Reise
bewerkstelligen sollen.»

«Wir sind beide schlau genug», antwortete sie mit
kehligem Lachen.

Sie lief hinunter und sah sich nach einem Taxi um.
Aber die sonnenbeschienene Durchgangsstraße war
leer. Sie kam zu einem Platz – und wie immer, wenn sie
von Rex' Zimmer nach Hause ging, dachte sie: ‹Soll ich
rechts abbiegen, dann durch den Park, dann wieder
rechts?›

Dort war die Straße, wo sie als Kind gewohnt hatte.

(Die Vergangenheit lag sicher im Käfig. Warum
nicht einen Blick riskieren?)

Die Straße hatte sich nicht verändert. Dort an der Ecke war der Bäcker, und dort war der Fleischer mit dem vergoldeten Ochsenkopf auf dem Aushängeschild, und vor dem Geschäft war eine Bulldogge angebunden – sie gehörte der Majorswitwe aus Nummer 15. Aber aus dem Papiergeschäft war ein Friseursalon geworden. Die alte Zeitungsfrau an ihrem Stand war dieselbe. Da war die Bierkneipe, wo Otto Stammgast war; und dort drüben das Haus, in dem sie geboren war: Es wurde gerade renoviert, nach dem Gerüst zu urteilen. Sie hatte keine Lust weiterzugehen.

Auf dem Rückweg rief eine bekannte Stimme sie an.

Es war Kaspar, der Freund ihres Bruders. Er schob ein Fahrrad mit violettem Rahmen und einem Korb vor der Lenkstange.

«Hallo, Margot», sagte er, etwas schüchtern lächelnd, und ging neben ihr am Bürgersteig entlang.

Als sie ihn das letzte Mal gesehen hatte, war er sehr flegelhaft gewesen; aber das war in einer Gruppe gewesen, einer Organisation, einer Bande fast. Nun, wo er allein war, war er einfach ein alter Freund.

«Na, wie geht's dir so, Margot?»

«Glänzend», lachte sie. «Und dir?»

«Ach, man schlägt sich so durch. Weißt du, daß deine Familie umgezogen ist? Sie wohnen jetzt im Norden von Berlin. Du solltest sie mal besuchen, Margot. Dein Vater macht's nicht mehr lange.»

«Und wo ist mein lieber Bruder?» fragte sie.

«Ach, der ist abgehauen. Ich glaube, er arbeitet in Bielefeld oder so.»

«Du weißt selbst, wie sehr sie mich zu Hause geliebt

haben», sagte sie und sah mit zusammengezogenen Brauen auf ihre Füße, während sie dicht am Kantstein entlangging. «Und haben sie sich später um mich gekümmert? Haben sie sich darum geschert, was aus mir wurde?»

Kaspar hustete und sagte:

«Trotzdem, es ist deine Familie, Margot. Deine Mutter wurde hier rausgeworfen, und die neue Gegend gefällt ihr nicht.»

«Und was sagen die Leute hier über mich?» fragte sie und blickte zu ihm hoch.

«Ach, einen Haufen Unsinn. Quatschereien. Das Übliche. Ich habe immer gesagt, daß ein Mädchen mit seinem Leben anfangen kann, was es will. Und kommst du gut zurecht, mit deinem Freund?»

«Das schon, mehr oder weniger. Er heiratet mich bald.»

«Prima», sagte Kaspar. «Da freue ich mich für dich. Nur schade, daß man jetzt nichts mehr mit dir auf die Beine stellen kann wie früher. Sehr schade.»

«Hast du denn keine Freundin?» fragte sie lächelnd.

«Nein, im Moment nicht. Das Leben ist manchmal sehr schwer. Ich arbeite jetzt in einer Konditorei. So eine eigene Konditorei würde ich später schon gerne haben.»

«Ja, das Leben kann schwer sein», sagte Margot nachdenklich, und nach einer kleinen Pause rief sie ein Taxi.

«Vielleicht könnten wir eines Tages mal...», begann Kaspar; aber nein – in jenem See würden sie nie wieder baden.

‹Sie kommt auf den Hund›, dachte er, als er zusah, wie sie sich in das Taxi setzte. ‹Sollte irgendeinen guten, einfachen Mann heiraten. Ich würde *sie* allerdings nicht nehmen. Man wüßte nie, woran man mit ihr ist...›

Er schwang sich auf das Fahrrad und fuhr bis zur nächsten Straßenecke schnell hinter dem Taxi her. Margot winkte ihm zu, als er elegant in eine Nebenstraße abbog.

Kapitel 26

Von Apfelbäumen gesäumte Straßen und dann Straßen mit Pflaumenbäumen wurden von den Vorderrädern aufgeleckt – endlos. Das Wetter war gut, und gegen Abend waren die Stahlzellen des Kühlers verstopft von toten Bienen, Libellen und Kuhaugen. Rex fuhr ausgezeichnet, lässig in den sehr niedrigen Sitz zurückgelehnt, und handhabe das Steuerrad mit sanfter, beinahe traumhafter Berührung. Im Rückfenster hing ein Plüschaffe und blickte nach Norden, von wo sie gekommen waren.

In Frankreich dann gab es Pappeln an den Landstraßen; die Zimmermädchen in den Hotels verstanden Margot nicht, und das fuchste sie. Sie kamen überein, den Frühling an der Riviera zu verbringen und dann zu den Italienischen Seen vorzustoßen. Ihr letzter Aufenthalt, bevor sie die Küste erreichten, war Rouginard.

Sie kamen dort bei Sonnenuntergang an. Eine orangerote Wolke kräuselte sich strähnig am blaßgrünen Himmel über den dunklen Bergen; Lichter glühten in den Straßencafés; die Platanen am Boulevard waren bereits in Dunkel gehüllt.

Margot war müde und gereizt, wie immer gegen Abend. Seit ihrer Abreise – das heißt, seit beinahe drei

Wochen (denn sie hatten es nicht sehr eilig gehabt, sondern in etlichen malerischen kleinen Orten mit immer
der gleichen alten Kirche auf dem gleichen alten Marktplatz haltgemacht) – war sie kein einziges Mal mit Rex
allein gewesen. Als sie in Rouginard einfuhren und Albinus über die Konturen der sich purpurn färbenden
Berge in Verzückung geriet, murmelte sie zwischen zusammengebissenen Zähnen: «Ach, red nur, red.» Sie
war den Tränen nahe. Sie fuhren bei einem großen Hotel vor, und Albinus ging, um nach Zimmern zu fragen.

«Ich werde verrückt, wenn das noch lange so weitergeht», sagte Margot, ohne Rex anzublicken.

«Gib ihm ein Schlafmittel», schlug Rex vor. «Ich besorge eins beim Apotheker.»

«Ich hab es schon versucht», antwortete Margot,
«aber es wirkt nicht.»

Albinus kam etwas verstört wieder.

«Nichts frei», sagte er. «Sehr unangenehm. Tut mir
leid, Liebling.»

Sie fuhren nacheinander zu drei Hotels, und alle waren belegt. Margot weigerte sich rundheraus, in die
nächste Stadt weiterzufahren, und behauptete, von den
Kurven würde ihr schlecht. Sie war so übler Laune, daß
Albinus sich nicht traute, sie anzusehen. Im fünften
Hotel schließlich wurden sie gebeten, den Fahrstuhl zu
benutzen, um sich die beiden einzigen verfügbaren
Zimmer anzusehen. Ein olivenhäutiger Liftboy, der sie
nach oben brachte, hielt ihnen sein schönes Profil zugewendet.

«Sehen Sie sich diese Wimpern an», sagte Rex und
gab Albinus einen leichten Rippenstoß.

«Hören Sie auf mit diesem verdammten Blödsinn!» rief Margot plötzlich.

Das Zimmer mit dem Doppelbett war wirklich nicht übel, aber Margot pochte dauernd mit dem Absatz auf den Boden und wiederholte mit leiser, nörgeliger Stimme: «Hier bleib ich nicht, hier bleib ich nicht.»

«Aber für eine Nacht ist es doch ganz hübsch», sagte Albinus bittend.

Der Hausdiener öffnete eine Innentür zum Badezimmer; ging hindurch und öffnete eine zweite Tür, die in ein zweites Schlafzimmer führte.

Rex und Margot wechselten plötzlich Blicke.

«Würde es Ihnen etwas ausmachen, das Badezimmer mit uns zu teilen, Rex?» sagte Albinus. «Margot planscht ziemlich viel, und es dauert immer ewig.»

«Gut», lachte Rex. «Irgendwie werden wir schon zurechtkommen.»

«Sind Sie ganz sicher, daß Sie kein anderes Einzelzimmer haben?» wandte sich Albinus an den Hausdiener, aber Margot fuhr schnell dazwischen:

«Unsinn», sagte sie. «Es geht in Ordnung. Ich denke nicht dran, noch weiter herumzuzuckeln.»

Sie ging zum Fenster, während das Gepäck hereingebracht wurde. Ein großer Stern stand am pflaumenfarbenen Himmel, die schwarzen Baumwipfel waren vollkommen still, Grillen zirpten ... Aber sie sah und hörte nichts.

Albinus begann die Toilettensachen auszupacken.

«Ich bade als erste», sagte sie und zog sich schnell aus.

«Nur zu», antwortete er fröhlich. «Ich rasiere mich

inzwischen. Aber mach nicht zu lange – wir müssen noch zu Abend essen.»

Im Spiegel sah er Margots Pullover, Rock, ein paar Teile leichter Unterwäsche, einen Strumpf und dann den anderen schnell durch die Luft fliegen.

«Kleine Schlampe», sagte er gepreßt, während er sein Kinn einseifte.

Er hörte, wie die Tür geschlossen wurde, der Riegel klickte und das Wasser geräuschvoll einlief.

«Du brauchst dich nicht einzuschließen, ich vertreibe dich schon nicht», rief er lachend, während er seine Wange mit dem Finger streckte.

Hinter der verschlossenen Tür rauschte das Wasser laut und stetig. Albinus schabte sorgfältig seine Wange mit einem dick vergoldeten Gillette. Er überlegte, ob es hier wohl Hummer *à l'Américaine* gab.

Das Wasser rauschte weiter – und wurde immer lauter. Er hatte sozusagen die Kurve gekratzt und wollte gerade zum Adamsapfel zurückkehren, wo sich immer ein paar kleine Borsten gegen die Klinge sträubten, als er mit Schrecken bemerkte, daß unter der Badezimmertür ein Wasserstrom hervorsickerte. Das Rauschen der Hähne klang inzwischen geradezu triumphierend.

«Sie wird doch wohl nicht ertrunken sein», murmelte er, lief zur Tür und klopfte.

«Liebling, ist alles in Ordnung? Du überschwemmst das Zimmer!»

Keine Antwort.

«Margot, Margot!» rief er und klapperte mit dem Türgriff (ohne sich der eigenartigen Rolle bewußt zu sein, die Türen in seinem und ihrem Leben spielten).

Margot schlüpfte zurück ins Badezimmer. Es war voll von Dampf und heißem Wasser. Sie drehte schnell die Hähne zu.

«Ich bin in der Wanne eingeschlafen», rief sie kläglich durch die Tür.

«Du bist verrückt», sagte Albinus. «Wie du mich erschreckt hast!»

Die Bäche, die den hellgrauen Teppich schwärzten, wurden dünner und versiegten. Albinus ging zurück zum Spiegel und seifte seine Kehle noch einmal ein.

Nach wenigen Minuten tauchte Margot auf, frisch und strahlend, und hüllte sich in Wolken von Körperpuder. Jetzt ging Albinus ins Badezimmer. Es dampfte vor Feuchtigkeit. Er klopfte an Rex' Tür.

«Ich lasse Sie nicht lange warten», rief er. «Das Bad ist in einer Minute frei.»

«Sie können sich ruhig Zeit lassen!» rief Rex glücklich.

Beim Abendessen war Margot bester Laune. Sie saßen auf der Terrasse. Ein weißer Nachtfalter flatterte um die Lampe und fiel auf das Tischtuch.

«Hier bleiben wir ganz, ganz lange», sagte Margot. «Mir gefällt dieser Ort großartig.»

Kapitel 27

Eine Woche verging und dann eine zweite. Die Tage waren wolkenlos. Es gab eine Menge Blumen und Ausländer. Eine einstündige Autofahrt brachte einen an einen schönen Sandstrand, der sich, von dunkelroten Felsen eingefaßt, gegen das dunkelblaue Meer abhob. Pinienbestandene Hügel umgaben ihr Hotel, ein nettes Bauwerk unter seinesgleichen, in einem übelkeiterregenden maurischen Stil, der Albinus eine Gänsehaut verursacht hätte, wäre er nicht so glücklich gewesen. Margot war ebenfalls glücklich; Rex desgleichen.

Sie hatte viele Verehrer: einen Seidenfabrikanten aus Lyon; einen stillen Engländer, der Käfer sammelte; die Jünglinge, die mit ihr Tennis spielten. Aber wer sie auch immer anstarrte oder mit ihr tanzte – Albinus verspürte keine Eifersucht. Es überraschte ihn geradezu, wenn er sich an die Qualen erinnerte, die er in Solfi ausgestanden hatte: Warum hatte ihn damals alles beunruhigt, und warum fühlte er sich ihrer jetzt so sicher? Eine Kleinigkeit entging ihm dabei: daß sie nicht mehr darauf aus war, anderen zu gefallen; sie brauchte nur einen – Rex. Und Rex war Albinus' Schatten.

Eines Tages machten sie zu dritt eine lange Wanderung in die Berge, verliefen sich und kamen schließlich einen unwegsamen, steinigen Pfad herunter, der sie in die falsche Richtung führte. Margot, die das Gehen nicht gewohnt war, bekam schlimme Blasen an den Füßen, und die beiden Männer trugen sie abwechselnd, oft nahe daran, mit ihrer Last zu stürzen, da keiner von ihnen sehr kräftig war. Gegen zwei Uhr nachmittags erreichten sie ein kleines, in Sonne gebadetes Dorf und fanden den Bus nach Rouginard abfahrtbereit an einem kopfsteingepflasterten Marktplatz, wo ein paar Männer Boule spielten. Margot und Rex stiegen ein, Albinus wollte ihnen folgen, aber als er sah, daß der Fahrer noch nicht Platz genommen hatte und einige Zeit damit beschäftigt sein würde, einem alten Bauern dabei behilflich zu sein, seine zwei großen Kisten zu verstauen, klopfte er an die halbgeöffnete Fensterscheibe, hinter der Margot saß, und sagte ihr, daß er schnell noch etwas trinken wolle. Er eilte fort und betrat eine kleine Bar an der Ecke des Platzes. Als er nach seinem Bier langte, stieß er gegen einen schmächtigen, kleinen Mann in weißen Flanellhosen, der überstürzt zahlte. Sie blickten einander an.

«Du hier, Udo?» rief Albinus aus. «Das ist ja ein unerwartetes Vergnügen.»

«Sehr unerwartet», sagte Udo Conrad. «Du bist ein bißchen kahler geworden, mein Alter. Bist du mit deiner Familie hier?»

«Das nicht... Weißt du, ich wohne in Rouginard, und...»

«Gut», sagte Conrad. «Ich wohne auch in Rouginard. Himmel, der Bus fährt ab! Mach schnell!»

«Ich komme», sagte Albinus und spülte sein Bier hinunter.

Conrad trabte zum Bus und stieg ein. Der Fahrer hupte. Albinus fummelte mit undefinierbaren französischen Münzen herum.

«Sie brauchen sich nicht zu beeilen», sagte der Wirt, ein melancholischer Mann mit einem schwarzen, herabhängenden Schnurrbart. «Er fährt erst noch mal ums Dorf und hält dann wieder an dieser Ecke, bevor es weitergeht.»

«Na gut», sagte Albinus. «Dann geben Sie mir noch ein Bier.»

Durch die helle Tür sah er den langen, niedrigen, gelben Bus durch ein geflecktes Labyrinth von Platanenschatten davonfahren, die sich mit ihm zu vermischen und ihn dann aufzulösen schienen.

‹Komisch, Udo hier zu treffen›, dachte Albinus. ‹Er hat sich einen kleinen blonden Vollbart stehen lassen, als ob er wettmachen wollte, was ich an Haaren eingebüßt habe. Wann haben wir uns zuletzt gesehen? Vor sechs Jahren. Bin ich begeistert, ihn zu sehen? Überhaupt nicht. Ich dachte, er lebt in San Remo. Ein schrulliger, gebrechlicher, nicht ganz geheurer und nicht sehr glücklicher Mann. Junggeselle, Heuschnupfen, haßt Katzen und tickende Uhren. Ein guter Schriftsteller. Ein witziger Schriftsteller. Komisch, er hat nicht die geringste Ahnung, daß sich mein Leben verändert hat. Komisch, daß ich hier in diesem heißen, schläfrigen Lokal stehe, wo ich noch nie gewesen bin und wahrscheinlich nie wieder hinkomme. Was wohl Elisabeth jetzt macht? Schwarze Kleider, leere Hände. Besser nicht daran denken.›

«Wie lange braucht der Bus denn, um ums Dorf zu

fahren?» fragte er in seinem langsamen, sorgfältigen Französisch.

«Ein paar Minuten», sagte der Wirt traurig.

‹Nicht ganz klar, was sie mit diesen hölzernen Kugeln machen. Hölzern? Oder ist es irgendein Metall? Erst in der Hand wiegen, dann nach vorn stoßen... rollt, kommt zum Stillstand. Peinlich, wenn er mit dem Mädchen unterwegs ins Gespräch kommen sollte und sie mit allem herausplatzt, ehe ich es ihm erzähle. Ob sie es tut? Ich weiß nicht. Aber nicht sehr wahrscheinlich, daß sie miteinander sprechen. Sie war unglücklich, das arme Kind, und wird ganz still dasitzen.›

«Es scheint ein ziemlich großes Dorf zu sein, wenn man bedenkt, wie lange er braucht, um einmal herumzufahren», bemerkte er.

«Er fährt nicht rum», sagte ein alter Mann mit einer Tonpfeife, der am Tisch hinter ihm saß.

«Doch», sagte der schwermütige Wirt.

«Bis letzten Sonntag fuhr er», sagte der alte Mann, «jetzt fährt er gleich weiter.»

«Soso», sagte der Wirt «aber meine Schuld ist es nicht, oder?»

«Und was soll ich jetzt machen?» rief Albinus entsetzt.

«Den nächsten nehmen», sagte der Alte verständig.

Er kam endlich nach Haus und fand Margot in einem Liegestuhl auf der Terrasse Kirschen essen, während Rex in Badehosen auf der weißen Brüstung saß, den langen, behaarten braunen Rücken der Sonne zugewendet. Ein ruhiges, glückliches Bild.

«Ich hab den blöden Bus verpaßt», sagte Albinus grinsend.

«Sieht dir ähnlich», sagte Margot.

«Sagt mal, habt ihr einen kleinen Mann in Weiß mit einem goldblonden Bart gesehen?»

«Hab ich», sagte Rex. «Saß hinter uns. Was ist mit ihm?»

«Nichts – nur ein früherer Bekannter.»

Kapitel 28

Am nächsten Morgen erkundigte sich Albinus gewissenhaft beim Verkehrsbüro und dann in einer deutschen Pension, aber niemand konnte ihm Udo Conrads Adresse verraten. ‹Schließlich haben wir uns auch nicht viel zu sagen›, dachte er. ‹Wahrscheinlich läuft er mir noch einmal über den Weg, wenn wir länger hierbleiben. Und wenn nicht, macht es auch nichts.›

Ein paar Tage später erwachte er früher als gewöhnlich, stieß die Fensterläden auf, lächelte den zarten, blauen Himmel an und die sanften grünen Hänge, die leuchtend, aber noch diesig dalagen, als wäre das Ganze ein helles Frontispiz unter Seidenpapier, und er verspürte den dringenden Wunsch, zu klettern und zu wandern und die nach Thymian duftende Luft zu atmen.

Margot wachte auf. «Es ist noch so früh», sagte sie verschlafen.

Er schlug vor, sich rasch anzuziehen und zusammen einen ganztägigen Ausflug machen – nur zu zweit…

«Geh allein», murmelte sie und drehte sich auf die andere Seite.

«Du Faulpelz», sagte Albinus traurig.

Es war gegen acht. Tüchtig ausschreitend, verließ er

die engen Straßen, die von dem morgendlichen Schatten und Sonnenschein der Länge nach geteilt waren, und begann den Aufstieg.

Als er an einer kleinen, in warmem Rosa gestrichenen Villa vorüberkam, hörte er das Klicken einer Heckenschere und erblickte Udo Conrad, der in dem kleinen, felsigen Garten etwas stutzte. Ja, ein Faible für die Gärtnerei hatte er schon immer gehabt.

«Hab ich dich endlich gefunden», sagte Albinus fröhlich, und der andere drehte sich um, lächelte jedoch nicht zurück.

«Oh», sagte er trocken. «Ich habe nicht erwartet, dich wiederzusehen.»

Die Einsamkeit hatte eine altjüngferliche Empfindlichkeit in ihm hervorgebracht, und nun fand er ein krankhaftes Vergnügen darin, sich gekränkt zu fühlen.

«Sei nicht albern, Udo», sagte Albinus, als er näher kam und sanft das federartige Laubwerk einer Mimose beiseite schob, das sich ihm versonnen in den Weg lehnte. «Du weißt ganz genau, daß ich ihn nicht absichtlich verpaßt habe. Ich dachte, er würde einmal ums Dorf fahren und dann zurückkommen.»

Conrad gab ein wenig nach. «Macht nichts», sagte er, «das ist oft so: Da trifft man einen Menschen nach langer Zeit wieder und hat plötzlich das panische Bedürfnis, ihm wieder zu entwischen. Ich nahm an, daß du nicht über die Aussicht entzückt warst, im fahrenden Gefängnis eines Busses über vergangene Zeiten sprechen zu müssen; und da hast du dich der Sache elegant entzogen.»

Albinus lachte: «Die Wahrheit ist, daß ich in den

letzten Tagen hinter dir hergejagt bin. Keiner schien zu wissen, wo genau du wohnst.»

«Ja, ich habe dieses Haus erst vor ein paar Tagen gemietet. Und wo wohnst du?»

«Im Britannia. Wirklich, ich freue mich riesig, daß ich dich wiedersehe, Udo. Du mußt mir alles über dich erzählen.»

«Sollen wir einen kleinen Spaziergang machen?» schlug Conrad zweifelnd vor. «Also dann. Ich ziehe mir ein Paar andere Schuhe an.»

Er war in einer Minute zurück, und sie begannen, die kühle, schattige Straße hinaufzugehen, die sich zwischen weinbewachsenen Steinmauern hindurchwand, ihr blauer Asphalt noch unberührt von der heißen Morgensonne.

«Und wie geht's deiner Familie?» fragte Conrad.

Albinus zögerte und sagte dann:

«Du fragst besser nicht danach, Udo. Mir sind kürzlich einige schreckliche Dinge passiert. Im letzten Jahr haben wir uns getrennt, Elisabeth und ich. Und dann ist meine kleine Irma an Lungenentzündung gestorben. Ich möchte lieber nicht über diese Dinge sprechen, wenn es dir nichts ausmacht.»

«Wie betrüblich», sagte Conrad.

Beide verstummten; Albinus erwog, ob es nicht ganz glamourös und aufregend wäre, mit diesem alten Freund, der ihn immer als schüchternen und durchaus nicht abenteuerlichen Mann gekannt hatte, über seine leidenschaftliche Liebesaffaire zu sprechen; aber er verschob es auf später. Conrad seinerseits überlegte, daß er mit diesem Spaziergang einen Fehler gemacht hatte: Er zog es vor, wenn die Leute in seiner Gesellschaft sorgenfrei und glücklich waren.

«Ich wußte nicht, daß du in Frankreich bist», sagte Albinus. «Ich dachte, du lebst gewöhnlich im Land Mussolinis.»

«Wer ist Mussolini?» fragte Conrad mit verdutztem Stirnrunzeln.

«Ach – du bist immer derselbe», lachte Albinus. «Hab keine Angst, ich rede nicht über Politik. Erzähl mir etwas über deine Arbeit, bitte. Dein letzter Roman war super.»

«Ich fürchte», sagte Udo, «daß unser Vaterland sich nicht ganz auf dem rechten Niveau befindet, meine Schriften zu würdigen. Ich würde gern französisch schreiben, aber mir ist der Gedanke verhaßt, mich von den Erfahrungen und den Reichtümern zu trennen, die ich im Laufe meines Umgangs mit unserer Sprache angesammelt habe.»

«Nun sei nicht so», sagte Albinus. «Es gibt eine Menge Leute, die deine Bücher schätzen.»

«Nicht so, wie ich sie schätze», sagte Conrad. «Es wird eine ganze Zeit dauern – vielleicht ein ausgewachsenes Jahrhundert –, bis man meinen Wert erkennt. Das heißt, wenn die Kunst des Schreibens und Lesens nicht ganz vergessen ist bis dahin; und ich fürchte, sie wurde im letzten halben Jahrhundert in Deutschland schon ziemlich gründlich vergessen.»

«Wieso das?» fragte Albinus.

«Nun, wenn sich eine Literatur fast ausschließlich vom Leben und von Lebensläufen nährt, bedeutet es, daß sie stirbt. Und ich halte nicht viel von freudschen

Romanen oder Romanen über das einfache Landleben. Du magst einwenden, daß es in der Literatur nicht die Menge ist, auf die es ankommt, daß es vielmehr die zwei oder drei echten Schriftsteller sind, die sich abseits halten und von ihren gravitätischen, wichtigtuerischen Kollegen nicht beachtet werden. Trotzdem ist es manchmal ziemlich nervenaufreibend. Es macht mich wild, wenn ich die Bücher sehe, die ernst genommen werden.»

«Nein», sagte Albinus. «Da bin ich ganz und gar nicht deiner Ansicht. Wenn unser Zeitalter sich für soziale Probleme interessiert, sehe ich nicht ein, warum talentierte Autoren nicht versuchen sollten, ihren Beitrag zu leisten. Der Krieg, die Nachkriegsunruhe...»

«Bitte nicht», stöhnte Conrad leise.

Sie schwiegen wieder. Die gewundene Straße hatte sie zu einem Pinienwäldchen geführt, wo das Gezirp der Zikaden wie das endlose Aufziehen und Abrasseln eines Blechspielzeugs klang. Ein Bach lief über flache Steine, die unter den Wasserwirbeln zu zittern schienen. Sie setzten sich auf den trockenen, süß duftenden Rasen.

«Aber kommst du dir nicht beinahe wie ein Ausgestoßener vor, wenn du dauernd im Ausland lebst?» fragte Albinus, während er in die Wipfel der Pinien blickte, die aussahen wie Seegras, das in blauem Wasser schwimmt. «Sehnst du dich nicht nach dem Klang von deutschen Stimmen?»

«Naja, hin und wieder treffe ich schon mal Landsleute; und es ist manchmal ganz amüsant. Ich habe zum Beispiel beobachtet, daß deutsche Touristen der Ansicht zu sein scheinen, kein Mensch verstehe ihre Sprache.»

«Ich könnte nicht dauernd im Ausland leben», sagte Albinus, der auf dem Rücken lag und mit den Augen verträumt die Umrisse von blauen Golfen und Lagunen und Bächen zwischen den grünen Zweigen nachzeichnete.

«An dem Tag, als wir uns trafen», sagte Conrad, ebenfalls zurückgelehnt und die Arme unter dem Kopf verschränkt, «haben mir deine beiden Bekannten im Bus zu einem ganz faszinierenden Erlebnis verholfen. Du kennst sie doch, nicht wahr?»

«Ja, flüchtig», erwiderte Albinus mit einem kurzen Lachen.

«Das hab ich mir gedacht – aus ihrer Freude zu schließen, als du zurückbliebst.»

(‹Boshafte Kleine›, dachte Albinus zärtlich. ‹Soll ich ihm alles über sie erzählen? Nein.›)

«Ich fand es ganz unterhaltend, ihnen zuzuhören. Aber Heimweh habe ich davon nicht gerade bekommen. Es ist seltsam: Je mehr ich darüber nachdenke, desto überzeugter werde ich, daß im Leben eines Künstlers eine Zeit kommt, wo er sein Vaterland nicht mehr braucht. Weißt du, wie diese Tiere, die zuerst im Wasser leben und dann auf trockenem Land.»

«In mir gäbe es schon etwas, das sich nach kühlem Wasser sehnt», sagte Albinus mit einer Art gewichtiger Frivolität. «Übrigens, gleich am Anfang von Baums neuem Buch *Die Entdeckung von Taprobane* habe ich eine gar nicht so üble Stelle gefunden. Vor Jahrhunderten soll ein Chinese durch die Wüste Gobi nach Indien gereist sein; eines Tages stand er vor einer großen Buddhastatue aus Jade in einem Schrein auf einem Hügel in Ceylon und sah einen Kaufmann, der eine chinesische Opfergabe darbrachte – einen weißen Seidenfächer –, und...»

«...und ‹plötzlich›», unterbrach ihn Conrad, «‹überkam den Reisenden die ganze Betrübnis seines langen Exils›. Ich kenne diese Art – obwohl ich den letzten Versuch dieses trübseligen Hornochsen nicht gelesen habe und auch nicht lesen werde. Jedenfalls sind die Kaufleute, die ich hier sehe, nicht besonders geeignet, nostalgische Gefühle in mir aufkommen zu lassen.»

Beide schwiegen wieder. Beide langweilten sich sehr. Nachdem er ein paar weitere Minuten die Pinien und den Himmel angeschaut hatte, setzte sich Conrad auf und sagte:

«Weißt du, alter Junge, es tut mir furchtbar leid, aber würde es dir viel ausmachen, wenn wir zurückgehen? Ich muß bis Mittag noch einiges geschrieben haben.»

«Du hast recht», sagte Albinus und richtete sich seinerseits auf. «Ich muß auch nach Hause.»

Schweigend stiegen sie den Pfad hinab und schüttelten sich mit einem großen Aufwand an Herzlichkeit vor Conrads Tür die Hand.

‹Das wäre also überstanden›, dachte Albinus sehr erleichtert. ‹Den besuche ich bestimmt nicht noch einmal!›

Kapitel 29

Als er auf dem Heimweg wegen einiger Zigaretten eine
bar-tabacs betrat und mit dem Handrücken den wehen-
den, leise klimpernden Perlen- und Rohrvorhang beiseite schob, stieß er mit dem pensionierten französischen Obersten zusammen, der in den letzten zwei, drei
Tagen ihr Tischnachbar gewesen war. Albinus trat zurück auf den engen Bürgersteig.

«Pardon», sagte der Oberst (ein Draufgängertyp).
«Schöner Morgen, was?»

«Sehr schön», bestätigte Albinus.

«Und wo ist das Liebespaar heute?» erkundigte sich
der Oberst.

«Wie meinen Sie das?» fragte Albinus.

«Nun, zwei, die in allen Ecken herumknutschen (*qui
se pelotent dans tous les coins*), nennt man doch im allgemeinen so, oder nicht?» sagte der Oberst, in seinen porzel-
lanblauen, blutunterlaufenen Augen jenen Blick, den
die Franzosen *goguenard* nennen. «Ich wünschte nur»,
setzte er hinzu, «sie täten es nicht gerade im Garten
direkt unter meinem Fenster. Einen alten Mann macht
das neidisch.»

«Wie meinen Sie das?» wiederholte Albinus.

«Ich bin nicht imstande, alles auf deutsch noch einmal zu sagen», lachte der Oberst. «Guten Morgen, Verehrter.»

Er ging fort. Albinus betrat den Laden.

«Was für ein Unsinn!» rief er, und durchdringend starrte er die Frau an, die auf einem Hocker hinter dem Tresen saß.

«*Comment, Monsieur?*» fragte sie.

«Was für ein völliger Unsinn», wiederholte er, als er an der Ecke haltmachte und dort mit gerunzelter Stirn den Passanten im Weg stand. Er hatte das dunkle Gefühl, daß alles plötzlich umgekehrt war, so daß er es rückwärts lesen mußte, wenn er verstehen wollte. Es war ein Gefühl ohne Schmerz oder Erstaunen. Es war einfach etwas Dunkles und Drohendes und doch Reibungs- und Geräuschloses, das auf ihn zukam; und er stand da in einer Art träumerischer, hilfloser Erstarrung und versuchte nicht einmal, dem gespenstischen Stoß auszuweichen, als ob dieser ein seltsames Phänomen wäre, das ihm keinen Schaden zufügen konnte, solange die Starre anhielt.

«Unmöglich», sagte er plötzlich – und ein wunderlicher, verdrehter Gedanke schoß ihm durch den Kopf; er folgte seinem unheimlichen, fledermausartigen Flattern und Fliegen, als ob er wiederum ein Studienobjekt wäre, vor dem man sich nicht zu fürchten brauchte. Dann machte er kehrt, rannte dabei fast ein kleines Mädchen mit einer schwarzen Schürze über den Haufen und ging eilig den Weg zurück, den er gerade gekommen war.

Conrad, der im Garten geschrieben hatte, ging in sein Arbeitszimmer im Erdgeschoß, um ein Notizbuch zu holen, das er brauchte, und war gerade dabei, auf dem Schreibtisch am Fenster danach zu suchen, als er Albinus' Gesicht sah, das von außen hereinspähte. (‹Zum Kuckuck mit dem Kerl!› dachte er schnell. ‹Läßt er mich jetzt überhaupt nicht mehr in Ruhe? – einfach so hereinzuplatzen.›)

«Hör mal, Udo», sagte Albinus mit eigenartiger, verwischter Stimme. «Ich habe vergessen, dich etwas zu fragen. Worüber haben sie im Bus gesprochen?»

«Pardon?» sagte Conrad.

«Worüber haben die beiden im Bus gesprochen? Du hast gesagt, sie hätten dir zu einem faszinierenden Erlebnis verholfen.»

«Einem was?» fragte Conrad. «Ach ja, ich weiß. In gewisser Weise war es schon faszinierend. Ja, ganz recht. Ich wollte dir ein Beispiel dafür nennen, wie Deutsche sich benehmen, wenn sie glauben, daß niemand sie versteht? Meinst du das?»

Albinus nickte.

«Nun», sagte Conrad, «es war das gemeinste, lauteste, unflätigste Liebesgeschwätz, das ich in meinem Leben je gehört habe. Deine Freunde sprachen so frei über ihre Liebe, als ob sie allein im Paradies seien – ein ziemlich ordinäres Paradies, fürchte ich.»

«Udo», sagte Albinus, «kannst du beschwören, was du da sagst?»

«Pardon?»

«Bist du deiner Sache völlig, völlig sicher?»

«Aber ja doch. Was ist denn los? Warte einen Augenblick, ich komme in den Garten. Ich kann kein Wort verstehen durch das Fenster.»

Er fand sein Notizbuch und ging hinaus. «Hallo, wo bist du?» rief er. Aber Albinus war verschwunden. Conrad ging hinaus auf die Straße. Nein – der Mann war weg.

«Ich habe den Verdacht», murmelte Conrad, «ich habe den Verdacht, ich hab da einen Schnitzer gemacht (... blöder Reim das! Ging er *Verdacht*, tra-la *Schnitzer gemacht*? Gräßlich!)»

Kapitel 30

Albinus stieg zur Stadt hinunter, überquerte den Boulevard, ohne seinen gleichmäßigen Schritt zu beschleunigen, und kam zum Hotel. Er ging hinauf in sein Zimmer – ihr Zimmer. Es war leer, das Bett nicht gemacht; etwas Kaffee war verschüttet worden, und ein Teelöffel glänzte auf dem weißen Teppich. Mit geneigtem Kopf starrte er auf den glänzenden Fleck. In diesem Augenblick drang Margots schrilles Lachen aus dem Garten herauf.

Er lehnte sich aus dem Fenster. Sie ging an der Seite eines jungen Mannes in weißen Shorts, und der Tennisschläger, den sie bei der Unterhaltung schwang, leuchtete wie Gold in der Sonne. Ihr Begleiter erblickte Albinus am Fenster im dritten Stock. Margot sah auf und blieb stehen.

Albinus bewegte seinen Arm, als ob er etwas an seine Brust risse: Es sollte «Komm herauf» bedeuten, und Margot verstand es auch so. Sie nickte und schlenderte träge den Kiesweg zu den Oleanderbüschen hinunter, die den Hoteleingang flankierten.

Er trat vom Fenster zurück, kauerte nieder und öffnete seinen Koffer, erinnerte sich dann jedoch, daß das, was er suchte, woanders war. Er ging hinüber zum

Kleiderschrank und steckte die Hand in die Tasche seines gelben Kamelhaarmantels. Schnell überprüfte er das Ding, das er herausgenommen hatte, um zu sehen, ob es geladen war: Dann postierte er sich an der Tür.

Sobald sie sie öffnete, würde er sie niederschießen. Er würde sich nicht damit aufhalten, ihr Fragen zu stellen. Es war alles so klar wie der Tod und paßte mit einer Art fürchterlicher Genauigkeit in das logische Schema der Dinge. Sie hatten ihn betrogen, andauernd, scharfsinnig, kunstvoll. Sie mußte auf der Stelle getötet werden.

Während er an der Tür auf sie wartete, verfolgte er im Geist ihren Weg. Jetzt wird sie das Hotel betreten haben; jetzt wird sie im Fahrstuhl heraufkommen. Er lauschte auf das Klappern ihrer Hacken im Korridor. Aber seine Phantasie hatte sie überholt. Alles war still. Er mußte von neuem beginnen. Er hielt den Revolver, und er kam ihm vor wie eine natürliche Verlängerung seiner Hand, die gespannt und begierig danach war, sich zu entladen: Der Gedanke, diesen gekrümmten Abzug durchzudrücken, bereitete ihm fast einen sinnlichen Genuß.

Er schoß beinahe auf die weiße geschlossene Tür, als er die leichten Tritte ihrer Gummisohlen hörte – ja, natürlich: Sie trug Tennisschuhe, da konnten keine Hacken klappern. Jetzt! Aber in diesem Augenblick hörte er andere Schritte.

«Erlauben Madame, daß ich das Tablett hole?» fragte eine französische Stimme draußen. Margot kam zur gleichen Zeit herein wie das Zimmermädchen. Unwillkürlich ließ er die Pistole in die Tasche gleiten.

«Was willst du?» fragte Margot. «Du hättest auch runterkommen können, finde ich, statt mich so grob raufzurufen.»

Er antwortete nicht, sondern beobachtete mit gesenktem Kopf, wie das Zimmermädchen das Geschirr aufs Tablett stellte und den Teelöffel aufhob. Es nahm das Tablett hoch, strahlte, ging hinaus, und nun fiel die Tür ins Schloß.

«Albert, was ist geschehen?»

Er senkte seine Hand in die Tasche. Margot ließ sich mit einem Schmerzfrösteln auf einen Stuhl neben dem Bett fallen, neigte ihren sonnverbrannten Nacken und begann schnell, die Senkel ihrer weißen Schuhe zu lösen. Er sah auf ihren schimmernden schwarzen Kopf, auf den bläulichen Schatten an ihrem Nacken, wo das Haar ausrasiert war. Unmöglich zu schießen, während sie sich den Schuh auszog. Sie hatte eine wundgescheuerte Stelle gleich über der Ferse, und das Blut war durch die weiße Socke gedrungen.

«Zu blöde, daß ich es mir immer wieder aufkratze», sagte sie und hob den Kopf. Sie sah die schwarze Waffe in seiner Hand.

«Spiel nicht mit dem Ding, du Narr», sagte sie sehr ruhig.

«Steh auf!» flüsterte Albinus und packte ihr Handgelenk.

«Ich denke gar nicht dran aufzustehen», antwortete Margot, während sie mit der freien Hand die Socke auszog. «Laß mich los! Kuck mal, es ist am Strumpf festgeklebt.»

Er schüttelte sie so heftig, daß der Stuhl umfiel. Sie

hielt sich am Rand des Bettgestells fest und fing an zu lachen.

«Bitte, erschieß mich doch», sagte sie. «Es ist dann genau wie in dem Stück, das wir gesehen haben, mit dem Nigger und dem Kissen, und ich bin genauso unschuldig wie sie.»

«Du lügst», flüsterte Albinus. «Du und dieser Schuft. Nichts als Gaunerei und Be-be-trug und...» Seine Oberlippe zitterte. Er kämpfte mit seinem Stottern.

«Bitte, mach das Ding runter. Vorher spreche ich nicht mit dir. Ich weiß nicht, was passiert ist, und will's auch gar nicht wissen. Ich weiß nur eines: Ich bin dir treu, ich bin treu...»

«Gut», sagte Albinus heiser. «Du kannst sagen, was du zu sagen hast. Aber danach stirbst du.»

«Du brauchst mich nicht umzubringen – wirklich, du brauchst es nicht, Liebling.»

«Weiter. Sprich!»

(‹...wenn ich zur Tür sprinte›, dachte sie, ‹komme ich vielleicht so eben raus. Dann schreie ich, und die Leute kommen rauf. Aber dann ist alles verpatzt – alles...›)

«Ich kann nicht sprechen, solange du das Ding da hältst. Bitte, nimm es weg.»

(‹...oder vielleicht kann ich es ihm aus der Hand schlagen...?›)

«Nein», sagte Albinus. «Zuallererst mußt du gestehen... Ich bin informiert. Ich weiß alles... Ich weiß alles...», wiederholte er mit gebrochener Stimme, während er im Zimmer auf und ab ging und mit der

Handkante auf die Möbel schlug. «Ich weiß alles. Er saß hinter euch im Bus, und ihr habt euch benommen wie Verliebte. Natürlich erschieße ich dich.»

«Ja, das dachte ich mir», sagte Margot. «Ich wußte, daß du es nicht verstehen würdest. Um Gottes willen, nimm das Ding runter, Albert.»

«Was gibt es da zu verstehen?» schrie Albinus. «Was gibt es da zu erklären?»

«Zunächst, Albert, weißt du ganz genau, daß er sich nichts aus Frauen macht.»

«Halt den Mund!» schrie Albinus. «Das war eine gemeine Lüge, ein schuftiger Trick von Anfang an.»

(‹Wenn er schreit, ist die Gefahr vorüber›, dachte Margot.)

«Nein. Er macht sich wirklich nichts aus Frauen», fuhr sie fort, «aber einmal – nur zum Spaß – habe ich ihm vorgeschlagen: ‹Passen Sie auf, wir wollen doch mal sehen, ob ich es nicht fertigbringe, daß Sie Ihre Jungs vergessen.› Wir wußten beide, daß es nur Spaß war. Das war alles, das war alles, Liebling.»

«Eine dreckige Lüge. Ich glaube es nicht. Conrad hat euch gesehen. Dieser französische Oberst hat euch gesehen. Nur ich war blind.»

«Aber ich habe ihn oft so geneckt», sagte Margot kaltblütig. «Es war alles sehr komisch. Aber ich mach's nicht wieder, wenn es dich stört.»

«So hast du mich nur zum Spaß betrogen? Wie schmutzig!»

«Natürlich habe ich dich nicht betrogen! Wie kannst du so was sagen. Er wäre gar nicht imstande gewesen, mir beim Betrügen zu helfen. Wir haben uns nicht mal geküßt: Sogar das wäre jedem von uns zuwider gewesen.»

«Und wenn ich ihn frage – nicht in deiner Gegenwart natürlich, nicht in deiner Gegenwart?»

«Frag ihn doch! Er wird dir genau dasselbe sagen. Nur wirst du dich ziemlich lächerlich machen.»

So ging es eine Stunde lang weiter. Nach und nach gewann Margot die Oberhand. Aber schließlich konnte sie es nicht länger aushalten und bekam einen hysterischen Anfall. Sie warf sich in ihrem weißen Tennisrock und mit einem bloßen Fuß aufs Bett, und als sie sich langsam beruhigte, weinte sie in die Kissen.

Albinus saß auf einem Stuhl am Fenster; draußen schien die Sonne, und fröhliche englische Stimmen schwebten vom Tennisplatz herauf. Im Geist rekapitulierte er jede, auch die geringste Episode seit dem Beginn ihrer Bekanntschaft mit Rex, und darunter waren einige, die von jenem fahlen Licht gezeichnet waren, das sich nun über sein ganzes Leben gebreitet hatte. Etwas war für immer zerstört; wie überzeugend Margot auch versuchte, ihn von ihrer Treue zu überzeugen, alles würde fortan mit dem giftigen Geschmack des Zweifels besudelt sein.

Schließlich erhob er sich, ging hinüber zum Bett, betrachtete ihre rosige gekräuselte Ferse mit dem schwarzen Pflaster – wann hatte sie es eigentlich aufgeklebt? –, betrachtete die goldbraune Haut ihrer schlanken, doch festen Wade und überlegte, daß er sie zwar töten, sich aber nicht von ihr trennen konnte.

«Nun gut, Margot», sagte er düster. «Ich glaube dir. Aber du mußt jetzt aufstehen und dich umziehen. Wir packen unsere Sachen und reisen hier sofort ab. Ich bin physisch nicht in der Lage, ihm jetzt gegenüberzutreten – ich kann für mich selbst nicht garantieren. Nicht weil ich glaube, daß du mich mit ihm betrogen hast, nein, nicht deswegen, aber ich kann es einfach nicht; ich habe mir alles zu lebhaft vorgestellt und... Nun, egal... Komm, steh auf...»

«Küß mich», sagte Margot leise.

«Nein, nicht jetzt. Ich möchte so schnell wie möglich von hier wegkommen... Ich habe dich in diesem Zimmer beinahe erschossen, und ich erschieße dich bestimmt, wenn wir nicht sofort unsere Sachen packen – sofort.»

«Wie du willst», sagte Margot. «Aber bitte denke daran, daß du mich und meine Liebe zu dir in der übelsten Weise beleidigt hast. Ich glaube, du wirst das später verstehen.»

Schnell und schweigend packten sie, ohne einander anzusehen. Dann kam der Portier und holte das Gepäck.

Im Schatten eines riesigen Eukalyptusbaums pokerte Rex auf der Terrasse mit einigen Amerikanern und einem Russen. Das Glück war ihm an diesem Morgen nicht hold. Er dachte schon daran, beim nächsten Mischen ein paar Karten zu palmieren oder vielleicht von dem Spiegel am Innendeckel seines Zigarettenetuis auf eine sehr persönliche Art Gebrauch zu machen (kleine Tricks, die er verabscheute und nur anwendete, wenn er mit Anfängern spielte), als er plötzlich hinter den Magnolien, auf der Straße in der Nähe der Garage, Albinus' Wagen sah. Der Wagen fuhr ungeschickt in die Kurve und verschwand.

«Was ist los?» murmelte Rex. «Wer fährt den Wagen?»

Er bezahlte seine Schulden und machte sich auf die Suche nach Margot. Sie war nicht auf dem Tennisplatz, sie war nicht im Garten. Er ging hinauf. Albinus' Tür stand offen. Der Raum war tot, der offene Kleiderschrank leer; leer auch das Glasbord über dem Waschbecken. Eine zerrissene und zerknüllte Zeitung lag auf dem Boden.

Rex zog an seiner Unterlippe und ging in sein eigenes Zimmer. Er dachte – recht unbestimmt –, er würde dort vielleicht eine Nachricht mit einer Erklärung finden. Gab es natürlich nicht. Er schnalzte mit der Zunge und ging hinunter in die Empfangshalle – um herauszubekommen, ob sie wenigstens sein Zimmer bezahlt hatten.

Kapitel 31

Es gibt eine Menge Leute, die ohne Fachkenntnisse in der Lage sind, nach dem geheimnisvollen, als «Kurz-schluß» bekannten Ereignis eine elektrische Leitung wieder in Ordnung zu bringen; oder mittels eines Ta-schenmessers eine Uhr zu reparieren; oder sogar, wenn nötig, ein Kotelett zu braten. Albinus gehörte nicht dazu. Er konnte weder eine Fliege binden noch die Nägel seiner rechten Hand schneiden, noch ein Paket packen; er konnte keine Flasche entkorken, ohne die eine Hälfte des Korkens zu zerbröckeln und die andere zu ertränken. Als Kind hatte er nie wie andere Jungen gebastelt. Als Jüngling hatte er nie sein Fahrrad ausein-andergenommen, noch konnte er irgend etwas anderes damit anfangen, als darauf zu fahren; und wenn es einen Platten hatte, hatte er das invalide Gefährt – das dabei wie eine alte Galosche schlappte – zur nächsten Reparaturwerkstatt geschleppt. Als er später die Re-staurierung alter Bilder studierte, hatte er immer Angst, die Leinwand selber zu berühren. Während des Krieges hatte er sich durch eine erstaunliche Unfähig-keit ausgezeichnet, irgend etwas Handwerkliches zu tun. Angesichts dieser Tatsachen ist es weniger überra-schend, daß er ein sehr schlechter Autofahrer war, als daß er überhaupt fahren konnte. Langsam und mit Mühe (und nach einer komplizierten Auseinandersetzung mit dem Polizisten an der Kreuzung, deren Kern er nicht mitbekam) bugsierte er seinen Wagen aus Rouginard hinaus und gab dann ein wenig Gas.

«Würde es dir etwas ausmachen, mir zu sagen, wohin wir fahren, wenn es dir nichts ausmacht?» fragte Margot säuerlich.

Er zuckte die Achseln und starrte geradeaus auf die schimmernde, blauschwarze Straße. Nun, da sie Rouginard hinter sich hatten, wo die engen Gassen voller Leute und Verkehr gewesen waren und wo er hupen, mit einem Ruck anhalten und schwerfällig wenden mußte – nun, da sie sanft auf der Landstraße dahinrollten, stoben ihm verschiedene Gedanken dunkel und verworren durchs Hirn: daß die Straße immer höher bergauf führte und bald anfangen würde, sich gefährlich zu schlängeln, daß Rex' Knopf sich einmal in Margots Spitze verfangen hatte und daß sein Herz noch nie so beschwert und bekümmert gewesen war wie jetzt.

«Mir ist es ganz gleich, wohin wir fahren», sagte Margot, «ich hätte es nur gern gewußt. Und bitte halte dich rechts. Wenn du nicht fahren kannst, sollten wir lieber den Zug nehmen oder bei der nächsten Garage einen Chauffeur engagieren.»

Er trat heftig auf die Bremse, weil in der Ferne ein Autobus aufgetaucht war.

«Was machst du denn, Albert? Halte dich rechts, das ist alles, was du zu tun hast.»

Der Autobus, besetzt mit Touristen, donnerte vorbei. Albinus fuhr wieder an. Die Straße begann, sich in einer Kurve um den Berg zu ziehen.

‹Spielt es eine Rolle, wohin wir fahren?› dachte er. ‹Wohin wir auch fahren, diesem Schmerz entrinne ich nicht. ,Das gemeinste, lauteste, unflätigste…‘ Ich werde noch verrückt.›

«Ich bitte dich nicht noch einmal», sagte Margot, «aber um Gottes willen, schwanke vor den Kurven nicht so hin und her. Es ist lächerlich. Was soll das denn? Wenn du wüßtest, was ich für Kopfschmerzen habe. Ich bin dankbar, wenn wir *irgendwohin* kommen.»

«Du schwörst mir, daß nichts daran war?» fragte Albinus mit schwacher Stimme, und er merkte, wie heiße Tränen ihm die Sicht trübten. Er blinzelte, und die Straße erschien wieder.

«Ich schwöre es», sagte Margot. «Ich bin es satt, dir dauernd was zu schwören. Bring mich um, aber quäl mich nicht länger. Übrigens ist mir zu heiß. Ich glaube, ich zieh den Mantel aus.»

Er trat auf die Bremse.

Margot lachte. «Was brauchst du deswegen anzuhalten? Meine Güte, so was!»

Er half ihr aus dem Staubmantel, und dabei rief er sich mit außerordentlicher Deutlichkeit ins Gedächtnis zurück, wie er – vor langer, langer Zeit – das erste Mal in einem elenden kleinen Café die charakteristische Art bemerkt hatte, wie sie die Schultern bewegte und den reizenden Nacken beugte, wenn sie sich aus den Ärmeln rekelte.

Jetzt strömten ihm die Tränen unkontrollierbar die

Wangen hinunter. Margot legte die Arme um ihn und drückte ihre Schläfe an seinen geneigten Kopf.

Ihr Wagen stand nahe an der Brüstung, einer robusten, etwa dreißig Zentimeter hohen Steinmauer, hinter der steil eine mit Brombeersträuchern überwachsene Schlucht abfiel. Von tief unten war das Schäumen und Grummeln eines reißenden Flusses zu hören. Zur Linken stieg eine rötliche Felswand mit Pinien auf dem Gipfel empor. Die Sonne sengte. Etwas weiter saß ein Mann mit schwarzer Brille am Straßenrand und brach Steine.

«Ich liebe dich so», stöhnte Albinus, «so sehr.»

Er streichelte ihre Hände und strich ihr krampfig übers Haar. Sie lachte leise – ein befriedigtes Lachen.

«Laß mich jetzt fahren», bat Margot. «Du weißt, ich kann es besser als du.»

«Nein, ich mache schon Fortschritte», sagte er, lächelte, schluckte und schneuzte sich die Nase. «Es ist komisch, aber ich weiß wirklich nicht, wo wir hinfahren. Ich glaube, ich habe das Gepäck nach San Remo vorausgeschickt, aber ganz sicher bin ich mir nicht.»

Er ließ den Motor an, und sie fuhren weiter. Es kam ihm vor, als liefe der Wagen jetzt leichter und folgsamer, und er umklammerte das Steuer nicht mehr so nervös. Die Kurven wurden immer häufiger. Auf der einen Seite ragten die steilen Felsen; auf der anderen war die Schlucht. Die Sonne stach ihm in die Augen. Der Zeiger des Tachometers zitterte und kletterte.

Eine scharfe Kurve kam näher, und Albinus wollte sie mit besonderer Geschicklichkeit nehmen. Hoch über der Straße sah eine alte Frau, die Kräuter sammelte, dieses kleine, blaue Auto von der rechten Seite der Felswand auf die Kurve zurasen, hinter deren Biegung aus der anderen Richtung zwei Radfahrer, einem unbekannten Zusammentreffen entgegenpreschend, sich über ihre Lenkstangen bückten.

Kapitel 32

Die alte Frau, die am Hang Kräuter sammelte, sah, wie das Auto und die beiden Radfahrer sich aus entgegengesetzten Richtungen der scharfen Kurve näherten. Aus einem Postflugzeug, das durch den flimmernden blauen Staub des Himmels küstenwärts flog, konnte der Pilot, indes der Schatten der Tragflächen über die sonnenbeschienenen Hänge glitt, die Straßenkrümmungen und zwei Dörfer sehen, die fünfzehn Kilometer auseinander lagen. Wenn man noch höher hinauf gelangt wäre, hätte man vielleicht gleichzeitig die Berge der Provence und eine ferne Stadt in einem anderen Land – sagen wir Berlin – sehen können, wo das Wetter ebenfalls heiß war; denn an diesem besonderen Tag war die Wange der Erde von Gibraltar bis Stockholm mit heiterem Sonnenschein bemalt.

In Berlin wurden an diesem besonderen Tag viele Eisportionen verkauft. Irma pflegte früher mit dem Ernst der Gier zuzuschauen, wenn der Eisverkäufer eine dünne Waffel mit der dicken, gelblichen Masse bestrich, die einem, wenn man davon kostete, die Zunge tanzen und die Vorderzähne auf herrliche Art weh tun ließ. So daß es Elisabeth, als sie auf den Balkon trat und einen dieser Eisverkäufer bemerkte, seltsam vorkam, daß er ganz in Weiß und sie ganz in Schwarz war.

Sie war mit einem Gefühl großer Unruhe aufgewacht, und nun entdeckte sie mit eigenartiger Bestürzung, daß sie zum ersten Male aus jenem Zustand stumpfer Empfindungslosigkeit aufgetaut war, an den sie sich in letzter Zeit gewöhnt hatte, und sie kam nicht darauf, warum ihr so seltsam unbehaglich zumute war. Sie blieb auf dem Balkon stehen und dachte an den gestrigen Tag, an dem nichts Besonderes vorgefallen war: die übliche Fahrt zum Friedhof, Bienen, die sich auf ihre Blumen niederließen, der feuchte Schimmer der Buchsbaumhecke um das Grab; die Stille und die weiche Erde.

«Was mag es sein?» fragte sie sich. «Warum ist alles in mir so gespannt?»

Vom Balkon konnte sie den Eisverkäufer mit seinem weißen Käppi sehen. Der Balkon schien immer höher emporzusteigen. Die Sonne warf ein blendendes Licht auf die Ziegel – in Berlin, in Brüssel, in Paris und weiter gen Süden hin. Das Postflugzeug flog nach St. Cassien. Die alte Frau sammelte Kräuter auf dem felsigen Hang. Wenigstens ein ganzes Jahr lang würde sie den Leuten erzählen, wie sie gesehen hatte... was sie gesehen hatte...

Albinus war es nicht klar, wann und wie es dazu gekommen war, daß er alles dies wußte: wieviel Zeit verstrichen war, seit er jene Kurve so munter genommen
hatte (ein paar Wochen), an welchem Ort er sich befand (einer Klinik in Grasse), was für eine Operation er
hinter sich hatte (eine Trepanation) und aus welchem
Grund er so lange bewußtlos gewesen war (eine Blu-
tung im Gehirn). Es war jedoch ein Augenblick gekommen, als alle diese bruchstückhaften Kenntnisse
sich zusammengefügt hatten – er lebte, war bei voller
Besinnung und wußte Margot und eine Krankenschwester in der Nähe. Er fühlte, daß er angenehm gedöst
hatte und gerade aufgewacht war. Aber er wußte nicht,
wie spät es war. Wahrscheinlich war es noch früh am
Morgen.

Seine Stirn und seine Augen waren mit einem wei-
chen, dicken Verband bedeckt. Aber sein Schädel war
schon frei von Bandagen, und es war eigenartig, mit den
Fingern die neugewachsenen Haarstoppeln auf dem
Kopf zu befühlen. In der Erinnerung bewahrte er ein
Bild, das in seiner grellen Intensität wie ein farbiges
Glasbild war: die Kurve der glänzenden blauen Straße,
die grüne und rote Felswand zur Linken, die weiße Brü-

stung zur Rechten und vor ihm die näher kommenden Radfahrer – zwei staubige Affen in orangefarbenen Trikots. Ein scharfer Ruck am Steuerrad, um ihnen auszuweichen, und hoch schnellte der Wagen, fuhr rechts auf einen Steinhaufen, und im nächsten Bruchteil dieser Sekunde ragte vor der Windschutzscheibe ein Telegraphenmast auf. Margots ausgestreckter Arm war über das Bild geflogen – und im nächsten Augenblick ging die Laterna magica aus.

Diese Erinnerung war von Margot ergänzt worden. Gestern oder vorgestern oder sogar noch früher – hatte sie ihm erzählt, oder vielmehr ihre Stimme – warum nur ihre Stimme? Warum war es so lange her, seit er sie wirklich gesehen hatte? Dieser Verband. Wahrscheinlich würden sie ihn bald abnehmen... Was hatte Margots Stimme ihm erzählt?

«...Wenn diese Telegraphenstange nicht gewesen wäre, wären wir über die Brüstung und in den Abgrund gestürzt. Es war entsetzlich. Ich habe noch immer einen riesigen blauen Fleck auf der Hüfte. Der Wagen machte einen Salto und zerkrachte wie ein Ei. Er kostete... le car... mille... beaucoup mille mark» (dies war offenbar für die Schwester bestimmt), «Albert, wie heißt zwanzigtausend auf französisch?»

«Ach, was spielt das für eine Rolle... Du lebst!»

«Die Radfahrer waren sehr nett. Sie haben geholfen, alle Sachen aufzusammeln. Aber die Tennisschläger konnten sie nicht finden.»

Tennisschläger? Sonne auf einem Tennisschläger. Warum war das so unangenehm? Ach, ja, diese alptraumhafte Geschichte in Rouginard. Er mit der Waffe

in der Hand. Sie auf Gummisohlen näher kommend...
Unsinn – alles das war aufgeklärt, alles war in Ordnung... Wie spät war es? Wann würde der Verband abgenommen werden? Wann konnte er aufstehen? Hatte es in den Zeitungen gestanden – den deutschen Zeitungen?

Er drehte den Kopf hin und her; der Verband war ihm lästig. Ebenso die Diskrepanz zwischen seinen Sinnen. Seine Ohren hatten die ganze Zeit so viele Eindrücke aufgenommen und seine Augen überhaupt keinen. Er wußte nicht, wie das Zimmer, die Schwester, der Arzt aussahen. Und die Uhrzeit? War es Vormittag? Er hatte lange und erholsam geschlafen. Wahrscheinlich stand das Fenster offen, denn er hörte das Klappern von Pferdehufen draußen; auch das Geräusch von fließendem Wasser und das Klappern eines Eimers waren zu hören. Vielleicht war dort ein Hof mit einem Brunnen und dem kühlen, morgendlichen Schatten von Platanen.

Er lag einige Zeit bewegungslos da und bemühte sich, die unzusammenhängenden Geräusche in entsprechende Formen und Farben umzuwandeln. Es war das Gegenteil des Versuchs, sich vorzustellen, welche Art von Stimmen Botticellis Engel hatten. Bald darauf hörte er Margots Lachen und dann das der Krankenschwester. Sie brachte Margot bei, das französische Wort «*soucoupe, soucoupe*» richtig auszusprechen. Margot wiederholte es mehrmals, und beide lachten leise.

In dem Bewußtsein, etwas streng Verbotenes zu tun, zog Albinus vorsichtig den Verband hoch und lugte hinaus. Aber das Zimmer blieb weiterhin ganz dunkel.

Er konnte nicht einmal den bläulichen Schimmer eines Fensters oder jene schwachen Lichtflecken sehen, die sich während der Nacht an den Wänden einfinden. So war es also Nacht, nicht Morgen, nicht einmal früher Morgen. Eine schwarze, mondlose Nacht. Wie trügerisch Geräusche sein können. Oder waren die Blenden besonders dicht?

Aus dem Nebenzimmer kam angenehmes Geschirrklappern: «*Café aimé toujours, thé nicht toujours.*»

Albinus tastete auf dem Nachttisch umher, bis er die kleine elektrische Lampe fühlte. Er knipste sie an, einmal, ein zweites Mal, aber die Dunkelheit blieb, als wäre sie zu schwer, um zu weichen. Wahrscheinlich war der Stecker herausgezogen. Er fühlte mit den Fingern nach Streichhölzern und fand tatsächlich eine Schachtel. Es war nur ein Streichholz darinnen; er riß es an, hörte es leise knistern, als ob es aufgeflammt wäre, aber eine Flamme konnte er nicht sehen. Er warf es fort und roch plötzlich einen leichten Schwefelgeruch. Seltsam.

«Margot», rief er plötzlich. «Margot!»

Ein Geräusch von schnellen Schritten und einer sich öffnenden Tür. Aber nichts veränderte sich. Wie konnte es hinter der Tür dunkel sein, wenn sie dort Kaffee tranken?

«Mach das Licht an», sagte er ärgerlich. «Bitte, mach das Licht an.»

«Du bist nicht brav», sagte Margots Stimme. Er hörte sie schnell und sicher durch absolute Nacht näher kommen. «Du sollst diesen Verband nicht anrühren.»

«Was meinst du? Du scheinst mich ja zu sehen», stammelte er. «Wie kannst du mich sehen? Mach das Licht an, hörst du? Sofort!»

«*Calmez-vous*. Beruhigen Sie sich», sagte die Stimme der Schwester.

Diese Geräusche, diese Schritte und Stimmen schienen sich auf einer anderen Ebene zu bewegen. Er war hier, und sie waren sonstwo und auf unerklärliche Weise doch ganz in der Nähe. Zwischen ihnen und der Nacht, die ihn umgab, war eine undurchdringliche Mauer. Er rieb seine Augenlider, drehte seinen Kopf hin und her, warf sich herum, aber es war unmöglich, einen Weg durch diese dichte Dunkelheit zu finden, die wie ein Teil seiner selbst war.

«Das kann nicht sein!» sagte Albinus mit der Bestimmtheit der Verzweiflung. «Ich werde wahnsinnig! Mach das Fenster auf, tu etwas!»

«Das Fenster ist offen», antwortete sie leise.

«Vielleicht scheint die Sonne nicht... Margot, vielleicht könnte ich bei sehr sonnigem Wetter etwas sehen. Nur einen winzigen Schimmer. Vielleicht mit einer Brille.»

«Lieg still, mein Lieber. Die Sonne scheint, es ist ein herrlicher Morgen. Albert, du tust mir weh.»

«Ich... Ich...» Albinus holte tief Atem, der seine Brust zu einer großen, ungeheuren Kugel aufzuschwellen schien, die mit einem wirbelnden Brüllen gefüllt war, welches er sofort hinausließ, wollüstig, langgezogen... Und als alles hinaus war, begann er abermals, sie zu füllen.

Kapitel 34

Seine Schnittwunden und Quetschungen verheilten, sein Haar wuchs wieder nach, aber das schreckliche Gefühl dieser festen, schwarzen Mauer blieb unverändert. Nach jenen Paroxysmen tödlichen Entsetzens, als er gebrüllt, sich gewälzt und wie wahnsinnig versucht hatte, etwas von seinen Augen zu reißen, verfiel er in einen Zustand halber Bewußtlosigkeit. Dann ragte wieder das unerträgliche Gebirge der Beklemmung vor ihm auf, nur vergleichbar mit dem panischen Schrecken eines Menschen, der im eigenen Grabe aufwacht.

Nach und nach wurden jedoch diese Anfälle weniger häufig. Stundenlang lag er auf dem Rücken, schweigend und bewegungslos, und lauschte den Geräuschen des Tages, die ihm in fröhlicher Unterhaltung mit anderen ihren Rücken zugekehrt zu haben schienen. Mit einem Mal erinnerte er sich dann an jenen Morgen in Rouginard – an dem wirklich alles angefangen hatte –, und dann stöhnte er von neuem. Er stellte sich den Himmel vor, blaue Fernen, Licht und Schatten, rosa Häuser, die einen leuchtenden grünen Abhang tüpfelten, liebliche Traumlandschaften, denen er so wenig Augenmerk geschenkt hatte, so wenig...

Während er noch im Hospital lag, hatte Margot ihm einen Brief von Rex vorgelesen, der folgendermaßen lautete:

«Ich weiß nicht, mein lieber Albinus, was mich mehr erschüttert hat – das Unrecht, das Sie mir mit Ihrer unerklärlichen und sehr unhöflichen Abreise angetan haben, oder das schwere Mißgeschick, das Ihnen zugestoßen ist. Aber obwohl Sie mich tief verletzt haben, nehme ich mit ganzem Herzen an Ihrem Unglück Anteil, besonders, wenn ich an Ihre Liebe zur Malerei und zu jenen Schönheiten der Farbe und Linie denke, die das Gesicht zum König unserer Sinne machen.

Ich reise heute von Paris nach England und von dort nach New York, und es wird einige Zeit vergehen, bis ich Deutschland wiedersehe. Bitte grüßen Sie freundlich Ihre Gefährtin von mir, deren launisches und verwöhntes Naturell vermutlich der Grund Ihrer Unloyalität mir gegenüber war. Ach, leider ist sie nur sich selbst gegenüber beständig; aber wie so viele Frauen hat sie das Bedürfnis, von anderen bewundert zu werden – ein Bedürfnis, das sich in Boshaftigkeit verwandelt, wenn der betreffende Mann auf Grund seiner Offenheit, seines abstoßenden Äußern und seiner unnatürlichen Neigungen nur ihren Spott und ihre Abneigung erwecken kann.

Glauben Sie mir, Albinus, ich mochte Sie gern, mehr, als ich je gezeigt habe; aber wenn Sie mir offen gesagt hätten, daß meine Gegenwart Ihnen beiden lästig geworden war, hätte ich Ihre Freimütigkeit zu würdigen gewußt, und dann wären die glücklichen Erinnerungen an unsere Gespräche über Malerei, an unsere Streifzüge durch die Welt der Farben nicht so betrüblich von den Schatten Ihrer treulosen Flucht verdunkelt worden.»

«Doch, das ist der Brief eines Homosexuellen», sagte Albinus. «Aber ich bin trotzdem froh, daß er weg ist. Vielleicht, Margot, hat Gott mich dafür gestraft, daß ich dir nicht vertraut habe, aber wehe dir, wenn...»

«Wenn was, Albert? Sprich weiter, beende deinen Satz...»

«Nein. Nichts. Ich glaube dir. Ich glaube dir ja.»

Er schwieg, und dann begann er, jenen erstickten Laut auszustoßen – halb Stöhnen, halb Heulen –, mit dem seine Anfälle von Entsetzen über die ihn umgebende Dunkelheit immer anhoben.

«Der König unserer Sinne», wiederholte er mehrmals mit versagender Stimme. «Ach ja, der König...»

Als er sich beruhigt hatte, sagte Margot, daß sie zum Reisebüro gehen wolle. Sie küßte ihn auf die Wange und trippelte dann eilig die schattige Seite der Straße entlang.

Sie betrat ein kühles, kleines Restaurant und setzte sich neben Rex. Er trank Weißwein.

«Nun», fragte er, «was hat der arme Kerl zu dem Brief gesagt? Habe ich ihn nicht allerliebst formuliert?»

«Ja, er ist gut angekommen. Am Mittwoch reisen wir nach Zürich, um diesen Spezialisten aufzusuchen. Bitte, besorg die Fahrkarten. Aber bitte, nimm du einen anderen Wagen – es ist sicherer.»

«Ich bezweifle», meinte Rex lässig, «daß sie mir die Karten umsonst geben.»

Margot lächelte zärtlich und holte Geldscheine aus ihrer Handtasche.

«Und prinzipiell», setzte Rex hinzu, «wäre es viel einfacher, wenn *ich* den Schatzmeister mache.»

Kapitel 35

Obwohl Albinus schon einige Male – in den Tiefen einer Nacht, die das helle Geschwätz des Tageslichts ausnutzte – einen Spaziergang gemacht hatte, einen kläglich zögernden Spaziergang den knirschenden Kiespfad des Hospitalgartens entlang, zeigte es sich, daß er für die Reise nach Zürich sehr schlecht gerüstet war. Am Bahnhof begann ihm schwindelig zu werden – und es gibt kein seltsameres, hilfloseres Gefühl als das eines Blinden, dem sich der Kopf dreht. Er war betäubt von all den verschiedenen Geräuschen, Schritten, Stimmen, Rädern, bösartig scharfen und starken Dingen, die alle auf ihn zuzustürzen schienen, so daß jede Sekunde mit der Angst erfüllt war, gegen etwas zu stoßen, obwohl Margot ihn führte.

Im Zug fühlte er, wie ihm speiübel wurde, denn er konnte das Rattern und Schaukeln des Wagens mit keiner Vorwärtsbewegung in Einklang bringen, sosehr er sich auch abmühte, sich die Landschaft auszumalen, die draußen sicherlich vorüberflog. Und in Zürich dann mußte er sich wieder den Weg zwischen unsichtbaren Menschen und Dingen bahnen – Hindernisse und Ecken, die ihren Atem anhielten, bevor sie ihn stießen.

«Ach, komm weiter, hab nicht solche Angst!» sagte

Margot gereizt. «Ich führe dich schon. Halt jetzt! Wir sind dabei, ins Taxi zu steigen. Jetzt den Fuß heben! Kannst du nicht etwas weniger ängstlich sein? Wirklich, du bist wie ein Zweijähriger.»

Der Professor, ein berühmter Ophthalmologe, untersuchte Albinus' Augen gründlich. Er hatte eine leise, salbungsvolle Stimme, so daß Albinus ihn sich als alten Mann mit dem glattrasierten Gesicht eines Priesters vorstellte, obwohl er in Wirklichkeit noch ziemlich jung war und einen borstigen Schnurrbart trug. Er wiederholte, was Albinus zum größten Teil schon wußte: daß die Sehnerven an ihrem Schnittpunkt im Gehirn geschädigt waren. Vielleicht würde diese Läsion heilen; vielleicht würde sich eine völlige Atrophie einstellen – die Chancen waren dunkel und jedenfalls ziemlich gleich. Aber auf jeden Fall war beim augenblicklichen Zustand des Patienten völlige Ruhe das wichtigste. Ein Sanatorium in den Bergen wäre ideal. «Und dann werden wir sehen», sagte der Professor.

«Werden wir sehen?» fragte Albinus mit einem melancholischen Lächeln.

Die Sanatoriumsidee sagte Margot nicht zu. Ein altes irisches Ehepaar, das sie im Hotel kennengelernt hatten, erbot sich, ihnen ein kleines Sommerhaus oberhalb eines mondänen Kurortes in den Bergen zu vermieten. Sie fragte Rex und fuhr (während sie Albinus bei einer angeheuerten Krankenpflegerin zurückließ) in seiner Begleitung weg, um sich das Haus anzusehen. Es erwies sich als recht hübsch: eine kleine, zweistöckige Villa mit sauberen, nicht sehr großen Zimmern und einer Weihwasserschale an jeder Tür.

Rex fand die Lage nach seinem Geschmack: völlig einsam, hoch oben an einem Hang zwischen dichten schwarzen Tannen und nur eine Viertelstunde Fußmarsch vom talwärts gelegenen Dorf und den Hotels entfernt. Er wählte für sich den sonnigsten Raum im oberen Stock. Eine Köchin wurde im Dorf engagiert. Rex redete sehr eindrucksvoll mit ihr:

«Wir bieten Ihnen einen so hohen Lohn», sagte er, «weil Sie in den Dienst eines Mannes treten, der infolge eines heftigen Nervenschocks erblindet ist. Ich bin der Arzt, in dessen Obhut er steht, aber in Anbetracht seines geistigen Zustands darf er *nicht* wissen, daß nicht nur seine Nichte, sondern auch ein Arzt bei ihm im Hause lebt. Wenn Sie deshalb direkt oder indirekt die leiseste Andeutung machen, daß ich anwesend bin – indem Sie mich zum Beispiel in seiner Hörweite anreden –, sind Sie in den Augen des Gesetzes verantwortlich für alle Folgen, die sich aus der Unterbrechung seines Heilungsprozesses ergeben, und solches Verhalten wird, glaube ich, in der Schweiz sehr streng bestraft. Weiterhin rate ich Ihnen, meinem Patienten nicht nahe zu kommen oder irgendein Gespräch mit ihm zu führen. Er ist Anfällen heftigsten Irrsinns ausgesetzt. Es wird Sie vielleicht interessieren, daß er schon einmal eine alte Frau verletzt hat (sie war Ihnen in mancher Hinsicht sehr ähnlich, wenn auch nicht so attraktiv), indem er auf ihrem Gesicht herumtrampelte. Irgendwie möchte ich nicht, daß so etwas wieder vorkommt. Und das Wichtigste von allem, wenn Sie über diese Dinge im Dorf tratschen, so daß die Leute neugierig werden, könnte mein Patient in seinem augenblicklichen Zustand alles im Haus kaputtschlagen, angefangen mit Ihrem Kopf. Haben Sie mich verstanden?»

Die Frau war dermaßen verängstigt, daß sie diese außerordentlich gut bezahlte Stelle beinahe ablehnte, und entschloß sich zum Annehmen erst, als Rex ihr versicherte, daß sie den Blinden nicht sehen würde, da seine Nichte ihn versorgte, und daß er ganz friedlich sei, wenn man ihn in Ruhe ließ. Er vereinbarte mit ihr auch, daß kein Schlachterjunge und keine Waschfrau jemals das Grundstück betreten dürfe. Nachdem dies erledigt war, fuhr Margot zurück, um Albinus zu holen, während Rex in das Haus einzog. Er brachte das ganze Gepäck mit, bestimmte, wie die Räume verteilt werden sollten, und ordnete an, jeden überflüssigen zerbrechlichen Gegenstand zu entfernen. Dann ging er in sein Zimmer und pfiff melodiös, während er einige recht anstößige Tuschfederzeichnungen an der Wand befestigte.

Gegen fünf Uhr blickte er durch einen Feldstecher und sah weit unten einen Mietwagen näher kommen. Margot sprang in einem leuchtenden roten Pullover heraus und half Albinus beim Aussteigen. Mit zusammengezogenen Schultern und seiner schwarzen Brille sah er aus wie eine Eule. Der Wagen wendete und verschwand hinter einer dichtbewaldeten Kurve.

Margot nahm den unterwürfigen, unbeholfenen Mann am Arm, und er stieg mit vorgehaltenem Stock den Pfad hinauf. Sie verschwanden hinter einigen Tannen, erschienen wieder, verschwanden abermals und tauchten schließlich auf der kleinen Gartenterrasse auf, wo die finstere Köchin (die übrigens Rex schon von gan-

236

zem Herzen zugetan war) sie furchtsam empfing, und während sie sich bemühte, den gefährlichen Irren nicht anzusehen, befreite sie Margot von ihrem Handkoffer.

Rex lehnte sich inzwischen aus dem Fenster und begrüßte Margot mit possenreißerischen Gesten: Er drückte die Hand aufs Herz und warf plötzlich seine Arme auseinander – es war eine hervorragende Kasperle-Imitation –, alles natürlich als stumme Pantomime, obwohl er unter günstigeren Umständen hätte herausschreien mögen. Margot lächelte zu ihm hinauf und betrat das Haus, noch immer Albinus am Arm geleitend.

«Führe mich durch alle Zimmer und beschreibe mir alles», sagte Albinus. Er war nicht wirklich interessiert, meinte jedoch, es würde Margot Freude machen: Sie richtete sich gerne irgendwo neu ein.

«Ein kleines Speisezimmer; ein kleines Wohnzimmer, ein kleines Arbeitszimmer», erklärte sie, als sie ihn durch das Erdgeschoß lotste. Albinus betastete die Möbel, betätschelte die verschiedenen Gegenstände, als wären sie die Köpfe fremder Kinder, und versuchte sich zu orientieren.

«Das Fenster ist also dort drüben», sagte er und zeigte vertrauensvoll auf eine leere Wand. Er stieß schmerzhaft gegen eine Tischkante und versuchte den Anschein zu erwecken, es sei absichtlich geschehen – indem er mit den Händen darübertappte, als wolle er Maß nehmen.

Dann stiegen sie nebeneinander die knarrende Holztreppe hinauf. Oben auf der letzten Stufe saß Rex und schüttelte sich vor lautlosem Lachen. Margot drohte ihm mit dem Finger; er stand vorsichtig auf und trat auf Zehenspitzen ein paar Schritte zurück. Es war wirklich überflüssig, denn unter den Tritten des Blinden knarrte die Treppe ohrenbetäubend.

Sie bogen in den Korridor. Rex, der sich jetzt vor seine Tür zurückgezogen hatte, kauerte ein paar Mal nieder und preßte die Hand an den Mund. Margot schüttelte ärgerlich den Kopf – ein gefährliches Spiel; er riß Possen wie ein Schuljunge.

«Dies ist mein Schlafzimmer, und hier ist deines», sagte sie.

«Warum kein gemeinsames?» fragte Albinus wehmütig.

«Ach, Albert», seufzte sie. «Du weißt doch, was der Arzt gesagt hat.»

Als sie überall gewesen waren (bis auf Rex' Zimmer natürlich), versuchte Albinus, ohne ihre Hilfe durch das Haus zu gehen, nur um ihr zu beweisen, wie großartig sie ihn alles hatte sehen lassen. Aber fast auf der Stelle verirrte er sich, rannte gegen eine Wand, lächelte entschuldigend und zerschlug beinahe eine Waschschüssel. Er verlief sich auch in das Eckzimmer (das Rex sich angeeignet hatte und das nur vom Korridor aus betreten werden konnte), aber er war schon so verwirrt, daß er meinte, er käme aus dem Badezimmer.

«Vorsichtig, das ist eine Rumpelkammer», sagte Margot. «Du stößt dir noch den Kopf. Nun dreh dich um und versuch, gleich ins Bett zu gehen. Und ich weiß wirklich nicht, ob dieses ganze Herumgelaufe gut für dich ist. Bilde dir nicht ein, daß ich dich weiter so

238

auf Entdeckungen gehen lasse; das heute ist nur eine Ausnahme.»

Tatsächlich fühlte er sich bereits völlig erschöpft. Margot deckte ihn gut zu und brachte ihm sein Abendessen. Als er eingeschlafen war, ging sie zu Rex. Da sie sich mit der Akustik des Hauses noch nicht angefreundet hatten, unterhielten sie sich im Flüsterton. Aber sie hätten ebensogut laut sprechen können: Albinus' Schlafzimmer lag weit genug weg.

Kapitel 36

Das undurchdringliche schwarze Leichentuch, das Albinus jetzt umhüllte, verlieh seinen Gedanken und Gefühlen eine Note von kargem Ernst und geradezu Edelmut. Dunkelheit trennte ihn von jenem früheren Leben, das an seiner schärfsten Kurve plötzlich ausgelöscht worden war. Erinnerte Szenen bevölkerten die Bildergalerie seines Geistes: Margot in einer bestickten Schürze, wie sie einen purpurroten Vorhang beiseite zog (jetzt sehnte er sich nach seiner schmuddeligen Farbe!); Margot unter dem naß glänzenden Schirm, wie sie durch karmesinrote Pfützen trippelte; Margot nackt vor dem Schrankspiegel, wie sie an einer gelben Schrippe kaute; Margot im glitzernden Badeanzug, wie sie einen Ball warf; Margot im silbrigen Abendkleid, die Schultern sonnverbrannt.

Dann dachte er an seine Frau, und sein Leben mit ihr schien jetzt in ein blasses, gedämpftes Licht gehüllt, und nur gelegentlich tauchte etwas aus diesem milchigen Dunst auf: ihr blondes Haar im Lampenschein, das Licht auf einem Bilderrahmen, Irma, die mit Glasmurmeln spielte (in jeder ein Regenbogen), und dann wieder Dunst – und Elisabeths ruhige, beinahe schwebende Bewegungen.

Alles war vom trügerischen Zauber der Farben überlagert, selbst was in seinem vergangenen Leben am
traurigsten und schändlichsten gewesen war. Er war
entsetzt, als ihm jetzt klar wurde, wie wenig Gebrauch
er von seinen Augen gemacht hatte – denn diese Farben
bewegten sich vor einem zu verschwommenen Hintergrund, und ihre Umrisse waren völlig verwischt. Wenn
er sich zum Beispiel eine Landschaft ins Gedächtnis
rief, in der er früher gelebt hatte, konnte er keine einzige
Pflanze nennen außer Eichen und Rosen und keinen
einzigen Vogel außer Spatzen und Krähen, und selbst
die entstammten eher der Heraldik als der Natur. Albinus wurde sich jetzt bewußt, daß er sich nicht sonder-
lich von den engstirnigen Spezialisten unterschieden
hatte, über die er früher zu spotten pflegte: von dem
Arbeiter, der nur seine Werkzeuge kennt, oder dem
Virtuosen, der nur ein fleischliches Zubehör seiner
Geige ist. Albinus' Spezialität war seine Leidenschaft
für die Kunst gewesen; seine glänzendste Entdeckung
Margot. Aber jetzt war nichts übrig von ihr als eine
Stimme, ein Rascheln und ein Parfum; es war, als wäre
sie in die Dunkelheit des kleinen Kinos zurückgekehrt,
aus der er sie einst herausgeholt hatte.
  Aber Albinus konnte sich nicht immer mit ästhe-
tischen oder moralischen Reflexionen trösten; nicht
immer gelang es ihm, sich davon zu überzeugen, daß
physische Blindheit geistige Hellsicht sei; vergebens
versuchte er, sich mit der Vorstellung zu betrügen, sein
Leben mit Margot sei jetzt glücklicher, tiefer und reiner, und vergebens verweilte er bei dem Gedanken an
ihre rührende Hingabe. Natürlich war es rührend, na-

türlich war sie besser als die ergebenste Ehefrau – diese unsichtbare Margot, diese engelhafte Kühle, diese Stimme, die ihn bat, sich nicht aufzuregen. Aber kaum hatte er in der Dunkelheit ihre Hand ergriffen, kaum versuchte er, seiner Dankbarkeit Ausdruck zu geben, da flammte jäh ein solches Verlangen in ihm auf, sie zu sehen, daß all sein Moralisieren hinwegschmolz.

Rex saß gern mit ihm im Zimmer und beobachtete seine Bewegungen. Wenn Margot sich an die Brust des Blinden schmiegte und dabei seine Schulter zurückdrückte, richtete sie ihre Augen mit einem komischen Ausdruck von Resignation zur Decke empor oder streckte Albinus die Zunge heraus – der Kontrast zu dem wilden und zärtlichen Ausdruck auf dem Gesicht des Blinden war besonders erheiternd. Dann befreite sich Margot mit einer gewandten Bewegung und ging zu Rex hinüber, der in weißen Hosen auf dem Fensterbrett saß, die Füße mit den langen Zehen und der Oberkörper nackt – er ließ sich gern den Rücken von der Sonne braten. Mit Pyjama und Morgenrock bekleidet, lehnte sich Albinus in einen Sessel zurück. Sein Gesicht war von Stoppeln bedeckt; eine rosige Narbe leuchtete auf seiner Schläfe; er sah aus wie ein bärtiger Sträfling.

«Margot, komm zu mir!» sagte er flehend und streckte die Arme aus.

Dann und wann trat Rex, der gern ein Risiko einging, barfuß auf Zehenspitzen ganz nahe an Albinus heran und berührte ihn mit äußerster Zartheit. Albinus gab einen liebevollen Gurrlaut von sich und versuchte, die vermeintliche Margot zu umarmen, während Rex lautlos zur Seite trat und zum Fensterbrett zurückging – seinem Lieblingsplatz.

«Mein Liebes, komm doch zu mir!» stöhnte Albinus, während er sich mühsam aus seinem Sessel erhob und auf sie zu watete. Rex, auf dem Fensterbrett, zog die Beine hoch, und Margot schrie Albinus an, daß sie ihn sofort einer Krankenpflegerin übergeben würde, wenn er nicht täte, was sie sagte. So schlurfte er mit schuldbewußtem Grinsen an seinen Platz zurück.

«Gut, gut», seufzte er. «Lies mir etwas vor! Die Zeitung.»

Wieder richtete sie die Augen zur Decke.

Rex setzte sich vorsichtig auf das Sofa und nahm Margot auf den Schoß. Sie breitete die Zeitung aus, und nachdem sie sie geglättet und sich hineinvertieft hatte, begann sie vorzulesen. Albinus nickte von Zeit zu Zeit und verzehrte bedächtig unsichtbare Kirschen, die unsichtbaren Kerne in die Faust spuckend. Rex machte Margot nach, spitzte die Lippen und zog sie wieder ein, wie sie es immer beim Lesen machte. Oder er tat so, als wollte er sie fallen lassen, so daß ihre Stimme sich plötzlich überschlug und sie nach dem Ende des abgerissenen Satzes suchen mußte.

‹Ja, vielleicht ist alles nur zum Besten gewesen›, dachte Albinus. ‹Unsere Liebe ist jetzt reiner und erhabener. Wenn sie jetzt bei mir bleibt, beweist das, daß sie mich wirklich liebt. Das ist gut, das ist gut.› Und plötzlich fing er laut an zu schluchzen, rang die Hände und bat sie, ihn zu einem anderen Spezialisten zu bringen, zu einem dritten, einem vierten – eine Operation, eine

Tortur – alles, was ihm sein Augenlicht wiedergeben könnte.

Mit lautlosem Gähnen nahm Rex eine Handvoll Kirschen aus der Schale auf dem Tisch und verschwand im Garten.

In den ersten Tagen ihres Zusammenlebens waren Rex und Margot durchaus vorsichtig, wenn sie sich auch verschiedene harmlose Späße erlaubten. Vor der Tür, die von seinem Zimmer in den Korridor führte, hatte Rex für den Notfall eine Barrikade aus Kisten und Koffern errichtet, über die Margot nachts kletterte. Nach seinem ersten Streifzug durch das Haus war Albinus jedoch nicht mehr an dessen Topographie interessiert, fand sich aber in seinem Schlaf- und Arbeitszimmer ganz gut zurecht.

Margot beschrieb ihm alle Farben – die blaue Tapete, die gelben Jalousien –, aber von Rex angestiftet, vertauschte sie alle miteinander. Die Tatsache, daß der Blinde sich seine kleine Welt in den Farbtönen ausmalen mußte, die Rex vorschrieb, gewährte diesem ein exquisites Vergnügen.

In seinen eigenen Räumen kam es Albinus fast so vor, als könne er die Möbel und die verschiedenen Gegenstände sehen, und dies gab ihm ein Gefühl von Sicherheit. Doch wenn er im Garten saß, fühlte er sich von einer unbekannten Weite umgeben, da alles zu groß, zu unkörperlich und zu voll von Geräuschen war, als daß er sich ein Bild davon hätte machen können. Er versuchte, sein Gehör zu schärfen und aus den Geräuschen auf die Bewegungen zu schließen. Bald wurde es recht schwierig für Rex, unbemerkt hereinzukommen oder hinauszugehen. Wie lautlos er auch vorbeischleichen mochte, Albinus wendete den Kopf sofort in die betreffende Richtung und fragte: «Bist du das, Liebling?» und ärgerte sich über seine Fehleinschätzung, wenn Margot ihm aus einer ganz anderen Ecke antwortete.

Die Tage vergingen, und je schärfer Albinus sein Gehör anspannte, desto verwegener wurden Rex und Margot; sie gewöhnten sich an den eisernen Vorhang seiner Blindheit, und anstatt seine Mahlzeiten unter Emilias dummen bewundernden Blicken in der Küche einzunehmen, wie er es zuerst getan hatte, brachte Rex es jetzt fertig, mit beiden am Tisch zu sitzen. Er aß mit meisterhafter Lautlosigkeit, berührte nie seinen Teller mit Messer oder Gabel und kaute wie ein Tischgast im Stummfilm, genau im Rhythmus von Albinus' mahlenden Kiefern und zur heiteren Begleitmusik von Margots Stimme, die absichtlich sehr laut sprach, während die Männer kauten und schluckten. Einmal verschluckte er sich: Albinus, dem Margot gerade eine Tasse Kaffee einschenkte, hörte am anderen Ende des Tisches plötzlich ein seltsames Platzgeräusch, ein gemeines Spützen. Margot begann sofort zu plappern, doch er unterbrach sie, die Hand erhoben: «Was war das? Was war das?»

Rex hatte seinen Teller genommen und entfernte sich auf Zehenspitzen, die Serviette an den Mund gedrückt. Aber als er durch die offenstehende Tür schlich, ließ er eine Gabel fallen.

Albinus fuhr auf seinem Stuhl herum. «Was ist das? Wer ist da?» wiederholte er.

«Ach, es ist nur Emilia. Warum bist du so nervös?»

«Hier kommt sie doch nie herein.»

«Heute aber schon!»

«Ich dachte schon, meine Ohren haben Halluzinationen», sagte Albinus. «Gestern zum Beispiel war ich mir absolut sicher, daß jemand barfuß den Flur entlangschlich.»

«Du drehst noch durch, wenn du dich nicht in acht nimmst», sagte Margot trocken.

Während Albinus seinen üblichen Mittagsschlaf hielt, ging sie nachmittags manchmal mit Rex spazieren. Sie holten die Briefe und Zeitungen vom Postamt oder stiegen zum Wasserfall hinauf, und einige Male gingen sie in ein Café in der weiter unten gelegenen hübschen Kleinstadt. Als sie einmal zurückkehrten und bereits den steilen Pfad zum Haus hinauf erreicht hatten, sagte Rex:

«Ich rate dir, nicht auf Heirat zu bestehen. Gerade weil er sie verlassen hat, wird seine Frau für ihn jetzt die edle, glasgemalte Heilige sein, befürchte ich. Er wird kein Interesse daran haben, dieses Kirchenfenster kaputtzumachen. Einfacher und besser wäre es, nach und nach an sein Vermögen heranzukommen.»

«Na, wir haben doch schon einen ganz schönen Teil davon eingesackt, nicht?»

«Du mußt ihn dazu kriegen, daß er seine Ländereien in Pommern und seine Bilder verkauft», fuhr Rex fort, «oder sonst eines seiner Häuser in Berlin. Mit etwas List und Tücke werden wir es schon schaffen. Im Augenblick tut's sein Scheckbuch noch ausgezeichnet. Er unterschreibt alles wie eine Maschine – aber sein Bankkonto wird bald versiegt sein. Wir müssen uns auch beeilen. Es wäre gut, ihn, sagen wir, diesen Winter zu verlassen; und bevor wir gehen, kaufen wir ihm noch einen Hund – als kleines Zeichen unserer Dankbarkeit.»

«Sprich nicht so laut», sagte Margot, «wir sind schon am Stein.»

Dieser Stein, der, groß und grau, von Wicken überwachsen war und wie ein Schaf aussah, markierte die Grenze zu dem Gebiet, auf dem es gefährlich war, überhaupt noch zu sprechen. So gingen sie schweigend weiter und waren nach einigen Minuten an der Gartenpforte. Margot lachte plötzlich und zeigte auf ein Eichhörnchen. Rex warf einen Stein nach dem Tier, aber verfehlte es.

«Mach es tot – sie richten in den Bäumen eine Menge Schaden an», sagte Margot leise.

«Wer richtet in den Bäumen eine Menge Schaden an?» fragte eine laute Stimme. Es war Albinus.

Er stand – leicht wippend – zwischen den Fliederbüschen auf einer kleinen Steinstufe, die vom Pfad auf den Rasen führte.

«Margot, mit wem sprichst du da unten?» fuhr er fort. Plötzlich stolperte er, ließ seinen Stock fallen und setzte sich schwer auf die Stufe.

«Wie kannst du allein so weit weggehen!» rief sie, packte ihn grob und half ihm aufzustehen. Ein paar kleine Kiesel klebten an seiner Hand; er spreizte die Finger und versuchte, wie ein Kind den Kies abzureiben.

«Ich wollte ein Eichhörnchen fangen», erklärte Margot und schob ihm den Stock in die Hand. «Was dachtest du denn, was ich da mache?»

«Ich habe mir eingebildet...», hob Albinus an.

247

«Wer ist da?» rief er scharf und verlor beinahe wieder das Gleichgewicht, als er sich in Rex' Richtung wendete, der vorsichtig über den Rasen ging.

«Da ist niemand», sagte Margot. «Ich bin allein. Warum bist du so außer dir?» Sie fühlte, wie sie die Geduld verlor.

«Führ mich zum Haus zurück», sagte er, beinahe in Tränen. «Hier sind zu viele Geräusche. Bäume, Wind, Eichhörnchen und Dinge, die ich nicht benennen kann. Ich weiß nicht, was um mich her geschieht... Es ist alles so laut.»

«Von nun an wirst du eingesperrt», sagte sie und zog ihn ins Haus.

Dann ging wie immer die Sonne hinter dem nahen Bergkamm unter. Wie immer saßen Margot und Rex nebeneinander auf dem Sofa und rauchten, und vier Schritte entfernt saß Albinus in seinem Ledersessel und starrte sie aus seinen milchigen blauen Augen unverwandt an. Auf seine Bitte erzählte Margot ihm von ihrer Kindheit. Sie tat es recht gern. Er ging früh zu Bett, stieg langsam die Treppe empor und tastete mit Zeh und Stock nach jeder Stufe.

Mitten in der Nacht wachte er auf und betastete das glaslose Zifferblatt eines Weckers, bis er die Stellung der Zeiger herausfand. Es war gegen halb zwei. Eine seltsame Unruhe hatte ihn befallen. Seit kurzem hatte etwas ihn davon abgehalten, sich auf jene ernsten und schönen Gedanken zu konzentrieren, die ihn allein vor den Schrecken seiner Blindheit zu bewahren vermochten.

Er lag da und dachte: ‹Was mag es sein? Elisabeth? Nein, sie ist weit weg. Sie ist irgendwo sehr weit dort unten. Ein lieber, blasser, kummervoller Schatten, den ich nie aufstören darf. Margot? Nein, dieses Bruder-Schwester-Verhältnis ist ja nur für den Augenblick. Was ist es dann?›

Ohne genau zu wissen, was er wollte, kroch er aus dem Bett und tastete sich zu Margots Tür (sein Zimmer hatte keinen anderen Ausgang). Sie schob nachts immer den Riegel vor, und so war er eingeschlossen.

‹Wie gescheit sie ist›, dachte er zärtlich und legte sein Ohr ans Schlüsselloch, in der Hoffnung, sie im Schlaf atmen zu hören. Aber er hörte nichts.

«Mäuschenstill», flüsterte er. «Wenn ich ihr doch nur über den Kopf streichen und dann gehen könnte. Vielleicht hat sie vergessen, die Tür zu verriegeln.»

Ohne große Hoffnung drückte er die Klinke. Nein, sie hatte es nicht vergessen.

Ihm fiel plötzlich ein, wie er in einer schwülen Sommernacht am Rhein als pickeliger Jüngling am Gesims eines Hauses entlang von seinem Zimmer in das des Dienstmädchens geklettert war (nur um zu entdecken, daß sie nicht allein schlief) – aber damals war er leicht und wendig gewesen; damals konnte er sehen.

‹Trotzdem, warum soll ich es nicht versuchen?› dachte er mit melancholischem Wagemut. ‹Und wenn ich wirklich falle und mir den Hals breche, was macht's?›

Er suchte sich zunächst seinen Stock, lehnte sich aus dem Fenster und tastete dann mit ihm links über das Gesims nach dem angrenzenden Fenster. Es war offen, und die Scheibe klirrte, als er mit dem Stock dagegen stieß.

‹Wie fest sie schläft!› dachte er. ‹Muß anstrengend sein, den ganzen Tag für mich zu sorgen.›

Als er den Stock zurückzog, hakte er irgendwo fest. Er entglitt seinem Griff und fiel mit leisem Aufschlag hinunter auf die Erde.

Albinus hielt sich am Fensterrahmen fest, kletterte hinaus auf das Fensterbrett, tappte links am Gesims entlang, während er sich an etwas festklammerte, das vermutlich die Regenrinne war, trat über ihr kaltes, eisernes Knie und umklammerte das Fenstersims des Nebenzimmers.

‹Wie einfach!› dachte er nicht ohne Stolz, und leise sagte er «Hallo, Margot», während er versuchte, durch das offene Fenster zu kriechen. Er glitt aus und fiel beinahe rückwärts in die Abstraktion eines Gartens. Sein Herz schlug heftig. Er schob sich über den Sims in das Zimmer, und ein schwerer Gegenstand, den er dabei umstieß, fiel laut zu Boden.

Er stand still. Sein Gesicht war schweißbedeckt. An der Hand fühlte er etwas Klebriges (es war Harz, gesickert aus dem Kiefernholz, aus dem das Haus gebaut war).

«Margot, Liebling», sagte er fröhlich. Stille. Er fand das Bett. Es war bedeckt mit einem Spitzenüberwurf – unberührt.

Albinus setzte sich darauf und dachte nach. Wenn das Bett aufgeschlagen und warm gewesen wäre, dann hätte er es nicht weiter rätselhaft gefunden, und sie wäre gleich zurückgewesen.

Nach wenigen Augenblicken ging er hinaus auf den Korridor (das Fehlen seines Stockes behinderte ihn sehr) und lauschte. Er bildete sich ein, daß er irgendwo ein leises, unterdrücktes Geräusch hörte – etwas zwischen einem Knarren und einem Rascheln. Es fing an, unheimlich zu werden. Er rief laut:

«Margot, wo bist du?»

Alles blieb still. Dann wurde eine Tür geöffnet.

«Margot, Margot», wiederholte er und tastete sich den Korridor entlang.

«Ja, ja, hier bin ich», antwortete ihre Stimme ruhig.

«Was ist passiert, Margot? Warum bist du nicht zu Bett gegangen?»

Sie stieß mit ihm in dem dunklen Gang zusammen, und als er sie berührte, fühlte er, daß sie nichts anhatte.

«Ich habe in der Sonne gelegen», sagte sie, «wie immer morgens.»

«Aber es ist jetzt Nacht», rief er und atmete schwer. «Ich verstehe das nicht. Irgend etwas stimmt da nicht. Ich weiß es, weil ich die Uhrzeiger gefühlt habe. Es ist halb zwei.»

«Blödsinn. Es ist halb sieben und ein herrlicher, sonniger Morgen. Deine Uhr muß falsch gehen. Du fühlst zu oft nach den Zeigern. Aber sag mal – wie bist du eigentlich aus deinem Zimmer gekommen?»

«Margot, ist es wirklich Morgen? Sagst du die Wahrheit?»

Sie drängte sich plötzlich an ihn, hob sich auf die Zehenspitzen und legte ihm die Arme um den Hals, wie sie es früher getan hatte.

«Obwohl es Tag ist», sagte sie leise, «wenn du willst, wenn du willst, Liebster... Als große Ausnahme...»

Sie hatte keine besondere Lust dazu, aber es war die

einzige Möglichkeit. Jetzt konnte Albinus nicht mehr wahrnehmen, daß die Luft noch kalt war und keine Vögel sangen, denn er fühlte nur eines – wilde, heiße Seligkeit, und danach fiel er in einen tiefen Schlaf und schlief bis zum Mittag. Als er aufwachte, schalt ihn Margot wegen seiner Kletterpartie, wurde noch wütender, als sie sein melancholisches Lächeln sah, und schlug ihm ins Gesicht.

Den ganzen Tag saß er im Wohnzimmer, dachte an seinen glücklichen Morgen und fragte sich, wie viele Tage vergehen würden, bis dieses Glück sich wiederholte. Plötzlich hörte er ganz deutlich, wie jemand zweiflerisch hüstelte. Margot konnte das nicht sein. Er wußte, sie war in der Küche.

«Wer ist da?» fragte er.

Aber niemand antwortete.

‹Wieder eine Halluzination!› dachte Albinus erschöpft, und mit einem Male begriff er, was ihn nachts so beunruhigt hatte – ja, ja, es waren diese seltsamen Geräusche, die er manchmal hörte.

«Sag mal, Margot», fragte er, als sie zurückkam, «ist außer Emilia niemand im Haus? Bist du ganz sicher?»

«Du Esel!» antwortete sie barsch.

Aber da sein Verdacht einmal erregt war, ließ er ihm keine Ruhe mehr. Er saß den ganzen Tag still da und lauschte düster.

Rex war darüber sehr belustigt, und obwohl Margot ihn dringend gebeten hatte, vorsichtiger zu sein, beachtete er ihre Warnung nicht. Als er einmal nur einen Schritt von Albinus entfernt stand, hob er sogar geschickt an wie eine Goldamsel zu flöten. Margot mußte erklären, daß der Vogel auf dem Fensterbrett saß und dort sang.

«Scheuch ihn weg!» sagte Albinus streng.

«Sch, sch», sagte Margot und legte ihre Hand auf Rex' fleischige Lippen.

«Weißt du», sagte Albinus ein paar Tage später. «Ich hätte mich gern einmal mit Emilia unterhalten. Ich mag ihre Puddings.»

«Kommt gar nicht in Frage», antwortete Margot. «Sie ist stocktaub und hat fürchterliche Angst vor dir.»

Albinus dachte einige Minuten intensiv nach.

«Unmöglich», sagte er langsam.

«Was ist unmöglich, Albert?»

«Ach, nichts», murmelte er, «nichts.»

«Weißt du, Margot», sagte er kurz darauf, «ich muß mich dringend wieder mal rasieren lassen. Laß den Haarschneider aus dem Dorf kommen.»

«Nicht nötig», sagte Margot. «Der Bart steht dir sehr gut.»

Albinus meinte zu hören, daß jemand – nicht Margot, aber jemand neben Margot – leise kicherte.

Kapitel 37

Die *Berliner Zeitung*, in der ein kurzer Bericht über den Unfall stand, wurde Paul von einem Mann in seinem Büro gezeigt, und er fuhr sofort nach Haus, da er befürchtete, Elisabeth könnte ihn auch gelesen haben. Sie hatte es nicht, obwohl seltsamerweise ein Exemplar derselben Zeitung (die sie gewöhnlich nicht lasen) im Haus war. Am gleichen Tag noch telegraphierte er an das Polizeikommissariat von Grasse und kam schließlich mit dem Arzt des Krankenhauses in Verbindung, der ihm antwortete, daß Albinus außer Gefahr, aber völlig erblindet sei. Sehr behutsam teilte er Elisabeth die Nachricht mit.

Auf Grund der einfachen Tatsache, daß er und sein Schwager dieselbe Bank hatten, erfuhr er dann Albinus' Adresse in der Schweiz. Der Filialleiter, ein alter Geschäftsfreund von ihm, zeigte ihm die Schecks, die mit einer gewissen hastigen Regelmäßigkeit von dort eingingen, und Paul war erstaunt über die Höhe der Beträge, die Albinus abhob. Die Unterschrift war in Ordnung, obwohl sehr zittrig in den Kurven und rührend nach unten abfallend, aber die Zahlen waren in einer anderen Handschrift geschrieben – einer kühnen, männlichen Handschrift mit einem flotten Querstrich

254

und einem triumphalen Schnörkel, und alles roch irgendwie nach Fälschung. Er überlegte, ob dieser seltsame Eindruck dadurch zustande kam, daß der Blinde unterschrieb, was ihm gesagt wurde, und nicht, was er sah. Seltsam waren auch die großen Summen, die er verlangte – als ob er oder irgend jemand anders in rasender Eile sei, so viel Geld wie möglich abzuheben. Und dann kam ein Scheck, der ungedeckt war.

‹Da ist irgendeine faule Sache im Gange›, dachte Paul, ‹ich hab es im Gefühl. Aber was genau?›

Er malte sich Albinus aus, allein mit seiner gefährlichen Geliebten, ihr auf Gnade oder Ungnade völlig ausgeliefert, im schwarzen Haus seiner Blindheit...

Einige Tage vergingen. Paul war schrecklich unbehaglich zumute. Es war nicht bloß die Tatsache, daß der Mann Schecks unterschrieb, die er nicht sehen konnte (schließlich war es sein Geld, das er bewußt oder unbewußt verschwenden konnte – Elisabeth brauchte es nicht, und es gab keine Irma mehr, an die gedacht werden mußte), sondern die Tatsache, daß er in der schlechten Welt, die er um sich her hatte wachsen lassen, so völlig hilflos war.

Als Paul eines Abends heimkam, traf er Elisabeth beim Packen eines Handkoffers an. Merkwürdigerweise sah sie glücklicher aus als je in den vielen Monaten zuvor.

«Was ist los?» fragte er. «Fährst du weg?»

«Nein, du», sagte sie ruhig.

Kapitel 38

Am Tag darauf reiste Paul in die Schweiz. In Brigaud nahm er ein Taxi, und in etwas mehr als einer Stunde erreichte er die kleine Stadt, oberhalb deren Albinus lebte. Paul hielt vor dem Postamt, eine sehr gesprächige junge Frau, die es leitete, erklärte ihm den Weg zur Villa und fügte hinzu, daß Albinus dort mit seiner Nichte und einem Arzt sei. Paul fuhr sofort weiter. Er wußte, wer die Nichte war. Aber die Anwesenheit eines Arztes überraschte ihn. Sie schien darauf hinzudeuten, daß Albinus besser versorgt war als vermutet.

‹Vielleicht bin ich doch ganz unnötigerweise hergekommen›, dachte Paul unbehaglich. ‹Er ist vielleicht ganz zufrieden. Aber da ich nun einmal hier bin... Jedenfalls spreche ich mal mit seinem Arzt. Armer Kerl, ein zerstörtes Leben... Wer hätte das gedacht...›

An diesem Morgen war Margot mit Emilia ins Dorf gegangen. Pauls Taxi bemerkte sie nicht; aber auf dem Postamt hörte sie, daß ein beleibter Herr gerade nach Albinus gefragt hatte und hinaufgefahren war, um ihn zu besuchen.

In diesem Augenblick saßen Albinus und Rex einander in dem kleinen Wohnzimmer gegenüber, in welches durch die zur Terrasse führende Glastür der Sonnenschein flutete. Rex saß auf einem Klappstuhl. Er war völlig nackt. Als Folge seines täglichen Sonnenbades war sein magerer, aber kräftiger Körper mit dem schwarzen Haar auf der Brust, das die Form eines Adlers mit gespreiteten Schwingen hatte, tief gebräunt. Zwischen seinen vollen roten Lippen einen langen Grashalm, die behaarten Beine übereinandergeschlagen und das Kinn in die Hand gestützt (etwa in der Pose von Rodins *Denker*), so starrte er Albinus an, der ihn seinerseits genauso intensiv anzustarren schien.

Der Blinde trug einen weiten, mausgrauen Morgenrock, und sein bärtiges Gesicht drückte qualvolle Spannung aus. Er lauschte – seit einiger Zeit tat er nichts anderes mehr. Rex wußte es und beobachtete, wie die Gedanken des Mannes sich auf seinem Gesicht widerspiegelten, ganz als wäre dies Gesicht zu einem einzigen großen Auge geworden, seit es sein wirkliches Augenpaar nicht mehr gab. Ein oder zwei kleine Tests mochten den Spaß noch weitertreiben: Er schlug sich leise aufs Knie, und Albinus, der gerade die Hand an seine gerunzelte Stirn gehoben hatte, verharrte unbeweglich mit aufgerichtetem Arm. Dann beugte sich Rex langsam vor und berührte Albinus' Stirn sehr sanft mit dem Rispenende des Grashalms, an dem er gerade gesaugt hatte. Albinus seufzte seltsam und scheuchte die eingebildete Fliege weg. Rex kitzelte seine Lippen, und wieder machte Albinus die gleiche hilflose Bewegung. Es war wirklich ein netter Spaß.

Plötzlich warf der Blinde den Kopf abrupt hoch. Rex wendete sich ebenfalls um, und durch die Glastür sah er einen beleibten Herrn mit karierter Mütze, dessen rotes

Gesicht er sofort wiedererkannte und der dort auf der Terrasse stand und erstaunt zusah.

Rex legte den Finger an die Lippen und bedeutete ihm durch ein Zeichen, daß er sofort bei ihm wäre. Aber der andere stieß die Tür auf und trat in das Zimmer.

«Natürlich kenne ich Sie. Sie heißen Rex», sagte Paul, holte tief Atem und starrte diesen nackten Mann an, der noch immer lächelte und den Finger an die Lippen hielt.

Albinus hatte sich inzwischen erhoben. Die rötliche Farbe seiner Narbe schien sich über die ganze Stirn ausgebreitet zu haben. Plötzlich begann er zu schreien und undeutlich zu stammeln, und erst nach und nach formten sich diese zerklüfteten Töne zu Worten.

«Paul, ich bin allein hier», rief er. «Paul, sag, daß ich hier allein bin. Dieser Mann ist in Amerika. Er ist nicht hier. Paul, ich flehe dich an. Ich bin völlig blind.»

«Schade, Sie haben alles verdorben», sagte Rex, lief dann hinaus und begann die Treppe hinaufzusteigen.

Paul griff sich den Blindenstock, holte Rex ein, der sich umdrehte und die Hände schützend hochhielt; und Paul, der gutmütige Paul, der nie im Leben ein lebendes Wesen geschlagen hatte, holte mächtig aus und traf Rex' Kopf mit einem fürchterlichen Hieb. Rex sprang zurück – das Gesicht noch immer zu einem Lächeln verzogen –, und plötzlich geschah etwas sehr Bemerkenswertes: Wie Adam nach dem Sündenfall, bedeckte Rex, an der weißen Wand niedergekauert und mit mattem Grinsen, seine Blöße mit der Hand.

Paul stürzte sich wieder auf ihn, aber der Mann wich aus und lief die Stufen hoch.

In diesem Augenblick fiel jemand Paul in den Rücken. Es war Albinus – der ihn umklammerte, wimmerte und einen marmornen Briefbeschwerer in der Hand hielt.

«Paul», stöhnte er, «Paul, mir ist alles klar. Gib mir meinen Mantel, schnell. Er hängt im Schrank dort.»

«Welchen – den gelben?» fragte Paul, nach Luft ringend.

Albinus fand in der Tasche sofort, was er suchte, und hörte auf zu greinen.

«Ich bringe dich sofort von hier weg», keuchte Paul. «Zieh deinen Morgenrock aus und diesen Mantel an. Gib mir den Briefbeschwerer. Komm. Ich helfe dir... Da, nimm meine Mütze. Es macht nichts, daß du nur Hausschuhe anhast. Bloß weg von hier, bloß weg, Albert. Ich habe ein Taxi unten. Zuallererst mußt du aus dieser Folterkammer heraus.»

«Warte einen Augenblick», sagte Albinus. «Erst muß ich noch mit ihr sprechen. Sie ist gleich zurück. Ich muß, Paul. Es dauert nicht lange.»

Aber Paul schob ihn in den Garten hinaus, rief und winkte dann dem Chauffeur.

«Ich muß mit ihr sprechen», wiederholte Albinus. «Ganz nahe. Um Gottes willen, Paul, sag mir, ist sie vielleicht schon da? Vielleicht ist sie zurückgekommen?»

«Nein, beruhige dich. Wir müssen gehen. Hier ist niemand. Nur dieser nackte Lump, der aus dem Fenster sieht. Komm, Albert, komm!»

259

«Ja, gehen wir», sagte Albinus, «aber du mußt mir sagen, wenn du sie siehst. Vielleicht treffen wir sie unterwegs. Dann muß ich mit ihr sprechen. Ganz dicht, ganz dicht.»

Sie gingen den Pfad hinunter, aber nach wenigen Schritten breitete Albinus plötzlich die Arme aus und fiel ohnmächtig zurück. Der Taxifahrer eilte hinzu, und zusammen trugen sie Albinus in den Wagen. Ein Hausschuh blieb auf dem Pfad liegen.

Im gleichen Augenblick fuhr eine Droschke vor, und Margot sprang heraus. Sie rannte auf das Taxi zu und schrie etwas, aber der Wagen wendete bereits auf der Straße; er überfuhr sie fast beim Zurücksetzen, schoß dann vorwärts und verschwand in der Kurve.

Kapitel 39

Am Dienstag erhielt Elisabeth ein Telegramm, und Mittwochabend gegen acht hörte sie Pauls Stimme auf dem Flur und das Tapp-tapp eines Stockes. Die Tür ging auf, und Paul führte ihren Mann herein.

Er war glattrasiert; trug eine dunkle Brille; auf seiner blassen Stirn war eine Narbe. Der ungewohnte rotbraune Anzug (eine Farbe, die er nie selbst gewählt hätte) schien ihm zu groß zu sein.

«Hier ist er», sagte Paul ruhig.

Elisabeth begann zu schluchzen und preßte das Taschentuch an den Mund. Albinus verbeugte sich wortlos in Richtung auf das unterdrückte Schluchzen.

«Komm mit, wir wollen uns die Hände waschen», sagte Paul, während er ihn langsam durch den Raum führte.

Dann saßen sie zu dritt im Speisezimmer und aßen Abendbrot. Elisabeth konnte sich nur schwer daran gewöhnen, ihren Mann anzuschauen. Es war ihr, als ob er ihren Blick spürte. Der melancholische Ernst seiner langsamen Bewegungen erfüllte sie mit einer ruhigen Ekstase von Mitleid. Paul sprach zu ihm wie zu einem Kind und zerteilte den Schinken auf seinem Teller in kleine Stücke.

Man gab ihm Irmas früheres Kinderzimmer. Elisabeth war überrascht, daß es ihr so leicht fiel, den geheiligten Schlummer jenes kleinen Raumes um dieses fremden, großen, schweigenden Bewohners willen zu stören; all seine Möbel umzustellen und auszuwechseln, um sie den Bedürfnissen des Blinden anzupassen.

Albinus sprach nicht. Zuerst freilich – als sie noch in der Schweiz waren – hatte er Paul mit gereizter Hartnäckigkeit gebeten, Margot kommen zu lassen; er hatte geschworen, daß diese letzte Begegnung nur einen Augenblick dauern würde. (Und wirklich, würde es viel Zeit in Anspruch nehmen, in die gewohnte Dunkelheit zu fassen, sie festzuhalten, ihr den Lauf des Revolvers an den Brustkorb zu rammen und sie mit Kugeln vollzupumpen?) Paul hatte sich halsstarrig geweigert, seiner Bitte nachzukommen, und danach hatte Albinus nichts mehr gesagt. Schweigend fuhr er mit nach Berlin, schweigend kam er an, und er schwieg auch während der nächsten drei Tage, so daß Elisabeth seine Stimme nie mehr zu hören bekam (mit einer Ausnahme vielleicht); er hätte ebensogut stumm sein können wie blind.

Der schwere schwarze Gegenstand, die Schatzkammer der sieben komprimierten Tode, ruhte in ein seidenes Halstuch gewickelt in den Tiefen seiner Manteltasche. Bei der Ankunft gelang es ihm dann, ihn in eine Kommode neben sein Bett zu schmuggeln. Er trug den Schlüssel in seiner Westentasche und legte ihn nachts unter das Kopfkissen. Ein- oder zweimal bemerkten sie, wie er etwas in seiner Hand befühlte und umklammerte, aber es wurden keine Bemerkungen darüber

gemacht. Die Berührung dieses Schlüssels in seinem
Handteller, sein leichtes Gewicht in der Tasche schien
ihm eine Art von Sesam zu sein, das eines Tages – dessen war er sicher – die Tür seiner Blindheit öffnen
würde.

Und noch immer sprach er kein Wort. Elisabeths Gegenwart, ihr leichter Schritt, ihr Flüstern (sie unterhielt
sich mit den Dienstmädchen und mit Paul jetzt stets im
Flüsterton, als herrsche im Haus eine schwere Krankheit) waren genauso blaß und schattenhaft wie seine
Erinnerung an sie: eine fast lautlose Erinnerung, die
matt hin und her trieb und einen schwachen Eau-de-
Cologne-Duft hinterließ – das war alles. Das wirkliche
Leben, das grausam, geschmeidig und stark war wie
eine Anakonda und das er ohne Verzug zu töten begehrte, war irgendwo anders – aber wo? Er wußte es
nicht. Mit außerordentlicher Deutlichkeit sah er Margot und Rex – beide flink und wachsam, mit schrecklichen, leuchtenden Glotzaugen und langen, biegsamen
Gliedern – nach seiner Abfahrt die Koffer packen; Margot schmiegte sich an Rex und liebkoste ihn zwischen
den offenen Gepäckstücken, und dann entschwanden
beide – aber wohin, wohin? Nicht ein Licht in der Dunkelheit. Doch ihr gewundener Pfad brannte in ihm wie
die Spur, die ein widerliches Kriechtier auf der Haut
zurückläßt.

Drei schweigende Tage vergingen. Am vierten, frühmorgens, war Albinus zufällig allein. Paul war gerade
zur Polizei gegangen (es gab gewisse Dinge, die er klä-
ren wollte), das Mädchen war in einem Hinterzimmer,
und Elisabeth, die die ganze Nacht nicht geschlafen

hatte, war noch nicht auf. Albinus wanderte in ruhelo-
ser Qual umher, betastete die Möbel und die Türen.
Seit geraumer Zeit läutete das Telephon im Arbeitszimmer, und das erinnerte ihn, daß er sich auf diese
Weise möglicherweise gewisse Auskünfte beschaffen
konnte: Irgend jemand würde ihm vielleicht verraten,
ob der Zeichner Rex wieder in Berlin sei. Aber er
konnte sich auf keine einzige Telephonnummer besinnen, und er wußte überdies, daß er nicht imstande sein
würde, jenen Namen auszusprechen, trotz seiner
Kürze. Das Läuten wurde immer dringlicher. Albinus
fand zum Tisch, nahm den unsichtbaren Hörer ab...

Eine Stimme, die ihm bekannt vorkam, fragte nach
Herrn Hochenwart – das heißt, nach Paul.

«Er ist nicht da», antwortete Albinus.

Die Stimme zögerte und rief dann plötzlich munter:
«Nanu, sind Sie es, Herr Albinus?»

«Ja. Und wer sind Sie?»

«Schiffermüller. Ich habe gerade bei Herrn Hochen-
warts Büro angerufen, aber er war noch nicht da. Deshalb dachte ich, ich könnte ihn hier erreichen. Was für
ein Glück, daß ich Sie bekommen habe, Herr Albinus!»

«Worum handelt es sich?» fragte Albinus.

«Nun, wahrscheinlich ist es ganz in Ordnung, aber
ich hielt es für meine Pflicht, mich zu vergewissern. Sehen Sie, Fräulein Peters ist gerade gekommen, um ein
paar Sachen abzuholen, und... nun... Ich habe sie in
Ihre Wohnung gelassen, aber ich weiß nicht recht...
Deshalb dachte ich, es ist besser...»

«Geht in Ordnung», sagte Albinus und bewegte mit

Anstrengung seine Lippen (sie waren gefühllos wie von Kokain).

«Was haben Sie gesagt, Herr Albinus?»

Albinus gab sich große Mühe, seine Stimme in die Gewalt zu bekommen: «Geht in Ordnung», wiederholte er deutlich und legte mit zitternder Hand auf.

Er stolperte zurück in sein Zimmer, schloß die geheiligte Kommode auf, ging dann tastend auf den Flur und versuchte, Hut und Stock zu finden. Aber das dauerte zu lange, und er gab es auf. Vorsichtig tappte und schlurfte er die Treppen hinunter, hielt dabei das Geländer umklammert und murmelte fieberhaft in sich hinein. Dann stand er auch schon auf der Straße. Etwas Kaltes und Kitzelndes tropfte auf seine Stirn: Regen. Er hielt sich am Eisenzaun des Vorgartens fest und flehte verzweifelt den Laut einer Taxihupe herbei. Bald hörte er feuchtes, gemächliches Reifensurren. Er rief, aber das Geräusch verschwand achtlos.

«Darf ich Ihnen hinüberhelfen?» fragte eine freundliche, junge Stimme.

«Um Himmels willen, besorgen Sie mir ein Taxi», bettelte Albinus.

Wieder hörte er das Geräusch von näher kommenden Reifen. Jemand half ihm in den Wagen und schlug die Tür zu. (Im vierten Stock ging ein Fenster auf, aber es war zu spät.)

«Geradeaus, geradeaus», sagte Albinus leise, und sobald das Taxi sich in Bewegung gesetzt hatte, klopfte er mit dem Finger an die Scheibe und nannte die Adresse.

‹Ich zähle die Kurven›, dachte Albinus. ‹Die erste – das muß die Motzstraße sein.› Von links hörte er das schrille Klingeln einer Elektrischen. Albinus fuhr mit der Hand über den Sitz, die Trennwand und den Boden, plötzlich beunruhigt von dem Gedanken, jemand könnte neben ihm sitzen. Wieder eine Kurve. Das mußte der Viktoria-Luise-Platz sein oder der Prager Platz. Gleich würden sie zur Kaiserallee kommen.

Das Taxi hielt. Bin ich schon da? Es kann nicht sein. Es ist nur eine Kreuzung. Es sind bestimmt noch fünf Minuten... Aber die Tür ging auf.

«Das ist Nummer sechsundfünfzig», sagte der Taxifahrer.

Albinus stieg aus. In der Luft vor ihm erhob sich frohgemut eine vollständige Ausgabe der Stimme, die er gerade am Telephon gehört hatte. Schiffermüller, der Hauswart, sagte:

«Freue mich, Sie wiederzusehen, Herr Albinus. Die junge Dame ist oben in Ihrer Wohnung. Sie...»

«Psst, psst», flüsterte Albinus, «bezahlen Sie bitte das Taxi. Meine Augen sind...»

Sein Knie stieß gegen etwas, das wackelte und klingelte – wahrscheinlich ein Kinderfahrrad auf dem Bürgersteig.

«Führen Sie mich ins Haus», sagte er. «Geben Sie mir den Schlüssel zu meiner Wohnung. Schnell, bitte. Und nun bringen Sie mich zum Fahrstuhl. Nein, nein, Sie können unten bleiben. Ich fahre allein hinauf. Ich drücke selbst den Knopf.»

Der Fahrstuhl gab einen tiefen, stöhnenden Laut von sich, und er fühlte einen leichten Schwindel. Dann schien der Boden gegen die Sohlen seiner Filzpantoffeln zu stoßen. Er war da.

Er trat aus dem Fahrstuhl, machte ein paar Schritte und setzte einen Fuß in einen Abgrund – nein, es war nichts, nur die Stufe, die hinunterführte. Er mußte einen Augenblick innehalten, er zitterte so.

«Es ist rechts, weiter rechts», flüsterte er, und mit vorgestreckter Hand ging er über den Treppenabsatz. Schließlich fand er das Schlüsselloch, steckte den Schlüssel hinein und drehte ihn um.

Ah, da war es, das Geräusch, nach dem er sich tagelang gesehnt hatte – gleich links, in dem kleinen Wohnzimmer... ein Rascheln von Packpapier und dann ein leises Knacken, wie von den Gelenken eines Menschen, der sich niederhockt.

«Ich brauche Sie in einer Minute, Herr Schiffermüller», sagte Margots angespannte Stimme. «Sie müssen mir helfen, dieses Dings zu tragen...»

Die Stimme brach ab.

‹Sie hat mich gesehen›, dachte Albinus und zog die Pistole aus der Tasche.

Von links aus dem Wohnzimmer hörte er das Klicken eines Handkoffers, der geschlossen wird. Margot stieß ein kurzes, befriedigtes Grunzen aus – das Schloß war doch noch zugegangen – und fuhr im Singsangton fort:

«...dies Dings hinunterzutragen. Oder vielleicht könnten Sie, bitte...»

Bei dem Wort «bitte» schien ihre Stimme sich umzuwenden, und plötzlich verstummte sie.

Albinus hielt die Pistole schußbereit in der Rechten, während er mit der Linken den Pfosten der offenen Tür fühlte, eintrat, die Tür hinter sich zuwarf und sich mit dem Rücken dagegenstellte.

Alles war still. Aber er wußte, er war mit Margot allein im Zimmer, und dieses Zimmer hatte nur einen Ausgang – den einen, den er versperrte. Er sah den Raum deutlich vor sich, fast so, als hätte er noch sein Augenlicht; links das gestreifte Sofa, an der rechten Wand ein kleiner Tisch mit der Porzellanfigur einer Ballerina; in der Ecke am Fenster die Vitrine mit den kostbaren Miniaturen; in der Mitte noch ein Tisch, sehr blank und glatt.

Albinus streckte die Faust vor, und bemüht, ein Geräusch auszulösen, das ihre genaue Position verraten würde, bewegte er die Waffe langsam hin und her. Er spürte, daß sie irgendwo in der Nähe der Miniaturen war; aus dieser Richtung nahm er einen leichten Hauch von Wärme wahr, vermischt mit einem Parfum, das «*L'heure bleue*» hieß; in dieser Ecke zitterte etwas wie die Luft über dem Sand an einem sehr heißen Tag an der See. Er engte den Winkel ein, den er mit seiner Hand beschrieb, und plötzlich hörte er ein leichtes Rascheln. Schießen? Nein, noch nicht. Er mußte viel dichter an sie herankommen. Er stieß gegen den Tisch in der Mitte und blieb stehen. Er fühlte, daß Margot zur Seite schlich, aber sein eigener Körper, obwohl ziemlich leise, machte so viel Geräusch, daß er sie nicht hören konnte. Ja, jetzt war sie weiter links, nahe am Fenster. Wenn sie den Kopf verlöre und anfinge, es zu öffnen und zu schreien, das wäre großartig – er hätte ein herrliches Ziel. Was aber, wenn sie hinter ihm um den Tisch schlüpfte, während er vorwärts ging? ‹Besser die Tür abschließen›, dachte er. Nein, es war kein Schlüssel da (Türen waren immer gegen ihn gewesen). Er ergriff die

268

Kante des Tisches mit einer Hand und zog ihn, zurücktretend, zur Tür, um ihn hinter sich zu haben. Wieder
kam die Wärme, die er spürte, aus einer anderen Richtung, nahm ab, verlor sich. Nachdem er den Ausgang
versperrt hatte, fühlte er sich freier, und wieder spürte
er mit dem Lauf der Pistole in der Dunkelheit ein lebendes, zitterndes Etwas auf.

Nun ging er so leise wie möglich näher, um jeden
Laut hören zu können. Blindekuh, Blindekuh... in
einem Landhaus an einem Winterabend vor langer, langer Zeit. Er stolperte gegen etwas Hartes und betastete
es mit einer Hand, ohne auch nur einen Augenblick
lang die Schnur zu lockern, die er straff über den Raum
gespannt hielt. Es war ein kleiner Reisekoffer. Er stieß
ihn mit dem Knie beiseite und ging weiter, die unsichtbare Beute vor sich her in eine imaginäre Ecke treibend.
Ihr Schweigen irritierte ihn zuerst; aber jetzt konnte er
sie ganz deutlich wahrnehmen. Es war nicht ihr Atmen,
nicht ihr Herzschlag, sondern mehr ein allgemeiner
Eindruck: die Stimme ihres Lebens selbst, welchem er
im nächsten Moment ein Ende machen würde. Und
dann – Friede, Ruhe, Licht.

Plötzlich spürte er, wie die Spannung in der Ecke vor
ihm nachließ. Er schwenkte die Pistole und zwang ihre
warme Anwesenheit wieder zurück. Sie schien sich,
diese Anwesenheit, ganz plötzlich zu krümmen wie
eine Flamme im Luftzug; dann kroch sie, streckte
sich... kam an seine Beine. Albinus konnte sich nicht
länger beherrschen; mit einem wilden Stöhnen drückte
er den Abzug.

Der Schuß zerriß die Dunkelheit, und gleich darauf

schlug etwas an seine Knie, warf ihn zu Boden, und für eine Sekunde war er in einen Stuhl verwickelt, der nach ihm geschleudert worden war. Beim Fallen verlor er die Pistole, fand sie aber sofort wieder. Gleichzeitig spürte er ein schnelles Atmen, ein Geruch von Parfum und Schweiß schlug ihm in die Nase, und eine kalte, flinke Hand versuchte, die Waffe seinem Griff zu entreißen. Albinus packte etwas Lebendes, etwas, das einen schrecklichen Schrei ausstieß, als würde ein Alptraumgeschöpf von seinem Alptraumgefährten gekitzelt. Die Hand, die er umklammert hielt, entwand ihm die Pistole, und er fühlte, wie der Lauf sich in ihn hineinbohrte; und zusammen mit einer schwachen Detonation, die meilenweit entfernt schien, in einer anderen Welt, traf ihn ein Stich in die Seite, der seine Augen mit blendendem Glanz füllte.

‹Das ist also alles›, dachte er sanft, als ob er im Bett läge. ‹Ich muß mich eine kleine Weile still verhalten und dann sehr langsam jenen hellen Schmerzensstrand entlanggehen, auf jene blaue, blaue Welle zu. Welche Seligkeit in der Bläue beschlossen ist. Ich habe nie gewußt, wie blau die Bläue sein kann. Was für ein Drunter und Drüber das Leben gewesen ist. Nun weiß ich alles. Sie kommt, kommt, kommt, um mich zu ertränken. Da ist sie. Wie es schmerzt. Ich bekomme keine Luft mehr...›

Er saß mit gesenktem Kopf auf dem Boden, kippte dann langsam nach vorn und fiel auf die Seite wie eine große, weiche Puppe.

Regieanweisung für die letzte stumme Szene: Tür – weit offen. Tisch – von der Tür fortgeschleudert. Tep-

pich – in einer erstarrten Welle am Fuß des Tisches aus-
gebaucht. Stuhl – liegt dicht bei männlicher Leiche in
rotbraunem Anzug und Filzpantoffeln. Revolver nicht
sichtbar. Liegt unter ihm. Vitrine, in der die Miniaturen gewesen waren – leer. Auf dem anderen (kleinen)
Tisch, auf dem vor Ewigkeiten eine Porzellanballerina
stand (die später in ein anderes Zimmer geschafft
wurde) liegt ein Damenhandschuh, außen schwarz,
innen weiß. Neben dem gestreiften Sofa steht ein
schmucker kleiner Reisekoffer, auf dem noch ein buntes
Etikett klebt: «Rouginard, Hôtel Britannia».

Die Tür vom Flur zum Treppenhaus steht ebenfalls
weit offen.

Verzweiflung

Roman

Deutsch von
Klaus Birkenhauer

Für Véra

Kapitel 1

Wenn ich meines schriftstellerischen Vermögens und meiner erstaunlichen Fähigkeit, Vorstellungen mit höchster Anmut und Lebendigkeit auszudrücken, nicht völlig sicher wäre... So etwa wollte ich eigentlich meine Geschichte beginnen. Weiter hätte ich die Aufmerksamkeit des Lesers auf die Tatsache gelenkt, daß ich ohne dieses Vermögen, diese Fähigkeit und so weiter nicht nur davon abgesehen hätte, gewisse noch nicht lange zurückliegende Ereignisse zu schildern, sondern dann gar nichts zu schildern gewesen wäre, denn, geneigter Leser, es hätte sich ja überhaupt nichts ereignet. Närrisch vielleicht, aber zumindest klar. Allein die Gabe, die Schliche des Lebens zu durchschauen, eine angeborene Bereitschaft, meine Schöpferkräfte unablässig zu erproben, konnten mich instand setzen... An diesem Punkt wollte ich den Sünder wider die Gesetze, die so viel Aufhebens machen um ein bißchen vergossenes Blut, mit einem Dichter oder Schauspieler vergleichen. Aber wie mein armer linkshändiger Freund zu sagen pflegte: Das philosophische Spekulieren ist eine Erfindung der Reichen. Nieder damit.

Es mag so aussehen, als wüßte ich nicht, wie ich beginnen soll. Ein komischer Anblick, dieser ältere Herr,

der mit wabbelnden Hamsterbacken vorbeigekeucht
kommt, in kühnem Sturm auf den letzten Bus, den er
schließlich einholt; aber er fürchtet sich, im Fahren auf-
zuspringen, und bleibt mit einem Schafslächeln zurück, immer noch in Trab. Habe ich wirklich nicht den
Mut, diesen Sprung zu tun? Ein Aufdröhnen, die Geschwindigkeit wächst, gleich wird er unwiderruflich
um die Ecke verschwinden, der Bus, der Omnibus, der
mächtige Solemnibus meiner Geschichte. Recht
schwergewichtige Metaphorik das. Ich renne immer
noch.

Mein Vater war ein russischsprachiger Deutscher
aus Reval, wo er eine berühmte landwirtschaftliche
Hochschule besuchte. Meine Mutter, eine reinblütige
Russin, entstammte einem alten Fürstengeschlecht. An
heißen Sommertagen ruhte sie gewöhnlich in ihrem
Schaukelstuhl, eine leidende Dame in lila Seide, fä-
cherte sich Kühlung zu, knabberte Schokolade; alle
Rouleaus waren herabgelassen, und der Wind von
einem frisch gemähten Feld blähte sie wie purpurne Se-
gel.

Während des Krieges wurde ich als deutscher Staatsbürger interniert... ein ziemliches Pech, wenn man bedenkt, daß ich gerade erst die Universität von St. Petersburg bezogen hatte. Von Ende 1914 bis Mitte 1919
las ich genau eintausendundachtzehn Bücher... habe
sie gezählt. Auf dem Weg nach Deutschland blieb ich
drei Monate in Moskau hängen und heiratete dort. Seit
1920 lebte ich in Berlin. Am 9. Mai 1930, ich war gerade
fünfunddreißig Jahre alt...

Eine kleine Abschweifung: die Sache mit meiner

Mutter – das war eine bewußte Lüge. In Wirklichkeit war sie eine Frau aus dem Volke, einfach und derb, schlampig mit einem Kittel bekleidet, der locker um ihre Hüften hing. Ich hätte es natürlich durchstreichen können, aber ich lasse es mit Absicht stehen – als Beispiel für einen meiner wesentlichen Charakterzüge: meine leichtherzige, einfallsreiche Lügenhaftigkeit.

Also, wie ich gerade sagte: Am 9. Mai 1930 befand ich mich auf einer Geschäftsreise in Prag. Ich war in der Schokoladenbranche. Schokolade ist eine gute Sache. Manche jungen Dämchen mögen nur Zartbitter... verwöhnte kleine Zierpuppen. (Ich weiß nicht recht, weshalb ich in diesem Ton schreibe.)

Meine Hände zittern, ich möchte kreischen oder irgend etwas mit einem Knall zerschmettern... Diese Stimmung dürfte der ungestörten Entfaltung einer ruhig fließenden Geschichte kaum förderlich sein. Mein Herz sticht, scheußliches Gefühl. Ruhig jetzt, nicht den Kopf verlieren. Sonst komme ich nicht voran. Ganz ruhig. Schokolade wird, wie jeder weiß... (Der Leser möge sich hier eine Beschreibung ihrer Fabrikation vorstellen.) Unser Warenzeichen auf der Verpackung zeigte eine Dame in Lila, mit einem Fächer. Wir drängten gerade eine ausländische Firma, die vor dem Bankrott stand, ihre Produktion mit der unserigen zusammenzulegen, um gemeinsam die Tschechoslowakei zu versorgen, und aus diesem Grunde war ich in Prag. Am Morgen des 9. Mai verließ ich mein Hotel und fuhr mit einem Taxi nach... Stumpfsinnige Arbeit, all dies wiederzuerzählen. Langweilt mich zu Tode. Aber wie heftig ich auch danach verlange, schnell zum springenden

Punkt vorzudringen – ein paar einführende Erläuterungen scheinen unerläßlich. Bringen wir sie hinter uns: Die Geschäftsstelle der Firma, so zeigte sich, lag ganz am Rande der Stadt, und den Mann, den ich sprechen wollte, traf ich nicht an. Man sagte mir, er werde in ungefähr einer Stunde zurück...

Ich glaube, ich sollte den Leser wissen lassen, daß gerade eine lange Pause verstrichen ist. Die Sonne hatte Zeit, unterzugehen, und auf ihrem Weg hinab färbte sie die Wolken über dem Pyrenäenberg, der mich so an den Fujiyama erinnert, blutrot. Ich saß in seltsamer Erschöpfung da, horchte auf das Brausen und Krachen des Windes, kritzelte Nasen auf den Rand des Blattes, sank in einen unruhigen Schlummer und schreckte dann plötzlich hoch, am ganzen Körper zitternd. Und wieder wallte in mir jenes stechende Gefühl auf, jenes unerträgliche Beben... und mein Wille lag schlaff darnieder in einer leeren Welt... Es kostete mich große Anstrengung, das Licht einzuschalten und eine neue Feder in den Halter zu stecken. Die alte war abgewetzt und verbogen und sieht jetzt aus wie der Schnabel eines Raubvogels. Nein, dies sind keine Schöpferqualen... sondern etwas ganz anderes.

Also, wie ich gerade sagte: Der Mann war nicht da, in einer Stunde sollte er zurück sein. Da ich nichts Besseres zu tun hatte, machte ich einen kleinen Spaziergang. Es war ein flotter, frischer, blauscheckiger Tag; der Wind, ein entfernter Verwandter des hiesigen, strich flügelschlagend durch die schmalen Straßen; von Zeit zu Zeit ließ eine Wolke die Sonne verschwinden und wieder auftauchen, wie ein Zauberkünstler die Münze

in seiner Hand. Die Parkanlage, wo Invaliden in Roll-
stühlen herumkurbelten, war ein stürmisches Meer wo-
gender Fliederbüsche. Ich sah mir Ladenschilder an,
fand hier und da ein Wort, in dem sich eine mir vertraute slawische Wurzel verbarg, doch überwuchert
von einer unvertrauten Bedeutung. Ich trug neue gelbe
Handschuhe und schlenkerte mit den Armen, während
ich ziellos weiterbummelte. Dann plötzlich brach die
Häuserzeile ab und gab eine weite, offene Fläche frei,
die auf den ersten Blick sehr ländlich und anziehend
wirkte.

Nachdem ich an Kasernengebäuden vorbeigekommen war, vor denen ein Soldat einen Schimmel bewegte, ging ich auf weicher, klebriger Erde; Löwen-
zahn zitterte im Wind, und ein Schuh mit einem Loch
briet unter einem Zaun in der Sonne. Etwas weiter
strebte eine Anhöhe stolz und steil zum Himmel auf.
Beschloß, sie zu erklimmen. Das stolze Streben erwies
sich als Täuschung. Zwischen verkümmerten Buchen
und Holunderbüschen führte ein Zickzackweg, in den
man Stufen geschlagen hatte, immer höher. Zunächst
hoffte ich, gleich nach der nächsten Wendung des Weges zu einem Plätzchen von wilder und wundersamer
Schönheit zu gelangen, aber es kam und kam nicht.
Diese eintönige Vegetation konnte mich nicht befriedigen. Die Büsche wuchsen in unregelmäßigen Abstän-
den aus einem kahlen Boden, der von Papierfetzen,
Lumpen und zerdrückten Blechdosen übersät war.
Man konnte die Stufen des Pfades nicht verlassen, denn
er grub sich sehr tief in den Hang hinein, und beider-
seits drängten Baumwurzeln und die Gerippe von fau-

lendem Moos aus seinen Erdwänden, wie die zerbrochenen Sprungfedern altersschwacher Möbel in einem Haus, in dem ein Verrückter eines furchtbaren Todes starb. Als ich endlich die Höhe erreichte, fand ich dort ein paar schiefe Hütten, eine Wäscheleine und daran ein paar Hosen, die der Wind zu trügerischem Leben blähte.

Ich stützte die Ellbogen auf das knorrige Holzgeländer, schaute hinab und erblickte, weit unter mir und in einen leichten Dunstschleier gehüllt, Prag; flimmernde Dächer, rauchende Kamine, die Kasernengebäude, an denen ich gerade vorbeigekommen war, und einen winzigen Schimmel.

In der Absicht, auf einem anderen Weg hinabzusteigen, schlug ich die Straße ein, die ich hinter den Hütten entdeckte. Das einzig Schöne in dieser Landschaft war die Kuppel eines Gasometers auf einem Hügel: Gesund und rund vor blauem Himmel, sah er aus wie ein riesiger Fußball. Ich verließ die Straße und machte mich abermals ans Klettern, diesmal einen dünn mit Gras bewachsenen Hang hinauf. Trostloses Ödland. Das Rattern eines Lastwagens drang von der Straße herauf, ein Handkarren kam in entgegengesetzter Richtung vorbei, dann ein Radfahrer, dann, scheußlich regenbogenfarben, der Lieferwagen einer Anstreicherfirma. Im Spektrum dieser Halunken lag das grüne Band unmittelbar neben dem roten.

Eine Zeitlang blieb ich stehen und blickte den Hang hinunter auf die Straße; dann wandte ich mich ab, ging weiter, entdeckte einen kaum sichtbaren Pfad, der zwischen zwei kahlen Buckeln hindurchführte, und kurze

Zeit später sah ich mich nach einem Rastplatz um. In einiger Entfernung, unter einem Dornbusch, lag ein Mann flach auf dem Rücken, die Mütze im Gesicht. Ich war im Begriff vorbeizugehen, aber irgend etwas an seiner Haltung zog mich in einen seltsamen Bann: die betonte Unbeweglichkeit, die Leblosigkeit der weit gespreizten Beine, die Steifheit des halb angewinkelten Arms. Er trug eine dunkle Jacke und eine abgewetzte Kordhose.

«Unsinn», sagte ich mir. «Er schläft. Er schläft ganz einfach. Kein Grund, ihn zu stören.» Doch nichtsdestoweniger trat ich näher und schnellte mit der Spitze meines eleganten Schuhs die Mütze von seinem Gesicht.

Einen Tusch bitte! Oder besser noch: jenen Trommelwirbel, der ein atemraubendes Akrobatenkunststück begleitet. Unglaublich! Ich zweifelte an der Wirklichkeit dessen, was ich vor mir sah, ich zweifelte an meinem gesunden Verstand, fühlte mich übel und matt – ehrlich, ich mußte mich hinsetzen, sosehr zitterten mir die Knie.

Nun, wenn jemand anders an meiner Stelle gewesen wäre und hätte dasselbe gesehen wie ich, er wäre vielleicht in schallendes Gelächter ausgebrochen. Ich dagegen war zu benommen von dem hier mitschwingenden Geheimnis. Während ich hinschaute, schien alles in mir seinen Halt zu verlieren und zehn Stockwerke tief hinabzustürzen. Ich starrte auf ein Wunder. Seine Vollkommenheit, ohne jeglichen Grund oder Zweck, erfüllte mich mit sonderbarer Ehrfurcht.

An diesem Punkt, da ich beim Wesentlichen ange-

kommen bin und der Feuerbrand dieser Neugier gelöscht ist, schickt es sich vermutlich, daß ich meiner
Prosa das Kommando «Rühren» entbiete, ruhig meine
Schritte zurückverfolge und versuche, meine genaue
Stimmung an jenem Morgen zu kennzeichnen und den
Weg zu beschreiben, den meine Gedanken wanderten,
als ich den Vertreter der Firma nicht angetroffen hatte
und jenen Spaziergang machte, jene Anhöhe erklomm
und hinüberstarrte auf die rote Rundheit jenes Gasometers vor dem blauen Hintergrund eines windigen Mai-
tages. Diese Angelegenheit muß unbedingt geklärt werden. Betrachten Sie mich deshalb noch einmal vor der
Begegnung, als ich, mit hellen Handschuhen, aber
ohne Hut, ziellos umherschlenderte. Was ging da in
meinem Kopf vor? Überhaupt nichts, merkwürdigerweise. Ich war absolut leer wie ein durchscheinendes
Gefäß, das dazu verdammt ist, noch unbekannte In-
halte aufzunehmen. Anflüge von Gedanken über das
Geschäft, das ich abschließen wollte, über den Wagen,
den ich kürzlich gekauft hatte, über diese oder jene Eigenart der mich umgebenden Landschaft umspielten
sozusagen die Außenseite meines Verstandes, und
wenn überhaupt etwas in der weiten Wildnis meines
Innern widerhallte, dann lediglich das unklare Gefühl
irgendeiner Kraft, die mich vorantrieb.

Ein kluger Lette, mit dem ich 1919 in Moskau Umgang pflegte, sagte mir einmal, jene Wolken der Düsternis, die gelegentlich ohne jeden Grund über mich kämen, seien ein sicheres Vorzeichen, daß ich einmal im
Irrenhaus enden würde. Er übertrieb natürlich; im
Laufe dieses letzten Jahres habe ich sie gründlich auf die

Probe gestellt, die außerordentlichen Qualitäten meines klaren und schlüssigen Denkens, in dessen logischem Bauwerk sich mein stark ausgebildeter, aber völlig normaler Verstand wohl fühlte. Possenspiele aus einer Laune des Augenblicks, künstlerisches Vorstellungsvermögen, Erleuchtungen – all diese großartigen Dinge, die meinem Leben solche Schönheit verliehen haben, werden voraussichtlich den Laien, so klug er auch sei, als Vorboten milden Wahnsinns anmuten. Aber keine Sorge: meine Gesundheit ist vortrefflich, mein Körper außen blank und innen rein, mein Gang locker und ungezwungen; weder trinke noch rauche ich im Übermaß, und ich lebe auch nicht in Ausschweifung. Dergestalt bei bester Gesundheit, gut gekleidet und jugendlichen Aussehens, durchstreifte ich die oben beschriebene Landschaft; und meine geheime Erleuchtung täuschte mich nicht. Ich fand den Gegenstand, dem ich unbewußt auf der Spur gewesen war. Lassen Sie es mich wiederholen – unglaublich! Ich starrte auf ein Wunder, und seine Vollkommenheit, ohne jeglichen Grund oder Zweck, erfüllte mich mit sonderbarer Ehrfurcht. Doch vielleicht begann meine Vernunft schon damals, während ich noch so starrte, die Vollkommenheit in Zweifel zu ziehen, nach dem Grund zu suchen, am Zweck herumzurätseln.

Mit scharfem Schnüffeln holte er Luft; Wellen des Lebens kräuselten über sein Gesicht – das Wunder wurde dadurch leicht beschädigt, aber es war noch da. Dann schlug er die Augen auf, blinzelte mißtrauisch zu mir herüber, setzte sich und begann unter endlosem Gähnen – davon konnte er gar nicht genug kriegen –

sich am Kopf zu kratzen, beide Hände tief in seinem braunen fettigen Haar vergraben.

Er war in meinem Alter, schlank, schmutzig, mit einem Drei-Tage-Bart; ein schmaler Streifen rosa Fleischs schimmerte zwischen der unteren Kante seines Kragens (weich, mit zwei ausgeweiteten Schlitzen für den fehlenden Kragenknopf) und dem Kragenbund seines Hemdes hervor. Sein dünngestrickter Schlips hing schief, und an der Hemdbrust war kein einziger Knopf. Ein paar bleiche Veilchen welkten im Knopfloch seiner Jacke; eines hatte sich gelöst und hing mit dem Kopf nach unten. Neben ihm lag ein schäbiger Rucksack; die offenstehende Klappe enthüllte eine Salzbrezel und den größeren Teil einer Wurst – mit dem üblichen Beigeschmack von unpassender Lust und brutaler Amputation. Ich saß da und musterte den Strolch voll Staunen; er wirkte so, als habe er jene ungeschickte Verkleidung für einen altmodischen Lumpenball angelegt.

«Ich würde gern eine rauchen», sagte er auf tschechisch. Seine Stimme klang unerwartet tief, ja sogar würdig, und er spreizte zwei Finger und machte die Geste des Zigarettehaltens. Ich schob ihm mein großes Etui hin; meine Blicke ließen keinen Augenblick von seinem Gesicht ab. Er beugte sich ein wenig näher, stützte sich dabei mit der Hand auf den Boden, und ich nutzte die Gelegenheit, sein Ohr und die eingefallenen Schläfen genau zu betrachten.

«Deutsche Zigaretten», sagte er lächelnd – und entblößte sein Zahnfleisch. Dieses enttäuschte mich, aber glücklicherweise verschwand sein Lächeln sofort wieder. (Zu diesem Zeitpunkt wollte ich mich keinesfalls mehr von dem Wunder trennen.)

«Sind Sie Deutscher?» fragte er in dieser Sprache, während seine Finger die Zigarette drehten und preßten. Ich bejahte und ließ mein Feuerzeug unter seiner Nase aufschnappen. Gierig hielt er seine Hände dachartig über die zitternde Flamme. Blauschwarze, spatenförmige Fingernägel.

«Ich bin auch Deutscher», sagte er nach den ersten Zügen. «Das heißt, mein Vater war Deutscher, aber meine Mutter war Tschechin, aus Pilsen.»

Ich wartete immer noch auf einen Ausbruch der Überraschung bei ihm, ein großes Gelächter etwa, doch er blieb gleichmütig. Da erst ging mir auf, was er für ein Dummkopf war.

«Hab geschlafen wie ein Ratz», sagte er in einfältigem Behagen vor sich hin und spuckte herzhaft aus.

«Arbeitslos?» fragte ich.

Trauervoll nickte er mehrere Male und spuckte wieder aus. Ich staune immer aufs neue darüber, wieviel Speichel einfache Leute offenbar besitzen.

«Ich bin besser zu Fuß als meine Stiefel», sagte er und blickte auf seine Schuhe. Sie waren in der Tat in einem traurigen Zustand.

Er rollte sich langsam auf den Bauch, und während er den fernen Gasometer betrachtete und eine Lerche, die aus einer Furche aufwärts schoß, fuhr er nachdenklich fort:

«Das war eine gute Stellung, die ich voriges Jahr in Sachsen hatte, nicht weit von der Grenze. Gartenarbeit. Es gibt nichts Besseres auf der Welt! Danach hab ich in einer Konditorei gearbeitet. Jeden Abend nach der Arbeit sind wir über die Grenze gegangen, mein Freund und ich, auf ein Glas Bier. Elf Kilometer hin und elf zurück. Das tschechische Bier war billiger als unsers, und an den Mädchen war mehr dran. Es gab auch mal eine Zeit, da hab ich Geige gespielt und eine dressierte weiße Maus vorgeführt.»

Nun lassen Sie uns einen Blick von der Seite riskieren, aber nur beiläufig, ohne physiognomische Absichten; bitte nicht zu dicht, meine Herren, sonst kriegen Sie womöglich den Schock Ihres Lebens. Oder vielleicht auch nicht. Denn ach! – nach allem, was sich zugetragen hat, weiß ich jetzt, wie parteiisch und trügerisch das menschliche Auge ist. Aber wie dem auch sei, hier das Bild: Zwei Männer lagern auf einem Fleckchen kränklichen Grases; der eine, elegant gekleidet, klatscht einen gelben Handschuh auf sein Knie; der andere, ein Landstreicher mit leerem Blick, liegt der Länge nach da und macht seinem Groll auf das Leben Luft. Knisterndes Rascheln des benachbarten Dornbusches. Ziehende Wolken. Ein windiger Maitag mit kleinen Schaudern, wie sie das Fell eines Pferdes überlaufen. Das Rattern eines Lastwagens von der Straße. Das zarte Schlagen einer Lerche in den Lüften.

Der Landstreicher war in Schweigen verfallen; dann sprach er wieder, hielt inne, um auszuspucken. Sprach über dies und das. Immer weiter. Seufzte traurig. Lag flach auf dem Bauch, winkelte die Beine an, bis die Fersen sein Gesäß berührten, und streckte sie wieder aus.

«Jetzt schauen Sie mal her, Sie!» platzte ich heraus. «Merken Sie eigentlich gar nichts?»

Er rollte sich auf den Rücken und setzte sich.

«Wie meinen Sie?» fragte er, und ein mißtrauisches Stirnrunzeln verfinsterte sein Gesicht.

Ich sagte: «Sie sind wohl blind.»

Etwa zehn Sekunden blickten wir einander unverwandt in die Augen. Langsam hob ich den rechten Arm, aber sein linker ging nicht mit in die Höhe, wie ich es beinahe erwartet hatte. Ich kniff das linke Auge zu, aber seine Augen blieben beide offen. Ich streckte die Zunge heraus. Er brummte nochmals:

«Was ist denn? Was ist denn?»

Ich zog einen Taschenspiegel hervor. Während er noch danach griff, betatschte er sein Gesicht und blickte dann auf seine Handfläche, fand aber dort weder Blut noch Vogeldreck. Er betrachtete sich in dem himmelblauen Glas. Gab es mir mit einem Achselzucken zurück.

«Sie Narr!» rief ich. «Sehen Sie nicht, daß wir beide... Sehen Sie Narr nicht, daß wir... Jetzt hören Sie mal zu...: Schauen Sie mich ganz genau an...»

Ich zog seinen Kopf neben den meinen, so daß unsere Schläfen einander berührten; im Spiegel tanzten zwei Augenpaare und verschwammen.

Als er sprach, war sein Ton herablassend:

«Ein Reicher sieht nie ganz so aus wie ein Armer, aber ich glaub wohl, Sie wissen das besser. Da fällt mir ein, einmal, da hab ich zwei Zwillinge gesehen, auf einem Jahrmarkt, im August 26 – oder war es im September? Lassen Sie mich überlegen. Nein. Im August. Also das war wirklich eine Ähnlichkeit! Kein Mensch konnte die beiden auseinanderhalten. Hundert Mark sollte man kriegen, wenn man den kleinsten Unterschied entdeckte. ‹Machen wir›, sagt Fritz (Große Mohrrübe, so hieß er bei uns) und haut dem einen Zwilling eine runter, aufs Ohr. ‹Da habt ihr's›, sagt er, ‹einer hat ein rotes Ohr, der andere nicht, und jetzt rücken Sie mal den Zaster raus, wenn Sie nichts dagegen haben.› Haben wir gelacht!»

Seine Augen huschten über das taubengraue Tuch meines Anzugs, glitten den Ärmel hinunter, stolperten und hielten bei der goldenen Uhr an meinem Handgelenk inne.

«Könnten Sie mir nicht irgendwelche Arbeit verschaffen?» fragte er und hielt den Kopf schief.

Anmerkung: Er war es, nicht ich, der in unserer Ähnlichkeit als erster das freimaurerische Band erkannte; und da die Ähnlichkeit selber von mir festgestellt worden war, befand ich mich ihm gegenüber – nach seiner unterbewußten Berechnung – in einem subtilen Abhängigkeitsverhältnis, so als sei ich die Nachahmung und er das Vorbild. Natürlich hört man immer lieber von sich sagen: «Er sieht dir ähnlich» statt umgekehrt. Indem er mich um Hilfe bat, erkundete dieser kleinkarierte Schurke schon den Boden, auf den zukünftige Forderungen fallen würden. In der verborgensten Tiefe seines verwirrten Gehirns lauerte vielleicht die Erwägung, ich müsse ihm dankbar dafür sein, daß er mir – durch die bloße Tatsache seiner Existenz – großzügig vergönnte, so auszusehen wie er. Mich berührte unsere Ähnlichkeit wie eine Laune der Natur, die ans Wunderbare grenzte. Ihn dagegen interessierte vor allem mein Wunsch, überhaupt eine Ähnlichkeit festzustellen. In meinen Augen erschien er als mein Doppelgänger, das heißt, als ein körperlich mit mir identisches Wesen. Allein schon diese absolute Gleichheit ließ mich zuinnerst erbeben. Er seinerseits sah in mir nur einen zweifelhaften Nachahmer. Ich möchte jedoch ausdrücklich darauf hinweisen, wie unscharf diese seine Gedanken waren. Meine Erläuterungen dazu hätte er sicherlich nicht verstanden, der Dummkopf.

«Ich fürchte, im Augenblick kann ich nicht sehr viel für Sie tun», antwortete ich kalt. «Aber geben Sie mir Ihre Adresse.»

Ich zog mein Notizbuch heraus und einen silbernen Drehbleistift.

Er lächelte bedauernd: «Hat keinen Zweck, zu erzählen, ich wohne in einer Villa. Besser im Heuschober schlafen als auf dem Moos im Wald; aber besser im Moos als auf einer harten Bank.»

«Trotzdem wüßte ich gern, wo ich Sie erreichen kann.»

Er dachte darüber nach und sagte dann: «Diesen Herbst bin ich sicher im selben Dorf, wo ich voriges Jahr gearbeitet habe. Sie können mir einen Brief ans Postamt dort schicken. Es ist nicht weit von Tarnitz. Geben Sie her, ich schreib's Ihnen auf.»

Er hieß Felix, wie sich herausstellte, «der Glückliche». Sein Zuname, geneigter Leser, geht Sie nichts an. Seine ungelenke Schrift schien bei jeder Schleife zu knirschen. Er schrieb mit der linken Hand. Es war an der Zeit aufzubrechen. Ich legte zehn Kronen in seine Mütze. Mit herablassendem Grinsen bot er mir die

Hand, machte sich allerdings kaum die Mühe, sich aufzusetzen. Ich griff nur deshalb danach, weil dieser Hän-
dedruck mir das seltsame Gefühl eines Narziß gab, der
die Nemesis an der Nase herumführt, indem er seinem
Spiegelbild aus dem Bach heraushilft.

Dann kehrte ich, fast im Laufschritt, denselben Weg
zurück, den ich gekommen war. Als ich noch einmal
über die Schulter blickte, sah ich seine dunkle schlanke
Gestalt zwischen den Büschen. Er lag auf dem Rücken,
die Knie hoch übereinandergeschlagen, die Arme unter
dem Kopf verschränkt.

Plötzlich fühlte ich mich schlapp, schwindlig, todmüde wie nach einer langen und ekelerregenden Orgie.
Der Grund für diese widerlich-süße Nachglut war, daß
er kaltblütig den Geistesabwesenden gespielt und meinen silbernen Drehbleistift eingesteckt hatte. Eine Pro-
zession silberner Drehbleistifte marschierte einen end-
losen Tunnel der Verderbtheit hinab. Während ich
weiter den Straßenrand entlangging, schloß ich hin und
wieder die Augen, bis ich fast in den Graben stolperte.
Später dann, im Büro, im Laufe einer geschäftlichen
Besprechung, verzehrte ich mich förmlich danach, meinem Gesprächspartner zu erzählen: «Mir ist da eben
eine komische Sache passiert! Man möchte es kaum für
möglich halten...» Aber ich sagte kein Wort und schuf
so einen Präzedenzfall für Verschwiegenheit.

Als ich schließlich in mein Hotelzimmer zurückkam,
entdeckte ich, daß dort, inmitten quecksilbriger Schatten und umrahmt von gekräuselter Bronze, Felix auf
mich wartete. Feierlich und mit bleicher Miene trat er
näher. Er war jetzt gut rasiert; sein Haar war glatt zu-

rückgebürstet. Er trug einen taubengrauen Anzug und einen lila Schlips. Ich zog mein Taschentuch hervor; er zog sein Taschentuch ebenfalls hervor. Ein Waffenstillstand im Stadium der Unterhandlungen.

Etwas Ländlichkeit war mir in die Nase geraten. Ich putzte sie und setzte mich, während ich weiter den Spiegel befragte, auf die Bettkante. Ich erinnere mich, daß die kleinen Zeichen bewußter Existenz – etwa der Staub in meiner Nase, der schwarze Schmutz zwischen Absatz und Gelenk des einen Schuhs, mein Hunger und jetzt gerade der grobe braune Geschmack eines mit Zitrone beträufelten großen, flachen Kalbskoteletts vom Bratrost – auf seltsame Weise meine Aufmerksamkeit gefangennahmen, so als wäre ich auf der Suche nach Beweisen und entdeckte sie (und bezweifelte sie immer noch ein bißchen), daß ich ich war und daß dieses Ich (ein zweitklassiger Geschäftsmann mit Phantasie) wirklich in einem Hotel wohnte, aß, über Geschäftsangelegenheiten nachdachte und nichts gemein hatte mit einem bestimmten Landstreicher, der sich im Augenblick unter einem Busch rekelte. Und dann wieder ließ die Erregung über dieses Wunder mein Herz einen Schlag aussetzen. Dieser Mann zeigte mir, besonders im Schlaf, wenn seine Gesichtszüge erstarrten, mein eigenes Gesicht, meine Maske, das makellos reine Bild meines Leichnams – ich benutze den letzteren Begriff nur, weil ich mit größter Klarheit ausdrücken möchte – was ausdrücken? Dies: daß wir identische Gesichtszüge besaßen und daß diese Ähnlichkeit im Zustand der absoluten Ruhe überraschend augenfällig war, und was ist der Tod, wenn nicht ein Gesicht im Zustand des Friedens – seine künstlerische Vollendung? Das Leben entstellte meinen Doppelgänger nur; so trübt eine Brise die Seligkeit des Narziß; so tritt in Abwesenheit des Malers sein Schüler ein und verunstaltet durch die überflüssige Glut unerwünschter Farben das Portrait von Meisterhand.

Und dann, so dachte ich: brachte nicht ich selbst, der ich mein eigenes Gesicht kannte und liebte, bessere Voraussetzungen mit, meinen Doppelgänger zu bemerken, als andere? Denn nicht jeder beobachtet so sorgsam; und es geschieht häufig, daß jemand auf die erstaunliche Ähnlichkeit zweier Menschen hinweist, die einander zwar kennen, aber von ihrer eigenen Ähnlichkeit nichts ahnen (und sie entschieden abstreiten, sobald man die Rede darauf bringt). Gleichviel, ich hatte niemals zuvor für möglich gehalten, daß es eine so vollkommene Ähnlichkeit geben könne wie zwischen Felix und mir. Ich habe Brüder getroffen, die einander ähnlich sahen, Zwillinge. Im Kino habe ich einen Mann gesehen, der seinem Doppelgänger begegnete; oder, besser gesagt, einen Schauspieler, der zwei Rollen spielte, wobei, wie in unserem Fall, der Unterschied der gesellschaftlichen Stellung auf naive Weise hervorgehoben wurde, indem er sich in der einen Rolle als Verbrecher davonstahl und in der anderen als gesetzter Bourgeois im Auto fuhr – als ob ein Paar identischer Landstreicher oder identischer feiner Herren weniger Spaß gemacht hätte! Ja, ich habe das alles gesehen, aber die Ähnlichkeit von Zwillingsbrüdern wird, wie ein grammatischer Reim, durch den Stempel der Verwandtschaft verschandelt, während ein Filmschauspieler in einer Doppelrolle kaum jemanden zu täuschen vermag; denn gerade wenn er in beiden Verkörperungen gleichzeitig erscheint, wird das Auge unwillkürlich die Linie finden, an der die beiden Hälften des Bildes zusammengefügt wurden.

In unserem Fall jedoch handelte es sich weder um eineiige Zwillinge (die das für einen gedachte Blut teilen) noch um den Kniff eines Theaterhexenmeisters.

Wie sehne ich mich danach, Sie zu überzeugen! Und ich werde, ich werde Sie überzeugen! Ihr Schurken, ich werde euch alle zum Glauben zwingen... obwohl ich fürchte, daß Wörter, auf Grund ihrer besonderen Natur, allein nicht imstande sind, eine derartige Ähnlichkeit anschaulich zu vermitteln: Die beiden Gesichter müßten Seite an Seite abgebildet werden, in echten Farben, nicht in Worten; dann und nur dann würde der Zuschauer sehen, worum es mir geht. Es ist der Lieblingstraum eines Schriftstellers, den Leser in einen Zuschauer zu verwandeln; aber wird dies je erreicht? Die blassen Organismen literarischer Helden nähren sich unter Aufsicht des Autors vom Herzblut des Lesers und schwellen nach und nach davon an; so daß die Genialität eines Schriftstellers darin bestünde, daß er sie mit der Fähigkeit ausstattet, sich an diese – nicht sehr appetitliche – Speise zu gewöhnen und dabei zu blühen und zu gedeihen, mitunter jahrhundertelang. Doch im gegenwärtigen Augenblick brauche ich nicht literarische Methoden, sondern die ganz gewöhnliche, grobschlächtige Deutlichkeit der Malerei.

Schauen Sie, dies ist meine Nase; groß, vom nordischen Typus, ein festes Nasenbein, leicht gebogen,

der fleischige Teil nach oben gekippt und fast recht-
winklig. Und das ist seine Nase, ein vollendetes Ebenbild der meinen. Hier sind die zwei scharfen Furchen
zu beiden Seiten meines Mundes, dessen Lippen so
dünn sind, daß sie wie weggeleckt erscheinen. Er hat sie
ebenfalls. Hier sind die Backenknochen – aber dies ist
eine bedeutungslose Reisepaßaufzählung von Kennzeichen; eine sinnlose Konvention. Irgend jemand sagte
mir einmal, ich sähe aus wie der Polarforscher Amundsen. Nun, Felix sah auch aus wie Amundsen. Aber
nicht jeder kann sich an Amundsens Gesicht erinnern.
Ich selbst erinnere mich nur dunkel daran, und ich bin
mir auch nicht sicher, ob es da nicht irgendeine Ver-
wechslung mit Nansen gegeben hatte. Nein, ich kann
nichts erklären.

Ich lächle selbstgefällig, allerdings. Daß ich die
Hauptsache bewiesen habe, weiß ich genau. Das läuft
ja fabelhaft. Jetzt sehen Sie uns alle beide, lieber Leser.
Zwei, aber mit einem einzigen Gesicht. Sie brauchen
jedoch nicht zu glauben, daß ich mich möglicher
Schnitzer und Druckfehler im Buch der Natur
schäme. Schauen Sie genauer hin: Ich besitze große
gelbliche Zähne; seine sind weißer und stehen dichter
beieinander, aber was bedeutet das schon? Auf meiner
Stirn tritt eine Ader hervor wie ein schlecht gezeichne-
tes großes M; doch wenn ich schlafe, ist meine Stirn so
glatt wie die meines Doppelgängers. Und was die Ohren angeht... Die Windungen seiner Ohrmuscheln
sind im Vergleich zu meinen nur ganz leicht verändert: hier dichter zusammengedrängt, dort etwas abge-
flacht. Wir haben Augen vom gleichen Schnitt, engge-

schlitzt, mit spärlichen Wimpern, aber seine Iris ist blasser.

Dies war ungefähr alles, was ich an unterscheidenden Merkmalen bei jener ersten Begegnung feststellte. Im Verlauf der folgenden Nacht prüfte mein rationales Gedächtnis unablässig diese winzigen Makel; mit dem irrationalen Gedächtnis meiner Sinne erblickte ich dagegen nach wie vor und trotz allem mich, mein eigenes Selbst in der schäbigen Verkleidung eines Landstreichers, das Gesicht regungslos, Kinn und Wangen von Bartstoppeln umschattet, wie es einem Toten über Nacht widerfährt.

Warum verweilte ich in Prag? Ich hatte meine Geschäfte abgeschlossen. Es stand mir frei, nach Berlin zurückzukehren. Warum ging ich am nächsten Morgen noch einmal zu jener Anhöhe, zu jener Straße? Es fiel mir nicht schwer, die genaue Stelle wiederzufinden, wo er tags zuvor gelegen hatte. Ich entdeckte dort eine vergoldete Zigarettenkippe, ein verwelktes Veilchen, einen Fetzen von einer tschechischen Zeitung und – jene rührend unpersönliche Spur, die der arglose Wanderer gewöhnlich unter einem Busch zurückläßt: ein großes, gerades, männliches Stück und ein dünneres darübergeschlungen. Ein paar smaragdgrüne Fliegen vervollständigten das Bild. Wohin war er gegangen? Wo hatte er die Nacht verbracht? Nichtige Rätsel. Irgendwie war mir, auf eine unbestimmbar bedrückende Weise, scheußlich unbehaglich zumute, als sei das ganze Erlebnis eine Schandtat gewesen.

Ich ging zum Hotel zurück, holte meine Koffer und eilte zum Bahnhof. Dort, am Eingang zum Bahnsteig, standen zwei Reihen bequemer, niedriger Bänke mit Lehnen, die in vollkommener Übereinstimmung mit dem menschlichen Rückgrat geschnitzt und geschwungen waren. Ein paar Leute saßen da; einige waren eingenickt. Mir kam der Gedanke, daß ich ihn dort plötzlich erblicken würde, in tiefem Schlaf, die Hände geöffnet und noch ein letztes Veilchen im Knopfloch. Die Leute würden uns zusammen beobachten, aufspringen, uns umringen, zur Polizeiwache schleppen... weshalb? Weshalb schreibe ich das? Einfach das übliche Vorwärtsstürmen meiner Feder? Oder ist es tatsächlich schon ein Verbrechen, daß zwei Menschen einander so ähnlich sind wie zwei Tropfen Blut?

Kapitel 2

Ich habe mich viel zu sehr daran gewöhnt, mich selbst von außen zu betrachten, gleichzeitig Maler und Modell zu sein; kein Wunder also, wenn meinem Stil die gesegnete Anmut der Natürlichkeit versagt bleibt. Wie ich es auch anstelle, es gelingt mir nicht, in meine ursprüngliche Hülle zurückzuschlüpfen, geschweige denn mich in meinem alten Selbst heimisch zu fühlen; die Unordnung dort ist viel zu groß; Dinge sind verrückt worden, die Lampe ist schwarz und tot, meine Vergangenheit liegt in Fetzen verstreut auf dem Boden.

Eine recht glückliche Vergangenheit, darf ich wohl sagen. Ich besaß in Berlin eine kleine, aber hübsche Wohnung, dreieinhalb Zimmer, einen sonnigen Balkon, fließend Warmwasser, Zentralheizung; Lydia, meine dreißigjährige Frau, und Elsi, unser siebzehnjähriges Hausmädchen. Ganz in der Nähe befand sich die Garage, wo jener reizende kleine Wagen stand – ein dunkelblauer Zweisitzer, auf Abzahlung gekauft. Auf dem Balkon wuchs tapfer, wenn auch langsam, ein buckliger, rundköpfiger, grauhaariger Kaktus. Ich kaufte meinen Tabak immer im selben Geschäft und wurde dort mit strahlendem Lächeln begrüßt. Ein ähnliches Lächeln hieß meine Frau in dem Laden willkommen, der uns mit Butter und Eiern versorgte. Samstag abends gingen wir in ein Café oder ins Kino. Wir gehörten zur Creme der gepflegten Mittelschicht, jedenfalls dem äußeren Anschein nach. Allerdings zog ich, wenn ich vom Büro nach Hause kam, nicht die Schuhe aus, um mich mit der Abendzeitung aufs Sofa zu legen. Auch bestand die Unterhaltung mit meiner Frau nicht ausschließlich aus kleinlichen Zahlwörtern. Und erst recht klebten meine Gedanken nicht ununterbrochen an den Abenteuern meiner Schokoladenfabrikation. Ich darf sogar gestehen, daß gewisse bohemehafte Neigungen meinem Wesen nicht ganz fremd waren.

Was meine Einstellung gegenüber dem neuen Rußland betrifft, so möchte ich geradeheraus erklären, daß ich die Ansichten meiner Frau nicht teilte. Auf ihren geschminkten Lippen erhielt der Begriff ‹Bolschewik› einen Unterton von altgewohntem und trivialem Haß – nein, ‹Haß› ist hier wohl ein zu starkes Wort. Es war etwas Hausbackenes, Einfaches, Weibliches: Sie mochte die Bolschewiki nicht, so wie man Regen nicht mag (besonders sonntags) oder Wanzen (besonders in einer neuen Wohnung), und Bolschewismus bedeutete für sie ein Ärgernis, dem gewöhnlichen Schnupfen vergleichbar. Sie hielt es für selbstverständlich, daß die Tatsachen ihre Meinung bestätigten; alles lag klar auf der Hand, da gab es nichts zu diskutieren. Bolschewiken glaubten nicht an Gott; das war ungezogen von ihnen, aber was konnte man von Sadisten und Rowdys schon anderes erwarten?

Wenn ich ausführte, der Kommunismus sei auf die Dauer eine große und notwendige Sache, das junge neue Rußland leiste Hervorragendes, auch wenn das für westliche Gehirne nicht einzusehen und für mittellose und verbitterte Emigranten unannehmbar sei, noch nie habe die Weltgeschichte ein solches Maß an Begeisterung, Selbstzucht, Uneigennützigkeit und Vertrauen auf die bevorstehende Gleichheit aller gesehen – wenn ich in dieser Weise sprach, erwiderte meine Frau im allgemeinen gelassen: «Ich glaube, du sagst das nur, um mich aufzuziehen, und ich finde das nicht nett von dir.» Doch tatsächlich war es mir ziemlich Ernst damit; ich bin schon immer davon überzeugt gewesen, daß der bunte Wirrwarr unseres flüchtigen Lebens solch einer grundlegenden Veränderung bedarf, daß der Kommunismus wirklich eine wunderbar ausgerichtete Welt von identischen Kerlen mit breiten Schultern und winzigen Köpfen schaffen wird und daß eine feindselige Einstellung ihm gegenüber ebenso kindisch wie voreingenommen ist, was mich an das Gesicht erinnert, das meine Frau jedesmal schneidet – die Nüstern gebläht, eine Augenbraue hochgezogen (das kindische und voreingenommene Bild eines Vamps) –, wenn sie sich selbst im Spiegel erblickt.

Also das ist ein Wort, das ich verabscheue, schauderhaftes Ding! Seit ich aufgehört habe, mich zu rasieren, besitze ich keinen solchen Gegenstand mehr. Wie dem auch sei, seine bloße Erwähnung hat mir gerade einen häßlichen Schock versetzt und den Fluß meiner Geschichte unterbrochen (bitte, malen Sie sich aus, was hier folgen sollte – die Geschichte der Spiegel); dann gibt es da auch noch die verzerrenden, die Monstren unter den Spiegeln: ein entblößter Hals, einerlei, wie geringfügig entblößt, zieht sich plötzlich zu einer gähnenden Fleischschlucht in die Länge und trifft auf eine andere, die sich ihr von unterhalb des Gürtels entgegendehnt, und beide verschmelzen miteinander; ein Zerrspiegel entblößt seinen Mann, oder er beginnt ihn zu zerquetschen, und siehe da, unter dem Druck von zahllosen Glasatmosphären entsteht ein Stiermensch, ein Krötenmensch; oder man wird auseinandergezogen wie Teig und dann in zwei Teile zerrissen.

Genug – machen wir, daß wir weiterkommen –, brüllendes Gelächter ist nicht mein Fall! Genug, es ist nicht alles so einfach, wie ihr wohl glaubt, ihr Schweinehunde, ihr! Jawohl, ich werde euch verfluchen, niemand kann mir das Fluchen verbieten. Und keinen Spiegel in meinem Zimmer zu dulden – das ist ebenfalls mein gutes Recht! Sicher, gesetzt den Fall, ich stünde einem gegenüber (pah, was habe ich zu fürchten?), er würde einen bärtigen Fremdling zeigen – denn mein Bart hier hat sich ganz schön rausgemacht, und das auch noch in derart kurzer Zeit! Ich bin so ausgezeichnet vermummt, daß ich für mein eigenes Ich unsichtbar bin. Haare sprießen aus jeder Pore. Es muß ein gewaltiger Vorrat von Gekräusel in mir gewesen sein. Ich verstecke mich in dem natürlichen Dschungel, der aus mir hervorgewachsen ist. Ich habe nichts zu befürchten. Törichter Aberglaube!

Schauen Sie her, ich will das Wort noch einmal hinschreiben. Spiegel. Spiegel. Nun, ist irgend etwas passiert? Spiegel, Spiegel, Spiegel. Sooft Sie wollen – ich fürchte nichts. Ein Spiegel. Sich im Spiegel erblicken. Ich sprach von meiner Frau, als ich darauf kam.

Schwierig, zu reden, wenn man dauernd unterbrochen wird.

Übrigens, auch sie war dem Aberglauben verfallen. Der Marotte, auf Holz zu klopfen. Hastig und mit einem Ausdruck der Entschlossenheit, die Lippen zusammengepreßt, blickte sie sich jedesmal nach rohem, unlackiertem Holz um, fand nur die Unterseite eines Tisches und berührte sie mit ihren Stummelfingern (kleine Fleischkissen rund um die erdbeerroten Nägel, die, obwohl lackiert, nie ganz sauber waren; die Fingernägel eines Kindes) – berührte sie schnell, solange die Erwähnung eines Glücks noch warm in der Luft hing. Sie glaubte an Träume: Der Traum, man habe einen Zahn verloren, kündigte den Tod eines Bekannten an; und wenn mit dem Zahn Blut hervorquoll, dann bedeutete das den Tod eines Verwandten. Ein Feld voller Gänseblümchen sagte voraus, man werde seiner ersten Liebe wiederbegegnen. Perlen standen für Tränen. Sehr schlimm war es, sich selbst ganz in Weiß am Kopf einer Tafel sitzen zu sehen. Schlamm bedeutete Geld; eine Katze Verrat; das Meer Seelenschmerz. Sie erzählte gern ihre Träume ausführlich und in allen Einzelheiten. Aber ach, ich schreibe von ihr in der Vergangenheitsform. Lassen Sie mich den Gürtel meiner Geschichte ein Loch enger schnallen.

Sie haßt Lloyd George; wenn er nicht gewesen wäre, wäre das russische Zarenreich nicht untergegangen; und allgemein: «Ich könnte diese Engländer mit eigenen Händen erwürgen.» Die Deutschen bekommen ihr Teil ab für den plombierten Zug, in dem der Bolschewismus wie in einer Dose eingemacht war und Lenin nach Rußland importiert wurde. Wenn die Rede auf Franzosen kommt: «Weißt du, Ardalion [ein Vetter von ihr, der in der Weißen Armee gekämpft hatte] sagt, sie haben sich in Odessa während der Evakuierung wie regelrechte Flegel aufgeführt.» Gleichzeitig hält sie den englischen Gesichtsschnitt (nächst dem meinen) für den schönsten der Welt; hat Respekt vor den Deutschen, weil sie musikalisch und zuverlässig sind; und behauptet, sie schwärme für Paris, wo wir zufällig einmal ein paar Tage verbrachten. Diese ihre Meinungen stehen starr wie Statuen in ihren Nischen. Im Gegensatz dazu hat ihre Einstellung zum russischen Volk alles in allem eine gewisse Entwicklung durchgemacht. 1920 sagte sie noch: «Der echte russische Bauer ist Monarchist»; jetzt sagt sie: «Der echte russische Bauer ist ausgestorben.»

Sie ist wenig gebildet und wenig aufmerksam. Wir entdeckten eines Tages, daß der Begriff ‹Mystiker› in ihrer Vorstellung irgendwie mit ‹müßig› und ‹stickig› zusammenhing, daß sie aber nicht die geringste Ahnung hatte, was ein Mystiker wirklich war. Der einzige Baum, den sie zu erkennen vermag, ist die Birke: Sie erinnert sie an ihre heimatlichen Wälder, sagt sie.

Bücher verschlingt sie geradezu, aber sie liest nur Schund, behält nichts im Gedächtnis und überblättert die längeren Beschreibungen. Sie holt sich ihre Bücher aus einer russischen Leihbibliothek; dort setzt sie sich bequem hin und läßt sich viel Zeit bei der Auswahl; betastet die Bücher auf dem Tisch; nimmt eines, blättert darin, blickt von der Seite hinein wie eine neugierige Henne; legt es weg, ergreift ein anderes, schlägt es auf – und dies alles geschieht auf der Tischoberfläche und mit Hilfe nur einer Hand; sie bemerkt, daß sie das Buch verkehrt herum hält, daraufhin dreht sie es um neunzig Grad – nicht mehr, denn sie legt es beiseite, um sich auf einen Band zu stürzen, den die Bibliothekarin gerade einer anderen Dame empfehlen will; der ganze Vorgang dauert über eine Stunde, und ich weiß nicht, was ihre endgültige Wahl bestimmt. Vielleicht der Titel.

Einmal brachte ich von einer Eisenbahnfahrt einen miserablen Kriminalroman mit zurück, mit einer blutroten Spinne in einem schwarzen Netz auf dem Umschlag. Sie warf einen Blick hinein und fand ihn schrecklich aufregend, hatte aber das Gefühl, daß sie es einfach nicht aushalten und verstohlen das Ende lesen würde; doch weil dies alles verdorben hätte, kniff sie die Augen fest zu, riß das Buch, den Rücken hinunter, in zwei Hälften und versteckte den zweiten, den Schlußteil; später vergaß sie das Versteck und durchsuchte lange, lange Zeit das Haus nach dem Verbrecher, den sie selbst verborgen hatte; und sagte dabei immer wieder mit zartem Stimmchen: «Es war so aufregend, so schrecklich aufregend; ich werde bestimmt sterben, wenn ich's nicht rauskriege...»

Inzwischen hat sie es rausgekriegt. Jene Seiten, die alles erklärten, waren gut versteckt; trotzdem, gefunden wurden sie – alle, bis auf eine vielleicht. Tatsächlich haben sich vielerlei Dinge zugetragen; jetzt sind sie ordnungsgemäß erklärt. Auch trat das ein, was sie am meisten fürchtete. Von allen Vorzeichen war es das unheimlichste. Ein zerbrochener Spiegel. Ja, es passierte wirklich, wenn auch nicht ganz in der üblichen Weise. Arme tote Frau.

Tam – ti – tam. Und noch einmal – TAM! Nein, ich bin nicht verrückt geworden. Ich gebe nur kleine Freudenlaute von mir. Jene Art von Freude, die man empfindet, wenn man jemanden in den April geschickt hat. Und ich habe jemanden verdammt gut in den April geschickt. Wer ist das? Lieber Leser, schau dich selbst im Spiegel an, da du offenbar für Spiegel soviel übrig hast.

Und jetzt, ganz plötzlich, ist mir traurig zumute – diesmal wirklich ehrlich. Ich habe mir gerade, mit erschreckender Lebendigkeit, jenen Kaktus auf dem Balkon vergegenwärtigt, jene trüben Zimmer, unsere Wohnung in einem jener neumodischen Häuser, die im modernen, schachtelartigen, raumsparenden Nur-keinen-Firlefanz-Stil gebaut sind. Und dort, in meiner Welt der Ordnung und Sauberkeit, die Unordnung, die Lydia um sich verbreitete, der süße, ordinäre, aufdringliche Geruch ihres Parfums. Aber ihre Fehler, ihre unschuldige Stumpfheit, ihre aus der Schulzeit stammende Schlafsaalgewohnheit, im Bett das Kichern zu kriegen, störten mich nicht eigentlich. Wir stritten uns nie, nie machte ich ihr einen einzigen Vorwurf – einerlei, was für dummes Zeug sie in aller Öffentlichkeit hervorsprudelte oder wie geschmacklos sie gekleidet war. Im Unterscheiden von Schattierungen war sie alles andere als gut, die arme Seele. Ihr reichte es vollauf, wenn die Hauptfarben zusammenpaßten, damit war ihr Farbensinn gründlich zufriedengestellt, und so trug sie stolz einen grasgrünen Filzhut zu einem oliv- oder nilgrünen Kleid. Sie wollte, daß alles «ein Echo hatte». Wenn zum Beispiel die Schärpe schwarz war, dann schien es ihr absolut unumgänglich, eine kleine schwarze Borte oder kleine schwarze Rüschen um den Hals zu tragen. In den ersten Jahren unserer Ehe trug sie Leinen mit Schweizer Stickerei. Sie war ohne weiteres imstande, zu einem duftigen Kleid derbe Herbstschuhe anzuziehen; nein, ganz entschieden, sie besaß nicht die leiseste Ahnung von den Geheimnissen der Harmonie, und das hing mit ihrer entsetzlichen Unordentlichkeit zusammen. Ihre Schlampigkeit zeigte sich allein schon in der Art, wie sie ging: Sie hatte die Gewohnheit, ihren linken Schuh am Absatz niederzutreten.

In ihre Kommode hineinzuschauen machte mich schaudern; dort schlangen und wanden sich in kunterbuntem Durcheinander Läppchen, Bänder, Seidenfetzen, ihr Paß, eine verwelkte Tulpe, Stücke von mottenzerfressenem Pelz, mannigfaltige Anachronismen (Gamaschen zum Beispiel, wie sie vor Äonen von kleinen Mädchen getragen wurden) und ähnlicher unmöglicher Plunder. Ziemlich häufig sickerte sogar in den Kosmos meiner aufs schönste geordneten Sachen ein winziges und sehr schmutziges Spitzentaschentuch ein oder ein einzelner, zerrissener Strumpf. Strümpfe schienen auf ihren energischen Waden buchstäblich zu verbrennen.

Von Haushaltsführung verstand sie keinen Deut. Ihre Empfänge waren fürchterlich. Jedesmal gab es, in einer kleinen Schale, zerbrochene Riegel von Milchschokolade, wie sie in armen Provinzfamilien gereicht werden. Ich stellte mir manches Mal die Frage, weshalb um alles in der Welt ich sie liebte. Vielleicht wegen der

warmen Haselnußiris ihrer sanften Augen oder wegen
der natürlichen Schläfenwelle ihres braunen, aufs Geratewohl frisierten Haars, oder auch wegen jener Bewegung ihrer rundlichen Schultern. Doch wahrscheinlich
liebte ich sie in Wahrheit deshalb, weil sie mich liebte.
Für sie war ich der ideale Mann: Köpfchen und
Schneid. Und einen besser gekleideten gab es nicht. Ich
weiß noch, einmal, als ich den neuen Smoking mit der
weiten Hose zum ersten Mal anzog, klatschte sie in die
Hände, sank auf einen Stuhl und murmelte: «Oh, Hermann...» Es war ein Entzücken, das fast an himmli-
sches Weh grenzte.

Wohl in dem unklaren Gefühl, daß ich ihr durch weitere Ausschmückung des Bildes von ihrem geliebten
Mann auf halbem Weg entgegenkam und damit ihr und
ihrem Glück einen Gefallen tat, nutzte ich ihr Vertrauen aus und tischte ihr in den zehn Jahren unseres
Zusammenlebens über mich, meine Vergangenheit
und meine Abenteuer einen solchen Berg Lügen auf,
daß es meine Kräfte überstiegen hätte, alles im Kopf zu
behalten und jederzeit parat zu haben. Aber sie vergaß
tatsächlich alles. Ihr Schirm blieb der Reihe nach bei
allen unseren Bekannten stehen; ihr Lippenstift tauchte
an so unbegreiflichen Stellen auf wie in der Hemden-
tasche ihres Vetters; und was sie in der Morgenzeitung
gelesen hatte, bekam ich abends ungefähr folgendermaßen zu hören: «Ich überlege gerade, wo hab ich es nur
gelesen und was war es eigentlich genau?... Es liegt
mir auf der Zunge – ach, bitte, hilf mir weiter!» Statt
ihr einen Brief zum Einstecken mitzugeben, hätte man
ihn auch gleich in den Fluß werfen und alles übrige dem

Scharfsinn der Strömung und der Anglermuße des Empfängers überlassen können.

Sie brachte Daten, Namen und Gesichter durcheinander. Nachdem ich etwas einmal erfunden hatte, kam ich nie wieder darauf zurück; sie vergaß es bald, die Geschichte sank auf den Grund ihres Bewußtseins hinab, doch auf der Oberfläche blieben die ständig erneuerten Ringe demütigen Staunens. Ihre Liebe überschritt fast die Grenze, von der alle ihre übrigen Gefühle eingeengt wurden. In gewissen Nächten, wenn sich Juniluft auf Mondesduft reimte, verwandelten sich zwar ihre gefestigten Gedanken in furchtsame Nomaden. Aber das war nicht von Dauer, die Wanderung ging nicht weit, die Welt wurde wieder verriegelt; und es war wirklich eine sehr einfache Welt, ohne größere Verwicklungen als die Suche nach einer Telephonnummer, die sie sich auf der Seite eines Buches aus der Leihbibliothek notiert hatte, das von eben der Person, die sie anrufen wollte, entliehen worden war.

Sie war rundlich, klein, ziemlich formlos – aber mich erregen nun einmal nur kleine, dicke Frauen. Ich habe einfach nichts übrig für schlanke junge Damen, knochige Backfische oder die unnahbaren schicken Huren, die in ihren glänzenden, enggeschnürten Stiefeln die Tauentzienstraße hinauf- und hinunterstolzieren. Nicht nur war ich immer außerordentlich zufrieden gewesen mit meiner sanftmütigen Bettgenossin und ihren cherubhaften Reizen, ich hatte neuerdings auch voll Dankbarkeit gegenüber der Natur und mit einem Schauder der Überraschung bemerkt, daß die Heftigkeit und Süße meiner nächtlichen Freuden zu einem exquisiten Gipfel gesteigert wurden, wenn ich mich auf eine gewisse Verirrung einließ, die meines Wissens unter überempfindlichen Männern von Mitte Dreißig nicht so ungewöhnlich ist, wie ich zunächst dachte. Ich meine eine wohlbekannte Art von «Dissoziation». Bei mir begann sie in Ansätzen ein paar Monate vor meiner Reise nach Prag. Zum Beispiel lag ich mit Lydia im Bett und brachte gerade die kurze Folge vorbereitender Liebkosungen hinter mich, auf die sie ja ein Recht haben soll, als mir ganz plötzlich bewußt wurde, daß der Kobold der Spaltung das Kommando übernommen hatte. Mein Gesicht war in den Falten ihres Halses vergraben, ihre Beine hatten damit begonnen, mich einzuklemmen, der Aschenbecher purzelte vom Nachttisch herunter, das Weltall folgte – aber gleichzeitig, unbegreiflich und herrlich, stand ich nackt in der Mitte des Zimmers, die eine Hand auf die Lehne des Stuhls gestützt, über den sie Strümpfe und Höschen geworfen hatte. Das Gefühl, gleichzeitig an zwei Stellen zu sein, machte mir ein außerordentliches Vergnügen; aber das war noch nichts im Vergleich mit den späteren Entwicklungen. In meiner Ungeduld, mich zu spalten, trieb ich Lydia schnell zu Bett, sobald wir mit dem Abendessen fertig waren. Die Dissoziation hatte jetzt das Stadium der Vollkommenheit erreicht. Ich saß in einem Sessel, ein halbes Dutzend Schritte vom Bett entfernt, auf dem Lydia ordentlich untergebracht und zurechtgelegt war. Von meinem magischen Beobachtungspunkt aus verfolgte ich, wie die Wellen der Bewegung über meinen muskulösen Rücken liefen und ihn hinabstürzten und wie die Laboratoriumsbeleuchtung einer starken Nachttischlampe einen Perlmuttglanz im Rosa ihrer Knie herausgriff und einen Bronzeschimmer in ihrem über das Kissen ausgebreiteten Haar – denn das war ungefähr das einzige, was ich von ihr sehen konnte, solange mein massiger Rücken noch nicht heruntergeglitten war, um seiner keuchenden Vorderhälfte im Zuschauerraum wieder festen Halt zu geben. Die nächste Phase begann mit der Entdeckung, daß ich um so mehr in Ekstase geriet, je größer der Abstand zwischen meinen beiden Ichs war; deshalb setzte ich mich jede Nacht ein paar Zentimeter weiter vom Bett entfernt nieder, und bald erreichten die Hinterbeine meines Sessels die Schwelle der geöffneten Tür. Schließlich fand ich mich im Wohnzimmer sitzen – während ich im Schlafzimmer liebte. Es war immer noch nicht genug. Ich sehnte mich nach einer Möglichkeit, mich mindestens hundert Meter von der erleuchteten Bühne zu entfernen, auf der ich meine Vorstellung gab; ich sehnte mich, diese Schlafzimmerszene von irgendeiner fernen, obersten Galerie herab zu betrachten, aus dem blauen Dämmerlicht unter den verschwimmenden Bildern des Sternenzeltes; ein kleines, aber erkennbares und sehr rühriges Paar zu beobachten durch ein Opernglas, ein Jagdglas, ein riesiges Teleskop oder durch optische Instrumente von noch unbekannter Kraft, die mit meiner wachsenden Verzückung immer größer wurde. Tatsächlich gelangte ich nie weiter weg als bis zur Konsole im Wohnzimmer, und selbst dort versperrte der Türrahmen mir die Sicht auf das Bett, es sei denn, ich öffnete den Kleiderschrank im Schlafzimmer und ließ mir das Bett durch den abgewinkelten *miroir* oder das *speculum* reflektieren. Doch ach, eines Nachts im April, als die Regenharfen aphrodisisch im Orchester gurgelten und ich in meiner Höchstentfernung von fünfzehn Sitzreihen saß und mich auf eine besonders gute Vorstellung freute – die tatsächlich bereits begonnen hatte, mein agierendes Selbst war kolossal in Form und höchst erfindungsreich –, vernahm ich von dem fernen Bett, wo ich zu liegen glaubte, Lydias Gähnen und hörte ihre Stimme dümmlich sagen, wenn ich noch nicht zu Bett käme, sollte ich ihr doch das rote Buch bringen, das sie im Wohnzimmer gelassen habe. Es lag wirklich auf der Konsole neben meinem Sessel, und statt es ihr zu bringen, schleuderte ich es zum Bett hinüber, daß die Seiten wie Windmühlenflügel flatterten. Dieser seltsame und schreckliche Schlag zerbrach den Zauber. Ich glich einem jener Inselvögel, die ihre Fähigkeit, sich in die Lüfte zu erheben, verloren haben und wie Pinguine nur noch im Traum fliegen. Ich versuchte angestrengt, die Spaltung wiederzuerlangen, und vielleicht wäre es mir schließlich geglückt, hätte nicht eine neue und wunderbare Besessenheit in mir jeden Wunsch nach einer Wiederaufnahme dieser amüsanten, aber recht banalen Experimente ausgelöscht.

Abgesehen davon war mein eheliches Glück vollkommen. Sie liebte mich ohne Vorbehalte und ohne zurückzublicken; ihre Ergebenheit schien ein Teil ihres Wesens zu sein. Ich weiß nicht, warum ich schon wieder in die Vergangenheitsform verfallen bin; doch nichts für ungut, meine Feder findet es praktischer. Ja, sie liebte mich, liebte mich getreulich. Es machte ihr Freude, mein Gesicht zu untersuchen, von dieser Seite

und von jener; mit Daumen und Zeigefinger vermaß
sie, wie mit einem Zirkel, meine Gesichtszüge: das
etwas stachlige Gebiet über der Oberlippe, mit dem
länglichen Graben die Mitte hinunter, und die hohe
Stirn mit ihren Zwillingswölbungen über den Brauen;
und der Nagel ihres Zeigefingers folgte den Linien zu
beiden Seiten meines Mundes, der immer fest geschlossen war und auf Kitzeln nicht reagierte. Ein großes Gesicht und gar nicht unkompliziert; nach Maß gearbeitet; mit einem Glanzlicht auf den Backenknochen, die
Wangen selbst leicht eingefallen und, am zweiten Tag
ohne Rasur, überzogen von einem brigantenhaften
Wuchs, rötlich unter gewissen Lichtverhältnissen, genauso wie sein Bart. Nur unsere Augen waren nicht
ganz identisch, aber die vorhandene Ähnlichkeit zwischen ihnen war reiner Luxus; denn seine waren geschlossen, als er auf dem Boden vor mir lag, und obwohl
ich meine geschlossenen Augenlider niemals wirklich
gesehen, sondern nur gefühlt habe, weiß ich, daß sie
sich durch nichts von seinen Augentraufen unterschieden – ein gutes Wort! Prunkvoll, aber gut, und ein will-
kommener Gast in meiner Prosa. Nein, ich rege mich
nicht im mindesten auf; meine Selbstbeherrschung ist
vollkommen. Wenn sich von Zeit zu Zeit mein Gesicht
wie hinter einer Hecke hervorreckt, womöglich zum
Verdruß des ordnungsliebenden Lesers, geschieht das
in Wirklichkeit zu seinem Besten: Soll er sich ruhig an
meinen Anblick gewöhnen; und ich werde in der Zwischenzeit stillvergnügt in mich hineinlachen, weil er
nicht weiß, ob es mein Gesicht war oder das von Felix.
Hier bin ich! und jetzt – wieder verschwunden; oder

vielleicht war ich es auch gar nicht! Nur auf diese Weise darf ich hoffen, dem Leser eine Lektion zu erteilen: indem ich ihm zeige, daß unsere Ähnlichkeit keine Einbildung war, sondern eine reale Möglichkeit, mehr noch – eine reale Tatsache, ja, eine Tatsache, wie phantastisch und absurd sie auch aussehen mochte.

Als ich aus Prag nach Berlin zurückkehrte, traf ich Lydia in der Küche an, wie sie sich gerade in einem Glas ein Ei schlug – «Goggel-Moggel» nannten wir das. «Halswehweh», sagte sie mit einer Kinderstimme; dann stellte sie das Glas auf den Herdrand, wischte ihre gelben Lippen mit dem Handrücken ab und küßte mir die Hand. Sie trug ein rosa Kleid, blaßrosa Strümpfe, abgewetzte Pantoffeln. Die Abendsonne warf ein Schachbrettmuster über die Küche. Lydia begann aufs neue, den Löffel in dem dicken gelben Zeug herumzurühren, Zuckerkörner knirschten leise, es war immer noch zu zäh, der Löffel bewegte sich noch nicht glatt durch die erstrebte samtweiche Eiigkeit. Auf dem Herd lag aufgeschlagen ein übel zugerichtetes Buch. Mit einem stumpfen Bleistift hatte eine Unbekannte an den Rand die Bemerkung gekritzelt: «Traurig, aber wahr» und dahinter drei Ausrufezeichen, deren Punkte seitlich wegrutschten. Ich las den Satz, der bei einer Vorgängerin meiner Frau so viel Anklang gefunden hatte: «Liebe deinen Nächsten», sagte Sir Reginald, «wird heutzutage an der Börse menschlicher Beziehungen nicht mehr gehandelt.»

«Na, gute Reise gehabt?» fragte Lydia, während sie energisch die Kurbel weiterdrehte und den Kastenteil fest zwischen ihren Knien hielt. Die Kaffeebohnen zerbarsten üppig duftend mit leisem Krachen; die Mühle arbeitete noch mit rumpelnder und knirschender Anstrengung; dann eine Erleichterung, ein Nachgeben; kein Widerstand mehr; leer.

Ich bin irgendwie durcheinandergekommen. Wie im Traum. Sie machte doch Goggel-Moggel – keinen Kaffee.

«Könnte schlimmer gewesen sein», sagte ich und meinte die Reise. «Und du, wie ist es dir gegangen?»

Warum erzählte ich ihr nichts von meinem unglaublichen Abenteuer? Ich, der ich millionenfach Wunder für sie zusammenschwindelte, wagte es offenbar nicht, ihr mit diesen meinen besudelten Lippen von einem Wunder zu erzählen, das Wirklichkeit war. Oder vielleicht hielt mich etwas anderes zurück. Ein Schriftsteller zeigt seinen ersten Entwurf nicht herum; von einem Kind im Mutterleib spricht man nicht als Fritzchen oder Bella; ein Wilder hütet sich, Gegenstände beim Namen zu nennen, die eine geheimnisvolle Bedeutung und einen unberechenbaren Charakter haben; Lydia selbst konnte es nicht leiden, wenn ich in ein Buch hineinsah, das sie noch nicht zu Ende gelesen hatte.

Mehrere Tage lang war ich bedrückt von jener Begegnung. Auf sonderbare Weise störte mich der Gedanke, daß sich mein Doppelgänger die ganze Zeit über mir unbekannte Straßen schleppte, daß er zuwenig zu essen bekam, fror und naß wurde – und sich vielleicht eine Erkältung geholt hatte. Ich wünschte ihm, daß er Arbeit fand: Es wäre netter gewesen, zu wissen, daß er es gemütlich und warm hatte – oder wenigstens sicher im Gefängnis saß. Nichtsdestoweniger hatte ich keineswegs die Absicht, irgendwelche Maßnahmen zur Verbesserung seiner Umstände zu treffen. Ich war nicht im mindesten erpicht darauf, für seinen Unterhalt zu zahlen, und es wäre unmöglich gewesen, ihm in Berlin Arbeit zu beschaffen, wo es ohnehin schon von zerlumpten Gestalten wimmelte. Tatsächlich zog ich es, um ganz offen zu sein, irgendwie vor, ihn mir ein gutes Stück vom Leibe zu halten, als müsse jegliche Nähe den Zauber unserer Ähnlichkeit zerbrechen. Von Zeit zu Zeit konnte ich ihm vielleicht etwas Geld schicken, damit er im Verlauf seiner weiten Wanderungen nicht strauchelte und unterging und damit aufhörte, mein getreuer Stellvertreter zu sein, eine lebende, in Umlauf befindliche Kopie meines Gesichts... Wohlwollende, aber müßige Gedanken, denn der Mann hatte keine ständige Adresse. Also warten wir ab (dachte ich), bis er, an einem bestimmten Tag im Herbst, bei jenem Dorfpostamt irgendwo in Sachsen vorspricht.

Der Mai ging vorüber, und in meiner Seele verheilte die Erinnerung an Felix. Ich vermerke, zu meinem eigenen Vergnügen, den glatten Lauf dieses Satzes: den banalen Erzählton der ersten vier Wörter und dann diesen langen Seufzer blöder Zufriedenheit. Sensationshascher könnten allerdings an der Beobachtung interessiert sein, daß im allgemeinen der Begriff «verheilen» nur in bezug auf Wunden gebraucht wird. Aber dies sei nur nebenbei erwähnt; ohne böse Absicht. Nun möchte ich noch auf etwas anderes hinweisen, nämlich daß mir das Schreiben jetzt leichter fällt: Meine Erzählung hat an Schwung gewonnen. Ich habe jetzt jenen Bus bestiegen, der zu Anfang erwähnt wurde, und obendrein noch einen bequemen Fensterplatz erwischt. So fuhr ich übrigens auch ins Büro, ehe ich mir den Wagen anschaffte.

In diesem Sommer mußte er ziemlich schwer arbeiten, der glänzende blaue kleine Ikarus. Ja, ich war ziemlich eingenommen von meinem neuen Spielzeug. Lydia und ich schwirrten oft einen ganzen Tag ab aufs Land. Wir nahmen immer jenen Vetter von ihr namens Ardalion mit, der Maler war: eine fröhliche Seele, aber ein miserabler Maler. Nach allem, was man hörte, war er arm wie eine Kirchenmaus. Wenn sich jemand von ihm portraitieren ließ, geschah es aus reiner Wohltätigkeit – oder aus Charakterschwäche (der Mensch konnte schrecklich hartnäckig sein). Bei mir und wahrscheinlich auch bei Lydia pflegte er sich kleine Geldbeträge zu borgen; und natürlich richtete er es so ein, daß er zum Essen blieb. Er war immer mit der Miete im Rückstand, und wenn er bezahlte, dann in Naturalien. In Stilleben, genau gesagt... viereckigen Äpfeln auf einem schrägen Tischtuch oder phallischen Tulpen in einer schiefen Vase. All dies ließ seine Wirtin auf eigene Kosten rahmen, so daß ihr Speisezimmer wie eine philiströse Avantgardeausstellung aussah. Er selbst aß in einem kleinen russischen Restaurant, das er einmal, wie er sagte, «ausgeklatscht» hatte (das heißt, er hatte die Wände dekoriert); er benutzte einen noch stärkeren Ausdruck, denn er stammte aus Moskau, wo die Leute etwas übrig haben für einen mutwilligen Jargon voller saftiger Trivialitäten (ich werde nicht versuchen, ihn wiederzugeben). Das Komische war, daß er es trotz seiner Armut irgendwie fertiggebracht hatte, ein Stück

317

Land zu erwerben, drei Fahrstunden von Berlin entfernt – das heißt, er hatte es irgendwie fertiggebracht, hundert Mark anzuzahlen, und um den Rest machte er sich keine Sorgen; tatsächlich hatte er nie die Absicht, auch nur einen Pfennig mehr auszuspucken, denn er war der Meinung, dieses Land, durch seine erste Zahlung befruchtet, sei hinfort sein eigen bis zum Jüngsten Tag. Es, das Land, erstreckte sich etwa über eine Länge von zweieinhalb Tennisplätzen und grenzte an einen recht hübschen kleinen See. Ein Y-stämmiges Paar unzertrennlicher Birken wuchs dort (oder ein Paar Paare, wenn man ihre Spiegelung mitzählte); außerdem einige Ilexbüsche; etwas weiter entfernt standen fünf Kiefern, und noch weiter landeinwärts gelangte man, mit freundlicher Genehmigung des umliegenden Waldes, zu einem Flecken Heidekraut. Das Grundstück war nicht eingezäunt – dafür hatte das Geld nicht gereicht. Ich hegte den starken Verdacht, daß Ardalion auf die Einzäunung der beiden angrenzenden Parzellen wartete, wodurch die Grenzen seines Besitzes automatisch sanktioniert würden und er zu einer kostenlosen Umzäunung käme; aber die Nachbarstücke hatten noch keine Käufer gefunden. Am Ufer jenes Sees war die Geschäftslage flau, die Gegend war nämlich feucht, von Mücken heimgesucht und weit vom Dorf entfernt; außerdem gab es keine Verbindungsstraße zur Chaussee, und niemand wußte, wann sie angelegt werden würde.

An einem Sonntagvormittag Mitte Juni fuhren wir, wie ich mich erinnere, zum ersten Mal dorthin – wir hatten Ardalions begeisterten Überredungsversuchen endlich nachgegeben. Unterwegs hielten wir bei ihm, um ihn mitzunehmen. Ich hupte lange, die Augen auf sein Fenster geheftet. Dieses Fenster schlief fest. Lydia hielt die Hände an den Mund und rief mit Trompetenstimme: «Ar-dalli-oh!» In einem der unteren Fenster, genau über dem Schild eines Wirtshauses (das, seinem Äußeren nach, irgendwie zu verstehen gab, Ardalion schulde dort Geld), wurde ein Vorhang wütend zur Seite geschleudert, und ein Bismarck-ähnlicher würdiger Herr in einem mit Schnüren besetzten Schlafrock blickte heraus – eine echte Trompete in der Hand.

Ich ließ Lydia im Wagen zurück, der inzwischen zu pochen aufgehört hatte, und ging hinauf, Ardalion wecken. Er schlief noch, wie ich feststellte, und zwar in seinem einteiligen Badeanzug. Er wälzte sich aus dem Bett und zog mit geräuschloser Geschwindigkeit Sandalen an, ein blaues Hemd und eine Flanellhose; dann schnappte er eine Aktentasche (mit einer verdächtigen Beule an der Seite), und wir gingen hinunter. Ein feierlicher und schläfriger Ausdruck machte sein breitnasiges Gesicht nicht gerade anziehender. Er kam auf den Notsitz.

Ich kannte den Weg nicht. Er sagte, er kenne ihn so gut wie sein Vaterunser. Kaum hatten wir Berlin verlassen, verirrten wir uns. Der Rest unserer Fahrt bestand darin, Auskünfte einzuholen.

«Ein erfreulicher Anblick für einen Landbesitzer!» rief Ardalion, als wir gegen Mittag durch Königsdorf fuhren und dann das Stück Straße dahinrasten, das er kannte. «Ich sag dir, wo du abbiegen mußt. Heil, nochmals heil, ihr meine alten Bäume!»

«Spiel nicht verrückt, Ardi, Liebster», sagte Lydia sanft.

Zu beiden Seiten erstreckte sich rauhes Ödland der Sand-und-Heidekraut-Spielart, mit ein paar vereinzelten jungen Kiefern. Ein Stück weiter dann änderte sich die Landschaft ein wenig; wir hatten nun ein gewöhnliches Feld zu unserer Rechten, das in einiger Entfernung düster von einem Wald gesäumt war. Ardalion wurde wieder nervös. Auf der rechten Straßenseite erhob sich ein leuchtendgelber Pfahl, und an diesem Punkt zweigte im rechten Winkel ein kaum erkennbarer Weg ab, das Gespenst eines nicht mehr benutzten Weges, der alsbald zwischen Kletten und wildem Hafer verlosch.

«Das ist die Abzweigung», sagte Ardalion großspurig, und dann prallte er mit einem plötzlichen Grunzen nach vorn und auf mich drauf, denn ich hatte scharf gebremst.

Sie lächeln, geneigter Leser? Und wirklich, weshalb sollten Sie nicht lächeln? Ein freundlicher Sommertag und eine friedliche Landschaft; ein netter, närrischer Künstler und ein Pfahl am Straßenrand... Dieser gelbe Pfahl... Errichtet vom Makler der Parzellen, hochgereckt in leuchtender Einsamkeit, ein verirrter Bruder jener anderen bemalten Pfähle, die siebzehn Kilometer entfernt in Richtung auf das Dorf Waldau vor verlockenderen und teureren Grundstücken Schildwache standen – dieser besondere Markierungspfahl wurde in der Folgezeit eine fixe Idee von mir. Klar herausgehoben durch sein Gelb, inmitten einer diffusen Landschaft, erhob er sich in meinen Träumen. An seinem

Standort richteten sich meine Phantasien aus. Alle meine Gedanken kehrten zu ihm zurück. Er strahlte, ein getreues Leuchtfeuer, in das Dunkel meiner Grübeleien. Ich habe heute das Gefühl, daß ich ihn wiedererkannte, als ich ihn zum ersten Mal sah: Er war mir vertraut als ein Ding der Zukunft. Vielleicht irre ich mich; vielleicht warf ich damals nur einen ganz gleichgültigen Blick auf ihn, und meine einzige Sorge war, ihn beim Wenden nicht mit dem Kotflügel zu streifen; doch gleichviel, wenn ich heute daran zurückdenke, kann ich diese erste Bekanntschaft nicht von ihrer endgültigen Entwicklung trennen.

Der Weg, wie bereits erwähnt, verlor sich, er schwand dahin; der Wagen quietschte verärgert, als er über den holprigen Boden hopste; ich hielt an und zuckte die Schultern.

Lydia sagte: «Ardi, Liebster, ich schlage vor, wir fahren lieber bis Waldau weiter; du hast doch gesagt, da gäbe es einen großen See und ein Café oder so was.»

«Kommt gar nicht in Frage», erwiderte Ardalion aufgeregt. «Erstens, weil für das Café gerade erst die Pläne gemacht werden, und zweitens, weil ich auch einen See habe. Nur weiter, mein Lieber», fuhr er, zu mir gewandt, fort, «setzen Sie den alten Bus in Bewegung, Sie werden es nicht bereuen.»

Vor uns, höher gelegen, begann in etwa hundert Meter Entfernung ein Kiefernwald. Ich warf einen Blick darauf und... Nun, ich könnte beschwören, daß ich das Gefühl hatte, ich kennte ihn längst. Ja, das ist's, jetzt wird es mir klar – ich hatte zweifellos diese seltsame Empfindung; ich habe sie nicht erst nachträglich dazugedichtet. Und dieser gelbe Pfahl... wie bedeutungsvoll er mich ansah, als ich zurückblickte – so als wollte er sagen: «Hier bin ich, ich stehe Ihnen zu Diensten...» Und diese Kiefern vor mir, deren Rinde an rotes, straff gespanntes Schlangenleder erinnerte, und ihr grüner Pelzbesatz, den der Wind gegen den Strich striegelte; und jene kahle Birke am Waldrand (Moment, warum habe ich «kahl» geschrieben? Es war doch nicht Winter, der Winter lag noch in weiter Ferne), und ein so linder und fast wolkenloser Tag, und die kleinen, stotternden Grillen, die eifrig versuchten, etwas zu sagen, das mit sii begann... Ja, das alles bedeutete etwas, gar kein Zweifel.

«Darf ich fragen, wo ich Ihrer Meinung nach fahren soll? Ich sehe keinen Weg.»

«Oh, seien Sie doch nicht so kleinlich», sagte Ardalion. «Fahren Sie weiter, alter Junge. Wieso – einfach geradeaus. Dahin, wo Sie die Lichtung sehen. Wir schaffen es gerade, und wenn wir erst mal im Wald sind, ist es nur noch ein kurzes Stück bis zu meinem Grundstück.»

«Sollen wir nicht lieber aussteigen und zu Fuß gehen?» schlug Lydia vor.

«Recht hast du», erwiderte ich, «niemand dächte auch nur im Traum daran, einen neuen Wagen zu stehlen, der hier verlassen herumsteht.»

«Ja, das ist viel zu riskant», gab sie sofort zu, «aber könntet nicht ihr zwei weitergehen [Ardalion stöhnte], und er zeigt dir sein Grundstück, während ich hier warte, und dann können wir nach Waldau weiterfahren und im See schwimmen und uns ins Café setzen?»

«Wie gemein du bist!» sagte Ardalion mit großem Pathos. «Verstehst du nicht, daß ich euch auf meinem eigenen Grund und Boden begrüßen wollte? Ich hatte ein paar nette Überraschungen für euch parat. Ich bin jetzt sehr gekränkt.»

Ich setzte den Wagen wieder in Gang und sagte dabei: «Gut, wenn wir ihn zu Bruch fahren, zahlen Sie die Reparaturen.»

Das Holpern rüttelte und schüttelte mich auf meinem Sitz, Lydia neben mir wurde gerüttelt, und hinter uns wurde Ardalion gerüttelt und redete dabei ununterbrochen: «Wir kommen jetzt [rums] bald in den Wald [rums] und dann [rums-rums] auf dem Heidekraut geht's besser [rums].»

Wir kamen wirklich hinein. Zuerst blieben wir im tiefen Sand stecken, der Motor heulte auf, die Räder drehten durch; schließlich kamen wir mit einem heftigen Ruck frei; dann streiften Zweige die Karosserie entlang und zerkratzten den Lack. Schließlich zeigte sich eine Art Weg, der hier und dort von trocken raschelnder Heide überwachsen war und dann wieder zum Vorschein kam und sich zwischen dichtstehenden Baumstümpfen hindurchschlängelte.

«Weiter nach rechts», sagte Ardalion, «ein bißchen weiter nach rechts. Na, was sagt ihr zum Duft der Kiefern? Großartig, was? Ich hab's ja gesagt. Absolut großartig. Sie können hier mal anhalten, ich geh inzwischen und sehe mich um.»

Er stieg aus und marschierte los, und Schritt für Schritt wackelte sein Hinterteil begeistert.

«He, ich komme mit», rief Lydia, aber er war in voller Fahrt, und alsbald verbarg ihn das dichte Unterholz. Der Motor pochte noch ein bißchen und erstarb.

«Was für ein unheimlicher Ort», sagte Lydia. «Wirklich, ich hätte Angst, hier allein zu sein. Man könnte ausgeraubt werden, ermordet, irgend etwas...»

Ein einsamer Ort, in der Tat! Die Kiefern stöhnten leise, und es lag Schnee, mit kahlen Flecken, wo der schwarze Boden zu sehen war. Was für ein Unsinn! Wieso im Juni Schnee? Sollte gestrichen werden, wenn radieren nicht unartig wäre; denn der wahre Autor bin nicht ich, sondern mein ungeduldiges Gedächtnis. Verstehen Sie das, wie Sie wollen; mich geht das nichts an. Und der gelbe Pfahl trug ebenfalls ein Käppchen aus Schnee. So schimmert die Zukunft durch die Vergangenheit. Doch genug, stellen wir jenen Sommertag wieder scharf ein: fleckiges Sonnenlicht, Schatten von Ästen quer über dem blauen Wagen, ein Kiefernzapfen auf dem Trittbrett, wo eines Tages der unerwartetste aller Gegenstände stehen würde: ein Rasierpinsel.

«Dienstag wollen sie also kommen?» fragte Lydia.

Ich erwiderte: «Nein, Mittwochabend.»

Stille.

«Ich hoffe nur», sagte meine Frau, «daß sie ihn nicht wieder mitbringen, wie letztes Mal.»

«Und selbst wenn... Was geht es dich an?»

Stille. Kleine blaue Schmetterlinge, die sich auf Thymian niederließen.

«Du, Hermann, bist du ganz sicher, daß es Mittwochabend war?»

(Lohnt es sich, den verborgenen Sinn zu enthüllen? Wir sprachen von Lappalien, spielten auf Bekannte an,

auf ihren Hund, ein bösartiges kleines Vieh, das bei Gesellschaften die allgemeine Aufmerksamkeit auf sich
lenkte; Lydia konnte nur «große Hunde mit Stammbaum» leiden; wenn sie das Wort «Stammbaum» aussprach, erbebten ihre Nasenflügel.)

«Warum kommt er nicht zurück?» sagte sie. «Er hat
sich bestimmt verlaufen.»

Ich stieg aus dem Wagen und lief ringsherum. Überall der Lack verkratzt.

Da sie nichts Besseres zu tun fand, beschäftigte sich
Lydia mit Ardalions beuliger Aktentasche: betastete sie
und machte sie auf. Ich ging ein paar Schritte (nein,
nein – ich kann mich nicht erinnern, worüber ich nachgrübelte), musterte ein paar zerbrochene Zweige zu
meinen Füßen und kehrte wieder um. Lydia saß jetzt
auf dem Trittbrett und pfiff leise vor sich hin. Wir
steckten uns Zigaretten an. Stille. Sie hatte die Eigenart, den Rauch mit schiefem Mund zur Seite zu blasen.

Von fern kam Ardalions kräftiges Gebrüll. Eine Minute später erschien er auf einer Lichtung, schwenkte
die Arme und winkte uns zu sich. Wir fuhren ihm langsam nach und mußten dabei die Baumstümpfe umschif-
fen. Ardalion schritt entschlossen und geschäftig vor
uns her. Da blitzte etwas auf – der See.

Ich habe das Grundstück bereits beschrieben. Er war
außerstande, mir seine genauen Grenzen zu zeigen. Mit
großen, stampfenden Schritten vermaß er die Meter,
hielt inne, blickte zurück und ließ das Bein, auf dem
sein Gewicht ruhte, einknicken; dann schüttelte er den
Kopf und machte sich auf die Suche nach einem bestimmten Baumstumpf, der irgend etwas markierte.

Die zwei umschlungenen Birken betrachteten sich im Wasser; auf seiner Oberfläche trieben Flaumflocken, und die Binsen glitzerten in der Sonne. Die Überraschung, die uns Ardalion versprochen hatte, sollte eine Flasche Wodka sein, aber Lydia hatte sie schon verstecken können. Sie lachte, hüpfte herum und sah ganz so aus wie ein Krocketball in ihrem sandfarbenen Badeanzug mit dem doppelten rot-blauen Streifen um die Taille. Als sie genug davon hatte, auf Ardalions Rücken zu reiten, während er langsam herumschwamm («Kneif mich nicht, Weib, oder du wirst untergetaucht»), als sie nach viel Gekreisch und Geplansche aus dem Wasser kam, sahen ihre Beine entschieden behaart aus, aber sie trockneten bald und zeigten nur noch einen zarten hellen Flaum. Ardalion bekreuzigte sich stets, ehe er einen Kopfsprung machte; das Schienbein hinunter hatte er eine große häßliche Narbe aus dem Bürgerkrieg; sein Silberkreuz (in Mushik-Machart), das er direkt auf der Haut trug, sprang jedesmal aus der Öffnung seines ekelhaft schlotternden Badeanzugs heraus, wenn er hineinsprang.

Lydia beschmierte sich gehorsam mit Hautcreme, legte sich auf den Rücken und stellte sich der Sonne zur Verfügung. Ein paar Schritte weiter machten Ardalion und ich es uns im Schatten seiner besten Kiefer bequem. Aus seiner betrüblich geschrumpften Aktentasche zog er einen Skizzenblock und Bleistifte hervor; und alsbald merkte ich, daß er mich zeichnete.

«Sie haben ein schwieriges Gesicht», sagte er und blinzelte.

«Zeig her!» rief Lydia, ohne ein Glied zu rühren.

«Kopf etwas höher», sagte Ardalion. «Danke, das reicht.»

«Oh, zeig her», rief sie nach einer Minute noch einmal.

«Zeig du mir erst, wo du meinen Wodka versteckt hast», brummte Ardalion.

«Nur keine Sorge», erwiderte sie. «Ich dulde nicht, daß du in meiner Gegenwart trinkst.»

«Das Weib ist übergeschnappt. Na, was meinen Sie, alter Junge, ob sie ihn vielleicht vergraben hat? Ich hatte nämlich vor, den Kelch der Brüderschaft mit Ihnen zu leeren.»

«Ich werd dafür sorgen, daß du überhaupt nicht mehr trinkst», rief Lydia, ohne ihre fettigen Augenlider aufzuschlagen.

«Verdammte Frechheit», sagte Ardalion.

«Hören Sie mal», fragte ich ihn, «warum sagen Sie, ich hätte ein schwieriges Gesicht? Wo liegt der Haken?»

«Keine Ahnung. Das Blei bringt Sie einfach nicht. Nächstes Mal muß ich's mit Kohle oder Öl probieren.» Er radierte etwas aus, schnipste die Gummikrümel mit dem Fingerrücken weg; legte den Kopf schräg.

«Komisch, ich dachte immer, ich hätte ein ganz gewöhnliches Gesicht. Versuchen Sie's doch vielleicht mal im Profil.»

«Ja, im Profil!» rief Lydia (wie zuvor: ausgebreitet auf dem Boden).

«Na, gewöhnlich würde ich nicht gerade sagen. Ein bißchen höher, bitte. Nein, wenn Sie mich fragen, ich finde, es hat etwas entschieden Merkwürdiges. Alle

Ihre Züge rutschen mir sozusagen unterm Bleistift weg, rutschen weg und sind verschwunden.»

«Solche Gesichter kommen also selten vor, meinen Sie das?»

«Jedes Gesicht ist einzigartig», deklamierte Ardalion.

«Gott, ich brate», stöhnte Lydia, ohne sich zu rühren.

«Nun, also wirklich – einzigartig?... Geht das nicht zu weit? Denken Sie nur mal an die verschiedenen Typen von menschlichen Gesichtern, die es in der Welt gibt; sagen wir, die zoologischen Typen. Da gibt es Menschen mit Affengesichtern, dann den Rattentyp, den Schweinetyp. Dann die Ähnlichkeit mit berühmten Leuten – die Napoleons bei den Männern, die Königin Victorias bei den Frauen. Von mir hat man gesagt, ich sähe wie Amundsen aus. Mir sind häufig Nasen à la Tolstoj vorgekommen. Dann gibt es den Typ von Gesicht, bei dem Sie an ein bestimmtes Bild denken müssen. Ikonenhafte Gesichter, Madonnen! Und was ist mit der Art von Ähnlichkeit, die auf eine bestimmte Lebensweise oder einen Beruf zurückzuführen ist?»

«Als nächstes sagen Sie noch, alle Chinesen sehen sich gleich. Sie vergessen, mein Guter, daß der Künstler vor allem den Unterschied zwischen den Dingen wahrnimmt. Auf Ähnlichkeiten achten nur die Banausen. Wie oft haben wir Lydia schon im Kino rufen hören: ‹Uii! Sieht sie nicht genau aus wie unser Mädchen?›»

«Ardi, Liebster, spiel nicht den Witzbold», sagte Lydia.

«Aber Sie müssen zugeben», fuhr ich fort, «daß es manchmal auf die Ähnlichkeit ankommt.»

«Wenn man einen zweiten Kerzenhalter kauft», sagte Ardalion.

Es besteht wirklich keine Notwendigkeit, unser Gespräch weiter aufzuzeichnen. Ich sehnte mich leidenschaftlich danach, daß der Narr von Doppelgängern anfing, aber er tat es einfach nicht. Nach einer Weile legte er den Skizzenblock weg. Lydia flehte ihn an, ihr sein Werk zu zeigen. Er sagte, sofort, wenn sie ihm den Wodka zurückgäbe. Sie lehnte ab und bekam die Skizze nicht zu sehen. Die Erinnerung an diesen Tag endet in einer sonnigen Verwirrtheit, oder sie vermischt sich mit den Erinnerungen an spätere Ausflüge. Denn auf diesen ersten folgten viele weitere. Ich entwickelte eine schwermütige und schmerzhaft heftige Vorliebe für diesen einsamen Wald mit dem schimmernden See in seiner Mitte. Ardalion bemühte sich nach Kräften, mich dahingehend zu schikanieren, daß ich den Makler aufsuchte und das angrenzende Stück Land kaufte, aber ich blieb fest; und selbst wenn ich begierig gewesen wäre, ein Stück Land zu kaufen – ich hätte mich dennoch nicht entschließen können, da mein Geschäft in diesem Sommer eine betrübliche Wendung genommen hatte und ich alles leid war: Meine widerwärtige Schokolade richtete mich zugrunde. Aber ich gebe Ihnen mein Wort darauf, meine Herren, mein Ehrenwort: Nicht Geldgier, nicht allein das, nicht nur der Wunsch, meine Lage zu verbessern... Doch es ist unnötig, den Ereignissen vorzugreifen...

Kapitel 3

Wie sollen wir dieses Kapitel beginnen? Ich stelle mehrere Variationen zur Wahl. Nummer eins (gern benutzt in Romanen, die in der ersten Person erzählt werden, von ihrem wahren oder einem untergeschobenen Autor):

Es ist schön heute, aber noch kühl, und der Wind weht mit unverminderter Heftigkeit; die immergrünen Ranken unter meinem Fenster wanken und wogen, und der Postbote auf der Straße nach Pignan geht rückwärts gegen den Wind und hält seine Mütze fest. Meine Unruhe wird größer...

Die charakteristischen Merkmale dieser Variante liegen auf der Hand: Zum einen wird klar, daß jemand, während er schreibt, sich an irgendeinem bestimmten Ort aufhält; er ist nicht einfach eine Art Geist, der über der Seite schwebt. Während er nachdenkt und schreibt, geht um ihn herum irgend etwas vor; da ist zum Beispiel dieser Wind, dieser Staubwirbel auf der Straße, die ich von meinem Fenster aus sehe (jetzt hat der Postbote sich umgedreht und geht, vornübergebeugt, immer noch gegen den Wind ankämpfend, vorwärts weiter). Eine nette, erfrischende Abwechslung, diese Nummer eins; sie gewährt eine Atempause, läßt einen persönlichen

Ton anklingen und erfüllt so die Geschichte mit Leben
– besonders wenn die erste Person ebenso frei erfunden
ist wie alles übrige. Nun, und genau darum geht es: Ein
Kunstkniff, ein armseliger Trick, fadenscheinig ge-
wetzt von literarischen Märchenhausierern, paßt nicht
zu mir, denn ich habe mich strikt der Wahrheit ergeben. Wenden wir uns also der zweiten Variante zu,
die darin besteht, sofort eine neue Figur loszulassen;
dann beginnt das Kapitel so:

Orlovius war unzufrieden.

Immer wenn er unzufrieden oder besorgt war oder
einfach nur um die richtige Antwort verlegen, zupfte er
an seinem langen linken Ohrläppchen, das mit grauem
Flaum eingefaßt war; dann zupfte er auch noch an seinem langen rechten Ohrläppchen, um keine Eifersüch-
teleien aufkommen zu lassen, blickte einen über seine
schlichte, ehrliche Brille hinweg an und ließ sich Zeit
und antwortete schließlich: «Das ist gewichtig zu
sagen...»

Tjashelo (schwer von Gewicht) bedeutete bei ihm
«schwierig» (*trudno*), ganz wie im Deutschen; und auf
dem feierlichen Russisch, das er sprach, lastete eine
deutsche Schwerfälligkeit.

Diese zweite Variation eines Kapitelanfangs ist eine
beliebte und brauchbare Methode – aber sie hat etwas
zu Glattes an sich; auch finde ich, es steht dem zaghaf-
ten, traurigen Orlovius nicht gut an, hurtig die Tore
eines neuen Kapitels aufzustoßen. Ich empfehle meine
dritte Fassung Ihrer Aufmerksamkeit.

In der Zwischenzeit... (die einladende Gebärde von
Pünktchen, Pünktchen, Pünktchen).

Seit alters her war dies der Lieblingstrick des Bioskops alias Kinematographen alias Kinos. Man sah den Helden dieses oder jenes tun, und in der Zwischenzeit... Pünktchen – und die Handlung wechselt aufs Land über. In der Zwischenzeit... Neuer Absatz, bitte.

... schleppte er sich mühsam die sonnendurchglühte Straße dahin und versuchte, im Schatten der Apfelbäume zu bleiben, sobald ihre verwachsenen geweißten Stämme ihm zur Seite zu marschieren begannen...

Nein, das ist eine alberne Vorstellung: Er war doch nicht immer auf Wanderschaft. Ein dreckiger Kulak würde eine weitere helfende Hand brauchen; irgendein roher Müller einen weiteren Rücken. Da ich niemals selbst Landstreicher gewesen bin, gelang es mir nicht – und es gelingt mir auch heute noch nicht –, sein Leben auf meiner privaten Leinwand noch einmal ablaufen zu lassen. Am meisten lag mir daran, mir vorzustellen, welchen Eindruck ein gewisser Maivormittag bei ihm hinterlassen hatte, den er auf einem Flecken kränklichen Grases in der Nähe von Prag verbracht hatte. Er wachte auf. Neben ihm saß ein gutgekleideter Herr und sah ihn mit großen Augen an. Erfreuliche Idee: Vielleicht gibt er mir was zu rauchen. Wie sich herausstellte, war er Deutscher. Sehr hartnäckig (vielleicht war er nicht ganz richtig im Kopf?) drängte er mir seinen Taschenspiegel auf; fing richtig an zu schimpfen. Irgendwas von Ähnlichkeit, soweit ich kapiert hab. Na, dachte ich, laß ihm doch seine Ähnlichkeit. Geht mich nichts an. Vielleicht besorgt er mir eine bequeme Arbeit. Wollte meine Adresse haben. Man kann nie wissen, vielleicht kommt ja was dabei raus.

Später: Gespräch in einer Scheune, in einer dunklen, warmen Nacht:

«Also, wie gesagt, das war ein komischer Kauz, dieser Kerl, den ich da eines Tages getroffen hab. Er meinte, wir wär'n Doppelgänger.»

Ein Lachen in der Dunkelheit: «In Wirklichkeit hast du alles doppelt gesehen, du alter Saufsack.»

Hier hat sich ein weiterer literarischer Kunstgriff eingeschlichen: die Nachahmung ausländischer Romane, die ihrerseits Nachahmungen sind und das Leben fröhlicher Vagabunden schildern, guter, kräftiger Kerle. (Meine Kunstgriffe sind offenbar ein wenig durcheinandergeraten, fürchte ich.)

Und da wir gerade von Literatur reden: Es gibt nichts, was ich darüber nicht weiß. Sie war immer ein rechtes Steckenpferd von mir. Als Kind verfaßte ich Gedichte und kunstvoll komponierte Geschichten. Ich stahl keine Pfirsiche aus dem Treibhaus des nordrussischen Gutsbesitzers, bei dem mein Vater Verwalter war. Ich begrub keine Katzen bei lebendigem Leib. Ich drehte niemals Spielgefährten, die schwächer waren als ich, den Arm rum; sondern, wie gesagt, ich verfaßte verworrene Verse und kunstvoll komponierte Geschichten, in denen ich mit schrecklicher Entschiedenheit und ohne jeglichen Grund die Bekannten unserer Familie verunglimpfte. Aber ich schrieb diese Geschichten nicht auf, und ich redete auch nicht davon. Kein Tag verging, ohne daß ich irgendeine Lüge erzählte. Ich log, wie die Nachtigall singt, entrückt und selbstvergessen; schwelgte in der neuen Lebensharmonie, die ich schuf. Für solch ein köstliches Lügen bekam ich von meiner Mutter eine Ohrfeige, und mein Vater verdrosch mich mit einer Reitpeitsche, die einmal eine Stierflechse gewesen war. Das schreckte mich nicht im geringsten; vielmehr beförderte es im Gegenteil den Flug meiner Einbildungskraft. Mit einem betäubten Ohr und brennendem Hintern lag ich dann im Obstgarten bäuchlings im hohen Gras und pfiff und träumte.

In der Schule bekam ich regelmäßig die schlechteste Zensur im russischen Aufsatz, weil ich mit russischen und ausländischen Klassikern auf meine eigene Art umsprang; als ich zum Beispiel die Handlung von *Othello* (die ich, wohlgemerkt, aufs beste kannte) «mit eigenen Worten» nacherzählen sollte, machte ich den Mohren skeptisch und Desdemona treulos.

Eine schmutzige Wette, die ich gegen einen den Mädchen nachstellenden Oberkläßler gewann, brachte mich in den Besitz eines Revolvers; daraufhin zeichnete ich mit Kreide häßliche, schreiende, bleiche Gesichter auf die Espenstämme im Wald und machte mich daran, diese Jammergestalten zu erschießen, eine nach der anderen.

Ich hatte Spaß daran, wie auch heute noch, Wörter befangen und albern erscheinen zu lassen, sie durch die Scheinehe eines Wortspiels zu vermählen, ihr Innerstes nach außen zu kehren, sie unvermutet zu überraschen. Woher kommt der Spaß im Auslandspaß? Was machen die Tomaten im Automaten? Wie verbinden sich Regal und Gras zu einem Sarglager?

Mehrere Jahre lang wurde ich von einem sehr eigentümlichen und sehr unangenehmen Traum verfolgt: Ich träumte, ich stünde in der Mitte eines langen Ganges, an dessen Ende eine Tür war, und wünschte mir leidenschaftlich, wagte es jedoch nicht, hinzugehen und die Tür zu öffnen, bis ich mich schließlich doch entschied, hinzugehen, was ich dann auch tat; aber sogleich wachte ich stöhnend auf, denn was ich dort erblickte, war unbeschreiblich entsetzlich: nämlich ein völlig leeres, frisch geweißtes Zimmer. Das war alles, aber es war so entsetzlich, daß ich niemals darin ausharren konnte; dann erschien eines Nachts ein Stuhl und sein schmaler Schatten in der Mitte des kahlen Raumes – nicht als ein erster Einrichtungsgegenstand, sondern als ob ihn jemand hergebracht hätte, um hinaufzusteigen und ein Stück Draperie anzubringen, und da ich wußte, wen ich das nächste Mal dort antreffen würde, hochgereckt, mit einem Hammer in der Hand und den Mund voller Nägel, spuckte ich sie aus und öffnete die Tür nie wieder.

Mit sechzehn, als ich noch zur Schule ging, begann ich regelmäßiger als früher ein angenehm legeres Bordell zu besuchen; nachdem ich alle sieben Mädchen durchprobiert hatte, konzentrierte ich meine Neigung auf die mollige Polymnia, mit der ich an einem nassen Tisch in einem Obstgarten Unmengen schäumenden Bieres trank – ich schwärme nun einmal für Obstgärten.

Während des Krieges blies ich, wie ich vielleicht schon erwähnt habe, in einem Fischerdorf unweit von Astrachan Trübsal, und wenn ich meine Bücher nicht gehabt hätte, hätte ich diese düsteren Jahre wohl kaum überlebt.

Lydia lernte ich in Moskau kennen (wohin ich durch ein Wunder verschlagen wurde, nachdem ich mich durch den verwünschten Wirrwarr des Bürgerkriegs geschlängelt hatte), in der Wohnung eines zufälligen Bekannten, bei dem ich wohnte. Er war Lette, ein stiller, blasser Mann mit einem Quadratschädel, Bürstenhaarschnitt und fischkalten Augen. Von Beruf Lateinlehrer, brachte er es später irgendwie fertig, ein prominenter sowjetischer Funktionär zu werden. In dieser Mietwohnung hatte das Schicksal mehrere Menschen zusammengepfercht, die sich gegenseitig kaum kannten, darunter Lydias anderen Vetter, Ardalions Bruder Innokentij, der aus irgendeinem Grunde bald nach unserer Abreise vom Erschießungskommando hingerichtet wurde. (Um offen zu sein: all dies würde sehr viel besser an den Anfang des ersten Kapitels passen als an den des dritten.)

Kühn und voll Hohn, doch innerlich leidend
(Zündet, o Seel, deine Fackel denn nicht?)
Von Gottes Veranda und Obstgarten scheidend,
Warum jetzt zur Erde, warum fort vom Licht?

Mein eigen, mein eigen! Meine jugendlichen Versuche mit den geliebten, sinnlosen Klängen, Hymnen, die von meiner bierduftenden Freundin inspiriert waren – und von «Schwinbörn», wie er in den baltischen Provinzen genannt wurde... Aber eines wüßte ich wirklich gern: War ich in jenen Tagen mit irgendwelchen so-

336

genannten verbrecherischen Neigungen begabt? Barg meine allem Anschein nach so graue und glanzlose Jugend die Möglichkeit in sich, einen genialen Gesetzesbrecher hervorzubringen? Oder ging ich vielleicht nur jenen gewöhnlichen Korridor meiner Träume entlang und schrie jedesmal erschaudernd auf, wenn ich das Zimmer leer fand, und dann, eines unvergeßlichen Tages, fand ich es nicht mehr leer? Ja, in diesem Augenblick war alles erklärt und gerechtfertigt – meine Sehnsucht danach, diese Tür zu öffnen, meine sonderbaren Spiele und jenes Dürsten nach Falschheit, jene Sucht nach ausgeklügelten Lügen, die sich bis dahin so ziellos ausgenommen hatte. Hermann entdeckte sein Alter ego. Dies geschah, wie ich Ihnen mitzuteilen bereits die Ehre hatte, am 9. Mai; und im Juli besuchte ich Orlovius.

Die Entscheidung, die ich getroffen hatte und die jetzt rasch in die Tat umgesetzt wurde, fand seine volle Zustimmung, um so mehr, als ich damit einen alten Rat von ihm befolgte.

Eine Woche darauf lud ich ihn zum Abendessen ein. Er stopfte sich den Zipfel seiner Serviette von der Seite her in den Kragen. Während er die Suppe anging, drückte er sein Mißfallen über den Gang der politischen Ereignisse aus. Lydia fragte unbekümmert, ob es Krieg geben werde und mit wem? Er blickte sie über seine Brille hinweg an, nahm sich Zeit (dies war mehr oder weniger der flüchtige Eindruck, den Sie am Anfang dieses Kapitels von ihm erhielten) und antwortete schließlich: «Das ist gewichtig zu sagen, aber ich halte Krieg für ausgeschlossen. Als ich jung war, kam ich auf die

Idee, nur das Beste anzunehmen» (er verwandelte das «Beste» fast in «Peste», so hart waren seine Lippenlaute). «Ich halte an dieser Idee fest. Die Hauptsache bei mir ist Optimismus.»

«Was Ihnen sehr zustatten kommt, wenn man an Ihren Beruf denkt», sagte ich lächelnd.

Er runzelte die Stirn und erwiderte ganz ernsthaft:

«Aber der Pessimismus, der bringt uns die Klienten.»

Als Krönung des Abendessens gab es unerwartet Tee, der in Gläsern gereicht wurde. Aus irgendeinem unerfindlichen Grund fand Lydia einen solchen Abschluß einfallsreich und angenehm. Orlovius war es jedenfalls zufrieden. Umständlich und kummervoll erzählte er uns von seiner alten Mutter, die in Dorpat lebte, und hielt dabei das Glas hoch und rührte den Rest seines Tees auf deutsche Weise um – nämlich nicht mit dem Löffel, sondern durch eine Kreisbewegung aus dem Handgelenk –, um den Zucker, der sich am Boden gesetzt hatte, nicht zu vergeuden.

Die Vereinbarung, die ich mit seiner Firma schloß, war von meiner Seite aus eine seltsam schleierhafte und belanglose Handlung. Und etwa um diese Zeit wurde ich auch so niedergedrückt, still und geistesabwesend; sogar meine unaufmerksame Frau nahm eine Wandlung in mir wahr – besonders da mein Liebesleben, nach all der ungestümen Dissoziation, zu einer faden Pflichtübung herabgesunken war. Tief in der Nacht (wir lagen wach im Bett, und im Zimmer war es trotz des weitgeöffneten Fensters unerträglich schwül) sagte sie einmal:

«Du wirkst überarbeitet, Hermann; im August fahren wir ans Meer.»

«Ach», sagte ich, «es ist nicht nur das, sondern das Stadtleben ganz allgemein; das langweilt mich zu Tode.»

Sie konnte im Dunkeln mein Gesicht nicht sehen. Nach einer Weile fuhr sie fort:

«Also, wie wär's zum Beispiel mit Tante Elisa – du weißt doch, meine Tante, die in Frankreich gelebt hat, in Pignan. Es gibt doch eine Stadt Pignan, nicht?»

«Ja.»

«Gut, sie wohnt da nicht mehr, sondern ist nach Nizza gezogen, mit dem alten Franzosen, den sie geheiratet hat. Sie haben da unten einen Bauernhof.»

Sie gähnte.

«Meine Schokolade geht vor die Hunde, liebes Kind», sagte ich und gähnte ebenfalls.

«Es wird schon alles gut», murmelte Lydia. «Du brauchst Erholung, das ist alles.»

«Ein anderes Leben, nicht nur Erholung», sagte ich und preßte einen Seufzer hervor.

«Ein anderes Leben», sagte Lydia.

«Hör mal», fragte ich sie, «würde es dir nicht auch Spaß machen, wenn wir irgendwo ein ruhiges, sonniges Fleckchen fänden, wäre es nicht eine Wonne für dich, wenn ich mich vom Geschäft zurückzöge? So als eine Art ehrbarer Rentier, na?»

«Ich könnte überall mit dir leben, Hermann. Wir würden Ardalion auch mitnehmen und uns vielleicht einen riesengroßen Hund anschaffen.»

Stille.

«Na ja, aber unglücklicherweise werden wir nirgends hinfahren. Ich bin praktisch pleite. Die Schokolade wird wohl in Konkurs gehen müssen, denk ich.»

Ein verspäteter Fußgänger kam vorbei. Schokk! Und noch einmal: Schokk! Wahrscheinlich schlug er mit seinem Spazierstock gegen die Laternenpfähle.

«Rate mal: das erste ist dieses Geräusch, das zweite ein Ausruf, in das dritte komme ich hinein, wenn ich nicht mehr bin, und alles zusammen ist mein Ruin.»

Das gleichmäßige Zischen eines vorüberfahrenden Autos.

«Na, errätst du es nicht?»

Aber meine Frau, das dumme Ding, schlief schon. Ich schloß die Augen, drehte mich auf die Seite, versuchte ebenfalls einzuschlafen; ohne Erfolg. Aus der Dunkelheit kam, mit vorgerecktem Kinn, die Augen starr auf meine gerichtet, Felix geradewegs auf mich zu. Als er schon ganz nah war, löste er sich auf, und ich sah nur noch die lange leere Straße vor mir, die er gekommen war. Dann erschien in der Ferne wieder eine Gestalt, die Gestalt eines Mannes, der jedem Baumstamm am Wegrand einen Hieb mit seinem Wanderstock versetzte; er schritt immer näher heran, und ich versuchte sein Gesicht zu erkennen... Und wirklich, mit vorgerecktem Kinn, die Augen starr auf meine gerichtet... Doch er löste sich auf wie zuvor, in dem Augenblick, da er mich erreichte; oder besser gesagt, er schien in mich einzutreten und durch mich hindurchzuschreiten, als wäre ich ein Schatten, und wieder lag nur die Straße vor mir, die sich erwartungsvoll streckte, und wieder erschien eine Gestalt, und wieder war er es.

Ich drehte mich auf die andere Seite, und eine Zeitlang war alles dunkel und friedlich, unbewegte Schwärze; dann wurde nach und nach eine Straße sichtbar: die gleiche Straße, aber aus der entgegengesetzten Richtung; und plötzlich erschienen direkt vor meinem Gesicht, als kämen sie aus mir heraus, der Hinterkopf eines Mannes und der Rucksack, den er auf dem Buckel trug; langsam wurde seine Gestalt kleiner, er ging und ging, gleich würde er verschwunden sein... Doch plötzlich hielt er inne, blickte sich um und kam denselben Weg zurück, so daß sein Gesicht immer klarer zu erkennen war; und es war mein eigenes Gesicht.

Ich drehte mich noch einmal um, diesmal auf den Rücken, und nun dehnte sich über mir, wie durch ein dunkles Glas betrachtet, ein gelackter blauschwarzer Himmel, ein Himmelsstreifen zwischen den Ebenholzpfeilern von Bäumen, die auf beiden Seiten langsam zurückwichen; doch als ich mich aufs Gesicht legte, sah ich unter mir die Kiesel und den Schlamm einer Chaussee dahingleiten, herabgefallene Heubüschel, eine Wagenspur, randvoll mit Regenwasser, und in dieser vom Wind gerunzelten Pfütze das zitternde Zerrbild meines Gesichtes; das, wie ich erschrocken feststellte, keine Augen hatte.

«Die Augen laß ich immer bis ganz zum Schluß», sagte Ardalion selbstgefällig.

Er hielt die Kohlezeichnung, die er von mir angefangen hatte, mit ausgestrecktem Arm vor sich hin und neigte den Kopf mal nach rechts, mal nach links. Er kam ziemlich häufig, und gewöhnlich saß ich ihm auf dem Balkon Modell. Ich verfügte jetzt über viel freie

Zeit: Ich hatte mir überlegt, ich könne mir ruhig so etwas wie kleine Ferien gönnen.

Lydia war auch da; sie hatte sich mit einem Buch in einem Korbsessel zusammengerollt; eine halb ausgedrückte Zigarette (sie drückte sie niemals ganz zu Tode) ließ mit wildem Lebenswillen einen dünnen, geraden Rauchfaden aus dem Aschenbecher aufsteigen; dann und wann brachte ein winziger Windhauch ihn zum Dippen und ins Schwanken, doch er erholte sich wieder und wurde so gerade und dünn wie zuvor.

«Alles andere als täuschend ähnlich», sagte Lydia, ohne indes von ihrem Buch aufzublicken.

«Das kann noch kommen», entgegnete Ardalion. «Hier, ich stutze jetzt noch dies Nasenloch zurecht, und dann haben wir's. Ein bißchen fad, das Licht heute nachmittag.»

«Was ist fad?» fragte Lydia, sah auf und legte einen Finger auf die Zeile, bei der sie unterbrochen wurde.

Lassen Sie mich diese Schilderung ebenfalls unterbrechen, denn es gibt da noch eine weitere Seite meines Lebens in diesem Sommer, die Ihrer Aufmerksamkeit wert ist, geneigter Leser. Ich entschuldige mich gern für die Irrungen und Wirrungen meines Berichts, doch gestatten Sie mir zu wiederholen, daß nicht ich ihn schreibe, sondern mein Gedächtnis, das seine eigenen Launen und Regeln hat. Schauen Sie mir also bitte zu, wie ich abermals den Wald bei Ardalions See durchstreife; dieses Mal bin ich allein gekommen und nicht im Wagen, sondern mit dem Zug (bis Königsdorf) und im Bus (bis zu dem gelben Pfahl).

Auf der Umgebungskarte, die Ardalion eines Tages

auf unserem Balkon liegenließ, sind alle Einzelheiten der Gegend deutlich zu erkennen. Nehmen wir an, ich halte die Karte vor mich hin; dann darf man sich Berlin, das außerhalb der Karte liegt, ungefähr in der Nachbarschaft meines linken Ellbogens vorstellen. Auf der Karte selbst, in der südwestlichen Ecke, erstreckt sich, wie ein Stück schwarz-weißes Schuppenband, in nördlicher Richtung die Eisenbahnlinie, die, wenigstens metaphysisch, von Berlin aus meinen Ärmel in Richtung Manschette entlangläuft. Meine Armbanduhr ist das Städtchen Königsdorf, hinter dem das schwarz-weiße Band abbiegt und nach Osten führt, wo ein weiterer Kreis liegt (der unterste Knopf meiner Weste): Eichenberg.

So weit brauchen wir allerdings noch nicht zu fahren; wir steigen in Königsdorf aus. Während die Eisenbahnlinie sich nach Osten wendet, macht ihre Begleiterin, die Hauptstraße, sich selbständig und führt allein nach Norden weiter, geradewegs bis zu dem Dorf Waldau (meinem linken Daumennagel). Dreimal täglich pendelt ein Bus zwischen Königsdorf und Waldau (siebzehn Kilometer); und in Waldau liegt übrigens auch die Zentrale der Immobilienfirma; ein farbenfroh angestrichener Pavillon, eine flatternde Phantasiefahne, zahlreiche gelbe Wegweiser; einer zeigt zum Beispiel «Zum Badestrand», aber von Strand kann noch nicht die Rede sein – nur von einem Morast am Rande des Waldauer Sees; ein weiterer zeigt «Zum Casino», aber das gibt es ebenfalls nicht, doch wird es vertreten von etwas, das wie ein Tabernakel aussieht, mit einem Kaffeeausschank im Anfangsstadium; noch ein weiterer Wegweiser lädt «Zum Sportgelände» ein, und tatsächlich findet man dort, frisch aufgebaut, eine komplizierte Angelegenheit für gymnastische Zwecke, ziemlich galgenähnlich – aber es ist niemand da, der das Ding benutzen könnte, abgesehen von einem Dorfknirps, der mit dem Kopf nach unten daran baumelt und den Flicken auf seinem Hosenboden sehen läßt; und rundherum, in allen Himmelsrichtungen, liegen die Parzellen; einige sind halb verkauft, und sonntags sieht man dicke Männer in Badeanzug und Hornbrille eisern damit beschäftigt, erste Ansätze von Sommerhäuschen zu bauen; da und dort entdeckt man vielleicht sogar frisch gepflanzte Blumen oder auch einen rosagestrichenen Abort, umschlungen von Kletterrosen.

Wir fahren allerdings auch nicht bis Waldau, sondern verlassen den Bus zehn Kilometer hinter Königsdorf, an einer Stelle, wo ein einsamer gelber Pfahl zu unserer Rechten steht. Auf der Ostseite der Chaussee zeigt die Karte eine ausgedehnte, mit Punkten übersäte Fläche: Das ist der Wald; dort, in seinem Herzen, liegt der kleine See, in dem wir badeten, und an seinem Westufer, fächerartig ausgebreitet wie Spielkarten, ein Dutzend Parzellen, von denen nur eine verkauft ist (die von Ardalion – wenn man das verkauft nennen will).

Jetzt kommen wir zum aufregenden Teil. Erwähnt wurde bereits die Bahnstation Eichenberg, die auf Königsdorf folgt, wenn man nach Osten reist. Jetzt eine technische Frage: Kann jemand, der in der Gegend von Ardalions See losmarschiert, zu Fuß Eichenberg erreichen? Die Antwort lautet: Ja. Wir müssen südlich um den See herumgehen und uns dann durch den Wald ostwärts halten. Nach einem Vierkilometermarsch, bei dem wir die ganze Zeit über im Wald bleiben, kommen wir auf einen Feldweg hinaus, der in der einen Richtung irgendwohin führt, zu kleinen Dörfern, um die wir uns nicht zu kümmern brauchen, während die andere uns nach Eichenberg bringt.

Mein ganzes Leben ist vermurkst und verpfuscht, und ich treibe hier meine Clownerien, jongliere mit gescheiten kleinen Beschreibungen, spiele mit dem vertraulichen Pronomen «wir» herum und blinzle dem Touristen zu, dem Landhausbesitzer, dem Freund der Natur, dieses malerischen Mischmaschs von Grün- und Blautönen. Aber haben Sie Geduld mit mir, lieber Leser. Der Spaziergang, den wir gleich antreten, wird Sie reich belohnen. Diese Anreden an den Leser sind auch ziemlich albern. Beiseite sprechen auf der Bühne. Das beredte Zischen: «Doch still! Es naht jemand...»

Dieser Spaziergang nun. Ich wurde von dem Bus an dem gelben Pfahl abgesetzt. Der Bus fuhr seine Strecke weiter und entführte mir drei alte Frauen in gepunkteten schwarzen Kleidern, einen Burschen mit einer Samtweste, der eine in Sackleinen gehüllte Sense bei sich hatte, ein kleines Mädchen mit einem großen Paket und einen Mann im Mantel, trotz der Hitze, mit einer schwer aussehenden Reisetasche auf den Knien: wahrscheinlich ein Tierarzt.

Zwischen Wolfsmilch und Quecken fand ich Reifenspuren – von meinem Auto, das hier mehrere Male entlanggehopst und -geholpert war bei den Ausflügen, die wir gemacht hatten. Ich trug lange, weite Bundhosen oder «Knickerbocker», wie es in Deutschland heißt (das k wird mitgesprochen). Ich ging in den Wald. Ich blieb an genau derselben Stelle stehen, wo meine Frau und ich einst auf Ardalion gewartet hatten. Ich rauchte dort eine Zigarette. Ich blickte dem Rauchwölkchen nach, das sich in der Luft langsam streckte, von geisterhaften Fingern zusammengedrückt wurde und wegschmolz. Ich spürte einen Kloß im Hals. Ich ging zum See weiter und entdeckte im Sand die zusammengeknüllten schwarz-orangefarbenen Fetzen einer Filmpackung (Lydia hatte uns photographiert). Ich ging südlich um den See herum und dann, durch den dichten Kiefernwald, geradewegs nach Osten.

Nach einer Stunde gemütlichen Wanderns kam ich auf den Feldweg hinaus. Ich schlug ihn ein und war nach einer weiteren Stunde in Eichenberg. Dort bestieg ich einen Bummelzug. Ich fuhr nach Berlin zurück.

Mehrere Male wiederholte ich diesen eintönigen Spaziergang, ohne in dem Wald jemals einer Menschenseele zu begegnen. Düsternis und ein tiefes Schweigen. Das Land am See verkaufte sich überhaupt nicht; tatsächlich stand es um das ganze Unternehmen ziemlich schlecht. Wenn wir drei zum Schwimmen hinausfuhren, war unsere Einsamkeit den ganzen Tag über so ungestört, daß man, wenn man den Wunsch verspürte, splitternackt baden konnte; dabei fällt mir ein, daß eines Tages, auf meinen Befehl hin, eine verschüchterte Lydia sich aus ihrem Badeanzug herausschälte und, unter viel geziertem Erröten und nervösem Gekicher, in Rosa und Braun (die fetten Oberschenkel so eng zusammengepreßt, daß sie kaum stehen konnte) zu ihrem Portrait Modell stand und daß Ardalion, der sich ganz plötzlich über irgend etwas ärgerte, wahrscheinlich über seinen eigenen Mangel an Talent, abrupt zu zeichnen aufhörte und davonstolzierte, um eßbare Fliegenpilze zu suchen.

Was mein Portrait betraf, so arbeitete er bis in den August hinein daran hartnäckig weiter, als er von der Holzkohle, mit deren ehrlichen Prankenhieben er nicht fertig geworden war, zur kleinlichen Betrügerei des Pastells überging. Ich setzte mir eine bestimmte Frist: das Datum, an dem er das Ding fertig hatte. Schließlich kam das Birnensaftaroma des Fixativs an die Reihe, das Portrait wurde gerahmt, und Lydia gab Ardalion zwanzig Mark, die sie um der feinen Sitte willen in einen Umschlag steckte. Wir hatten an jenem Abend Gäste, darunter Orlovius, und wir standen alle da und starrten; auf was? Auf die rosige Scheußlichkeit meines Gesichts. Ich weiß nicht, weshalb er meinen Wangen diesen fruchtigen Farbton verliehen hatte; sie sind in Wirklichkeit bleich wie der Tod. Wie sehr wir auch schauten, keiner konnte eine Spur von Ähnlichkeit entdecken! Wie absolut lächerlich zum Beispiel dieser karminrote Tupfen im Augenwinkel oder jener Schimmer eines Eckzahns hinter einer verächtlich gekräuselten Oberlippe. Und all dies vor einem ehrgeizigen Hintergrund voller Anspielungen, vielleicht auf geometrische Figuren oder auf Galgen...

Orlovius, bei dem Kurzsichtigkeit eine Form von Dummheit war, trat so dicht wie nur möglich an das Portrait heran, schob seine Brille auf die Stirn (wozu trug er sie überhaupt? sie behinderte ihn nur), blieb mit halbgeöffnetem Mund reglos stehen und hechelte das Bild freundlich an, als wolle er es gleich verspeisen.

347

«Der moderne Stil», sagte er schließlich mit Abscheu und schritt zum nächsten weiter, das er mit derselben gewissenhaften Aufmerksamkeit betrachtete, obwohl es nur ein gewöhnlicher Druck war, den man in jeder Berliner Wohnung finden konnte: *Die Toteninsel*.

Und jetzt, lieber Leser, wollen wir uns einen ziemlich kleinen Büroraum vorstellen, im sechsten Stock eines unpersönlichen Hauses. Die Stenotypistin hatte Feierabend gemacht; ich war allein. Im Fenster dräute ein bewölkter Himmel. Der Kalender an der Wand zeigte eine riesige schwarze Neun, fast wie die Zunge eines Stiers: der 9. September. Auf dem Tisch lagen die Kümmernisse des Tages (in Gestalt von Mahnbriefen), und zwischen ihnen stand eine symbolhaft leere Schokoladenschachtel mit der Dame in Lila, die mir untreu geworden war. Kein Mensch weit und breit. Ich deckte die Schreibmaschine auf. Alles war still. Auf einer bestimmten Seite meines Taschenkalenders (inzwischen vernichtet) stand eine bestimmte Adresse, geschrieben von der Hand eines halben Analphabeten. Wenn ich durch jenes zitternde Prisma blickte, konnte ich eine wächserne Braue sehen, die sich niederbeugte, ein schmutziges Ohr; mit dem Kopf nach unten baumelte ein Veilchen aus einem Knopfloch; ein Finger mit schwarzem Nagel drückte auf meinen silbernen Drehbleistift.

Ich weiß noch, ich schüttelte diese Betäubung ab, steckte das Büchlein in die Tasche zurück, zog meine Schlüssel heraus und war im Begriff, abzuschließen und zu gehen – ich ging bereits, aber dann blieb ich im Flur stehen, das Herz schlug mir bis zum Halse...

Nein, ich konnte unmöglich gehen... Ich kehrte ins Büro zurück, stand eine Weile am Fenster und betrachtete das Haus gegenüber. Dort waren bereits Lichter angegangen; sie schienen auf Hauptbücher und einen Mann in Schwarz, der hin und her lief, die eine Hand auf dem Rücken, und vermutlich einer Sekretärin, die ich nicht sehen konnte, etwas diktierte. Immer wieder erschien er, und einmal blieb er sogar am Fenster stehen, um ein wenig nachzudenken, und wandte sich dann wieder ab, diktierte, diktierte, diktierte.

Unerbittlich! Ich knipste das Licht an, setzte mich, preßte die Hände an die Schläfen. Plötzlich klingelte mit irrer Wut das Telephon; aber es erwies sich als ein Versehen – falsch verbunden. Und dann war wieder Stille, bis auf das leichte Plätschern des Regens, der die Nacht noch rascher hereinbrechen ließ.

Kapitel 4

«Lieber Felix, ich habe Arbeit für Sie gefunden. Zunächst aber müssen wir Auge in Auge ein Selbstgespräch führen und alles miteinander regeln. Da ich zufällig geschäftlich nach Sachsen fahren muß, schlage ich vor, daß wir uns in Tarnitz treffen, das von Ihrem gegenwärtigen Aufenthaltsort hoffentlich nicht weit entfernt liegt. Lassen Sie mich unverzüglich wissen, ob mein Plan Ihnen recht ist. Wenn ja, werde ich Ihnen Tag, Stunde und den genauen Treffpunkt mitteilen und Ihnen so viel Geld schicken, wie Sie für Ihre Fahrt voraussichtlich brauchen. Mein Reiseleben verwehrt es mir, eine feste Wohnstätte zu besitzen, deshalb schikken Sie Ihre Antwort lieber ‹Postlagernd› [hier folgt die Adresse eines Berliner Postamts], mit dem Kennwort ‹Ardalion› auf dem Umschlag. Für heute leben Sie wohl. Ich rechne darauf, von Ihnen zu hören.» (Keine Unterschrift.)

Hier liegt er vor mir, der Brief, den ich schließlich an jenem 9. September 1930 schrieb. Ich kann mich heute nicht mehr entsinnen, ob das «Selbstgespräch» ein Flüchtigkeitsfehler oder ein Scherz war. Das Ding ist mit der Maschine geschrieben, auf gutem, glattem blauem Schreibpapier mit einer Fregatte als Wasserzeichen; aber es ist jetzt traurig verknittert und an den Ecken beschmutzt; schwache Abdrücke seiner Finger, vielleicht. Somit könnte es scheinen, als sei ich der Empfänger, nicht der Absender. Nun, so sollte es auf die Dauer auch sein, denn haben wir nicht die Plätze getauscht, er und ich?

In meinem Besitz befinden sich zwei weitere, auf ähnlichem Papier geschriebene Briefe, aber alle *Antworten* darauf sind vernichtet. Wenn ich sie noch besäße – wenn ich zum Beispiel jenen blödsinnigen Brief hätte, den ich mit prächtig abgepaßter Beiläufigkeit Orlovius zeigte (und dann, wie die anderen, vernichtete), wäre es jetzt möglich, die Form des Briefromans aufzunehmen. Eine altehrwürdige Form, die in der Vergangenheit große Leistungen hervorbrachte. Von Ix an Ypsilon: «Lieber Ypsilon» – und darüber findet man mit Sicherheit das Datum. Die Briefe kommen und gehen – ganz wie der Pingpongflug eines Balles über ein Netz. Der Leser gibt es bald auf, den Daten irgendwelche Aufmerksamkeit zu schenken; und wirklich, was liegt ihm daran, ob ein bestimmter Brief am 9. September geschrieben wurde oder am 16.? Die Daten sind jedoch erforderlich, um die Illusion aufrechtzuerhalten.

So geht es weiter ohne Unterlaß, Ix schreibt an Ypsilon und Ypsilon an Ix, Seite um Seite. Mitunter drängt sich ein Außenstehender, ein Zet, dazwischen und leistet seinen eigenen kleinen Beitrag zum Briefwechsel, aber er tut dies einzig zu dem Zweck, dem Leser (dem er dabei nicht in die Augen blickt, sondern nur gelegentlich zublinzelt) ein Ereignis deutlich zu machen, das aus

Gründen der Glaubhaftigkeit oder dergleichen weder Ix noch Ypsilon so recht hätten erklären können.

Sie schreiben ebenfalls wohlüberlegt: Alle diese «Erinnerst-du-dich-noch-an-die-Zeit-als-wir» (es folgen detaillierte Erinnerungen) werden nicht deshalb zur Sprache gebracht, um Ypsilons Gedächtnis aufzufrischen, sondern um dem Leser die notwendige Auskunft zu geben – so daß, aufs Ganze gesehen, das Ergebnis recht possierlich ist; jene ordentlich vermerkten und völlig unnötigen Daten sind, wie bereits gesagt, ein ganz besonderer Spaß. Und wenn Zet sich schließlich unvermittelt mit einem Brief an seinen eigenen, persönlichen Briefpartner einmischt (denn solche Romane setzen eine Welt voraus, die aus Briefschreibern besteht) und ihm den Tod von Ix und Ypsilon oder aber ihre glückliche Vereinigung berichtet, dann beschleicht den Leser das Gefühl, daß er all dem das allergewöhnlichste Schreiben vom Steuereinnehmer vorziehen würde. In der Regel bin ich immer für meine außergewöhnliche humoristische Art bekannt gewesen; sie geht auf natürliche Weise mit einer wachen Einbildungskraft einher; wehe der Phantasie, die nicht von Witz begleitet ist.

Einen Augenblick. Ich wollte doch diesen Brief abschreiben, und jetzt ist er irgendwo verschwunden.

Ich kann fortfahren; er war unter den Tisch geflattert.

Eine Woche darauf kam die Antwort (ich war fünfmal auf der Post gewesen, und meine Nerven waren aufs äußerste gespannt): Felix teilte mir mit, er nehme meinen Vorschlag dankbar an. Wie es bei ungebildeten Leuten oft der Fall ist, stimmte der Ton seines Briefes nicht im geringsten mit seiner gewöhnlichen Redeweise überein: Seine briefliche Stimme war ein zitterndes Falsett mit Ausrutschern in eine beredte Heiserkeit, während er in Wirklichkeit einen selbstzufriedenen Bariton hatte, der zum schulmeisterlichen Baß absinken konnte.

Ich schrieb ihm zurück; diesmal legte ich einen Zehnmarkschein bei und bat ihn, mich am 1. Oktober um fünf Uhr nachmittags in der Nähe des bronzenen Reiterstandbildes am Ende der Allee zu erwarten, die links vom Bahnhofsvorplatz in Tarnitz beginnt. Ich wußte nicht mehr, wer dieser Bronzereiter war (irgendein gewöhnlicher, mittelmäßiger Herzog, denke ich), und konnte mich auch nicht an den Namen der Allee erinnern; doch hatte es mich eines Tages, als ich mit einem Geschäftsfreund im Wagen durch Sachsen fuhr, für zwei Stunden nach Tarnitz verschlagen, wo mein Reisegefährte einige verwickelte Telephongespräche zu erledigen versuchte; und da ich immer schon ein photographisches Gedächtnis besaß, nahm ich diese Straße, dieses Standbild und andere Einzelheiten in mich auf und fixierte sie – zugegeben ein recht kleinformatiges Photo; aber wenn ich wüßte, wie man es vergrößern könnte, wäre sogar die Schrift auf den Ladenschildern zu erkennen, denn dieser mein Apparat ist von bewundernswerter Qualität.

Mein Brief vom «16. Sept.» ist handgeschrieben: Ich kritzelte ihn in aller Eile auf der Post, weil ich über den Empfang einer Antwort auf «mein Schreiben vom 9. ds. Mts.» so erregt war, daß ich nicht die Geduld aufbrachte, abzuwarten, bis ich an eine Schreibmaschine kam. Außerdem bestand noch kein besonderer Grund, eine meiner verschiedenen Handschriften zu meiden, denn ich wußte, daß ich schließlich als der Empfänger gelten würde. Nachdem ich den Brief aufgegeben hatte, fühlte ich mich, wie sich wahrscheinlich ein purpurnes, rotgeädertes dickes Ahornblatt fühlt, wenn es langsam vom Zweig in den Bach hinunterflattert.

Ein paar Tage vor dem 1. Oktober ging ich mit meiner Frau im Tiergarten spazieren; unterwegs blieben wir auf einer Fußgängerbrücke stehen, die Ellbogen aufs Geländer gestützt. Unter uns, auf der ruhigen Wasseroberfläche, bewunderten wir (ohne, natürlich, das Original zu beachten) das genaue Ebenbild der herbstlichen Parktapisserie aus vielfarbigem Blattwerk, der gläsernen Himmelsbläue, der dunklen Umrisse des Geländers und unserer heruntergeneigten Gesichter. Wenn ein Blatt langsam herabfiel, flatterte ihm, aus den schattigen Tiefen des Wassers herauf, sein unvermeidlicher Doppelgänger entgegen. Ihr Zusammentreffen war lautlos. Das Blatt kam herabgewirbelt, und wirbelnd stieg seine genaue, schöne, tödliche Spiegelung empor, ungeduldig ihm entgegen. Ich konnte meinen Blick nicht wegreißen von diesen unentrinnbaren Begegnungen. «Komm weiter», sagte Lydia und seufzte. «Der Herbst, der Herbst», sagte sie nach einer Weile. «Der Herbst. Ja, es ist Herbst.» Sie trug bereits ihren leopardenfleckigen Pelzmantel. Ich trottete hinterher und durchbohrte abgefallene Blätter mit meinem Spazierstock.

«Wie herrlich müßte es jetzt in Rußland sein», sagte sie (ähnliche Äußerungen kamen von ihr zu Anfang des Frühlings und an schönen Wintertagen: Allein Som-

merwetter hatte keinerlei Einfluß auf ihre Einbildungskraft).

«...Kein Glück ist auf der Welt... Doch Frieden,
Freiheit – ja... Beneidenswertes Los, das ich im
Traume sah. Lang trag ich, müder Sklav...»

«Komm weiter, müder Sklave. Wir essen heute ein
bißchen früher.»

«...den Fluchtplan in der Brust... Dir wäre es
wahrscheinlich langweilig, Lydia – ohne Berlin, ohne
Ardalions ordinäres Gequatsche.»

«Aber nein. Ich möchte auch schrecklich gern irgendwohin... Sonnenschein, Meeresrauschen. Ein nettes,
gemütliches Leben. Ich versteh nicht, warum du so
schlecht über ihn redest.»

«'s ist Zeit, mein Lieb, 's ist Zeit... Das Herz verlangt nach Rast... O nein, ich kritisiere ihn gar nicht.
Übrigens, was machen wir nur mit dem gräßlichen Portrait? Sein Anblick beleidigt das Auge. Die Tage fliehn
dahin...»

«Schau, Hermann, da reiten welche. Die Frau da
hält sich bestimmt für eine Schönheit. Oh, komm
schon, los. Du trödelst hinterher wie ein trotzendes
Kind. Weißt du, ich hab ihn wirklich sehr gern. Ich
wünsche mir schon lange, daß ich ihm viel Geld geben
könnte für eine Italienreise.»

«...Beneidenswertes Los... Lang trag ich... Heutzutage kann Italien einem schlechten Maler nichts mehr
nützen. Vielleicht war das früher einmal so, vor langer
Zeit. Lang trag ich, müder Sklav...»

«Du schläfst ja fast schon, Hermann. Bitte, laß uns
voranmachen.»

Also ich möchte ganz offen sein: Ich verspürte kein besonderes Verlangen nach Erholung; aber in jüngster Zeit war dies zum ständigen Gesprächsstoff zwischen mir und meiner Frau geworden. Kaum daß wir uns allein sahen, brachte ich mit plumper Hartnäckigkeit das Gespräch auf den «Hort der reinen Lust» – wie es in dem Puschkin-Gedicht heißt.

Inzwischen zählte ich ungeduldig die Tage. Ich hatte die Verabredung bis zum 1. Oktober aufgeschoben, weil ich mir die Möglichkeit geben wollte, meinen Sinn zu ändern; und heute kann ich mir den Gedanken einfach nicht aus dem Kopf schlagen, daß Felix, wenn ich meinen Sinn geändert hätte und nicht nach Tarnitz gefahren wäre, immer noch bei dem bronzenen Herzog herumlungern würde oder sich auf einer benachbarten Bank ausruhen und mit seinem Stock, von links nach rechts und von rechts nach links, jene Erdregenbögen ziehen würde, die jeder Mann zeichnet, der einen Stock und freie Zeit hat (unsere ewige Unterwerfung unter den Kreis, in dem wir alle gefangen sind!). Ja, so säße er bis zum heutigen Tage immer noch da, und ich würde mich seiner fortwährend erinnern, mit wilder Pein und Erregung; ein riesiger schmerzender Zahn, und nichts, womit man ihn herausziehen könnte; eine Frau, die man nicht besitzen kann; ein Ort, der infolge der eigentümlichen Topographie von Alpträumen quälend außer Reichweite bleibt.

Am Vorabend meiner Abreise legten Ardalion und Lydia Patiencen, während ich die Zimmer durchschritt und mich in allen Spiegeln musterte. Damals stand ich mit Spiegeln noch auf allerbestem Fuße. In den letzten vierzehn Tagen hatte ich mir einen Schnurrbart wachsen lassen. Das veränderte meinen Gesichtsausdruck zum Schlechteren hin. Über meinen blutleeren Lippen sträubte sich ein bräunlichroter Klecks mit einer obszönen kleinen Kerbe in der Mitte. Ich hatte die Empfindung, er sei angeklebt; und manchmal schien es mir, als sitze ein kleines Stacheltier auf meiner Oberlippe. Nachts, im Halbschlaf, zupfte ich plötzlich an meinem Gesicht herum, und meine Finger erkannten es nicht. Ich schritt also, wie gesagt, umher und rauchte, und aus jeder speckigen Psyche in der Wohnung blickte mir, mit ernsten und besorgten Augen, ein hastig zurechtgemachtes Individuum entgegen. In einem blauen Hemd und mit einer imitierten Schottenkrawatte klatschte Ardalion die Karten auf den Tisch wie ein Glücksspieler in einer Kneipe. Lydia saß seitlich zum Tisch, die Beine übereinandergeschlagen, das Kleid über die Strumpfkante hochgerutscht, blies den Rauch ihrer Zigarette mit vorgeschobener Unterlippe nach oben, und ihre Augen fixierten die Karten auf dem Tisch. Es war eine schwarze und stürmische Nacht; alle fünf Sekunden kam der fahle Strahl des Funkturms über die Dächer gestrichen: eine leuchtende Zuckung; der sanfte Irrsinn eines kreisenden Scheinwerfers. Durch das offenstehende schmale Badezimmerfenster drang aus einem Fenster jenseits des Hofes die sahnige Stimme eines Rundfunksprechers herüber. Im Eßzimmer erleuchtete die Lampe mein scheußliches Portrait. Der blauhemdige Ardalion klatschte die Karten auf den Tisch; Lydia stützte die Ellbogen darauf; Rauch stieg aus dem Aschenbecher empor. Ich trat hinaus auf den Balkon.

«Mach die Tür zu, es zieht», kam Lydias Stimme aus dem Eßzimmer. Ein scharfer Wind ließ die Sterne blinzeln und flackern. Ich ging wieder hinein.

«Wohin fährt unser Hübscher denn?» fragte Ardalion, ohne einen von uns speziell anzusprechen.

«Nach Dresden», antwortete Lydia.

Sie spielten jetzt *duratschki*, Übertölpeln.

«Meine besten Empfehlungen an die Sixtina», sagte Ardalion. «Nein, da kann ich nicht mithalten, fürchte ich. Mal sehen. So geht's.»

«Er sollte besser zu Bett gehen, er ist todmüde», sagte Lydia. «Hör mal, du hast kein Recht, den Stapel abzutasten, das gilt nicht.»

«War nicht mit Absicht», sagte Ardalion. «Sei nicht ärgerlich, Kätzchen. Und bleibt er lange weg?»

«Diese hier auch, Ardi, Liebling, diese hier auch, bitte, auf die hast du auch noch nicht gesetzt.»

So redeten sie eine ganze Zeit lang weiter. Bald über ihre Karten und bald über mich, als ob ich gar nicht im Zimmer oder ein Schatten wäre, ein Gespenst, ein stummes Tier; und diese scherzhafte Angewohnheit von ihnen, die mich früher kaltgelassen hatte, schien mir jetzt mit Bedeutung beladen, als sei wirklich nur meine Spiegelung anwesend, mein wahrer Körper jedoch weit weg.

Am nächsten Nachmittag stieg ich in Tarnitz aus. Ich hatte einen Koffer mit, und der behinderte meine Bewegungsfreiheit, denn ich gehöre zu jenem Männertyp, der es haßt, irgend etwas zu schleppen; dagegen schätze ich es sehr, teure Ziegenlederhandschuhe zur Schau zu tragen, die Finger zu spreizen und frei mit den Armen zu schlenkern, während ich umherschlendere und die glänzenden Spitzen meiner elegant beschuhten Füße nach außen setze, die für meine Größe zierlich sind und in ihren mausgrauen Gamaschen schick aussehen, denn Gamaschen sind insofern den Handschuhen ähnlich, als sie dem Mann dezente Eleganz verleihen, wie erstklassige Reiseartikel sie ausstrahlen.

Ich liebe Geschäfte, wo Koffer verkauft werden, herrlich duftend und knarrend; die Jungfräulichkeit des Schweinsleders unter dem schützenden Stoff; aber ich schweife ab, ich schweife ab – vielleicht *will* ich abschweifen... Machen Sie sich nichts draus, gehen wir weiter, wo war ich stehengeblieben? Ja, ich beschloß, meinen Koffer im Hotel abzustellen. In welchem Hotel? Ich überquerte den Platz und schaute mich um, nicht nur nach einem Hotel, sondern auch, um mich wieder an den Ort zu erinnern, da ich einmal hier durchgefahren war und die Allee dort drüben und das Postamt wiedererkannte. Ich hatte allerdings keine Zeit, mein Gedächtnis auf die Probe zu stellen. Ganz plötzlich wurde mein Gesichtssinn völlig erfüllt vom Schild eines Hotels, seinem Eingang, einem Paar Lorbeerbüschen in grünen Kübeln zu beiden Seiten... Aber diese Anspielung auf Luxus erwies sich als Täuschung, denn sobald man eintrat, wurde man betäubt von dem Gestank aus der Küche; zwei struppige Einfaltspinsel tranken an der Theke ihr Bier, und ein alter Kellner, der in der Hocke saß und mit dem Zipfel seiner Serviette unter der Achsel wedelte, rollte einen fetten, weißbäuchigen jungen Hund auf dem Boden hin und her, der seinerseits mit dem Schwanz wedelte.

Ich verlangte ein Zimmer (fügte hinzu, mein Bruder werde vielleicht die Nacht bei mir verbringen) und bekam ein einigermaßen großes, mit zwei Betten und einer Karaffe abgestandenen Wassers auf einem runden Tisch, wie in der Apotheke. Als der Kellner gegangen war, stand ich dort mehr oder weniger allein, die Ohren klangen mir, und ein Gefühl seltsamer Überraschung durchdrang mich. Mein Doppelgänger war wahrscheinlich schon in der gleichen Stadt wie ich; vielleicht wartete er bereits in dieser Stadt; folglich wurde ich durch zwei Personen verkörpert. Wäre nicht mein Schnurrbart und meine Kleidung, dann könnte das Hotelpersonal – aber vielleicht (so überlegte ich weiter, von einem Gedanken zum andern springend) hatten sich seine Züge verändert und ähnelten meinen nicht mehr, und ich war vergebens hergekommen. «Bitte, lieber Gott!» sagte ich mit Nachdruck und begriff selbst nicht, warum ich das sagte; denn bestand nicht jetzt mein ganzer Lebensinhalt darin, ein lebendiges Spiegelbild zu besitzen? Warum erwähnte ich dann den Namen eines nicht existierenden Gottes, warum fuhr mir plötzlich die närrische Hoffnung durch den Sinn, daß meine Spiegelung verzerrt worden sei?

Ich trat ans Fenster und blickte hinaus: Unter mir lag ein trostloser Hof, und ein Tatar mit einem krummen Rücken und einem bestickten Käppchen zeigte einer drallen, barfüßigen Frau einen kleinen blauen Teppich. Nun kannte ich aber diese Frau, und den Tataren erkannte ich ebenfalls, und den Flecken Unkraut in einer Ecke des Hofs, und diesen Staubwirbel, und den sanften Druck des kaspischen Windes, und den bleichen Himmel, der es satt hatte, auf Fischplätze zu blicken.

In diesem Augenblick klopfte es, und ein Zimmermädchen trat ein, mit dem zusätzlichen Kissen und dem sauberen Nachttopf, die ich verlangt hatte, und als ich mich wieder zum Fenster wandte, sah ich dort unten keinen Tataren mehr, sondern einen einheimischen Hausierer, der Hosenträger feilbot, und die Frau war verschwunden. Doch während ich so schaute, begann jener Vorgang des Verschmelzens und Erbauens, dieses Ausstaffieren einer bestimmten Erinnerung aufs neue; wieder erschien, büschelartig wachsend, jenes Unkraut in der Ecke des Hofes, und wieder betastete die rothaarige Christina Forsmann, die ich 1915 fleischlich besessen hatte, den Teppich des Tataren, und Sand flog, und ich konnte nicht herausfinden, um welchen Kern herum sich alle diese Dinge bildeten, und wo genau der Keim, die Quelle... Da fiel plötzlich mein Blick auf die Karaffe mit abgestandenem Wasser, und sie rief «Warm», wie bei dem Spiel, bei dem man Gegenstände versteckt; und höchstwahrscheinlich hätte ich schließlich die Kleinigkeit gefunden, die, von mir unbewußt wahrgenommen, sofort die Maschinerie des Gedächtnisses in Bewegung gesetzt hatte (oder ich hätte sie auch nicht gefunden, da die einfache, unliterarische Erklärung lauten mochte, daß alles in diesem provinziellen deutschen Hotelzimmer, sogar die Aussicht, mich undeutlich und unangenehm an etwas erinnerte, das ich vor Ewigkeiten in Rußland gesehen hatte) – wenn ich nicht an meine Verabredung gedacht hätte;

und das veranlaßte mich, meine Handschuhe anzuziehen und hinauszueilen.

Ich ging die Allee hinunter, am Postamt vorbei. Ein brutaler Wind blies und jagte die Blätter – hopphopp, ihr Krüppel! – quer über die Straße. Trotz meiner Ungeduld war ich aufmerksam wie gewöhnlich, achtete auf die Gesichter und die Hosen der Passanten, die Straßenbahnwagen, die im Vergleich mit den Berlinern wie Spielzeuge aussahen, die Geschäfte, einen Riesenzylinder, der auf eine abblätternde Mauer gemalt war, Ladenschilder, den Namen eines Fischhändlers: Carl Spiess, was mich an einen Carl Spiess erinnerte, den ich in jenem Wolgadorf meiner Vergangenheit gekannt hatte und der ebenfalls Röstaale verkaufte.

Schließlich erreichte ich das Ende der Straße und sah das Bronzepferd sich aufbäumen, wobei es wie ein Specht den Schwanz als Stütze benutzte; und hätte der Herzog, der darauf ritt, nur etwas feuriger den Arm ausgestreckt, hätte man das ganze Denkmal im abendlichen Dämmerlicht für das von Peter dem Großen in der von ihm gegründeten Stadt halten können. Auf einer der Bänke aß ein alter Mann Trauben aus einer Tüte; auf einer anderen Bank saßen zwei ältliche Matronen; eine gebrechliche alte Frau von gewaltigem Umfang lehnte in einem Rollstuhl und lauschte mit aufgerissenen Augen gespannt ihrem Gespräch. Zweimal, dreimal schritt ich um das Standbild herum und bemerkte dabei die Schlange, die sich unter jenem Hinterhuf wand, die lateinische Inschrift, den hohen Reiterstiefel mit dem schwarzen Stern seines Sporns. Entschuldigung, da war in Wirklichkeit gar keine Schlange; meine

362

Phantasie hat nur eine Anleihe bei Zar Peter gemacht – dessen Statue übrigens Halbstiefel trägt.

Dann setzte ich mich auf eine leere Bank (insgesamt waren es ein halbes Dutzend) und sah auf meine Uhr. Drei Minuten nach fünf. Spatzen hüpften über den Rasen. Auf einem lächerlich geschwungenen Beet waren die scheußlichsten Blumen der Welt gepflanzt: Heidekrautastern. Zehn Minuten vergingen. Nein, meine Erregung weigerte sich, sitzen zu bleiben. Überdies waren mir die Zigaretten ausgegangen, und ich lechzte nach ein paar Zügen.

Ich schlug eine Seitenstraße ein, kam an einer schwarzen evangelischen Kirche vorbei, die Altertümlichkeit vortäuschte, und erspähte ein Tabakgeschäft. Als ich eingetreten war, surrte die automatische Klingel weiter, da ich die Tür nicht geschlossen hatte. «Würden Sie bitte...», sagte die bebrillte Frau hinter dem Ladentisch, und ich ging zurück und schloß heftig die Tür. Genau darüber hing eines von Ardalions Stilleben: Tabakspfeife, grünes Tuch und zwei Rosen.

«Wie um alles in der Welt sind Sie...?» fragte ich mit einem Lachen. Sie begriff zuerst nicht und antwortete dann:

«Meine Nichte hat es gemalt – meine Nichte, die vor kurzem gestorben ist.»

Also, verflixt noch mal! (dachte ich). Hatte ich nicht etwas sehr Ähnliches, wenn nicht das gleiche unter Ardalions Bildern gesehen? Also, verflixt noch mal!

«Oh, ich verstehe», sagte ich laut. «Haben Sie...» Ich nannte die Marke, die ich gewöhnlich rauche, bezahlte die Zigaretten und ging.

Zwanzig Minuten nach fünf.

Da ich nicht wagte, zu der festgesetzten Stelle zurückzukehren (und um dem Schicksal Gelegenheit zu einer Programmänderung zu geben), und da ich immer noch nichts empfand, weder Ärger noch Erleichterung, ging ich eine ganze Zeitlang die Seitenstraße weiter, die mich von dem Standbild wegführte, und bei jedem zweiten Schritt blieb ich stehen und versuchte, meine Zigarette anzuzünden, aber der Wind stibitzte mir immer wieder das Flämmchen, bis ich in einem Hauseingang Schutz suchte und es so dem Wind entwand – welch ein Wortspiel! Ich blieb in dem Hauseingang stehen und sah zwei kleinen Mädchen beim Murmelspiel zu; abwechselnd ließen sie die in allen Regenbogenfarben schillernde Kugel rollen, bückten sich, um ihr mit dem Fingerrücken einen Stoß zu geben, oder klemmten sie zwischen die Füße, um sie mit einem Hopser loszulassen, und all dies, damit die Murmel langsam in eine winzige Bodenvertiefung unter einer doppelstämmigen Birke kullerte; während ich dieses konzentrierte, stumme und zierlich genaue Spiel betrachtete, ertappte ich mich bei dem Gedanken, daß Felix gar nicht kommen könne, aus dem einfachen Grund, weil er ein Produkt meiner Einbildungskraft war, die sich nun einmal nach Spiegelungen, Wiederholungen und Masken verzehrte, und daß meine Anwesenheit in einer abgelegenen Kleinstadt widersinnig und sogar widernatürlich sei.

Ich erinnere mich gut an diese kleine Stadt – und fühle mich seltsam verwirrt: Soll ich noch weitere Beispiele anführen für Erscheinungen dort, welche auf scheußlich unangenehme Weise Dinge widerhallen ließen, die ich vor langer Zeit irgendwo gesehen hatte? Heute scheint es mir sogar, als sei sie, diese Stadt, aus gewissen Abfallpartikeln meiner Vergangenheit erbaut gewesen, denn ich entdeckte in ihr Dinge, die mir auf eine höchst bemerkenswerte und höchst unbehagliche Weise vertraut waren: ein niedriges blaßblaues Haus, dessen genaues Gegenstück ich in einem Vorort von St. Petersburg gesehen hatte, einen Trödlerladen, wo Anzüge hingen, die verstorbenen Bekannten von mir gehört hatten, eine Straßenlaterne mit derselben Nummer (ich achte seit jeher auf die Nummern von Straßenlaternen) wie eine, die vor dem Haus gestanden hatte, in dem ich in Moskau wohnte, und ganz in der Nähe die gleiche kahle Birke mit dem gleichen gegabelten Stamm in einem eisernen Korsett (ach so, deshalb kam ich darauf, nach der Nummer an der Laterne zu sehen). Wenn ich wollte, könnte ich noch viele Beispiele dieser Art anführen, darunter einige, die so heikel sind, so – wie soll ich sagen? – auf abstrakte Weise persönlich, daß sie dem Leser, den ich wie eine aufopferungsvolle Krankenschwester verhätschele und verwöhne, unverständlich bleiben würden. Zudem bin ich mir der Außergewöhnlichkeit der obenerwähnten Erscheinungen nicht ganz sicher. Jeder Mensch mit einem scharfen Auge ist solche anonym wiedererzählten Passagen aus seiner Vergangenheit gewohnt; verlogen-unschuldige Verknüpfungen von Einzelheiten, die abstoßend nach Plagiat schmecken. Überlassen wir sie der Gewissenhaftigkeit des Schicksals und kehren selbst, mit sinkendem Herzen und dumpfem

Widerstreben, zu dem Denkmal am Ende der Straße zurück.

Der alte Mann hatte seine Trauben aufgegessen und war gegangen; die Frau, die an der Wassersucht starb, war davongerollt worden; es war niemand mehr da, außer einem Mann, der auf der gleichen Bank saß, auf der ich eine Weile zuvor gesessen hatte. Ein wenig nach vorn gebeugt und mit geöffneten Knien teilte er Krumen an die Spatzen aus. Sein Stock, der unbekümmert neben seiner linken Hüfte an die Bank gelehnt war, geriet just in dem Augenblick, als ich sein Vorhandensein bemerkte, langsam in Bewegung; er begann zu rutschen und plumpste auf den Kies. Die Spatzen flogen auf, beschrieben einen Bogen und ließen sich auf den umstehenden Büschen nieder. Ich merkte, daß der Mann sich mir zugewandt hatte.

Sie haben recht, mein kluger Leser.

Kapitel 5

Ich hielt die Augen auf den Boden geheftet, schüttelte seine rechte Hand mit meiner linken, hob gleichzeitig den herabgefallenen Stock auf und setzte mich neben ihn auf die Bank.

«Sie haben sich verspätet», sagte ich, ohne ihn anzusehen. Er lachte. Immer noch ohne hinzusehen, knöpfte ich meinen Mantel auf, setzte den Hut ab, strich mir mit der Handfläche über den Kopf. Mir war heiß am ganzen Körper. Der Wind war im Irrenhaus gestorben.

«Ich hab Sie sofort wiedererkannt», sagte Felix in einem schmeichlerischen, idiotischen Verschwörerton.

Ich betrachtete jetzt den Stock in meinen Händen. Es war ein handfester, verwitterter Stecken aus Lindenholz, an einer Stelle eingekerbt, der Name des Besitzers sauber eingebrannt: «Felix Soundso», und darunter das Datum, und dann der Name seines Dorfes. Ich legte ihn auf die Bank zurück, mit dem flüchtigen Gedanken, daß der Halunke zu Fuß gekommen war.

Schließlich raffte ich mich zusammen und wandte mich ihm zu. Aber immer noch blickte ich nicht sofort auf sein Gesicht; ich begann, mich von den Füßen nach oben zu arbeiten, wie im Film, wenn einen der Kameramann auf die Folter spannen will. Zuerst kamen große, staubige Schuhe und dicke Socken, die ihm um die Knöchel schlotterten, dann eine blankgewetzte blaue Hose (die Kordsamthose war vermutlich verrottet) und eine Hand, die eine trockene Brotkruste hielt. Dann eine blaue Jacke über einem dunkelgrauen Pullover. Noch höher der weiche Kragen, den ich kannte (obwohl jetzt vergleichsweise sauber). Dort hielt ich inne. Sollte ich ihn kopflos lassen oder ihn weiter aufbauen? Ich nahm Deckung hinter meiner Hand und blickte zwischen den Fingern hindurch auf sein Gesicht.

Einen Augenblick lang hatte ich den Eindruck, das Ganze sei eine Täuschung gewesen, eine Halluzination – daß er niemals mein Doppelgänger hätte sein können, dieser Schafskopf, der mit hochgezogenen Augenbrauen erwartungsvoll grinste, weil er noch nicht recht wußte, welchen Gesichtsausdruck er annehmen sollte, und deshalb, um auf jeden Fall sicherzugehen, schon einmal die Augenbrauen hochzog. Einen Augenblick lang, wie gesagt, schien es mir, daß er mir nicht ähnlicher sah als jeder andere. Aber dann war ihr Schreck vorüber, die Spatzen kehrten zurück, einer kam ganz nah herangehüpft, und das lenkte seine Aufmerksamkeit ab; seine Gesichtszüge fielen in ihre richtige Lage zurück, und wiederum erblickte ich das Wunder, das mich fünf Monate zuvor in Bann geschlagen hatte.

Er warf den Spatzen eine Handvoll Krumen zu. Der am nächsten wartende pickte hastig, die Krume sprang hoch und wurde von einem andern geschnappt, der sofort damit wegflog. Felix wandte sich wieder mir zu, mit derselben erwartungsvollen und kriecherischen Unterwürfigkeit wie vorher.

«Der da hat nichts abgekriegt», sagte ich und deutete auf ein kleines Kerlchen, das abseits stand und hilflos mit dem Schnabel klapperte.

«Er ist noch jung», bemerkte Felix. «Sehen Sie, er hat noch kaum einen Schwanz. Ich mag Vögelchen», fügte er mit einem rührseligen Grinsen hinzu.

«Im Krieg gewesen?» fragte ich; und mehrere Male hintereinander mußte ich mich räuspern, denn ich war heiser.

«Ja», antwortete er. «Zwei Jahre. Warum?»

«Ach, nur so. Verdammt Angst gehabt vor dem Sterben, was?»

Er zwinkerte und sagte mit ausweichender Unklarheit:

«Jede Maus hat ein Haus, aber nicht jede Maus kommt heraus.»

Ich kannte seine Vorliebe für abgeschmackte Aussprüche bereits; und es war völlig sinnlos, sich den Kopf zu zerbrechen, was für einen Gedanken er tatsächlich damit ausdrücken wollte.

«Das ist alles. Es ist nichts mehr da für euch», sagte er beiseite zu den Spatzen. «Ich mag auch Eichhörnchen» (wieder das Zwinkern). «Es ist gut, wenn ein Wald viele Eichhörnchen hat. Ich mag sie, weil sie gegen die Grundbesitzer sind. Maulwürfe auch.»

«Und was ist mit den Spatzen?» fragte ich mit großer Liebenswürdigkeit. «Sind die auch ‹dagegen›, wie Sie es nennen?»

«Der Spatz ist der Bettler unter den Vögeln – ein

richtiger Straßenbettler. Ein Bettler», wiederholte er immer wieder; stützte sich jetzt mit beiden Händen auf seinen Stock und schwankte ein wenig hin und her. Offenbar hielt er sich für einen außerordentlich scharfsinnigen Gesprächspartner. Nein, er war nicht nur ein Narr, er war ein Narr von der traurigen Gestalt. Sogar sein Lächeln war mürrisch – man wurde krank vom Hinschauen. Und dennoch schaute ich gierig hin. Es interessierte mich gewaltig, zu beobachten, wie unsere bemerkenswerte Ähnlichkeit vom Arbeiten seines Gesichts zerbrochen wurde. Wenn er alt werden sollte, überlegte ich mir, würden schließlich sein Grinsen und seine Grimassen unsere Ähnlichkeit völlig auswaschen, die jetzt so vollkommen ist, wenn sein Gesicht erstarrt.

Hermann (spielerisch): «Ah, ich sehe, Sie sind ein Philosoph.»

Das schien ihn etwas zu kränken. «Philosophie ist eine Erfindung der Reichen», widersprach er mit fester Überzeugung. «Und all das übrige ist auch nur Erfindung: die Religion, die Dichtung... o Mädchen, wie ich leide, o mein armes Herz! Ich glaub nicht an Liebe. Aber Freundschaft – das ist etwas anderes. Freundschaft und Musik.»

«Ich will Ihnen mal was sagen», fuhr er fort, legte seinen Stock beiseite und redete mit einigem Eifer auf mich ein. «Ich hätte gern einen Freund, der immer bereit wäre, sein Stück Brot mit mir zu teilen, und der mir ein Stück Land vererben würde, ein Häuschen. Ja, ich hätte gern einen wirklichen Freund. Ich würd als Gärtner für ihn arbeiten, und dann später gehört der Garten mir, und ich würd an meinen toten Kameraden immer mit Tränen der Dankbarkeit denken. Wir würden zusammen Geige spielen, oder, sagen wir, er spielt Flöte und ich Mandoline. Aber Frauen... Also wirklich, können Sie mir eine einzige sagen, die ihren Mann nicht betrogen hat?»

«Alles sehr wahr! Wirklich sehr wahr! Es ist ein Vergnügen, Ihnen zuzuhören. Sind Sie jemals zur Schule gegangen?»

«Nur kurz. Was kann man schon auf der Schule lernen? Nichts. Wenn einer Köpfchen hat, was nützt ihm da Schulunterricht? Die Hauptsache ist die Natur. Politik zum Beispiel interessiert mich nicht. Und ganz allgemein... Wissen Sie, die Welt ist ein Dreck.»

«Eine absolut logische Schlußfolgerung», sagte ich.

«Ja – Ihre Logik ist makellos. Ich bin ganz erstaunt. Aber jetzt passen Sie mal auf, Sie Köpfchen, geben Sie mir sofort meinen Drehbleistift zurück, und zwar ein bißchen dalli.»

Das schreckte ihn hoch und versetzte ihn in die Gemütsverfassung, die ich brauchte.

«Sie hatten ihn im Gras vergessen», murmelte er verlegen. «Ich wußte ja nicht, ob ich Sie noch mal wiedertreffen würde.»

«Gestohlen und dann verkauft!» rief ich – stampfte dabei sogar mit dem Fuß auf.

Seine Antwort war bemerkenswert: Zunächst schüttelte er den Kopf und bestritt den Diebstahl, aber sofort darauf nickte er und gab die Transaktion zu. In ihm war, glaube ich, der ganze Strauß menschlicher Dummheit zusammengefaßt.

«Verflixt noch mal», sagte ich, «das nächste Mal

überlegen Sie sich's vorher. Aber sei's drum, lassen wir Vergangenes... Rauchen Sie 'ne Zigarette.»

Er beruhigte sich und strahlte, als er sah, daß mein Zorn vorbei war; und begann Dankbarkeit zu bezeigen: «Vielen Dank, oh, vielen Dank. Also wirklich, wie phantastisch ähnlich wir uns sehen! Man könnte fast auf den Gedanken kommen, mein Vater hätte was mit Ihrer Mutter gehabt.» Und er lachte beflissen, sehr stolz auf seinen Witz.

«Zur Sache», sagte ich und nahm plötzlich einen Ton schroffer Ernsthaftigkeit an. «Ich habe Sie nicht nur zu den ätherischen Freuden des Plauderns hierher eingeladen. Ich sprach in meinem Brief von der Hilfe, die ich Ihnen gewähren wolle, von der Arbeit, die ich für Sie gefunden hätte. Zuallererst jedoch möchte ich Ihnen eine Frage stellen. Ihre Antwort muß ehrlich und genau sein. Sagen Sie, was bin ich nach Ihrer Meinung?»

Felix sah mich prüfend an; dann wandte er sich ab und zuckte die Schultern.

«Ich will Ihnen damit kein Rätsel aufgeben», fuhr ich geduldig fort. «Es ist mir völlig klar, daß Sie nicht wissen können, wer ich bin. Lassen Sie uns auf jeden Fall die Möglichkeit beiseite wischen, die Sie so witzig angeführt haben. Unser Blut, Felix, ist nicht das gleiche. Nein, mein Lieber, nicht das gleiche. Ich wurde fünfzehnhundert Kilometer von Ihrer Wiege entfernt geboren, und die Ehre meiner Eltern – wie hoffentlich die der Ihren – ist unbefleckt. Sie sind ein einziger Sohn – ich auch. Folglich kann weder zu Ihnen noch zu mir jenes geheimnisvolle Wesen kommen: der lange

372

verloren geglaubte Bruder, der einst von Zigeunern geraubt wurde. Uns vereinigen keinerlei Bande; ich habe keine Verpflichtungen Ihnen gegenüber, wohlgemerkt, nicht die geringsten Verpflichtungen; wenn ich Ihnen helfen will, dann aus eigenem, freiem Entschluß. Merken Sie sich das bitte. Also lassen Sie mich nochmals fragen: Was bin ich nach Ihrer Meinung? Was haben Sie sich für ein Bild von mir gemacht? Denn *irgendeine* Meinung über mich müssen Sie sich doch gebildet haben, nicht wahr?»

«Vielleicht sind Sie 'n Schauspieler», sagte Felix zweifelnd.

«Wenn ich Sie recht verstehe, mein Freund, meinen Sie damit, daß Sie sich bei unserem ersten Zusammentreffen gedacht haben: ‹Ach, das ist wahrscheinlich einer von diesen Theaterfritzen, einer von den forschen, verrückte Ideen im Kopf und fein angezogen; vielleicht eine Berühmtheit.› Hab ich recht?»

Felix starrte auf seine Schuhspitze, mit der er den Sand glattstrich, und sein Gesicht nahm einen ziemlich angestrengten Ausdruck an.

«Ich hab überhaupt nichts gedacht», sagte er verstockt. «Ich hab einfach gesehen – also daß Sie irgendwie neugierig auf mich waren und so weiter. Werdet ihr Schauspieler gut bezahlt?»

Eine winzige Anmerkung: Die Idee, auf die er mich brachte, schien mir raffiniert; die eigentümliche Wendung, die sie nahm, brachte sie mit dem Hauptteil meines Planes in Berührung.

«Sie haben es erraten», rief ich. «Sie haben es erraten. Ja, ich bin Schauspieler. Filmschauspieler, genau gesagt. Ja, es ist richtig. Sie haben es sehr schön getroffen, glänzend! Was können Sie sonst noch über mich sagen?»

An dieser Stelle merkte ich, daß seine Stimmung irgendwie gesunken war. Mein Beruf schien ihn enttäuscht zu haben. Da saß er, hielt die halbgeraucht Zigarette zwischen Daumen und Zeigefinger und runzelte verstimmt die Stirn. Plötzlich hob er den Kopf und kniff die Augen halb zu.

«Und was für eine Art Arbeit wollen Sie mir anbieten?» fragte er, ohne seine frühere einnehmende Liebenswürdigkeit.

«Nicht so schnell, nicht so schnell. Alles zu seiner Zeit. Ich hatte Sie gefragt, was Sie sonst noch über mich dachten. Nur zu, antworten Sie. Bitte.»

«Also, nun ja... Ich weiß, daß Sie gern herumreisen; das ist so ungefähr alles.»

Inzwischen wurde es langsam Nacht; die Spatzen waren schon lange verschwunden; das Denkmal dräute dunkler und schien größer geworden zu sein. Hinter einem schwarzen Baum kam geräuschlos ein trüber, fleischiger Mond hervor. Eine Wolke streifte ihm im Vorbeiziehen eine Maske über, die nur noch sein rundliches Kinn sichtbar ließ.

«Nun, Felix, es wird finster und trostlos hier draußen. Ich wette, Sie haben Hunger. Kommen Sie, wir schauen, wo wir etwas zu essen bekommen, und setzen unser Gespräch über einem Glas Bier fort. Wäre Ihnen das recht?»

«Ist mir recht», sagte Felix mit einer etwas lebendigeren Stimme und fügte dann sentenziös hinzu: «Ein

374

hungriger Magen hat nichts zu sagen.» (In Deutschland haben die Sprichwörter alle so ein Reimgeklingel.)

Wir standen auf und gingen auf die gelben Lichter der Allee zu. Da die Nacht hereinbrach, war ich mir unserer Ähnlichkeit kaum bewußt. Felix schlurfte neben mir her, anscheinend tief in Gedanken, und seine Gehweise war so langweilig wie er selbst.

Ich fragte: «Sind Sie jemals vorher in Tarnitz gewesen?»

«Nein», antwortete er. «Ich mach mir nichts aus Städten. Ich und meinesgleichen, wir finden Städte ermüdend.»

Das Schild eines Wirtshauses. Im Fenster stand ein Faß, bewacht von zwei bärtigen Heinzelmännchen aus Terrakotta. So gut wie irgendein anderes. Wir traten ein und setzten uns an einen Tisch in einer entfernten Ecke. Während ich die Handschuhe auszog, musterte ich den Raum mit forschendem Blick. Es waren nur drei Gäste außer uns da, und die schenkten uns keinerlei Aufmerksamkeit. Der Kellner kam, ein blasser, kleiner Mann mit einem Kneifer (es war nicht das erste Mal, daß ich einen Kellner mit Kneifer sah, aber ich konnte mich nicht erinnern, wann und wo ich schon einmal einen gesehen hatte). Während er auf unsere Bestellung wartete, blickte er erst mich an, dann Felix. Natürlich sprang unsere Ähnlichkeit, dank meinem Schnurrbart, nicht gleich in die Augen; und tatsächlich hatte ich mir ja den Schnurrbart eigens in der Absicht wachsen lassen, keine unnötige Aufmerksamkeit zu erregen, wenn ich mit Felix zusammen auftrat. Es gibt, glaube ich, irgendwo bei Pascal einen klugen Gedanken: daß zwei

Menschen, die einander ähnlich sehen, keinerlei Interesse erwecken, wenn man ihnen einzeln begegnet, aber erhebliche Aufregung verursachen, wenn sie beide zugleich erscheinen. Ich habe Pascal nie gelesen, und ich erinnere mich auch nicht, wo ich dieses Zitat geklaut habe. Oh, ich blühte in meiner Jugend förmlich auf bei solchen Äffereien. Unglücklicherweise war ich nicht der einzige, der sich mit dieser oder jener taschendiebischen Sentenz aufspielte. In St. Petersburg bemerkte ich einmal auf einer Gesellschaft: «Es gibt Gefühle, sagt Turgenjew, die sich nur durch Musik ausdrücken lassen.» Ein paar Minuten darauf erschien ein anderer Gast, der mitten im Gespräch genau den gleichen Satz von sich gab – gestohlen aus dem Programmheft eines Konzerts, bei dem ich ihn ins Künstlerzimmer hatte gehen sehen. Gewiß, er machte sich zum Gespött, nicht ich; dennoch rief es ein ungutes Gefühl in mir hervor (auch wenn ich einige Erleichterung daraus schöpfte, daß ich ihn hinterhältig fragte, wie ihm die große Wiabranowa gefallen habe), und so beschloß ich, das schöngeistige Getue zu lassen. All dies ist eine Abschweifung, kein Ausweichmanöver – ganz entschieden kein Ausweichmanöver; denn ich fürchte nichts und werde alles erzählen. Man sollte zugeben, daß ich nicht nur mich selbst, sondern auch meinen schriftstellerischen Stil ausgezeichnet in der Gewalt habe. Wie viele Romane schrieb ich als junger Mensch – einfach so, beiläufig, und ohne die geringste Absicht, sie zu veröffentlichen. Hier ist ein weiterer Ausspruch: Ein veröffentlichtes Manuskript, sagt Swift, ist einer Hure vergleichbar. Ich gab eines Tages (in Rußland) Lydia so ganz nebenbei ein Manuskript von mir zu lesen und erzählte ihr, es sei die Arbeit eines Freundes; sie fand es langweilig und las es nicht zu Ende. Bis zum heutigen Tage ist ihr meine Handschrift so gut wie unbekannt. Ich habe genau fünfundzwanzig verschiedene Handschriften, und die besten (das heißt diejenigen, die ich am liebsten benutze) sind die folgenden: eine runde kleine Schrift mit einer gefälligen Fülligkeit der Bögen, so daß jedes Wort wie ein frischgebackenes Phantasie-gebäckstück aussieht; dann eine schnelle Kursivschrift, spitz und tückisch, das Gekritzel eines Buckligen in großer Eile, nicht ohne eine Fülle von Abkürzungen; dann eine Selbstmörderschrift – jeder Buchstabe eine Schlinge, jedes Komma ein Abzugshahn; dann die Schrift, die ich am höchsten schätze: groß, leserlich, fest und absolut unpersönlich; so könnte jene abstrakte Hand in der übermenschlichen Manschette schreiben, die man auf Hinweisschildern und in Physiklehrbü-chern abgebildet findet. In dieser Handschrift begann ich das Buch zu schreiben, das ich jetzt dem Leser dar-bringe; bald jedoch lief meine Feder Amok: Dieses Buch ist durcheinander in allen meinen fünfundzwan-zig Handschriften geschrieben, so daß der Setzer oder irgendeine mir unbekannte Stenotypistin oder auch je-ner bestimmte, von mir auserwählte Mann, jener russi-sche Schriftsteller, dem, wenn die Zeit gekommen ist, mein Manuskript zugeschickt wird, auf den Gedanken verfallen könnte, an der Niederschrift meines Buches hätten mehrere Personen Anteil gehabt; außerdem wird wohl höchstwahrscheinlich irgendein rattengesichti-ger, durchtriebener kleiner Experte in dieser kakographischen Orgie ein sicheres Anzeichen seelischer Abartigkeit entdecken. Um so besser.

Da... ich habe Sie erwähnt, Sie, meinen ersten Leser, Sie, den weithin bekannten Verfasser psychologischer Romane. Ich habe sie gelesen und fand sie sehr verkünstelt, obwohl nicht schlecht gebaut. Was werden Sie empfinden, als lesender Schriftsteller, wenn Sie meine Geschichte in Angriff nehmen? Freude? Neid? Oder gar... wer weiß?... Sie nutzen vielleicht meine bedingungslose Beseitigung dazu, mein Zeug als Ihr eigenes auszugeben... als Frucht Ihrer eigenen listigen... ja, das gebe ich Ihnen zu... Ihrer eigenen listigen und erfahrenen Einbildungskraft; und lassen mich draußen in der Kälte stehen. Es fiele mir nicht schwer, im voraus gegen solch eine Unverschämtheit entsprechende Maßnahmen zu ergreifen. Ob ich sie wirklich ergreife, ist eine andere Frage. Wenn ich es nun recht schmeichelhaft fände, daß Sie mein Eigentum stehlen? Diebstahl ist das beste Kompliment, das man einer Sache überhaupt machen kann. Und wissen Sie, was das Allerkomischste ist? Ich nehme als sicher an, daß Sie, sobald Sie sich zu dieser angenehmen Räuberei entschlossen haben, die kompromittierenden Zeilen streichen werden, genau die Zeilen, die ich gerade schreibe, und daß Sie überdies gewisse Stellen nach Ihrem Geschmack umarbeiten werden (was ein weniger angenehmer Gedanke ist), genauso wie ein Autodieb den gestohlenen Wagen neu anstreicht. Und im Hinblick darauf werde ich mir jetzt erlauben, eine kleine Geschichte zu erzählen, bestimmt die komischste Geschichte, die ich kenne.

Vor etwa zehn Tagen, das heißt, ungefähr am 10. März 1931 (ein halbes Jahr ist plötzlich vergangen – ein Sturz im Traum, eine Laufmasche im Strumpf der Zeit), erspähten eine oder mehrere Personen, die auf der Chaussee oder durch den Wald gingen (das, so glaube ich, wird zu seiner Zeit noch geklärt werden), an seinem Rande einen kleinen blauen Wagen von der und der Marke und Motorleistung (ich lasse die technischen Einzelheiten weg) und nahmen widerrechtlich Besitz davon. Und das ist, tatsächlich, schon alles.

Ich verlange nicht, daß diese Geschichte allgemeinen Anklang findet: Ihre Pointe liegt nicht allzuklar auf der Hand. *Ich* brüllte darüber vor Lachen nur, weil ich eingeweiht war. Ich darf hinzufügen, daß sie mir von niemandem erzählt wurde und daß ich sie auch nirgendwo gelesen habe; was ich tat, war vielmehr dies: sie mittels etwas scharfen Nachdenkens aus der nackten Tatsache zu erschließen, daß der Wagen verschwunden war, einer Tatsache, die von den Zeitungen ziemlich falsch interpretiert wurde. Jetzt wieder zurück, Zeit!

«Können Sie Auto fahren?» so lautete, wie ich mich entsinne, meine plötzliche Frage an Felix, als der Kellner, dem nichts Besonderes an uns auffiel, eine Limonade vor mich hinstellte und vor Felix einen Krug Bier, in dessen üppigen Schaum mein verwaschener Doppelgänger gierig seine Oberlippe tunkte.

«Was?» stieß er mit einem seligen Grunzen hervor.

«Ich fragte Sie, ob Sie Auto fahren können?»

«Und ob ich das kann! Ich war mal dick befreundet mit einem Chauffeur, der auf dem Schloß in der Nähe von meinem Dorf in Stellung war. Eines schönen Tages

379

haben wir eine Sau überfahren. Gott, hat die gequiekt!»

Der Kellner brachte uns eine Art soßiges Haschee, einen großen Berg davon, und Kartoffelbrei, ebenfalls in Soße ertränkt. Wo zum Kuckuck hatte ich nur schon einmal einen Kneifer auf der Nase eines Kellners gesehen? Ah – jetzt kommt es mir wieder (erst jetzt, während ich dies schreibe!) – in einem miesen kleinen russischen Restaurant in Berlin; und jener andere Kellner war diesem hier sehr ähnlich – der gleiche Typ eines grämlichen, flachshaarigen kleinen Mannes, aber von besserer Herkunft.

«Also das wär's, Felix. Wir haben gespeist und getrunken; jetzt wollen wir reden. Sie haben gewisse Vermutungen über mich ausgesprochen, und die haben sich als richtig erwiesen. Jetzt will ich, ehe wir tiefer ins anstehende Geschäftliche eindringen, zu Ihrem Besten ein allgemeines Bild meiner Persönlichkeit und meines Lebens skizzieren; Sie werden bald begreifen, weshalb das dringlich ist. Ich muß vorausschicken...»

Ich trank einen Schluck und fuhr fort:

«Ich muß vorausschicken, daß ich aus einer reichen Familie stamme. Wir besaßen ein Haus und einen Garten – ah, und was für einen Garten, Felix! Stellen Sie sich vor, nicht nur Rosenstöcke, sondern ganze Rosendickichte, Rosen aller Art, und jede Art hatte ein gerahmtes Schildchen: Rosen erhalten ja, wie Sie wissen, so klangvolle Namen, wie man sie Rennpferden gibt. Außer Rosen wuchs in unserem Garten noch eine Menge anderer Blumen, und wenn am Morgen alles glitzerte von Tau, war das ein traumhafter Anblick, Felix. Als ich noch ein Kind war, machte ich mir gern in unserem Garten zu schaffen, und ich verstand meine Sache gut: Ich hatte eine kleine Gießkanne, Felix, und eine kleine Hacke, und meine Eltern saßen im Schatten eines alten Kirschbaums, den mein Großvater gepflanzt hatte, und schauten mir, dem geschäftigen kleinen Buben, zärtlich gerührt zu (stellen Sie sich dieses Bild vor, stellen Sie es sich vor!), wie ich Raupen, die wie kleine Zweige aussahen, von den Rosen entfernte und zerquetschte. Wir hatten viele ländliche Tiere, so zum Beispiel Kaninchen, die ovalsten aller Tiere, Sie verstehen schon, und cholerische Truthähne mit karbunkulösen Karunkeln [ich machte ein kollerndes Geräusch], und liebe kleine Zicklein und viele, viele andere.

Dann verloren meine Eltern ihr gesamtes Vermögen und starben, und der liebliche Garten verschwand; und erst jetzt wird mir anscheinend das Glück wieder hold: Vor kurzem ist es mir gelungen, ein Stück Land am Ufer eines Sees zu erwerben, und dort wird ein neuer Garten erstehen, noch schöner als der alte. Meine markige Jugend war ganz und gar von all diesen Blumen und Früchten durchduftet, während der nahe Wald, riesengroß und dicht, einen Schatten romantischer Schwermut auf meine Seele warf.

Ich war immer einsam, Felix, und einsam bin ich geblieben. Frauen... Was brauchen wir von diesen launischen und lüsternen Wesen zu reden! Ich bin viel gereist; genau wie Sie liebe ich es, mit dem Ränzlein auf dem Buckel umherzuziehen, obwohl natürlich aus bestimmten Gründen (die ich scharf verurteile) meine Wanderungen immer angenehmer waren als die Ihren.

Es ist tatsächlich etwas Überraschendes: Haben Sie jemals über folgendes nachgedacht? – zwei Männer, gleichermaßen arm, leben nicht gleich; einer, sagen wir, wie Sie, führt frank und frei und hoffnungslos das Leben eines Bettlers, während der andere, obschon genauso arm, einen sehr andersartigen Lebensstil hat – er ist sorgenfrei, gut genährt und verkehrt in den Kreisen lebenslustiger reicher Leute...

Warum ist das so? Weil diese beiden, Felix, verschiedenen Klassen angehören; und da wir schon von Klassen reden – stellen wir uns einen Mann vor, der vierter Klasse reist, ohne Fahrkarte, und einen anderen, der erster fährt, ebenfalls ohne Karte: X sitzt auf einer harten Bank; Herr Y rekelt sich auf einem Polstersitz; aber beide haben leere Portemonnaies, oder, um genau zu sein, Herr Y hat ein Portemonnaie zum Vorzeigen, wenn auch leer, während X nicht einmal das besitzt und nichts vorzeigen kann als die Löcher im Futter seiner Taschen.

Durch diese Erklärungen möchte ich Ihnen den Unterschied zwischen uns begreiflich machen; ich bin ein Schauspieler, der im allgemeinen von der Luft und der Liebe lebt, aber stets habe ich dehnbare Hoffnungen für die Zukunft; und sie lassen sich unbegrenzt dehnen, diese Hoffnungen, ohne zu zerreißen. Doch Ihnen bleibt sogar das verwehrt; und Sie wären immer bettelarm geblieben, wenn nicht ein Wunder geschehen wäre; dieses Wunder ist mein Zusammentreffen mit Ihnen.

Es gibt nichts, Felix, das sich nicht ausbeuten ließe. Mehr noch: es gibt nichts, das man nicht auf sehr lange

Zeit ausbeuten könnte, und mit großem Erfolg. Vielleicht haben Sie in Ihren kühnsten Träumen eine zweistellige Zahl erblickt, die äußerste Grenze Ihrer Sehnsüchte. Jetzt jedoch wird nicht nur der Traum wahr, sondern sie beläuft sich gleich auf drei Stellen. Nicht sehr einfach zu begreifen für Ihre Phantasie, nicht wahr, denn fühlten Sie sich nicht schon einer kaum denkbaren Unendlichkeit nahe, wenn Sie über zehn hinausrechneten? Und nun biegen wir um die Ecke jener Unendlichkeit, und ein Hunderter strahlt Ihnen entgegen, und über dessen Schulter ein weiterer; und wer weiß, Felix, vielleicht reift eine vierte Stelle heran; ja, davon wird einem schwindlig im Kopf, und das Herz hämmert, und die Nerven kribbeln, aber es ist dennoch wahr. Schauen Sie: Sie haben sich so an Ihr elendes Schicksal gewöhnt, daß Sie – fürchte ich – gar nicht erfassen, worauf ich hinauswill; meine Rede klingt dunkel für Sie und seltsam; das folgende wird Ihnen noch dunkler und seltsamer erscheinen.»

Ich sprach lange in dieser Art. Er blickte mich immer wieder mißtrauisch an; höchstwahrscheinlich war er nach und nach auf den Gedanken gekommen, daß ich mich über ihn lustig machte. Menschen seines Schlags bleiben nur bis zu einem bestimmten Punkt gutmütig. Sobald es ihnen dämmert, daß sie drauf und dran sind, hereingelegt zu werden, fällt alle Freundlichkeit von ihnen ab, in ihren Augen erscheint ein glasiger Schimmer, und schwerfällig arbeiten sie sich in einen Zustand starker Erregung hinein.

Ich redete dunkel, aber es war nicht mein Ziel, ihn wütend zu machen. Im Gegenteil, ich wollte um seine

Gunst buhlen; ihn verwirren und gleichzeitig für mich einnehmen; mit einem Wort: Ich wollte ihm unbestimmt, aber zwingend das Bild eines Mannes von seinem Schlag und seinen Neigungen vermitteln. Meine Phantasie jedoch geriet auf eine falsche Fährte, und dies in einer ziemlich widerlichen Weise – mit der gewichtigen Munterkeit einer ältlichen, aber immer noch geziert lächelnden Dame, die sich ein Gläschen zuviel genehmigt hat.

Als ich bemerkte, welchen Eindruck ich auf ihn machte, hielt ich einen Augenblick inne und bedauerte halb, daß ich ihn erschreckt hatte, doch dann, mit einem Mal, spürte ich, wie süß es war, seinen Zuhörer völlig aus der Fassung bringen zu können. Also lächelte ich und fuhr folgendermaßen fort:

«Entschuldigen Sie bitte all dies Geplapper, Felix, aber sehen Sie, ich habe selten Gelegenheit, meine Seele auf einen Ausflug zu führen. Zudem eilt es mir sehr, mich von allen Seiten vorzustellen, denn ich möchte Ihnen eine erschöpfende Beschreibung des Mannes geben, mit dem Sie zu arbeiten haben werden – um so mehr, da die fragliche Arbeit direkt mit unserer Ähnlichkeit zu tun hat. Sagen Sie, wissen Sie, was ein Double ist?»

Er schüttelte den Kopf, seine Unterlippe hing schlaff herab; ich hatte schon lange beobachtet, daß er vorzugsweise durch den Mund atmete – seine Nase war wohl verstopft oder so etwas.

«Wenn nicht, dann will ich's Ihnen erklären. Stellen Sie sich vor, der Direktor einer Filmgesellschaft – Sie sind doch schon mal im Kino gewesen, nicht wahr?»

«Ja, schon...»

«Gut. Also stellen Sie sich vor, ein solcher Direktor oder Regisseur... Entschuldigung, mein Freund, anscheinend wollten Sie noch etwas sagen?»

«Also *oft* bin ich nicht gewesen. Wenn ich Geld ausgeben will, weiß ich was Besseres als Kino.»

«Einverstanden, aber es gibt Leute, die anders denken – wenn nicht, dann gäbe es einen Beruf wie meinen gar nicht, nicht wahr? Also, wie ich gerade sagte, ein Regisseur macht mir das Angebot, für ein geringes Entgelt – etwa zehntausend Dollar – nur eine Kleinigkeit, gewiß, ein Nichts, aber die Preise sind ja in letzter Zeit gefallen – in einem Film mitzuspielen, dessen Held Musiker ist. Das paßt mir ausgezeichnet, denn tatsächlich liebe ich Musik auch in Wirklichkeit und kann mehrere Instrumente spielen. An Sommerabenden gehe ich manchmal mit meiner Geige in das nächstgelegene Wäldchen – aber kommen wir zur Sache zurück: Ein Double, Felix, ist ein Mensch, der im Notfall einen bestimmten Schauspieler ersetzen kann.

Der Schauspieler spielt seine Rolle, und die Kamera nimmt ihn auf; eine unbedeutende kleine Szene bleibt noch übrig; der Held soll, sagen wir, irgendwo in seinem Wagen vorbeifahren; aber er kann nicht, er liegt mit einer bösen Erkältung im Bett. Es ist jedoch keine Zeit zu verlieren, also übernimmt sein Double die Rolle und segelt dreist im Wagen vorbei (ausgezeichnet, daß Sie mit Autos umgehen können), und wenn der Film schließlich gezeigt wird, merkt kein einziger Zuschauer etwas von der Unterschiebung. Je größer die Ähnlichkeit ist, um so teurer wird sie bezahlt. Es gibt sogar besondere Gesellschaften, deren Geschäft darin besteht, die Filmstars sozusagen mit Geistern zu versorgen. Und solch ein Geist hat ein schönes Leben, er bekommt ein festes Gehalt, braucht aber nur gelegentlich zu arbeiten, und die Arbeit ist nicht einmal schwer – nur einfach genau dieselbe Kleidung anziehen wie der Held und an seiner Statt in einem schicken Wagen vorbeibrausen, das ist alles! Natürlich sollte ein Double nichts über seine Arbeit ausplaudern; es gäbe einen Riesenskandal, wenn irgendein Reporter Wind bekäme von dem Manöver und wenn das Publikum erführe, daß ein Teil von der Rolle seines Lieblingsschauspielers gefälscht ist. Jetzt verstehen Sie, warum ich so freudig erregt darüber war, in Ihnen ein genaues Abbild meiner selbst zu entdecken. Das ist immer einer meiner Lieblingsträume gewesen. Überlegen Sie nur, was das für mich bedeutet – besonders im Augenblick, da die Dreharbeiten bereits begonnen haben und ich, ein Mann von empfindlicher Gesundheit, für die Hauptrolle engagiert wurde. Wenn mir irgend etwas zustößt, wird man Sie sofort anrufen. Sie kommen...»

«Niemand ruft mich an, und ich komme nirgendwo hin», unterbrach Felix.

«Warum reden Sie in dieser Weise, mein Lieber?» sagte ich mit sanftem Vorwurf in der Stimme.

«Weil», sagte Felix, «weil es nicht nett von Ihnen ist, einen armen Kerl auf den Arm zu nehmen. Erst hab ich Ihnen geglaubt. Ich dachte, Sie wollten mir irgendwelche ehrliche Arbeit anbieten. Es war ein langer Marsch bis hierher, der mich müde gemacht hat. Schauen Sie sich meine Schuhsohlen an, in welchem

Zustand... und jetzt, statt Arbeit – nein, das gefällt mir gar nicht.»

«Ich fürchte, da ist ein kleines Mißverständnis aufgekommen», sagte ich versöhnlich. «Was ich Ihnen anbiete, ist weder ehrenrührig noch übertrieben schwierig. Wir werden einen Vertrag darüber schließen. Sie bekommen hundert Mark monatlich von mir. Und ich wiederhole: Die Arbeit ist lächerlich einfach; ein Kinderspiel – Sie wissen schon, wie Kinder sich verkleiden, um Soldaten, Gespenster oder Flieger zu spielen. Überlegen Sie nur mal: Sie erhalten ein monatliches Salär von hundert Mark allein dafür, daß Sie – sehr selten, vielleicht einmal im Jahr – genau dieselbe Kleidung anlegen, die ich gegenwärtig trage. Also, wissen Sie, was wir tun sollten? Wir vereinbaren einen Termin, treffen uns und probieren eine kleine Szene, nur um zu sehen, wie das aussieht...»

«Ich verstehe rein gar nichts von solchen Sachen, und ich will's auch nicht lernen», widersprach Felix recht rüde. «Aber ich will Ihnen was sagen: Meine Tante hatte einen Sohn, der hat auf Jahrmärkten den Hanswurst gemacht, der trank und war wild hinter den Mädchen her, und es hat meiner Tante das Herz gebrochen, bis er sich eines Tages, Gott sei Lob und Dank, den Schädel eingeschlagen hat, weil er das fliegende Trapez verpaßt hat und die Hände von seiner Frau. Alle diese Kinos und Zirkusse...» Ging es tatsächlich in dieser Art weiter? Folge ich getreulich der Führung meines Gedächtnisses oder hat vielleicht meine Feder die Schritte durcheinandergebracht und ist leichtfertig davongetanzt? Dieses Gespräch zwischen uns ist eine

Spur zu literarisch, es klingt nach Daumenschrauben-
gesprächen in jenen Kulissenkneipen, wo Dostojewskij
zu Hause ist; ein bißchen mehr davon, und wir müßten
eigentlich jenes zischende Getuschel falscher Demut
hören, jenes Atemanhalten, jene Wiederholungen be-
schwörender Adverbien – und dann würde auch alles
übrige zum Vorschein kommen, der mystische Auf-
putz, der diesem berühmten Verfasser russischer
Thriller so lieb und teuer war.

Es quält mich sogar in gewisser Weise; das heißt,
es quält mich nicht nur, sondern es verwirrt wahrhaftig, wahrhaftig meinen Geist und ist, ich darf wohl sagen, verhängnisvoll für mich – der Gedanke, daß ich
irgendwie der Kraft meiner Feder allzu sicher gewesen
bin – erkennen Sie die Modulationen dieses Satzes wieder? Sie erkennen sie wieder. Was mich betrifft, ich
scheine mich an dieses Gespräch zwischen uns vortrefflich zu erinnern, an all die versteckten Andeutungen
und *wsju podnogotnuju*, «die ganze Subungualität», das
Geheimnis unter dem Fingernagel (um den Jargon der
Folterkammer zu benutzen, wo Fingernägel ausgeris-
sen wurden, und um zugleich einen – durch Kursiv-
druck hervorgehobenen – Lieblingsausdruck unseres
nationalen Experten für Seelenqual und die Verirrun-
gen der menschlichen Selbstachtung zu zitieren). Ja, ich
erinnere mich an dieses Gespräch, aber ich bin außerstande, es genau wiederzugeben; irgend etwas behin-
dert mich, irgend etwas Heißes und Abstoßendes und
ziemlich Unerträgliches, das ich nicht loswerden kann,
weil es klebrig ist wie ein Fliegenfänger, in den man in
einem stockfinsteren Zimmer nackt hineingelaufen ist.

Und, was noch schlimmer ist, man kann den Lichtschalter nicht finden.

Nein, unser Gespräch war nicht so, wie es hier
schriftlich niedergelegt ist; das heißt, die Wörter waren
vielleicht genauso, wie sie da stehen (wiederum dieses
leichte Nach-Luft-Ringen), aber ich habe es nicht fertiggebracht oder nicht gewagt, die eigentümlichen Geräusche wiederzugeben, die nebenherliefen; es traten
kuriose Schwundeffekte ein und Klumpenbildungen
des Klangs; und dann wieder dieses Murmeln, dieses
Säuseln, und plötzlich eine hölzerne Stimme, die deutlich sagte: «Kommen Sie, Felix, noch ein Krug.»

Das braune Blumenmuster an der Wand; ein Schild,
das gereizt verkündete, das Lokal sei nicht haftbar für
abhanden gekommenes Eigentum; die runden Papp-
deckel, die als Bieruntersetzer dienten (quer über den
einen war hastig eine Zahlenreihe hingekritzelt); und
die ferne Theke, an der ein Trinkender stand, von
Rauch umschlossen, die Beine verschlungen zu einer
schwarzen Spirale; all dies waren erläuternde Anmer-
kungen zu unserem Gespräch – allerdings so bedeu-
tungslos wie die auf den Rändern von Lydias Schund-
romanen.

Hätte das Trio, das fern von uns vor dem blutroten
Fenstervorhang saß, hätten die drei sich umgedreht und
uns angesehen, dann hätten diese ruhigen und grämlichen Zecher zwei ungleiche Brüder erblickt – Glücks-
pilz und Pechvogel: der eine mit einem kleinen
Schnurrbart und gepflegtem Haar, der andere glattrasiert, aber mit ungepflegtem Schopf (jene geisterhafte
kleine Mähne, die über sein schmales Genick herunter-

hing); einander gegenübersitzend, beide in der gleichen Pose: die Ellbogen auf dem Tisch und die Fäuste an den Backenknochen. So wurden wir von dem beschlagenen und – allem Anschein nach – kranken Spiegel abgebildet, mit einer wunderlichen Schrägheit, einem Anflug von Wahnsinn; von einem Spiegel, der sicherlich sofort zersprungen wäre, wenn er zufällig einmal unverfälschte menschliche Gesichtszüge zurückgeworfen hätte.

So saßen wir da, und ich setzte mein überredendes Geleier fort; ich bin ein schlechter Redner, und die feierliche Ansprache, die ich hier scheinbar Wort für Wort wiedergebe, floß nicht so geschmeidig gleitend dahin wie auf dem Papier. Tatsächlich ist es genaugenommen unmöglich, meine unzusammenhängende Sprechweise schriftlich festzuhalten – dieses Stolpern und Durcheinanderpurzeln der Wörter, diese Verlorenheit abhängiger Nebensätze, die ihre Vorgesetzten aus den Augen verloren haben und umherirren, und all jenes überflüssige Geschnatter, das den Wörtern eine Stütze bietet oder ein Schlupfloch; aber mein Verstand arbeitete so rhythmisch und verfolgte seine Beute in so stetem Schritt, daß die Entwicklung meiner eigenen Wörter mich heute alles andere als verschlungen oder verstümmelt anmutet. Mein Ziel allerdings lag immer noch außer Reichweite. Der Widerstand des Kerls, durchaus normal bei einem Menschen von beschränktem Geist und furchtsamem Gemüt, mußte irgendwie gebrochen werden. Ich ließ mich jedoch von der gefälligen Natürlichkeit des Themas hinreißen und bedachte nicht, wie gewärtig ich sein mußte, daß es ihm zuwider war und ihn sogar auf ebenso natürliche Weise abschreckte, wie es meine Phantasie angesprochen hatte.

Ich will damit nicht behaupten, ich hätte jemals auch nur die geringste Beziehung zum Film oder zur Bühne gehabt; tatsächlich habe ich nur ein einziges Mal Theater gespielt, vor zwanzig Jahren, bei einer kleinen Liebhaberaufführung auf dem Landsitz unseres Gutsherrn (dessen Verwalter mein Vater war). Ich hatte nur ein paar Worte zu sprechen: «Der Prinz hieß mich verkünden, er werde gleich hier sein. Ah, da kommt er.» Statt dessen sagte ich mit höchster Wonne und am ganzen Leibe bebend vor Schadenfreude: «Der Prinz kann nicht kommen: Er hat sich mit einem Rasiermesser die Kehle durchgeschnitten»; und während ich das aussprach, erschien der Herr in der Rolle des Prinzen auch schon, mit einem strahlenden Lächeln auf seinem prächtig geschminkten Gesicht, und ein Augenblick allgemeiner Spannung trat ein, die ganze Welt wurde angehalten – und bis zum heutigen Tage erinnere ich mich, wie tief ich den göttlichen Ozon gräßlicher Stürme und Katastrophen einsog. Doch obwohl ich niemals im strengen Wortsinn ein Schauspieler war, habe ich im wirklichen Leben doch stets ein kleines, zusammenklappbares Theater mit mir herumgetragen und bin dort in mehr als einer Rolle aufgetreten, und mein Spiel war immer erstklassig; und wenn Sie annehmen, der Name meines Souffleurs sei Profit gewesen, dann irren Sie gewaltig. So einfach ist das nicht, verehrte Herren.

Bei meinem Gespräch mit Felix jedoch erwies sich

meine Schauspielerei als pure Zeitverschwendung, denn plötzlich merkte ich, daß er, wenn ich jenen Monolog über das Filmen fortsetzte, aufstehen und gehen und mir die zehn Mark, die ich ihm geschickt hatte, zurückgeben würde (nein, wenn ich das überdenke, ich glaube, er hätte sie nicht zurückgegeben – nein, nie!). Das gewichtige Wort Geld (im Deutschen Gold, im Französischen Silber, im Russischen Kupfer) nahm er immer mit ungewöhnlicher Ehrerbietung in den Mund, die seltsamerweise in viehische Gier umschlagen konnte. Aber fortgegangen wäre er sicherlich, mit einer Ich-lasse-mich-nicht-beleidigen-Miene!

Um ganz offen zu sein, ich verstehe nicht recht, warum ihm alles, was mit Theater oder Kino zusammenhing, so äußerst abscheulich vorkam; seltsam, fremd – ja, aber abscheulich? Man könnte es mit der Rückständigkeit der unteren Volksschichten in Deutschland erklären. Der deutsche Bauer ist altmodisch und prüde; versuchen Sie doch mal, eines Tages nur mit einer Badehose bekleidet durch ein Dorf zu gehen. Ich *habe* es versucht, deshalb weiß ich, was geschieht; die Männer stehen stocksteif da, und die Frauen kichern hinter vorgehaltener Hand, ganz wie die Kammermädchen in altväterlichen Komödien.

Ich verstummte. Felix schwieg ebenfalls und zog mit dem Finger Linien auf dem Tisch. Er hatte wahrscheinlich erwartet, ich würde ihm eine Stelle als Gärtner anbieten oder als Chauffeur, und jetzt war er enttäuscht und verdrossen. Ich rief den Kellner und zahlte. Wieder schritten wir durch die Straßen. Es war eine schneidend kalte Nacht. Zwischen kleinen, wie Astrachanfell ge-

kräuselten Wolken glitt ein blanker, flacher Mond unablässig heraus und wieder hinein.

«Hören Sie, Felix. Unser Gespräch ist noch nicht zu
Ende. Wir können es nicht einfach so abbrechen. Ich
habe mir ein Zimmer in einem Hotel genommen; kommen Sie mit, Sie können die Nacht bei mir verbringen.»

Er nahm dies an, als habe er einen Anspruch darauf.
So langsam sein Verstand auch arbeitete, er begriff, daß
ich ihn brauchte und daß es unklug war, unsere Beziehungen abzubrechen, ohne zu einem bestimmten Ergebnis gekommen zu sein. Wieder gingen wir an dem
Duplikat des Ehernen Reiters vorbei. Auf der Allee begegneten wir keiner Menschenseele. Kein Lichtschimmer fiel aus den Häusern; wenn ich ein einziges er-
leuchtetes Fenster bemerkt hätte, hätte ich vermutet,
dort habe sich jemand erhängt und die Lampe brennen
lassen – so ungewöhnlich und ungerechtfertigt hätte ein
Licht gewirkt. Wir erreichten das Hotel schweigend.
Ein kragenloser Schlafwandler ließ uns ein. Beim Betreten des Zimmers hatte ich wieder das Gefühl von etwas
sehr Vertrautem; doch mein Geist war mit anderen
Dingen beschäftigt.

«Setzen Sie sich.» Er setzte sich, die Fäuste auf den
Knien, den Mund halb geöffnet. Ich zog meine Jacke
aus, schob beide Hände in die Hosentaschen, klimperte
mit den Münzen darin und ging im Zimmer auf und
ab. Ich trug, nebenbei bemerkt, einen lilafarbenen,
schwarz gesprenkelten Schlips, der jedesmal hochflog,
wenn ich auf dem Absatz kehrtmachte. Eine Zeitlang
ging das so fort; Stille, meine Schritte, der Luftzug, der
durch meine Bewegung entstand.

Ganz plötzlich ließ Felix, als sei er erschossen worden, den Kopf nach vorn fallen und begann seine Schuhe aufzuschnüren. Ich warf einen Blick auf seinen ungeschützten Nacken, auf den sehnsüchtigen Ausdruck seines ersten Rückenwirbels, und mir war nicht recht wohl bei dem Gedanken, daß ich gleich mit meinem Doppelgänger in einem Zimmer schlafen würde, fast unter einer Decke, denn die zwei Betten standen Seite an Seite, sehr dicht nebeneinander. Dann kam mir auch noch mit einem schmerzhaften Stich der schreckliche Gedanke, sein Fleisch könne verunziert sein von den scharlachroten Pusteln einer Hautkrankheit oder von irgendeiner geschmacklosen Tätowierung; ich verlangte von seinem Körper ein Mindestmaß an Ähnlichkeit mit dem meinen; was sein Gesicht betraf, darüber konnte ich ganz beruhigt sein.

«Ja, nur zu, ziehen Sie sich aus», sagte ich und lief weiter hin und her.

Er hob den Kopf, einen unbeschreiblichen Schuh in der Hand.

«Es ist schon lange her, daß ich in einem Bett geschlafen hab», sagte er lächelnd (zeig dein Zahnfleisch nicht, du Narr). «In einem richtigen Bett.»

«Ziehen Sie alles aus», sagte ich ungeduldig. «Sie sind sicherlich schmutzig, staubig. Ich gebe Ihnen ein Hemd, in dem Sie schlafen können. Aber waschen Sie sich erst.»

Grinsend und grunzend, und vielleicht ein bißchen befangen vor mir, zog er sich bis auf die Haut aus und machte sich daran, über der Schüssel des schrankähnlichen Waschtischs seine Achseln zu duschen. Ich warf mehrmals einen schnellen Blick auf ihn und musterte den splitternackten Mann ungeduldig. Sein Rücken war ungefähr so muskulös wie meiner, sein Steißbein rosafarbener und sein Hintern häßlicher. Als er sich umdrehte, erschrak ich unwillkürlich beim Anblick seines großen, knopfartigen Nabels – aber schließlich ist auch meiner keine Schönheit. Ich bezweifle, ob er je im Leben seine Schamteile gewaschen hatte: Sie sahen eigentlich einigermaßen vertrauenswürdig aus, aber zu näherer Betrachtung luden sie nicht ein. Seine Zehennägel waren weit weniger widerwärtig, als ich erwartet hatte. Er war mager und hatte eine weiße Haut, viel weißer als sein Gesicht, deshalb sah es so aus, als sei mein Gesicht, das noch sommerlich gebräunt war, auf seinen bleichen Rumpf aufgesetzt worden. Man konnte sogar um seinen Hals herum die Linie erkennen, wo der Kopf angewachsen war. Ich fand an dieser Besichtigung heftiges Vergnügen; sie beruhigte meinen Geist; keine besonderen Kennzeichen brandmarkten ihn.

Als er das saubere Hemd, das ich ihm aus meinem Koffer reichte, angezogen und sich zu Bett gelegt hatte, setzte ich mich zu seinen Füßen und starrte ihn mit offenem Hohnlächeln an. Ich weiß nicht, was er dachte, doch die ungewohnte Sauberkeit hatte ihn weich gestimmt, und in einer verschämten Aufwallung, die trotz all ihrer abstoßenden Sentimentalität eine sehr zärtliche Geste war, streichelte er mir über die Hand und sagte wörtlich: «Sie sind ein guter Kerl.»

Mit nach wie vor fest zusammengebissenen Zähnen schüttelte ich mich vor Lachen; mein Gesichtsausdruck kam ihm, vermute ich, sonderbar vor, denn seine Augenbrauen kletterten in die Höhe, und er hielt den Kopf schief. Ich unterdrückte meine Heiterkeit nicht länger und stopfte ihm eine Zigarette in den Mund. Daran erstickte er fast.

«Sie Esel!» rief ich aus. «Haben Sie wirklich nicht erraten, daß es, wenn ich Sie schon hierherkommen ließ, nur wegen einer wichtigen, furchtbar wichtigen Sache sein konnte?», und ich zog einen Tausendmarkschein aus der Brieftasche, und während ich mich immer noch schüttelte vor Vergnügen, hielt ich ihn dem Narren unter die Nase.

«Ist das für mich?» fragte er und ließ seine brennende Zigarette fallen; als hätten sich seine Finger unwillkürlich geöffnet, um zuschnappen zu können.

«Sie brennen gleich ein Loch ins Laken», sagte ich (lachend, lachend). «Oder in Ihre kostbare Haut. Sie scheinen bewegt, wie ich sehe. Ja, dieses Geld wird Ihnen gehören, Sie werden es sogar im voraus erhalten, wenn Sie einverstanden sind mit dem, was ich Ihnen jetzt vorschlage. Wie konnte es Ihnen verborgen bleiben, daß ich von Filmen nur geplappert habe, um Sie auf die Probe zu stellen, und daß ich überhaupt kein Schauspieler bin, sondern ein gerissener, nüchterner Geschäftsmann. Kurz, es handelt sich um folgendes: Ich habe eine bestimmte Unternehmung vor, und es besteht eine winzige Möglichkeit, daß man mich später schnappt. Jeder Verdacht wäre jedoch sofort entkräftet durch den eindeutigen Beweis, daß ich genau zum Zeitpunkt des vorerwähnten Unternehmens zufällig sehr weit vom Ort der Tat entfernt war.»

«Ein Raubüberfall?» fragte Felix, und ein Ausdruck seltsamer Genugtuung huschte über sein Gesicht.

«Ich sehe, Sie sind doch nicht so dumm, wie ich dachte», fuhr ich fort und senkte meine Stimme zu einem bloßen Murmeln. «Offenbar haben Sie schon lange das dunkle Gefühl gehabt, daß hier irgend etwas faul war. Und jetzt freuen Sie sich, daß Sie recht hatten, so wie sich jeder freut, wenn die Richtigkeit seiner Vermutung bestätigt wird. Wir haben beide eine Schwäche für silberne Gegenstände – das dachten Sie doch, nicht wahr? Oder vielleicht war der wahre Grund Ihres Vergnügens auch die Entdeckung, daß ich, wie sich nun zeigt, doch niemanden auf den Arm genommen habe und auch kein leicht verrückter Träumer bin, sondern ein Mann, der es ernst meint?»

«Ein Raubüberfall?» fragte Felix noch einmal, mit einer neuen Lebendigkeit in den Augen.

«Auf jeden Fall eine ungesetzliche Handlung. Sie werden die Einzelheiten rechtzeitig erfahren. Zunächst lassen Sie mich erläutern, was ich von Ihnen erwarte. Ich habe einen Wagen. Sie werden meine Kleidung tragen, sich in den Wagen setzen und eine bestimmte Straße entlangfahren. Das ist alles. Für diese Vergnügungsfahrt bekommen Sie tausend Mark – oder wenn Ihnen das lieber ist, zweihundertfünfzig Dollar.»

«Tausend?» sprach er mir nach, ohne den Köder der Valuta zu beachten. «Wann krieg ich die von Ihnen?»

«Das wird sich auf ganz natürlichem Wege ergeben, mein Freund. Wenn Sie meine Jacke anziehen, werden Sie darin meine Brieftasche finden und in der Brieftasche das Geld.»

«Was muß ich dann tun?»

«Ich sagte es schon. Eine Autofahrt machen. Ich verschwinde; Sie werden gesehen, man hält Sie für mich; Sie fahren zurück und... Nun, ich komme auch zurück, und mein Zweck ist erreicht. Soll ich es noch genauer erklären? Gut. Zu einer bestimmten Stunde werden Sie durch ein Dorf fahren, wo mein Gesicht wohlbekannt ist; Sie brauchen mit keinem Menschen zu reden, das Ganze ist eine Sache von ein paar Minuten. Aber ich werde für diese paar Minuten fürstlich bezahlen, weil ich dadurch die wunderbare Möglichkeit erhalte, gleichzeitig an zwei verschiedenen Orten zu sein.»

«Sie werden bestimmt auf frischer Tat ertappt», sagte Felix, «und dann ist die Polizei hinter mir her; beim Prozeß wird alles rauskommen; Sie werden singen.»

Ich lachte: «Wissen Sie, Freundchen, mir gefällt die Art, wie Sie sofort angenommen haben, daß ich ein Gauner bin.»

Er erwiderte, daß er nichts übrig habe für Gefängnisse; Gefängnisse zehrten an der Jugendkraft; es gebe nichts Schöneres als Freiheit und den Gesang der Vögel. Er sprach ziemlich undeutlich und ohne die geringste Feindseligkeit. Nach einer Weile verfiel er in Nachdenken, den Ellbogen aufs Kissen gestützt. Das Zimmer roch muffig und war still. Nur ein paar Schritte oder ein Sprung trennten sein Bett von meinem. Ich gähnte und legte mich, ohne mich auszuziehen, nach russischer Art auf (und nicht unter) das Federbett. Ein drolliger kleiner Gedanke kitzelte mich: Im Laufe der Nacht könnte Felix mich töten und ausrauben. Ich streckte den Fuß weit aus und zur Seite, scharrte mit dem Schuh an der Wand entlang und erreichte schließlich den Lichtschalter; rutschte ab; streckte den Fuß noch etwas mehr und trat mit dem Absatz das Licht aus.

«Und was ist, wenn das alles gelogen ist?» ertönte seine dumpfe Stimme und durchbrach die Stille. «Was ist, wenn ich Ihnen nicht glaube?»

Ich rührte mich nicht.

«Alles gelogen», wiederholte er ein paar Augenblicke später.

Ich rührte mich nicht, und alsbald begann ich im leidenschaftslosen Rhythmus des Schlafs zu atmen.

Er lauschte, das war sicher. Ich lauschte auf sein Lauschen. Er lauschte meinem Lauschen auf sein Lauschen. Irgend etwas brach ab. Ich merkte, daß ich überhaupt nicht das dachte, was ich zu denken dachte; versuchte, mein Bewußtsein im Straucheln abzufangen, wurde aber selbst verwirrt.

Ich träumte einen widerlichen Traum, einen dreifachen Nachtmahr. Erst war da ein kleiner Hund; aber nicht einfach ein kleiner Hund; ein Pseudohündchen, sehr klein, mit den winzigen schwarzen Augen einer Käferlarve; es war weiß durch und durch und ziemlich kalt. Fleisch? Nein, kein Fleisch, sondern eher Schmalz oder Gallert, oder vielleicht auch das Fett eines weißen Wurms, der zudem eine Art geschnitzte, geriefte Oberfläche hatte, die an ein russisches Osterlamm aus Butter erinnerte – abstoßende Mimikry. Ein Kaltblütler, den die Natur in die Gestalt eines Hündchens verbogen hatte, mit einem Schwanz und mit Beinen, alles, wie es sich gehörte. Es stellte sich mir immer wieder in den Weg, ich konnte ihm nicht ausweichen; und als es mich berührte, spürte ich so etwas wie einen elektrischen Schlag. Ich erwachte. Auf dem Laken des Nachbarbettes lag zusammengerollt wie eine ohnmächtig gewordene Larve eben jenes schreckliche Pseudohündchen... Ich stöhnte vor Ekel und schlug die Augen auf. Rundherum trieben Schatten; das Bett neben dem meinen war leer – bis auf die breiten Klettenblätter, die infolge der dumpfen Feuchtigkeit aus Bettgestellen hervorwachsen. Man konnte auf diesen Blättern verräterische Flecken schleimiger Natur erkennen; ich schaute genauer hin; da saß es, an einen fetten Stengel geklebt, klein, talgig weiß, mit seinen kleinen schwarzen Knopfaugen... aber dann endlich wachte ich richtig auf.

Wir hatten vergessen, die Rouleaus herunterzuziehen. Meine Armbanduhr war stehengeblieben. Es mochte fünf Uhr sein oder halb sechs. Felix schlief, in sein Federbett gerollt, mit dem Rücken zu mir; nur sein dunkler Haarschopf war zu sehen. Ein geisterhaftes Erwachen, eine geisterhafte Dämmerung. Ich entsann mich unseres Gesprächs, erinnerte mich, daß ich ihn nicht hatte überzeugen können; und ein nagelneuer, höchst anziehender Gedanke ergriff von mir Besitz.

O Leser, ich fühlte mich nach meinem kleinen Nickerchen frisch wie ein neugeborenes Kind; meine Seele war reingespült; ich war tatsächlich erst sechsunddreißig Jahre alt und konnte den weitläufigen Rest meines Lebens etwas Besserem als einem verächtlichen Irrlicht weihen. Wahrhaftig, welch ein bestrickender Gedanke; den Wink des Schicksals zu befolgen und jetzt, sofort, das Zimmer zu verlassen, es für immer zu verlassen und zu vergessen, und meinen armen Doppelgänger zu verschonen... Und wer weiß, vielleicht war er mir doch nicht im geringsten ähnlich, ich konnte nur seinen Haarschopf sehen, und er schlief fest, mit dem Rücken zu mir. So wie sich ein Jüngling, nachdem er wieder einmal einem einsamen und schändlichen Laster nachgegeben hat, mit übermäßiger Kraft und Klarheit sagt: «Jetzt ist Schluß, ein für allemal; von diesem Augenblick an soll mein Leben rein sein, ein Rausch der Reinheit», so war ich jetzt, nachdem ich alles ausgesprochen, nachdem ich alles im voraus durchlebt und von Schmerz und Lust genug hatte, abergläubisch darauf erpicht, mich für immer von der Versuchung abzuwenden.

Alles sah so einfach aus; auf jenem anderen Bett schlief ein Landstreicher, dem ich zufällig Zuflucht und Obdach gewährt hatte; seine armseligen, staubigen Schuhe standen auf dem Boden, die Spitzen einander zugekehrt; sein treuer Stecken war sorgfältig quer über den Sitz des Stuhls gelegt, der seine mit proletarischer Ordentlichkeit zusammengefalteten Kleider trug. Was um alles in der Welt tat ich in diesem provinziellen Hotelzimmer? Aus welchem Grund sollte ich hier herumlungern? Und dieser nüchterne und schwere Schweißgeruch eines Fremden, jener geronnene Himmel im Fenster, diese große schwarze Fliege auf der Wasserkaraffe... Alles sagte zu mir: Steh auf und geh.

Ein schwarzer Fleck kiesigen Straßenschmutzes an der Wand nahe beim Lichtschalter erinnerte mich an einen Frühlingstag in Prag. Oh, ich konnte ihn abkratzen, um keine Spur zu hinterlassen, keine Spur, keine Spur! Ich sehnte mich nach dem heißen Bad, das ich in meiner schönen Wohnung nehmen würde – wenn ich auch naserümpfend die Vorfreude mit dem Gedanken berichtigte, daß die Wanne wahrscheinlich von Ardalion benutzt worden war, wie es ihm seine freundliche Cousine, so vermutete ich, schon ein- oder zweimal in meiner Abwesenheit erlaubt hatte.

Ich ließ meine Füße vorsichtig auf eine umgeklappte Ecke des Bettvorlegers hinunter; kämmte mir die Haare von den Schläfen zurück – mit einem Taschenkamm aus echtem Schildpatt, nicht aus dem schäbigen Mockturtle, das ich diesen Strolch hatte benutzen sehen; glitt ohne einen Laut quer durchs Zimmer, zog meinen Mantel an und setzte den Hut auf; ergriff meinen Koffer, ging hinaus und schloß geräuschlos die Tür hinter mir. Ich nehme an, selbst wenn ich zufällig einen flüchtigen Blick auf das Gesicht meines schlafenden Doppelgängers geworfen hätte, wäre ich gleichwohl gegangen; aber ich verspürte gar nicht den Wunsch danach, so wie der oben erwähnte Jüngling sich am Morgen nicht dazu herbeiläßt, einen Blick auf die Photographie zu werfen, die er im Bett angebetet hatte.

Von einem Schwindelgefühl leicht benommen, ging ich die Treppe hinunter, putzte meine Schuhe mit einem Handtuch im Klosett, kämmte mir nochmals die Haare, bezahlte das Zimmer und trat, vom schläfrigen Starren des Nachtportiers verfolgt, auf die Straße hinaus. Eine halbe Stunde später saß ich in einem Eisenbahnwagen; ein branntweinduftendes Aufstoßen reiste mit mir, und in meinen Mundwinkeln weilten noch die

salzigen Spuren eines einfachen, aber köstlichen Ome-
letts, das ich im Bahnhofsrestaurant eilig verzehrt hatte.
So endet dieses verschwommene Kapitel mit einem tiefen Speiseröhrenton.

Kapitel 6

Die Nichtexistenz Gottes ist leicht zu beweisen. Zum Beispiel kann man unmöglich bejahen, daß ein ernsthafter Jahwe, allwissend und allmächtig, seine Zeit mit so unsinnigen Dingen wie dem Spielen mit Menschlein hinbringen könnte und – was noch weit unvereinbarer ist – sein Spiel auf die entsetzlich abgedroschenen Gesetze der Mechanik, Chemie und Mathematik beschränken sollte, und daß er niemals – wohlgemerkt, niemals! – sein Gesicht zeigte, sondern sich verstohlene Blicke und Umschweife gönnte und das gemeine Getuschel (Offenbarungen, in der Tat!) umstrittener Wahrheiten hinter dem Rücken irgendeines sanften Hysterikers hervor.

Dieser ganze göttliche Kram ist vermutlich ein Riesenschwindel, für den man gewiß nicht die Priester verantwortlich machen darf; die Priester selbst sind seine Opfer. Die Idee Gottes wurde in den Morgenstunden der Geschichte von einem Schurken erfunden, der ein Genie war; sie stinkt zu sehr nach Menschlichkeit, diese Idee, als daß man an ihre azurne Herkunft glauben könnte; womit ich nicht sagen will, daß sie die Frucht krasser Unwissenheit sei; jener Schurke vor mir war bewandert in himmlischer Überlieferung – und tatsächlich frage ich mich, welche Variation des Himmels die beste ist: jener blendende Glanz von argusäugigen, flügelschlagenden Engeln oder jener gekrümmte Spiegel, in den sich ein selbstgefälliger Physikprofessor zurückzieht und immer kleiner und kleiner wird. Es gibt aber noch einen weiteren Grund, warum ich nicht an Gott glauben kann oder will: Das Märchen über ihn ist nicht wirklich mein Eigentum, es gehört Fremden, allen Menschen; es ist durchtränkt von den übelriechenden Ausdünstungen Millionen anderer Seelen, die ein wenig unter der Sonne herumgewirbelt und dann zerplatzt sind; es wimmelt von Urängsten; in ihm hallt ein verworrener Chor von unzähligen Stimmen wider, die einander zu übertönen suchen; ich höre darin das Brausen und Schnaufen der Orgel, das Gebrüll des orthodoxen Diakons, das Wehklagen des Vorsängers, jammernde Neger, die glatte Beredsamkeit des protestantischen Predigers, Gongs, Donnerschläge, Zuckungen epileptischer Frauen; ich sehe die blassen Schriftseiten aller Philosophien hindurchschimmern wie den Schaum von längst verlaufenen Wellen; es ist mir fremd und verhaßt und absolut nutzlos für mich.

Wenn ich nicht Herr meines Lebens bin, nicht der Sultan meines eigenen Seins, dann dürfen mich weder die Logik noch die ekstatischen Anfälle irgendeines Menschen dazu zwingen, meine unerträglich lächerliche Stellung weniger lächerlich zu finden: nämlich die, Gottes Sklave zu sein; nein, nicht einmal sein Sklave, sondern nur ein Streichholz, das von einem neugierigen Kind, dem Schrecken seiner Spielzeuge, ziellos angezündet und dann ausgeblasen wird. Es besteht allerdings kein Grund, sich zu ängstigen: Gott existiert nicht, genausowenig wie unser Leben nach dem Tod, jenes zweite Schreckgespenst, das sich ebenso mühelos abtun läßt wie das erste. In der Tat, stellen Sie sich vor, Sie seien gerade gestorben – und plötzlich sind Sie hellwach im Paradies, wo, von Lächeln umkränzt, Ihre lieben Toten Sie willkommen heißen.

Jetzt sagen Sie mir bitte, welche Garantie besitzen Sie dafür, daß diese geliebten Geister echt sind; daß es wirklich Ihre liebe tote Mutter ist und nicht irgendein kleiner Teufel, der Sie, in der Maske Ihrer Mutter, hinters Licht führt und Ihre Mutter mit höchster Kunst und Natürlichkeit nachahmt? Das ist der Pferdefuß, das der Graus; um so mehr, als die Schauspielerei immer weitergehen wird, endlos; nie, nie, nie, nie, nie wird Ihre Seele in jener anderen Welt ganz sicher sein, daß die süßen, sanften Geister, die Sie umdrängen, nicht verkleidete Unholde sind, und ewig, ewig, ewig wird Ihre Seele im Zweifel bleiben und jeden Augenblick irgendeine schreckliche Wandlung erwarten, irgendein diabolisches Grinsen, das das geliebte Gesicht, das sich über Sie beugt, entstellt.

Aus diesem Grund bin ich bereit, alles hinzunehmen, komme, was da wolle; den stämmigen Henker im Zylinderhut, und dann das hohle Summen einer leeren Ewigkeit; aber ich weigere mich, die Folterqualen eines ewig dauernden Lebens durchzumachen, ich will diese kalten weißen Hündchen nicht. Laßt mich in Ruhe, ich werde nicht das geringste Zeichen von Zärtlichkeit dulden, ich warne euch, denn alles ist Täuschung, ein billiger Zaubertrick. Ich vertraue auf nichts und niemanden

– und wenn das teuerste Wesen, das ich in dieser Welt kenne, mir in der nächsten begegnet und seine vertrauten Arme ausstreckt, mich zu umfangen, werde ich einen Schrei schieren Entsetzens ausstoßen, auf dem paradiesischen Rasen zusammenbrechen, mich winden... oh, ich weiß nicht, was ich tun werde! Nein, Fremde sollten nicht zugelassen sein im Reiche der Seligen.

Und trotz meines Unglaubens bin ich doch von Natur aus weder finster noch schlecht. Als ich von Tarnitz nach Berlin zurückkehrte und ein Inventar meiner seelischen Habe aufnahm, freute ich mich wie ein Kind über die kleinen, aber verläßlichen Reichtümer, die ich darin entdeckte, und hatte das Gefühl, ich träte erneuert, erfrischt und erlöst in einen neuen Lebensabschnitt ein, wie man so sagt. Ich hatte eine Frau mit Spatzenhirn, aber anziehend, die mich vergötterte; eine hübsche kleine Wohnung; einen aufnahmebereiten Magen und einen blauen Wagen. In mir, so fühlte ich, steckte ein Dichter, ein Schriftsteller; außerdem große kaufmännische Fähigkeiten, wenngleich das Geschäft nach wie vor ziemlich flau war. Felix, mein Doppelgänger, schien nicht mehr als eine harmlose Kuriosität zu sein, und höchstwahrscheinlich hätte ich in jenen Tagen meinen Freunden von ihm erzählt, wenn ich welche gehabt hätte. Ich spielte mit dem Gedanken, meine Schokolade aufzugeben und etwas anderes anzufangen; zum Beispiel teure Luxusausgaben herauszubringen, die sich erschöpfend mit den sexuellen Beziehungen befassen würden, wie sie sich in Literatur, Kunst und Wissenschaft offenbaren... Kurz, ich barst vor wilder Energie, für die ich keine Verwendung wußte.

Ein Novemberabend ragt mir besonders im Gedächtnis hervor; als ich vom Büro nach Hause kam, war meine Frau nicht da – sie hatte mir einen Zettel hinterlassen mit der Mitteilung, sie sei ins Kino gegangen. Ich wußte nichts Rechtes mit mir anzufangen, durchschritt die Zimmer und schnippte mit den Fingern; dann setzte ich mich an meinen Schreibtisch, in der Absicht, ein Stück guter Prosa zu schreiben, aber ich brachte nicht mehr zustande, als meine Feder mit Speichel zu bedecken und eine Reihe von tropfenden Nasen zu zeichnen; also stand ich auf und ging hinaus, weil ich dringend irgendeiner Art – irgendeiner Art Verkehr mit der Welt bedurfte; denn meine eigene Gesellschaft war mir unerträglich, da sie mich zu sehr erregte und umsonst. Ich begab mich zu Ardalion, einem Scharlatan von Mann, feurig und verächtlich. Als er mir endlich öffnete (er schloß sich aus Furcht vor Gläubigern in seinem Zimmer ein), ertappte ich mich dabei, wie ich darüber nachsann, weshalb ich überhaupt gekommen war.

«Lydia ist hier», sagte er und wälzte irgend etwas in seinem Mund herum (Kaugummi, wie sich später herausstellte). «Die Frau ist sehr krank. Machen Sie sich's bequem.»

Auf Ardalions Bett lag Lydia, halb angezogen – das heißt, ohne Schuhe, nur mit einem zerknitterten grünen Unterrock bekleidet –, und rauchte.

«O Hermann», sagte sie, «wie nett, daß du daran gedacht hast herzukommen. Ich hab irgendwas mit dem Magen. Setz dich her. Mir geht es jetzt schon besser, aber im Kino habe ich mich schrecklich gefühlt.»

«Und das mitten in einem ganz ordentlichen Film»,

klagte Ardalion, während er in seiner Pfeife stocherte und ihren schwarzen Inhalt auf den Boden verstreute. «Sie fläzt sich schon eine halbe Stunde so herum. Weibliche Einbildung, das ist alles. Sie ist kerngesund.»

«Sag ihm, er soll den Mund halten», sagte Lydia.

«Hören Sie mal», sagte ich und wandte mich Ardalion zu, «ich irre mich bestimmt nicht; Sie haben doch, nicht wahr, so ein Bild gemalt – eine Bruyère-Pfeife und zwei Rosen?»

Er erzeugte einen Laut, den unkritische Romanschreiber folgendermaßen wiedergeben: «Hm.»

«Nicht daß ich wüßte», antwortete er, «Sie sind anscheinend überarbeitet, alter Knabe.»

«Das erste», sagte Lydia auf dem Bett, mit geschlossenen Augen, «ist ein wildes romantisches Gefühl – auf lateinisch und englisch. Das zweite ein wildes Tier – auf englisch und französisch. Und das Ganze zusammen ist auch ein Biest, wenn man so will – oder ein Farbenkleckser.»

«Kümmern Sie sich gar nicht um sie», sagte Ardalion. «Aber diese Pfeife und die Rosen, nein, ich kann mich nicht erinnern. Aber Sie könnten ja mal selbst nachsehen.»

Seine Klecksereien hingen an den Wänden, lagen unordentlich auf dem Tisch herum, türmten sich in einer Ecke. Alles im Zimmer war flockig von Staub. Ich untersuchte die schmuddeligen, purpurähnlichen Flecken seiner Aquarelle; betastete behutsam mehrere schmierige Pastelle, die auf einem wackligen Stuhl lagen...

«Als erstes», sagte Ardor-lion zu seiner hübschen Cousine, einer grausigen Spötterin, «solltest du meinen Namen richtig schreiben lernen.»

Ich verließ den Raum und ging ins Speisezimmer seiner Wirtin. Diese uralte, einer Eule sehr ähnliche Dame saß in einem altväterlichen Sessel, der auf einer leichten Erhöhung des Bodens am Fenster stand, und stopfte gerade einen Strumpf, den sie über einen Holzpilz gespannt hatte.

«... die Bilder anzusehen», sagte ich.

«Ich bitte darum», antwortete sie huldvoll.

Gleich rechts neben der Anrichte erspähte ich das Gesuchte; wie sich jedoch herausstellte, waren es nicht ganz zwei Rosen und eine Pfeife, sondern zwei große Pfirsiche und ein gläserner Aschenbecher.

Ich kam in einem Zustand heftiger Verärgerung zurück.

«Nun», fragte Ardalion, «gefunden?»

Ich schüttelte den Kopf. Lydia hatte ihr Kleid und die Schuhe bereits wieder angezogen und war dabei, sich vor dem Spiegel mit Ardalions Bürste das Haar zu glätten.

«Komisch – ich muß irgend etwas gegessen haben», sagte sie und zog dabei – ein kleines Kunststück von ihr – die Nüstern zusammen.

«Blähungen, das ist alles», bemerkte Ardalion. «Wartet einen Augenblick, Leute. Ich komme mit. Im Nu bin ich angezogen. Lyddi, dreh dich rum.»

Er hatte einen geflickten, farbenbeschmierten Anstreicherkittel an, der ihm fast bis zu den Knöcheln reichte. Den zog er aus. Darunter war nichts als sein

410

Silberkreuz und symmetrische Haarbüschel. Ich hasse nun einmal Schlampigkeit und Dreck. Mein Wort darauf, Felix war irgendwie sauberer als er. Lydia sah aus dem Fenster und sang ein kleines Lied vor sich hin, das seit langem aus der Mode gekommen war (und wie schlecht sie den deutschen Text aussprach). Ardalion wanderte im Zimmer herum und zog sich nach und nach über, was er an den allerunerwartetsten Stellen fand. «Ich Armer!» rief er plötzlich aus. «Was ist alltäglicher als ein mittelloser Künstler? Wenn mir eine gute Seele dabei helfen würde, eine Ausstellung zu arrangieren, wäre ich über Nacht berühmt und ein reicher Mann.»

Er aß bei uns zu Abend, spielte dann mit Lydia Karten und ging nach Mitternacht. Ich biete all dies als Musterbeispiel für einen heiter und nützlich verbrachten Abend. Ja, alles war gut, alles war ausgezeichnet, ich fühlte mich wie ein anderer Mensch, erfrischt, erneuert, erlöst (eine Wohnung, eine Frau, die angenehme, alles durchdringende Kälte eines eisenharten Berliner Winters) und so weiter. Ich kann mich nicht enthalten, auch ein Beispiel von meinen literarischen Übungen zu geben – gewissermaßen eine unterbewußte Vorbereitung, so vermute ich, auf mein gegenwärtiges Ringen mit dieser aufreibenden Erzählung. Die bescheidenen Belanglosigkeiten, die ich in jenem Winter verfaßte, sind vernichtet worden, aber eine von ihnen lebt noch in meinem Gedächtnis fort... Was mich an Turgenjews Prosagedichte erinnert... «Wie schön, wie frisch waren die Rosen» – mit Klavierbegleitung. Darf ich Sie also um ein wenig Musik bitten?

Es war einmal ein schwächlicher, heruntergekommener, aber ziemlich reicher Mann, der hieß Herr X. Y. Er liebte eine bezaubernde junge Dame, aber ach, sie wollte nichts von ihm wissen. Eines Tages, er war auf einer Reise, bemerkte dieser blasse, langweilige Mann am Meeresstrand einen jungen Fischer namens Mario, der ein fröhlicher, sonnengebräunter, kräftiger Geselle war und ihm trotzdem wunderbar und verblüffend ähnlich sah. Da kam unserem Helden ein kluger Gedanke: Er lud die junge Dame ein, mit ihm ans Meer zu fahren. Sie wohnten in verschiedenen Hotels. Gleich am ersten Morgen ging die junge Dame spazieren, und von der Spitze einer Klippe erblickte sie – wen? War das wirklich Herr X. Y.? Nein, so was! Er stand unten auf dem Sand, fröhlich, sonnengebräunt, in einem gestreiften Pullover, mit nackten, kräftigen Armen (das war doch Mario!). Die junge Dame kehrte, am ganzen Leibe bebend, in ihr Hotel zurück und wartete, wartete! Die goldenen Minuten wurden zu Blei...

Unterdessen schlenderte der wahre Herr X. Y., der im Schutz eines Lorbeerbaums beobachtet hatte, wie sie Mario, seinen Doppelgänger, anschaute (und der jetzt ihrem Herzen Zeit ließ, zu einem Entschluß zu reifen), erwartungsvoll im Dorf umher; er trug einen städtischen Anzug und einen lila Schlips. Da rief ihm plötzlich ein braunes Fischermädchen zu, das in einem scharlachroten Rock auf der Schwelle einer Hütte saß, und es rief, mit einer südländischen Geste des Erstaunens: «Mario! Wie wunderbar du angezogen bist! Ich dachte immer, du wärst ein einfacher, grober Fischer, wie alle unsere jungen Männer hier, und ich liebte dich nicht; aber jetzt, jetzt...» Sie zog ihn in die Hütte. Flüsternde Lippen, der Duft von Fisch und Haarwasser, brennende Liebkosungen. So flohen die Stunden dahin...

Schließlich schlug Herr X. Y. die Augen auf und ging zu dem Hotel, wo seine Liebste, seine einzige Liebe, ihn fieberhaft erwartete. «Ich bin blind gewesen», rief sie, als er ins Zimmer trat. «Und jetzt ist mir mein Augenlicht wiedergegeben, da du in all deiner bronzenen Nacktheit an jenem sonnengeküßten Strand erschienst. Ja, ich liebe dich. Tu mit mir, was du willst.» Flüsternde Lippen? Brennende Liebkosungen? Dahineilende Stunden? Nein, o weh, nein – ganz entschieden nein. Nur ein nachhängender Fischgeruch. Der arme Kerl war völlig erschöpft von seinem vorherigen Abenteuer, und so saß er sehr mürrisch und niedergeschlagen da und dachte sich, was er doch für ein Narr gewesen war, seinen eigenen herrlichen Plan zu verraten und zunichte zu machen.

Sehr mittelmäßiges Zeug, das weiß ich selbst. Während ich daran schrieb, stand ich unter dem Eindruck, ich brächte etwas sehr Gescheites und Witziges hervor; ähnliches geschieht gelegentlich in Träumen: Da träumt man, man hielte eine Rede von höchstem Glanz, doch wenn man sich beim Aufwachen daran erinnert, lautet sie unsinnigerweise: «Abgesehen davon, daß ich vor dem Tee schweige, schweige ich auch vor Augen im Spülicht und Spiegeltrug» und so weiter.

Andererseits würde diese kleine Geschichte im Stile Oscar Wildes gut in die Literaturspalten gewisser Zeitungen passen, deren Redakteure – und zwar besonders in Deutschland – ihren Lesern mit Vorliebe solche winzigen, affektierten und leicht frivolen Geschichten vorsetzen, insgesamt vierzig Zeilen, mit einer eleganten Pointe und ein paar Spritzern von dem, was der Banause Paradoxien nennt («seine Rede funkelte von Paradoxien»). Ja, eine Belanglosigkeit, ein Ausrutscher meiner Feder, aber wie erstaunt werden Sie sein, wenn ich Ihnen verrate, daß ich dieses gefühlsduselige Gesabbel unter einer Marter von Schmerz und Schrecken niederschrieb, mit Zähneknirschen, ungestüm mein Herz ausschüttend und zugleich im vollen Bewußtsein, daß dies keineswegs eine Erlösung war, sondern nur eine verfeinerte Selbstquälerei, und daß ich meine trübe, düstere Seele auf diesem Wege nie befreien würde, sondern die Sache nur noch schlimmer machte.

Mehr oder weniger in einer solchen Gemütsverfassung ging ich dem Silvesterabend entgegen; ich erinnere mich an den schwarzen Kadaver jener Nacht, an diese blöde Hexe von Nacht, die den Atem anhielt und auf das Schlagen der heiligen Stunde horchte. Am Tisch saßen, so sei enthüllt: Lydia, Ardalion, Orlovius und ich, ganz reglos und wappenschildsteif wie heraldische Figuren. Lydia, den einen Ellbogen auf den Tisch gestützt, den Zeigefinger wachsam erhoben, die Schultern nackt, ihr Kleid so buntgescheckt wie die Rückseite einer Spielkarte; Ardalion, in eine Reisedecke gehüllt (wegen der offenen Balkontür), mit einem roten Schimmer auf seinem fetten Löwengesicht; Orlovius in einem schwarzen Gehrock, seine Brille funkelnd, sein Umlegekragen verschlang die

Enden seiner winzigen schwarzen Fliege; und ich, der menschliche Blitz, der diese Szenerie erhellte.

Gut, jetzt dürft ihr euch wieder bewegen, aber beeilt euch mit der Flasche, gleich schlägt die Uhr. Ardalion goß den Champagner ein, und wir waren alle wieder totenstill. Mit schiefem Blick starrte Orlovius über seine Brille hinweg auf seine alte silberne Taschenzwiebel, die auf dem Tischtuch lag; noch zwei Minuten. Irgend jemand auf der Straße konnte es nicht mehr aushalten und böllerte mit lautem Getöse; und dann wieder diese angespannte Stille. Den Blick auf seine Uhr geheftet, streckte Orlovius seine Greisenhand mit den Greifenklauen langsam nach seinem Glas aus.

Plötzlich gab die Nacht nach und begann zu reißen; Rufe schallten von der Straße herauf; wir traten mit unseren Champagnergläsern wie Könige auf den Balkon hinaus. Raketen zischten von der Straße hoch und zerbarsten mit einem Knall in bunt glänzende Tränen; und an allen Fenstern und auf allen Balkons standen Menschen, eingerahmt von Keilen und Vierecken festlichen Lichts, und riefen sich immer wieder die gleichen idiotischen Grußworte zu.

Wir vier stießen miteinander an; ich trank einen winzigen Schluck.

«Worauf Hermann wohl trinken mag?» fragte Lydia Ardalion.

«Keine Ahnung, und es ist mir auch egal», erwiderte der letztere. «Worauf er auch trinkt, er wird dieses Jahr geköpft. Weil er seine Gewinne verschleiert.»

«Pfui, was für eine garstige Rede!» sagte Orlovius. «Ich trinke auf das allgemeine Wohl.»

«Das sieht Ihnen ähnlich», bemerkte ich.

Ein paar Tage darauf, an einem Sonntagmorgen, als ich gerade im Begriff war, in die Badewanne zu steigen, klopfte das Mädchen an die Tür; sie sagte irgend etwas, aber ich konnte es nicht verstehen, weil das Wasser einlief. «Was ist los?» brüllte ich. «Was wollen Sie?» – aber meine eigene Stimme und das Geräusch des Wassers übertönten Elsis Worte, und jedesmal, wenn sie zum Sprechen ansetzte, brüllte ich gerade wieder – so wie es vorkommt, daß zwei Menschen, die sich auf einem breiten und völlig leeren Bürgersteig aus dem Weg gehen wollen, nicht aneinander vorbeikommen. Aber schließlich fiel mir ein, das Wasser abzudrehen; dann sprang ich zur Tür, und in die plötzliche Stille hinein sagte Elsis Kinderstimme:

«Da ist ein Mann, gnädiger Herr, der Sie besuchen will.»

«Ein Mann?» fragte ich und öffnete die Tür.

«Ein Mann», wiederholte Elsi, als ob sie meine Nacktheit kommentiere.

«Was will er?» fragte ich und fühlte nicht nur, wie ich schwitzte, sondern *sah* auch, daß ich von Kopf bis Fuß mit Schweißperlen bedeckt war.

«Er sagt, es sei geschäftlich, gnädiger Herr, und Sie wüßten schon Bescheid.»

«Wie sieht er aus?» fragte ich mühsam.

«Er wartet im Flur», sagte Elsi und betrachtete meine perlenbesetzte Rüstung mit größtem Gleichmut.

«Was für eine Sorte Mann?»

«Etwas ärmlich, gnädiger Herr, er hat einen Beutel über der Schulter.»

«Dann sag ihm, er soll sich zum Teufel scheren!» brüllte ich. «Schick ihn sofort weg, ich bin nicht zu Hause, ich bin nicht in der Stadt, ich bin nicht auf der Welt.»

Ich knallte die Tür zu und stieß den Riegel vor. Das Herz schlug mir bis zum Halse. Etwa eine halbe Minute ging vorüber. Ich weiß nicht, was über mich kam, aber plötzlich, schon brüllend, entriegelte ich die Tür und sprang, immer noch nackt, aus dem Badezimmer heraus. Im Flur stieß ich mit Elsi zusammen, die gerade in die Küche zurückging.

«Halt ihn fest», rief ich. «Wo ist er hin? Halt ihn fest.»

«Er ist gegangen», sagte sie und befreite sich höflich aus meiner unabsichtlichen Umarmung.

«Warum zum Kuckuck hast du...», begann ich, aber ich sprach den Satz nicht zu Ende, eilte davon, zog Schuhe, Hose und Mantel an, rannte die Treppe hinunter und auf die Straße hinaus. Niemand. Ich lief bis zur Ecke, stand dort eine Weile, sah mich um und kehrte schließlich wieder ins Haus zurück. Ich war allein, da Lydia schon früh am Morgen ausgegangen war, um eine Bekannte zu besuchen, wie sie sagte. Bei ihrer Rückkehr eröffnete ich ihr, ich fühlte mich nicht wohl und würde nicht, wie verabredet, mit ihr ins Café gehen.

«Du Ärmster», sagte sie. «Du solltest dich hinlegen und irgend etwas einnehmen; irgendwo haben wir Aspirin. Schon gut, ich geh dann allein ins Café.»

Sie ging. Das Mädchen war auch fort. Ich horchte verzweifelt auf ein Läuten der Türklingel.

«Was für ein Narr», sagte ich mir immer wieder, «was für ein unglaublicher Narr!»

Ich befand mich in einem schrecklichen Zustand ziemlich krankhafter Gereiztheit. Ich wußte nicht, was ich tun sollte, ich war nahe daran, zu einem nicht existierenden Gott um das Läuten der Türklingel zu beten. Als es dunkel wurde, knipste ich kein Licht an, sondern blieb auf dem Sofa liegen – und horchte, horchte. Er kam bestimmt, ehe die Haustür zur Nacht abgeschlossen wurde, und wenn nicht, nun, dann kam er morgen oder übermorgen, da mußte, mußte er einfach kommen. Es würde mein Tod sein, wenn er nicht – oh, er mußte einfach kommen... Endlich, gegen acht, klingelte es. Ich rannte zur Tür.

«Puh, bin ich müde», sagte Lydia treuherzig, setzte im Hereinkommen den Hut ab und schüttelte ihr Haar zurecht.

Sie kam in Begleitung von Ardalion. Er und ich gingen ins Wohnzimmer, während sich meine Frau in der Küche zu schaffen machte.

«Der Pilger friert und ist hungrig», sagte Ardalion, wärmte sich die Hände an der Zentralheizung und zitierte den Dichter Nekrassow falsch.

Stille.

«Sagen Sie, was Sie wollen», fuhr er fort und betrachtete mein Portrait, «da ist doch eine Ähnlichkeit, eine ganz bemerkenswerte Ähnlichkeit sogar. Ich weiß, ich bin eingebildet, aber wirklich, ich kann mir nicht helfen, jedesmal, wenn ich es sehe, staune ich wieder. Und Sie haben gut daran getan, mein Lieber, daß Sie sich den Schnurrbart wieder abrasiert haben.»

«Das Abendessen steht auf dem Tisch», psalmo-
dierte Lydia leise aus dem Eßzimmer herüber.

Ich konnte mein Essen nicht anrühren. Ich spitzte ein
Ohr zur Wohnungstür hin, immer wieder, ohne Unterlaß, obwohl es inzwischen schon viel zu spät war.

«Zwei Lieblingsträume», sprach Ardalion, legte
Schichten von Schinken übereinander, als wären es
Pfannkuchen, und schmatzte schlemmerhaft. «Zwei
himmlische Träume: eine Ausstellung und eine Reise
nach Italien.»

«Der Mensch hat seit über einem Monat keinen
Tropfen Wodka mehr angerührt», sagte Lydia zur Erklärung.

«Da wir gerade von Wodka sprechen», sagte Ardalion, «war Perebrodow schon bei euch?»

Lydia schlug sich die Hand vor den Mund. «Ist bir
nicht behr in Erinnerung», sagte sie zwischen den Fingern hindurch. «Gar nicht.»

«So eine dumme Gans. Ich hatte sie nämlich gebeten, dir zu sagen... Es handelt sich um einen armen
Künstlerkollegen – er heißt Perebrodow –, einen alten
Kumpel von mir und so. Er ist zu Fuß aus Danzig gekommen, weißt du, oder wenigstens sagt er das. Er handelt mit handbemalten Zigarettenetuis, und da gab ich
ihm eure Adresse – Lydia meinte, du würdest ihm helfen.»

«O ja, er war da», antwortete ich. «Ja, er war schon
da. Und ich hab ihm ganz freundlich gesagt, er soll sich
zum Teufel scheren. Ich wäre Ihnen sehr verbunden,
wenn Sie aufhören würden, mir alle möglichen schnor-
renden Spitzbuben ins Haus zu schicken. Sie können

Ihrem Freund sagen, er braucht sich nicht noch einmal herzubemühen. Wirklich – das ist ein ziemlich starkes Stück. Man könnte meinen, ich wäre von Beruf Wohltäter. Gehen Sie zum Teufel mit Ihrem – wie heißt er gleich. Ich will einfach nichts mit ihm...»

«Aber, aber, Hermann», unterbrach Lydia sanft.

Ardalion machte ein knallendes Geräusch mit den Lippen. «Ziemlich traurig», bemerkte er.

Ich schäumte noch einige Zeit weiter – weiß nicht mehr genau, was ich sagte – unwichtig.

«Es sieht wirklich so aus», sagte Ardalion mit einem Seitenblick auf Lydia, «als wär ich ins Fettnäpfchen getreten. Entschuldige bitte.»

Ich verstummte plötzlich, saß tief in Gedanken da und rührte meinen Tee um, der mit dem Zucker längst alles getan hatte, was in seiner Kraft stand; nach einer Weile dann sagte ich laut und vernehmlich:

«Was bin ich doch für ein perfekter Esel.»

«Kommen Sie, jetzt übertreiben Sie mal nicht», sagte Ardalion gutmütig.

Meine eigene Narrheit erheiterte mich. Warum um alles in der Welt war mir nicht eher eingefallen, daß das Mädchen, wenn Felix wirklich gekommen wäre (und das allein schon wäre ein beachtliches Wunder gewesen, denn immerhin wußte er nicht einmal meinen Namen), hätte bestürzt sein müssen, denn vor ihr hätte ja mein perfekter Doppelgänger gestanden!

Bei diesem Gedanken beschwor meine Phantasie lebendig herauf, wie das Mädchen einen spitzen Schrei ausgestoßen hätte, zu mir geeilt wäre, nach Luft geschnappt, sich an mich geklammert und stammelnd über das Wunder unserer Ähnlichkeit geplappert hätte. Dann hätte ich ihr erklärt, es sei mein Bruder, der unerwartet aus Rußland gekommen wäre. So aber hatte ich einen nicht enden wollenden Tag einsam in sinnlosem Leiden verbracht; denn statt von der bloßen Tatsache seines Erscheinens überrascht zu sein, hatte ich mir den Kopf darüber zerbrochen, was nun als nächstes geschehen werde – ob er ein für allemal fortgegangen war oder doch noch einmal zurückkommen würde, und was er im Schilde führte; und ob nicht vielleicht sein Kommen die Erfüllung meines immer noch nicht überwundenen wilden und wundersamen Traums vereitelt habe; oder aber, ob ihn nicht vielleicht ein Dutzend Leute, die mich von Angesicht kannten, auf der Straße gesehen hatten, was das Ende meiner Pläne bedeutet hätte.

Nachdem ich dergestalt über die Unzulänglichkeiten meines Verstandes nachgegrübelt hatte und die Gefahr auf so einfache Weise abgewendet worden war, verspürte ich, wie schon erwähnt, ein Überquellen von Fröhlichkeit und Wohlwollen.

«Ich bin heute etwas nervös. Bitte entschuldigt mich. Um ehrlich zu sein, ich habe Ihren reizenden Freund überhaupt nicht gesehen. Er kam zur falschen Zeit. Ich war im Bad, und Elsi sagte ihm, ich sei nicht zu Hause. Hier, geben Sie ihm diese drei Mark, wenn Sie ihn sehen – was ich kann, tu ich gern –, und sagen Sie ihm, mehr kann ich mir nicht leisten, er sollte sich besser an jemand anderen wenden – vielleicht an Wladimir Isakowitsch Dawidow.»

«Das ist eine Idee», sagte Ardalion, «ich werd es da selbst mal versuchen. Nebenbei bemerkt, er säuft wie ein Loch, der gute alte Perebrodow. Sie können die Tante von mir fragen, die den französischen Bauern geheiratet hat – ich hab Ihnen von ihr erzählt –, eine sehr muntere Dame, aber verdammt knickrig. Sie hatte ein Gut auf der Krim, und 1920, während der Kämpfe dort, haben Perebrodow und ich ihren Keller leer getrunken.»

«Und was Ihre Italienreise betrifft – nun, wir werden sehen», sagte ich lächelnd, «ja, wir werden sehen.»

«Hermann hat ein goldenes Herz», bemerkte Lydia.

«Reich mir die Wurst, meine Liebe», sagte ich und lächelte wie zuvor. Ich konnte mir damals nicht ganz klar darüber werden, was in mir vorging – aber jetzt weiß ich, was es war: Das leidenschaftliche Verlangen nach meinem Doppelgänger brandete aufs neue hoch, mit einem gedämpften, aber machtvollen Ungestüm, das sich bald aller Kontrolle entzog. Es begann mit der Erkenntnis, daß in Berlin ein gewisser vager Mittelpunkt aufgetaucht war, um den ich, von einer verworrenen Kraft getrieben, immer engere Kreise ziehen mußte. Das Kobaltblau der Briefkästen oder jenes gelbe, dickbereifte Auto mit dem schwarzgefiederten Adleremblem unter dem vergitterten Fenster, ein Postbote mit der Tasche vorm Bauch, der die Straße hinunterging (mit jener besonderen, satten Langsamkeit, die den erfahrenen Arbeiter kennzeichnet), oder der Briefmarkenautomat im Untergrundbahnhof, oder sogar irgendein kleiner Laden für Philatelisten, mit appetitlich gemischten Marken aus aller Welt, die in Fensterkuverts gestopft waren – kurz, alles, was mit der Post zusammenhing, übte plötzlich einen seltsamen Druck, einen unbarmherzigen Einfluß auf mich aus.

Ich erinnere mich, daß mich eines Tages etwas ganz Ähnliches wie Somnambulismus in eine gewisse, mir wohlbekannte Gasse führte, und da war ich nun und kam dem magnetischen Punkt, um den sich mein ganzes Sein jetzt drehte, immer näher; doch ich schrak auf, sammelte meine Gedanken und floh; und bald darauf – innerhalb weniger Minuten oder womöglich auch innerhalb weniger Tage – stellte ich fest, daß ich jene Gasse schon wieder betreten hatte. Es war Zustellzeit, und sie kamen mir entgegen, gemächlichen Schritts, ein Dutzend blaue Briefträger, und an der Ecke trennten sie sich gemächlich. Ich drehte mich um, biß mir auf den Daumen, ich schüttelte den Kopf, ich leistete noch immer Widerstand; und die ganze Zeit, unter dem wahnsinnigen Pochen eines untrüglichen Gespürs, wußte ich, daß der Brief da war und auf meinen Abruf wartete und daß ich früher oder später der Versuchung erliegen würde.

Kapitel 7

Zunächst einmal lassen Sie uns das folgende Motto wählen (nicht speziell für dieses Kapitel, sondern ganz allgemein): Literatur ist Liebe. Jetzt können wir fortfahren.

Es war dämmerig im Postamt; vor jedem Schalter standen zwei oder drei Leute, meist Frauen; und hinter jedem Schalter war, eingerahmt in Fensterchen, wie ein matt gewordenes Bild, das Gesicht eines Beamten zu sehen. Ich mußte zu Schalter neun... Ich zauderte noch hinzugehen... Mitten im Raum befand sich eine Reihe von Schreibpulten, und dort trödelte ich herum und machte mir selbst vor, ich hätte etwas zu schreiben: Auf die Rückseite einer alten Rechnung, die ich in einer meiner Taschen fand, kritzelte ich irgendwelche Wörter, die mir gerade in den Kopf kamen. Die vom Staat bereitgestellte Feder kreischte und rasselte, und ich stieß sie immer wieder ins Tintenfaß, in die schwarze Spucke darin; das fahle Löschpapier, auf das ich den Ellbogen stützte, war kreuz und quer von den Abdrücken unleserlicher Zeilen gemustert. Diese irrationalen Schriftzeichen, vor denen sozusagen ein Minus steht, erinnern mich immer an Spiegel: Minus $\times$ Minus = Plus. Mir fiel ein, daß vielleicht auch Felix ein Minus-

Ich war, und das war ein Gedankengang von ganz erstaunlicher Bedeutung, dem ich unrecht tat, oh, großes Unrecht, als ich ihm nicht gründlich nachging.

Unterdessen spuckte der schwindsüchtige Federhalter in meiner Hand weiterhin Wörter aus: kann nicht stoppen, kann nicht stoppen, Kannen, Stopfen, stop, geh hin nach Gehenna. Ich zerknüllte den Zettel in der Faust. Ein ungeduldiges, fettes Frauenzimmer quetschte sich neben mich, schnappte den Federhalter, der jetzt frei war, und stieß mich dabei mit einer Drehung ihres seehundfellbespannten Hinterteils beiseite.

Ganz plötzlich fand ich mich vor Schalter neun wieder. Ein großes Gesicht mit einem rotblonden Schnurrbart blickte mich fragend an. Ich hauchte das Kennwort. Eine Hand mit einem schwarzen Fingerling auf dem Zeigefinger gab mir nicht einen, sondern gleich drei Briefe. Heute scheint es mir so, als sei alles in Blitzesschnelle geschehen; im nächsten Augenblick ging ich schon über die Straße, die Hand aufs Herz gepreßt. Als ich eine Bank erreichte, setzte ich mich und riß die Briefe auf.

Errichten Sie irgendein Denkmal dort; zum Beispiel einen gelben Markierungspfahl. Dieses Zeitteilchen sollte auch im Raum eine Spur hinterlassen. Da saß ich, saß und las – und plötzlich erstickte ich fast vor unerwartetem und nicht zu unterdrückendem Lachen. Oh, liebenswürdiger Leser, dies waren Briefe von der erpresserischen Sorte! Und ein Erpresserbrief, den vielleicht nie jemand öffnen wird, ein Erpresserbrief, postlagernd adressiert, und noch dazu unter einem vereinbarten Kennwort, das heißt, mit dem offenen

Eingeständnis, daß dem Absender weder der Name noch die Adresse dessen, dem er schreibt, bekannt ist – das ist wahrhaftig eine rasend komische Paradoxie.

Im ersten dieser drei Briefe (Mitte November) war das Erpresserthema nur angedeutet. Er war tief gekränkt durch mich, dieser Brief, er forderte Erklärungen, er schien wahrhaftig die Augenbrauen hochzuziehen, so wie sein Verfasser es tat, jederzeit bereit, in sein durchtriebenes Lächeln auszubrechen; denn er begriff nicht, sagte er, und war doch äußerst begierig zu begreifen, weshalb ich mich so geheimnisvoll verhalten und mich, ohne die Angelegenheit endgültig zu regeln, im Dunkel der Nacht davongestohlen hatte. Er hatte gewisse Vermutungen, die hatte er, doch wollte er seine Karten noch nicht aufdecken; er war bereit, diesen Verdacht vor den Augen der Welt zu verbergen, wenn ich entsprechende Schritte unternähme; und mit Würde gab er seinem Schwanken Ausdruck, und mit Würde erwartete er eine Antwort. Alles klang sehr ungrammatikalisch und zugleich gestelzt – doch diese Mischung war nun einmal sein natürlicher Stil.

Im nächsten Brief (Ende Dezember. Welch eine Geduld!) wurde das eigentliche Thema schon augenfälliger. Jetzt war es klar, warum er mir überhaupt schrieb. Die Erinnerung an jenen Tausendmarkschein, an jene graublaue Vision, die direkt unter seiner Nase vorbeigehuscht und dann verschwunden war, nagte an seinen Eingeweiden; seine Habgier war bis ins Mark gereizt, er leckte sich die ausgedörrten Lippen, er konnte es sich nicht verzeihen, daß er mich hatte gehen lassen und so um jenes anbetungswürdige Rascheln betrogen worden war, das seine Fingerspitzen kribbeln ließ. Also schrieb er, er sei bereit, mir eine weitere Unterredung zu gewähren; er habe in letzter Zeit die Dinge überdacht; doch wenn ich ablehnte, mich mit ihm zu treffen, oder einfach nicht antwortete, dann sähe er sich gezwungen – genau hier kam wie gerufen ein gewaltiger Tintenklecks, den der Schurke mit Absicht gemacht hatte, um mich auf die Folter zu spannen, da er nicht die leiseste Ahnung hatte, was für eine Drohung er verkünden sollte.

Der dritte Brief schließlich, vom Januar, war ein wahres Meisterstück von ihm. Ich erinnere mich genauer daran als an die übrigen, weil ich ihn etwas länger aufbewahrte:

Da ich keine Antwort auf meine ersten Briefe erhalte sieht es langsam so aus als ob es höchste Zeit ist gewisse Maßnahmen zu ergreifen aber trotzdem lasse ich Ihnen noch einen Monat zum Nachdenken worauf ich mich unverzüglich an eine Stelle wende wo Ihre Handlungen voll beurteilt werden in ihrer vollen Tragweite aber wenn ich auch dort kein Verständnis finde denn wer ist heutzutage schon unbestechlich dann schreite ich zur Tat wobei ich die genaue Art und Weise ganz Ihrer Fantasie überlasse weil ich glaube wenn die Regierung nicht will und Schluß damit ist Schwindler zu bestrafen ist es die Pflicht jedes aufrechten Bürgers so einen mordsmäßigen Krach zu schlagen bezüglich der unerwünschten Person daß der Staat reagieren muß ob er will oder nicht aber in Anbetracht Ihrer persönlichen Situation und aus Erwägungen der Freundlichkeit und Hilfsbereitschaft bin ich geneigt meine Absicht aufzugeben und mache keinen Krach unter der Bedingung wenn Sie mir binnen dieses Monats bitte eine beträchtliche Geldsumme schicken als Entschädigung für alle Sorgen die ich mir gemacht habe deren genaue Höhe ich hochachtungsvoll Ihrem eigenen Ermessen überlasse.

Gezeichnet «Spatz», und darunter die Adresse eines Provinzpostamtes.

Lange genoß ich diesen letzten Brief, dessen altväterlichen Zauber meine Niederschrift aus dem Gedächtnis kaum richtig wiederzugeben vermag. Jede Einzelheit daran gefiel mir: dieser majestätische Fluß der Wörter, von keinem einzigen Satzzeichen aufgehalten; diese tölpelhafte Zurschaustellung schwächlicher Schuftigkeit bei einem so harmlos aussehenden Individuum; diese stillschweigend mitinbegriffene Einwilligung, auf jedes Projekt, wie empörend es auch sein mochte, einzugehen, falls er nur das Geld bekam. Doch was mir vor allem Vergnügen machte, ein Vergnügen von solcher Kraft und Reife, daß es sich kaum mehr ertragen ließ, das war die Tatsache, daß Felix von sich aus, ohne irgendein Stichwort meinerseits, wiedererschienen war und mir seine Dienste anbot; nein, mehr noch: mir befahl, von seinen Diensten Gebrauch zu machen, und mich, da er obendrein alles tat, was ich wünschte, jeder Verantwortung enthob, die der verhängnisvolle Lauf der Ereignisse mir aufbürden mochte.

Ich schüttelte mich vor Lachen, als ich auf jener Bank saß. Oh, Sie müssen unbedingt dort ein Denkmal errichten (einen gelben Pfahl), unter allen Umständen! Wie hatte er sich das vorgestellt – der Dummkopf? Daß seine Briefe mich durch eine Art Telepathie von ihrem Eintreffen unterrichten würden und daß ich nach einer magischen Betrachtung ihres Inhalts magisch von der Kraft seiner phantomhaften Drohungen überzeugt sein würde? Wie amüsant, daß ich tatsächlich irgendwie die Briefe am Schalter neun auf mich warten spürte und daß ich sie tatsächlich beantworten wollte – mit anderen Worten: Was er in seiner vermessenen Dummheit gemutmaßt hatte, war tatsächlich eingetroffen.

Als ich auf jener Bank saß und diese Briefe leidenschaftlich in die Arme schloß, wurde mir plötzlich klar, daß mein Plan seinen endgültigen Umriß erhalten hatte und daß alles, oder doch fast alles, bereits festgelegt war; nur noch ein paar Einzelheiten fehlten, und ihre Ausarbeitung würde keine Schwierigkeiten machen. Was heißt schon Schwierigkeiten bei einem solchen Unternehmen? Alles ging von selbst weiter, flutete dahin, vereinigte sich und nahm geschmeidig seine unvermeidliche Gestalt an – seit eben dem Augenblick, da ich Felix zum ersten Mal erblickt hatte.

Nun, warum von Schwierigkeiten reden, wenn in Wahrheit die Harmonie mathematischer Symbole, die Bewegung der Planeten, das störungsfreie Wirken der Naturgesetze ihren Einfluß geltend machen? Mein wundersames Gebäude wuchs ohne mein Zutun; ja, gleich von Anfang an war alles meinen Wünschen entgegengekommen; und als ich mich jetzt fragte, was ich an Felix schreiben sollte, war ich kaum erstaunt, diesen Brief in meinem Kopf vorzufinden, so fix und fertig wie jene Schmuckblattelegramme, die man für einen gewissen Aufpreis an Jungvermählte schicken kann. Ich brauchte nur noch das Datum in den freigelassenen Raum auf dem Vordruck einzusetzen.

Sprechen wir vom Verbrechen, vom Verbrechen als einer Kunst; und von Kartenkunststücken. Ich bin im Augenblick gerade sehr erregt. Oh, Conan Doyle! Wie wunderbar hätten Sie Ihre Schöpfung krönen können, als Ihre zwei Helden Sie zu langweilen begannen! Welche Gelegenheit, was für ein Thema haben Sie sich entgehen lassen! Denn Sie hätten eine letzte Erzählung schreiben können, die unter all die Heldentaten von Sherlock Holmes einen Schlußstrich gesetzt, eine letzte Episode, die sich von allen übrigen herrlich abgehoben hätte: Als der Mörder in jener Erzählung hätte sich nicht der einbeinige Buchhalter erwiesen, nicht der Chinese Ching und nicht die Frau in Karminrot, sondern der Chronist der Kriminalgeschichten selbst, Dr. Watson persönlich – Watson, der sozusagen am besten wußte, warum Watts Sohn durchs Watt watete. Eine verblüffende Überraschung für den Leser.

Aber was sind sie schon – Doyle, Dostojewskij, Leblanc, Wallace –, was sind all die großen Romanschriftsteller, die über flinke Verbrecher schrieben, was sind all die großen Verbrecher, die nie eine Zeile der flinken Verfasser gelesen haben – was sind sie schon im Vergleich mit mir? Stümper und Narren! Wie er den erfinderischen Genies half, so half auch mir gewiß der Zufall (als ich Felix begegnete), aber dieser Glücksfall paßte genau an die Stelle, die ich für ihn geschaffen hatte; ich stürzte mich darauf und nutzte ihn, was ein anderer in meiner Lage nicht getan hätte.

Meine Leistung erinnert an ein im voraus arrangiertes Patiencespiel: Erst legte ich die offenen Karten so aus, daß sie mit tödlicher Sicherheit aufgingen; dann sammelte ich sie in der umgekehrten Reihenfolge ein und gab den präparierten Kartenstapel an andere weiter – mit der absoluten Gewißheit, daß alles aufgehen werde.

Der Fehler meiner unzähligen Vorläufer bestand darin, das Hauptaugenmerk auf die Tat selbst zu richten und der anschließenden Beseitigung aller Spuren größere Bedeutung beizumessen als dem natürlichsten Weg, der zu ebendieser Tat hinführt, die ja in Wirklichkeit nichts anderes als ein Kettenglied ist, ein Detail, eine Zeile in einem Buch, und aus allem Vorangegangenen logisch abgeleitet sein muß; dies macht das Wesen aller Kunst aus. Wenn die Tat einwandfrei geplant und ausgeführt wird, ist die Kraft schöpferischer Kunst so zwingend, daß niemand dem Verbrecher glauben würde, wenn er sich am nächsten Morgen stellte; denn die künstlerische Erfindung birgt weit mehr innere Wahrheit als die Wirklichkeit des Lebens.

All dies, so erinnere ich mich, schoß mir durch den Kopf, während ich mit jenen Briefen im Schoß dasaß, aber damals war es eine andere Sache als heute; *heute* würde ich die Feststellung ein wenig erweitern und hinzufügen, daß (so wie es mit wunderbaren Kunstwerken geschieht, die der Pöbel lange Zeit nicht verstehen, nicht anerkennen will und deren Zauber er sich widersetzt) – daß die Genialität eines perfekten Verbrechens keinen Anklang unter den Menschen findet und sie nicht zum Träumen und Staunen hinreißt; vielmehr bemühen sie sich nach Kräften, etwas herauszupicken, worauf sie herumhacken und das sie zerfetzen können, etwas, wofür sie den Autor die Sporen spüren lassen können, um ihm so weh zu tun wie irgend möglich. Und wenn sie den winzigen Fehler, hinter dem sie her sind, entdeckt zu haben glauben, dann höre man nur ihr Gewieher und Hohngelächter! Doch in Wahrheit haben sie sich geirrt, nicht der Autor; ihnen fehlt seine Scharfsichtigkeit, und sie bemerken nichts Ungewöhnliches, wo der Autor ein Wunder erkannte.

Nachdem ich mein Teil gelacht und dann ruhig und klar meine nächsten Züge überdacht hatte, legte ich den dritten und bösartigsten Brief in meine Brieftasche; die anderen zwei zerriß ich und warf die Schnitzel in das angrenzende Gebüsch (was sofort mehrere Spatzen herbeilockte, die sie für Krumen hielten). Dann machte ich mich auf den Weg zu meinem Büro, wo ich einen Brief an Felix tippte, mit genauen Angaben, wann er wohin kommen sollte, legte zwanzig Mark bei und ging wieder hinaus.

Ich habe es immer schwierig gefunden, einen Brief, wenn er über dem abgrundartigen Kastenschlitz schwebt, aus meinem Griff zu entlassen. Es ist wie ein Kopfsprung ins eiskalte Wasser oder wie der Sprung von einem brennenden Balkon hinab in etwas, das wie ein Artischockenherz aussieht, und jetzt war das Loslassen besonders schwer. Ich schluckte und hatte das Gefühl, mir läge etwas wie Blei im Magen; immer noch mit dem Brief in der Hand ging ich die Straße hinunter und blieb vor dem nächsten Briefkasten stehen, wo das gleiche noch einmal von vorn begann. Ich ging weiter, beladen mit dem Brief und ganz gebeugt unter dieser riesigen weißen Last, und kam nach einem Häuserblock wieder zu einem Briefkasten. Meine Unentschiedenheit wurde langsam ein Ärgernis, da sie angesichts der Festigkeit meiner Absichten ziemlich grundlos und sinnlos war; vielleicht ließ sie sich als eine physische, unwillkürliche Unentschiedenheit abtun, als ein Widerstreben der Muskeln, sich zu entspannen; oder besser noch, sie mochte, wie ein marxistischer Beobachter es ausdrücken würde (der Marxismus kommt, wie ich immer sage, der absoluten Wahrheit am nächsten), die Unentschiedenheit eines Besitzenden sein, dem es stets verhaßt ist (und dies entspricht seinem innersten Wesen), sich von Eigentum zu trennen; und es ist der Erwähnung wert, daß sich in meinem Fall der Eigentumsgedanke nicht allein auf das Geld beschränkte, das ich abschicken wollte, sondern auch jenen Teil meiner Seele einschloß, den ich in meinen Brief hineingelegt hatte. Doch wie dem auch sei, ich hatte mein Zögern bereits überwunden, als ich den vierten oder fünften Briefkasten erreichte. Ich wußte so deutlich, wie ich weiß, daß ich diesen Satz niederschreiben werde – ich wußte, daß nichts mich daran hindern konnte, den Brief jetzt endlich in den Schlitz fallen zu lassen, und ich sah sogar die kleine Geste voraus, die ich unmittelbar danach machen würde – nämlich eine Hand an der anderen abzureiben, als hätten sich auf meinen Handschuhen ein paar Staubkörnchen von dem Brief abgesetzt, der, einmal aufgegeben, nicht mehr mein war, und sein Staub mithin auch nicht. Das wäre getan, das ist erledigt (sollte meine imaginäre Geste bedeuten).

Gleichwohl warf ich den Brief nicht ein, sondern blieb dort stehen, gebeugt wie zuvor unter meiner Last, und beobachtete unter meinen Brauen hervor zwei kleine Mädchen, die in der Nähe auf dem Bürgersteig spielten: Sie ließen abwechselnd eine in allen Regenbogenfarben schillernde Murmel rollen und zielten auf eine Kuhle im Boden, dicht am Bordstein.

Ich entschied mich für die jüngere der beiden – sie war ein zartes kleines Ding, dunkelhaarig, trug ein kariertes Kittelkleid (welch ein Wunder, daß sie an diesem rauhen Februartag nicht fror), und ich tätschelte ihr den Kopf und sagte: «Hör mal, Kleine, meine Augen sind so schwach, daß ich fürchte, ich finde den Briefschlitz nicht; steck doch bitte diesen Brief für mich in den Kasten da drüben.»

Sie blickte zu mir auf, erhob sich aus ihrer hockenden Haltung (ihr kleines Gesicht war von durchsichtiger Blässe und seltener Schönheit), nahm den Brief, schenkte mir ein göttliches Lächeln, bei dem ihre langen Wimpern in die Höhe rauschten, und rannte zum Briefkasten. Ich wartete das Weitere nicht ab, sondern überquerte die Straße mit zusammengekniffenen Augen (darauf bitte ich zu achten), als sähe ich wirklich nicht gut: *l'art pour l'art*, denn es war niemand in der Nähe.

An der nächsten Ecke schlüpfte ich in die Glaszelle eines Münzfernsprechers und rief Ardalion an: Es war unumgänglich, seinetwegen etwas zu unternehmen, denn ich hatte schon lange erkannt, daß dieser zudringliche Portraitmaler der einzige Mensch war, vor dem ich auf der Hut sein mußte. Mögen die Psychologen das Problem erhellen, ob meine simulierte Kurzsichtigkeit mich assoziativ dazu anspornte, auf der Stelle Ardalion gegenüber so zu handeln, wie ich es seit langem vorgehabt hatte, oder ob mir nicht im Gegenteil die Tatsache, daß ich beständig auf seine gefährlichen Augen achthatte, den Gedanken eingab, Kurzsichtigkeit vorzutäuschen.

Ach, übrigens, ehe ich es vergesse: Es wird heranwachsen, jenes kleine Mädchen, es wird sehr hübsch und vermutlich glücklich werden – und niemals erfahren, in welch einer unheimlichen Angelegenheit es als Zwischenträgerin gedient hat.

Daneben besteht aber auch noch eine andere Wahrscheinlichkeit: Das Schicksal, das solch blindes und unbefangenes Maklertum nicht duldet, das mißgünstige Schicksal mit seiner riesigen Erfahrung, seinem Sortiment von bauernfängerischen Schlichen und seinem Konkurrenzneid, wird das kleine Mädchen für seine Einmischung womöglich grausam strafen, bis es sich fragt: «Was habe ich nur getan, daß ich so vom Unglück verfolgt werde?», und nie, nie, nie wird es begreifen. Doch *mein* Gewissen ist rein. Nicht ich habe Felix geschrieben, sondern er mir; nicht ich habe ihm die Antwort geschickt, sondern ein fremdes Kind.

Als ich an meinem nächsten Ziel eintraf, in einem angenehmen Café, vor dem in einem kleinen Park an Sommerabenden ein geschickt durch bunte Scheinwerfer von unten her erleuchteter Springbrunnen in wechselnden Farben spielte (doch jetzt war der Park kahl und trostlos, kein Springbrunnen glitzerte, und die dicken Vorhänge des Cafés hatten in ihrem Klassenkampf mit den herumlungernden Zugwinden den Sieg davongetragen... Wie rassig ich schreibe, und, was noch wichtiger ist, wie kühl ich bin, wie vollkommen selbstbeherrscht); als ich, wie gesagt, dort ankam, saß Ardalion schon da und hob, sobald er mich erblickte, den Arm

435

zum römischen Gruß. Ich legte Handschuhe, Hut und meinen weißen Seidenschal ab, setzte mich neben ihn und warf ein Päckchen teurer Zigaretten auf den Tisch.

«Was bringen Sie für eine frohe Botschaft?» fragte Ardalion, der mich immer besonders albern ansprach.

Ich bestellte Kaffee und begann ungefähr so:

«Nun, ja – es gibt Neuigkeiten für Sie. In letzter Zeit, mein Freund, habe ich mir große Sorgen darüber gemacht, daß Sie allmählich vor die Hunde gehen. Ein Künstler kann einfach nicht leben ohne Maitressen und Zypressen, wie Puschkin irgendwo sagt oder doch gesagt haben sollte. Infolge der Not, die Sie leiden, und der allgemeinen Dumpfheit Ihrer Lebensweise stirbt Ihr Talent, es welkt sozusagen dahin; es sprudelt tatsächlich nicht mehr, genau wie im Winter der bunte Springbrunnen im Park dort drüben nicht sprudelt.»

«Ich danke Ihnen für den Vergleich», sagte Ardalion und sah verletzt aus. «Diese Scheußlichkeit ... diese Fruchtbonbonillumination. Wissen Sie, reden wir lieber nicht von meinem Talent; von der *ars pictoris* haben Sie *ni kija*...» (ein obszönes russisches Wortspiel).

«Lydia und ich haben oft», so fuhr ich fort, ohne sein Küchenlatein und seine Vulgarität zu beachten, «haben oft über Ihre Misere gesprochen. Ich bin der Ansicht, Sie sollten mal die Umgebung wechseln, Ihren Geist auffrischen, neue Eindrücke schlürfen.»

Ardalion zuckte zusammen.

«Was hat die Umgebung mit Kunst zu tun?» murmelte er.

«Jedenfalls ist die augenblickliche verhängnisvoll für Sie, also bedeutet sie vermutlich doch irgend etwas.

436

Diese Rosen und Pfirsiche, mit denen Sie das Speisezimmer Ihrer Wirtin schmücken, diese Portraits von
ehrbaren Bürgern, bei denen Sie sich zum Abendessen
aufdrängen...»

«Also wirklich, ich mich aufdrängen!»

«Das mag ja alles bewundernswert sein, sogar genial,
aber – entschuldigen Sie bitte meine Offenheit – kommt
es Ihnen nicht auch ziemlich monoton und verkrampft
vor? Sie müßten unter einem anderen Himmelsstrich
leben, wo es viel Sonne gibt: Sonnenlicht ist des Malers
Freund. Ich sehe allerdings, daß Sie dieses Thema nicht
interessiert. Reden wir von etwas anderem. Sagen Sie
mir zum Beispiel, wie steht es eigentlich mit Ihrem
Grundstück?»

«Verflixt, wenn ich das wüßte. Sie schicken mir dauernd Briefe auf deutsch; ich würde Sie ja um eine Übersetzung bitten, aber es langweilt mich zu Tode... Und,
nun ja, ich verliere die Dinger entweder, oder ich zer-
reiße sie gleich, wenn sie kommen. Ich verstehe schon,
die verlangen weitere Zahlungen. Im nächsten Sommer
baue ich mir ein Haus da, das werd ich tun. Dann werden sie mir ja wohl nicht das Land drunter wegziehen,
denke ich. Aber, mein Lieber, Sie sprachen eben von
einem Tapetenwechsel. Reden Sie weiter, ich höre.»

«Ach, das hat nicht viel Sinn, Sie sind ja nicht interessiert. Ich rede vernünftig, und Sie werden gereizt.»

«Um Gottes willen, warum um alles in der Welt
sollte ich gereizt sein? Im Gegenteil...»

«Nein, es hat keinen Zweck.»

«Sie sprachen von Italien, mein Lieber. Schießen Sie
los. Das Thema gefällt mir.»

«Ich habe es eigentlich noch gar nicht erwähnt», sagte ich lachend. «Doch da Sie das Wort nun ausgesprochen haben... Übrigens, ist es nicht sehr nett und gemütlich hier? Es geht das Gerücht, Sie hätten aufgehört...» – und mittels einer Folge von Schnalzern in der Kehle erzeugte ich das Geräusch eines glucksenden Flaschenhalses.

«Ja. Rühr keinen Tropfen mehr an. Im Augenblick würd ich allerdings nicht nein sagen. Mit einem Freund eine Flasche köpfen... auf die Tour, Sie verstehen schon. Na, schon gut, war ja nur ein Scherz...»

«Um so besser, denn daraus würde nichts: Es ist ziemlich unmöglich, mich blau zu machen. Das wäre dies. Juchhu, wie hab ich geschlafen so schlecht die Nacht! Juchhu... aaah! Schlaflosigkeit ist eine scheußliche Sache», fuhr ich fort und blickte ihn mit schwimmenden Augen an. «Ahhh... Entschuldigen Sie bitte, daß ich so gähne.»

Ardalion lächelte nachdenklich und spielte mit seinem Kaffeelöffel. Sein fettes Gesicht mit dem löwenartigen Nasenrücken hatte sich seitwärts geneigt; seine Augenlider – mit rötlichen Warzen statt Wimpern – verdeckten fast seine abstoßend hellen Augen. Plötzlich warf er mir einen Blick zu und sagte:

«Wenn ich nach Italien führe, würde ich allerdings großartige Sachen malen. Mit dem, was ich durch den Verkauf verdienen könnte, würde ich gleich meine Schulden bezahlen.»

«Ihre Schulden? Haben Sie etwa Schulden?» fragte ich spöttisch.

«Ach, hören Sie doch auf, Hermann Karlowitsch»,

sagte er und benutzte damit meines Wissens zum ersten Mal meinen Vor- und Vatersnamen. «Sie verstehen schon, worauf ich hinauswill. Leihen Sie mir zweihundertfünfzig Mark oder meinetwegen Dollar, und ich werde in allen Kirchen von Florenz für Ihre Seele beten.»

«Für den Augenblick nehmen Sie dies, um Ihr Visum zu bezahlen», sagte ich und klappte meine Brieftasche auf. «Sie haben vermutlich einen von diesen Nansen-Nonsens-Pässen, keinen soliden deutschen wie alle ordentlichen Leute. Beantragen Sie das Visum auf der Stelle, sonst geben Sie diesen Vorschuß noch für Schnaps aus.»

«Hand darauf, Alter», sagte Ardalion.

Eine Zeitlang schwiegen wir beide, er, weil er von Gefühlen überströmte, die mir wenig bedeuteten, und ich, weil die Sache abgeschlossen und nichts mehr zu sagen war.

«Glänzende Idee», rief Ardalion plötzlich. «Mein Lieber, warum lassen Sie eigentlich nicht Lyddi mit mir fahren? Es ist verdammt langweilig hier; das kleine Frauchen muß sich mal amüsieren. Also, wenn ich allein führe... Wissen Sie, sie gehört zu den Eifersüchtigen – sie wird sich dauernd vorstellen, daß ich mich irgendwo betrinke. Wirklich, lassen Sie sie doch mit mir wegfahren, auf einen Monat, na?»

«Vielleicht kommt sie später nach. Vielleicht kommen wir beide. Lang hab ich müder Sklav im Traum an Flucht gedacht, ins ferne Land der Kunst und Traubenschimmerpracht. Gut. Ich fürchte, ich muß jetzt gehen. Zwei Kaffee; das war alles, nicht wahr?»

439

Kapitel 8

Früh am nächsten Morgen – es war noch nicht neun –
machte ich mich auf zu einem der zentralen Unter-
grundbahnhöfe und nahm dort, oben an der Treppe,
eine strategische Position ein. In gleichmäßigen Ab-
ständen kam aus der höhlenhaften Tiefe ein Schub
Menschen mit Aktentaschen schlurfend und stampfend
die Treppe heraufgestürmt, und ab und an traf eine
Schuhspitze mit einem Scheppern gegen das blecherne
Reklameschild, das eine bestimmte Firma an der Front-
seite der Stufen anzubringen für ratsam hält. Auf der
zweiten Stufe von oben, mit dem Rücken zur Wand
und dem Hut in der Hand (wer war das erste Bettlerge-
nie, das einen Hut für die Erfordernisse seines Berufes
nutzte?), stand eine bejahrte Elendsgestalt, die Schultern so demütig gebeugt wie nur möglich. Weiter oben
wartete eine Versammlung von Zeitungsverkäufern
mit Narrenkappen auf dem Kopf und rundum mit Plakaten behängt. Es war ein düsterer, mieser Tag; obwohl ich Gamaschen trug, waren meine Füße starr vor
Kälte. Ich überlegte, ob sie vielleicht weniger frieren
würden, wenn ich meine schwarzen Schuhe nicht so
schick blank putzte: ein vorüberhuschender und immer
wiederkehrender Gedanke. Endlich erschien, pünkt-

lich um fünf Minuten vor neun, genau wie ich berech-
net hatte, Orlovius in der Tiefe. Ich drehte mich sogleich um und ging langsam fort; Orlovius überholte
mich, blickte sich um und entblößte seine schönen,
aber falschen Zähne. Unser Zusammentreffen hatte
genau den Anstrich von Zufälligkeit, den ich mir
wünschte.

«Ja, ich gehe in Ihrer Richtung», sagte ich als Antwort auf seine Frage. «Ich muß zu meiner Bank.»

«Hundewetter», sagte Orlovius, der sich mühsam
an meiner Seite hielt. «Wie geht's Ihrer Frau Gemahlin? Bestens?»

«Danke, ganz gut.»

«Und Ihnen selbst? Nicht so gut?» fuhr er mit seinen höflichen Erkundigungen fort.

«Nein, nicht besonders. Nervös, schlaflose Nächte.
Lappalien, die mich früher amüsiert hätten, ärgern
mich jetzt.»

«Essen Sie Zitronen», warf Orlovius ein.

«...die mich früher amüsiert hätten, ärgern mich
jetzt. Hier zum Beispiel...»

Ich stieß ein leichtes, schnaubendes Lachen aus
und zog meine Brieftasche hervor. «Ich habe diesen
idiotischen Erpresserbrief bekommen, und irgendwie
drückt er mir aufs Gemüt. Lesen Sie, wenn Sie Lust
haben, die Sache ist mir nicht geheuer.»

Orlovius blieb stehen und musterte den Brief ein-
gehend. Während er las, betrachtete ich das Schaufenster, vor dem wir standen: Pompös und albern
strahlten dort ein paar Badewannen und andere sani-
täre Einrichtungsgegenstände in weißem Glanz; und

daneben war ein Schaufenster mit Särgen, und auch dort sah alles pompös und albern aus.

«Tz, tz», machte Orlovius. «Wissen Sie, wer das geschrieben hat?»

Ich steckte den Brief schnell wieder in meine Brieftasche und erwiderte mit einem Kichern:

«Natürlich weiß ich das. Ein Gauner. Er war früher einmal bei einem entfernten Verwandten von mir in Diensten. Eine abnorme Kreatur, wenn er nicht rundheraus geisteskrank ist. Er hat sich in den Kopf gesetzt, meine Familie hätte ihn um irgendeine Erbschaft betrogen; Sie wissen, wie das ist: eine fixe Idee, die sich durch nichts erschüttern läßt.»

Orlovius erläuterte mir mit umfassenden Einzelheiten, was für eine Gefahr Geisteskranke für die Gesellschaft darstellen, und fragte dann, ob ich die Polizei verständigen wolle.

Ich zuckte die Schultern: «Unsinn... Eigentlich nicht der Rede wert... Sagen Sie, was halten Sie von der Rede des Kanzlers – haben Sie sie gelesen?»

Wir gingen Seite an Seite weiter und unterhielten uns gemütlich über Außen- und Innenpolitik. Vor der Tür seines Büros begann ich – wie es die Regeln der russischen Höflichkeit verlangen – den Handschuh von der Hand abzustreifen, die ich ihm reichen wollte.

«Es ist schlimm, daß Sie so nervös sind», sagte Orlovius. «Wenn ich Sie bitten darf, empfehlen Sie mich liebenswürdigerweise Ihrer Frau Gemahlin.»

«Das tue ich unter allen Umständen. Nur, wissen Sie, ich beneide Sie ganz schön um Ihren Junggesellenstand.»

442

«Warum das?»

«Das ist so. Es schmerzt mich, darüber zu sprechen, aber sehen Sie, mein Eheleben ist nicht glücklich. Meine Frau hat ein wankelmütiges Herz, und – nun, sie hat auf jemand anderen ein Auge geworfen. Ja, kalt und leichtfertig, so nenne ich sie, und ich glaube nicht, daß sie lange trauern würde, wenn ich... Sie wissen schon, was ich meine. Und verzeihen Sie mir, daß ich so intime Sorgen zur Sprache gebracht habe.»

«Gewisse Dinge habe ich schon lange bemerkt», sagte Orlovius und nickte weise und traurig mit dem Kopf.

Ich schüttelte seine wollige Pfote, und wir trennten uns. Alles hatte herrlich geklappt. Alte Vögel wie Orlovius lassen sich wunderbar leicht am Schnabel herumführen, weil die Kombination von Anständigkeit und Sentimentalität genau das gleiche ist wie Narrheit. In seinem Eifer, mit jedermann mitzufühlen, ergriff er nicht nur die Partei des edlen, liebenden Ehemanns, als ich meine musterhafte Frau verleumdete, sondern entschied sogar im stillen, er habe dieses oder auch jenes «schon lange bemerkt» (wie er sich ausdrückte). Ich gäbe viel darum, wenn ich wüßte, was dieser kurzsichtige Adler im wolkenlosen Blau unserer Ehe entdecken konnte. Ja, alles hatte herrlich geklappt. Ich war zufrieden. Noch zufriedener wäre ich gewesen, wenn es nicht bei der Beschaffung des italienischen Visums einen Fehlschlag gegeben hätte.

Ardalion füllte mit Lydias Hilfe das Antragsformular aus; dann erfuhr er, die Erteilung des Visums werde mindestens vierzehn Tage dauern (ich hatte bis zum

9. März noch etwa einen Monat Zeit; schlimmstenfalls konnte ich immer an Felix schreiben und den Termin verschieben). Schließlich, Ende Februar, erhielt Ardalion sein Visum und kaufte das Billett. Außerdem gab ich ihm tausend Mark – das würde hoffentlich zwei oder drei Monate für ihn reichen. Am 1. März wollte er abfahren, aber plötzlich wurde ruchbar, daß er es fertiggebracht hatte, die gesamte Summe einem verzweifelten Freund zu leihen, und nun auf die Rückzahlung warten mußte. Eine reichlich mysteriöse Sache, gelinde gesagt. Ardalion beharrte darauf, er sei das seiner Ehre schuldig. Ich meinerseits bin immer äußerst skeptisch gegenüber verschwommenen Sachen, die mit Ehre zu tun haben – und zwar wohlgemerkt nicht mit der Ehre des zerlumpten Entleihers selbst, sondern immer mit der Ehre einer dritten oder sogar vierten Partei, deren Name nicht verraten wird. Ardalion (immer nach seinen eigenen Worten) *mußte* das Geld einfach herleihen, und der andere schwor, er werde es innerhalb von drei Tagen zurückgeben; die übliche Frist bei diesen Abkömmlingen feudaler Barone. Als diese Frist um war, machte sich Ardalion auf die Suche nach seinem Schuldner und konnte ihn – natürlich – nirgendwo finden. Mit eisiger Wut fragte ich nach seinem Namen. Ardalion versuchte zunächst, der Frage auszuweichen, und dann sagte er: «Ach, Sie erinnern sich, dieser Kerl, der Sie einmal aufgesucht hat.» Daraufhin verlor ich vollends die Beherrschung.

Als ich meine Ruhe wiedergefunden hatte, hätte ich ihm vielleicht ausgeholfen, wären nicht die Dinge dadurch verkompliziert worden, daß ich ziemlich knapp bei Kasse war, andererseits aber unbedingt eine gewisse Menge Bargeld zur Verfügung haben mußte. Ich sagte ihm, er solle einfach so losfahren, mit einem Billett und ein paar Mark in der Tasche. Ich würde ihm den Rest schicken, sagte ich. Er antwortete, das wolle er tun, seine Abreise aber ein paar Tage hinausschieben für den Fall, daß er das Geld doch noch zurückerhielte. Und tatsächlich, am 3. März rief er an und erzählte ziemlich beiläufig, wie ich fand, er habe sein Darlehen wiederbekommen und fahre am nächsten Abend. Am 4. stellte sich heraus, daß Lydia, der Ardalion aus irgendeinem Grund sein Billett zur Aufbewahrung gegeben hatte, sich im Augenblick nicht mehr erinnern konnte, wo sie es hingetan hatte. Trübsinnig kauerte Ardalion auf einem Hocker im Flur: «Nichts zu machen», murmelte er wiederholt. «Das Schicksal ist gegen mich.» Aus den angrenzenden Räumen vernahm man knallende Schubladen und ein wildes Papiergeraschel: Lydia auf der Jagd nach dem Billett. Nach einer Stunde gab Ardalion auf und ging nach Hause. Lydia saß auf dem Bett und weinte sich die Augen aus dem Kopf. Am 5. entdeckte sie das Billett zwischen schmutziger Wäsche, die in die Wäscherei sollte; und am 6. brachten wir Ardalion zum Bahnhof.

Der Zug sollte um 10 Uhr 10 abfahren. Der große Zeiger der Uhr verharrte wie ein Vorstehhund, stürzte sich dann auf die begehrte Minute und hechelte unverzüglich nach der nächsten. Keine Spur von Ardalion. Wir warteten vor dem Wagen mit dem Schild «Mailand».

«Was um alles in der Welt ist nur los?» fragte Lydia

beunruhigt. «Warum kommt er nicht? Ich mach mir Sorgen.»

Dieser ganze lächerliche Wirbel um Ardalions Abreise machte mich dermaßen verrückt, daß ich die Zähne fest zusammengebissen hielt, aus Sorge, ich würde sonst auf dem Bahnsteig so etwas wie einen Anfall kriegen. Zwei unerquickliche Individuen, der eine protzerisch in einem blauen Mackintosh, der andere in einem russisch wirkenden Überzieher mit einem mottenzerfressenen Astrachankragen, kamen heran, drückten sich an mir vorbei und begrüßten Lydia überschwenglich.

«Warum kommt er nicht? Was meinen Sie, was kann nur passiert sein?» fragte Lydia, blickte sie mit erschreckten Augen an und streckte das Veilchensträußchen von sich weg, das sie auch noch für den Rohling gekauft hatte. Der blaue Mackintosh spreizte die Hände, und der Pelzkragen sprach mit tiefer Stimme: «*Nescimus.* Wir wissen es nicht.»

Ich spürte, daß ich nicht mehr an mich halten konnte, wandte mich brüsk ab und marschierte dem Ausgang zu. Lydia rannte hinter mir her: «Wohin gehst du denn, warte noch ein bißchen, ich bin sicher, er ...»

Genau in diesem Augenblick erschien Ardalion in der Ferne. Ein grimmig dreinblickender abgerissener Kerl hielt ihn am Ellbogen aufrecht und trug seinen Handkoffer. Ardalion war so betrunken, daß er kaum auf den Füßen stehen konnte; der Grimmige stank ebenfalls nach Schnaps.

«Oje, in diesem Zustand kann er nicht verreisen», rief Lydia.

Sehr gerötet, sehr feucht, verwirrt, verkatert und ohne seinen Mantel (in benebeltem Vorgriff auf südliche Wärme) setzte Ardalion zu einer torkelnden Runde von sabbernden Umarmungen an. Ich konnte ihm nur mit knapper Not ausweichen.

«Mein Name ist Perebrodow, Kunstmaler», trompetete sein grimmiger Begleiter und streckte so verstohlen, als wollte er eine unanständige Postkarte zeigen, seine unschüttelbare Hand in meine Richtung. «Hatte das Vergnügen, Sie in den Spielhöllen von Kairo kennenzulernen.»

«Hermann, tu doch etwas! Wir können ihn unmöglich so reisen lassen», jammerte Lydia und zupfte mich am Ärmel.

Inzwischen wurden die Türen bereits zugeschlagen. Taumelnd und mit flehenden Rufen hatte Ardalion sich umgedreht und wollte dem Wagen des Reiseproviant- und Schnapsverkäufers folgen, wurde aber von hilfreichen Händen festgehalten. Dann grapschte er auf einmal Lydia, hob sie zu sich hoch und bedeckte sie mit saftigen Küssen.

«Oh, du kuschliges Kindchen», gurrte er, «leb wohl, Kindchen, danke schön, Kindchen...»

«Hören Sie, meine Herren», sagte ich völlig ruhig, «würden Sie mir freundlicherweise helfen, ihn in den Wagen hinaufzubefördern?»

Der Zug fuhr los. Ardalion strahlte und johlte und stürzte um ein Haar aus dem Fenster. Lydia, ein Schaf im Leopardenpelz, trottete fast bis in die Schweiz neben dem Wagen her. Als der letzte Waggon ihr seine Puffer zuwandte, beugte sie sich tief hinunter, blickte unter die entschwindenden Räder (ein nationaler Aberglaube) und bekreuzigte sich dann. Das Veilchensträußchen hielt sie immer noch in der Faust.

Ah, welch eine Erleichterung... Ein tiefer Seufzer schwellte mir die Brust, und ich ließ ihn geräuschvoll ausströmen. Den ganzen Tag über war Lydia leicht erregt und in Sorge, aber dann kam ein Telegramm – zwei Worte: «Reise fröhlich» –, und das beruhigte sie. Jetzt mußte ich den ermüdendsten Teil der Sache in Angriff nehmen; mit ihr reden und ihr alles einpauken.

Ich erinnere mich nicht mehr, wie ich anfing: Wenn der Strom meines Gedächtnisses sich einschaltet, ist das Gespräch schon in vollem Gange. Ich sehe Lydia auf dem Sofa sitzen und mich in dumpfem Staunen anstarren. Ich selbst sitze ihr gegenüber auf einer Stuhlkante und fasse hin und wieder wie ein Arzt nach ihrem Handgelenk. Ich höre meine ruhige Stimme unablässig weitertönen. Zunächst erzählte ich ihr etwas, das ich, wie ich sagte, noch keinem Menschen erzählt hatte. Ich erzählte ihr von meinem jüngeren Bruder. Er studierte in Deutschland, als der Krieg ausbrach; wurde dort eingezogen und kämpfte gegen Rußland. Ich hatte ihn immer als einen stillen, schnell verzagten kleinen Kerl im Gedächtnis. Meine Eltern pflegten *mich* zu schlagen und *ihn* zu verwöhnen; er bezeigte ihnen jedoch keinerlei Zuneigung, sondern steigerte sich mir gegenüber in eine unglaubliche, mehr als brüderliche Verehrung hinein, folgte mir überallhin, blickte mir in die Augen, liebte alles, was in Berührung mit mir kam, roch gern an meinem Taschentuch, zog gern mein noch körperwarmes Hemd an, putzte sich mit meiner Bürste die Zähne.

Anfangs schliefen wir gemeinsam in einem Bett, ein Kissen am Kopf- und eines am Fußende, bis herauskam, daß er nicht einschlafen konnte, ohne an meinem großen Zeh zu lutschen, worauf ich auf eine Matratze in der Holzkammer verbannt wurde; doch da er darauf bestand, mitten in der Nacht die Plätze mit mir zu tauschen, wußten wir selber und auch die liebe Mama nie ganz genau, wer eigentlich wo schlief. Das war nicht etwa eine Perversion seinerseits – o nein, keineswegs –, sondern der bestmögliche Ausdruck, den er für unsere unbeschreibliche Gleichheit finden konnte, denn wir sahen einander so ähnlich, daß unsere nächsten Verwandten uns regelmäßig verwechselten, und im Laufe der Jahre wurde diese Ähnlichkeit immer vollkommener. Ich erinnere mich, als ich ihn zum Zug nach Deutschland brachte (das war kurz vor Princips Pistolenschuß), schluchzte der arme Kerl so bitterlich, als wisse er im voraus, wie lange und grausam unsere Trennung sein werde. Die Menschen auf dem Bahnsteig starrten uns an und sahen zwei identische Jünglinge, die einander bei den Händen hielten und sich wie in kummervoller Entrückung in die Augen blickten...

Dann kam der Krieg. Solange ich in ferner Gefangenschaft schmachtete, erhielt ich nie irgendeine Nachricht von meinem Bruder, war jedoch irgendwie sicher, daß er getötet worden sei. Bedrückende Jahre, trauerumflorte Jahre. Ich zwang mich, nicht an ihn zu denken; und sogar später, als ich verheiratet war, ließ ich Lydia gegenüber kein Wort davon verlauten – es war gar zu traurig.

Dann aber, bald nachdem ich meine Frau nach

Deutschland gebracht hatte, berichtete mir ein Vetter (der auf Stichwort vorbeikam, nur um seinen einzigen Satz vorzubringen), Felix sei zwar am Leben, aber moralisch völlig heruntergekommen. Ich erfuhr nie genau, auf welche Weise seine Seele zerbrochen war... Vermutlich hatte sein zartes Seelenkostüm dem Druck des Krieges nicht standgehalten, und der Gedanke, ich sei nicht mehr (denn seltsamerweise war auch er vom Tod seines Bruders überzeugt), und er werde seinen innig geliebten Doppelgänger, oder besser gesagt, die optimale Ausgabe seiner eigenen Persönlichkeit, niemals wiedersehen, dieser Gedanke verkrüppelte seinen Geist; er hatte das Gefühl, aller Rückhalt und aller Ehrgeiz seien ihm genommen, so daß er hinfort nicht mehr darauf ankam, wie er sein Leben führte. Und so ging es bergab mit ihm. Dieser Mensch, der so fein gestimmt war wie ein Musikinstrument, wurde nun zum Dieb und Fälscher, verfiel dem Rauschgift und beging schließlich einen Mord: Er vergiftete die Frau, die ihn aushielt. Ich erfuhr das letztere aus seinem eigenen Munde; man hatte ihn nicht einmal verdächtigt – so geschickt war die böse Tat verschleiert worden. Und was mein Wiedersehen mit ihm betraf... Nun, das war das Werk des Schicksals, zudem eine überaus unerwartete und schmerzliche Begegnung in einem Prager Café (eine ihrer Folgen war jene Veränderung, die mit mir vorgegangen war, meine Niedergedrücktheit, die sogar Lydia bemerkt hatte): Ich erinnere mich, er stand auf, als er mich sah, breitete seine Arme aus und krachte hintenüber zu Boden, in eine tiefe Ohnmacht, die achtzehn Minuten dauerte.

Ja, schauderhaft schmerzlich. Statt des trägen, verträumten zarten Knaben von einst fand ich einen redseligen Verrückten, sprunghaft und zerfahren. Das Glück, das er darüber empfand, wieder mit mir vereint zu sein, mit dem lieben alten Hermann, der urplötzlich in einem hübschen grauen Anzug von den Toten wiederauferstanden war, besänftigte jedoch nicht etwa sein Gewissen, sondern brachte ihm im Gegenteil, ganz im Gegenteil zu Bewußtsein, daß es entschieden unzulässig sei, mit einem Mord auf der Seele weiterzuleben. Unser Gespräch war schrecklich; immer wieder bedeckte er meine Hand mit Küssen und sagte mir Lebewohl. Sogar die Kellner weinten.

Sehr bald wurde mir klar, daß keine Menschenkraft der Welt seinen Entschluß, sich selbst zu töten, ins Wanken zu bringen vermochte; selbst ich, der ich immer einen so vorbildlichen Einfluß auf ihn ausgeübt hatte, konnte nichts tun. Die Minuten, die ich da durchlebte, waren alles andere als angenehm. Wenn ich mich in seine Lage versetzte, konnte ich mir ohne weiteres die raffinierte Folter vorstellen, die ihn sein Gedächtnis erleiden ließ; und ich sah ein, leider, daß der einzige Ausweg für ihn der Tod war. Gott bewahre jeden vor solch einer schweren Prüfung – nämlich seinen eigenen Bruder zugrunde gehen zu sehen und nicht das moralische Recht zu haben, seinen Untergang abzuwenden.

Doch jetzt kommt die Verwicklung: Seine Seele, die ihre mystische Seite hatte, verlangte nach einer Sühne, nach irgendeiner Opfertat – sich nur eine Kugel durch den Kopf zu jagen, schien ihm nicht genug.

451

«Ich möchte jemandem meinen Tod zum Geschenk machen», sagte er plötzlich, und seine Augen flossen über vom diamantenen Glanz des Wahnsinns. «Meinen Tod zum Geschenk machen. Wir beide sehen uns noch ähnlicher als dereinst. In unserer Gleichheit erblicke ich eine göttliche Absicht. Wer seine Hände auf die Klaviertasten senkt, macht damit noch keine Musik, aber ich will Musik. Sag mir, könnte es dir nicht irgendwie von Vorteil sein, wenn du vom Erdboden verschwändest?»

Zuerst beachtete ich seine Frage nicht: Ich glaubte, Felix spreche im Wahn; und eine Zigeunerkapelle in dem Café übertönte einen Teil seiner Rede; seine folgenden Worte bewiesen jedoch, daß er einen bestimmten Plan hatte. So! Auf der einen Seite der Abgrund einer gemarterten Seele, auf der anderen Seite Geschäftsaussichten. Im gespenstischen Glanz seines tragischen Schicksals und seines verspäteten Heldentums erschien jener Teil seines Plans, der mich, meinen Vorteil, mein Wohlergehen betraf, auf so dumme Weise praktisch wie etwa die Einweihung einer Eisenbahnstrecke während eines Erdbebens.

Als ich an diesem Punkt meiner Geschichte angelangt war, schwieg ich, lehnte mich mit verschränkten Armen auf meinen Stuhl zurück und blickte Lydia fest an. Sie schien von der Couch auf den Teppich hinunterzufließen, kam auf den Knien zu mir gekrochen, preßte ihren Kopf an meinen Oberschenkel und begann mir mit sanfter Stimme Trost zuzusprechen: «Oh, du armer, armer Kerl», maunzte sie. «Du tust mir ja so leid, und dein Bruder auch... Himmel, was gibt es für unglückliche Menschen auf der Welt! Er darf nicht sterben; es ist niemals unmöglich, einen Menschen zu retten.»

«Er ist nicht zu retten», sagte ich mit einem, wie es wohl heißt, bitteren Lächeln. «Er ist entschlossen, an seinem Geburtstag zu sterben; am 9. März – das heißt, übermorgen; und selbst der Staatspräsident könnte ihn nicht daran hindern. Selbstmord ist die schlimmste Form des Sichgehenlassens. Das einzige, was man tun kann, ist, sich der Marotte des Märtyrers zu fügen und ihm die Sache ein wenig heiterer zu gestalten, indem man ihm die Gewißheit vergönnt, daß er durch seinen Tod eine gute, nützliche Tat vollbringt – vielleicht von grob materieller Natur, aber doch nützlich.»

Lydia umklammerte mein Bein und starrte zu mir hinauf.

«Sein Plan sieht folgendermaßen aus», fuhr ich mit milder Stimme fort. «Mein Leben ist, sagen wir, für eine halbe Million versichert. Irgendwo in einem Wald wird meine Leiche gefunden. Meine Witwe, das heißt, du...»

«Oh, hör auf, so schreckliche Sachen zu sagen», rief Lydia und rappelte sich mühsam vom Teppich hoch. «Ich habe gerade eine ähnliche Geschichte gelesen. Oh, bitte, hör auf...»

«... Meine Witwe, das heißt, du, läßt sich das Geld auszahlen. Dann zieht sie sich an einen abgeschiedenen Ort im Ausland zurück. Nach einer Weile komme ich zu ihr, unter einem angenommenen Namen, und heirate sie vielleicht sogar, wenn sie brav ist. Mein wirklicher Name, verstehst du, ist dann mit meinem Bruder gestorben. Wir gleichen einander, unterbrich mich bitte nicht, wie zwei Tropfen Blut, und als Toter wird er mir erst recht ähnlich sehen.»

«Hör auf, hör auf! Ich glaube einfach nicht, daß es keinen Weg gibt, ihn zu retten... O Hermann, wie sündhaft! Wo ist er denn jetzt – hier in Berlin?

«Nein, in einer anderen Gegend des Landes. Du sagst immer nur wie ein Narr: Rette ihn, rette ihn... Du vergißt, daß er ein Mörder ist und ein Mystiker. Was mich betrifft, ich habe nicht das Recht, ihm eine Kleinigkeit zu verwehren, die ihm vielleicht seinen Tod leichter und schöner macht. Du mußt begreifen, daß wir hier eine höhere geistige Ebene betreten. Ich könnte dir erzählen: ‹Schau her, altes Mädchen, mein Geschäft geht schlecht, ich stehe vor dem Bankrott, außerdem bin ich alles leid und sehne mich nach einem fernen Land, wo ich mich der Kontemplation und der Geflügelzucht widmen werde, also laß uns diese seltene Chance nutzen!› Doch ich sage nichts dergleichen, obwohl ich tatsächlich am Rand des Ruins stehe und, wie du weißt, seit Ewigkeiten von einem Leben im Schoße der Natur träume. Was ich dir sage, ist etwas ganz anderes, nämlich: Wie schwer, wie schrecklich es auch sein mag, man kann seinem eigenen Bruder nicht die Erfüllung seines letzten Wunsches verweigern, man kann ihn nicht daran hindern, Gutes zu tun – und sei es auch nur postum etwas Gutes.»

Lydias Augenlider flatterten – ich hatte sie ziemlich bespien –, aber trotz des Sprühregens meiner Rede kuschelte sie sich an und hielt mich fest umschlungen. Wir saßen jetzt beide auf dem Sofa, und ich fuhr fort:

«Eine solche Weigerung wäre Sünde. Das will ich nicht. Ich will mein Gewissen nicht mit einer Sünde von solchem Gewicht belasten. Meinst du, ich hätte keinen Einspruch erhoben und nicht versucht, ihm vernünftig zuzureden? Meinst du, es wäre mir leichtgefallen, sein Angebot anzunehmen? Meinst du, ich hätte alle diese Nächte geschlafen? Ich kann es dir ruhig sagen, meine Liebe, daß ich seit dem letzten Jahr scheußlich gelitten habe – ich möchte meinen besten Freund nicht so leiden sehen. Was liegt mir schon an der Versicherungssumme! Aber wie kann ich nein sagen, erklär mir das, wie kann ich ihm diese eine letzte Freude rauben – ach, verdammt, Reden hat ja doch keinen Sinn.»

Ich stieß sie zur Seite, fast vom Sofa herunter, und begann auf und ab zu marschieren. Ich schluckte, ich seufzte, Gespenster aus blutigen Melodramen wirbelten herum.

«Du bist tausendmal klüger als ich», sagte Lydia fast flüsternd und rang die Hände (ja, lieber Leser, *dixi*, sie rang die Hände), «aber es ist alles so entsetzlich, so unerwartet, ich dachte, so etwas kommt nur in Büchern vor... Also das bedeutet... Oh, alles wird sich ändern, vollständig. Unser ganzes Leben! Also... Zum Beispiel, was wird aus Ardalion?»

«Zum Teufel, zum Teufel mit ihm! Da sprechen wir über die allergrößte menschliche Tragödie, und du platzt herein mit...»

«Nein, ich hab doch nur mal gefragt. Du hast mich so verwirrt, mir ist ganz komisch im Kopf. Ich glaube, daß wir – nicht gerade jetzt, aber später – daß wir dann

455

zu ihm gehen und alles erklären können... Hermann, was meinst du dazu?»

«Hör auf, dir um Lappalien Sorgen zu machen. Die Zukunft wird alles regeln. Wirklich, wirklich, wirklich [meine Stimme schlug plötzlich um in schrilles Geschrei], was bist du für eine Idiotin!»

Sie zerfloß in Tränen, sofort wieder eine willfährige Kreatur, und zitterte an meiner Brust: «Bitte», stammelte sie, «bitte, verzeih mir. Oh, ich bin eine Närrin, du hast recht, verzeih mir bitte. Daß diese furchtbare Sache passieren mußte! Noch heute morgen sah alles so nett, so klar, so alltäglich aus. Oh, mein Lieber, du tust mir ganz schrecklich leid. Ich tu alles, was du willst.»

«Im Augenblick will ich Kaffee – ich lechze nach einer Tasse Kaffee.»

«Komm mit in die Küche», sagte sie und wischte sich die Tränen ab. «Ich will ja alles tun. Aber bitte, bleib bei mir, ich habe Angst.»

In der Küche. Schon beschwichtigt, aber immer noch ein wenig schniefend, schüttete sie die großen braunen Kaffeebohnen in den offenen Schnabel der Mühle, klemmte sich diese zwischen die Knie und fing an, die Kurbel zu drehen. Zuerst ging es beschwerlich, unter viel Knirschen und Krachen, dann eine plötzliche Erleichterung.

«Stell dir vor, Lydia», sagte ich, während ich auf dem Tisch saß und die Beine baumeln ließ, «stell dir vor, daß alles, was ich dir erzählt habe, reine Erfindung ist. Ganz im Ernst, weißt du, ich habe mir selbst einzureden versucht, es sei bloß eine Erfindung von mir oder eine Geschichte, die ich irgendwo gelesen hätte; das war die einzige Möglichkeit, nicht verrückt zu werden vor Entsetzen. Also hör zu: Die zwei Helden sind ein verwegener Selbstmörder und sein versicherter Doppelgänger. Nun braucht aber die Versicherungsgesellschaft im Falle eines Selbstmords nicht zu zahlen...»

«Ich hab ihn sehr stark gemacht», sagte Lydia. «So schmeckt er dir. Ja, mein Lieber, ich höre zu.»

«...deshalb besteht der Held dieser billigen Kriminalgeschichte auf den folgenden Maßnahmen: Die Sache muß so in Szene gesetzt werden, daß es wie ein glatter Mord aussieht. Ich will nicht auf die technischen Einzelheiten eingehen, aber hier das Ganze *in nuce*: Die Pistole wird an einem Baumstamm befestigt, eine Schnur an den Abzug gebunden, der Selbstmörder wendet sich ab, zieht an der Schnur und kriegt den Schuß bums in den Rücken. Dies ist in großen Zügen alles.»

«Oh, einen Augenblick», rief Lydia, «mir fällt gerade etwas ein: Er hat den Revolver irgendwie an der Brücke festgemacht... Nein, gar nicht wahr: Er hat zuerst einen Stein an die Schnur gebunden... Laß mich überlegen, wie ging das doch gleich? Ah, jetzt weiß ich wieder: Er band einen großen Stein an das eine Ende und den Revolver ans andere, und dann hat er sich erschossen. Und der Stein fiel ins Wasser und die Schnur hinterher, über die Brüstung, und dann kam der Revolver – alles platsch ins Wasser. Nur weiß ich nicht mehr, warum das alles nötig war.»

«Kurz, ein glatter Wasserspiegel, und ein toter Mann auf der Brücke. Kaffee ist doch eine feine Sache! Ich hatte fürchterliches Kopfweh; jetzt geht's schon viel besser. Also, das ist dir mehr oder weniger klar – ich meine, wie das alles ablaufen muß.»

Ich trank schlückchenweise den feurigen Kaffee und dachte unterdessen nach. Merkwürdig, sie hatte überhaupt keine Phantasie. In ein paar Tagen ändert sich das ganze Leben – das Oberste wird zuunterst gekehrt... Ein regelrechtes Erdbeben... Und da trank sie gemütlich Kaffee mit mir und erinnerte sich an irgendein Sherlock-Holmes-Abenteuer.

Ich täuschte mich jedoch: Lydia fuhr auf, stellte langsam ihre Tasse ab und sagte:

«Ich überlege gerade, Hermann, wenn alles schon so bald geschehen soll, müssen wir doch anfangen zu packen. Und, oje, alle Weißwäsche ist in der Wäscherei. Und dein Smoking in der Reinigung.»

«Erstens, meine Liebe, lege ich keinen gesteigerten Wert darauf, im Abendanzug eingeäschert zu werden, und zweitens, schlag dir den Gedanken aus dem Kopf, schnell und ein für allemal, du müßtest irgend etwas tun, alles vorbereiten und so weiter. Es gibt nichts zu tun für dich, aus dem einfachen Grund, weil du keine Ahnung hast, nicht die geringste Ahnung – schreib dir das bitte hinter die Ohren. Also, keine geheimnisvollen Anspielungen vor deinen Freundinnen, keine hektische Geschäftigkeit, keine Einkäufe – präg dir das tief ins Gedächtnis ein, meine Beste –, sonst setzen wir uns alle in die Nesseln. Ich wiederhole: Du weißt im Augenblick noch gar nichts. Übermorgen fährt dein Mann in seinem Wagen los und kommt unerwartet nicht zurück. Dann, erst dann fängt deine Tätigkeit an. Eine sehr verantwortungsvolle Tätigkeit, aber ziemlich einfach.

Jetzt möchte ich, daß du mir mit angespanntester Aufmerksamkeit zuhörst. Am Morgen des 10. rufst du Orlovius an und erzählst ihm, daß ich verschwunden bin, nicht zu Hause geschlafen habe und noch nicht zurückgekommen bin. Du fragst ihn, was du machen sollst. Und halte dich genau an das, was er dir rät. Laß ihn überhaupt den Fall ganz in die Hand nehmen, laß ihn alles erledigen, wie zum Beispiel die Polizei verständigen und so weiter. Die Leiche wird sehr schnell auftauchen. Entscheidend ist, daß du dir einredest, ich sei wirklich tot. Wie die Dinge stehen, ist das nicht einmal sehr weit von der Wahrheit entfernt, denn mein Bruder ist ein Teil meiner Seele.»

«Ich würde alles tun», sagte sie, «alles, um seinetwillen und um deinetwillen. Nur hab ich schreckliche Angst davor, und in meinem Kopf geht schon alles durcheinander.»

«Sorg dafür, daß es nicht durcheinandergerät. Die Hauptsache ist eine ungekünstelte Trauer. Sie wird dich nicht gerade ergrauen lassen, aber sie muß natürlich sein. Um dir deine Aufgabe zu erleichtern, habe ich Orlovius gegenüber eine Andeutung gemacht, wonach du mich schon seit Jahren nicht mehr liebst. Also besser die stille, zurückhaltende Art von Trauer. Seufze und schweig. Wenn du dann meine Leiche siehst, das heißt, die Leiche eines Mannes, der nicht von mir zu unterscheiden ist, bekommst du bestimmt einen tüchtigen Schock.»

«Hu, ich kann nicht, Hermann! Ich werde sterben vor Entsetzen.»

«Es wäre schlimmer, wenn du dir gleich im Leichenschauhaus die Nase pudern würdest. Auf jeden Fall, halt dich im Zaum. Schrei nicht, sonst mußt du danach das allgemeine Niveau deiner Trauer höher schrauben, und du weißt, was für eine schlechte Schauspielerin du bist. Und jetzt laß uns fortfahren. Die Versicherungspolice und mein Testament liegen in der mittleren Schublade meines Schreibtischs. Wenn du meine Leiche hast einäschern lassen, so wie es im Testament bestimmt ist, wenn du alle Formalitäten erledigt und, über Orlovius, alles bekommen hast, was dir zusteht, und wenn du mit dem Geld getan hast, was er dir empfiehlt, fährst du ins Ausland, nach Paris. Wo wirst du in Paris absteigen?»

«Ich weiß nicht, Hermann.»

«Versuch dich zu erinnern, wo wir gewohnt haben, als wir zusammen in Paris waren. Na?»

«Ja, jetzt kommt es mir wieder. Hotel.»

«Aber welches Hotel?»

«Ich kann mich an überhaupt nichts erinnern, Hermann, wenn du mich dauernd so ansiehst. Ich sage dir doch, es kommt mir wieder. Hotel Soundso.»

«Ich gebe dir eine Hilfe: Es hat was mit Gras zu tun. Was heißt Gras auf französisch?»

«Einen Mom... *herbe*. Oh, ich hab's; Malherbe.»

«Um ganz sicher zu sein, falls du es wieder vergessen solltest, kannst du immer auf deinem schwarzen Schrankkoffer nachsehen. Auf dem klebt noch das Hoteletikett.»

«Hör mal, Hermann, so begriffsstutzig bin ich nun wirklich nicht. Aber ich glaube, ich nehme doch lieber diesen Koffer mit. Den schwarzen.»

«Also, da nimmst du dir ein Zimmer. Als nächstes kommt etwas äußerst Wichtiges. Zuvor muß ich dich jedoch bitten, alles noch einmal zu wiederholen.»

«Ich werde traurig sein. Ich werde versuchen, nicht zu sehr zu weinen. Orlovius. Zwei schwarze Kleider und ein Schleier.»

«Nicht so schnell. Was wirst du tun, wenn du die Leiche siehst?»

«Auf die Knie fallen. *Nicht* schreien.»

«Richtig. Du siehst, wie ordentlich alles Gestalt annimmt. So, und was kommt dann?»

«Dann laß ich ihn begraben.»

«Zunächst einmal: nicht ihn, sondern mich. Bitte bring das nicht durcheinander. Und zweitens: nicht Begräbnis, sondern Feuerbestattung. Niemand läßt sich gern exhumieren. Orlovius wird den Pastor über meine Verdienste unterrichten – als moralische Persönlichkeit, als Staatsbürger, als Ehemann. Der Pastor wird in der Kapelle des Krematoriums eine tiefempfundene Ansprache halten. Zum Klang von Orgelmusik wird mein Sarg langsam in den Hades hinabsinken. Das ist alles. Was kommt danach?»

«Danach – Paris. Nein, halt! Zuerst alle möglichen Geldformalitäten. Weißt du, ich fürchte, Orlovius wird mich damit zu Tode langweilen. Dann, in Paris, gehe ich ins Hotel – also das mußte ja kommen, eben hab ich noch gedacht, ich würde es vergessen, und schon ist's passiert. Du bedrückst mich irgendwie. Hotel ... Hotel ... Ach ja – Malherbe! Zur Sicherheit – der Schrankkoffer.»

«Der schwarze. Jetzt kommt der wichtige Teil: Sobald du in Paris bist, schreibst du mir. Auf welche Weise kann ich dich nur dazu bringen, daß du die Adresse im Kopf behältst?»

«Schreib sie mir lieber auf, Hermann. Mein Gehirn streikt im Moment einfach. Ich hab so schrecklich Angst, daß ich noch alles verpatze.»

«Nein, meine Liebe, ich werde dir überhaupt nichts aufschreiben. Schon deshalb, weil du alles Geschriebene todsicher verlierst. Du wirst die Adresse auswendig lernen müssen, ob dir das paßt oder nicht. Es gibt einfach keine andere Möglichkeit. Ich verbiete dir ein für allemal, sie aufzuschreiben. Ist das klar?»

«Ja, Hermann, aber was ist nun, wenn ich mich hinterher nicht erinnern kann?»

«Unsinn. Die Adresse ist ganz einfach. Postlagernd, Pignan, Frankreich.»

«Das ist doch, wo Tante Elisa gewohnt hat, nicht? O ja, das ist nicht schwer zu behalten. Aber sie wohnt jetzt bei Nizza. Fahr doch lieber nach Nizza.»

«Eine gute Idee, aber das tue ich nicht. Jetzt kommt der Name. Der Einfachheit halber schlage ich vor, du schreibst: Monsieur Malherbe.»

«Sie ist wahrscheinlich noch genauso fett und so munter wie eh und je. Ach ja, Ardalion hat ihr geschrieben und sie um Geld gebeten, aber natürlich...»

«Sehr interessant, bestimmt, aber wir sprachen von ernsten Dingen. Was für einen Namen wirst du auf den Umschlag schreiben?»

«Das hast du mir noch nicht gesagt, Hermann!»

«Doch, habe ich doch. Ich schlage vor, Monsieur Malherbe.»

«Aber... das ist doch das Hotel, Hermann, oder?»

«Genau, ebendrum. Dann kannst du dich leichter dran erinnern – durch Assoziation.»

«O Gott, die vergesse ich ganz bestimmt, die Assoziation, Hermann. Ich bin ein hoffnungsloser Fall. Bitte, erspare uns alle Assoziationen. Außerdem – es ist schon schrecklich spät, ich bin ganz erschöpft.»

«Dann denk dir selber einen Namen aus. Irgendeinen Namen, an den du dich so gut wie sicher erinnern wirst. Wie wär's mit Ardalion?»

«Sehr gut, Hermann.»

«Dann ist auch das geregelt. Monsieur Ardalion. Postlagernd, Pignan. Jetzt der Inhalt des Briefes. Du beginnst: ‹Lieber Freund, Sie haben sicherlich von meinem schmerzlichen Verlust gehört› – und so weiter in dieser Art. Im ganzen nur ein paar Zeilen. Du bringst den Brief selbst zur Post. Du bringst den Brief selbst zur Post. Kapiert?»

«Schon gut, Hermann.»

«Also würdest du jetzt bitte wiederholen.»

«Du weißt, die Anstrengung ist zu groß für mich, ich breche gleich zusammen. Gott im Himmel, halb zwei. Können wir das nicht bis morgen lassen?»

«Morgen mußt du es sowieso noch einmal wiederholen. Komm, bringen wir's hinter uns. Ich höre...»

«Hotel Malherbe. Ich komme an. Ich gebe den Brief auf. Ich persönlich. Ardalion. Postlagernd, Pignan, Frankreich. Und wenn ich ihn geschrieben habe, was dann?»

«Geht dich nichts an. Das werden wir sehen. Na, kann ich mich darauf verlassen, daß du alles richtig zustande bringst?»

«Ja, Hermann. Nur laß mich bitte nicht alles noch einmal aufsagen. Ich bin völlig erschlagen.»

Sie stand mitten in der Küche, reckte die Schultern, warf den Kopf zurück, schüttelte ihn heftig, fuhr sich mit den Händen durch die Haare und sagte mehrmals: «Ach, was bin ich müde, aach, was...» – wobei das «aach» sich zu einem Gähnen öffnete. Wir gingen endlich schlafen. Sie zog sich aus, verstreute Kleid, Strümpfe und diversen weiblichen Krimskrams im ganzen Zimmer, taumelte ins Bett und verfiel sogleich in ein behagliches, nasales Zischen. Ich ging ebenfalls zu Bett und knipste das Licht aus, konnte aber nicht einschlafen. Ich erinnere mich, daß sie plötzlich aufwachte und mich an der Schulter faßte.

«Was willst du denn?» fragte ich und spielte den Schlaftrunkenen.

«Hermann», murmelte sie, «Hermann, sag mal, ich frage mich... Meinst du nicht, das ist... Betrug?»

«Schlaf weiter», antwortete ich. «Dein Kopf ist der Aufgabe nicht gewachsen. Eine erschütternde Tragödie... und du mit deinem Unsinn... Schlaf weiter!»

Sie seufzte selig, drehte sich auf die andere Seite und schnarchte auch schon wieder.

Merkwürdig, obwohl ich mich nicht im geringsten über die Fähigkeiten meiner Frau täuschte, wohl wissend, wie dumm, vergeßlich und ungeschickt sie war, hatte ich aus irgendeinem Grunde keinerlei böse Vorahnungen, so unbedingt vertraute ich darauf, daß ihre Ergebenheit sie instinktiv den richtigen Weg führen, vor jedem Ausrutscher schützen und, was das wichtigste war, sie zwingen würde, mein Geheimnis zu bewahren. Ich sah im Geiste deutlich vor mir, wie Orlovius auf ihr schlechtes Trauerspielen blickte, betrübt sein feierliches Haupt schüttelte und (wer weiß?) vielleicht darüber nachgrübelte, ob nicht womöglich der arme Ehemann vom Liebsten der Dame beiseite geschafft worden sei; doch dann würde ihm der Drohbrief des namenlosen Verrückten wieder einfallen – als rechtzeitige Mahnung.

Den ganzen Tag verbrachten wir zu Hause, und noch einmal schulte ich meine Frau, pedantisch und energisch, und stopfte sie mit meinem Willen voll, so wie eine Gans gewaltsam mit Mais gemästet wird, damit ihre Leber anschwillt. Bei Einbruch der Nacht konnte sie sich kaum noch rühren; ich war mit ihrem Zustand weiterhin zufrieden. Es wurde Zeit, daß auch ich mich bereit machte. Ich weiß noch, daß ich mir stundenlang das Hirn zermarterte und rechnete, wieviel Geld ich mitnehmen und wieviel ich Lydia zurücklassen sollte; es war nicht viel Bargeld da, gar nicht viel ... und mir fiel ein, daß es ratsam wäre, irgendeinen Wertgegenstand mitzunehmen; deshalb sagte ich zu Lydia:

«Hör mal, gib mir doch deine Moskauer Brosche.»

«Ach ja, die Brosche», sagte sie dumpf; schlich schuldbewußt aus dem Zimmer, kam aber gleich wieder zurück, legte sich aufs Sofa und begann zu weinen wie noch nie zuvor.

«Was ist denn los, du Unglücksweib?»

Lange Zeit gab sie keine Antwort, und dann gestand sie unter viel albernem Geschluchze und mit abgewendetem Blick, daß die Diamantenbrosche, das Geschenk einer Zarin an ihre Urgroßmutter, verpfändet worden sei, um das Geld für Ardalions Reise zu beschaffen, da ihm sein Freund keinen Pfennig zurückgezahlt hatte.

«Schon gut, schon gut, heul nicht», sagte ich und steckte den Pfandschein ein. «Verteufelt schlau von ihm. Gottseidank, daß er weg ist, sich davongemacht hat – das ist die Hauptsache.»

Sie fand sofort ihre Fassung wieder und brachte sogar ein tauschimmerndes Lächeln zustande, als sie sah, daß ich nicht ärgerlich war. Dann trippelte sie ins Schlafzimmer, kramte dort lange herum und brachte mir schließlich einen billigen kleinen Ring, ein Paar Ohrgehänge und ein altmodisches Zigarettenetui, das ihrer Mutter gehört hatte... Ich nahm keines dieser Dinge an.

«Hör zu», sagte ich, wanderte durchs Zimmer und biß mir auf die Niednägel des Daumens. «Hör zu, Lydia. Wenn man dich fragt, ob ich Feinde hatte, wenn sie dich verhören, um herauszufinden, wer mich umgebracht haben könnte, dann sag: ‹Das weiß ich nicht.› Und noch etwas: ich nehme einen Koffer mit, aber das bleibt strikt unter uns. Es darf nicht so aussehen, als hätte ich mich auf eine Reise vorbereitet – das wäre verdächtig. Tatsächlich ist...»

An diesem Punkt, so erinnere ich mich, hielt ich plötzlich inne. Wie seltsam, daß sich, nachdem alles so wohlüberlegt und vorausgeplant war, ein geringfügiges Detail nicht fügte, so wie man beim Packen plötzlich bemerkt, daß man eine kleine, aber sperrige Nichtigkeit vergessen hat – ja, es gibt so ruchlose Gegenstände. Zu meiner Rechtfertigung sei jedoch gesagt, daß die Kofferfrage tatsächlich der einzige Punkt war, bei dem ich eine Änderung beschloß: Alles übrige ging genauso vonstatten, wie ich es vor langer, langer Zeit entworfen hatte – vielleicht vor vielen Monaten, vielleicht schon in derselben Sekunde, als ich einen im Gras schlafenden Landstreicher erblickte, der genau wie mein Leichnam aussah. Nein, dachte ich, lieber keinen Koffer mitnehmen; da besteht immer das Risiko, daß mich irgend jemand damit aus dem Haus kommen sieht.

«Ich nehme ihn nicht mit», sagte ich laut und schritt weiter im Zimmer umher.

Wie könnte ich je den Morgen des 9. März vergessen? Es war bleich und kalt, wie das morgens so ist; über Nacht war etwas Schnee gefallen, und jetzt fegte jeder Hausmeister sein Stück Bürgersteig, an dem ein niedriger Schneegrat entlanglief, während der Asphalt schon frei und schwarz war – nur noch ein wenig glitschig. Lydia schlief friedlich weiter. Alles war still. Ich begann das Geschäft des Anziehens. Das ging so: Zwei Hemden übereinander, das gestrige zuoberst, weil es für ihn bestimmt war. Unterhosen – ebenfalls zwei, und wieder war die obere für ihn. Dann machte ich ein kleines Päckchen, das ein Manikürebesteck, Rasierzeug und einen Schuhanzieher enthielt. Um es ja nicht zu vergessen, steckte ich das Päckchen gleich in die Tasche meines Mantels, der im Flur hing. Dann zog ich zwei Paar Socken an (das obere mit einem Loch), schwarze Schuhe, mausgraue Gamaschen; und so gekleidet, das heißt elegant beschuht, aber noch in der Unterwäsche, stand ich mitten im Zimmer und überprüfte im Geist meine Handlungen, um zu sehen, ob sie dem Plan entsprachen. Mir fiel ein, daß ich ein zweites Paar Sockenhalter brauchen würde, und so förderte ich ein altes zutage und steckte es in das Päckchen, wozu ich wieder in den Flur hinaus mußte. Schließlich entschied ich mich für meinen lila Lieblingsschlips und einen dicken dunkelgrauen Anzug, den ich in letzter Zeit häufig getragen hatte. Die folgenden Gegenstände wurden auf die Taschen verteilt: meine Brieftasche (mit ungefähr tausendfünfhundert Mark), Reisepaß, etliche Papierfetzen mit Adressen, Rechnungen.

Halt, das ist falsch, sagte ich mir, denn hatte ich nicht beschlossen, meinen Paß nicht mitzunehmen? Ein sehr raffinierter Schachzug das: Die zufälligen Papierfetzen bewiesen die Identität eines Menschen weit eleganter. Ich nahm noch Schlüssel, Zigarettenetui, Feuerzeug an mich. Band mir die Armbanduhr um. Jetzt war ich angezogen. Ich tastete über meine Taschen und schnaufte ein wenig. Mir wurde ziemlich warm in meinem doppelten Kokon. Jetzt blieb nur noch der allerwichtigste Gegenstand. Eine richtige Zeremonie: das langsame Gleiten der Schublade, in der SIE ruhte, eine sorgfältige Untersuchung, und nicht die erste, versteht sich. Ja, SIE war vortrefflich geölt; SIE steckte zum Bersten voll von guten Dingen... Ich bekam SIE 1920 in Reval geschenkt, von einem unbekannten Offizier; oder, um genau zu sein, er ließ SIE einfach bei mir zurück und verschwand. Ich habe keine Ahnung, was dann aus diesem liebenswürdigen Leutnant geworden ist.

Während ich so beschäftigt war, wachte Lydia auf. Sie hüllte sich in einen Morgenrock von kränklichem

468

Rosa, und wir setzten uns zum Frühstück. Als das Mädchen aus dem Zimmer gegangen war, sagte ich:

«Der Tag ist da! Ich mache mich jetzt auf.»

Eine ganz leichte Abschweifung literarischer Art: Jener Rhythmus paßt zwar nicht in eine moderne Rede, aber er gibt besonders gut meine epische Gelassenheit und die dramatische Spannung der Situation wieder.

«Hermann, bitte, bleib hier, fahr nirgendshin...», sagte Lydia mit leiser Stimme (und legte, glaube ich, sogar die Hände zusammen).

«Du erinnerst dich an alles, ja?» fuhr ich unerschütterlich fort.

«Hermann», sagte sie abermals, «fahr nicht. Laß ihn tun, was er will; es ist sein Schicksal, du darfst dich nicht einmischen.»

«Es freut mich, daß du dich an alles erinnerst», sagte ich lächelnd. «Braves Mädchen. Jetzt laß mich noch ein Hörnchen essen, und dann fahre ich.»

Sie brach in Tränen aus. Putzte sich dann die Nase mit einem letzten Trompetenstoß, wollte irgend etwas sagen, fing jedoch aufs neue an zu weinen. Es war eine recht kuriose Szene: Ich bestrich gelassen ein Hörnchen mit Butter, und sie, mir gegenüber, wurde am ganzen Körper von Schluchzern geschüttelt. Ich sagte mit vollem Mund:

«Auf jeden Fall wirst du dich gegenüber der Welt [hier kaute und schluckte ich] daran erinnern können, daß du böse Vorahnungen hattest, obwohl ich doch ziemlich häufig wegfuhr und niemals sagte, wohin. ‹Und wissen Sie, gnädige Frau, ob er irgendwelche Feinde hatte?› – ‹Nein, Herr Untersuchungsrichter.›»

«Aber was geschieht dann als nächstes?» fragte Lydia leise stöhnend und breitete langsam und hilflos die Hände auseinander.

«Das reicht, meine Liebe», sagte ich in einem anderen Ton. «Du hast deine kleine Heulszene gehabt, und das reicht jetzt. Und nebenbei, daß du mir ja nicht heute in Elsis Gegenwart zu heulen anfängst.»

Sie tupfte sich die Augen mit einem zerknüllten Taschentuch ab, stieß einen traurigen kleinen Grunzer aus und machte noch einmal jene Geste hilfloser Verlegenheit, doch diesmal schweigend und ohne Tränen.

«Du erinnerst dich an alles?» erkundigte ich mich zum letzten Mal und sah sie mit forschendem Blick scharf an.

«Ja, Hermann, an alles. Aber ich hab solche Angst, solche Angst...»

Ich stand auf; sie ebenfalls. Ich sagte:

«Leb wohl. Bis auf später. Zeit, daß ich zu meinem Patienten komme.»

«Hermann, sag – du willst doch nicht etwa dabeisein, oder?»

Ich verstand nicht recht, was sie meinte.

«Dabei? Wobei?»

«Ach, du weißt schon, was ich meine. Wenn er – ach, du weißt doch... die Sache mit der Schnur.»

«Du Gänschen», sagte ich, «was hast du denn gedacht? Irgend jemand muß doch nachher Ordnung machen. Aber jetzt bitte ich dich, nicht mehr über die Sache nachzugrübeln. Geh ins Kino heute abend. Leb wohl, Gänschen.»

Ich küßte sie nie auf den Mund: Ich verabscheue das

Geschlabber von Lippenküssen. Es heißt, auch die alten Slawen – die sogar in Augenblicken sexueller Erregung ihre Frauen niemals küßten – hätten es befremdlich und vielleicht sogar ein wenig widerwärtig gefunden, die eigenen nackten Lippen mit dem Epithelium eines anderen in Berührung zu bringen. In jenem Augenblick jedoch verspürte ich – dieses eine Mal – ein Verlangen, meine Frau auf solche Weise zu küssen; doch es traf sie unvorbereitet, und so wurde irgendwie nichts daraus, außer daß ich ihr Haar mit den Lippen streifte; ich nahm von einem zweiten Versuch Abstand, schlug statt dessen die Fersen zusammen und schüttelte ihre schlaffe Hand. Im Flur dann schlüpfte ich rasch in meinen Mantel, schnappte meine Handschuhe, vergewisserte mich, daß ich das Päckchen hatte, und schon auf dem Weg zur Tür, hörte ich sie aus dem Speisezimmer leise nach mir wimmern, aber ich nahm kaum Notiz davon, denn ich hatte es verzweifelt eilig, wegzukommen.

Ich ging über den Hinterhof zu einer großen Garage, die voller Autos war. Erfreutes Lächeln hieß mich dort willkommen. Ich stieg ein und ließ den Motor an. Die Asphaltfläche des Hofs lag etwas höher als die des Fahrdamms, so daß sich mein von seinen Bremsen zurückgehaltenes Auto, als es in den geneigten Tunnel einfuhr, der den Hof mit der Straße verband, leicht und lautlos vornüberneigte.

Kapitel 9

Um die Wahrheit zu sagen, ich fühle mich ziemlich erschöpft. Ich schreibe unablässig, vom Mittag bis zum Morgengrauen, ein Kapitel pro Tag – oder mehr. Was für ein großes, mächtig Ding ist doch die Kunst! In meiner Lage müßte ich eigentlich aufgeregt sein, herumhasten, kehrtmachen… Natürlich besteht keine unmittelbare Gefahr, und ich darf wohl sagen, daß eine solche Gefahr nie eintreten wird, aber trotzdem, es ist schon eine eigenartige Reaktion, dieses Stillsitzen und Schreiben, Schreiben, Schreiben oder Nachgrübeln über alle Einzelheiten, was ja auf dasselbe hinausläuft. Und je weiter ich schreibe, um so klarer zeigt sich, daß ich die Sache nicht auf sich beruhen lassen, sondern daran festhalten werde, bis mein Hauptziel erreicht ist, und dann nehme ich höchstwahrscheinlich das Wagnis auf mich, mein Werk veröffentlichen zu lassen – kein sehr großes Wagnis freilich, denn sobald mein Manuskript abgesandt ist, werde ich verschwinden, die Welt ist groß genug, einem stillen Mann mit Bart ein verschwiegenes Plätzchen zu bieten.

Es war keine Laune des Augenblicks, daß ich den Entschluß faßte, meine Arbeit dem scharfsinnigen Romancier zu übersenden, den ich wohl schon erwähnt, ja sogar vermittels meiner Erzählung bereits persönlich angesprochen habe.

Ich mag mich irren, da ich es schon seit langem aufgegeben habe, noch einmal durchzulesen, was ich schreibe – dafür ist keine Zeit, und abgesehen davon würde es mir Übelkeit verursachen.

Ich hatte zuerst mit dem Gedanken gespielt, das Ding direkt an irgendeinen Verleger zu schicken – einen deutschen, französischen oder amerikanischen –, aber es ist russisch geschrieben, und nicht alles läßt sich übersetzen; und – nun ja, um es freimütig zu gestehen, ich bin recht eigen, was meine literarische Koloratur betrifft, und fest davon überzeugt, daß der Verlust einer einzigen Schattierung oder Modulation das Ganze hoffnungslos verunstalten würde. Ich habe auch erwogen, es in die UdSSR zu schicken, aber ich verfüge nicht über die notwendigen Adressen und weiß auch nicht, wie ich es anstellen soll und ob mein Manuskript gelesen würde, denn ich benutze, aus Macht der Gewohnheit, die Orthographie der Zarenzeit, und das Umschreiben würde über meine Kräfte gehen. Sagte ich «Umschreiben»? Nun, ich weiß kaum, ob ich allein schon die Anstrengung des Schreibens durchstehen werde.

Zwar habe ich mich endlich entschlossen, mein Manuskript jemandem zu schicken, der es gewiß zu schätzen weiß und sich nach Kräften um seine Veröffentlichung bemühen wird, aber ich bin mir völlig im klaren darüber, daß mein Auserwählter (Sie, mein erster Leser) ein emigrierter Schriftsteller ist, dessen Bücher unmöglich in der UdSSR erscheinen können. Vielleicht

473

wird man jedoch bei diesem Buch eine Ausnahme machen, mit Rücksicht darauf, daß ja in Wahrheit nicht Sie es geschrieben haben. Oh, wie sehr hege ich die Hoffnung, daß mein Buch trotz Ihrer Emigrantensignatur (deren durchsichtige Falschheit niemanden täuschen wird) in der UdSSR Absatz finden möge! Da ich weit davon entfernt bin, ein Feind der Sowjetherrschaft zu sein, habe ich sicherlich in meinem Buch unwissentlich bestimmte Gedanken zum Ausdruck gebracht, die den dialektischen Forderungen des gegenwärtigen Augenblicks genau entsprechen. Es scheint mir sogar zuweilen, als habe mein Grundthema, die Ähnlichkeit zwischen zwei Personen, eine tiefe allegorische Bedeutung. Diese bemerkenswerte physische Gleichheit sagte mir wahrscheinlich (unterbewußt!) als Versprechen jener idealen Gleichheit zu, die in der klassenlosen Gesellschaft der Zukunft die Menschen verbinden soll; und indem ich einen Einzelfall zu nutzen suchte, erfüllte ich, wenngleich noch blind für gesellschaftliche Wahrheiten, nichtsdestoweniger eine gewisse gesellschaftliche Aufgabe. Und dann ist da noch etwas anderes; die Tatsache, daß es mir nicht vollends gelang, diese Ähnlichkeit zwischen uns praktisch zu nutzen, läßt sich durch rein sozioökonomische Gründe erklären und damit aus der Welt schaffen, will sagen, durch die Tatsache, daß Felix und ich verschiedenen, scharf abgegrenzten Klassen angehörten, deren Verschmelzung mit eigener Hand herbeizuführen sich niemand erhoffen kann, besonders heutzutage nicht, da der Klassenkampf in ein Stadium eingetreten ist, wo ein Kompromiß außer Frage steht. Gewiß, meine Mutter war von niederer Abkunft, und meines Vaters Vater hütete Gänse in seiner Jugend, was erklärt, wo genau ein Mann meiner Prägung und meiner Gewohnheiten jene starke, wenn auch noch unvollständig ausgebildete Tendenz zum richtigen Bewußtsein herbekommen hat. In meiner Phantasie stelle ich mir eine neue Welt vor, in der alle Menschen einander so ähnlich sehen wie Hermann und Felix; eine Welt von Helixen und Fermännern; eine Welt, wo ein Arbeiter, der zu Füßen seiner Maschine tot umfällt, sofort durch seinen vollkommenen Doppelgänger ersetzt wird, der das heiter-gelassene Lächeln des vollkommenen Sozialismus auf den Lippen trägt. Deshalb glaube ich, sowjetische Jugendliche von heute müßten beträchtlichen Nutzen aus meinem Buch ziehen, wenn sie es unter der Aufsicht eines erfahrenen Marxisten studieren, der ihnen hilft, über alle seine Seiten hin die ersten Zuckungen der darin enthaltenen gesellschaftlichen Botschaft, die es in sich birgt, zu verfolgen. Jawohl, mögen auch andere Nationen es in ihre jeweilige Sprache übersetzen, auf daß die amerikanischen Leser ihre Gier nach blutrünstigem Blendwerk befriedigen können, die Franzosen in meiner Vorliebe für einen Vagabunden päderastische Anklänge entdecken und die Deutschen die Unberechenbarkeiten einer halbslawischen Seele genießen. Lesen Sie es, lesen Sie es, so viele von Ihnen wie möglich, meine Damen und Herren! Ich heiße Sie alle als meine Leser willkommen.

Obwohl, leicht zu schreiben ist das Buch nicht. Besonders jetzt, da ich zu der Stelle komme, die sozusagen von der entscheidenden Tat handelt, gerade jetzt wird mir die Schwierigkeit meines Unterfangens in vollem Umfang bewußt; hier drehe und wende ich mich, wie Sie sehen, und rede weitschweifig über Dinge, die von Rechts wegen ins Vorwort eines Buches gehören und fehl am Platze sind in einem Kapitel, das der Leser für das wesentlichste erachten mag. Doch ich habe bereits zu erklären versucht: Wie raffiniert und bedachtsam meine Anläufe auch wirken mögen, nicht mein vernunftbegabter Teil besorgt das Schreiben, sondern allein mein Gedächtnis, mein Abwege liebendes Gedächtnis. Denn sehen Sie, *damals*, das heißt eben zu der Stunde, als die Zeiger meiner Geschichte stehenblieben, war auch ich stehengeblieben; trödelte herum, so wie ich jetzt herumtrödele; war mit ähnlich verwikkelten Überlegungen beschäftigt, die nichts mit meinem Unternehmen und der vereinbarten, stetig näher rückenden Stunde zu tun hatten. Ich hatte mich am Morgen auf den Weg gemacht, obwohl mein Treffen mit Felix für fünf Uhr nachmittags festgesetzt war; aber ich hatte mich außerstande gesehen, zu Hause zu bleiben, und jetzt überlegte ich mir, was ich mit dieser ganzen schmutzigweißen Masse Zeit, die mich von meiner Verabredung trennte, anfangen sollte. Ich saß bequem, ja sogar schläfrig da, während ich mit einem Finger steuerte und langsam durch Berlin fuhr, stille, kalte, raunende Straßen hinunter; und so ging es weiter und immer weiter, bis ich bemerkte, daß ich Berlin hinter mir gelassen hatte. Die Farben des Tages waren auf nur zwei reduziert: schwarz (das Muster der kahlen Bäume, der Asphalt) und weißlich (der Himmel, die Flecken Schnee). Und weiter ging sie, meine müde Fortbewegung. Eine Zeitlang schlenkerte vor meinen Augen einer dieser großen, häßlichen Lappen, die ein Lastwagen, der etwas Langes und Langweiliges transportiert, am herausragenden hinteren Ende aufzuhängen verpflichtet ist; dann verschwand er, war vermutlich abgebogen. Noch immer fuhr ich kein bißchen schneller. Ein Taxi schoß vor mir aus einer Seitenstraße heraus, bremste kreischend und wirbelte, da die Straße ziemlich glatt war, grotesk im Kreis herum. Ich segelte gelassen vorbei, als triebe ich stromabwärts. Ein Stück weiter überquerte eine Frau in tiefer Trauer schräg, praktisch mit dem Rücken zu mir, die Straße; ich drückte weder auf die Hupe noch änderte ich mein ruhiges, gleichmäßiges Tempo, sondern glitt um ein paar Zentimeter am Saum ihres Schleiers vorbei; sie bemerkte mich nicht einmal – ich war ein lautloses Gespenst. Fahrzeuge aller Art überholten mich; eine ganze Zeit lang hielt sich ein dahinkriechender Straßenbahnwagen an meiner Seite; und aus dem Augenwinkel konnte ich die Fahrgäste sehen, die einander stumpfsinnig gegenübersaßen. Ein- oder zweimal stieß ich auf eine Strecke mit üblem Holperpflaster; und Hühner tauchten bereits auf; kurze Flügel breiteten sich, lange Hälse reckten sich, das eine oder andere Federvieh kam über die Straße gerannt. Ein wenig später stellte ich fest, daß ich eine endlose Chaussee entlangfuhr, an Stoppelfeldern vorbei, auf denen hier und dort Schnee lag; und in einer völlig verlassenen Gegend schien mein Wagen in Schlummer zu versinken, als verwandelte sich sein Blau in Taubengrau – er wurde nach und nach langsamer und kam zum Halten, und ich lehnte in einem Anfall

477

schwer faßbaren Nachsinnens den Kopf aufs Steuerrad. Womit mochten sich meine Gedanken beschäftigen? Mit nichts oder mit Nichtigkeiten; es war alles sehr verwickelt, und ich schlief schon fast, und halb in Ohnmacht beratschlagte ich lange mit mir selbst über irgendwelchen Unsinn, mußte fortwährend an eine Diskussion denken, die ich einst mit irgend jemandem auf einem Bahnsteig geführt hatte, ob man im Traum jemals die Sonne erblickt, und binnen kurzer Zeit wuchs in mir das Gefühl, da seien ringsum eine Unzahl von Menschen, und alle redeten gleichzeitig, und dann verstummten sie plötzlich und trugen einander unklare Besorgungen auf und zerstreuten sich ohne einen Laut. Nach einiger Zeit fuhr ich weiter, und gegen Mittag, als ich durch ein Dorf zockelte, beschloß ich anzuhalten, denn selbst in diesem matten Tempo mußte ich in etwa einer Stunde in Königsdorf sein, und das war noch zu früh. Also vertrödelte ich die Zeit in einer dunklen und trostlosen Bierkneipe, wo ich ganz allein in einer Art Hinterzimmer saß, an einem großen Tisch, und an der Wand hing eine alte Photographie – eine Gruppe von Männern in Bratenröcken, mit hochgezwirbelten Schnurrbärten, und einige in der vorderen Reihe hatten, mit sorgenfreiem Gesichtsausdruck, das eine Knie gebeugt, und zwei an den Seiten hatten sich sogar robbenartig ausgestreckt, und das rief mir ähnliche Gruppen russischer Studenten ins Gedächtnis. Ich trank dort eine Menge Zitronenwasser und setzte meine Reise in der gleichen schläfrigen Stimmung fort, geradezu unanständig schläfrig, in der Tat. Als nächstes erinnere ich mich, daß ich an einer Brücke hielt; eine alte Frau in einer blauen Wollhose und mit einem Beutel über der Schulter war damit beschäftigt, eine Panne an ihrem Fahrrad zu reparieren. Ohne aus dem Wagen auszusteigen, gab ich ihr mehrere Ratschläge, alle völlig unerbeten und nutzlos; und danach schwieg ich, stützte meine Wange auf die Faust und gaffte sie lange Zeit an: Sie werkelte nervös und immer nervöser, aber schließlich zuckten meine Augenlider, und siehe – die Frau war nicht mehr da: war schon lange davongewackelt. Ich fuhr weiter und versuchte dabei, im Kopf eine ungeschlachte Zahl mit einer anderen, ebenso unhandlichen zu multiplizieren. Ich wußte nicht, was sie bedeuteten und von wo sie heraufgeschwebt kamen, aber da sie nun einmal erschienen waren, hielt ich es für angebracht, sie herumzuhetzen, und so wurden sie handgemein miteinander und lösten sich auf. Plötzlich kam es mir so vor, als führe ich mit wahnsinniger Geschwindigkeit, als schlürfe der Wagen die Straße gierig in sich hinein, wie ein Zauberkünstler meterweise Bänder hinunterschlingt; aber dann blickte ich auf die Tachometernadel: Sie zitterte bei fünfzig; und draußen zogen in langsamer Folge Kiefern, Kiefern, Kiefern vorbei. Dann erinnere ich mich auch noch, daß ich zwei kleine, blaßgesichtige Schuljungen traf, beide mit ihren Bücherbündeln; und ich sprach sie an. Sie hatten unangenehme, vogelartige Gesichtszüge, die mich an junge Krähen erinnerten. Anscheinend hatten sie ein wenig Angst vor mir, und als ich weiterfuhr, blickten sie mir mit weitgeöffneten schwarzen Mündern lange nach, der eine größer, der andere kleiner. Und dann stellte ich mit jähem Schrecken fest, daß ich Königsdorf erreicht

ihatte, und sah mit einem Blick auf meine Armbanduhr, daß es fast fünf war. Als ich an dem roten Bahn-
hofsgebäude vorbeifuhr, überlegte ich, daß Felix sich
vielleicht verspätet hatte und noch nicht jene Stufen
heruntergekommen war, die ich hinter dem protzigen
Schokoladenkiosk erblickte, und daß es keinerlei Möglichkeit gab, aus der Luft, die dieses kauernde Back-
steingebäude umgab, den Schluß zu ziehen, ob er
schon vorbeigekommen war oder nicht. Wie dem auch
sein mochte, der Zug, mit dem er nach Königsdorf be-
ordert worden war, kam um 2 Uhr 55 an, so daß Felix,
falls er ihn nicht verpaßt hatte...

Leser! Er hatte die Anweisung erhalten, in Königsdorf auszusteigen und die Chaussee entlang in Richtung
Norden zu marschieren, bis zum Kilometer zehn, der
mit einem gelben Pfahl markiert ist; und jetzt raste ich
diese Straße entlang: unvergeßliche Augenblicke!
Keine Seele weit und breit. Den Winter über verkehrte
der Bus dort nur zweimal täglich – morgens und mittags; auf der ganzen Strecke von zehn Kilometern sah
ich nur einen Pferdekarren, der von einem Braunen gezogen wurde. Schließlich erhob sich in der Ferne, wie
ein gelber Finger, der vertraute Pfahl, wuchs, erreichte
seine natürliche Größe; er trug ein Käppchen aus
Schnee. Ich hielt an und blickte mich um. Niemand.
Der gelbe Pfahl war wirklich sehr gelb. Zu meiner
Rechten, jenseits des Feldes, war der Wald in einem
stumpfen Grau auf den Bühnenhintergrund des fahlen
Himmels gemalt. Niemand. Ich stieg aus dem Wagen,
und mit einem Knall, der lauter war als jeder Schuß,
schlug ich die Tür hinter mir zu. Und plötzlich be-

merkte ich, daß hinter den verschlungenen Zweigen eines Buschs, der im Straßengraben wuchs, jemand stand, rosa wie eine Wachsfigur und mit einem feschen kleinen Schnurrbart, und mich, wahrhaftig, ganz fröhlich ansah...

Ich stellte einen Fuß aufs Trittbrett des Wagens, peitschte wie ein aufgebrachter Tenor meine Hand mit dem Handschuh, den ich ausgezogen hatte, und starrte Felix unverwandt an. Unsicher grinsend kam er aus dem Graben hervor.

«Sie Schurke», stieß ich durch die Zähne hervor, mit außerordentlichem, opernhaftem Nachdruck, «Sie Schurke und Doppelspieler», wiederholte ich, ließ jetzt meiner Stimme freien Lauf und peitschte mich noch wütender mit dem Handschuh (im Orchester ein einziges Dröhnen und Donnern zwischen meinen vokalen Ausbrüchen). «Wie konnten Sie es wagen zu plaudern, Sie Schuft? Wie konnten Sie es wagen, wie konnten Sie wagen, andere um Rat zu fragen, zu prahlen, daß alles nach Ihren Wünschen ginge und daß Sie an dem und dem Tag und an der und der Stelle... – Oh, Sie verdienen, erschossen zu werden! [Anschwellendes Gedröhn, Geschmetter, und dann wieder meine Stimme.] Damit haben Sie viel erreicht, Sie Idiot! Das Spiel ist aus, Sie haben alles verpfuscht, keinen roten Heller kriegen Sie, Sie Pavian!» (Krachender Beckenschlag im Orchester.)

So beschimpfte ich ihn und beobachtete dabei mit kalter Gier seinen Gesichtsausdruck. Er war völlig aus der Fassung gebracht; und ehrlich gekränkt. Er preßte eine Hand auf die Brust und schüttelte immer nur den

Kopf. Das Opernfragment kam zum Schluß, und der Rundfunksprecher fuhr mit seiner normalen Stimme fort:

«Reden wir nicht mehr davon – ich habe Sie nur so beschimpft, um ganz sicherzugehen, eine reine Formsache... Sie sehen komisch aus, mein Lieber, das ist ja eine richtige Verkleidung!»

Auf meine besondere Anordnung hatte er sich einen Schnurrbart wachsen lassen; und ihn, glaube ich, sogar eingewichst. Abgesehen davon hatte er, von sich aus, seinem Gesicht noch ein Paar gelockte Koteletten zugebilligt. Ich fand dieses anmaßende Wachstum höchst ergötzlich.

«Sie sind natürlich den Weg gekommen, den ich Ihnen beschrieben hatte?» fragte ich lächelnd.

«Ja», antwortete er, «ich hab Ihre Anweisungen befolgt. Und wegen der Prahlerei – also, Sie wissen selbst, ich bin ein einsamer Mann und kann mich nicht gut mit Leuten unterhalten.»

«Ich weiß und stimme in Ihre Seufzer ein. Sagen Sie, sind Sie auf der Straße irgend jemandem begegnet?»

«Wenn ich einen Pferdewagen oder so was gesehen hab, hab ich mich im Graben versteckt, wie Sie es mir aufgetragen haben.»

«Glänzend. Ihre Gesichtszüge sind ohnehin hinreichend getarnt. Nun, es ist nicht gut, hier herumzulungern. Steigen Sie in den Wagen ein. Oh, lassen Sie das – Sie können Ihren Rucksack später absetzen. Schnell, steigen Sie ein, wir müssen losfahren.»

«Wohin?» fragte er.

«In den Wald da.»

«Dahin?» fragte er und zeigte mit seinem Stock.

«Ja, genau dahin. Steigen Sie nun ein oder nicht, verdammt noch mal?»

Er musterte den Wagen zufrieden. Ohne Eile kletterte er hinein und setzte sich neben mich.

Ich schlug das Steuerrad herum, während der Wagen langsam anfuhr. Schokk. Und noch einmal: Schokk. (Wir fuhren von der Straße herunter aufs Feld.) Unter den Reifen knisterte dünner Schnee und abgestorbenes Gras. Der Wagen hopste über die Höcker im Boden, wir hopsten ebenfalls. Er sprach unterdessen:

«Ich werd mit diesem Wagen leicht fertig werden [rums]. Gott, werd ich eine Fahrt machen [rums]. Keine Sorge [rums-rums], ich mach ihn bestimmt nicht kaputt!»

«Ja, der Wagen wird Ihnen gehören. Eine kurze Zeit lang [rums] Ihnen gehören. Jetzt machen Sie mal die Augen auf, mein Lieber, sehen Sie sich um. Auf der Straße kommt niemand, oder?»

Er blickte zurück und schüttelte dann den Kopf. Wir fuhren, oder besser gesagt: krochen einen sanften und ziemlich glatten Hang hinauf in den Wald. Dort, unter den ersten Kiefern, hielten wir und stiegen aus. Felix bewunderte noch immer, doch jetzt nicht mehr mit der Sehnsucht liebäugelnder Besitzlosigkeit, sondern mit der stillen Zufriedenheit des Besitzers, den glänzenden blauen Ikarus. Dann trat ein träumerischer Ausdruck in seine Augen. Höchstwahrscheinlich (bitte beachten Sie, daß ich nichts behaupte, sondern nur sage: «höchstwahrscheinlich»), höchstwahrscheinlich also nahmen seine Gedanken folgenden Verlauf: «Und

483

wenn ich mich in diesem schmucken Zweisitzer davon-
mache? Das Geld kriege ich im voraus, das geht also in
Ordnung. Ich laß ihn in dem Glauben, daß ich tue, was
er will, und fahr statt dessen weg, weit weg. Er kann ja
gar nicht zur Polizei gehen, also muß er den Mund halten. Und ich, in meinem eigenen Wagen...»

Ich unterbrach den Fluß dieser angenehmen Gedanken.

«Nun, Felix, der große Augenblick ist gekommen.
Sie werden Ihre Kleider wechseln und ganz allein im
Wagen bleiben, hier im Wald. In einer halben Stunde
wird es dunkel; keine Gefahr, daß irgend jemand Sie
stört. Sie werden die Nacht hier verbringen – werden
meinen Mantel anhaben – fühlen Sie nur, wie schön
dick er ist – ah, dacht ich mir's doch; außerdem ist es
ziemlich warm im Wagen, Sie werden ausgezeichnet
schlafen; dann, gleich bei Tagesanbruch... Aber darüber sprechen wir nachher; erst will ich Ihnen das er-
forderliche Aussehen verleihen, sonst werden wir vor
der Dunkelheit nicht fertig. Zunächst einmal müssen
Sie rasiert werden.»

«Rasiert?» sprach Felix mir mit blödem Staunen
nach. «Wie soll das gehen? Ich hab kein Rasiermesser
mit, und ich weiß wirklich nicht, was man im Wald zum
Rasieren finden kann, außer Steinen.»

«Warum Steine? Einen Holzkopf wie Sie sollte man
mit dem Beil rasieren. Aber ich habe an alles gedacht.
Ich habe das Werkzeug mitgebracht, und ich werde es
selbst tun.»

«Na, das ist ja mächtig komisch», gluckerte er. «Bin
gespannt, was daraus wird. Aber passen Sie auf, daß

484

Sie mir nicht die Kehle durchschneiden mit Ihrem Rasiermesser.»

«Nur keine Angst, Sie Narr, es ist ein Rasierapparat. So, bitte... Ja, setzen Sie sich irgendwohin. Hier, aufs Trittbrett, wenn Sie wollen.»

Er schüttelte seinen Rucksack ab und setzte sich. Ich zog mein Päckchen hervor und legte die Rasiersachen auf das Trittbrett. Mußte mich sputen: Der Tag sah bleich und abgezehrt aus, der Himmel wurde immer trüber. Und welch eine Stille... Sie lag über allem, unzertrennlich verbunden mit diesen regungslosen Zweigen, diesen geraden Stämmen, diesen glanzlosen Flecken Schnee hier und dort auf dem Boden.

Ich zog den Mantel aus, um freier arbeiten zu können. Felix untersuchte neugierig die blitzenden Zähne des Rasierapparats und seinen silbrigen Griff. Dann untersuchte er den Rasierpinsel; hielt ihn an die Wange, um seine Weichheit zu prüfen; tatsächlich war er köstlich flauschig: Ich hatte siebzehn Mark fünfzig dafür bezahlt. Er war auch sehr fasziniert von der Tube teurer Rasiercreme.

«Kommen Sie, fangen wir an», sagte ich. «Rasieren und Wellen legen. Setzen Sie sich bitte ein bißchen seitlich, sonst komme ich nicht richtig an Sie heran.»

Ich nahm eine Handvoll Schnee, quetschte einen sich ringelnden Wurm Rasiercreme darauf, schlug das Ganze mit dem Pinsel und strich den eisigen Schaum auf seine Koteletten und seinen Schnurrbart. Er schnitt Gesichter, warf mir böse Blicke zu; eine Schaumkrause war in eins seiner Nasenlöcher gedrungen: Er rümpfte die Nase, weil es kitzelte.

«Kopf zurück», sagte ich, «noch weiter.»

Ziemlich unbeholfen stützte ich mein Knie aufs Trittbrett und begann seine Koteletten abzuschaben; die Haare krachten leise, und es hatte etwas Widerliches, wie sie sich mit dem Schaum vermischten; ich schnitt ihn leicht, und das besudelte den Schaum mit Blut. Als ich den Schnurrbart in Angriff nahm, kniff er die Augen zusammen, gab aber tapfer keinen Laut von sich, obwohl es alles andere als angenehm gewesen sein muß: Ich arbeitete hastig, seine Borsten waren hart, der Rasierapparat zupfte.

«Haben Sie ein Taschentuch?» fragte ich.

Er zog irgendeinen Fetzen aus der Tasche. Ich benutzte ihn dazu, von seinem Gesicht sehr vorsichtig Blut, Schnee und Schaum abzuwischen. Seine Wangen glänzten jetzt – funkelnagelneu. Er war prachtvoll rasiert; nur an einer Stelle, dicht am Ohr, war ein roter Kratzer zu sehen, der in einen kleinen Rubin auslief, welcher gleich schwarz werden würde. Er strich mit der Hand über die rasierten Stellen.

«Warten Sie einen Moment», sagte ich, «das ist noch nicht alles. Ihre Augenbrauen bedürfen einer Verbesserung: Sie sind etwas dichter als meine.»

Ich zog eine Schere hervor und stutzte geschickt ein paar Härchen weg.

«Das ist vorzüglich jetzt. Und Ihr Haar, das werde ich bürsten, wenn Sie das Hemd gewechselt haben.»

«Wollen Sie mir Ihrs geben?» fragte er und befühlte bedächtig die Seide meines Hemdkragens.

«Nanu, Ihre Fingernägel sind aber nicht gerade sauber!» rief ich freundlich.

486

Ich hatte schon so manches Mal Lydia maniküt –
davon verstand ich etwas, so daß es mir jetzt keine son-
derlichen Schwierigkeiten machte, diese zehn groben
Nägel in Ordnung zu bringen, und während ich dies tat,
verglich ich unsere Hände: Seine waren größer und
dunkler; hat nichts zu sagen, dachte ich, sie werden nach
und nach schon bleicher werden. Da ich nie einen Ehe-
ring trug, mußte ich seine Hand nur noch mit meiner
Armbanduhr versehen. Er bewegte seine Finger und
drehte sehr zufrieden sein Handgelenk hin und her.

«Jetzt schnell. Wir wollen uns umkleiden. Ziehen Sie
alles aus, mein Freund, bis auf das letzte Fädchen.»

«Hu», grunzte Felix, «das wird kalt.»

«Machen Sie sich nichts draus. Dauert ja nur eine
Minute. Bitte, beeilen Sie sich.»

Er legte seine alte braune Jacke ab, zog sich den dunklen, zottigen Pullover über den Kopf. Das Hemd darunter war von einem schlammigen Grün und der Schlips
aus dem gleichen Material. Dann zog er seine unförmi-
gen Schuhe aus, streifte seine Socken ab (gestopft von
einer männlichen Hand) und bekam einen ekstatischen
Schluckauf, als sein nackter Zeh die winterliche Erde
berührte. Der vielgepriesene einfache Mann geht gern
barfuß: Im Sommer, auf frischem Gras, zieht er sich als
allererstes Schuhe und Strümpfe aus; aber auch im Winter ist es kein geringes Vergnügen – da es ihn vielleicht an
seine Kindheit erinnert oder so ähnlich. Ich stand abseits, löste meine Krawatte und behielt Felix aufmerksam im Auge.

«Weiter, weiter», rief ich, als ich sah, daß er etwas
langsamer geworden war.

Nicht ohne schüchternes Herumdrucksen ließ er die Hose von seinen weißen, haarlosen Schenkeln heruntergleiten. Zuletzt zog er sein Hemd aus. Im kalten Wald stand vor mir ein nackter Mann.

Unglaublich schnell, mit der Flinkheit und dem Elan eines Fregoli, zog ich mich aus, warf ihm meine äußere Hülle von Hemd und Unterhose hinüber, und während er sie mühsam anzog, zerrte ich aus dem Anzug, den ich abgeworfen hatte, geschickt mehrere Dinge heraus – Geld, Zigarettenetui, Brosche, Pistole – und stopfte sie in die Taschen der etwas engen Hose, die ich mit der Behendigkeit eines Varietékünstlers angezogen hatte. Obwohl sein Pullover sich als warm genug erwies, behielt ich meinen Schal, und da ich in letzter Zeit abgenommen hatte, paßte mir seine Jacke fast wie angegossen. Sollte ich ihm eine Zigarette anbieten? Nein, das wäre geschmacklos gewesen.

Felix hatte sich inzwischen mein Hemd und meine Unterhose angezogen; seine Füße waren noch bloß, ich gab ihm Socken und Sockenhalter, bemerkte aber auf einmal, daß auch seine Zehennägel gestutzt werden mußten... Er stellte den einen Fuß aufs Trittbrett des Wagens, und wir legten einen kleinen Augenblick hastiger Pediküre ein. Sie knackten geräuschvoll und sprangen weit weg, diese häßlichen schwarzen Nagelschnippen, und jüngst habe ich sie im Traum oft viel zu auffällig den Boden sprenkeln sehen. Ich fürchte, er hat Zeit genug gehabt, sich einen Schnupfen zu holen, der arme Kerl, als er so im Hemd da stand. Dann wusch er sich die Füße mit Schnee, wie es irgendein badezimmerloser Lebemann bei Maupassant tut, und zog sich die Socken über, ohne das Loch in der einen Ferse zu bemerken.

«Beeilung, Beeilung», wiederholte ich ununterbrochen. «Es ist gleich dunkel, und ich muß los. Schauen Sie. Ich bin schon angekleidet. Gott, was für große Schuhe! Und wo ist Ihre Mütze geblieben? Ah, da ist sie ja, danke.»

Er machte den Hosengürtel zu. Mit der wie vorausgesehen nötigen Hilfe des Schuhanziehers zwängte er seine Füße in meine schwarzen Wildlederschuhe. Ich half ihm, mit den Gamaschen und dem lila Schlips fertig zu werden. Schließlich ergriff ich mit spitzen Fingern seinen Kamm und kämmte sein fettiges Haar ordentlich von der Stirn und den Schläfen nach hinten.

Er war jetzt fertig. Da stand er vor mir, mein Doppelgänger, in meinem unauffälligen dunkelgrauen Anzug. Begutachtete sich mit einem törichten Lächeln. Untersuchte die Taschen. War erfreut über das Feuerzeug. Steckte den Krimskrams wieder zurück, schlug aber die Brieftasche auf. Sie war leer.

«Sie haben mir das Geld im voraus versprochen», sagte Felix in überredendem Tonfall.

«Das stimmt», antwortete ich, zog die Hand aus der Tasche und brachte eine Faustvoll Geldscheine ans Licht. «Hier ist es. Ich werde Ihren Anteil abzählen, Sie bekommen ihn gleich. Was ist mit den Schuhen, drücken sie?»

«Ja», sagte Felix. «Sie drücken schrecklich. Aber ich werd es schon irgendwie aushalten. Ich glaube, für die Nacht zieh ich sie aus. Und wo muß ich morgen mit dem Auto hinfahren?»

«Sofort, sofort... Ich werde Ihnen alles erklären. Schauen Sie, hier sollte aber Ordnung gemacht werden... Sie haben Ihre Lumpen überall verstreut... Was haben Sie in dem Rucksack?»

«Ich bin wie eine Schnecke, ich trage mein Haus auf dem Rücken», sagte Felix. «Nehmen Sie den Rucksack mit? Ich hab eine halbe Wurst drin. Wollen Sie was davon?»

«Später. Packen Sie all diese Sachen hinein, ja? Den Schuhanzieher auch. Und die Schere. Gut. Jetzt ziehen Sie meinen Mantel an, und dann wollen wir uns zum letzten Mal vergewissern, ob man Sie für mich halten kann.»

«Und Sie vergessen auch bestimmt nicht das Geld?» fragte er.

«Ich sage es Ihnen doch die ganze Zeit, nein, bestimmt nicht. Seien Sie kein Esel. Wir stehen unmittelbar vor dem Abschluß. Das Geld ist hier, in meiner Tasche – in Ihrer ehemaligen Tasche, um genau zu sein. Also, reißen Sie sich zusammen, bitte.»

Er schlüpfte in meinen schönen Kamelhaarmantel und setzte (mit besonderer Sorgfalt) meinen eleganten Hut auf. Dann kam der letzte Pinselstrich: die gelben Handschuhe.

«Gut. Gehen Sie mal ein paar Schritte. Mal sehen, wie Ihnen das alles sitzt.» Er kam auf mich zu, steckte die Hände in die Taschen, zog sie wieder heraus.

Als er ganz dicht heran war, warf er sich in die Brust und versuchte, den wiegenden Gang eines Stutzers nachzuäffen.

«Ist das alles? Ist das alles?» sagte ich mehrere Male

laut vor mich hin. «Moment, lassen Sie mich noch einmal gründlich... Ja, scheint alles... Jetzt drehen Sie sich um, ich hätte gern eine Rückenansicht...»

Er drehte sich um, und ich schoß ihn zwischen die Schultern.

Ich erinnere mich an verschiedene Dinge: das Rauchwölkchen, das mitten in der Luft hing, dann eine durchsichtige Kerbe bildete und langsam dahinschwand; die Art, wie Felix fiel; denn er fiel nicht gleich; erst beendete er eine Bewegung, die noch dem Leben zugehörte, und zwar fast eine vollständige Kehrtwendung; vermutlich beabsichtigte er, sich im Scherz vor mir hin und her zu drehen wie vor einem Spiegel; so führte er nun unwillkürlich diese armselige Narretei zu Ende, wandte sich (bereits durchbohrt) mit dem Gesicht mir zu und spreizte langsam die Hände, als wollte er fragen: «Was soll das alles bedeuten?» – und brach, als er keine Antwort erhielt, langsam nach hinten zusammen. Ja, ich erinnere mich an dies alles; ich erinnere mich auch an das schlurrende Geräusch, das er auf dem Schnee machte, als er steif wurde und zuckte, als seien ihm seine neuen Kleider unbequem; bald war er still, und dann machte sich die Drehung der Erde bemerkbar, und nur sein Hut bewegte sich ruhig, löste sich von seinem Haarschopf und fiel zurück, mit offenem Maul, als sagte er für seinen Besitzer «So leb denn wohl» (oder auch, als rufe er den abgedroschenen Satz: «Alle Anwesenden entblößten das Haupt»). Ja, ich erinnere mich an all dies, aber eines fehlt in meiner Erinnerung: der Knall des Schusses. Gewiß, mir blieb ein beharrliches Singen in den Ohren. Es haftete an mir und kroch über mich hin und bebte auf meinen Lippen. Durch diesen Klangschleier ging ich zu der Leiche hinüber und nahm sie begierig in Augenschein.

Es gibt geheimnisvolle Augenblicke, und dies war einer. Wie ein Autor, der sein Werk tausendmal durchliest und jede Silbe prüft und abklopft und schließlich von diesem Wörtergeflimmer nicht mehr sagen kann, ob es gut ist oder schlecht, so geschah es mir, so geschah es... Aber dann war da die geheime Sicherheit des Schöpfers; die niemals irren kann. In jenem Augenblick, da alle erforderlichen Züge gebannt und erstarrt vor mir lagen, war unsere Ähnlichkeit dergestalt, daß ich wirklich nicht zu sagen vermochte, wer getötet worden war, ich oder er. Und während ich auf ihn schaute, wurde es dunkel im vibrierenden Wald, und als jenes Gesicht vor mir sich nun langsam auflöste, schwächer und immer schwächer vibrierend, war mir, als erblickte ich mein Abbild in einem stehenden Tümpel.

Aus Furcht, mich zu beschmutzen, faßte ich die Leiche nicht an; vergewisserte mich nicht, ob er wirklich ganz, ganz tot war; ich wußte instinktiv, daß dem so sei, daß meine Kugel mit vollkommener Genauigkeit die kurze, luftzerteilende Furche entlanggeglitten war, die Auge und Wille gemeinsam gezogen hatten. Muß eilen, muß eilen, rief Großvater Kreyhlen und zog sich die Unterhos über den Kopf. Wir wollen ihm nicht nacheifern. Schnell und scharf blickte ich mich um. Außer der Pistole hatte Felix alles selbst in den Rucksack gepackt; doch besaß ich noch Selbstbeherrschung genug, mich zu vergewissern, ob er auch nichts hatte fallen lassen; und ich ging sogar so weit, das Trittbrett, wo ich ihm die Nägel geschnitten hatte, zu fegen und seinen Kamm auszugraben, den ich in die Erde gestampft hatte, nun aber doch lieber erst später wegwerfen wollte. Als nächstes führte ich einen vor langer Zeit entworfenen Plan aus: Ich hatte den Wagen gleich gewendet und auf einem Stück Knüppeldamm zum Stehen gebracht, das zur Straße hin leicht abfiel; jetzt rollte ich meinen kleinen Ikarus ein paar Meter vorwärts, damit er am Morgen von der Chaussee aus zu sehen war und so zur Entdeckung meines Leichnams führen würde.

Die Nacht kam schnell herabgestürzt. Das Trommeln in meinen Ohren war fast verklungen. Ich stürmte in den Wald und kam dabei nahe an der Leiche vorbei; aber ich hielt nun nicht mehr inne – hob nur den Rucksack auf, und unerschrocken, in flottem Tempo, als hätte ich in Wirklichkeit nicht diese steinschweren Schuhe an den Füßen, ging ich um den See herum, ohne je den Wald zu verlassen, weiter und immer weiter, im geisterhaften Zwielicht, durch geisterhaften Schnee... Und wie bewundernswert wußte ich die richtige Richtung, wie akkurat, wie lebhaft hatte ich mir alles vorgestellt, als ich im Sommer die Pfade erforschte, die nach Eichenberg führten!

Ich erreichte den Bahnhof rechtzeitig. Mit der Dienstfertigkeit eines Geistes erschien zehn Minuten später der Zug, den ich brauchte. Ich verbrachte die halbe Nacht in einem klappernden, schwankenden Dritter-Klasse-Wagen, auf einer harten Bank, und neben mir saßen zwei ältere Männer und spielten Karten, und die Karten, die sie benutzten, sahen höchst ungewöhnlich aus: groß, rot und grün, mit Eicheln und Bienenkörben. Nach Mitternacht mußte ich umsteigen; ein paar Stunden später fuhr ich schon westwärts; am Morgen dann stieg ich aufs neue um, dieses Mal in einen Schnellzug. Erst jetzt in der Einsamkeit der Toilette untersuchte ich den Inhalt des Rucksacks. Außer den Dingen, die erst vor kurzem hineingestopft worden waren (einschließlich des blutbefleckten Taschentuchs), fand ich ein paar Hemden, ein Stück Wurst, zwei große Äpfel, eine Ledersohle, fünf Mark in einem Damenportemonnaie, einen Paß und meine Briefe an Felix. Die Äpfel und die Wurst aß ich an Ort und Stelle im WC; die Briefe aber steckte ich in die Tasche und untersuchte den Paß mit lebhaftestem Interesse. Er war in guter Ordnung. Felix war in Mons und Metz gewesen. Seltsamerweise sah sein photographiertes Gesicht dem meinen nicht sehr ähnlich; man konnte es natürlich ohne weiteres für ein Photo von mir halten – und doch, es mutete mich seltsam an, und ich weiß noch, wie ich dachte, hier sei der wahre Grund dafür, daß er sich unserer Ähnlichkeit so wenig bewußt war: Er sah sich selbst im Spiegel, das heißt also von rechts nach links, und nicht, wie in Wirklichkeit, von links nach rechts wie die Sonne. Menschliche Schafsköpfigkeit, Nachlässigkeit und Sinnenträgheit – all dies offenbarte sich in der Tatsache, daß sogar die amtlichen Definitionen in der kurzen Aufstellung persönlicher Merkmale nicht ganz mit den Epitheta in meinem eigenen Paß (den ich zu Hause gelassen hatte) übereinstimmten. Eine Bagatelle, gewiß, aber bezeichnend. Und unter «Beruf» wurde er, dieser Hohlkopf, der sicherlich in der Art Geige gespielt hatte, wie schmachtende Lakaien in

494

Rußland an Sommerabenden Gitarre zupften, als «Musiker» bezeichnet, was mich sogleich ebenfalls in einen Musiker verwandelte. Später am Tag erwarb ich in einer kleinen Grenzstadt einen Koffer, einen Mantel und so fort, worauf sowohl Rucksack wie Pistole ausrangiert wurden – nein, ich werde nicht sagen, was ich mit ihnen tat: Schweigt still, rheinische Fluten! Und alsbald befand sich ein sehr unrasierter Herr in einem billigen schwarzen Mantel auf der sichereren Seite der Grenze und unterwegs nach Süden.

Kapitel 10

Von Kindheit auf habe ich Veilchen und Musik geliebt. Ich stamme aus Böhmisch-Zwickau. Mein Vater war Schuhmacher und meine Mutter Wäscherin. Wenn sie böse auf mich wurde, zischte sie mich auf tschechisch an. Ich hatte eine trübe und freudlose Kindheit. Kaum war ich erwachsen, machte ich mich auf die Wanderschaft. Ich spielte Geige. Ich bin Linkshänder. Gesicht – oval. Nicht verheiratet; zeigen Sie mir eine Frau, die treu ist. Ich fand den Krieg ziemlich scheußlich; aber er ging vorbei, so wie alles vorbeigeht. Jede Maus hat ihr Haus... Ich mag Eichhörnchen und Spatzen. Tschechisches Bier ist billiger. Ah, wenn man sich nur die Füße vom Schmied beschlagen lassen könnte – was man da sparen würde! Alle Minister sind bestochen, und alle Dichtung ist Geschwafel. Einmal, auf einem Jahrmarkt, sah ich Zwillinge; man sollte einen Preis kriegen, wenn man sie unterscheiden konnte, also haute der Mohrrüben-Fritz einem von ihnen eine runter, so daß er ein dickes Ohr bekam – das war der Unterschied! Menschenskind, haben wir gelacht! Prügeleien, Diebstahl, Gemetzel, alles ist schlecht oder gut, es kommt auf die Umstände an.

Ich habe mir immer Geld angeeignet, wenn ich es vor

der Nase hatte; was du genommen hast, gehört dir; das gibt es nicht, so was wie dein Geld oder das Geld von einem andern; auf keiner Münze steht draufgeschrieben: Gehört Müller. Ich liebe Geld. Ich wünschte mir schon immer einen treuen Freund; wir hätten Musik zusammen gemacht, und er hätte mir sein Haus und seinen Obstgarten vererbt. Geld, liebes Geld. Liebes Kleingeld. Liebes großes Geld. Ich bin herumgezogen; fand hier und da Arbeit. Eines Tages traf ich einen feinen Kerl, der sagte immer wieder, er sähe aus wie ich. Unsinn, sah überhaupt nicht aus wie ich. Aber ich habe nicht mit ihm gestritten, er war reich, und wer sich mit den Reichen verträgt, der kann gut selber reich werden. Er wollte, daß ich an seiner Stelle eine Fahrt machte, damit er seine krummen Geschäfte erledigen konnte. Ich hab den Angeber umgebracht und ausgeraubt. Er liegt im Wald, da ist Schnee auf dem Boden, Krähen krächzen, Eichhörnchen hüpfen. Ich mag Eichhörnchen. Der arme Herr in seinem feinen Mantel liegt tot da, nicht weit von seinem Wagen. Ich kann Auto fahren. Ich liebe Veilchen und Musik. Ich stamme aus Böhmisch-Zwickau. Mein Vater war ein kahlköpfiger, bebrillter Schuhmacher, und meine Mutter war eine Wäscherin mit scharlachroten Händen. Wenn sie böse auf mich war...

Und das Ganze noch einmal von vorn, mit neuen absurden Einzelheiten... So brachte sich ein gespiegeltes Abbild zur Geltung und erhob seine Ansprüche. Nicht ich suchte Zuflucht in einem fremden Land, nicht ich ließ mir einen Bart wachsen, sondern Felix, mein Mörder. Ah, wenn ich ihn gut gekannt hätte, von jahrelan-

gem vertrautem Umgang her, dann hätte ich es vielleicht sogar ganz amüsant gefunden, in der ererbten
Seele ein neues Quartier zu beziehen. Ich hätte jeden
Schlupfwinkel darin gekannt; alle Gänge ihrer Vergangenheit; ich hätte mit Freuden all ihre Annehmlichkei-
ten genutzt. Doch ich hatte Felixens Seele sehr kurso-
risch erforscht, so daß ich von ihr nicht mehr als die
nackten Umrisse seines Charakters kannte, zwei oder
drei zufällige Züge. Sollte ich mir angewöhnen, alles
mit der Linken zu tun?

Mit solchen Empfindungen, wie unangenehm sie
auch waren, ließ sich fertig werden – mehr oder weniger. Es war zum Beispiel ziemlich schwer, zu vergessen, wie völlig er sich mir ausgeliefert hatte, dieses
weich ausgestopfte Wesen, als ich ihn auf seine Hinrichtung vorbereitete. Diese kalten, gehorsamen Pfoten! Die Erinnerung daran, wie fügsam er gewesen
war, verwirrte mich. Sein Zehennagel war so hart, daß
meine Schere nicht gleich faßte, er wand sich um eine
der Klingen herum wie der Deckel einer Büchse Cor-
nedbeef um den Dosenschlüssel. Ist der Wille eines
Menschen wirklich so mächtig, daß er einen anderen in
eine Schaufensterpuppe zu verwandeln vermag? Habe
ich ihn tatsächlich rasiert? Erstaunlich! Ja, was mich
vor allem quälte, wenn ich zurückdachte, das war Felixens Unterwürfigkeit, seine lächerliche, hirnlose, automatische Unterwürfigkeit. Aber ich kam, wie gesagt,
darüber hinweg. Weit schlimmer war meine Unfähig-
keit, mich mit Spiegeln abzufinden. Tatsächlich sollte
der Bart, den ich mir wachsen ließ, mich nicht so sehr
vor anderen als vielmehr vor meinem eigenen Ich ver-

bergen. Etwas Schreckliches, so eine hypertrophe Phantasie. Deshalb ist es ganz leicht zu begreifen, daß ein Mensch, der mit meiner feinen Empfindsamkeit begabt ist, sich entsetzlich aufregen kann über solche Lappalien wie eine Reflexion in einem dunklen Spiegel oder seinen eigenen Schatten, der tot zu seinen Füßen zusammenbricht, und so weiter. Halt, ihr Leute – ich hebe eine riesige weiße Hand wie ein deutscher Schutzmann, halt! Keine Seufzer des Mitgefühls, Leute, nicht einen einzigen. Halt, Anteilnahme! Ich nehme euer Beileid nicht an; denn bestimmt sind unter euch ein paar Seelen, die mich bedauern werden – mich, einen verkannten Dichter. «Nebel, Dunst... im Nebel das Beben einer Saite.» Nein, das ist kein Gedicht, das stammt aus einem großen Buch, *Crimen et circenses*. Verzeihung: *Crime et chatiment* (französische Ausgabe), vom alten Dosto. Irgendwelche Gewissensbisse meinerseits sind absolut ausgeschlossen: Ein Künstler empfindet keine Gewissensbisse, selbst wenn sein Werk nicht verstanden, nicht anerkannt wird. Was jene Prämie betrifft...

Ich weiß, ich weiß: Vom Standpunkt eines Romanschriftstellers ist es ein grober Fehler, daß im ganzen Verlauf meiner Erzählung – wenn ich mich recht entsinne – meinem scheinbaren Hauptmotiv so wenig Aufmerksamkeit zuteil wurde; der Gewinnsucht. Wie kommt es, daß ich mich so zurückhaltend und vage über den Zweck äußere, den ich verfolgte, als ich mir einen toten Doppelgänger schuf? Doch hier überfallen mich seltsame Zweifel: War ich wirklich so sehr, sehr erpicht darauf, Profit zu machen, und schien sie mir wirklich so begehrenswert, diese ziemlich zweifelhafte Summe (der Wert des Mannes in Geld; und eine angemessene Entschädigung für sein Verschwinden), oder war es nicht vielmehr so, daß mein Gedächtnis, das ja für mich schreibt, einfach nicht anders handeln konnte (wahrheitsliebend bis zum Ende) und einem Gespräch im Arbeitszimmer von Orlovius (habe ich das Arbeitszimmer geschildert?) keine besondere Bedeutung beimaß?

Und noch etwas möchte ich über meine postume Gemütsverfassung sagen: Zwar hegte ich im Innersten meiner Seele keinerlei bange Zweifel an der Vollkommenheit meines Werkes und war überzeugt, in jenem schwarzen und weißen Wald liege ein toter Mann, der mir vollkommen ähnlich sehe, doch als Novize von natürlicher Begabung, der mit dem Geschmack des Ruhms noch nicht vertraut, aber von jenem Stolz erfüllt war, der sich mit Selbstzucht paart, verlangte ich fast schmerzhaft danach, daß mein Meisterstück (vollendet und signiert am 9. März in einem düsteren Wald) von den Menschen gewürdigt werde, oder mit anderen Worten, daß die Täuschung – und jedes Kunstwerk ist eine Täuschung – erfolgreich ihre Wirkung tue; das von der Versicherung gezahlte Honorar sozusagen nahm in meinen Überlegungen nur eine zweitrangige Bedeutung ein. O ja, ich war der reine Künstler aus der Romandichtung.

Verehrt wird, was vergangen ist, wie der Dichter sang. Eines schönen Tages schließlich gesellte sich Lydia im Ausland zu mir, ich besuchte sie in ihrem Hotel. «Nicht so wild», mahnte ich sie ernst, als sie sich in meine Arme werfen wollte. «Denk daran, ich heiße

Felix und bin nur ein Bekannter von dir.» Sie sah sehr anmutig aus in ihrem Witwenkleid, so wie mir meine schwarze Künstlerschleife und mein sauber gestutzter Bart gut standen. Sie begann zu erzählen... Ja, alles war erwartungsgemäß verlaufen, ohne eine Störung. Offenbar hatte sie während der Trauerfeier im Krematorium ganz ehrlich geweint, als der Pastor mit einem professionellen Stocken in der bebenden Stimme von mir gesagt hatte: «...und dieser Mann, dieser hochherzige Mann, der...» Ich teilte ihr meine weiteren Pläne mit und begann sehr bald, ihr den Hof zu machen.

Wir sind jetzt verheiratet, ich und meine kleine Witwe; wir leben in einem ruhigen, malerischen Ort, im eigenen Häuschen. Wir verbringen lange, faule Stunden in dem kleinen Myrtengarten mit der Aussicht über den blauen Golf weit unter uns und sprechen sehr oft von meinem armen toten Bruder. Ich erzähle ihr immer wieder neue Geschichten aus seinem Leben. «Schicksal, Kismet», sagt Lydia und seufzt. «Wenigstens jetzt, im Himmel, hat seine Seele Trost gefunden durch unser Glück.»

Ja, Lydia ist glücklich bei mir; sie braucht niemanden sonst. «Wie bin ich froh», sagt sie zuweilen, «daß wir Ardalion für immer los sind. Er tat mir oft so leid, und ich habe ihm viel von meiner Zeit geopfert, aber wirklich, ich konnte den Menschen nie ausstehen. Wo er jetzt wohl ist? Wahrscheinlich trinkt er sich zu Tode, der arme Kerl. Auch das ist Schicksal!»

Vormittags lese und schreibe ich; vielleicht werde ich bald eine oder zwei kleine Sachen unter meinem neuen Namen veröffentlichen; ein russischer Autor in der

Nachbarschaft preist meinen Stil und meine lebhafte Phantasie in hohen Tönen.

Gelegentlich bekommt Lydia ein paar Zeilen von Orlovius – sagen wir, Neujahrsgrüße. Er bittet sie unveränderlich, seine besten Empfehlungen an ihren Herrn Gemahl auszurichten, den zu kennen er nicht das Vergnügen hat, und wahrscheinlich denkt er dabei: «Ah, das ist eine Witwe, die sich schnell getröstet hat. Armer Hermann Karlowitsch!»

Spüren Sie den Beigeschmack dieses Epilogs? Ich habe ihn nach einem klassischen Rezept zusammengebraut. Von jeder Figur im Buch wird irgend etwas erzählt, um die Geschichte zu einem Abschluß zu bringen; und dabei sorgt man dafür, daß das Getröpfel ihrer Existenz einwandfrei, wenn auch summarisch, in Einklang bleibt mit dem, was vorher von ihren jeweiligen Eigenheiten gezeigt wurde; auch ein spaßhafter Ton ist gestattet – sich verstohlen lustig zu machen über den Konservativismus des Lebens.

Lydia ist so vergeßlich und unordentlich wie immer...

Und für das äußerste Ende des Epilogs wird, *pour la bonne bouche*, ein besonders herzhaftes Stückchen aufgespart, das höchstwahrscheinlich mit irgendeinem unbedeutenden Gegenstand zu tun hat, der irgendwo früher im Roman nur eben so vorbeigeflattert ist:

An der Wand ihres Schlafzimmers sehen Sie immer noch das gleiche Pastellportrait, und wie gewöhnlich lacht Hermann und flucht, sobald sein Blick darauf fällt.

Finis. Lebe wohl, Turgi! Lebe wohl, Dosto!

Träume, Träume... und reichlich abgedroschene dazu. Doch wen kümmert es?...

Kehren wir zu unserer Erzählung zurück. Versuchen wir, uns besser zu beherrschen. Lassen wir gewisse Einzelheiten der Reise aus. Ich erinnere mich, daß ich gleich bei der Ankunft in Pignan, fast an der spanischen Grenze, mich als allererstes um deutsche Zeitungen bemühte; ich bekam ein paar, aber es stand noch nichts drin.

Ich nahm mir ein Zimmer in einem zweitklassigen Hotel, ein großes Zimmer mit Steinfußboden und mit Wänden wie aus Pappmaché, auf denen die sienabraune Tür, die ins Nachbarzimmer führte, wie aufgemalt aussah, und mit einem Spiegel, der nur eine einzige Reflexion hatte. Es war scheußlich kalt; doch das offene Feuer des lachhaften Kamins war sowenig auf Wärmeabgabe eingerichtet wie eine Theaterattrappe, und als die Holzspäne, die das Mädchen gebracht hatte, aufgebrannt waren, schien das Zimmer noch kälter zu sein. Die Nacht, die ich dort zubrachte, war angefüllt mit den überspanntesten und erschöpfendsten Visionen; und als der Morgen graute und ich mich am ganzen Körper klebrig und stachlig fühlte und auf die schmale Straße hinaustrat und die ekelerregend schweren Gerüche einatmete und erdrückt wurde von der südländischen Menge, die sich auf dem Marktplatz drängelte, da wurde es mir ganz klar, daß ich in dieser Stadt einfach nicht länger bleiben konnte.

Während kalte Schauder mir unablässig das Rückgrat hinunterliefen und der Kopf mir schier zerspringen wollte, ging ich zum *syndicat d'initiative*, wo mir ein redseliges Individuum ein Dutzend Erholungsorte in der Umgebung empfahl; ich suchte etwas Behagliches, Abgeschiedenes, und als mich gegen Abend ein gemächlicher Bus an der Adresse absetzte, für die ich mich entschieden hatte, war ich plötzlich sicher, dies sei genau das Ersehnte.

Abseits, einsam, von Korkeichen umgeben, erhob sich ein anständig aussehendes Hotel, dessen Läden zum größeren Teil noch geschlossen waren (da die Saison erst im Sommer begann). Ein kräftiger Wind von Spanien her verwirrte den Kükenflaum der Mimosen. In einem Pavillon, der an eine Kapelle erinnerte, sprudelte eine Heilquelle, und in den Ecken ihrer rubindunklen Fenster hingen Spinnweben.

Nur wenige Gäste wohnten dort. Da war der Doktor, die Seele des Hotels und der Fürst der gemeinsamen Gästetafel: Er saß am Kopf des Tischs und besorgte das Reden; dann der papageienschnablige alte Herr in der Alpakajacke, der eine Kollektion von Schnaufern und Grunzlauten loszulassen pflegte, wenn das hurtige Mädchen mit leichtfüßigem Getrappel die Forelle servierte, die er im nahe gelegenen Fluß geangelt hatte; dann ein vulgäres junges Paar, das sich von weit her, aus Madagaskar, in dieses Loch verkrochen hatte; die kleine alte Dame im Musselingorgerette, eine Schullehrerin; ein Juwelier mit einer großen Familie; eine affektierte junge Person, die zuerst als Vicomtesse, dann als Comtesse und schließlich (was uns zu dem Zeitpunkt bringt, da ich dies schreibe) als Marquise betitelt wurde – alles dank den Bemühungen des Doktors (der nach Kräften alles tut, um den Ruf des Etablissements zu heben). Vergessen wir auch nicht den trauervollen Handlungsreisenden aus Paris, Vertreter für eine patentierte Schinkensorte; und auch nicht den ungehobelten, fetten Abbé, der dauernd von der Schönheit irgendeines Klosters in der Gegend schwatzte; wobei er zur Verdeutlichung von seinen fleischigen Lippen, die er in Herzchenform spitzte, einen Kuß pflückte. Das war die ganze Sammlung, glaube ich. Der Geschäftsführer mit seinen buschigen Augenbrauen stand an der Tür, die Hände auf dem Rücken verschränkt, und beobachtete mit mürrischem Blick die zeremonielle Mahlzeit. Draußen tobte ein zügelloser Wind.

Diese neuen Eindrücke wirkten wohltätig auf mich. Das Essen war gut. Ich hatte ein sonniges Zimmer, und es fesselte mich, vom Fenster aus zu beobachten, wie ungestüm der Wind die Olivenbäume durchschüttelte und ihnen ihre verschiedenen Unterröcke lüftete. In der Ferne hob sich vor einem unbarmherzig blauen Himmel der malvenfarbig getönte Zuckerhut eines Berges ab, der an den Fujiyama erinnert. Ich war nicht viel draußen: Mich beängstigte dieses Donnern in meinem Kopf, dieser unablässig krachende, blendende Märzwind, dieser mörderische Luftzug von den Bergen. Dennoch fuhr ich am zweiten Tag in die Stadt, um Zeitungen zu kaufen, und wieder stand nichts darin, und da die Spannung mich über alle Maßen peinigte, beschloß ich, mich ein paar Tage nicht darum zu kümmern.

Auf die Tischgesellschaft, so steht zu befürchten, machte ich einen schroffen und ungeselligen Eindruck, obwohl ich mich sehr bemühte, alle an mich gerichteten

Fragen zu beantworten; doch vergeblich drängte der Doktor mich, nach dem Essen mit in den Salon zu kommen, einen muffigen kleinen Raum mit einem verstimmten Pianino, Plüschsesseln und einem runden Tisch, auf dem Reiseprospekte herumlagen. Der Doktor hatte einen Ziegenbart, wäßrig blaue Augen und ein rundes Bäuchlein. Er verputzte sein Essen auf eine geschäftsmäßige und sehr ekelhafte Weise. Mit einem pochierten Ei verfuhr er dergestalt, daß er dem Eigelb verstohlen mit einer Brotkruste einen Dreh gab, der es, zur Begleitung von saftigem Speichelschlürfen, als Ganzes in seinen feuchten rosa Mund beförderte. Er hatte die Angewohnheit, mit soßentriefenden Fingern die Knochen einzusammeln, die nach dem Fleischgang auf den Tellern der Gäste zurückgeblieben waren, wickelte dann seine Beute ein, so gut es ging, und stopfte sie in eine Tasche seiner weiten Jacke; dadurch wollte er sich offenbar den Ruf einer exzentrischen Persönlichkeit erwerben. «*C'est pour les pauvres chiens*, für die armen Hunde», sagte er (und sagt es immer noch), «Tiere sind oft besser als Menschen» – eine Behauptung, die leidenschaftliche Diskussionen auslöste (und weiterhin auslöst), bei denen der Abbé besonders hitzig wurde. Als er hörte, daß ich Deutscher war und Musiker dazu, schien der Doktor ganz hingerissen; und aus den Blicken, die er auf mich richtete, schloß ich, daß nicht sosehr mein Gesicht (auf halbem Wege zwischen Unrasiertheit und Bärtigkeit) Aufmerksamkeit erregte, sondern vielmehr meine Nationalität und mein Beruf – in beiden erblickte der Doktor etwas entschieden Vorteilhaftes für den Ruf des Hauses. Er hielt mich immer wieder auf der Treppe an, oder in einem der langen, weißgekalkten Gänge, und begann irgendeine endlose Tratscherei, einmal über die gesellschaftlichen Mängel des Schinkenbevollmächtigten, ein andermal über die beklagenswerte Unduldsamkeit des Abbés. Das alles ging mir ein bißchen auf die Nerven, obwohl es in gewisser Weise auch unterhaltsam war.

Sobald die Nacht hereinbrach und die Schatten von Zweigen, die eine einsame Lampe im Hof einfing und wieder losließ, durch mein Zimmer gestreift kamen, füllte sich meine weite, leere Seele mit einer fruchtlosen und abscheulichen Verwirrung. O nein, ich habe mich niemals vor Leichen gefürchtet, und genausowenig kann mich kaputtes, zertrümmertes Spielzeug schrecken. Vielmehr fürchtete ich, ich würde, so ganz allein in einer verräterischen Welt der Spiegelungen, zusammenbrechen und nicht durchhalten bis zu jenem bestimmten, außergewöhnlichen, irrsinnig glücklichen und alles lösenden Augenblick, den ich unabdingbar erleben mußte; dem Augenblick künstlerischen Triumphs; des Stolzes, der Befreiung, des Glücks: War mein Bild ein Sensationserfolg, oder war es ein trostloser Schlag ins Wasser?

Am sechsten Tag meines Aufenthalts wurde der Wind so heftig, daß das Hotel eher einem Schiff auf See während eines Orkans glich: Fensterscheiben dröhnten, Wände knarrten; und das schwere immergrüne Blattwerk fiel mit einem fliehenden Rascheln zurück und taumelte dann wieder vorwärts, im Sturm auf das Haus. Ich versuchte in den Garten hinauszugehen, krümmte mich aber sofort zusammen, behielt durch ein

Wunder meinen Hut und ging wieder in mein Zimmer hinauf. Dort stand ich tief in Gedanken am Fenster, und über all dem Tumult und Gerassel hörte ich den Gong nicht; als ich dann zum Mittagessen hinunterkam und meinen Platz an der Tafel einnahm, war man bereits beim dritten Gang – Gänseklein mit Tomatensoße, das moosig auf der Zunge lag –, dem Leibgericht des Doktors. Zuerst achtete ich nicht auf die allgemeine Unterhaltung, die vom Doktor geschickt gelenkt wurde, doch plötzlich merkte ich, daß alle mich anstarrten.

«*Et vous* – und Sie», sagte der Doktor, zu mir gewandt, «was halten Sie von dieser Sache?»

«Von was für einer Sache?» fragte ich.

«Wir sprachen gerade», sagte der Doktor, «von diesem Mordfall, *chez vous*, in Deutschland. Was für ein Monstrum muß ein Mensch sein», fuhr er fort und freute sich schon auf eine interessante Diskussion, «der auf sein eigenes Leben eine Versicherung abschließt und dann einem anderen das Leben nimmt...»

Ich weiß nicht, was über mich kam, aber plötzlich hob ich die Hand und sagte: «He, hören Sie auf», und ich ließ die geballte Faust auf den Tisch niedersausen und versetzte ihm solch einen Schlag, daß der Serviettenring in die Luft sprang, und mit einer Stimme, die ich nicht mehr als meine eigene erkannte, schrie ich: «Hören Sie auf, aufhören! Wie können Sie es wagen, was gibt Ihnen das Recht? So eine Beleidigung... Nein, das dulde ich nicht! Wie können Sie es wagen... Über mein Land, mein Volk... schweigen Sie! Seien Sie still», ich schrie immer lauter: «Sie!... Sie wagen es, mir ins Gesicht zu sagen, daß in Deutschland... Schweigen Sie!»

Tatsächlich schwiegen alle schon eine geraume Zeit – seit dem Augenblick, da der Serviettenring durch meinen Faustschlag ins Rollen gekommen war. Er rollte bis ans äußerste Ende der Tafel; und der jüngste Sohn des Juweliers patschte ihn vorsichtig zum Stillstand. Ein Schweigen von ungewöhnlich guter Qualität. Sogar der Wind, glaube ich, hatte zu dröhnen aufgehört. Der Doktor erstarrte, Messer und Gabel in den Händen: Eine Fliege erstarrte auf seiner Stirn. In der Kehle spürte ich einen Krampf; ich warf meine Serviette hin, verließ das Speisezimmer, und jedes Gesicht wandte sich mir mechanisch zu, um mich beim Vorbeigehen zu beobachten.

Ohne meine Schritte anzuhalten, schnappte ich mir die Zeitung, die ausgebreitet auf einem Tisch in der Vorhalle lag, und sank, sobald ich in meinem Zimmer war, aufs Bett. Ich zitterte am ganzen Körper, aufsteigende Schluchzer würgten mir in der Kehle, ich krümmte mich vor Wut; meine Fingerknöchel waren eklig mit Tomatensoße bespritzt. Als ich die Zeitung zu studieren begann, konnte ich mir gerade noch sagen, alles sei Unsinn, nur ein zufälliges Zusammentreffen – es war kaum damit zu rechnen, daß man in Frankreich von der Sache hörte, doch im Nu kam mir mein Name, mein früherer Name vor die Augen getanzt...

Ich erinnere mich nicht genau, was ich aus dieser speziellen Zeitung erfuhr: Seither bin ich ganze Berge davon durchgegangen, und sie sind in meinem Kopf ziemlich durcheinandergeraten; jetzt liegen sie irgendwo herum, aber ich habe nicht die Muße, sie zu sortieren. Ich erinnere mich jedoch gut, daß mir sogleich zweierlei klar wurde: erstens, daß die Identität des Mörders bekannt war, und zweitens, daß die des Opfers es nicht war. Die Nachricht stammte nicht von einem Sonderkorrespondenten, sondern war nur eine kurze Zusammenfassung dessen, was vermutlich die deutschen Zeitungen enthielten, und die Art, wie sie serviert wurde, zwischen Berichten über einen politischen Streit und einen Fall von Papageienkrankheit, hatte etwas Nachlässiges und Ungebührliches. Und ich war unsäglich schockiert über den Ton der Sache: Er war wirklich so ungehörig, so unmöglich mir gegenüber, daß ich einen Augenblick sogar glaubte, es sei vielleicht die Rede von einer anderen Person gleichen Namens; denn in solch einem Ton schreibt man normalerweise nur über irgendeinen Schwachkopf, der eine ganze Familie in Stücke zerhackt hat. Inzwischen verstehe ich das. Es war, nehme ich an, eine List der internationalen Polizei; ein törichter Versuch, mich zu erschrecken und durcheinanderzubringen; doch da ich mir das nicht klarmachte, geriet ich zunächst in rasende Erregung, und Flecken schwammen mir vor den Augen, die immer wieder in diese oder jene Zeile des Artikels hineinplatzten – da klopfte es plötzlich laut an der Tür. Ich schob die Zeitung unters Bett und sagte: «Herein.»

Es war der Doktor. Er kaute noch irgend etwas zu Ende.

«*Écoutez*», sagte er, kaum daß er die Schwelle überschritten hatte, «da hat sich ein Mißverständnis eingeschlichen. Sie haben meine Worte falsch gedeutet. Ich würde sehr gerne...»

«Hinaus!» brüllte ich. «Hinaus mit Ihnen!»

Sein Gesicht verfärbte sich, und er ging, ohne die Tür zu schließen. Ich sprang auf und schlug sie mit einem unglaublichen Krachen zu. Dann zog ich die Zeitung unter dem Bett hervor; aber jetzt konnte ich darin nicht mehr wiederfinden, was ich eben noch gelesen hatte. Ich untersuchte sie von vorn bis hinten: nichts! Konnte es ein Traum gewesen sein, daß ich das las? Ich blätterte noch einmal die Seiten durch; es war wie ein Alptraum, in dem etwas verlorengeht, und nicht nur kann man es nicht entdecken, sondern es gilt auch keines jener Naturgesetze mehr, die der Suche eine gewisse Logik verleihen würden; statt dessen ist alles absurd gestaltlos und willkürlich. Nein, in der Zeitung stand kein Wort über mich. Überhaupt nichts. Ich muß wahrscheinlich in einem schrecklichen Zustand blinder Erregung gewesen sein, denn ein paar Sekunden später bemerkte ich, daß es ein altes deutsches Schundblatt war und nicht die Pariser Zeitung, die ich gelesen hatte. Ich tauchte noch einmal unters Bett, holte sie mir wieder und las die banal formulierte und sogar verleumderische Nachricht aufs neue. Jetzt ging mir auf, was mich am heftigsten schockiert hatte – mich als Beleidigung schockiert hatte: Man verlor kein einziges Wort über unsere Ähnlichkeit; sie wurde nicht nur nicht angefochten (zum Beispiel hätte man mindestens schreiben können: «Ja, eine erstaunliche Ähnlichkeit, aber diese und jene Kennzeichen beweisen, daß es nicht seine Leiche ist»), sondern sie kam überhaupt nicht zur Sprache –

und das erweckte den Eindruck, es handle sich um irgendeinen armen Teufel, dessen äußere Erscheinung sich völlig von der meinen unterschied. Nun konnte er aber in einer einzigen Nacht kaum verwest sein; im Gegenteil, seine Miene mußte eine marmorne Qualität angenommen haben, die unsere Ähnlichkeit noch feiner herausziselierte; doch selbst wenn der Körper einige Tage später gefunden worden und somit dem spielerischen Tod Zeit zum Hineinpfuschen geblieben wäre, hätte der Verwesungszustand trotzdem mit dem meinen übereinstimmen müssen – eine verdammt hastige Formulierung, fürchte ich, aber ich bin nicht in Stimmung für Feinheiten. Diese vorgebliche Unkenntnis dessen, was für mich am kostbarsten und allerwichtigsten war, berührte mich als ein äußerst erbärmlicher Trick; denn damit ließ man durchblicken, von allem Anfang an habe jeder ganz genau gewußt, daß ich es nicht war, und es sei einfach niemandem in den Kopf gekommen, die Leiche für die meine zu halten. Und der liederliche Stil, in dem die Geschichte berichtet wurde, schien selbst schon einen Stilbruch zu unterstreichen, der mir ganz gewiß niemals, niemals unterlaufen wäre; und dennoch waren sie da, mit verborgenen Mündern, die Schnauzen abgewendet, schweigend, am ganzen Körper bebend – diese Rohlinge, überschäumend vor Freude, ja, einer bösen, rachsüchtigen Freude; ja, rachsüchtig, spottlüstern, unerträglich...

Wieder klopfte es; ich sprang auf und schnappte nach Luft. Der Doktor und der Geschäftsführer erschienen. «*Voilà*», sagte der Doktor in tief gekränktem Ton, an den Geschäftsführer gewandt, und deutete auf mich.

«Da – dieser Herr fühlte sich nicht nur beleidigt durch etwas, das ich nie gesagt habe, sondern hat jetzt auch mich beleidigt: Er wollte mich nicht anhören und war äußerst grob. Würden Sie bitte mit ihm reden. Ich bin solche Manieren nicht gewöhnt.»

«*Il faut s'expliquer* – Sie müssen das gründlich durchsprechen», sagte der Geschäftsführer und funkelte mich düster an. «Ich bin sicher, Monsieur selbst können...»

«Raus mit Ihnen!» brüllte ich und stampfte mit dem Fuß auf. «Was Sie mir antun... Es ist nicht zu... Hüten Sie sich, mich zu demütigen und Rache zu nehmen... Ich verlange, hören Sie, ich verlange...» Der Doktor und der Geschäftsführer begannen beide mit erhobenen Händen und auf steifen Beinen wie Uhrwerksfiguren herumzutänzeln und auf mich einzuschnattern und kamen dabei immer näher heranstolziert; ich konnte es nicht mehr ertragen, mein Wutanfall verrauchte, doch statt dessen fühlte ich Tränen in mir aufsteigen, sank ich plötzlich (mochte siegen, wer da wollte) auf mein Bett und schluchzte hemmungslos.

«Die Nerven, nur die Nerven», sagte der Doktor, wie durch Zauberkraft besänftigt.

Der Geschäftsführer lächelte, verließ das Zimmer und schloß die Tür mit großer Behutsamkeit. Der Doktor goß mir ein Glas Wasser ein, erbot sich, ein Beruhigungsmittel zu holen, streichelte mir die Schulter; und ich schluchzte weiter und war mir völlig meines Zustands bewußt, sah sogar mit kalter, höhnischer Klarheit seine Schmach und empfand zugleich den ganzen trüben und düsteren Dosto-Zauber der Hysterie und auch, daß mir dies irgendwie von Nutzen war, und so bebte und ächzte ich weiter, als ich mir mit dem großen, schmutzigen, nach Fleisch riechenden Taschentuch, das der Doktor mir gab, die Tränen abwischte, während er mich tätschelte und beruhigend murmelte: «Nur ein Mißverständnis! *Moi, qui dis toujours...* ich, der ich immer sage, wir haben Kriege genug gehabt... Sie haben Ihre Fehler, und wir haben unsere. Politik sollte ganz aus dem Spiel bleiben. Sie haben einfach nicht verstanden, worüber wir sprachen. Ich fragte einfach nur, was Sie von diesem Mord hielten...»

«Was für einem Mord?» fragte ich durch mein Schluchzen.

«Oh, *une sale affaire* – eine scheußliche Geschichte: er tauschte mit einem Mann die Kleider und brachte ihn um. Aber seien Sie beruhigt, mein Freund, Mörder gibt es nicht nur in Deutschland, wir haben unsere Landrus, dem Himmel sei Dank, also stehen Sie nicht allein da. *Calmez-vous*, es sind nur die Nerven, das hiesige Wasser wirkt Wunder für die Nerven – oder, genauer gesagt, für den Magen, *ce qui revient au même, d'ailleurs.*»

Er plauderte noch eine Zeitlang weiter und erhob sich dann. Ich gab ihm das Taschentuch dankend zurück.

«Wissen Sie was?» sagte er, als er schon in der Tür stand. «Die kleine Gräfin ist ganz verschossen in Sie. Also sollten Sie uns eigentlich heute abend etwas auf dem Klavier vorspielen [er deutete mit den Fingern einen Triller an], und glauben Sie mir, dann haben Sie sie in Ihrem Bettchen.»

514

Er war praktisch schon auf dem Gang, aber plötzlich besann er sich anders und kam zurück.

«In den Tagen meiner Jugendtorheiten», sagte er, «als wir Studenten einmal fröhlich feierten, wurde der gotteslästerlichste Geselle von uns ganz besonders betrunken, und als er das Stadium der Hilflosigkeit erreichte, zogen wir ihm einen Priesterrock an, rasierten ihm einen runden Fleck auf dem Schädel und klopften spät in der Nacht bei einem Kloster an, worauf eine Nonne erschien und einer von uns sagte: ‹*Ah, ma sœur, voyez dans quel triste état s'est mis ce pauvre abbé* – schauen Sie sich den traurigen Zustand dieses Priesters an! Nehmen Sie ihn auf und lassen Sie ihn in einer Ihrer Zellen seinen Rausch ausschlafen.› Und stellen Sie sich vor, die Nonnen nahmen ihn auf. Haben wir gelacht!» Der Doktor ging leicht in die Knie und schlug sich auf die Schenkel. Plötzlich kam mir der Gedanke, wer weiß, vielleicht sagte er all dies (sie haben ihn verkleidet ... gaben ihn für jemand anderen aus) mit einer bestimmten geheimen Absicht, vielleicht hatte man ihn zum Spionieren hergeschickt ... und wieder ergriff die Wut Besitz von mir, aber nach einem Blick auf seine törichten Lachfältchen hielt ich an mich und tat so, als lachte ich; er winkte mir sehr zufrieden zu und ließ mich endlich, endlich in Frieden.

Trotz einer grotesken Ähnlichkeit mit Rasknallnikoff ... Nein, das ist falsch. Ausstreichen. Was kam dann? Ja, ich beschloß, mir als allererstes so viele Zeitungen wie möglich zu beschaffen. Ich rannte die Treppe hinunter. Auf einem Absatz traf ich den fetten Abbé, der mich mitleidsvoll anblickte: Seinem öligen

Lächeln entnahm ich, daß der Doktor es bereits fertiggebracht hatte, der Welt von unserer Versöhnung zu berichten.

Als ich auf den Hof hinaustrat, war ich sofort vom Wind halb betäubt; ich gab jedoch nicht klein bei, sondern warf mich energisch gegen das Tor, und dann erschien der Bus, ich winkte, stieg ein, und wir rollten in einer wahnsinnig wirbelnden weißen Staubwolke den Berg hinunter. In der Stadt bekam ich mehrere deutsche Tageszeitungen und nahm die Gelegenheit wahr, bei der Post vorzusprechen. Es war kein Brief für mich da, doch andererseits fand ich die Zeitungen voller Neuigkeiten, viel zu voll, leider... Heute, nach einer Woche allesverschlingender literarischer Mühen bin ich geheilt und empfinde nur Verachtung dafür, seinerzeit hingegen trieb mich der kalte höhnische Ton der Presse fast zum Wahnsinn.

Hier ist das allgemeine Bild, das ich mir schließlich zusammensetzte: Am Sonntagmittag, dem 10. März, fand ein Friseur aus Königsdorf in einem Wald einen Toten. Weshalb er in diesen Wald kam, der selbst im Sommer wenig besucht war, und warum er erst am Abend seinen Fund bekanntmachte, sind noch ungelöste Rätsel. Als nächstes folgt die zum Schreien komische Geschichte, die ich, glaube ich, schon erwähnt habe: Der Wagen, den ich absichtlich am Waldrand hatte stehenlassen, war verschwunden. Seine Abdrücke, eine Folge von Ts, verrieten die Marke der Reifen; und einige Königsdorfer mit phänomenalem Gedächtnis erinnerten sich, daß sie einen blauen Ikarus, das kleine Modell mit Speichenrädern, hatten durchfahren sehen, wozu die gescheiten und netten Burschen von der Garage in meiner Straße Informationen über Pferdestärken und Zylinder beisteuerten und nicht nur die Zulassungsnummer des Wagens angaben, sondern auch die Fabriknummer von Motor und Fahrgestell.

Allgemein wird angenommen, daß ich in ebendiesem Augenblick noch irgendwo mit dem Ikarus herumkutschiere – was herrlich komisch ist. Nun, für mich liegt es auf der Hand, daß irgend jemand von der Chaussee aus meinen Wagen sah, ihn ohne viel Federlesens in Besitz nahm und vor lauter Eile die in der Nähe liegende Leiche übersah.

Umgekehrt versichert jener Friseur, der die Leiche entdeckte, es sei überhaupt kein Auto dagewesen. Eine verdächtige Figur, dieser Mann! Es sollte doch die natürlichste Sache der Welt sein, daß die Polizei sich auf ihn stürzt; man hat Leute schon für weniger geköpft, aber Sie können sicher sein, daß nichts dergleichen geschehen ist, die Behörden denken nicht im Traum daran, in ihm den möglichen Mörder zu sehen; nein, die Schuld wurde mir aufgeladen, geradeheraus, uneingeschränkt, mit kalter und gefühlloser Promptheit, als wären sie ganz versessen darauf, mich zu verurteilen; als wollten sie sich rächen, als sei ich ihnen schon lange ein Dorn im Auge und als dürsteten sie schon lange danach, mich zu bestrafen. Sie hielten es nicht nur in seltsamer Voreingenommenheit für selbstverständlich, daß ich der Tote nicht sein konnte, sie waren nicht nur außerstande, unsere Ähnlichkeit zu sehen, sondern sie schlossen ihre Möglichkeit sozusagen *a priori* aus (denn die Menschen sehen nun einmal nicht, was sie nicht sehen wollen), und die Polizei bot ein glänzendes Beispiel von Logik, als sie ihr Erstaunen darüber ausdrückte, daß ich die Welt zu täuschen gehofft hätte, indem ich einfach ein Individuum, das mir nicht im geringsten ähnlich sehe, in meine Kleider steckte. Die Dummheit und himmelschreiende Ungerechtigkeit einer solchen Argumentation sind überaus komisch. Der nächste logische Schritt war, mich zum Schwachkopf zu erklären; man verstieg sich sogar zu der Vermutung, ich sei nicht ganz bei Verstand, und gewisse Personen aus meinem Bekanntenkreis bestätigten dies – unter anderen (wer wohl die anderen waren?) dieser Esel Orlovius; er erzählte, ich hätte mir selbst Briefe geschrieben (das kam ziemlich unerwartet).

Völlig ratlos war die Polizei angesichts der Frage, wie mein Opfer (das Wort ‹Opfer› wurde von der Presse besonders ausgekostet) in meine Kleider hineingekommen war, oder besser gesagt: wie ich einen lebendigen Menschen hatte zwingen können, nicht nur meinen Anzug anzuziehen, sondern alles andere auch, bis hinunter zu den Socken und Schuhen, die ihm zu klein waren und folglich weh tun mußten (nun, was das Schuhanziehen betrifft, das könnte ich auch post factum besorgt haben, ihr Neunmalklugen!).

Damit, daß sie sich in den Kopf setzten, es sei nicht meine Leiche, verhielten sie sich genauso wie ein Literaturkritiker, der beim bloßen Anblick eines Buches von einem ihm unsympathischen Verfasser beschließt, das Buch sei wertlos, und der auf dem Boden dieser ersten willkürlichen Annahme nun das Gedankengebäude errichtet, nach dem ihm der Sinn steht. So stürzte man sich, angesichts der wundersamen Ähnlichkeit zwischen Felix und mir, auf kleine und ganz unbedeutende Makel, die bei einem tieferen und feineren Verständnis für ein Meisterwerk unbeachtet mit durchgegangen wären, wie ja auch ein schönes Buch von einem Druck- oder Schreibfehler nicht im geringsten beeinträchtigt wird. Sie erwähnten die Rauheit seiner Hände, sie konzentrierten sich sogar auf irgendeinen hornigen Auswuchs von gravierendster Bedeutung, bemerkten allerdings auch den gepflegten Zustand der Nägel an allen vier Extremitäten; und irgend jemand – nach meinem besten Wissen jener Friseur, der die Leiche fand – lenkte die Aufmerksamkeit der Spürnasen auf die Tatsache, daß infolge bestimmter Details, die nur dem Fachmann sichtbar seien (herrlich, das!), die Nägel eindeutig von einem Experten geschnitten sein müßten – was eigentlich ihn hätte belasten sollen und nicht mich!

Wie sehr ich mich auch bemühe, ich kann nicht herausbekommen, wie sich Lydia bei der Voruntersuchung verhalten hat. Da niemand bezweifelt hat, daß ich nicht der Ermordete sei, wurde sie sicherlich der Mittäterschaft verdächtigt und wird es vielleicht immer noch: Ihre eigene Schuld natürlich – sie hätte begreifen sollen, daß die Versicherungssumme sich in Luft aufgelöst hatte und daß es also zwecklos war, in Witwengejammer auszubrechen. Sie wird auf die Dauer aufgeben und wird, ohne an meiner Unschuld zu zweifeln, vielmehr in dem Bemühen, meinen Kopf zu retten, die tragische Geschichte von meinem Bruder ausplaudern; doch nützen wird das nichts, denn es läßt sich ohne große Schwierigkeiten feststellen, daß ich nie einen Bruder besaß; und was die Selbstmordtheorie angeht, nun, man darf kaum erwarten, daß Beamtenseelen jenen Schnur-am-Abzug-Trick schlucken werden.

Von größter Bedeutung für meine gegenwärtige Sicherheit ist die Tatsache, daß die Identität des Ermordeten unbekannt ist und nicht bekannt werden kann. Inzwischen habe ich unter seinem Namen gelebt und bereits hier und dort Spuren hinterlassen, so daß ich in kürzester Zeit aufzustöbern wäre, wenn man herausbekäme, wen ich umgelegt habe, um den gängigen Ausdruck zu benutzen. Doch es gibt keine Möglichkeit, das herauszubekommen, was mir ausgezeichnet paßt, da ich zu müde bin, noch einmal ganz von vorn zu planen und zu handeln. Und wirklich, wie könnte ich mich eines Namens entledigen, den ich mit solcher Kunst zu meinem eigenen gemacht habe? Denn ich sehe so aus, wie ich heiße, meine Herren, und der Name sitzt mir genauso angegossen wie früher ihm. Sie müßten Narren sein, wenn Sie das nicht verstünden.

Der Wagen allerdings, der dürfte früher oder später gefunden werden – nur daß ihnen das nicht viel weiterhilft; denn ich wollte ja, daß er gefunden wird. Welch ein Spaß! Sie glauben, ich sitze schlotternd am Steuer, während sie in Wirklichkeit einen ganz gewöhnlichen und sehr verstörten Dieb vorfinden werden.

Ich erwähne hier nicht die ungeheuerlichen Epitheta, mit denen jene unverantwortlichen Schreiberlinge, jene Schauerlieferanten, jene schändlichen Scharlatane, die an jedem Ort des Blutvergießens ihre Zelte aufschlagen, mich zu belegen für nötig erachten; und ich werde auch nicht bei den erhabenen Argumenten psychoanalytischer Natur verweilen, an denen sich Feuilletonisten ergötzen. All dies Gefasel und verleumderische Gerede erzürnte mich zu Anfang, besonders die Tatsache, daß ich mit diesem oder jenem Dummkopf mit vampirischen Neigungen in Zusammenhang gebracht wurde, der zu seiner Zeit die Verkaufsauflagen hochschnellen ließ. Da war zum Beispiel ein Kerl, der seinen Wagen mit der Leiche seines Opfers darin verbrannte, nachdem er ihm vorsorglich ein Stück von den Füßen abgesägt hatte, da der Leichnam offenbar eine größere Schuhnummer aufwies als der Autobesitzer. Doch zum Teufel mit ihnen! Sie und ich, wir haben nichts gemein. Eine andere Sache, die mich verrückt machte, war der Abdruck meines Paßbildes in den Zeitungen (auf dem ich tatsächlich wie ein Verbrecher aussehe und gar nicht wie ich selbst, so boshaft hatten sie es retuschiert), statt daß sie irgendein anderes genommen hätten, sagen wir das eine, wo ich in ein Buch blicke – eine Kostbarkeit in zarten Milchschokoladentönen; und derselbe Photograph nahm mich auch noch in einer anderen Pose auf, bei der ich einen Finger an die Schläfe lege und unter geneigten Brauen hervor bedeutsam zum Betrachter aufblicke: So lassen sich deutsche Romanschriftsteller gern photographieren. Wirklich, sie hatten eine Menge Bilder zur Auswahl. Es gibt auch ein paar gute Schnappschüsse von mir – den einen zum Beispiel, wo ich in der Badehose auf Ardalions Grundstück stehe.

Oh, übrigens – das hätte ich fast vergessen: daß die Polizei bei ihren sorgfältigen Nachforschungen, in deren Verlauf jeder Busch untersucht und sogar der Boden aufgegraben wurde, nichts entdeckte; nichts bis auf einen bemerkenswerten Gegenstand, nämlich: eine Flasche – die Flasche – mit selbstgebranntem Wodka. Sie hatte dort seit Juni gelegen: Soweit ich mich erinnere, habe ich beschrieben, wie Lydia sie versteckte... Schade, daß ich nicht irgendwo auch noch eine Balalaika vergrub; dann hätten sie das Vergnügen gehabt, sich einen slawischen Mord auszumalen, mit Becherklingen und zum Gesang von «*Pashaléj she menjá, daragája*...» – «Bedaure, bedaure mich, Lieber...»

Doch genug, genug. Das ganze widerliche Durcheinander beruht allein auf der Trägheit, Borniertheit und Voreingenommenheit von Menschen, die mich in der Leiche meines makellosen Doppelgängers nicht zu erkennen vermochten. Ich akzeptiere, mit einem Gefühl der Bitternis und der Verachtung, die nackte Tatsache der Nichtanerkennung (wessen Meisterschaft wurde nicht dadurch verdüstert?), aber ich glaube weiterhin fest an die Vollkommenheit meines Doppelgängers. Ich brauche mir keine Vorwürfe zu machen. Fehler, scheinbare Fehler, sind mir erst im nachhinein von meinen Kritikern angelastet worden, als sie grundlos den voreiligen Schluß zogen, schon meine Idee an sich sei im Kern falsch gewesen, worauf sie dann jene banalen Diskrepanzen herauspickten, über die ich mir selbst im klaren bin und die für die Gesamtheit eines künstlerischen Erfolgs keinerlei Bedeutung besitzen. Ich bestehe darauf, daß in der Planung und Ausführung der ganzen Sache die Grenze des Könnens erreicht wurde; daß ihr perfekter Schluß in gewissem Sinne unvermeidlich war; daß alles, ungeachtet meines Willens, nur kraft schöpferischer Eingebung zusammenlief. Und deshalb, um Anerkennung zu finden, um die Frucht meines Geistes zu rechtfertigen und zu retten, um der Welt die ganze Tiefgründigkeit meines Meisterwerks zu erklären, verfiel ich darauf, die vorliegende Geschichte zu schreiben.

Denn nachdem ich die letzte Zeitung zerknüllt und beiseite geschleudert hatte, weil ich sie leergesogen und alles daraus erfahren hatte, und als ein brennendes, juckendes Gefühl mich überkam und ein heftiges Verlangen, sofort gewisse Maßnahmen zu ergreifen, die nur ich allein zu würdigen wußte – da, in diesem Zustand, geschah es, daß ich mich an meinen Tisch setzte und zu schreiben begann. Wenn ich meiner literarischen Kräfte und meiner bemerkenswerten Geschicklichkeit nicht absolut sicher wäre – zuerst war es ein schweres Sich-bergauf-Arbeiten. Ich keuchte und hielt inne und machte dann wieder weiter. Meine Mühe, die mich gewaltig erschöpfte, gewährte mir ein sonderbares Vergnügen. Ja, es war ein drastisches Heilmittel, eine unmenschliche, mittelalterliche Purgierung; aber sie erwies sich als wirksam.

Seit jenem ersten Tage ist eine volle Woche vergangen; und nun nähert sich meine Arbeit ihrem Ende. Ich bin ruhig. Alle im Hotel sind furchtbar nett zu mir; der Sirup der Leutseligkeit. Zur Zeit nehme ich meine Mahlzeiten für mich allein ein, an einem Tischchen in der Nähe des Fensters. Der Doktor billigt meine Absonderung und erklärt den Leuten, unbekümmert darum, daß ich in Hörweite sitze, ein nervöser Mensch brauche Frieden, und für gewöhnlich seien Musiker nervöse Menschen. Während der Mahlzeiten redet er mich häufig an, quer durch den Raum, vom Kopf der Tafel aus, und empfiehlt mir irgendein Gericht oder fragt mich auch scherzhaft, ob ich mich nicht verlocken ließe, wenigstens heute einmal an der allgemeinen Mahlzeit teilzunehmen, und dann sehen alle überaus freundlich zu mir hinüber.

Doch wie müde ich bin, wie sterbensmüde. Es hat Tage gegeben, vorgestern zum Beispiel, an denen ich, von zwei kurzen Unterbrechungen abgesehen, neunzehn Stunden hintereinander schrieb; und glauben Sie, ich hätte danach geschlafen? Nein, ich konnte nicht schlafen, und mein ganzer Körper spannte sich und knackte, als würde ich aufs Rad geflochten. Jetzt jedoch, da ich zum Schluß komme und meiner Geschichte fast nichts mehr hinzuzufügen habe, erfordert es einen ziemlich schmerzhaften Ruck, mich von all diesem beschriebenen Papier loszureißen; aber losreißen muß ich mich; und wenn ich mein Werk noch einmal durchgelesen, korrigiert, sicher eingepackt und tapfer zur Post getragen habe, werde ich vermutlich weiterreisen müssen, nach Afrika, nach Asien – einerlei wohin –, obwohl mir das Reisen sehr widerstrebt, obwohl ich so ruhebedürftig bin. In der Tat, der Leser möge sich nur einmal in die Lage eines Mannes versetzen, der unter einem bestimmten Namen lebt, nicht weil er keinen anderen Paß hätte, sondern weil er einen dritten bräuchte...

Kapitel 11

Ich bin in eine etwas größere Höhe umgezogen: Das Unglück zwang mich, mein Quartier zu wechseln.

Ich hatte gedacht, es würden insgesamt zehn Kapitel werden – falsch gedacht! Die Erinnerung, wie ruhig, wie gelassen ich trotz allem das zehnte zum Schluß brachte, berührt mich seltsam; doch ich wurde nicht ganz fertig damit – und brach meinen letzten Absatz zufällig mit einem Reim auf «keuchte» ab. Das Zimmermädchen kam geschäftig herein, um Ordnung bei mir zu machen, und da ich nichts Besseres zu tun hatte, ging ich hinunter in den Garten; und dort umschloß mich eine himmlische, wohlige Ruhe. Zuerst bemerkte ich gar nicht, was los war, aber ich schüttelte mich und begriff plötzlich: Der tobende Hurrikan der letzten Tage hatte sich gelegt.

Die Luft war göttlich, seidiger Weidenflaum trieb umher; selbst das Grün des immergrünen Laubwerks versuchte, erneuert auszusehen; und die halbnackten, athletischen Torsi der Korkeichen glänzten in sattem Rot.

Ich schlenderte die Hauptstraße entlang; zu meiner Rechten winkelten sich die schwärzlichen Weinberge herab; ihre noch kahlen Stöcke bildeten ein gleichförmiges Muster und sahen wie geduckte, verwachsene Grabkreuze aus. Ich setzte mich ins Gras, und als ich über die Weinberge hin auf den goldenen, von Stechginster bekleideten Gipfel eines Hügels blickte, der bis zu den Schultern in dichtem Eichenblattwerk steckte, und auf den tief-tief-blau-blauen Himmel, überlegte ich in einer Art weicher Zärtlichkeit (denn Zärtlichkeit ist vielleicht der wesentliche, wenn auch verborgene Zug meiner Seele), daß nun ein neues, einfaches Leben angebrochen war, welches die Bürde lastender Phantasien hinter sich gelassen hatte. Dann erschien in der Ferne, aus der Richtung meines Hotels, der Omnibus, und ich beschloß, mich zum allerletzten Mal mit der Lektüre von Berliner Zeitungen zu amüsieren. Im Bus stellte ich mich schlafend (und trieb diese Schauspielerei bis zum Lächeln im Traum), da ich unter den Fahrgästen den Handlungsreisenden in Schinken bemerkte; doch bald schlief ich wirklich ein.

Ich erwarb in der Stadt das Gewünschte, schlug aber die Zeitung erst auf, als ich zurück war und mich gutgelaunt und mit stillvergnügtem Lachen zum Lesen niedergelassen hatte. Plötzlich lachte ich laut heraus: Der Wagen war gefunden worden.

Sein Verschwinden fand folgende Erklärung: Drei lustige Zechkumpane liefen am Morgen des 10. März die Chaussee entlang – ein arbeitsloser Mechaniker, der uns schon bekannte Friseur und sein Bruder, ein junger Mann ohne festen Beruf –, erspähten am fernen Waldrand das Blitzen eines Autokühlers und stürzten sofort darauf zu. Der Friseur, ein gesetzter und gesetzesfürchtiger Mann, sagte dann, man solle auf den Eigentümer warten, und wenn er nicht auftauche, den Wagen zur Polizeiwache nach Königsdorf fahren, aber sein Bruder und der Mechaniker, die sich beide lieber ein kleines Vergnügen gönnen wollten, hatten einen anderen Vorschlag. Der Friseur erwiderte jedoch, er werde nichts dergleichen zulassen; und er ging tiefer in den Wald hinein und sah sich dabei um. Bald stieß er auf die Leiche. Er eilte zurück, rief nach seinen Kameraden und war entsetzt, als er weder sie noch den Wagen vorfand. Einige Zeit trieb er sich dort herum, in der Hoffnung, sie kämen zurück. Doch sie kamen nicht. Gegen Abend entschloß er sich endlich, die Polizei von seiner «grausigen Entdeckung» zu unterrichten, doch als liebender Bruder sagte er nichts von dem Wagen.

Wie jetzt verlautete, hatten jene zwei Halunken meinen Ikarus bald zu Bruch gefahren, versteckten ihn schließlich und wollten die Sache verheimlichen, überlegten es sich dann aber anders und stellten sich. «Im Wagen», so fügte der Bericht hinzu, «fand sich ein Gegenstand, durch den die Identität des Toten geklärt wurde.»

Zunächst lasen meine Augen versehentlich: «die Identität des Täters», und das erhöhte meine Heiterkeit, denn war es nicht von vornherein bekannt gewesen, daß der Wagen mir gehörte? Doch ein zweites Lesen machte mich stutzig.

Jener Satz irritierte mich. Er hatte etwas albern Geheimnistuerisches. Natürlich sagte ich mir gleich, daß es entweder irgendeine neue Falle war oder daß man nichts Bedeutenderes gefunden habe als jenen lächerlichen Wodka. Trotzdem machte ich mir Sorgen – und eine Zeitlang überprüfte ich im Geist gewissenhaft alle Gegenstände, die bei der Angelegenheit beteiligt gewesen waren (ich erinnerte mich sogar an den Fetzen, den er als Taschentuch benutzte, und an seinen ekelerregenden Kamm), und da ich damals mit wachsamer und sicherer Akkuratesse vorgegangen war, bereitete es mir jetzt keine Schwierigkeit, mich zurückzuarbeiten, und es befriedigte mich, alles in Ordnung zu finden. *Quod erat demonstrandum.*

Vergeblich: ich fand keinen Frieden... Es war höchste Zeit, das letzte Kapitel zu Ende zu bringen, doch statt zu schreiben, ging ich wieder hinaus, streifte bis zum Abend herum und war, als ich zurückkam, so vollkommen ausgepumpt, daß mich sofort der Schlaf übermannte, trotz des verworrenen Unbehagens in meinem Geiste. Ich träumte, ich habe nach einer ermüdenden Suche (hinter der Bühne – sie wurde in meinem Traum nicht gezeigt) endlich Lydia aufgespürt, die sich vor mir versteckt hatte und mir jetzt kühl erklärte, alles sei in Ordnung, sie habe die Erbschaft richtig bekommen und werde einen anderen Mann heiraten, «weil du», so sagte sie, «ja tot bist». Ich erwachte mit einer schrecklichen Wut, mein Herz klopfte wie wild: genarrt! hilflos! – denn wie konnte ein Toter die Lebenden gerichtlich belangen – ja, hilflos –, und das wußte sie! Dann kam ich wieder zu mir und lachte – was für ein Humbug sind doch Träume oft! Aber plötzlich spürte ich, daß da irgend etwas äußerst Unangenehmes war, das sich durch kein noch so großes Gelächter aus der Welt schaffen ließ, und daß es nicht eigentlich um meinen Traum ging – sondern um die Rätselhaftigkeit

528

der gestrigen Zeitungsmeldung: um den im Wagen gefundenen Gegenstand... Wenn es wirklich, so überlegte ich, weder eine listige Falle noch eine Zeitungs-
ente ist, wenn es sich wirklich als möglich erwiesen
hatte, für den ermordeten Beteiligten einen Namen zu
finden, und wenn dieser Name der richtige war...
Nein, das waren zu viele Wenns; ich erinnerte mich an
die sorgfältige Überprüfung von gestern, als ich den
schwungvollen und planetenhaft regelmäßigen Kurven
nachging, welche die verschiedenen benutzten Gegenstände genommen hatten – oh, ich hätte ihre Umlauf-
bahnen Punkt für Punkt aufzeichnen können! Doch
nichtsdestoweniger fühlte sich mein Geist weiterhin
nicht wohl dabei.

Um mich auf irgendeine Weise von diesen unerträglichen Vorahnungen zu befreien, legte ich die Blätter
meines Manuskripts zusammen, wog den Stapel auf der
Hand, murmelte sogar ein scherzhaftes «Na, na!» und
entschied mich, das Ganze, bevor ich die zwei oder drei
Schlußsätze niederschrieb, noch einmal vom Anfang
bis zum Ende durchzulesen.

Es fuhr mir durch den Kopf, daß mich jetzt ein hoher
Genuß erwarte. Ich stand im Nachthemd am Schreibtisch und schüttelte den raschelnden Überfluß bekrit-
zelter Seiten liebevoll zwischen meinen Händen zurecht. Darauf stieg ich wieder ins Bett; stopfte mir das
Kissen ordentlich unter die Schulterblätter; merkte
dann, daß ich das Manuskript auf dem Tisch hatte lie-
genlassen, obwohl ich geschworen hätte, daß es die
ganze Zeit in meinen Händen gewesen sei. Ruhig und
ohne Verwünschungen stand ich auf und brachte es mit

ins Bett zurück, schob das Kissen von neuem hoch, warf einen Blick zur Tür und überlegte, ob sie abgeschlossen sei oder nicht (da ich den Gedanken verabscheute, meine Lektüre unterbrechen und das Mädchen einlassen zu müssen, wenn es mir um neun mein Frühstück brachte); stand noch einmal auf – und wieder ganz ruhig; vergewisserte mich, daß die Tür nicht abgeschlossen war, ich mich also gar nicht hätte zu bemühen brauchen, räusperte mich, kroch zurück in mein verwühltes Bett, machte es mir bequem, wollte eben mit der Lektüre beginnen, aber jetzt war meine Zigarette ausgegangen. Im Gegensatz zu deutschen Marken beanspruchen französische Zigaretten ununterbrochene Aufmerksamkeit. Wohin hatten sich die Streichhölzer davongemacht? Eben waren sie doch noch da! Zum dritten Mal stand ich auf, jetzt mit einem leichten Zittern in den Händen; entdeckte die Streichhölzer hinter dem Tintenfaß – doch als ich ins Bett zurückkehrte, zerquetschte ich eine weitere volle Schachtel, die sich im Bettzeug versteckt hatte, unter meiner Hüfte, und das hieß: Ich hätte mir wiederum die Mühe des Aufstehens ersparen können. Ich verlor jetzt die Geduld; sammelte die zerstreuten Blätter meines Manuskripts vom Boden auf, und der köstliche Vorgeschmack, der mich eben noch durchdrungen hatte, ging nun in so etwas wie Schmerz über – in eine scheußliche Vorahnung, als wolle ein böser Geist mir immer und immer mehr Fehler aufzeigen, nichts als Fehler. Nachdem ich jedoch meine Zigarette wieder angesteckt und mir das boshafte Kissen unterwürfig geboxt hatte, konnte ich mich endlich an meine Lektüre machen. Was mich erstaunte war das Fehlen eines Titels auf dem ersten Blatt: denn sicherlich hatte ich seinerzeit einen Titel erfunden, etwas, das anfing mit «Memoiren eines...» – eines was? Ich konnte mich nicht entsinnen; und wie auch immer, «Memoiren» schien schrecklich langweilig und alltäglich. Wie sollte ich mein Buch also nennen? «Der Doppelgänger»? Aber die russische Literatur besaß bereits einen. «Schuld und Süße»? Nicht schlecht – aber ein bißchen plump. «Der Spiegel»? «Portrait des Künstlers im Spiegel»? Zu fade, zu sehr *à la mode*... wie wär's mit «Die Ähnlichkeit»? «Die unerkannte Ähnlichkeit»? «Rechtfertigung einer Ähnlichkeit»? Nein – zu trocken, und ein wenig zu philosophisch. Und etwas in der Art von «Nur die Blinden töten nicht»? Zu lang. Vielleicht: «Antwort an die Kritiker»? oder «Der Dichter und der Pöbel»? Muß ich drüber nachdenken... aber erst wollen wir mal das Buch lesen, sagte ich laut, der Titel wird sich nachher schon finden.

Ich fing an zu lesen – und fragte mich prompt, ob ich geschriebene Zeilen lese oder Visionen erblicke. Mehr noch: mein verklärtes Gedächtnis atmete sozusagen eine doppelte Dosis Sauerstoff; mein Zimmer wurde noch heller, weil die Fensterscheiben geputzt waren; meine Vergangenheit noch anschaulicher, weil zwiefach durch Kunst bewässert. Wieder erklomm ich die Anhöhe bei Prag – hörte die Lerche in der Luft, sah die runde rote Kuppel des Gasometers; wieder stand ich, von einer ungeheuren Gemütsbewegung ergriffen, vor dem schlafenden Landstreicher, und wieder streckte er seine Glieder und gähnte, und wieder baumelte in seinem Knopfloch, den Kopf nach unten, ein welkes kleines Veilchen. Ich las weiter, und sie erschienen einer nach dem anderen: meine rosige Frau, Ardalion, Orlovius; und sie alle waren lebendig, aber in einem gewissen Sinne hielt ich ihr Leben in meinen Händen. Wieder blickte ich auf den gelben Markierungspfahl und wanderte durch den Wald, während mein Geist schon Pläne schmiedete; wieder beobachteten meine Frau und ich an einem Herbsttag, wie ein Blatt sanft herabsank, um mit seiner Spiegelung zusammenzutreffen; und da sank ich selbst sanft in eine sächsische Stadt voller seltsamer Wiederholungen hinab, und da stieg mein Doppelgänger sanft nach oben, um mit mir zusammenzutreffen. Und wieder schlug ich meinen Zauberbann um ihn und hatte ihn in meinen Schlingen, aber er schlüpfte davon, und ich stellte mich so, als gäbe ich meinen Plan auf, und mit unerwarteter Macht stürmte die Geschichte aufs neue vorwärts, verlangte von ihrem Schöpfer eine Fortführung und ein Ende. Und wieder fuhr ich an einem Märznachmittag verträumt die Chaussee entlang, und dort, im Graben, in der Nähe des Pfahls, wartete er auf mich.

«Schnell, steigen Sie ein, wir müssen losfahren.»

«Wohin?» fragte er.

«In den Wald da.»

«Dahin?» fragte er und zeigte...

Mit seinem Stock, Leser, mit seinem Stock. S-T-O-C-K, geneigter Leser. Ein roh geschnitzter Stecken, und darauf eingebrannt der Name des Besitzers: Felix Wohlfahrt aus Böhmisch-Zwickau. Er zeigte mit seinem verfelixten Stock, geneigter oder abgeneigter Leser, mit seinem Stock. Sie wissen doch, was ein Stock ist, nicht wahr? Nun, damit zeigte er – mit einem Stock – und stieg ins Auto und ließ den Stock darin, als er wieder ausstieg, natürlich, denn der Wagen gehörte ja zeitweilig ihm. Ich vermerkte ausdrücklich jene «stille Zufriedenheit». Das Gedächtnis eines Künstlers – welch ein seltsam Ding! Übertrifft alle anderen, vermutlich. «Dahin?» fragte er und zeigte mit seinem Stock. Nie im Leben war ich so erstaunt.

Ich saß im Bett und starrte mit hervorquellenden Augen auf das Blatt, auf die von mir geschriebene Zeile – Verzeihung, nicht von mir, sondern von meinem einzigartigen Gefährten: dem Gedächtnis; und deutlich sah ich, wie irreparabel das war. Nicht die Tatsache, daß sie seinen Stock gefunden und so unseren gemeinsamen Namen entdeckt hatten, was nun unvermeidlich zu meiner Verhaftung führen mußte – o nein, nicht das ließ mir die Galle überlaufen, sondern der Gedanke, daß mein gesamtes Meisterwerk, das ich mit so penibler Sorgfalt entworfen und ausgearbeitet hatte, jetzt im Kern zerstört war, daß es sich infolge des von mir begangenen Fehlers in ein Häufchen Dreck verwandelt hatte. Hören Sie, hören Sie! Selbst wenn sie seinen Leichnam für den meinen gehalten hätten, hätten sie trotzdem diesen Stock gefunden und mich gefangen, in der Meinung, sie hätten ihn geschnappt – das ist die größte Schande! Denn mein ganzes Gedankengebäude gründete ja gerade auf der Unmöglichkeit eines Fehlers, und jetzt stellte sich heraus, daß mir ein Fehler unterlaufen war – und einer von den gröbsten, komischsten, abgedroschensten Sorte. Hören Sie, hören Sie! Ich beugte mich über die zerschmetterten Reste meines Wunderdings, und eine verfluchte Stimme gellte mir in den Ohren, daß der Pöbel, der mir die Anerkennung versagte, vielleicht sogar recht habe... Ja, ich begann alles zu bezweifeln, zweifelte an Grundvoraussetzungen und wußte jetzt, daß jenes bißchen Leben, das noch vor mir lag, ganz und gar einem aussichtslosen Kampf gegen diesen Zweifel geweiht sein würde; und ich lächelte das Lächeln des Verdammten und schrieb mit einem stumpfen, vor Schmerz aufschreienden Bleistift rasch und unerschrocken auf die erste Seite meines Werks: «Verzweiflung»; nicht nötig, nach einem besseren Titel zu suchen!

Das Mädchen brachte mir meinen Kaffee; ich trank ihn und ließ den Toast unberührt. Dann zog ich mich eilig an, packte und trug den Koffer selbst hinunter. Glücklicherweise sah mich der Doktor nicht. Der Geschäftsführer äußerte sein Erstaunen über meine plötzliche Abreise und ließ mich eine exorbitante Rechnung bezahlen; aber das kümmerte mich nicht mehr: Ich ging nur deshalb fort, weil es in solchen Fällen *de rigueur* ist. Ich folgte einer bestimmten Tradition. Und nebenbei hatte ich Grund zu der Annahme, daß die französische Polizei mir bereits auf der Spur war.

Auf der Fahrt in die Stadt sah ich vom Bus aus zwei Polizisten in einem schnellen Wagen, der so weiß war wie der Rücken eines Müllers: Sie brausten in entgegengesetzter Richtung vorbei und verschwanden in einer Staubwolke; doch ob sie wirklich zu meiner Verhaftung kamen, konnte ich nicht sagen – und überdies waren es vielleicht gar keine Polizisten – nein, ich

konnte es nicht sagen –, sie fuhren viel zu schnell vorbei. In Pignan sprach ich beim Postamt vor, und jetzt
bedaure ich das, denn auf den Brief, den ich dort erhielt, hätte ich verzichten können. Am selben Tag entschied ich mich aufs Geratewohl für eine Landschaft
aus einem grellen Prospekt und kam spätabends hier an,
in diesem Bergdorf. Und was den Brief betrifft...
Nach reiflicher Überlegung will ich ihn doch lieber abschreiben, er ist ein glänzendes Beispiel menschlicher
Gehässigkeit.

«Jetzt passen Sie mal gut auf, Verehrter, ich schreibe
Ihnen aus drei Gründen: 1. bat sie mich darum; 2. in
der festen Absicht, Ihnen genau zu sagen, was ich von
Ihnen halte; 3. in dem aufrichtigen Wunsch meinerseits, Ihnen nahezulegen, daß Sie sich in die Hände des
Gesetzes begeben, um das blutige Durcheinander und
das ekelhafte Geheimnis aufzuklären, unter dem sie –
unschuldig und geängstigt – natürlich am meisten lei-
det. Und ich warne Sie: Ich betrachte all diesen düsteren Dostojewskij-Kram, den Sie ihr mühsam einge-
trichtert haben, mit Mißtrauen. Das Ganze ist, gelinde
gesagt, erstunken und erlogen, jawohl. Und eine verdammt erbärmliche Lüge dazu, wenn man bedenkt,
wie Sie mit ihren Gefühlen gespielt haben.
Sie bat mich, Ihnen zu schreiben, weil sie meint, Sie
wüßten vielleicht noch nichts; sie hat völlig den Kopf
verloren und sagt immerfort, Sie werden ärgerlich,
wenn man Ihnen schreibt. Ich würde furchtbar gern
sehen, wie Sie jetzt ärgerlich werden: Das müßte irrsinnig komisch sein.

... So also steht die Sache! Es reicht einfach nicht, einen Mann umzubringen und angemessen zu bekleiden. Eine winzige Einzelheit ist noch zusätzlich erforderlich, nämlich: Ähnlichkeit zwischen den beiden; doch in der ganzen Welt gibt es keine zwei gleichen Menschen, es kann sie nicht geben, egal, wie gut Sie sie auch verkleiden. Allerdings, zu einer Diskussion solcher Feinheiten kam es gar nicht erst, weil die Polizei ihr von vornherein sagte, man habe einen Toten mit den Papieren ihres Mannes gefunden, aber es sei nicht ihr Mann. Und jetzt kommt das Schreckliche: Da sie von einem gemeinen Schuft abgerichtet war, bestand das arme kleine Ding darauf, noch bevor sie die Leiche gesehen hatte (noch vorher – kapieren Sie?), bestand sie gegen alle Wahrscheinlichkeit darauf, es sei die Leiche ihres Mannes und niemand anders. Ich verstehe nicht, wie um alles in der Welt Sie es fertiggebracht haben, eine Frau, die Ihnen praktisch fremd war und fremd ist, mit so heiliger Furcht zu erfüllen. Um das fertigzubringen, muß man tatsächlich selbst unter Scheusalen etwas Außergewöhnliches sein. Gott weiß, was für ein Leidensweg ihr noch bevorsteht! Das darf nicht sein. Es ist einfach Ihre Pflicht, sie von diesem Schatten der Mittäterschaft zu befreien. Denn der Fall selbst ist doch jedem klar! Mein lieber Mann, diese kleinen Tricks mit Lebensversicherungen sind seit Jahrhunderten bekannt. Ich würde sogar sagen, Ihrer ist der witzloseste und banalste von allen.

Nächster Punkt: was ich von Ihnen halte. Die erste Nachricht erreichte mich in einer Stadt, wo ich ein paar Künstlerkollegen getroffen hatte und hängengeblieben

536

war. Sehen Sie, bis Italien bin ich gar nicht gekommen – und ich danke meinem guten Stern dafür. Ja, und als ich die Meldung las, wissen Sie, was ich da war? Nicht im geringsten überrascht! Ich wußte immer schon, daß Sie ein Tyrann und ein Lump sind, und glauben Sie mir, bei der Voruntersuchung hab ich mit dem, was ich selbst gesehen habe, nicht hinterm Berg gehalten. So beschrieb ich ausführlich die Behandlung, die Sie ihr angedeihen ließen, Ihren Spott und Hohn, Ihre hochnäsige Verachtung, Ihre nörgelnde Grausamkeit und die kalte Dusche Ihrer Anwesenheit, die wir alle immer so bedrückend fanden. Sie haben eine ganz erstaunliche Ähnlichkeit mit einem großen, gräßlichen, wilden Eber mit verfaulten Hauern – schade, daß Sie nicht einen gebratenen in Ihren Anzug gestopft haben. Und noch etwas muß ich mir von der Seele schreiben: Was ich auch sein mag, ein willensschwacher Trunkenbold oder ein Kerl, der jederzeit bereit ist, seine Ehre für seine Kunst zu verkaufen – lassen Sie sich gesagt sein: Ich schäme mich, die Brocken angenommen zu haben, die Sie mir zugeworfen haben, und liebend gern würde ich meine Scham öffentlich bekanntmachen, auf den Straßen herausschreien – wenn mir das nur helfen würde, mich von ihrer Last zu befreien.

Passen Sie auf, Wildschwein! Dieser Zustand kann so nicht fortdauern. Ich wünsche Ihnen nicht den Tod, weil Sie ein Mörder sind, sondern weil Sie der gemeinste aller gemeinen Schufte sind und zu Ihren gemeinen Zwecken die Unschuld einer leichtgläubigen jungen Frau ausgenutzt haben; wie die Dinge liegen, hat der zehnjährige Aufenthalt in Ihrer Privathölle sie verstört und völlig zerrissen. Wenn trotzdem noch ein Spalt in Ihrer Niedertracht offen sein sollte: ergeben Sie sich!»

Ich sollte diesen Brief ohne jeden Kommentar lassen. Dem gutgesinnten Leser meiner vorangehenden Kapitel kann mein herzlicher Ton und meine wohlwollende Einstellung gegenüber Ardalion nicht entgangen sein; und so hat der Mensch es mir heimgezahlt! Aber lassen wir das, lassen wir das... Nehmen wir lieber an, er schrieb diesen widerwärtigen Brief im Suff – denn anderenfalls ist er wirklich zu sehr außer Fasson, zu weit von der Wahrheit entfernt, zu voll von verleumderischen Behauptungen, deren Unsinnigkeit der gleiche aufmerksame Leser leicht durchschaut. Meine fröhliche, oberflächliche und nicht sehr gescheite Lydia als «furchtbar verängstigt» hinzustellen oder – wie war doch der andere Ausdruck? – «völlig zerrissen»; und auf irgendwelche Mißhelligkeiten zwischen uns anzuspielen, die fast in Ohrfeigen ausarteten; wirklich, wirklich, das ist ein ziemlich starkes Stück – ich weiß kaum, mit welchen Worten ich es beschreiben soll. Es gibt keine Worte dafür. Mein Briefpartner hat sie bereits alle aufgebraucht – wenn auch, zugegeben, in anderem Zusammenhang. Und gerade weil ich in letzter Zeit leichtgläubig angenommen hatte, ich hätte die äußerste Grenze denkbarer Pein, Kränkung und Seelenangst überschritten, regte mich jetzt die Lektüre dieses Briefes so schrecklich auf, und solch ein Beben bemächtigte sich meines Körpers, daß alle Dinge um mich herum ebenfalls zu beben begannen: der Tisch; der

Krug auf dem Tisch; sogar die Mausefalle in einer Ecke meines neuen Zimmers.

Doch plötzlich schlug ich mir vor die Stirn und brach in Gelächter aus. Wie einfach das alles war! Was für eine einfache Erklärung, so sagte ich mir, findet jetzt die geheimnisvolle Erregung dieses Briefes. Es ist die Erregung eines Eigentümers! Ardalion kann mir nicht verzeihen, daß ich *seinen* Namen als Kennwort gewählt und den Mord auf *seinem* Stück Land in Szene gesetzt habe. Er irrt sich; alle sind schon vor langer Zeit bankrott gegangen; niemand weiß, wem dieser Grund und Boden wirklich gehört – und... Ah, genug, genug von meinem Hofnarren Ardalion! Dem letzte Farbtupfen ist angebracht auf seinem Portrait. Mit einem abschließenden Pinselschwung habe ich es quer über der Ecke signiert. Es ist besser gelungen als die ekelhaft bunte Totenmaske, die der Hanswurst aus meinem Gesicht gemacht hat. Genug! Hervorragend ähnlich, meine Herren.

Und doch... Wie konnte er es wagen... Oh, geh doch zum Teufel, geh zum Teufel, geht alle zum Teufel.

31. März, nachts

Ach, meine Erzählung entartet zu einem Tagebuch. Dagegen ist jedoch nichts zu machen; denn ich habe mich so ans Schreiben gewöhnt, daß ich jetzt nicht mehr davon ablassen kann. Ein Tagebuch ist, zugegeben, die niedrigste Form von Literatur. Kenner werden jenes allerliebste, selbstbewußte und verlogen bedeutsame «nachts» zu schätzen wissen (auf Grund dessen sich die Leser einen Literaten der schlaflosen Sorte vorstellen sollen, so blaß und so attraktiv). Doch tatsächlich *ist* es im Augenblick Nacht.

Das Dörfchen, in dem ich schmachte, liegt in einer Talmulde zwischen hohen, nahen Bergen. Ich habe mir einen großen, scheunenartigen Raum im Haus einer dunklen alten Frau gemietet, die unter mir einen Lebensmittelladen führt. Das Dorf besteht nur aus einer einzigen Straße. Ich könnte mich nun des langen und breiten über den Zauber dieses Plätzchens auslassen, zum Beispiel die Wolken beschreiben, die sich hereindrängen und durch das Haus kriechen, durch eine Fensterfront herein und dann durch die gegenüberliegende wieder hinaus – aber es ist ein langweiliges Geschäft, solche Sachen zu beschreiben. Mich amüsiert es, daß ich hier der einzige Tourist bin; ein Ausländer obendrein, und da die Leute irgendwie herausgeschnüffelt haben (also gut, vermutlich hab ich's meiner Wirtin selbst gesagt), daß ich den weiten Weg aus Deutschland hergekommen bin, errege ich ungewöhnliche Aufmerksamkeit. Seit eine Filmgesellschaft hier vor ein paar Jahren für *Les Contrebandiers* Aufnahmen von ihrem Starlet drehte, hat es keine solche Aufregung mehr gegeben. Gewiß, ich sollte mich verstecken, und statt dessen gerate ich in den allerauffälligsten Ort; denn ein helleres Scheinwerferlicht wäre, wenn's darum ginge, wohl schwerlich zu finden. Aber ich bin todmüde; je schneller alles zu Ende geht, um so besser.

Heute machte ich, sehr passend, die Bekanntschaft des Ortsgendarmen – eine absolute Possengestalt. Stellen Sie sich ein pausbäckiges, rosagesichtiges Individuum mit X-Beinen und einem schwarzen Schnurrbart vor. Ich saß am Ende der Straße auf einer Bank, und rings um mich machten sich Dorfbewohner zu schaffen; oder besser gesagt: Sie taten so, als seien sie geschäftig; in Wahrheit beobachteten sie mich mit brennender Neugier, gleichgültig, in welcher Positur sie gerade waren – und nutzten dabei jeden Gesichtswinkel, über die Schulter, unter dem Arm hindurch oder unterm Knie; ich ertappte sie ganz deutlich dabei. Der Gendarm machte sich mit einiger Schüchternheit an mich heran; er erwähnte das regnerische Wetter; ging zur Politik über und dann zu den Künsten. Er wies mich sogar auf eine Art Schafott hin, gelb angestrichen, das der ganze Überrest einer Szene war, in der einer der Schmuggler beinahe gehängt wurde. Er erinnerte mich in manchem an den verstorbenen und betrauerten Felix: die gleichen weisen Reden, der gleiche Mutterwitz des Eigenbrötlers. Ich fragte ihn, wann es im Ort die letzte Verhaftung gegeben habe. Er dachte ein wenig nach und antwortete, das sei vor sechs Jahren gewesen, als sie einen Spanier faßten, dem bei einem Streit das Messer zu locker gesessen hatte und der dann in die Berge geflohen war. Alsdann hielt mein Gesprächspartner es für geboten, mich über die Existenz von Bären in jenen Bergen zu unterrichten; sie seien eigens hergebracht worden, um die Gegend von den einheimischen Wölfen zu befreien, was mich sehr komisch berührte. Doch *er* lachte nicht; er stand da, zwirbelte nachdenklich mit der rechten Hand seine linke Schnurrbartspitze und kam dann auf die moderne Erziehung zu sprechen:

«Nehmen Sie mich zum Beispiel», sagte er, «ich verstehe mich auf Geographie, Rechnen, die Kriegswissenschaft; ich habe eine schöne Handschrift...» – «Und spielen Sie vielleicht zufällig auch Geige?» fragte ich. Er schüttelte traurig den Kopf.

Gegenwärtig sitze ich fröstelnd in meinem eisigen Zimmer; verfluche die bellenden Hunde; warte jeden Augenblick darauf, daß die Mausefallen-Guillotinette in der Ecke herunterkracht und eine anonyme Maus köpft; trinke in kleinen Schlucken mechanisch den Verveine-Tee, den mir meine Wirtin aufdrängt, weil sie sich um mein ungesundes Aussehen sorgt und weil sie wahrscheinlich befürchtet, ich könne sonst noch vor dem Prozeß sterben; gegenwärtig, wie gesagt, sitze ich hier und schreibe auf diesem liniierten Papier – im Dorf war nichts anderes zu kriegen –, und ich grüble nach und blicke wieder mißtrauisch zur Mausefalle hinüber. Gottseidank gibt es keinen Spiegel im Zimmer, genausowenig wie es den Gott gibt, dem ich danke. Alles ist dunkel, alles ist schrecklich, und ich wüßte nicht, aus welchem besonderen Grund ich weiter auf dieser dunklen, vergebens erfundenen Welt verharren soll. Nicht daß ich Selbstmord erwöge: Das wäre unökonomisch – da wir fast in jedem Land einen Menschen finden, der vom Staat dafür bezahlt wird, einem Menschen todbringend beizustehen. Und dann das hohle Summen der leeren Ewigkeit. Doch das Allerbemerkenswerteste ist vielleicht die Möglichkeit, daß es immer noch nicht zu Ende geht, will sagen, daß man mich nicht hinrichtet, sondern zu ein paar Jahren Zwangsarbeit verurteilt; in diesem Falle könnte es geschehen, daß ich auf Grund einer rechtzeitigen Amnestie in etwa fünf Jahren nach Berlin zurückkehre und noch einmal wie früher Schokolade produziere. Ich weiß nicht warum – aber das klingt außerordentlich komisch.

Angenommen, ich töte einen Affen. Niemand legt Hand an mich. Angenommen, es ist ein besonders kluger Affe. Niemand legt Hand an mich. Angenommen, es ist ein Affe von einer neuen Art, haarlos und der Rede mächtig. Niemand legt Hand an mich. Wenn ich diese feinen Abstufungen behutsam höhersteige, kann ich bis zu Leibniz oder Shakespeare vordringen und sie töten, aber niemand wird Hand an mich legen, da man einfach nicht sagen kann, wo die Grenze überschritten wurde, hinter der sich der Sophist in die Nesseln setzt.

Die Hunde bellen. Ich friere. Dieser tödliche, unauflösbare Schmerz... Zeigte mit seinem Stock. Stock. Was für Wörter lassen sich aus ‹Stock› herauswringen? Kost, Ost, Kot, so, Co., k.o. Scheußlich kalt. Hunde bellen: Einer von ihnen beginnt, und dann fallen alle anderen ein. Es regnet. Die elektrische Beleuchtung hier ist trübe, gelb. Was um alles in der Welt habe ich getan?

1. April

Die Gefahr, daß meine Erzählung in ein lahmendes Tagebuch ausartet, ist glücklicherweise gebannt. Gerade war mein Operettengendarm hier: geschäftlich, den Säbel umgeschnallt; ohne mir in die Augen zu blicken, bat er höflich, meine Papiere sehen zu dürfen. Ich antwortete, das gehe schon in Ordnung, ich käme in den nächsten Tagen zur Erledigung der Formalitäten bei der Polizei vorbei, aber im Augenblick hätte ich keine Lust, aus dem Bett aufzustehen. Er bestand darauf, war äußerst höflich, entschuldigte sich... er müsse darauf bestehen. Ich stieg aus dem Bett und gab ihm meinen Paß. Im Hinausgehen wandte er sich unter der Tür um und bat mich (weiter im gleichen, höflichen Ton), im Hause zu bleiben. Was Sie nicht sagen!

Ich habe mich ans Fenster geschlichen und vorsichtig die Gardine beiseite gezogen. Die Straße ist voller Menschen, die dort herumstehen und gaffen; hundert Gesichter wohl gaffen auf mein Fenster. Ein staubiges Auto mit einem Polizisten darin wird vom Schatten der Platane getarnt, unter der es diskret geparkt ist. Mein Gendarm bahnt sich einen Weg durch die Menge. Lieber nicht hinschauen.

Vielleicht ist das Ganze nur eine Scheinwirklichkeit, ein böser Traum; und gleich werde ich irgendwo aufwachen; auf einem Flecken Gras in der Nähe von Prag. Zumindest ist es gut, daß sie mich so schnell gestellt haben.

Ich habe wieder verstohlen hinausgeblickt. Sie stehen da und starren. Hunderte von Menschen – Männer in Blau, Frauen in Schwarz, Metzgerjungen, Blumenmädchen, ein Priester, zwei Nonnen, Soldaten, Zimmerleute, Glaser, Postboten, Büroangestellte, Ladenbesitzer... Aber absolute Ruhe; nur das Hecheln ihres Atmens. Wie wär's, wenn ich das Fenster öffne und eine kleine Rede halte...

«Franzosen! Wir proben jetzt eine Szene. Haltet die Polizisten auf. Ein berühmter Filmschauspieler wird gleich aus diesem Haus gestürzt kommen. Er ist ein Erzverbrecher, aber er muß entrinnen. Ihr werdet gebeten, die Polizei am Zupacken zu hindern. Das gehört zur Handlung. Franzosen, die ihr hier versammelt seid! Ich bitte euch, haltet ihm einen Weg frei, von der Tür zum Wagen. Entfernt den Fahrer! Laßt den Motor an! Haltet die Polizisten fest, schlagt sie nieder, setzt euch auf sie drauf – wir bezahlen sie dafür. Unsere Filmgesellschaft kommt aus Deutschland, deshalb entschuldigt bitte mein Französisch. *Les preneurs des vues*, meine Techniker und Helfer sind schon schußbereit in eurer Mitte. *Attention!* Ich möchte eine saubere Flucht sehen. Das wär's. Danke. Ich komme jetzt heraus.»

Vorwort des Autors zur
englischsprachigen Ausgabe
(1965)

Der russische Text von *Verzweiflung* (*Ottschajanije* – ein weit klangvolleres Heulen) wurde 1932 in Berlin geschrieben. Die Emigrantenzeitschrift *Sowremennyje sapiski* in Paris brachte ihn im Laufe des Jahres 1934 in Fortsetzungen heraus, und der Emigrantenverlag Petropolis in Berlin veröffentlichte die Buchausgabe 1936. Wie es mit all meinen anderen Büchern geschah, ist auch *Ottschajanije* (trotz Hermanns Mutmaßung) im Prototyp des Polizeistaates verboten.

Gegen Ende des Jahres 1936, während ich noch in Berlin lebte – wo eine weitere Bestialität ihr Gebrüll erhoben hatte –, übersetzte ich *Ottschajanije* für einen Londoner Verlag. Obwohl ich mein ganzes literarisches Leben hindurch englisch gekritzelt hatte, auf dem Rande meiner russischen Schriften sozusagen, war dies mein erster ernsthafter Versuch (ausgenommen ein elendes Gedicht in einer Zeitschrift der Universität Cambridge um 1920), die englische Sprache für das zu benutzen, was man unverbindlich als künstlerische Absicht bezeichnen mag. Das Ergebnis erschien mir stilistisch unbeholfen, deshalb bat ich einen recht griesgrämigen Engländer, dessen Dienste ich durch eine Berliner Agentur vermittelt bekam, die Sache zu lesen; er fand ein paar grammatische Fehler im ersten Kapitel, lehnte dann aber die Weiterarbeit ab mit der Erklärung, er mißbillige das Buch; ich habe den Verdacht, er war sich im Zweifel, ob es nicht vielleicht eine Lebensbeichte sei.

1937 brachte der Londoner Verlag John Long Limited *Verzweiflung* in einer handlichen Ausgabe heraus, mit einem systematischen Verzeichnis seiner Veröffentlichungen am Schluß. Trotz dieser Zugabe verkaufte sich das Buch schlecht, und ein paar Jahre später vernichtete eine deutsche Bombe den gesamten Lagerbestand. Das einzige noch vorhandene Exemplar ist, soweit ich weiß, mein eigenes – doch zwei oder drei lauern vielleicht noch unter vergessenem Lesestoff in den dunklen Bücherregalen von Pensionen am Meer zwischen Bournemouth und Tweedmouth.

Für die vorliegende Ausgabe* habe ich mehr getan, als nur meine dreißig Jahre alte Übersetzung aufzupolieren: Ich habe *Ottschajanije* überarbeitet. Forscher, die in der glücklichen Lage sind, alle drei Fassungen vergleichen zu können, werden auch die Einfügung eines wichtigen Passus bemerken, der in furchtsameren Zeiten törichterweise ausgelassen wurde. Ist das anständig, ist das klug – vom Standpunkt eines Gelehrten betrachtet? Ich kann mir ohne weiteres vorstellen, was

* Gemeint ist die 1966 im Verlag G. P. Putnam's Sons, New York, erschienene Ausgabe, der die deutsche Übersetzung auf Wunsch des Autors folgt. *(Anm. d. Übers.)*

Puschkin seinen erschaudernden Interpreten geantwortet hätte; aber ich weiß auch, wie freudig erregt ich 1935 gewesen wäre, hätte ich damals diese Fassung von 1965 lesen können. Die schwärmerische Liebe eines jungen Schriftstellers zu dem alten Schriftsteller, der er eines Tages sein wird, ist Ehrgeiz in seiner lobenswertesten Gestalt. Diese Liebe wird von dem älteren Mann in seiner größeren Bibliothek nicht erwidert; denn selbst wenn er mit Bedauern zurückdenkt an seinen noch unbedeckten Gaumen und seine noch nicht triefenden Augen, hat er für den stümpernden Lehrling seiner Jugendzeit nur ein ungeduldiges Achselzucken übrig.

Verzweiflung will, im Einklang mit meinen übrigen Büchern, keinen gesellschaftlichen Kommentar geben und trägt keine Botschaft zwischen den Zähnen herbei. Weder richtet es das geistige Organ des Menschen auf, noch zeigt es der Menschheit den rechten Ausweg. Es enthält weit weniger «Ideen» als jene dicken vulgären Romane, die in der schmalen Echoschlucht zwischen Hui und Pfui so hysterisch bejubelt werden. Der anziehend geformte Gegenstand oder Wiener Schnitzeltraum, den der eifrige Freud-Jünger vielleicht in der Abgeschiedenheit meiner Wildnis zu unterscheiden vermeint, wird sich bei näherem Hinsehen als ein narrendes Trugbild erweisen, das meine Bevollmächtigten aufgebaut haben. Lassen Sie mich für alle Fälle hinzufügen, daß die Fachleute für literarische «Schulen» sich diesmal weise zurückhalten sollten, beiläufig den «Einfluß der deutschen Impressionisten» zu bemühen: Ich kann kein Deutsch und habe die Impressionisten nie gelesen – wer sie auch sind. Andererseits spreche ich Französisch und bin gespannt, ob irgend jemand meinen Hermann als den «Vater des Existentialismus» bezeichnet.

Das Buch hat eine weniger «weißgardistische» russische Aura als meine anderen Emigrantenromane*; deshalb wird es für Leser, die mit der Linkspropaganda der dreißiger Jahre aufgewachsen sind, weniger verwirrend und ärgerlich sein. Schlichte Leser werden andererseits seinen schlichten Aufbau und seine gefällige Handlung begrüßen – die allerdings nicht ganz so wohlvertraut ist, wie der Schreiber des groben Briefes im elften Kapitel annimmt.

Es gibt viele unterhaltsame Gespräche überall im Buch, und die letzte Szene mit Felix im Winterwald ist natürlich ein Riesenjux.

Ich kann unmöglich die unvermeidlichen Versuche voraussehen und abwehren, in den Retorten von *Verzweiflung* etwas von jenem rhetorischen Gift zu entdecken, das ich in einem sehr viel späteren Roman in den Ton des Erzählers einfließen ließ. Hermann und Humbert gleichen sich nur in dem Sinne, wie zwei Drachen einander ähnlich sehen, die von demselben Künstler in verschiedenen Abschnitten seines Lebens gemalt wurden. Beide sind neurotische Schurken; doch gibt es

---

* Dies hinderte einen kommunistischen Kritiker (J.-P. Sartre), der im Jahre 1939 der französischen Übersetzung von *Verzweiflung* einen bemerkenswert törichten Artikel widmete, nicht daran, zu behaupten, «sowohl der Autor wie die Hauptgestalt sind Opfer des Krieges und der Emigration».

im Paradies einen grünen Pfad, wo Humbert einmal im Jahr zur Dämmerzeit lustwandeln darf; die Hölle dagegen wird Hermann nie auf Bewährung entlassen.

Die Gedichtzeile und die Zeilenbruchstücke, die Hermann im vierten Kapitel murmelt, stammen aus einem kurzen Gedicht, das Puschkin in den dreißiger Jahren des 19. Jahrhunderts an seine Frau gerichtet hat. Ich gebe es hier vollständig wieder, in meiner eigenen Übersetzung, die Versmaß und Reim bewahrt; ein Verfahren, das selten ratsam ist – oder vielmehr: erlaubt –, außer bei einer sehr speziellen Konjunktion der Sterne am Firmament des Gedichts, wie sie hier besteht.

'Tis time, my dear, 'tis time. The heart demands
repose.
Day after day flits by, and with each hour there goes
A little bit of life; but meanwhile you and I
Together plan to dwell... yet lo! 'tis then we die.
There is no bliss on earth: there's peace and
freedom, though.
An enviable lot I long have yearned to know:
Long have I, weary slave, been contemplating flight
To a remote abode of work and pure delight.

's ist Zeit, mein Lieb, 's ist Zeit. Das Herz verlangt
nach Rast.
Die Tage fliehn dahin, und jeder Stunde Hast
Raubt ein Stück Dasein uns; zwar planen wir noch,
hier
Zu leben miteinand; doch schau – schon sterben
wir.

Kein Glück ist auf der Welt, doch Frieden, Freiheit
– ja.
Beneidenswertes Los, das ich im Traume sah:
Lang trag ich, müder Sklav, den Fluchtplan in der
Brust:
Zu einem fernen Hort der Tat und reinen Lust!

Der «ferne Hort», zu dem der verrückte Hermann am Ende davonhastet, liegt praktischerweise im Roussillon, wo ich drei Jahre vorher mit der Niederschrift meines Schachromans *Lushins Verteidigung* begonnen hatte. Wir verlassen Hermann dort auf dem lächerlichen Höhepunkt seiner Verwirrung. Ich erinnere mich nicht, was schließlich aus ihm wurde. Immerhin liegen zwischen damals und heute fünfzehn weitere Bücher und doppelt so viele Jahre. Ich kann mich nicht einmal entsinnen, ob er den Film, den er inszenieren wollte, jemals gemacht hat.

Vladimir Nabokov
Montreux, den 1. März 1965

Anhang

Nachwort des Herausgebers

Von allen Büchern Vladimir Nabokovs hat *Gelächter im Dunkel* die mit Abstand verwickeltste Textgeschichte, abgesehen vielleicht von seinen Memoiren *Erinnerung, sprich*. Aber bei diesen gingen die sukzessiven Änderungen alle in eine Richtung: Der Text reicherte sich mit den Jahren an – die russische Fassung von 1954 war im wesentlichen eine Erweiterung der ersten englischen Fassung von 1951 und die zweite englische Fassung von 1967 wiederum eine Erweiterung der russischen. Im Fall von *Gelächter im Dunkel* aber handelte es sich nicht um Ergänzungen der Urfassung; der Roman wurde vielmehr gründlich umgearbeitet.

Nabokov mochte sich beim Schreiben nie über die Schulter sehen lassen. Grundsätzlich entließ er nur fertige Texte in die Öffentlichkeit – Rohes, Verworfenes, Vorstudien, Skizzen, so fand er, gingen niemanden etwas an. Im Fall von *Gelächter im Dunkel* aber kann der Leser ausnahmsweise beobachten, wie er sich selber redigiert hat. Der Vergleich zwischen den beiden im Abstand von sechs Jahren publizierten Fassungen ist der einzige Blick in seinen Schaffensprozeß, den sein ganzes Werk gestattet.

Die russische Urfassung des Romans trug den Titel *Camera obscura* (in der Umschrift aus dem Kyrillischen *Kamera obskura*). Sie wurde unmittelbar im Anschluß an den Roman *Podwig/Glory/Die Mutprobe* im Winter 1931 in Berlin begonnen und war Ende Mai fertig. Zu jener Zeit war die russische Emigrantenkolonie in Westeuropa, vor allem die in Berlin, in voller Auflösung begriffen. Entsprechend lange dauerte es jetzt, bis ein Manuskript veröffentlicht wurde. Erst ein Jahr später erschien der größte Teil des Romans in vier Folgen in der Literaturzeitschrift *Sowremennyje sapiski*, Paris (Nr. 49, Mai 1932, Seite 39–83; Nr. 50, Oktober 1932, Seite 113–155; Nr. 51, Februar 1933, Seite 105–141; Nr. 52, Mai 1933, Seite 66–106). Bis er, im Dezember 1934, als Buch im Berliner Emigrantenverlag Parabola herauskam, vergingen abermals anderthalb Jahre. Der nächste Roman sollte noch länger warten müssen. In der zerbröselnden Gemeinschaft der russischen Exilanten trugen die schon seit jeher mehr als mageren Honorare sogar bei einem erfolgreichen Schriftsteller wie Nabokov immer weniger zum Lebensunterhalt bei.

Daß das Buch als erster seiner Romane ins Englische übersetzt wurde (*Camera Obscura*, Verlag John Long, London 1936), war Nabokov darum nur lieb: Die Ausgabe versprach einen Ausbruch aus dem engen, geschlossenen und nunmehr zerfallenden Kreis der russischen Emigration, und zwar in jenes Idiom, das ihm nebst dem Russischen am meisten bedeutete. Aber sie machte ihm trotzdem wenig Freude. Der Verlag mißfiel ihm, und Winifred Roys Übersetzung nahm sich Freiheiten mit seinem Text, mit denen er nicht einverstanden war. Das nur in wenigen Exemplaren überlebende Buch (Michael Juliars Nabokov-Bibliographie kann es in lediglich fünf Bibliotheken Großbritanniens und Amerikas nachweisen) stellt die zweite Fassung des Romans dar, aber es war eine, hinter der der Autor niemals stand.

Als ihn im Sommer 1937 aus den Vereinigten Staaten überraschend das Angebot eines Verlags erreichte, eine amerikanische Ausgabe herauszubringen, war es ihm darum doppelt willkommen. Zum einen bot sich so die Möglichkeit, die seiner Meinung nach verunglückte erste englischsprachige Fassung zurechtzurücken. Zum anderen war es geradezu ein Rettungsring. Nabokov hatte nach langem Zögern Berlin im

Januar 1937 endgültig verlassen, obwohl er immer noch keine Ahnung hatte, wovon er anderswo seinen Lebensunterhalt bestreiten sollte, im April waren ihm Frau und Sohn gefolgt, und so gut wie mittellos zog die Familie in Südfrankreich von Pension zu Pension. Sechshundert Dollar Vorschuß für eine amerikanische Ausgabe – Nabokov schien es damals ein Vermögen. Gerade hatte er selber seinen Roman *Podwig/Despair/ Verzweiflung* ins Englische übersetzt. Er wußte jetzt, daß er es konnte, und beschloß, *Camera obscura* selber ein zweites Mal zu übersetzen. Sogleich machte er sich an die Arbeit. Im September begonnen, wurde die Fassung – die dritte – im Dezember fertig, und schon im Mai 1938 wurde sie unter dem Titel *Laughter in the Dark (Gelächter im Dunkel)* vom Verlag Bobbs-Merrill, Indianapolis, veröffentlicht. Die zahlreichen späteren Ausgaben wurden übrigens ohne jede Veränderung von denselben alten Druckformen aus dem Jahre 1938 gedruckt.

Nabokov aber übersetzte *Camera obscura* 1937 nicht nur. Er arbeitete den Roman auf allen Ebenen um, angefangen beim Titel. (Andere erwogene Titel waren Nabokovs Biographen Brian Boyd zufolge: *Blind Man's Buff [Blindekuh], Colored Ghost [Der farbige Geist], The Magic Lantern [Laterna magica], The Clumsy Moth [Der schwerfällige Nachtfalter], The Blind Moth [Der blinde Nachtfalter]*). Wörter, Sätze, Absätze wurden umformuliert, gestrichen, ergänzt. Fast alle Personen wurden umbenannt: Bruno Kretschmar in Albert Albinus, Magda Peters in Margot Peters, Robert Horn in Axel Rex, Anneliese in Elisabeth, Max Hohenwart in Paul Hochenwart. Bei dem Schriftsteller Dietrich von Segelkrantz blieb es nicht bei der Namensänderung. Er wurde durch eine völlig andere Person namens Udo Conrad ersetzt, der, obwohl sonst kein Selbstportrait, mit seinem Autor doch einige ästhetische Grundüberzeugungen gemeinsam hat. Das Interessante an dieser Substitution ist, daß Nabokov Segelkrantz' Überlegungen zum Verhältnis zwischen Leben und Kunst opferte, samt seiner Textprobe, dem Zahnarztbesuch, einem respektvollen Proust-Pastiche. Mit Segelkrantz fiel auch die Art, wie Albinus hinter Margots Betrug kommt, und Max'/Pauls Entschluß, den blinden Schwager aus den Händen von Horn/Rex und Magda/Margot zu befreien, erfuhr eine entscheidende Änderung. Der Anfang des Romans wurde völlig neu geschrieben; dabei wurde die Comic-Figur Cheepy geopfert, die sich vermutlich an Walt Disneys 1928 erfundener Mickey Mouse inspiriert hatte. Da die Änderungen in keine bestimmte klare Richtung gehen und ihre Zahl und Art jeder Auflistung und auch jedem systematischen Resümee widerstehen, wird für Leser mit einer Passion für Textvergleiche im Anhang dieses Bandes erstmals eine vollständige deutsche Übersetzung der Urfassung abgedruckt.

Die nabokovschste Änderung – diejenige, die auf jenen rekursiven Zug vorausweist, der seine künftigen Romane so unverwechselbar machen sollte – ist so winzig, daß sie leicht überlesen werden könnte. Ganz am Anfang seiner Affaire mit Margot sieht Albinus einen Film, oder vielmehr sieht er ihn eben nicht, da er Augen nur für die Platzanweiserin hat. Was ist das für ein Film? Der Leser erfährt drei Dinge über ihn. Erst sieht er das Plakat. Es zeigt einen Mann, der zu einem Fenster aufschaut, in dem ein Kind im Nachthemd steht. Dann bemerkt er eine Szene, in der ein Mädchen zwischen umgestürzten Möbeln vor einem maskierten Mann mit einer Schußwaffe zurückweicht. Albinus aber «fand nicht das geringste Interesse daran, Geschehnisse zu betrachten, die er nicht verstand, weil er ihren Anfang nicht kannte». (Ohne es zu wissen, erlebt er den Anfang in genau diesem Moment.) Beim nächsten Kinobesuch sieht er auf einer glatten Straße mit Haarnadelkurven ein Auto zwischen Felswänden und Schluchten fahren. Kein Zweifel, der Film muß *Gelächter im Dunkel* heißen. Wäre Albinus nicht vor seiner Erblindung schon blind gewesen, er hätte in diesem Kino den Film seines eigenen Lebens sehen und seinem Schicksal einen anderen Lauf geben können.

Die Änderung der Namen scheint einen Hintersinn zu haben. Deutet ‹Axel Rex› nicht den Souverän des Romans an und sein Vorname dessen Insignie, eine Axt? Ist ‹Albert Albinus› nicht fast eine unangenehme Dopplung wie später ‹Humbert Humbert›? Heißt ‹Albinus› nicht ‹Weißling›, ‹Bläßling›? Gibt es überhaupt den deutschen Familiennamen ‹Albinus›? Ist es nicht geradezu ein symbolischer Name, wie ‹Mercator› oder ‹Securius›? Tatsächlich war Nabokov diesem Namen in Berlin sechs Jahre lang tagtäglich begegnet: ‹Albinus› hieß der Besitzer einer Autogarage unmittelbar neben dem Haus in Wilmersdorf (Nestorstraße 22), wo Nabokov von 1931 bis 1937 wohnte – immer wenn Nabokov aus der Haustür trat und sich Richtung Grunewald wandte, dürfte er das Schild gesehen haben. Ganz unwillkommen werden ihm die symbolischen Bedeutungen der neuen Namen nicht gewesen sein. Der eigentliche Zweck der Umbenennung aber war ein viel schlichterer: In der amerikanischen Fassung sollten die Namen seiner Figuren weniger deutsch wirken. Nabokov hoffte nämlich, daß Hollywood das Buch verfilmen und ihn so mit einem Schlag aus seiner desolaten wirtschaftlichen Lage befreien würde; tatsächlich trug sich Fritz Kortner mit dem Gedanken an einen Film nach dem Roman.

1958 schrieb Nabokov seinem amerikanischen Verleger Robert Minton, er habe das ganze Buch als Film vor sich gesehen. Und seinem Interviewer Alfred Appel, Jr., erklärte er: «Ich wollte das ganze Buch so schreiben, als sei es ein Film. Da in jenen Tagen noch kaum Farbfilme existierten, beschloß ich, die sieben Hauptfarben so wiederzugeben, wie in der Heraldik die Tinkturen durch bestimmte Anordnungen von Strichen oder Punkten wiedergegeben werden. Dieser Vorsatz erwies sich als viel zu ehrgeizig, und sehr bald verwendete ich die leuchtenden Farben von Kirchenfenstern. Ich erinnere mich an das rote Kleid des Mädchens (es ist natürlich kein Symbol) und den ins Lilafarbene spielenden Anzug des Mannes in der letzten Szene. Die leuchtenden Farben sind ein Kompromiß, obwohl die Szenen und Dialoge tatsächlich einem kinematographischen Muster folgen. Die Unfallszene sah ich lebhaft wie einen Film vor mir. Es war mehr ein allgemeiner Ansatz. Ich dachte nicht an die Form eines Drehbuchs; es war die sprachliche Nachahmung dessen, was damals ‹Filmdrama› hieß» (*Nabokov's Dark Cinema*).

Neben dem früheren *König Dame Bube* und dem späteren *Verzweiflung* ist *Camera obscura/Gelächter im Dunkel* Nabokovs «kinohaftester» Roman. Tatsächlich wurden alle drei sehr viel später verfilmt: *König Dame Bube* 1972 von Jerzy Skolimowski, *Gelächter im Dunkel* 1969 von Tony Richardson und *Verzweiflung* (unter dem Titel *Eine Reise ins Licht*) 1977 von Rainer Werner Fassbinder. Aber was heißt ‹kinohaft›? «Ob es einem behagt oder nicht», schreibt Appel in seinem Buch *Nabokov's Dark Cinema*, «hat auch Nabokov viele kinematographische Elemente absorbiert und sich zu eigen gemacht. ‹Kinematographisch› ist ein Begriff, der heutzutage locker einige visuelle und auditive Techniken beschreibt, die bis zu Chaucer zurückreichen... Die achtunddreißig Kapitel von *Camera obscura* ahmen überzeugend eine rasche Folge kurzer Filmszenen nach. Die meisten spielen in Innenräumen und beschränken sich auf die wesentlichsten Details... Gegenstände und Landschaften konkurrieren nicht um die Aufmerksamkeit des Zuschauers: Das Hauptaugenmerk ruht auf den drei Hauptfiguren... Das Lokalkolorit bleibt minimal; Anspielungen auf Greta Garbo und Conrad Veidt, beiläufige satirische Seitenhiebe auf surrealistische Kunst, Filmproduzenten und Hindemiths Musik verorten die Handlung (Berlin um 1928) – aber nie auf Kosten der düsteren Stimmung des Romans, seiner Welt des verstohlenen Verlangens, des Verrats und Schreckens.» (Von Nabokovs Berliner Romanen hat *Ge-*

lächter im Dunkel im Gegenteil mit das meiste «Lokalkolorit», so viel, daß sich das Haus, in dem sich die Hochenwartsche Wohnung befindet, in der Kleiststraße lokalisieren läßt, auf der rechten Seite zwischen Wittenbergplatz und Nollendorfplatz; und das recht feudale Mietshaus in der Kaiserallee, der heutigen Bundesallee, in dem Albinus wohnt, steht sogar siebzig Jahre später immer noch.)

Zufrieden mit dem Roman war Nabokov auch nach der gründlichen Umarbeitung nicht. «Eine von mir ungenügend bearbeitete Übersetzung» nannte er die Fassung von 1937 Jahrzehnte später in einem Interview. Appel gestand er gar: «Es ist mein schlechtester Roman. Die Figuren sind hoffnungslose Klischees.» – «Aber sollten sie das denn nicht sein?» – «Doch, das schon, aber es ist mir nur allzu gut gelungen. Sie sind trotzdem Klischees, mit Ausnahme des Romanciers [Udo Conrad, nicht Dietrich von Segelkrantz]. Er ist in Ordnung.»

Wie auch immer, Nabokov sollte nur noch einen Roman in etwa dieser Art schreiben und sich dann auf ganz neues Terrain begeben.

Dieser nächste Roman war *Ottschajanije/Despair/Verzweiflung*. Er wurde zwischen Juni und September 1932 in Berlin geschrieben und erst fast zwei Jahre später wiederum in den *Sowremennyje sapiski*, Paris, gedruckt (Nr. 54, Februar 1934, Seite 108–161; Nr. 55, Mai 1934, Seite 70–116; Nr. 56, Oktober 1934, Seite 5–70). Als Buch erschien er noch einmal zwei Jahre später, bei dem Verlag Petropolis in Berlin (Februar 1936). Der Arbeitstitel lautete *Bemerkungen eines Mystifikators* – ein Dostojewskij-Echo unter vielen in dem Buch.

Nabokov gehörte nie zu den Bewunderern Dostojewskijs; später äußerte er sich regelmäßig abfällig über den «drittklassigen Schriftsteller», dessen Ruhm ihm unbegreiflich sei, den Verfertiger von «journalistischem Geseire». Trotzdem trug er sich einige Zeit mit dem Gedanken, einen Dostojewskij-

Roman ins Englische zu übersetzen, und in seinen *Vorlesungen über russische Literatur* beschäftigte er sich ausgiebig mit ihm. *Verzweiflung* ist sozusagen ein dostojewskijscher Roman im Widerspruch zu Dostojewskij. Waren Nabokov dessen «sentimentale Mörder» besonders suspekt, so sollte *Verzweiflung* demonstrieren, daß in der Seele des Mörders keine moralischen und spirituellen Juwelen zu finden sind, sondern höchstens dies: Verzweiflung. Zuweilen glaubt man im Pseudogeständnis des Mörders Hermann Karlowitsch den Tonfall der sophistischen Suada des Autors der *Aufzeichnungen aus einem Kellerloch* zu vernehmen – nur daß dieser ein imaginäres Publikum von seiner Nichtswürdigkeit zu überzeugen versucht, jener von seiner Großartigkeit (was vielleicht gar kein so großer Unterschied ist).

Für denselben Londoner Verlag (John Long), der 1936 *Camera Obscura* veröffentlichte, übersetzte Nabokov im gleichen Jahr *Ottschajanije*, das 1937 unter dem Titel *Despair* erschien. Es war das erste Mal, daß er sich selber einen ganzen Roman auf englisch zutraute. Vermutlich hatte er sich angesichts der ersten englischen Übersetzung von *Camera Obscura* gerade gesagt: das könne er auch, und besser, und so seine Skrupel überwunden. Im Zuge der Neuauflage seiner Berliner Romane in Amerika revidierte er seine alte Übersetzung noch einmal. Diese dritte Fassung, der die deutsche Übersetzung folgt, erschien 1966 bei G. P. Putnam's Sons in New York.

Jane Grayson, die die russisch- und englischsprachigen Fassungen von Nabokovs Werken einem minuziösen Vergleich unterzog, fand die meisten Veränderungen gegenüber dem russischen Urtext in der ersten englischen Übersetzung; die zweite englische Fassung stellte nur noch eine leichte Überarbeitung dar. Aber verglichen mit den Änderungen, die er an dem vorhergehenden Roman vornahm, fielen auch die Textänderungen bei der ursprünglichen englischen Übersetzung geringfügig aus. Die wichtigsten waren zwei Ergänzungen: die lange Passage über Hermanns Dissoziation beim Geschlechtsakt (Seite 309, Zeile 20 [«Sie war rundlich…»] bis 312, Zeile 25 [«…war mein eheliches Glück vollkommen»]) und der allerletzte Absatz (Seite 544–545), der ebenfalls eine verzweifelte Selbstdistanzierung des Mörders bildet – gestellt und in die Enge getrieben, versucht er sein Leben für einen Film zu halten, dessen Regisseur er selber ist.

Die französische Fassung von *Despair*, *La méprise*, fand 1939 einen nachmals hochprominenten Rezensenten, Jean-Paul Sartre, der gerade seinen ersten eigenen Roman geschrieben hatte, *La nausée*. Sartre zählte *Despair* zu den mit sich selbst beschäftigten Romanen, die sich gleichzeitig erschaffen und selbst zerstören. Er schloß: «In unserer Zeit existiert eine sonderbare Literatur, geschrieben von Russen und anderen Emigranten, die *wurzellos* sind. Herrn Nabokovs Wurzellosigkeit ist total, wie die von Hermann Karlowitsch. Sie befassen sich mit keiner Gesellschaft, nicht einmal, um gegen sie zu revoltieren, weil sie keiner Gesellschaft angehören. Karlowitsch muß sich darum darauf beschränken, vollkommene Verbrechen zu ersinnen, und Mr. Nabokov, auf englisch über bedeutungslose Gegenstände zu schreiben.» Was Sartre so aufgebracht haben mag, sind wohl Hermann Karlowitschs positive Bemerkungen über die Sowjetunion und den Marxismus; zweifellos hat er gemerkt, daß sie Teil seines Wahns waren und seitens des Autors der reine Hohn. Auf der anderen Seite war dies genau der Einwand, gegen den Nabokov mit den Jahren eine Allergie entwickelt hatte: von einem Sympathisanten des Kommunismus an die gesellschaftlichen Pflichten des Schriftstellers gemahnt zu werden. Genauso hatte er, in satirischer Absicht, in *Camera obscura* den Romancier Brück reden lassen. Als sich 1949 die Gelegenheit ergab, revanchierte er sich an Sartre mit einer Rezension der englischen Ausgabe von dessen *Nausée*. Der Artikel endete in einer so bündigen vernichtenden Diagnose wie seinerzeit der von

Sartre: «Wenn ein Autor seine belanglose und willkürliche philosophische Phantasie einer wehrlosen Figur aufbürdet, die er eigens zu diesem Zweck erschaffen hat, bedürfte es einer Menge Talent, damit das Kunststück gelingt. Nichts gegen Roquentins Einsicht, daß die Welt existiert. Aber die Aufgabe, die Welt als Kunstwerk existent zu machen, lag jenseits von Sartres Fähigkeiten.»

Die Welt als Kunstwerk existent machen... Wer einen solchen Gegensatz überhaupt für sinnvoll hält, wird Nabokovs Werk wahrscheinlich eher zur phantastischen als zur realistischen Literatur zählen wollen. Dennoch hatte Nabokov immer die größten Hemmungen, die Oberfläche seiner imaginierten Welten frei zu erfinden. Zu deren Konstruktion verwendete er, was es wirklich gab und geben konnte, was er beobachtet hatte (und er war ein systematischer Beobachter der sichtbaren Welt); auch die Psychologie und die Schicksale der erfundenen Figuren haben bei ihm weitgehend eine empirische Basis. Ein Verstoß gegen diese Wahrheit – oder vielmehr Richtigkeit – wäre für ihn einem künstlerischen Fauxpas gleichgekommen. Ein Beispiel sind die Schmetterlinge, die er für *Ada* erfand. Jeder andere Autor hätte sich frei gefühlt, seiner Phantasie in einem solchen Fall ihren Lauf zu lassen, zumal *Adas* Ort gar nicht die Erde, sondern Antiterra ist. Aber Nabokov erfand wissenschaftlich korrekte Schmetterlinge – solche, die es auf der Erde tatsächlich geben konnte. Kunst sei nicht allgemein, sie sei spezifisch, war das Credo, das er später in Amerika seinen Studenten immer und immer wieder predigte. Sie erwuchs aus der genauen, systematischen Beobachtung, nicht aus allgemeinen Überlegungen zum Geschick des Menschen; sie bewährte sich an der Richtigkeit des Details, nicht an der ihr zugrundeliegenden Philosophie. Auch als Phantastiker war Nabokov Empiriker.

Selbst Nabokovs scheinbar phantastischste Geschichten haben oft einen realen Kern, sogar der Roman *Verzweiflung*.

Der Kriminalfall, den der Roman aus der Sicht des Täters und sozusagen gegen dessen Willen ausbreitet, scheint durch und durch unwahrscheinlich. Dennoch hat er sich kurz vor der Zeit, da der Roman geschrieben wurde, recht ähnlich tatsächlich zugetragen, und man darf als sicher annehmen, daß Nabokov ihn aus der Presse kannte.

Ein Korrespondent des Nabokov-Diskussionsforums im Internet (NABOKV-L), Phil Howerton, von Beruf Richter in North Carolina, stieß im Frühjahr 1997 in Eric Amblers so gut wie vergessener Essaysammlung *Die Begabung zu töten* (1962) zufällig auf einen englischen Mordfall aus dem Jahre 1930, den Fall Rouse, und dessen Tat erinnerte ihn stark an die von Hermann Karlowitsch. Der Moderator von NABOKV-L, Don Barton Johnson, suchte und fand daraufhin Näheres über den Fall Rouse in einem 1931 erschienenen Buch der englischen Juristin Helena Normanton, aus dem auch Ambler geschöpft hatte. Die Sache wurde kurz diskutiert, mit dem Ergebnis, daß der Fall Rouse sehr wohl den realen Kern für die Handlung von *Verzweiflung* abgegeben haben könnte. Von Normanton war unter anderem zu erfahren, daß der Mordfall Rouse wahrscheinlich eine Nachahmungstat war. Nachgeahmt haben sollte Rouse einen deutschen Mörder namens ‹Karl Erich Telzner›. Ein anderer Korrespondent von NABOKV-L, der Moskauer Übersetzer und Dolmetscher Peter Kartsev, identifizierte den Fall und korrigierte den Namen. Erich Tetzner heiße der Mann in Wirklichkeit, und die Sache habe sich Ende November 1929 zugetragen.

Dieser Spur bin ich nachgegangen. (Der erste war ich nicht, wie sich ein paar Monate später herausstellte: 1994 soll Nikolaj Melnikow in Rußland Tetzner auf der Spur gewesen sein.) Es stellte sich heraus, daß der deutsche Fall eine noch größere Ähnlichkeit mit dem von *Verzweiflung* hatte als der Fall Rouse, der Nabokov also nicht einmal bekannt gewesen sein muß. Der deutsche Fall dagegen dürfte Nabokov bekannt gewesen sein, da im Dezember 1929 und im März 1931 alle Berliner Zeitungen voll davon waren – es war ein sensationeller Mord mit weltweiter Publizität. D. Barton Johnson hat bei der Durchsicht von *Rul*, der Berliner Tageszeitung in russischer Sprache, festgestellt, daß sie wie die anderen von der Sache berichtete, wenn auch nicht so detailliert. Eine beiläufige Bemerkung Hermanns gegen Ende von Kapitel 10 bezeugt, daß der Fall Nabokov gewiß bekannt gewesen ist: «All dies Gefasel und verleumderische Gerede [in den Zeitungen] erzürnte mich zu Anfang, besonders die Tatsache, daß ich mit diesem oder jenem Dummkopf mit vampirischen Neigungen in Zusammenhang gebracht wurde, der zu seiner Zeit die Verkaufsauflagen hochschnellen ließ. Da war zum Beispiel ein Kerl, der seinen Wagen mit der Leiche seines Opfers darin verbrannte, nachdem er ihm vorsorglich ein Stück von den Füßen abgesägt hatte, da der Leichnam offenbar eine größere Schuhnummer aufwies als der Autobesitzer. Doch zum Teufel mit ihnen! Sie und ich, wir haben nichts gemein.»

Die erste Meldung über den deutschen Fall erschien in den Tageszeitungen Ende November 1929. Sie lautete: «Am 27. November wurde auf der Landstraße Etterzhausen–Regensburg ein verbrannter Kraftwagen mit dem Kennzeichen III 15033 und in ihm die vollkommen verkohlte Leiche eines Menschen gefunden. Als der Besitzer des Wagens wurde nach dem Kennzeichen der Leipziger Kaufmann Kurt Erich Tetzner ermittelt.» Ein paar weitere Einzelheiten wurden erst am 4. Dezember berichtet: daß Tetzners Frau in dem Leichnam «unter Tränen» ihren Mann erkannt habe, daß er in Leipzig «mit großem Gefolge» beigesetzt worden sei, die Polizei jedoch einen Versicherungsbetrug vermute. Es scheint, daß die Polizei eine Woche lang jede Information über den Fall zurückhielt, bis sie ihn gelöst und den Täter verhaftet hatte.

Bis zum 7. Dezember berichteten die Zeitungen sehr prominent von weiteren Details, die die ersten Meldungen teilweise korrigierten. Tetzner, so hieß es, sei inzwischen gefaßt und habe ein Geständnis abgelegt. Der Prozeß gegen Tetzner und seine Frau wurde am 17. März 1931 vor einem Schöffengericht in Regensburg eröffnet. Er fand unter enormer Anteilnahme der Öffentlichkeit statt: Vierzig Gerichtskorrespondenten hatten sich eingefunden, und der Andrang des Publikums war so groß, daß es Ohnmachten gab. Tetzner wurde nach nur zwei Verhandlungstagen wegen Mordes zum Tode und wegen versuchten Mordes zu fünfzehn Jahren Zuchthaus verurteilt, seine Frau wegen Beihilfe zum Mord zu vier Jahren Zuchthaus. Sein Gnadengesuch wurde verworfen, und am 2. Mai 1931 wurde er – «sehr bleich, aber gefaßt» – in Regensburg mit der Guillotine hingerichtet.

Im Prozeß kamen viele neue Tatsachen ans Licht. Im nachhinein läßt sich der Fall darum recht detailliert rekonstruieren, vor allem aus der Tagespresse jener Tage. Zusammenfassend dargestellt wurde er in einem Aufsatz des Gerichtsmediziners Richard Kockel, der als Gutachter involviert gewesen war, und in einem Buch des Leiters der Berliner Kriminalpolizei, Liebermann v. Sonnenberg. In Jürgen Thorwalds *Das Jahrhundert der Detektive* ist ihm wegen seiner ermittlungstechnischen Bedeutung ein eigenes Kapitel gewidmet.

Dies also ist die Geschichte, wie sie nach und nach zutage kam.

Erich Tetzner, 1903 geboren, blaß, brünett, einen Meter siebzig groß, breitschultrig, mit breitem Gesicht und kleinen, tiefliegenden Augen, war wie seine Frau Emma, eine «üppige Blondine» von vierundzwanzig Jahren, die er 1927 geheiratet hatte, aus Oelsnitz in Sachsen gebürtig. Er hatte erst einen Lebensmittelladen seines Schwiegervaters geführt, dann ein «Animier-Café» in Oschatz, in dem Emma als Animierdame arbeitete, und lebte seit 1929 als Vertreter eines Münchner Schulbuchverlags (des Pestalozzi-Verlags) in Leipzig. Er war wegen Diebstahls und Betrugs vorbestraft. Für seine schwer krebskranke Schwiegermutter hatte er betrügerischerweise eine Lebensversicherung abgeschlossen und sie nach deren alsbaldigem Tod kassiert. Von dem Geld hatte er sich unter anderem einen zweisitzigen Opel gekauft. Wie seine Frau vor Gericht aussagte, hatte er auch erwogen, den Versicherungsbetrug mit seiner eigenen Mutter zu wiederholen und diese dann zu vergiften. Jedenfalls sei er, um zu Geld zu kommen, zu einem «großen Coup» entschlossen gewesen, bei dem man «Blut sehen» sollte. Seine Frau hatte er überredet, bei der Sache mitzumachen. Ob und wie stark sie widerstrebt hatte, blieb in der Verhandlung ungeklärt; er scheint sie tyrannisiert zu haben. Das *Berliner Tageblatt* beschrieb sie als «dumm..., aufgeschwemmt, bequem und völlig verängstigt».

Im Oktober 1929 schloß er bei drei Versicherungsgesellschaften für sich Lebensversicherungen über insgesamt 143500 Mark ab. Der Plan war, seine eigene Ermordung vorzutäuschen, so daß seine Frau die Versicherungen kassieren konnte, ins Ausland zu gehen, mit ihr unter einem Codenamen («Sranelli») telephonisch in Verbindung zu bleiben und sie später im Ausland unter dem Namen seines Opfers ein zweites Mal zu heiraten. Sogleich machte er sich auf die Suche nach einem geeigneten Opfer. Zunächst setzte er eine Annonce in die Zeitung, in der er einen «Reisebegleiter» suchte. Es meldete sich auch jemand, traute aber dem Frieden nicht und nahm von der Mitfahrt Abstand.

Am 21. November 1929 brach Tetzner mit seinem grünen Opel aus Leipzig auf. Am nächsten Tag nahm er auf der Landstraße hinter Plauen einen Anhalter mit, den Wanderburschen Alois Ortner, einen jungen, schmächtigen Autoschlosser. Im Prozeß sagte Ortner aus, Tetzner sei auffallend freundlich zu ihm gewesen, habe dauernd mit ihm geredet und ihm Zigaretten angeboten. Kurz vor Hof habe er ihm vier Mark gegeben, damit sich rasieren lasse und Kragen und Schlips kaufe. Tetzner im Prozeß: «Er mußte doch nachher einigermaßen wie ich selbst aussehen, wenn man ihn fand.» In Nürnberg ging er abends mit Ortner im Wirtshaus ‹Tiefer Keller› essen. Kurz vor Ingolstadt hielt er, schützte einen Motorschaden vor und bat Ortner, Öl abzulassen. Er breitete eine Decke auf dem Boden aus, und Ortner kroch unter den Wagen. Als er wieder hervorkam, schlug ihm Tetzner einen schweren Wagenheber auf den Hinterkopf. Ortner konnte sich jedoch umdrehen, und es kam zu einem Ringkampf, in dessen Verlauf Tetzner ihm einen (von Emma vorbereiteten) Ätherlappen ins Gesicht zu pressen suchte. Doch Ortner befreite sich und flüchtete schwerverletzt in ein Gasthaus, von dem aus er die Polizei anrief. Die aber schenkte ihm keinen Glauben. Im Krankenhaus wurde ihm eröffnet, der Automobilist habe von München aus gegen ihn Strafanzeige wegen Raubüberfalls gestellt. Ortner wurde in Haft genommen, und erst, als Tetzner ein paar Tage später in einen ähnlichen Fall verwickelt war, kam er wieder frei.

Tetzner kehrte nach Leipzig zurück und brach am 26. November in seinem kleinen Opel zum zweiten Mal auf. Diesmal war er entschlossen, einen schwächeren Mann aufzulesen, der ihm weniger Widerstand leisten würde. Bei Reichenbach fand er einen geeigneten Wanderburschen, der mitgenommen zu werden wünschte. (Man muß sich vergegenwärtigen, daß zu jener Zeit noch eine große Zahl junger Männer – Handwerker und Arbeiter – zu Fuß unterwegs waren, um in einer anderen Gegend eine neue Arbeitsstelle zu finden. Sie waren keine «Vagabunden», sondern eben «Wanderburschen» – «tippeln» nannte man das.) Dieses Opfer wurde nie identifiziert. Seiner Frau sagte Tetzner, es habe sich um einen Sägewerksarbeiter aus der Tschechoslowakei gehandelt. Er muß Anfang Zwanzig gewesen sein, rötlichblond und «zart, fast mädchenhaft». Abends aß Tetzner mit ihm wieder im Nürnberger ‹Tiefen Keller›. Nach Mitternacht fuhren sie weiter nach Regensburg. Kurz hinter der Stadt, bei dem Dorf Etterzhausen, will Tetzner auf einem öden Stück der Reichsstraße 8 gehalten, sich wieder am Motor zu schaffen gemacht, Benzin über die Trittbretter gegossen, die Benzinspur angezündet und sich davongemacht haben. So lautete zunächst sein Geständnis. Als er jedoch fünf Monate später mit dem Gutachten des renommierten Leipziger Gerichtsmediziners Richard Kockel konfrontiert wurde, demzufolge das Opfer schon tot gewesen sein mußte, als es im Auto verbrannte, widerrief Tetzner sein Geständnis und behauptete, er habe sein Opfer versehentlich überfahren und den Gestorbenen erst dann mit dem Auto verbrannt. Bei dieser Version blieb er auch während der Gerichtsverhandlung. Erst als sein Gnadengesuch verworfen war, gestand er die Wahrheit. Danach muß der Hergang etwa dieser gewesen sein: Als der Wanderbursche sagte, ihm sei kalt, fuhr Tetzner sein Auto gegen einen Kilometerstein, wickelte ihn fest in eine Decke, erdrosselte ihn mit einer Schnur, schlug oder sägte ihm Arme, Unterschenkel und bis auf den Unterkiefer den Kopf ab, die er beseitigte (etwas Gehirnmasse wurde anderthalb Meter neben dem Auto gefunden), und setzte den Torso auf den Fahrersitz. Zweck der Verstümmelung war es wahrscheinlich, die Identifizierung des verbrannten Körpers zu erschweren, denn diesmal war das Opfer wesentlich kleiner als er selbst. Darauf zündete Tetzner das Auto mit Benzin an und fuhr sofort über München nach Paris.

Das verbrannte Auto wurde gefunden, anhand des Nummernschilds als das von Erich Tetzner identifiziert, die verstümmelte und verkohlte Leiche darin nach Leipzig geschafft. Emma Tetzner erhielt einige Reste der an der Leiche gefundenen Kleidung, identifizierte sie verabredungsgemäß als ihrem Mann gehörig und meldete prompt Ansprüche auf die Versicherungsbeträge an. Die Staatsanwaltschaft Regensburg hatte auf eine Obduktion verzichtet und den Leichnam zur Bestattung freigegeben. Nur auf Betreiben einer der betroffenen Versicherungsgesellschaften, der Nordstern, wurde der Gerichtsmediziner Kockel eingeschaltet, der eine halbe Stunde vor der Beisetzung in der Kapelle des Leipziger Südfriedhofs eine Autopsie vornahm. Er kam zu dem Ergebnis, daß der Tote erstens keinesfalls Tetzner sein konnte (dazu war er zu jung und zu klein), und daß er zweitens schon tot gewesen sein mußte, als er im Auto verbrannte (da sich in der Lunge kein Ruß, aber eine Fettembolie fand).

Als Tetzner in Paris keine Meldungen über den Vorfall finden konnte, fuhr er nach Straßburg, von wo aus er unter dem vereinbarten Codenamen ‹Sranelli› seine Frau anzurufen gedachte. Er rief bei ihr tatsächlich am Morgen des 4. Dezember an, aber ihr Telephon wurde bereits überwacht; er hörte nur, daß sie zur Zeit nicht erreichbar sei und er es abends um sechs noch einmal versuchen solle. Da flog auch schon ein hoher Leipziger Kriminalbeamter mit einem Sonderflugzeug nach Straßburg, und als Tetzner kurz vor sechs eine Telephonzelle der dortigen Hauptpost betrat, wurde er verhaftet. Tetzner und seine Frau legten sofort Geständnisse ab. Einmal sagte er, die Todesstrafe sei ihm lieber als lebenslänglich.

Tetzner fand mindestens zwei Nachahmungstäter. Der eine war ein verschuldeter Möbelhändler im ostpreußischen Rastenburg, Fritz Saffran, der am 15. September 1930 die Leiche eines vorher Ermordeten mit seinem Ring und seiner Taschenuhr versah und dann in seinem Laden verbrannte. Die Details des Falles sind der Handlung von *Verzweiflung* zu unähnlich, als daß man annehmen könnte, daß er bei der Konzeption des Romans eine Rolle gespielt hat: Hier war man zu dritt – Saffran, seine Geliebte und ein Angestellter – tagelang auf Menschenjagd gegangen, um ein Opfer zu finden; Saffran selber war wahrscheinlich gar nicht der eigentliche Mörder.

Der zweite Nachahmungstäter war der Engländer Rouse. Eric Ambler hatte seine Kenntnisse vor allem aus jenem von der Juristin Helena Normanton herausgegebenen Buch bezogen, *Trial of Alfred Arthur Rouse* (Edinburgh 1931), und diese wiederum hatte sich weitgehend auf das wortreiche Geständnis gestützt, das Rouse im Gefängnis niedergeschrieben und das der Londoner *Daily Sketch* kurz nach seiner Hinrichtung veröffentlicht hatte. Dem Handelsvertreter Rouse, 1894 in London geboren, waren seine finanziellen Verpflichtungen über den Kopf gewachsen: Er hatte zwei Ehefrauen und viele weitere Geliebte mit einer ganzen Schar von Kindern, für die er Unterhalt zu zahlen versuchte. Seit 1930 scheint er über die Möglichkeit eines Versicherungsbetrugs nachgedacht zu haben. Als er in der Zeitung von einem ungelösten Mordfall las, (nicht dem Fall Tetzner), beschloß er zu handeln: «Der Fall zeigte mir, daß es möglich war, der Polizei ein Schnippchen zu schlagen, wenn man nur sorgfältig genug vorging. Seit ich davon gelesen hatte, machte ich verschiedene Pläne. Ich wollte mir was Neues einfallen lassen. Ich wollte keinen Mord nur um seinetwillen begehen – ich hatte die Nase voll. Ich wollte ganz von vorn anfangen.» In einer Kneipe in der Nähe seiner Wohnung in Finchley las er einen Landstreicher auf. «Es war jemand, den keiner vermissen würde, und ich meinte, er wäre der Richtige für das, was ich vorhatte. Ich überlegte mir alles genau im voraus, und es war mir klar, daß ich es in der Guy-Fawkes-Nacht mit ihren Freudenfeuern machen mußte, wenn ein Feuer nicht weiter auffiel. Als ich sagte, daß ich Mittwochabend nach Leicester fahren würde, sagte er, daß er froh wäre, wenn ich ihn mitnähme. Es war genau das, was ich von ihm erwartete.» Am Mittwochabend – es war der 5. November 1930 – trafen sich die beiden Männer wie geplant in einer Kneipe. Rouse kaufte dem Mann ein Bier und für die Fahrt eine Flasche Whiskey. Unterwegs trank der Mann den Whiskey aus der Flasche und war dann ziemlich benebelt. Um zwei Uhr nachts waren sie am Ortsrand von Northampton. «Ich bog in die Hardingstone Lane ab, weil sie ruhig war und in der Nähe einer Hauptstraße lag, wo ich mich hinterher von einem Laster mitnehmen lassen konnte. Ich stoppte das Auto. Der Mann döste vor sich hin – die Wirkung des Whiskeys. Ich sah ihn an und packte ihn mit der Rechten bei der Kehle. Ich drückte seinen Kopf gegen den Rücksitz. Er gurgelte nur. Ich drückte ihm die Kehle kräftig zusammen. Mein Griff ist sehr kräftig – die Leute haben immer gesagt, daß ich einen phantastischen Griff habe. Er leistete keinen Widerstand. Es kam alles sehr plötzlich. Der Mann begriff nicht, was vor sich ging. Ich drückte sein Gesicht nach hinten. Nachdem er ein komisches Geräusch von sich gegeben hatte, war er still, und ich dachte, daß er tot oder bewußtlos war.» Worauf Rouse ausstieg, den Wagen und den Mann mit einem Kanister Benzin übergoß, die Benzinleitung und den Deckel des Vergasers abnahm und ein Streichholz an das Ganze hielt. Als die Flammen aufschossen, lief er los. Zwei junge Männer, die auf dem Heimweg von einer Tanzerei waren, sahen ihn kurz darauf auf der Straße. Einer von ihnen fragte, was das für ein Brand sei. Er antwortete: «Da hat anscheinend jemand ein Freudenfeuer gemacht.» Sein verbrannter Wagen wurde anhand des Nummernschilds von der Polizei ohne weiteres identifiziert. Er fuhr erst nach London zu seiner einen Frau, dann nach Wales zu seiner anderen, und als er er hörte, daß er gesucht werde, zurück nach London. Bei der Ankunft dort wurde er im Bahnhof verhaftet, bald darauf verurteilt und am 3. März 1931 in Bedford gehenkt. Sein Opfer wurde nie identifiziert.

Einige Einzelheiten des Falles Rouse könnten also durchaus in *Verzweiflung* eingegangen sein: daß der Mörder seinem Opfer ein Bier bestellt, sich selber aber nur eine Limonade; daß er seinen Plan für besonders raffiniert hält; vor allem aber, daß er kurz vor dem Ende ein so ausführliches Geständnis zu Papier bringt. Aber auch für die Mordmethode könnte Nabokov auf einen realen Fall zurückgegriffen haben, der die Öffentlichkeit in jenen Jahren beschäftigte. Thorwald rapportiert auch diesen. Am 1. Januar 1928 war der Fuldaer Kaufmann Heinrich Alberding verschwunden. Ein paar Wochen später erhielt die Kriminalpolizei einen Brief von ihm, in dem er berichtete, er sei von Geschäftskonkurrenten entführt worden, deren Rauschgifthandel er entdeckt habe. Falls irgendwann seine Leiche gefunden werde, möge man das Futter des rechten Jackenärmels öffnen. Am 23. August 1928 wurde in einem Fichtendickicht bei Saalfeld dann tatsächlich ein männliches Skelett gefunden. Im Kopf befand sich ein Schußkanal, die Füße waren abgehackt, die Kleidung war versengt. An einem Finger steckte ein Trauring mit der Gravierung «M. T. 1920», in der Weste eine Taschenuhr mit der Inschrift «H. Alberding, Fulda», im Ärmelfutter ein von Alberding geschriebener Brief, in dem er Namen und Adresse nannte und um Benachrichtigung der Kriminalpolizei bat. Auch Alberding hatte kurz zuvor, 1927, zwei Lebensversicherungen abgeschlossen, die seine Frau zu kassieren versuchte. Für die Gerichtsmediziner stand jedoch von vornherein fest, daß es sich bei dem Skelett des Erschossenen nie und nimmer um Alberding handeln konnte. Auch dieser Tote wurde niemals identifiziert. Gelöst wurde der Fall erst 1934, als *Verzweiflung* längst geschrieben war und Tetzner wie Rouse und vermutlich auch Hermann Karlowitsch längst hingerichtet waren: Bei einem heimlichen Besuch daheim nahm die Kriminalpolizei Alberding unter seinem Schlafzimmerbett fest. 1935 wurde er wegen Mordes zum Tode verurteilt.

Der Fall Tetzner hat mit dem Fall Hermann Karlowitsch nicht nur die groben Umrisse gemein. Bei beiden handelt es sich um Morde zum Zwecke des Versicherungsbetrugs. Bei beiden suchten die Täter ihre eigene Ermordung vorzutäuschen. Beide suchten sich als Opfer Wandersleute aus, die niemand vermissen würde. Beide fuhren ihr Opfer mit ihrem Wagen zum Tatort. Bei beiden war die Ehefrau eingeweiht und versuchte zunächst die Rolle der trauernden Witwe zu spielen. Beide setzten sich nach der Tat nach Frankreich ab. Beide wurden dort gefaßt. Beider Täuschung wurde sofort durchschaut.

Die Fälle unterscheiden sich vor allem in der Methode, die beide Mörder wählten. Tetzners Opfer wurde erdrosselt, die Leiche verstümmelt und im Auto verbrannt. Hermann Karlowitsch erschoß sein Opfer und ließ es in seiner Kleidung zurück, überzeugt, die Polizei würde den Körper für seinen eigenen halten.

Neben diesen groben Umrissen der Tat gibt es aber auch feinere Übereinstimmungen zwischen dem *true crime* und Nabokovs Roman.

Einmal ist es die extreme Dummheit der Taten. Wie jedermann außer den Tätern selbst auf den ersten Blick sieht, konnte das vermeintlich listig ersonnene Betrugsmanöver überhaupt nicht aufgehen. Hermann Karlowitsch, in seinem blinden Vertrauen auf die Ähnlichkeit seines Opfers, war eher noch dümmer als Tetzner. Das suchte er durch ein aufgeblaseneres Selbstbewußtsein wettzumachen, mit dessen Hilfe er seine Tat, die ein gemeiner vorbedachter Mord aus Geldgier war, zu einer Art genialem, Bewunderung heischendem Kunstwerk hinaufstilisierte. Beide Täter bezeugten durch ihre Morde also auch einen stark gestörten Realitätsbezug. Hermann Karlowitschs einzige wirkliche Fähigkeit scheint eine beträchtliche – und durch und durch verlogene – Eloquenz zu sein. Er bricht innerlich zusammen, als sein Opfer anhand des Stocks identifiziert ist: zum einen, weil ihm in diesem Augenblick klar wird, daß er mit Sicherheit gefaßt werden wird; zum andern, weil er sich nicht länger darüber hinwegtäuschen kann, daß er, der sich so viel auf seine überlegene Intelligenz eingebildet hatte, einen schweren Fehler gemacht hat und sein ganzer grandioser Plan Wahnsinn war. Jetzt findet er für seine Verfassung auch das Wort, das er als Titel für sein Geständnis wählt: «Verzweiflung».

In der Tat muß Tetzners mißratenem Täuschungsversuch jedoch eine gewisse Originalität eigen gewesen sein, sonst hätte der Kriminalfachmann Kockel nicht von «einer neuen Methode des Versicherungsbetrugs» gesprochen. Originell, wenn auch dumm, war immerhin auch Hermann Karlowitschs Tat.

Tetzner wie Hermann Karlowitsch gehen bei ihrem Verbrechen mit absoluter Kaltblütigkeit vor. Sie planen es Monate voraus in allen Einzelheiten, suchen sich ihr Opfer mit Bedacht aus, zeigen bei der Tat selbst nicht die geringste Rührung oder auch nur Irritation und später keinerlei Reue. Die damit verbundene Gewalt genießen sie nicht, schrecken aber auch nicht im mindesten davor zurück. Das *Berliner Tageblatt* sprach ausdrücklich von Tetzners «*moral insanity*»: «der abgefeimten Ruhe, mit der dieser Mensch über seine Tat denkt». Als er gefragt wurde, ob er angesichts der Todesqualen seines Opfers nicht doch zurückgeschaudert sei, antwortete Tetzner vor Gericht: «Mir erschien es gar nicht so schlimm.»

Was Nabokov aber am meisten entsetzt haben dürfte, war das ausgedehnte kumpelhafte Verhältnis Tetzners zu seinen beiden Opfern: die freundlichen Reden, die Zigaretten, die Fürsorglichkeit (wahrscheinlich hatte er zu seinem Beifahrer gesagt: «Dir ist kalt? Kannst meine Decke haben. Komm, ich halte und pack dich darin ein»), die gemeinsamen Mahlzeiten, das Geld für eine Rasur und für Schlips und Kragen. Hermann Karlowitsch rasiert Felix dann sogar liebevoll selber, bevor er ihn in den Rücken und nicht in den Kopf schießt (er darf ja das Gesicht, das er für seinen Hauptbeweis hält, nicht beschädigen). Diese erschreckende, anbiedernde Kumpelhaftigkeit der Mörder, die ihm an Verbrechern wie Tetzner auffiel, bildete dann wahrscheinlich auch den Kern zu dem seelenvollen, freundschaftlich um sein Opfer besorgten Henker M'sieur Pierre in *Einladung zur Enthauptung*, Nabokovs nächstem Roman.

Verzweiflung ist ein Roman der Ausflüchte. Einerseits will Hermann Karlowitsch nun, da er zunächst ahnt und am Ende weiß, daß für ihn alles verloren ist, mit seinem Verbrechen wenigstens noch prahlen, und dazu muß er es natürlich schildern. Als er schließlich zu dem Punkt kommt, tut er es auch, widerstrebend zwar und mit für ihn ungewöhnlich dürren Worten, aber ohne das bisherige Drumherum und klar; jetzt ist es in seinen Augen ja auch nur noch Teil eines größeren Kunstwerks. Aber während der ganzen Vorbereitungszeit umschifft er jeden Klartext, redet ausschweifend drum herum, vermeidet jede Darlegung seines langsam reifenden Plans, verrät ihn allenfalls nebenbei und verstohlen und quasi wider Willen. Die Hauptschwäche des Romans besteht aus meiner Sicht darin, daß der Leser frühestens bei der zweiten Lektüre merken kann, was Hermann Karlowitsch verschweigt und auf welche verräterische Weise er es verschweigt; daß man diesem höchst «unzuverlässigen Erzähler» beim ersten Lesen also nicht genug mißtraut.

Nach der heutigen Klassifikation muß man in Hermann Karlowitsch wohl einen extremen und ins Psychotische und Antisoziale, Gemeingefährliche entglittenen Fall von Narzißtischer Persönlichkeitsstörung sehen: einer jedes Maß überschreitenden und dabei höchst verletzlichen Überzeugung von der eigenen Großartigkeit (ein gemeiner Mörder und Betrüger, der sich für einen genialen Künstler hält), verbunden mit der totalen Unfähigkeit, die Menschen um sich her anders denn als Figuren im eigenen Spiel auch nur wahrzunehmen, so daß er sogar jemanden, den er für seinen Doppelgänger hält, und damit eigentlich sich selber, ohne jede Gemütsbewegung und Reue planvoll und grausig ums Leben bringt.

Das Berlin des Romans ist undeutlicher als das von *Gelächter im Dunkel*. Als Ort der Handlung läßt sich nur vage die Gegend um den Wittenbergplatz erspüren. Die Hauptfiguren sind zwar Deutsche, aber mit russischem Hintergrund. Hermann schreibt sein evasives Geständnis, also den Roman, auf russisch nieder.

Die scheinbar allgemeinste Örtlichkeit des Buches ist jedoch die realste. Mit einem Teil des Honorars, das Nabokov vom Ullstein-Verlag für die deutsche Übersetzung von *König Dame Bube* erhalten hatte, kaufte er 1929 ein winziges Grundstück am abgeschiedenen, inmitten eines ausgedehnten Kiefernwaldes gelegenen Ziest-See, etwa fünfzig Kilometer südöstlich von Berlin, zwischen Königs Wusterhausen und dem Dorf Kolberg, wo er und seine Frau sich während einiger Sommerwochen beim Posthalter einmieteten. Es war das einzige Mal nach seiner Flucht aus Rußland, daß er ein Stück Land sein eigen nannte. Die Absicht scheint gewesen zu sein, dort eines Tages eine Art Datscha zu bauen, wo er ungestört schreiben konnte – inmitten einer Landschaft, die ihn stark an die Landschaft seiner Kindheit auf den Familiengütern südlich von St. Petersburg erinnert haben muß. Als er drei Jahre später *Verzweiflung* schrieb, war das Grundstück wegen ausbleibender Zahlungen bereits an den Eigentümer zurückgefallen. Aber er machte doch noch einmal davon Gebrauch: In *Verzweiflung* läßt er Ardalion ein ähnliches Grundstück erwerben, und ganz in der Nähe, am Waldrand zwischen Chaussee und See, bringt Hermann den Landstreicher um. Wenn man das «Königsdorf», wo Felix an jenem Märztag zu Fuß aufbricht, um sich an dem vereinbarten gelben Pfahl mit seinem Mörder zu treffen, mit Königs Wusterhausen gleichsetzt, dem Endpunkt der Berliner Vorortbahn, «Waldau» am «Waldauer See» mit Kolberg am Wolziger See (wo sich die – laut Brian Boyd in *Rul* inserierende – Maklerfirma befand, durch die Nabokov sein Seegrundstück fand) und «Eichenberg» mit Friedersdorf mit seinem Bahnhof, von wo aus Hermann nach der Tat nach Königs Wusterhausen und dann nach Berlin zurückfährt, paßt, abgesehen von einigen um 90 Grad gedrehten Himmelsrichtungen, die Topographie des Romans recht genau auf die reale.

Was Nabokov an den Geschichten seiner drei verwandten Romane *König Dame Bube*, *Gelächter im Dunkel* und *Verzweiflung* dermaßen interessiert haben mag, daß er sich auf einige Muster der Trivialliteratur und ihrer filmischen Formen einließ, ist wohl genau dies: daß er sich selbst dabei größere Klarheit über das beunruhigende Phänomen der moralischen Demenz verschaffen konnte. Daß die unsympathischen Heldinnen und Helden dieser Romane einfach kalt und fühllos seien, kann man ja nicht sagen; teilweise nennen sie sogar ein sehr bewegtes Gefühlsleben ihr eigen. Ihr Defekt ist spezifischer. Es ist ein vollständiger Mangel an Empathie: Sie können sich partout nicht in die Gefühle anderer Menschen hineinversetzen, begreifen also auch nicht im mindesten, was sie ihnen antun. Die Ausnahme ist Axel Rex in *Gelächter im Dunkel*, und er ist darum um so unheimlicher: Er weiß sehr wohl, was andere empfinden, wenn er sie quält, und genau darum quält er sie. Franz und Martha in *König Dame Bube*, in Ansätzen auch Albinus in der ersten Hälfte von *Gelächter im Dunkel*, Hermann in *Verzweiflung* stellen sozusagen passive Fälle von moralischer Demenz dar – sie wissen einfach nicht, was sie tun. «Was um alles in der Welt habe ich getan?» fragt sich Hermann Karlowitsch am Ende, in seinem hellsten Augenblick. Axel Rex und später, in *Lolita*, Clare Quilty stellen Fälle einer sozusagen aktiven moralischen Demenz dar. Sie wissen nur allzu genau, was sie tun, und tun es, weil sie es wissen – und sind darum mit Abstand die bösesten Figuren in Nabokovs ganzem Werk.

Tony Richardsons Verfilmung von *Gelächter im Dunkel*, welches auch immer ihre sonstigen Meriten und Schwächen sein mögen, normalisiert die Figuren und nimmt ihnen so das radikal Böse, um dessentwillen Nabokov sie erfunden hatte. Margot (Hansen), gespielt von Anna Karina, erschießt ihren blinden Gönner am Ende nicht (in dem ins zeitgenössische London verlegten Film heißt er Sir Edward More und wird von Nicol Williamson gespielt); in einem düsteren Weinkeller feuert vielmehr er auf sie, stolpert auf einer Treppe und schießt sich beim Fallen versehentlich selber in die Brust. Nach dem Unfall ist Margot tatsächlich Edwards Krankenschwester. Sie ist es, die ihm die Binde von den Augen nimmt, und als sie seine Blindheit entdeckt, schreit sie vor Entsetzen lauter als er. Sie wirkt ungleich unschuldiger, weniger auf ihre dumme Weise berechnend als in Nabokovs Roman: eine junge Frau, die zwei leider unvereinbare Wünsche hat – mit ihrem Geliebten zusammenzusein und ein Luxusleben zu führen. Um sich zu dem Luxus zu verhelfen, muß sie sich zu ihrem Leidwesen mit dem reichen Edward einlassen. Auch Axel Rex (im Film Hervé Touraçe) ist weitgehend entschärft. Er will vor allem Margot, ist aber leider gerade knapp bei Kasse, so daß er sich wider Willen mit ihrer Liaison mit Edward einverstanden erklären muß. In dem versteckten Landhaus (im Film auf Mallorca), das Rex im Roman mietet, um Albinus in Ruhe ausplündern und dabei foltern zu können, fühlt sich sein Doppelgänger im Film «wie ein Gefangener» – er darf ja kein Wort sagen, keine hörbare Bewegung machen, muß mitansehen, wie Margot einigermaßen nett zu Edward ist, und das macht ihn schließlich so gemein, daß er ihn zu quälen beginnt. Insgesamt hat man im Film also zwei junge Liebende vor sich, die, anfangs ohne weitere böse Absichten, aus momentaner Geldverlegenheit gemeinsam einen reichen Herrn ausnehmen, der sich selber unbedingt in diese mißliche Lage bringen wollte. Damit übertüncht der Film genau das, worauf es Nabokov angekommen war.

In allen drei Romanen verbindet Nabokov das Motiv der moralischen Demenz mit dem der Blindheit. In *König Dame Bube* übersieht der (nicht böse) Dreyer bis zum Ende, daß seine Frau ihn mit seinem jungen Verwandten und Protegé betrügt; er ahnt nicht im mindesten, daß die beiden ihm nach dem Leben trachten. In *Gelächter im Dunkel* ist Albinus als

Kunstsachverständiger ein Mann, der besonders genau hinsehen sollte. Aber er bemerkt nicht, daß er den Film seines Verderbens sieht, er kann in der Kunst Fälschungen nicht von echten Bildern unterscheiden, er kann sich nach seiner Erblindung zu seinem Leidwesen kaum an die sichtbare Welt erinnern, weil er sie niemals wirklich wahrgenommen hat, er sieht über Margots Charakter fahrlässig hinweg, und so entgeht ihm auch ihr nahezu offenes Verhältnis mit Rex. Erst als ihn seine mißgeleitete Liebe auch im Wortsinn blind gemacht hat, beginnt er wahrzunehmen, in welcher Welt er lebt. Hermann in *Verzweiflung* ist und bleibt blind für das Verhältnis seiner Frau mit Ardalion; er ist blind dafür, daß er seine Frau tyrannisiert; er ist blind für die Schwächen seines Plans und für seine eigenen Motive; und er ist mehr als blind in bezug auf den Landstreicher, den er umbringt. Er sieht diesen nicht nur nicht, wie er ist, er sieht in ihm eine Ähnlichkeit mit sich selbst, die niemand sonst sieht. Sein ganzer Mordplan, den er für ein Ergebnis seines scharfen Blicks hält, ist tatsächlich ein Werk der Blindheit.

Für Nabokovs Biographen Brian Boyd steht fest, daß der Schrecken der «nahezu unerträglichen» Szenen, in denen der blinde Albinus von Rex und seiner Nutte gequält werden, den Kern des Romans bildet, um dessentwillen er geschrieben wurde. Warum? Weil sie «die anschaulichste Umkehrung seines Ideals der Liebe als Teilbefreiung aus der grundlegenden Einsamkeit des Ich» darstellen. In einer bestimmten Phase seiner Entwicklung mußte Nabokov den Gegenpol erkunden, mußte er analysieren, wie eine Welt funktionierte, in der auf den Kopf gestellt war, was ihm das Höchste auf der Welt war: Liebe, Kunst, bewußte Wahrnehmung, genaue Erinnerung.

Dieter E. Zimmer

Camera obscura

Roman

Aus dem Russischen von
Sabine Baumann und
Katrin Finkemeier

Kapitel 1

Um das Jahr 1925 vermehrte sich auf der ganzen Welt ein niedliches, drolliges Geschöpf, das heute fast schon vergessen ist, jedoch zu seiner Zeit, das heißt für die Dauer von drei, vier Jahren, allgegenwärtig war, von Alaska bis Patagonien, von der Mandschurei bis Neuseeland, von Lappland bis zum Kap der Guten Hoffnung, kurz, überall dort, wohin bunte Ansichtskarten vordringen – ein Geschöpf mit dem sympathischen Namen Cheepy.

Gerüchten zufolge hing seine (genauer: ihre) Entstehung mit dem Problem der Vivisektion zusammen. Der in New York ansässige Künstler Robert Horn saß eines Tages mit einer Zufallsbekanntschaft, einem jungen Physiologen, beim Frühstück. Das Gespräch kam auf die Versuche an lebenden Tieren. Der Physiologe, ein empfindsamer, noch nicht an die Alpträume des Labors gewöhnter Mensch, äußerte den Gedanken, daß die Wissenschaft nicht nur raffinierte Grausamkeit an den gleichen Lebewesen zulasse, deren Weichheit, Wärme und Mienenspiel im Menschen zu anderen Zeiten Rührung hervorriefen, sondern daß sie geradezu aufs Ganze gehe – sie kreuzige das Getier bei lebendigem Leib und zerstückele bedeutend mehr Individuen als wirklich nötig. «Wissen Sie was», sagte er zu Horn, «Sie zeichnen doch so schön alle möglichen amüsanten Sachen für Zeitschriften; wie wär's, wenn Sie irgendein leidgeplagtes kleines Tier, zum Beispiel ein Meerschweinchen, nehmen und damit sozusagen eine Sympathiewelle auslösen. Sie könnten sich zu diesen Bildern scherzhafte Überschriften einfallen lassen, in denen ganz beiläufig und spielerisch die tragische Verbindung zwischen Meerschweinchen und Labor erwähnt wird. So ließe sich, glaube ich, nicht nur eine originelle und drollige Figur kreieren, sondern dem Meerschweinchen auch eine gewisse Aura von volkstümlichem Charme verleihen, was die allgemeine Aufmerksamkeit auch auf das unglückliche Los dieses im Grunde höchst liebenswerten Nagers richten würde.» – «Ich weiß nicht», antwortete Horn. «Sie erinnern mich an Ratten. Ich mache mir nichts aus ihnen. Sollen Sie doch unter dem Skalpell quieken.» Doch eines Tages, einen Monat nach dieser Unterhaltung, als er nach einem Thema für eine Bildserie suchte, die der Verlag einer Illustrierten von ihm erbeten hatte, erinnerte sich Horn an den Rat des mitfühlenden Physiologen, und noch am selben Abend wurde mir nichts, dir nichts das erste Meerschweinchenweibchen namens Cheepy geboren. Das Publikum war sofort hingerissen, ja war regelrecht bezaubert von dem listigen Ausdruck dieser glänzenden kleinen Perlaugen, der Rundlichkeit, dem dicken Po und dem glatten Scheitel, von seiner Manier, wie eine Zieselmaus auf den Hinterbeinen zu stehen, von den hübschen, kaffeebraunen und goldenen Tupfen und vor allem von dem gewissen, anmutig-komischen Etwas, einer phantastischen, aber sehr ausgeprägten Vitalität – denn Horn war es geglückt, jenen karikierenden Strich zu finden, der die eigentliche Komik des zugrunde gelegten Lebewesens zum Vorschein brachte und betonte und ihm eine gewisse Ähnlichkeit mit dem menschlichen Gesicht verlieh. Und so fing es an: Cheepy, in den Pfoten den Schädel eines Nagetiers haltend (mit dem Etikett: *Cavia cobaya*) und «Armer Yorick!» rufend; Cheepy, mit dem Bäuchlein nach oben auf dem Labortisch liegend bei dem Versuch, neumodische Gymnastik zu treiben – die Beine hinter dem Kopf (man kann sich vorstellen, bis wohin seine kurzen Hinterpfoten reichten); Cheepy stehend, sich mit einer verdächtig kleinen Schere sorglos die Krallen schneidend, umgeben von einer Lanzette, Watte, Nadeln und irgendeinem Band... Sehr bald jedoch fielen diese beabsichtigten Anspielungen auf Operationen völlig weg, und Cheepy begann in einer anderen Umgebung und in gänzlich unerwarteten Haltungen zu erscheinen: Sie legte einen Charleston aufs Parkett, lag bis zum kompletten Melanismus in der Sonne, und so fort. Horn kam im Handumdrehen zu einer Menge Geld, denn er verdiente an den Reproduktionen, an den bunten Ansichtskarten, an den Zeichentrickfilmen und auch an den dreidimensionalen Cheepy-Figuren, denn es entstand unversehens eine große Nachfrage nach Cheepys Ebenbildern aus Plüsch, Stoff, Holz und Ton. Ein Jahr später war die ganze Welt in sie verliebt. Der Physiologe erzählte in Gesellschaft des öfteren, daß er es gewesen sei, der Horn auf die Idee mit dem Meerschweinchen gebracht habe, doch niemand glaubte ihm, und so hörte er auf davon zu sprechen.

Anfang 1928 mußte in Berlin der Kunstsachverständige Bruno Kretschmar, ein anscheinend sehr kenntnisreicher, aber keineswegs brillanter Mann, in einer trivialen, geradezu dummen Angelegenheit als Sachverständiger fungieren. Der populäre Maler Kock hatte ein Portrait der Filmschauspielerin Dorianna Karenina gemalt. Eine Kosmetikfirma hatte ihr das Recht abgekauft, eine Reproduktion des Portraits auf Plakaten für Lippenstiftreklame zu verwenden. Auf dem Portrait preßte Dorianna eine kolossale Plüsch-Cheepy innig an ihre nackte Schulter. Horn reichte von New York aus umgehend Klage gegen die Firma ein.

Allen an diesem Prozeß Beteiligten war letztlich nur eines wichtig – möglichst viel Lärm zu veranstalten: Über das Bild und die Schauspielerin wurde geschrieben, der Lippenstift wurde gekauft, und Cheepy, die nun leider auch schon der Reklame bedurfte, um die erkaltende Liebe wiederzubeleben, erschien in einer neuen Zeichnung Horns mit bescheiden niedergeschlagenen Augen, eine Blume in der Pfote und mit der lakonischen Überschrift *«Noli me tangere»*. «Offenbar liebt er sein Tier, dieser Horn», bemerkte Kretschmar einmal zu seinem Schwager Max, einem gutmütigen, wohlbeleibten Herrn mit pickeligen Hautfalten über dem Kragen. «Wie, kennst du ihn etwa persönlich?» fragte Max. «Nein, natürlich nicht, woher sollte ich? Er lebt schließlich in Amerika. Aber er wird seinen Prozeß gewinnen, wenn er beweist, daß die Blicke derjenigen, die sich die Reklame ansehen, mehr von dem Tierchen angezogen werden als von der Dame.» – «Welchen Prozeß?» fragte Anneliese, Kretschmars Frau.

Diese Angewohnheit, überflüssige Fragen über Dinge zu stellen, die in ihrer Gegenwart schon des öfteren diskutiert worden waren, war eher eine Folge von Nervosität als von Unaufmerksamkeit. Oft bemerkte sie, kaum daß sie eine zerstreute Frage gestellt hatte, noch während der Satz zerstob, daß sie die Antwort längst selber wußte. Ihr Mann war mit dieser Angewohnheit bestens vertraut, und noch vor kurzem hatte sie ihn nicht geärgert, sondern nur gerührt und amüsiert, und er hatte, ohne zu antworten, die Unterhaltung mit einem abwartenden Lächeln auf den Lippen fortgesetzt, und seine Erwartung trog ihn gewöhnlich nicht – seine Frau beantwortete sich ihre Frage fast immer gleich selbst. Doch jetzt, ausgerechnet an diesem Tag, diesem Märztag, durchzuckte Kretschmar, aufgewühlt von sonderbaren, geheimnisvollen Wallungen, die ihn schon seit einer Woche quälten, plötzlich eine ungewöhnliche Gereiztheit. «Was ist, du lebst wohl hinterm Mond?» rief er, doch seine Frau winkte ab und sagte: «Ach ja, ich weiß wieder. Nicht so hastig, mein Kind, nicht so hastig», wandte sie sich im selben Atemzug an ihre Tochter, die achtjährige Irma, die dabei war, ihre Portion Schokoladenpudding in sich hineinzuschlingen. «Vom juristischen Standpunkt aus», begann Max, an seiner Zigarre paffend. Kretschmar dachte: ‹Was geht mich dieser Horn an, Maxens Ansichten, dieser Schokoladenpudding...? Mit mir geht etwas Unglaubliches vor. Ich muß an mich halten, mich zusammenreißen...›

Es war tatsächlich unglaublich – besonders deswegen, weil Kretschmar in den neun Jahren ihrer Ehe seine Frau kein einziges Mal betrogen hatte, zumindest nie in Taten. ‹Eigentlich›, dachte er, ‹müßte ich Anneliese alles sagen oder besser nichts sagen, dafür aber Berlin mit ihr eine Zeitlang verlassen oder einen Hypnotiseur aufsuchen oder letztlich irgendwie ausmerzen, vernichten, was...› Es war das ein dummer Gedanke. Schließlich kann man nicht einfach den Browning nehmen und eine Unbekannte erschießen, nur weil man ein Auge auf sie geworfen hat.

Kapitel 2

In Herzensdingen hatte Kretschmar nie viel Glück gehabt,
war unglücklich und erfolglos gewesen, trotz seines angenehmen Äußeren, seiner fröhlichen Art, des lebhaften Glanzes
seiner blauen, ein wenig hervortretenden Augen – sogar trotz
seiner Fähigkeit der bildhaften Rede (er stotterte leicht, und
das verlieh seiner Redeweise einen gewissen Charme) und sogar trotz der Immobilien und des Vermögens, die ihm sein
Vater hinterlassen hatte. In seiner Studentenzeit hatte er eine
Liaison mit einer älteren Dame gehabt, die ihn schwerfällig
verehrt und ihm später während des Krieges Socken, Wollsachen und lange, leidenschaftliche, unleserliche Briefe auf
gelbem Pergamentpapier geschickt hatte. Dann hatte er eine
Affaire mit einer Arztfrau, die recht hübsch war, zart und
verträumt, jedoch an einer unangenehmen Frauenkrankheit
litt. Danach gab es in Bad Homburg eine junge russische
Dame mit wundervollen Zähnen, die eines Abends auf eine
Liebesbeteuerung plötzlich erwiderte: «Ich habe ein künst-
liches Gebiß, das ich nachts herausnehme. Ich kann es Ihnen
gern sofort zeigen, wenn Sie mir nicht glauben...» – «Nicht
nötig, wozu denn», murmelte Kretschmar und reiste am
nächsten Tag ab. Schließlich war da in Berlin eine häßliche,
magere Frau, die dreimal in der Woche bei ihm übernachtete
und ihm alle Einzelheiten aus ihrer Vergangenheit erzählte
und immer wieder auf dasselbe zurückkam, während sie matt
in seinen Umarmungen seufzte und dabei die einzige französi-

sche Redewendung wiederholte, die sie kannte: «*C'est la vie.*»
Neben diesen recht glücklosen, blassen Romanzen und währenddessen hatte es Hunderte von Frauen gegeben, von denen
er geträumt, die er aber niemals kennengelernt hatte und die
einfach vorbeigingen und ein oder zwei Tage lang ein Gefühl
unerträglichen Verlusts hinterließen.

Er heiratete – man konnte nicht sagen, daß er seine Frau
nicht liebte, aber einen nennenswerten Reiz hatte sie für ihn
nicht: Sie war die Tochter eines Theaterdirektors, ein sanft
aussehendes, bleichhaariges Fräulein mit farblosen Augen
und Pickelchen über der Nasenwurzel – ihre Haut war so zart,
daß die leichteste Berührung rosa Flecken auf ihr hinterließ.
Er heiratete sie, weil es sich irgendwie so ergab – den entscheidenden Anstoß gab ein Ausflug in die Berge mit ihr samt ihrem Bruder und einer ungewöhnlich athletischen Cousine,
die sich schließlich in Pontresina den Fuß verstauchte. Es war
etwas so Liebes, so Ätherisches um Anneliese, und sie hatte so
ein gutmütiges Lachen, das einfach leise aus ihr überzufließen
schien. Sie wurden in München getraut, um dem Ansturm
ihrer Berliner Bekannten zu entgehen. Die Kastanien blühten. Einer der Kellner im Hotel konnte acht Sprachen. Seine
Frau hatte eine zarte kleine Narbe – die Folge einer Blinddarmentzündung.

Sie war zärtlich, fügsam und still, aber ab und an hatte sie
Anfälle verschämter, nervöser Leidenschaft, und dann bildete
sich Kretschmar ein, daß er keine anderen Frauen brauchte.
Bald wurde sie schwanger, verfiel in ein Watscheln und entwickelte einen Heißhunger auf Schnee, den sie klumpenweise
aß, nachdem sie ihn eilig von einem Gartenzaun oder einer
Banklehne zusammengefegt hatte, wenn gerade niemand hinsah. Er empfand eine quälende, ausweglose Zärtlichkeit für
sie, sorgte sich um sie – und darum, daß sie früh zu Bett ging,
daß sie keine heftigen Bewegungen machte –, aber nachts

591

träumte er von jungen, halbnackten Liebesgöttinnen und einem leeren Strand und der entsetzlichen Angst, von seiner Frau ertappt zu werden. Morgens betrachtete Anneliese ihren kegelförmigen Bauch im Spiegel und lächelte ein befriedigtes und geheimnisvolles Lächeln. Schließlich wurde sie eines Tages in eine Klinik gebracht, und Kretschmar lebte drei Wochen lang allein, quälte sich, wußte nichts mit sich anzufangen, und zweierlei brachte ihn ganz aus dem Häuschen – der Gedanke, daß seine Frau sterben könnte, und der Gedanke, daß er, wenn er kein solcher Feigling wäre, in irgendeiner Bar eine Frau auftreiben und sie in sein leeres Schlafzimmer mitnehmen könnte.

Ihre Wehen dauerten lange und waren schmerzhaft. Kretschmar schritt in dem langen, weißgestrichenen Korridor des Krankenhauses auf und ab, ging auf der Toilette eine rauchen, tigerte dann erneut herum und ärgerte sich dabei über die rotbackigen, raschelnden Schwestern, die ständig versuchten, ihn irgendwohin zu scheuchen. Endlich kam der Assistenzarzt aus ihrem Zimmer und sagte düster zu einer der Schwestern: «Es ist alles vorüber.» Vor Kretschmars Augen erschien ein feiner, dunkler Regen, wie vom Flimmern sehr alter Filmstreifen. Er stürzte ins Krankenzimmer. Es stellte sich heraus, daß Anneliese wohlbehalten entbunden hatte.

Das Mädchen war zuerst rot und runzlig wie ein Spielzeugballon, dem schon die Luft ausgeht. Bald jedoch glättete sich sein Gesicht, und nach einem Jahr begann es zu sprechen. Jetzt, im Alter von acht Jahren, sprach es erheblich weniger, denn es hatte die zurückhaltende Natur seiner Mutter geerbt, und auch seine Heiterkeit war die seiner Mutter – eine besondere, unaufdringliche Heiterkeit, wenn ein Mensch sich einfach an sich selbst erfreut, im stillen von seinem eigenen Dasein fasziniert ist.

Und all diese Jahre hindurch blieb Kretschmar seiner Frau

treu. Er wunderte sich über seine Zwiespältigkeit, er wußte, daß er, sosehr er eben imstande war, ein menschliches Wesen zu lieben, seine Frau wirklich liebte, beständig und zärtlich – und abgesehen von jener gehüteten, sinnlosen Begierde nach dem Besitz irgendwelcher junger Schönheiten, die man sowieso niemals berühren wird, war Kretschmar zu seiner Frau ganz offen: Sie las alle Briefe, die er schrieb oder erhielt, denn sie war von Natur aus neugierig, fragte ihn über Einzelheiten seiner ziemlich zufälligen Geschäfte aus, die mit Gemäldeauktionen zusammenhingen, mit Expertisen und Ausstellungen – und dann stellte sie ihre üblichen Fragen, die sie selbst beantwortete. Sie machten ein paar gelungene Auslandsreisen, nach Italien, nach Südfrankreich, es gab Irmas Kinderkrankheiten und schließlich viele herrliche, zärtliche Abende, an denen Kretschmar mit seiner Frau auf dem Balkon saß und darüber nachdachte, daß er glücklicher war, als er es verdiente. Und dann, nach all diesen disziplinierten Jahren in der Blüte eines ruhigen und sanften Lebens, das sich dem Ende seines vierten Jahrzehnts zuneigte, spürte Kretschmar plötzlich, daß jenes unglaubliche, genüßliche, schwindelerregende und peinliche Etwas auf ihn zukam, das ihm seit seiner Jugend aufgelauert und ihn gereizt hatte.

Eines Abends im März (eine Woche vor dem Gespräch über das Meerschweinchen) bemerkte Kretschmar auf dem Weg zu einem Café, wo er um zehn Uhr abends eine Verabredung mit einem Geschäftsfreund hatte, daß seine Uhr auf unbegreifliche Weise vorging und daß es jetzt erst halb neun war. Natürlich war es sinnlos, nach Hause zurückzukehren, ans andere Ende der Stadt, aber er hatte auch keine Lust, im Café herumzusitzen, laute Musik zu hören und sich damit zu quälen, heimlich fremden Liebespaaren zuzusehen. Auf der anderen Straßenseite leuchtete mit roten Lichtern das Schild eines kleinen Kinos und übergoß den Schnee mit einem süßen karmesinroten Abglanz. Kretschmar blickte flüchtig auf das Plakat (ein Feuerwehrmann, der eine gelbhaarige Frau trägt) und kaufte eine Eintrittskarte. Im allgemeinen interessierte er sich ernsthaft fürs Kino und hatte sogar vor, irgend etwas auf diesem Gebiet zu unternehmen – zum Beispiel einen Film ausschließlich in den Farben Rembrandts oder Goyas zu produzieren. Kaum hatte er das samtene Dunkel des Saals betreten (die erste Vorstellung ging gerade zu Ende), als auf ihn das runde Licht einer Taschenlampe rasch zuglitt und ihn ebenso zügig und rasch in die sacht abfallende Dunkelheit hineinleitete. Aber gerade als das Licht auf die Eintrittskarte in seiner Hand fiel, bemerkte Kretschmar das erleuchtete Profil derjenigen, die das Licht führte, und während er hinter ihr herging, konnte er im Dämmer ihre Figur erkennen, ihren Gang, konnte die Regung eines Lufthauchs spüren. Während er sich auf einen Platz am Rand einer der mittleren Reihen setzte, schaute er noch einmal zu ihr auf und sah wieder, was ihn so hingerissen hatte – den wundervoll verlängerten Glanz eines zufällig beleuchteten Auges und den Umriß der Wange, zart und schmelzend wie auf den dunklen Bildhintergründen sehr großer Meister. Sie ging fort, wurde von der Dunkelheit verschluckt, und Kretschmar fühlte sich plötzlich gelangweilt und traurig. Auf die Leinwand zu schauen war jetzt sinnlos – das war ohnehin die Auflösung irgendwelcher Ereignisse, die er nicht kannte (... jemand mit breiten Schultern tappte blindlings auf eine zurückweichende Frau zu ...). Es war merkwürdig, sich vorzustellen, daß diese unverständlichen Personen und ihre unverständlichen Handlungen verständlich wären und von ihm ganz anders wahrgenommen würden, wenn er den ganzen Film von Anfang an sähe. Mich würde interessieren, dachte Kretschmar plötzlich, ob die Platzanweiserinnen überhaupt noch auf die Leinwand schauen oder ob ihnen alles längst zum Hals heraushängt.

Sobald das Klavier verstummt war und es im Saal hell wurde, sah er sie wieder: Sie stand am Ausgang, berührte noch die Falten der Portiere, die sie gerade zur Seite gezogen hatte, und die Leute drängten sich an ihr vorbei, schon satt von diesem Flimmerquark. Sie hielt eine Hand in der Tasche ihrer bestickten Schürze. Kretschmar starrte ihr fast ehrfürchtig ins Gesicht. Es war ein herrliches, schmerzlich schönes Gesicht. Es drückte nichts aus außer vielleicht Müdigkeit. Sie sah aus wie fünfzehn, sechzehn.

Dann, als sich der Saal fast geleert hatte und eine Flut frischer Leute mit klaren Augen anhob, lief sie einige Male ganz dicht an ihm vorbei; und von nahem war sie noch liebreizender. Er wandte sich ab, blickte zur Seite, weil es weh tat, den Blick auf ihr ruhen zu lassen, und mußte daran denken, wie viele Male wirkliche Schönheit an ihm vorbeigegangen und spurlos entschwunden war.

Er saß noch eine halbe Stunde im Dunkel, die vorstehenden Augen auf die Leinwand gerichtet. Sie zog die Falten der Portiere für ihn zur Seite. ‹Einen Blick noch!› dachte Kretschmar einigermaßen verzweifelt. Es schien ihm, daß ihre Lippen ein wenig zuckten. Sie ließ die Falte los. Kretschmar ging hinaus und trat in eine karmesinrote Pfütze – der Schnee schmolz, die Nacht war feucht, es wehte ein warmer Wind.

Nach drei Tagen hielt er es nicht länger aus und ging mit einem Gefühl der Scham, der Anspannung, aber auch der dumpf brausenden Erregung wieder ins «Argus», und wieder geriet er ans Ende einer Vorstellung. Alles war genau wie beim ersten Mal: die gleitende Taschenlampe, die langen luiniesken Augen, der Lufthauch, die Dunkelheit, dann die bezaubernde Bewegung ihres Armes, als sie die Portiere ruckartig zur Seite zog. ‹Jeder zweitklassige Don Juan würde sich noch heute mit ihr bekanntmachen›, dachte Kretschmar hilflos. Auf der Leinwand tummelte sich, mit einem Tutu bekleidet, das Meerschweinchen Cheepy und tanzte ein russisches Ballett. Danach folgte ein Film aus dem Leben der Japaner, «Wenn die Kirschen blühen». Beim Hinausgehen wollte Kretschmar sich vergewissern, ob sie ihn wiedererkannte. Als er ging, versuchte er, ihren Blick aufzufangen, doch es mißlang. Es regnete, und der rote Asphalt glänzte.

Wenn er nicht gemacht hätte, was er früher nie gemacht hatte – nämlich den Versuch, die vorbeihuschende Schönheit festzuhalten, nicht sofort zu kapitulieren, ein kleines bißchen Druck auf das Schicksal auszuüben, wäre er nicht zum zweiten Mal ins «Argus» gegangen, wäre es ihm vielleicht gelungen, sich noch rechtzeitig an die Kandare zu nehmen. Nun war es zu spät. Bei seinem dritten Besuch war er fest entschlossen, sie anzulächeln, allerdings klopfte sein Herz so sehr, daß er den Rhythmus nicht finden konnte und es verpatzte. Am nächsten Tage kam sein Schwager zum Abendessen, sie unterhielten sich über Horns Prozeß, seine Tochter verschlang mit unschöner Gier ihren Schokoladenpudding, seine Frau stellte ihre unpassenden Fragen. «Du lebst wohl hinterm Mond?» fragte er, und dann versuchte er, seine offensichtliche Gereiztheit durch ein verspätetes Lächeln abzumildern. Nach dem Abendessen saß er neben seiner Frau auf dem breiten Sofa, störte sie mit flüchtigen Küßchen dabei, *Die Dame* zu betrachten, und dachte dumpf bei sich: ‹Was für ein Unsinn... Ich bin doch glücklich... Was brauche ich mehr? Ich gehe dort nie mehr hin.›

Kapitel 3

Sie hieß Magda Peters, und sie war tatsächlich erst sechzehn. Ihre Eltern betätigten sich im Portiersgewerbe. Der kriegsversehrte Vater war schon ergraut, zuckte unaufhörlich mit dem Kopf und geriet bei der geringsten Kleinigkeit in Rage. Ihre Mutter war eine noch ziemlich junge, aber verbrauchte Frau, die eine kaltschnäuzige und grobe Art und Handflächen stets voller potentieller Ohrfeigen hatte und gewöhnlich ein festgeknotetes Kopftuch trug, damit ihr Haar bei der Arbeit nicht einstaubte, aber nach ihrem Großreinemachen am Sonnabend (hauptsächlich ausgeführt mit Hilfe eines Staubsaugers, der auf geniale Weise am Fahrstuhl angeschlossen wurde) putzte sie sich heraus und ging auf der anderen Straßenseite Besuche machen. Bei den Mietern war sie unbeliebt wegen ihrer Patzigkeit und der geschäftigen Art, mit der sie den Leuten befahl, ihre Füße auf der Matte abzuputzen und nicht auf den Marmor zu treten (von dem es übrigens nicht viel gab). Sie träumte nachts häufig von einer märchenhaft-herrlichen, zuckerweißen Treppe und der kleinen Silhouette eines Menschen, der schon oben angelangt war, aber auf jeder Stufe einen großen schwarzen Fußabdruck hinterlassen hatte, links, rechts, links, rechts... Es war ein quälender Traum.

Otto, Magdas Bruder, war drei Jahre älter als seine Schwester, arbeitete zur Zeit in einer Fahrradfabrik, verachtete die bürgerliche Republiktreue seines Vaters, verbreitete sich in der benachbarten Kneipe über Politik und rief, indem er donnernd mit der Faust auf den Tisch hieb: «Zuerst muß der Mensch fressen, jawoll!» Das war sein oberster Grundsatz – für sich genommen ein ganz passabler.

Als Kind ging Magda zur Schule, und dort war es für sie leichter als zu Hause, wo man sie viel und unnötig schlug, so daß ein defensives Heben des Ellbogens ihre routinierteste Geste war. Das hinderte sie übrigens nicht daran, zu einem heiteren und temperamentvollen Mädchen heranzuwachsen. Als sie acht Jahre alt war, wurde sie von einem respektablen älteren Herrn, der im Parterre wohnte, jeden Tag ohne Grund schmerzhaft gekniffen. Zur gleichen Zeit machte sie gern bei den stürmischen Fußballspielen mit, die kleine Jungs mitten auf der Straße veranstalteten. Mit zehn lernte sie auf dem Rad ihres Bruders zu fahren und sauste mit bloßen Armen und fliegendem schwarzem Zöpfchen fröhlich kreischend ihre Straße auf und ab, dann hielt sie an, einen Fuß auf dem Bordstein, und dachte über irgend etwas nach. Mit zwölf wurde sie weniger ungestüm, und ihre Lieblingsbeschäftigung war es nun, an der Tür zu stehen und mit der Tochter des Kohlenhändlers über die Frauen zu tuscheln, die um einen der Hausbewohner herumscharwenzelten, oder die Vorübergehenden zu betrachten und ihre Kleider und Hüte zu diskutieren. Einmal fand sie auf der Treppe eine schäbige Handtasche, die ein Stück Seife, an der ein Härchen klebte und ein halbes Dutzend unanständige Ansichtskarten enthielt. Einmal küßte sie einer der Gymnasiasten, der ihr noch vor kurzem beim Spielen ein Bein zu stellen versucht hatte, auf den bloßen Nacken. Einmal verfiel sie mitten in der Nacht in einen hysterischen Anfall, wofür sie mit kaltem Wasser übergossen wurde und dann eine anständige Tracht Prügel erhielt.

Ein Jahr später war sie bereits ungemein hübsch geworden, trug ein kurzes, knallrotes Kleidchen und war verrückt aufs Kino. Im Haus gegenüber erschien ein junger Mann mit

Locken und einer bunten Jacke, der abends die Ellbogen auf ein Kissen im Fenster stützte und ihr aus der Ferne zulächelte – doch bald zog er weg.

Später erinnerte sie sich an diesen Abschnitt ihres Lebens mit einem bedrückenden und seltsamen Gefühl – diese hellen, warmen, friedlichen Abende, das Geräusch von Läden, die verriegelt wurden; ihr Vater sitzt vor der Tür auf einem Stuhl und raucht seine Pfeife, alle Augenblicke den Kopf schüttelnd, als würde er heftig etwas verneinen; ihre Mutter plauscht mit der benachbarten Portiersfrau über die Schrullen der Mieter («... da hab ich zu ihm gesagt... da hat er zu mir gesagt...»); Frau von Brock kommt mit ihren Einkäufen in einem Netz nach Hause; kurz darauf geht das Dienstmädchen Lisbet mit einem Windhund und zwei Drahthaarterriern vorüber, die wie Spielzeughunde aussehen... Es wird Abend. Da kommt ihr Bruder mit zwei, drei Freunden, die sie im Vorbeigehen anrempeln, sich ein bißchen drängeln, nach ihren bloßen Arme grapschen; einer von ihnen hat Augen wie Veidt. Die Straße, die noch von der tiefstehenden Sonne erleuchtet ist, wird ganz still. Nur gegenüber spielen zwei kahlköpfige Herren auf einem Balkon Karten – und man kann jedes Geräusch hören.

Als sie kaum vierzehn war, befreundete sie sich mit dem Ladenmädchen aus dem Papiergeschäft, und Magda erfuhr, daß die jüngere Schwester des Ladenmädchens Aktmodell war – ein ganz junges Ding, und verdiente schon ganz gut. Bei Magda stellten sich wunderbare Träume ein. Irgendwie kam ihr der Weg vom Aktmodell zur Filmdiva sehr kurz vor. Etwa um die gleiche Zeit lernte sie tanzen und ging ein paarmal mit der Freundin in das Tanzlokal «Paradies», wo ihr ältliche Männer zum Getöse und Gewimmer einer Jazzband außerordentlich freimütige Anträge machten.

Eines Tages stand sie an ihrer Straßenecke; am Bordstein

kam ein junger Motorradfahrer, den sie schon ein paarmal gesehen hatte, mit flachsblondem, zurückgekämmtem Haar und
einer auffälligen Lederjacke, nach einer Vollbremsung zum
Stehen und lud sie zu einer Spritztour ein. Magda lächelte,
stieg hinter ihm auf, zog ihren Rock zurecht, und im nächsten
Augenblick schon nahm ihr die Geschwindigkeit geradezu
den Atem. Er fuhr mit ihr aus der Stadt hinaus und hielt dann.
Es war ein sonniger Abend, es wimmelte von Schnaken.
Rundherum wuchsen Heidekraut und Kiefern. Der Motorradfahrer stieg ab und setzte sich neben sie auf den Wegrand.
Er erzählte ihr, daß er erst vor kurzem, einfach so, bis nach
Spanien gefahren und einige Male mit dem Fallschirm abge-
sprungen sei. Dann legte er den Arm um sie und begann sie zu
drücken und sehr heftig zu küssen, und sie hatte das Gefühl,
alles in ihr würde schmelzen und irgendwie zerfließen. Ihr
wurde plötzlich übel, sie wurde blaß und begann zu weinen.
«Du darfst mich küssen», sagte sie, «aber du darfst nicht so an
mir herumzerren, ich habe Kopfweh heute, mir geht es nicht
gut.» Der Motorradfahrer wurde wütend, warf schweigend
seine Maschine an, brachte Magda zu irgendeiner Straße und
ließ sie dort stehen. Sie ging zu Fuß nach Hause. Ihr Bruder,
der gesehen hatte, wie sie fortgefahren war, schlug ihr mit der
Faust in den Nacken und trat sie außerdem mit Stiefeln, so
daß sie hinfiel und sich an der Nähmaschine sehr weh tat.

Im Winter lernte sie endlich das Aktmodell kennen, die
Schwester des Ladenmädchens, und dazu eine ältere, wichtig
aussehende Dame mit einem karmesinroten Feuermal über
der ganzen Wange. Sie hieß Lewandowski. Zu dieser Lewandowski siedelte Magda dann auch über, ins Dienstbotenzim-
mer. Ihre Eltern, die ihr schon länger Schmarotzertum vorge-
worfen hatten, waren jetzt froh, sie los zu sein. Ihre Mutter
fand, daß jede Arbeit, die einen Lohn einbrachte, ehrenwert
sei. Ihr Bruder, der gern in drohenden Worten von den Kapi-

talisten redete, die die Töchter der Armen kauften, arbeitete für einige Zeit in Breslau, und der Lewandowski rückte er erst um einiges später auf den Leib...

Sie posierte zuerst im großen Klassenzimmer einer Mädchenschule, aber dann auch in einem richtigen Atelier, wo nicht nur Frauen, sondern auch Männer sie zeichneten, von denen einige ganz jung waren. Im übrigen ging alles sehr anständig zu. Mit schwarzem Bubikopf, völlig nackt, saß sie seitlich auf einem kleinen Teppich, auf den durchgestreckten Arm gestützt – so daß anstelle des Ellbogens eine zarte faltige Knospe zu sehen war –, den schlanken Rücken leicht vorgebeugt, in einer Pose nachdenklicher Mattigkeit, beobachtete aus den Augenwinkeln, wie die Zeichner ihre Blicke hoben und senkten, und hörte das feine Schwirren des Bleistiftstrichelns oder das Schraffieren der Kohlestifte – doch bald wurde es ihr zu langweilig, herauszufinden, wer gerade ihren Schenkel und wer ihren Kopf wiedergab, und sie hatte nur noch den einen Wunsch: die Position zu wechseln. Aus purer Langeweile pflegte sie den attraktivsten Künstler herauszupicken und ihm kaum merklich jedesmal zuzublinzeln, wenn er das Gesicht mit den vor Konzentration halbgeöffneten Lippen hob. Es gelang ihr nie, ihn abzulenken, seinen Verstand auf andere, weniger starke Gedanken umzuschalten, und das wurmte sie ein wenig. Wenn sie sich früher vorgestellt hatte, wie sie so allein und nackt dasitzen würde, unter den zudringlichen Blicken vieler Augen, hatte sie sich eingebildet, daß es ein bißchen peinlich, aber gleichzeitig auch ziemlich angenehm sein würde, wie ein warmes Bad. Es stellte sich heraus, daß es keineswegs peinlich war, nur ermüdend und eintönig. Da fing sie an, sich alles mögliche zu ihrer Unterhaltung auszudenken, nahm das Halsband nicht ab, schminkte sich die Lippen, zog ihre ohnehin schattigen Augenlider und ohnehin bezaubernden Augen nach, und einmal betonte sie sogar mit etwas Rouge ihre blassen Brustwarzen. Dafür wurde sie von der Lewandowski mächtig ausgeschimpft, bei der sie jemand verpfiffen hatte.

Magda hatte im übrigen nur eine sehr vage Vorstellung davon, worauf sie eigentlich hinauswollte. In weiter Ferne schimmerte die Vision von der Filmdiva. Ein Herr im eleganten Mantel mit einem Schalkragen aus Seal hilft ihr beim Einsteigen in ein frisch lackiertes Automobil. Sie kauft das schillernde, nur so hinabrieselnde Kleid, das im Schaufenster eines sagenumwobenen Geschäfts strahlt und flutet. Stundenlang nackt herumzusitzen, ohne daß dabei Portraits herauskamen, die ihr ähnelten, war ein ziemlich fades Los. Sie merkte nicht, daß in einem gewissen Sinne der Gestalter ihres Schicksals ein Filmschöpfer war. Sie bemerkte seine Gegenwart und seinen Wink nicht einmal an jenem Frühlingsabend, als Frau Lewandowski ihr gegenüber zum ersten Mal den «liebeskranken jungen Mann aus der Provinz» erwähnte.

«Du kannst ohne Freund nicht leben», sagte Frau Lewandowski ungerührt, während sie ihren Kaffee trank. «Du bist ein lebhaftes Ding, ein Wirbelwind, ohne einen Freund fällst du auf die Nase. Er ist ein bescheidener Mensch, kommt vom Lande, und er braucht eine ebenso bescheidene Gefährtin in dieser verruchten, schlimmen Stadt.»

Magda hatte Frau Lewandowskis Hund auf dem Schoß – einen fetten gelben Dackel mit grauen Haaren auf der Schnauze und einer langen Warze auf der Wange. Sie nahm das seidige Ohr des Hundes in die Faust und antwortete, ohne aufzuschauen:

«Ach, das hat noch Zeit. Ich bin doch erst fünfzehn. Und wozu soll das überhaupt gut sein? Alles wird so ... sinnlos sein, ich kenne diese Herren.»

«Du bist eine dumme Gans», sagte Frau Lewandowski gereizt, «ich rede nicht von irgendeinem Taugenichts, sondern von einem gütigen, freigebigen Menschen, der dich auf der Straße gesehen hat und seither nur so von dir schwärmt.»

«Irgend so ein alter Tattergreis», bemerkte Magda und küßte den Hund auf die Stirn.

«Dumme Gans», wiederholte Frau Lewandowski. «Er ist dreißig, glatt rasiert, distinguiert – Seidenkrawatte, goldene Zigarettenspitze. Nur sein Gemüt ist bescheiden.»

«Komm, komm, wir gehen spazieren», sagte Magda zu dem Hund – der wälzte sich auf den Boden hinunter und bekam dann im Korridor Bammel, so daß er den Körper seitwärts hielt, wie das alle alten Dackel tun.

Der Herr, von dem die Rede war, war weder vom Lande noch ein bescheidener Mensch und hieß nicht einmal Müller (unter diesem Namen hatte er sich vorgestellt). Frau Lewandowski hatte er durch zwei temperamentvolle Commis voyageurs kennengelernt, mit denen er auf der Strecke von Hamburg nach Berlin Poker gespielt hatte. Zuerst war vom Preis nicht die Rede gewesen: Die Kupplerin hatte ihm nur den Schnappschuß von einem lächelnden Mädchen gezeigt, und Müller verlangte eine Besichtigung. Am verabredeten Tag kaufte Frau Lewandowski Kuchen, machte reichlich Kaffee, riet dazu, ausgerechnet jenes rote Kleidchen anzuziehen, das Magda jetzt so abgetragen und kindlich vorkam, und gegen sechs Uhr ertönte das erwartete Läuten. ‹Was riskiere ich schon›, dachte Magda ein letztes Mal. ‹Wenn er blöd aussieht, sage ich ihr das auch, und wenn nicht, kann ich mich immer noch entscheiden.›

Leider war gar nicht so einfach zu bestimmen, ob Herr Müller blöd oder annehmbar aussah. Ein merkwürdiges, eigenartiges Gesicht. Sein glanzloses schwarzes Haar war lässig mit einer trockenen Bürste gescheitelt, auf den leicht eingefallenen Wangen schien ein Hauch von Reispuder zu liegen. Seine blitzenden Luchsaugen und dreieckigen Nasenlöcher standen keinen Augenblick still, während die untere Gesichtshälfte mit den beiden weichen Furchen an den Mundwinkeln dagegen nahezu unbeweglich war – nur selten leckte er sich die glänzenden dicken Lippen. Er trug ein exquisites blaues Hemd, eine blaue Krawatte, grell wie ein Tropenhimmel, und einen dunkelblauen Anzug mit weiten Hosenbeinen. Er bewegte sich herrlich, ruckte mit den kräftigen viereckigen Schultern – dies war ein großer, starker Mann, wie ihn Magda ganz und gar nicht erwartet hatte, und sie verlor ein wenig die Fassung, als Müller, der mit verschränkten Armen auf einem harten Stuhl saß und mit fest zusammengebissenen Zähnen mit der Lewandowski über die Sehenswürdigkeiten Berlins sprach, anfing, sie, Magda, mit den Blicken zu sezieren; plötzlich unterbrach er sich selbst mitten im Satz und fragte sie mit schneidender, sonorer Stimme nach ihrem Namen. Sie nannte ihn. «Aha, Magdalena», sagte er mit kurzem Lachen und setzte, indem er sie ebenso unvermittelt vom Druck seines Blicks befreite, seine gedämpfte Unterhaltung mit Frau Lewandowski fort.

Dann verfiel er unversehens in Schweigen, zündete sich eine Zigarette an, und während er ein Stückchen Zigarettenpapier fortnahm, das an seiner leuchtenden, geradezu flammenden Lippe hängengeblieben war, sagte er: «Ein Einfall, Frau Lewandowski. Nehmen Sie auf meine Rechnung ein Taxi und fahren Sie in die Oper – ich habe eine Karte übrig, Sie schaffen es gerade noch.»

Frau Lewandowski dankte ihm, erwiderte aber würdevoll, daß sie heute müde sei und zu Hause bleiben werde. «Kann ich mit Ihnen allein sprechen?» stieß Müller unzufrieden hervor und stand auf. «Nehmen Sie doch noch etwas Kaffee», schlug die Dame ungerührt vor. Er zuckte mit den Schultern, streifte Magda mit einem beinahe peitschenden Blick, doch plötzlich verstrahlte er ein gutmütiges Lächeln, setzte sich neben sie auf das Sofa und fing an, eine Reihe von Anekdoten über einen seiner Bekannten, einen Sänger, zu erzählen, der es einmal im *Lohengrin* nicht geschafft hatte, auf den Schwan zu steigen, und deshalb beschloß, auf den nächsten zu warten. Magda biß sich auf die Lippen und beugte sich dann plötzlich vor, geschüttelt vor Lachen. Frau Lewandowskis Busen erzitterte behaglich.

Er gestattete sich den Luxus eines langsamen Vorgehens, vorsichtiger und zärtlicher Blicke und sogar Seufzer. Frau Lewandowski, die nur eine kleine Anzahlung erhalten, aber einen unerhört hohen Preis verlangt hatte, wich keinen Schritt von ihrer Seite. Mit ihrem Einverständnis hörte Magda auf, Modell zu stehen, und verbrachte ganze Tage mit Sticken. Manchmal, wenn sie abends den Hund ausführte, tauchte Müller aus der Dämmerung auf und ging neben ihr her, und das verwirrte sie so, daß sie unwillkürlich ihre Schritte beschleunigte, während der vergessene Dackel zurückblieb, hartnäckig und traurig immerzu seitwärts hoppelnd. Frau Lewandowski bekam bald Wind von diesen Treffen und führte hinfort den Dackel selber aus.

So verging mehr als eine Woche seit ihrem Kennenlernen. Dann beschloß Müller, außergewöhnliche Maßnahmen zu ergreifen. Es wäre absurd gewesen, den Riesenpreis zu zahlen, den die Kupplerin verlangte, zumal die Sache von selber lief. Als er eines Abends kam, erzählte er viele komische Geschichten daher, trank drei Tassen Kaffee, paßte dann den richtigen Moment ab, trat auf Frau Lewandowski zu, hob sie hoch, trug sie in raschem, leichtem Trab ins Bad und sperrte mit einer gewandten Drehung des Schlüssels die Tür zu. Frau Lewandowski war so verblüfft, daß sie im ersten Augenblick keinen Laut herausbrachte – dann freilich fing sie an zu schreien, zu hämmern und sich mit dem ganzen Körper gegen die Tür zu werfen. «Nimm deine Sachen, und los geht's», wandte er sich zu Magda, die mitten im Zimmer stand und sich den Kopf hielt.

Sie bezogen eine hübsche Wohnung, die er am Tag zuvor gemietet hatte, und sobald Magda über die Schwelle trat, ergab sie sich voller Lust, voller Glut und sogar mit einem gewissen Ingrimm dem Schicksal, das sie lange genug und so beharrlich belagert hatte. Müller gefiel ihr im übrigen ganz ungemein – es war etwas so Unwiderstehliches an seinen Augen, seiner Stimme, dem Zugriff seiner Hände, an der Art, wie er mit seinen dicken heißen Lippen zwischen ihren Schulterblättern an ihrem Rücken auf und ab glitt. Er sprach nicht viel mit ihr, hielt sie aber stundenlang auf seinen Knien und lachte ein bißchen oder dachte über etwas nach. Sie wußte nicht, was er in Berlin machte oder wer er war – und jedesmal, wenn er ausging, fürchtete sie, er werde nicht wiederkommen. Abgesehen von dieser Furcht war sie glücklich, glücklich bis zum Wahnsinn, sie träumte, daß ihr Zusammenleben ewig währen werde. Hin und wieder schenkte er ihr etwas – einen Pariser Hut, eine Uhr –, war im übrigen nicht besonders freigebig mit Geschenken, führte sie dafür aber in gute Restaurants aus und in große Filmtheater, wo sie über Cheepys Abenteuer Tränen lachte. Er wurde von einer solchen Leidenschaft für Magda erfaßt, daß er oft, wenn er gerade gehen wollte, plötzlich seinen Hut in die Ecke warf (diese Angewohnheit, so mit einem teuren Hut umzugehen, verwunderte sie ein wenig) und dablieb. Das alles währte genau einen Monat. Dann stand er eines Morgens früher auf als gewöhnlich und sagte, er müsse gehen. Sie fragte, ob es für lange sei. Er starrte sie an, ging dann in seinem betörenden, karmesinfarben und lasurblauen Pyjama im Zimmer auf und ab und rieb sich die Hände, als wasche er sie. «Für immer und ewig», sagte er plötzlich und begann sich anzuziehen, ohne sie anzusehen. Sie dachte, er mache vielleicht Witze, und beschloß abzuwarten – warf die Bettdecke von sich, denn es war sehr heiß im Zimmer, streckte sich und drehte das Gesicht zur Wand. «Ich habe gar kein Photo von dir», sagte er, während er sich krachend in seine Schuhe stemmte. Dann hörte sie, wie er mit dem Koffer hantierte und ihn zuschnappen ließ. Nach ein paar weiteren Minuten sagte er: «Rühr dich nicht und schau dich nicht um.» – ‹Er erschießt mich›, dachte sie aus irgendeinem Grund, aber sie muckste sich nicht. Was machte er da bloß? Stille. Sie zuckte ein winziges bißchen mit der nackten Schulter. «Rühr dich nicht», wiederholte er. ‹Er zielt›, dachte Magda ohne jede Angst. Die Stille hielt noch weitere fünf Minuten an. In dieser Stille huschte, stockend, ein leiser Raschellaut, der ihr bekannt vorkam, woher bloß? «Du darfst dich umdrehen», verkündete er traurig, aber Magda blieb regungslos liegen. Er ging zu ihr, küßte sie auf die Wange und ging rasch hinaus. Sie blieb den ganzen Tag im Bett. Er kam nie wieder.

Am nächsten Morgen erhielt sie ein Telegramm aus Hamburg. «Miete bezahlt bis Juli leb wohl zum Donnerwetter leb wohl.» – «Was um Himmels willen soll ich ohne ihn machen?» sagte Magda laut. Im Handumdrehen riß sie das Fenster auf und beschloß, mit einem Satz aus dem Leben zu scheiden. Am gegenüberliegenden Haus fuhr mit Geheul ein rot-goldener Feuerwehrwagen vor, eine Menschenmenge versammelte sich, aus den oberen Fenstern quoll brauner Rauch, irgendwelche schwarzen Papierfetzen flogen herum. Sie fand das Feuer so interessant, daß sie ihre Absicht vergaß.

Sie hatte nur noch sehr wenig Geld; vor Kummer zog sie, wie in Spielfilmen, durch die Tanzcafés. Bald lernte sie zwei Japaner kennen, und weil sie leicht angeheitert war, willigte sie ein, mit ihnen die Nacht zu verbringen; am nächsten Morgen verlangte sie zweihundert Mark, sie gaben ihr drei fünfzig und jagten sie hinaus – danach beschloß sie, vorsichtiger zu sein.

Eines Abends setzte sich ein dicker alter Mann mit einer Nase wie eine faulige Birne und mit lauter rötlichbraunen Flecken auf der Glatze zu ihr und sagte: «Nett, Sie wiederzusehen, wissen Sie noch, mein Fräulein, was für einen Spaß wir am Strand von Heringsdorf hatten?» Sie antwortete lachend, daß er sich irre. Der Alte fragte sie, was sie trinken wolle. Dann begleitete er sie nach Hause und führte sich im Dunkel des Taxis sehr schwerzüngig und ekelhaft auf. Sie sprang hinaus. Der Alte stieg ebenfalls aus, und ohne sich wegen der Anwesenheit des Fahrers zu schämen, bettelte er um ein Wiedersehen. Sie gab ihm ihre Telephonnummer. Als er ihr Zimmer bis November bezahlt und ihr auch genug Geld für einen Sealmantel gegeben hatte, erlaubte sie ihm, die Nacht über dazubleiben. Anfangs war es sehr bequem mit ihm, er schlief nach einer kurzen, schwachen Umarmung immer gleich ein und ratzte tief und fest bis zum Morgengrauen. Dann fing er an, alle möglichen merkwürdigen Neuerungen zu verlangen. Ihre Garderobe wurde um zwei neue Kleider komplettiert. Unerwartet hielt er eine Verabredung nicht ein, und als sie ein paar Tage später in seinem Büro anrief, erfuhr sie, daß er gestorben war.

Die Erinnerung an den Alten war widerwärtig. Diese Erfahrung wollte sie nicht noch einmal machen. Sie verkaufte ihren Pelz und hielt sich damit bis Februar über Wasser. Am Tag vor diesem Verkauf verspürte sie ein leidenschaftliches Verlangen, sich ihren Eltern zur Schau zu stellen. Sie fuhr im Taxi am Haus vor. Es war ein Sonnabend, und ihre Mutter polierte gerade die Klinke der Haustür. Beim Anblick ihrer Tochter versteinerte sie förmlich. «Na, so was!» rief sie gefühlvoll aus. Magda lächelte schweigend, stieg wieder in ihr Taxi und sah schon durchs Fenster, wie ihr Bruder auf den

Bürgersteig hinausgerannt kam und ihr etwas nachschrie –
wahrscheinlich Drohungen.

Sie nahm ein billigeres Zimmer, saß abendelang regungslos
in der zunehmenden Dunkelheit auf dem Rand der Couch, die
Schläfen in die Handflächen gestützt und unaufhörlich Zigaretten rauchend. Ihre Wirtin, die älter war und unbestimmten
Beschäftigungen nachging, schaute ab und zu nach ihr, fragte
sie nach ihrem Liebeskummer aus und erzählte, daß einer ihrer Verwandten ein kleines Kino besaß, das keine schlechten
Einnahmen abwarf. Der Winter war kalt, das Geld schwand
dahin. ‹Wie soll es bloß weitergehen?› dachte Magda. Eines
frischen und verwegenen Morgens schminkte sie sich auffallend, suchte in der Friedrichstraße die Filmgesellschaft mit
dem klangvollsten Namen auf und brachte es fertig, daß der
Direktor sie empfing. Er erwies sich als ein älterer Mann mit
einer schwarzen Binde über dem rechten Auge und einem
durchdringenden Glanz im linken. Magda begann ihm zu versichern, daß sie schon früher in der Provinz gedreht und große
Rollen gespielt habe. «Beim Film?» fragte der andere, während er ihr wohlwollend in das erregte Gesicht blickte. Sie
nannte irgendeine Firma, irgendeinen Streifen – sehr überzeugend und sogar hochmütig –, weil sie sich innerlich immerzu wiederholte: ‹Wie kann er es wagen, mich nicht zu kennen, wie kann er es wagen zu zweifeln...› Es folgte Schweigen. Der Direktor kniff das einzige sichtbare Auge zu und
sagte: «Wissen Sie – Sie können von Glück sagen, daß Sie an
mich geraten sind. Jeder andere meiner Kollegen wäre durch
Ihre Jugend in Versuchung geführt worden, hätte Ihnen das
Blaue vom Himmel versprochen und dann von Ihnen einen
ganz bestimmten, sehr banalen Vorschuß verlangt. Dann
hätte er Sie fallengelassen. Ich bin nicht mehr ganz jung, habe
viel vom Leben gesehen, und ich habe eine Tochter, die wahrscheinlich älter ist als Sie – und deswegen lassen Sie mich Ih-

nen mal was sagen: Sie sind keine Schauspielerin, waren es nie und werden es aller Wahrscheinlichkeit nach auch nie sein. Gehen Sie nach Hause, überlegen Sie sich's gut, sprechen Sie mit Ihren Eltern...»

Magda schlug mit ihrem Handschuh auf die Schreibtischkante, stand auf und rauschte mit wutverzerrtem Gesicht hinaus. Im gleichen Haus hatte noch eine andere Gesellschaft ihr Büro. Dort wurde sie nicht einmal vorgelassen. Bei der dritten sagte man ihr – um sie irgendwie loszuwerden: «Lassen Sie Ihre Telephonnummer da.» Voller Zorn machte sie sich auf den Heimweg. Ihre Wirtin kochte ihr zwei Eier, klopfte ihr auf die Schultern, während Magda gierig und aufgebracht aß, holte dann eine Flasche Cognac und zwei Gläser und stellte, nachdem sie sie bis zum Rand gefüllt hatte, die Flasche wieder weg. «Auf Ihr Wohl», sagte sie und setzte sich wieder an den Tisch. «Alles wird sich finden. Ich besuche morgen sowieso meinen Schwager, da rede ich mal ein Wörtchen mit ihm...»

Zu Anfang hatte Magda Spaß an ihrer neuen Beschäftigung. Natürlich war es ein bißchen demütigend, ihre Filmkarriere nicht als Schauspielerin, ja nicht einmal als Statistin zu beginnen... Gegen Ende der ersten Woche kam es ihr schon so vor, als hätte sie ihr Leben lang nichts anderes getan, als den Leuten ihre Plätze zu zeigen. Im übrigen wurde am Freitag das Programm gewechselt, und das munterte sie auf. Sie stand im Dunkel gegen eine Wand gelehnt und schaute Greta Garbo zu. Nach zwei, drei Vorführungen wurde es ihr erneut unerträglich langweilig. Noch eine Woche verging. Irgendein Besucher lungerte am Ausgang herum und sah sie seltsam an – mit schüchternem und kläglichem Blick. Zwei, drei Abende später tauchte er wieder auf. Er sah ziemlich jung aus, war sehr gut angezogen und schielte mit gierigen blauen Augen nach ihr... ‹Sieht ganz anständig aus, aber ein Langweiler›, dachte Magda. Als er dann zum vierten oder fünften

Mal auftauchte, kam er völlig unpassend, das heißt während eines Films, den er schon wiederholt gesehen hatte, und bei Magda stellte sich eine gewisse Erregung ein. Gleichzeitig war ihr die Warnung des Besitzers lebhaft im Gedächtnis: «Ein Flirt, und du sitzt auf der Straße.» Der Besucher war jedoch ein erstaunlicher Angsthase. Als sie eines Abends aus dem Kino kam, um nach Hause zu gehen, sah Magda ihn regungslos auf der anderen Straßenseite stehen. Sie trippelte los, ohne sich umzuschauen, weil sie damit rechnete, daß er die Straße überqueren und ihr folgen würde. Das geschah jedoch nicht: Er verschwand. Als er zwei Tage später wieder ins «Argus» kam, bot er einen morbiden, gehetzten, sehr interessanten Anblick. Nach der letzten Vorführung ging Magda auf die Straße hinaus und öffnete ihren Regenschirm. «Da steht er», bemerkte sie zu sich und ging zu ihm auf die andere Straßenseite. Er machte im Weggehen eine Bewegung, als hätte er ihr Näherkommen erst jetzt bemerkt. Das Herz schlug ihm bis zum Hals, er bekam nicht genug Luft, die Lippen wurden trocken. Er spürte sie in seinem Rücken und hatte ebensoviel Angst, seinen Schritt zu beschleunigen und damit sein Glück abzuhängen, wie er Angst hatte, seinen Schritt zu verlangsamen und von seinem Glück überholt zu werden. Aber als Kretschmar an einer Straßenkreuzung anlangte, war er gezwungen stehenzubleiben: Die Autos fuhren Stoßstange an Stoßstange vorüber. Hier überholte sie ihn, geriet beinahe unter ein Auto und griff beim Zurückspringen nach seinem Ärmel. Die grüne Scheibe leuchtete auf. Er faßte sie am Ellbogen, und sie gingen zusammen hinüber. ‹Nun hat es angefangen›, dachte Kretschmar, ‹der Wahnsinn hat angefangen.›

«Sie sind ganz naß», sagte sie mit einem Lächeln; er nahm ihr den Regenschirm aus der Hand, und sie schmiegte sich noch dichter an ihn, und oben trommelte das Glück. Für einen Augenblick befürchtete er, sein Herz werde zerspringen – aber plötzlich entspannte sich etwas in ihm, und er gewöhnte sich mit einem Mal an den Hauch der Glückseligkeit, der ihm zuerst den Atem genommen hatte, und jetzt konnte er ungehemmt und mit Genuß sprechen.

Der Regen hörte auf, aber sie gingen noch immer unter dem Regenschirm. Sie blieben vor ihrer Haustür stehen, der Regenschirm wurde ihr zurückgegeben und geschlossen. «Gehen Sie noch nicht fort», flehte Kretschmar, während er die Hand in der Manteltasche hielt und mit dem Daumen den Trauring vom Ringfinger abzustreifen versuchte – einfach so, für alle Fälle. «Bleiben Sie, gehen Sie nicht weg», wiederholte er und befreite sich endlich durch eine ruckartige Bewegung von dem Ring. «Es ist schon spät», sagte sie, «meine Tante wird böse.» Kretschmar trat dicht an sie heran, faßte sie an den Handgelenken und wollte sie küssen, traf aber nur ihre Kappe. «Lassen Sie mich gehen», murmelte sie mit gesenktem Kopf. «Lassen Sie mich, das gehört sich nicht.» – «So gehen Sie doch nicht, ich habe niemanden auf der Welt außer Ihnen.» – «Ich kann nicht, ich kann nicht», antwortete sie, während sie den Schlüssel im Schloß umdrehte und sich gegen die Tür stemmte. «Ich werde morgen wieder auf Sie warten», sagte Kretschmar. Sie lächelte ihm durch die Glasscheibe zu.

Kretschmar blieb allein zurück, knöpfte schwer atmend seinen Mantel auf, bemerkte plötzlich, wie leicht und bloß sich seine linke Hand anfühlte, streifte hastig den noch warmen Ring über und ging zum Taxistand.

Kapitel 4

Zu Hause hatte sich nichts verändert, und das war merkwürdig: Seine Frau, seine Tochter, Max gehörten einer vollkommen anderen Epoche an, friedvoll und licht, wie die Landschaften bei den frühen Italienern. Wenn Max den ganzen Tag in seinem Theaterbüro gearbeitet hatte, ruhte er sich gern bei seiner Schwester aus, er hatte einen Narren an seiner Nichte gefressen, hegte eine zärtliche Bewunderung für Kretschmar, für seine Ansichten, die dunklen Gemälde an den Wänden, den spinatgrünen Gobelin im Speisezimmer.

Als Kretschmar die Tür zu seiner Wohnung aufschloß, dachte er mit einem Stocken, einem Luftzug in der Magengrube daran, daß er in wenigen Augenblicken seiner Frau und Max gegenüberstehen würde – und ob sie ihm den Treubruch nicht anmerken würden (denn dieser Spaziergang im Regen war bereits ein Treubruch – alles Vorangegangene waren nur Hirngespinste und Träumereien gewesen), vielleicht hatten sie ihn ja auch bereits entdeckt, ihm nachspioniert –, und noch während er die Tür aufschloß, legte er sich eilig eine komplizierte Geschichte über eine junge Künstlerin zurecht, über ihre Armut und ihre Begabung, darüber, daß man ihr helfen müsse, eine Ausstellung zu bekommen ... Um so lebhafter empfand er den Übergang in eine andere, klare Epoche, die er für einen Abend so fieberhaft vorweggenommen hatte – und nach einem Moment der Verwirrung über den Anblick des unveränderten Korridors, der weißen Farbe der Tür am anderen Ende, hinter der seine Tochter schlief, der rechtschaffenen Schultern von Max' Mantel, den das Mädchen liebevoll über einen Plüschbügel gehängt hatte, aller dieser häuslichen vertrauten Dinge, faßte er sich wieder: Alles ist in Ordnung, niemand weiß etwas. Er trat in den Salon: Anneliese in ihrem karierten Kleid, Max mit seiner Zigarre und noch eine alte Bekannte, die Witwe eines Barons, die durch die Inflation verarmt war und jetzt einen kleinen Teppich- und Kunsthandel betrieb... Ganz gleich, worüber sie sprachen – wichtig war nur dieses Gefühl der Alltäglichkeit, des Gewohnten, der Schlichtheit. Und später, als er im Schlafzimmer, das friedlich beleuchtet war, neben seiner Frau lag, grübelte Kretschmar über seine eigene zwiespältige Natur nach, konstatierte seine unzerstörbare Zuneigung zu Anneliese – und gleichzeitig durchzuckte ihn blitzartig der Gedanke, daß vielleicht schon morgen, ja, ganz sicher morgen...

Aber all das erwies sich als gar nicht so einfach. Bei ihrem zweiten Treffen wie auch beim folgenden wich Magda geschickt seinen Küssen aus. Sie erzählte ihm nicht viel von sich – nur daß sie Waise sei, die Tochter eines Malers, und bei ihrer Tante wohne, daß sie es ziemlich schwer habe und gern ihre anstrengende Arbeit aufgeben würde. Kretschmar nannte sich Schiffermüller, und Magda dachte gereizt: ‹Mich zieht's zu den Müllern›, dann aber: ‹Ach, du lügst natürlich.› Der März war regnerisch, die nächtlichen Spaziergänge unter dem Regenschirm waren eine Tortur für Kretschmar, so daß er ihr irgendwann vorschlug, in ein Café zu gehen. Er wählte ein kleines, schäbiges – und deshalb unverfängliches – Café. Wenn er sich in ein Café oder ein Restaurant setzte, hatte er die Gewohnheit, sofort sein Zigarettenetui und sein Feuerzeug auf den Tisch herauszulegen. Auf dem Etui erspähte Magda die Initialen «B.K.». Sie sagte nichts, sondern bat ihn nach kurzem Überlegen, das Telephonbuch zu holen. Wäh-

rend er in seinem etwas schlaksigen, nachlässigen Gang zum
Telephon ging, warf sie rasch einen Blick auf das Seidenfutter
seines Huts, den er auf dem Stuhl liegengelassen hatte, und
las seinen Vor- und Nachnamen (eine unerläßliche Maßnahme gegen die Zerstreutheit von Künstlern bei der Identifizierung von Hüten). Kretschmar brachte zärtlich lächelnd das
Telephonbuch, und Magda machte sich die Tatsache zu-
nutze, daß er auf ihren Hals und ihre gesenkten Wimpern
starrte, fand im Handumdrehen Kretschmars Adresse und
Telephonnummer und schlug, ohne etwas zu sagen, in aller
Ruhe den abgegriffenen, zerfledderten blaugrauen Band zu.
«Zieh deinen Mantel aus», sagte Kretschmar leise und verwendete zum ersten Mal das Du. Ohne aufzustehen, begann
sie sich aus den Ärmeln ihres Mackintoshs zu rekeln, neigte
dabei den Kopf und schob mal die rechte und mal die linke
Schulter vor, und Kretschmar wehte ein heißer Veilchenhauch an, während er ihr half, sich aus dem Mantel zu schälen, und er sah, wie ihre Schulterblätter wanderten und wie
sich die bräunliche Haut an den Wirbeln in Falten legte und
wieder glättete. Das setzte sich einen Augenblick lang fort.
Sie nahm auch den Hut ab, betrachtete sich in ihrem Taschenspiegel, netzte einen Finger und glättete die dunklen ka-
stanienbraunen Sechser an ihren Schläfen. Kretschmar setzte
sich neben sie und ließ die Augen nicht von diesem Gesicht,
an dem alles so herrlich war – die glühende Farbe der Wangen
ebenso wie die vom Likör glitzernden Lippen, der kindliche
Ausdruck in den länglichen braunen Augen und der kaum
bemerkbare Leberfleck über dem leicht flaumigen Wangen-
knochen. ‹Wenn man mir sagen würde, daß ich dafür morgen
hingerichtet werde›, dachte er, ‹würde ich sie trotzdem anschauen.› Selbst der Anflug von Vulgarität, ihr Berlinern, ihr
Geseufze und Gekichere erhielten beim Wohlklang ihrer
Stimme und dem Glanz ihre Mundes mit den strahlendwei-

ßen Zähnen einen besonderen Charme – und wenn sie lachte, blinzelte sie genüßlich. Er wollte ihre Hand halten, aber nicht einmal das erlaubte sie. «Du machst mich verrückt», murmelte Kretschmar. Magda tätschelte sein Handgelenk und sagte, ihn ebenfalls duzend: «Sei brav, dann wirste schon erhört!»

Kretschmars erster Gedanke am nächsten Morgen war: ‹So geht das nicht. Ich muß ihr ein Zimmer mieten – ohne diese Tante. Muß dafür sorgen, daß sie nicht mehr arbeitet. Wir werden allein sein, ganz allein. Die Ars amoris beibringen. Sie ist noch so jung. Komisch, daß sie keinen Verlobten oder Freund hat…›

«Schläfst du?» fragte Anneliese leise. Er heuchelte ein Gähnen und öffnete die Augen. Anneliese saß in ihrem hellblauen Nachthemd auf der Bettkante und sah die Post durch.

«Irgendwas Interessantes?» fragte Kretschmar und blickte auf ihren kalkweißen Unterarm.

«Er bittet dich wieder um Geld. Sagt, seine Frau und seine Schwiegermutter seien krank gewesen und daß die Leute gegen ihn intrigieren – man muß ihm was geben.»

«Ja, ja, unbedingt», antwortete Kretschmar und sah mit erstaunlicher Lebhaftigkeit Magdas verstorbenen Vater vor sich – auch er war sicher ein alter, nicht sehr begabter, vom Leben gebeutelter Künstler gewesen.

«Und hier ist eine Einladung in die ‹Palette›, da werden wir hingehen müssen. Und der hier ist aus Amerika.»

«Lies vor», bat er sie.

«Hochverehrter Herr Kretschmar, mein Anwalt hat mir von dem lebhaften und unvoreingenommenen Interesse berichtet, das Sie dem Verfahren über die Verletzung meiner Rechte entgegengebracht haben. Ich nehme an…»

Da klingelte das Telephon auf dem Nachttisch. Anneliese schnalzte mit der Zunge und nahm den Hörer ab. Kretschmar, der geistesabwesend auf ihre weißen, weichen Finger blickte, die den schwarzen Hörer umfaßten, hörte befremdet eine mikroskopische Stimme, die am anderen Ende sprach.

«Ach, guten Morgen», rief Anneliese und schnitt ihrem Mann jene gewisse glotzäugige Grimasse, bei der er immer wußte, daß es die Baronin war, eine große Telephoniererin. Er langte nach dem Brief aus Amerika, der auf der Daunendecke lag, und schaute auf die Unterschrift. Irma kam wie jeden Morgen herein, um ihre Eltern zu begrüßen. Sie küßte schweigend ihren Vater, küßte schweigend ihre Mutter, die mal lauschte, mal etwas ausrief und zwischendrin zusammen mit dem Hörer nickte. «Daß mir das Kindermädchen heute keine Überraschungen erlebt», sagte Kretschmar leise zu seiner Tochter und spielte damit auf irgendein kürzliches Vergehen an. Irma lächelte. Sie war nicht gerade hübsch, mit hellen Wimpern, mit Sommersprossen über den bleichen Augenbrauen, und sehr dünn.

«Auf Wiederhören, danke, auf Wiederhören», stieß Anneliese erleichtert hervor und legte geräuschvoll den Hörer auf. Kretschmar machte sich an die Lektüre des Briefs. Anneliese hielt ihre Tochter an den Händen und sagte lachend irgend etwas zu ihr, küßte sie und zog sie nach jedem Satz mit einem kleinen Ruck an sich. Irma lächelte unentwegt und scharrte mit dem Fuß auf dem Boden.

Wieder klingelte das Telephon. Kretschmar hielt den Hörer ans Ohr.

«Grüß dich, Bruno Kretschmar», sagte eine unbekannte weibliche Stimme. «Wer spricht da?» fragte Kretschmar, und plötzlich hatte er das Gefühl, in einem sehr schnellen Fahrstuhl abwärts zu sausen. «Es war nicht besonders nett von dir, mich zu täuschen», fuhr die Stimme fort, «aber ich verzeihe dir. Hörst du? Ich wollte dir nur sagen, daß...» – «Falsch verbunden», sagte Kretschmar heiser und drückte auf die Gabel. Im selben Moment fiel ihm mit Entsetzen ein, daß Anneliese etwas gehört haben konnte, denn so, wie er von weitem die dünne Stimme gehört hatte, die vom anderen Ende her durchgesickert war, und wie er sogar einzelne Wörter hatte unterscheiden können, konnte Anneliese alles gehört haben. «Was war das?» fragte sie neugierig. «Warum bist du so rot geworden?»

«So ein Blödsinn! Irma, geh schon, was trödelst du hier so herum. Völliger Blödsinn. Das ist schon der zehnte falsch verbundene Anruf. Er schreibt, daß er wahrscheinlich im Winter nach Berlin kommt und mich kennenlernen will.»

«Wer schreibt das?»

«Herrgott, nie kriegst du gleich mit, was man sagt. Na, sag schon, dieser – Cartoonist aus Amerika. Dieser Horn eben...»

«Welcher Horn?» fragte Anneliese behaglich.

Kapitel 5

An diesem Abend fiel ihr Treffen ziemlich stürmisch aus. Kretschmar hatte den ganzen Tag zu Hause verbracht, weil er Angst hatte, daß Magda noch einmal anrufen würde. Das mußte im Keim erstickt werden. Als sie aus dem «Argus» herauskam, fing er ohne Umschweife an: «Hör zu, Magda, ich verbiete dir, mich anzurufen. Was zum Teufel soll das? Wenn ich dir meinen Namen nicht gesagt habe, dann hatte das seine Gründe.» – «Denn mach's mal jut», sagte Magda sanft und ging davon, ohne sich umzusehen. Er ließ sie gehen, stand da und folgte ihr hilflos mit dem Blick. Was für ein Patzer – er hätte den Mund halten sollen, dann hätte sie vielleicht wirklich geglaubt, sie hätte sich verwählt... Kretschmar holte sie auf leisen Sohlen ein und ging neben ihr her. «Verzeih», sagte er. «Sei mir nicht böse, Magda. Ich kann ohne dich nicht leben. Schau, ich habe mir alles überlegt – gib deine Stellung auf, sie strengt dich nur an. Ich bin reich. Du sollst dein eigenes Zimmer haben, deine eigene Wohnung, alles, was du willst.»

«Ich weiß, was Sache ist», sagte Magda mit kalter Stimme. «Du bist doch sicher verheiratet – wie ich's mir von Anfang an gedacht habe. Sonst wärst du zu mir am Telephon nicht so grob gewesen.»

«Und wenn ich's bin», fragte Kretschmar, «wirst du dich dann nicht mehr mit mir treffen?»

«Was macht mir das schon? Betrüg sie doch, es wird ihr guttun!»

«Magda, muß das sein!» rief Kretschmar, vor den Kopf geschlagen.

«Das sagst ausgerechnet du!»

«Magda, hör mir zu, es stimmt – ich habe Frau und Kind – aber ich bitte dich – deine Witze sind unnötig... Ach, warte doch, Magda!» fügte er händeringend hinzu.

«Geh zum Teufel!» schrie sie und schlug ihm die Tür vor der Nase zu.

«Legen Sie mir die Karten», sagte Magda zu ihrer Wirtin. Die nahm aus einer Kiste einen Stoß Karten, die so speckig waren, daß man daraus eine Suppe hätte kochen können. Ein reicher Dunkelhaariger, dann Intrigen, Sorgen, irgendeine Party... ‹Ich muß rauskriegen, wie er wohnt›, dachte Magda, die Ellbogen auf den Tisch gestützt. ‹Vielleicht ist er doch bloß irgendwer, und es lohnt sich nicht, mit ihm zusammenzubleiben. Soll ich mich rumkriegen lassen? Oder ist es noch zu früh?›

Am nächsten Morgen rief sie ihn wieder an. Anneliese war im Bad. Kretschmar sprach fast flüsternd und hatte ein Auge auf die Tür. Trotz seiner Angst war er überwältigt vor Glück, daß Magda ihm vergeben hatte. «Mein Liebling», sagte er mit zusammengekniffenen Lippen, «mein Liebling.» – «Sag mal, wann wird deine Frau heute aus dem Haus sein?» fragte sie ihn lachend. «Ich weiß nicht», antwortete Kretschmar mit einem kalten Schauder, «warum?» – «Ich würd gern mal für einen Augenblick bei dir vorbeischauen.» Er schwieg. Irgendwo schlug eine Tür. «Ich kann nicht weitersprechen», murmelte Kretschmar. «Was bist du für ein Feigling. Denk dran, wenn ich zu dir komme, küsse ich dich vielleicht.» – «Heute, also ich weiß nicht, heute wird es nichts», sagte er, am Ende seiner Kräfte. «Wundere dich nicht, wenn ich gleich auflege, ich sehe dich heute abend, dann werden wir...» Er legte auf und saß einige Zeit bewegungslos da und lauschte dem Donner seines Herzens. ‹Ich bin wirklich ein Feigling›, dachte er. ‹Sie wird bestimmt noch eine halbe Stunde im Badezimmer herumtrödeln.›

«Eine kleine Bitte», sagte er zu Magda, als sie sich trafen. «Laß uns einen Wagen nehmen und herumfahren.» – «Einen offenen», warf Magda ein. «Nein, das ist zu gefährlich. Ich verspreche dir, daß ich mich benehmen werde», fügte er hinzu – während er sich beim Licht der Straßenlampen an ihrem kindlich zu ihm erhobenen Gesicht weidete.

«Also», fing er an, als sie sich im Taxi befanden. «Erstens nehme ich dir natürlich nicht übel, daß du mich angerufen hast, aber ich bitte dich und flehe dich sogar an, das nicht wieder zu tun, mein Liebling, mein Teures» (‹Das wurde auch Zeit›, dachte Magda); «zweitens mußt du mir erklären, wie du meinen Namen herausgefunden hast.» Ohne jede Veranlassung log sie, daß nämlich eine Bekannte von ihr sie beide auf der Straße zusammen gesehen und sein Gesicht erkannt hätte. «Was ist das für eine?» fragte Kretschmar entsetzt. «Och, bloß eine einfache Frau, anscheinend war eine Verwandte von ihr mal Köchin oder Hausmädchen bei euch.» Kretschmar zermarterte sich verzweifelt das Hirn. «Ich habe ihr übrigens gesagt, sie habe dich mit jemandem verwechselt – ich bin ein gescheites Mädchen.»

In den Wagen ergossen sich Schattensprenkel, sie saß betörend nahe, und von ihr ging eine wonnige, animalische Wärme aus, an den Fenstern wurde die lärmende Abenddämmerung des nächtlichen Tiergartens vorbeigetragen... ‹Ich werde sterben oder überschnappen, wenn ich sie nicht haben kann›, dachte Kretschmar und sagte: «Drittens, was deinen Umzug betrifft. Such dir eine kleine Wohnung, zwei oder drei Zimmer mit Küche. Ich bezahle alles. Unter der Bedingung, daß du mir erlaubst, in Zukunft für dich zu sorgen.» – «Bruno, du hast anscheinend unsere Unterhaltung von heute morgen vergessen.» – «Aber das ist doch so gefährlich», rief Kretschmar. «Siehst du, morgen werde ich zum Beispiel ungefähr von vier bis sechs allein sein. Aber man kann nie wissen, was geschieht...» Er malte sich aus, wie seine Frau wegen irgend etwas zufällig zurückkäme... Eine junge Künstlerin, man muß ihr bei einer Ausstellung helfen. «Aber ich werde dich doch küssen», sagte Magda sanft. «Und weißt du, alles im Leben läßt sich erklären.»

Bei jedem Gedanken an Magda, an ihre schlanke, knabenhafte Figur und ihre seidige Haut, bekam er stets weiche Knie und hätte aufstöhnen wollen. Die versprochene Berührung erschien ihm als eine solche Seligkeit, daß es darüber hinaus nichts geben konnte. Und doch eröffneten sich dahinter unglaubliche Weiten: Dort erwartete seine Augen ebenjener Anblick, den noch vor kurzem ein Haufen junger Künstler so gleichgültig und schlecht gezeichnet hatten, die Blicke hebend und senkend. Doch von diesen langweiligen, sonnigen Stunden in den Ateliers hatte Kretschmar nicht die geringste Ahnung. Dabei hatte ihm neulich der alte Doktor Lampert eine Mappe mit Kohlezeichnungen gezeigt, die sein Sohn im letzten Jahr angefertigt hatte, und darunter befand sich das Portrait eines nackten, gutgebauten Mädchens mit einem Kollier um den Hals und einer dunklen, an ihr geneigtes Gesicht geschmiegten Locke. «Der Bucklige ist besser gelungen», bemerkte Kretschmar und kehrte zu einem anderen Blatt zurück, auf dem ein bärtiger Krüppel mit kühn gestrichelten Runzeln abgebildet war. «Doch, sehr talentiert», hatte er hinzugefügt, als er die Mappe zuklappte. Das war alles. Er hatte nichts begriffen.

Und in diesem Augenblick schüttelte ihn ein Fieberschauer, er tigerte durch sein Arbeitszimmer und sah aus dem Fenster und überprüfte die Zeit auf allen Uhren im Haus. Magda war schon zwanzig Minuten zu spät. «Ich warte noch

eine halbe Stunde, dann gehe ich runter auf die Straße», flüsterte er, «aber dann wird es schon so spät sein – uns bleibt nur
so wenig Zeit...»

Das Fenster stand offen. Der feuchte Frühlingstag glänzte,
über die gelbe Wand des Hauses gegenüber strömte Schatten-
rauch aus einem Schattenschornstein. Kretschmar lehnte sich
mit dem ganzen Oberkörper hinaus, mit den Fingern auf das
Fensterbrett gestützt. ‹Mein Gott, ich hätte festbleiben und
ihr sagen sollen: Bei mir geht es nicht.› In diesem Moment fiel
sein Blick auf sie – sie überquerte die Straße, ohne Mantel,
ohne Hut, als ob sie gleich um die Ecke wohnte.

‹Noch ist es Zeit, hinunterzurennen und und sie nicht rein-
zulassen›, dachte er, ging aber statt dessen in den Flur, und als
er ihren leichten Schritt auf der Treppe hörte, öffnete er lautlos die Tür.

Magda in ihrem kurzen, knallroten Kleid mit bloßen Armen
blickte lächelnd in den Spiegel und wirbelte dann auf einem
Bein herum, während sie sich das Haar am Hinterkopf glatt-
strich. «Du wohnst aber schnieke», sagte sie und ließ ihre
leuchtenden Augen über den geräumigen Flur schweifen, die
Pistolen und Säbel an der Wand, ein wundervolles dunkles
Gemälde, die cremefarbene Kretonne anstelle von Tapeten.
«Hier lang?» fragte sie, stieß eine Tür auf und fuhr nach dem
Eintreten fort, ihren Blick über die Wände schweifen zu las-
sen.

Er legte ersterbend eine Hand um ihre Taille und betrachtete zusammen mit ihr den Kristallüster, die Seidenmöbel, als
wäre er selbst fremd hier – im übrigen sah er aber nur einen
sonnigen Nebel, alles verschwamm, drehte sich, und plötzlich erbebte etwas unter seiner Hand, ihre Hüfte hatte sich ein
wenig angehoben, sie zog weiter. «Ich muß schon sagen»,
sagte sie auf dem Weg ins nächste Zimmer. «Ich wußte nicht,
daß du so reich bist, was für Teppiche...»

Das Buffet im Speisezimmer, das Kristall und das Silber überwältigten sie so, daß Kretschmar es fertigbrachte, verstohlen ihre Rippen und – darüber – einen heißen, weichen Muskel zu befingern. «Weiter», sagte sie und leckte sich die Lippen. Ein Spiegel warf zurück: einen bleichen, ernsten Herrn, der neben einem kleinen Mädchen im roten Kleid herging. Vorsichtig streichelte er ihren nackten Arm, warm und erstaunlich glatt – der Spiegel trübte sich... «Weiter», sagte Magda.

Ihn gelüstete danach, sie möglichst bald ins Arbeitszimmer zu lotsen und sich dort mit ihr aufs Sofa zu setzen; wenn seine Frau zurückkäme, wäre alles ganz einfach: Eine Besucherin, geschäftlich...

«Und was ist da drin?» fragte Magda.

«Das ist das Kinderzimmer. Du hast schon alles gesehen, gehen wir ins Arbeitszimmer.»

«Laß mich los!» sagte sie und wand die Schlüsselbeine.

Er schöpfte tief Luft, weil er die ganze Zeit, während er sie gehalten hatte und mit ihr herumgegangen war, kaum geatmet hatte.

«Das Kinderzimmer, Magda – ich sage dir doch: das Kinderzimmer.»

Sie ging auch dort hinein. Er verspürte plötzlich einen seltsamen Drang, sie anzuschreien: Bitte faß nichts an. Aber sie hielt schon ein fettes Plüschmeerschweinchen in der Hand. Er riß es ihr aus der Hand und warf es in eine Ecke. Magda lachte. «Deine kleine Tochter lebt hier ja wie die Made im Speck», sagte sie und öffnete die nächste Tür.

«Das reicht, Magda», sagte Kretschmar inständig flehend. «Streune nicht so herum. Von hier aus können wir nichts hören, es könnte jemand kommen. Das ist schrecklich riskant.»

Aber sie machte kehrt wie ein unberechenbares Kind und

schlüpfte durch den Korridor ins Schlafzimmer. Dort setzte sie sich vor den Spiegel, schlug ein Bein übers andere, drehte und wendete eine silberbeschlagene Bürste in der Hand, schnupperte am Stöpsel eines Flakons.

«Bitte, hör auf», sagte Kretschmar. Da sprang sie auf, lief zu dem Doppelbett und setzte sich auf den Bettrand, zupfte wie ein Kind ihr Strumpfband zurecht und streckte ihm die Zungenspitze heraus.

‹... und dann erschieße ich mich›, dachte Kretschmar flüchtig.

Aber sie sprang erneut auf und rannte, sich an seinen Armen vorbeiwindend, aus dem Zimmer. Er stürzte hinter ihr her. Magda schlug die Tür zu und drehte, keuchend und lachend, von außen den Schlüssel herum. (Ach, wie die arme Frau Lewandowski an die Tür gehämmert hatte!...)

«Magda, mach sofort auf!» sagte Kretschmar leise. Er hörte ihre sich schnell entfernenden Schritte. «Mach auf!» wiederholte er lauter. Stille. Vollkommene Stille. ‹Ein gefährliches Geschöpf›, dachte er. ‹Was für eine absurde Situation!› Er empfand Panik, Ärger, das quälende Gefühl betrogenen Verlangens... Sie war doch nicht etwa gegangen? Nein, es ging jemand in der Wohnung herum. Kretschmar klopfte sachte mit der Faust und schrie: «Mach sofort auf! Hörst du?» Die Schritte kamen näher. Es war nicht Magda.

«Was ist passiert?» ertönte die unerwartete Stimme von Max. «Was ist denn passiert? Bist du eingeschlossen?» (O Gott, Max hatte ja einen Schlüssel zur Wohnung!)

Die Tür ging auf. Max war sehr rot. «Was ist los, Bruno?» fragte er besorgt.

«Eine blöde Geschichte... Erzähl ich dir sofort... Laß uns ins Arbeitszimmer gehen und was trinken.»

«Ich habe einen Mordsschreck gekriegt», sagte Max. «Ich hab gedacht, es ist Gott weiß was passiert. Ein Glück, daß ich vorbeigekommen bin. Anneliese sagte mir, sie würde gegen sechs zu Hause sein. Ein Glück, daß ich früher gekommen bin. So ein Glück, weißt du. Ich hab wer weiß was gedacht. Wer hat dich denn eingeschlossen?»

Kretschmar wandte ihm den Rücken zu und holte eine Flasche Cognac aus dem Schrank. «Bist du auf der Treppe niemandem begegnet?» fragte er und versuchte ruhig zu klingen.

«Nein, ich bin immer für den Fahrstuhl», antwortete Max.

‹Gerettet›, dachte Kretschmar und lebte beträchtlich auf.

«Stell dir das Unding vor», sagte er, während er den Cognac einschenkte, «es war ein Einbrecher. Davon soll natürlich Anneliese nichts wissen, aber es war ein Einbrecher. Stell dir vor, er dachte wohl, es sei niemand zu Hause, und wußte, daß das Dienstmädchen gegangen war. Plötzlich höre ich ein Geräusch. Ich gehe raus auf den Korridor und sehe, wie ein Mann da langläuft – Arbeitertyp. Ich hinter ihm her. Wollte ihn packen, aber er war der Gewitztere und schloß mich ein. Dann habe ich gehört, wie die Tür zugeschlagen ist – deswegen dachte ich, du wärst ihm begegnet.»

«Du machst wohl Witze», sagte Max voller Schreck.

«Nein, ganz und gar nicht...»

«Aber er hat es ja sicher geschafft, etwas mitgehen zu lassen. Wir müssen nachschauen. Und wir müssen die Polizei benachrichtigen.»

«Ach, das hat er nicht geschafft», sagte Kretschmar. «Das war eine Sache von Sekunden, ich habe ihn verschreckt.»

«Aber wie ist er bloß reingekommen? Etwa mit einem Dietrich? Unglaublich! Komm, wir sehen mal nach.»

Sie gingen durch alle Zimmer, untersuchten die Schlösser von Türen und Schränken. Alles war in Ordnung und unversehrt. Als sie schon am Ende ihrer Untersuchungen angelangt waren und durch die Bibliothek gingen, wurde es Kretschmar plötzlich schwarz vor Augen, denn zwischen den Regalen, direkt hinter einem drehbaren Bücherständer lugte der Zipfel eines leuchtendroten Kleides hervor. Durch irgendein Wunder merkte Max nichts, obwohl er mit den Augen die Wände absuchte. Im Speisezimmer schnüffelte er zwischen den Flügeltüren des Buffets.

«Laß, Max, es reicht», sagte Kretschmar heiser. «Es ist ganz klar, daß er nichts mitgenommen hat.»

«Wie du aussiehst», sagte Max. «Du Armer! Ich kann mir vorstellen, wie so etwas die Nerven strapaziert.»

Zu ihnen drang der Klang von Stimmen. Es erschienen: Anneliese, die Bonne, Irma und eine Freundin von Irma – ein dickes Kind mit unbewegtem, mildem Gesicht, aber ein unbändiger Wildfang. Kretschmar hatte das Gefühl, er schlafe und es ziehe sich unerbittlich der gleiche schreckliche Alptraum, den er schon einmal gehabt hatte, in die Länge. Magdas Gegenwart in diesem Haus war ungeheuerlich, unerträglich. Er schlug allen vor, ins Theater zu gehen, aber Anneliese sagte, sie sei erschöpft. Beim Abendessen spitzte er ständig die Ohren und merkte nicht, was er aß. Max schaute ständig um sich – wenn er bloß auf seinem Platz bliebe, wenn er bloß nicht herumspazierte. Aber es bestand noch eine entsetzliche Möglichkeit: Die Kinder könnten anfangen, durch alle Zimmer zu toben. Doch zum Glück ging Irmas Freundin bald. Es kam ihm so vor, als ob sie alle – Max, seine Frau, das Hausmädchen und er selber – unaufhörlich durch die ganze Wohnung wimmelten und Magda keine Gelegenheit gäben, hinauszuschlüpfen, sich rauszuwinden – falls sie überhaupt diese Absicht hatte. Etwas mehr Zusammenhalt – laßt uns Preference spielen, wie wär's? Um zehn ging Max endlich. Das Hausmädchen legte hinter ihm die Kette vor, schob den Stahlriegel an seinen Platz, schaltete die Kontrollklingel aus – jetzt gab es kein Entkommen mehr, eingeschlossen. «Laß uns bloß schlafen gehen», sagte Kretschmar zu seiner Frau und gähnte nervös. Sie gingen zu Bett. Im Haus war alles still. Anneliese war gerade dabei, das Licht zu löschen. «Schlaf du ruhig», sagte er, «ich gehe noch ein bißchen lesen. Meine Müdigkeit ist verflogen.» Sie lächelte schläfrig. «Weck mich dann nur nicht auf», murmelte sie. Im Schlafzimmer wurde es dunkel.

Alles war still – abwartend still, es schien, als ob die Stille es kaum aushalten und jeden Moment in Gelächter ausbrechen würde. Im Pyjama und in Filzpantoffeln ging Kretschmar geräuschlos den Korridor entlang. Seltsam: die Angst hatte sich zerstreut; der Alptraum ging jetzt in jenen etwas verworrenen, aber wohligen Zustand über, wenn man genüßlich und frei sündigen kann, weil das Leben ein Traum ist. Kretschmar knöpfte im Gehen den Kragen seines Pyjamas auf: Er zitterte am ganzen Körper – gleich, gleich bist du mein. Leise öffnete er die Tür zur Bibliothek und machte das Licht an. «Magda, du verrücktes kleines Ding», sagte er mit heißem Flüstern. Es war ein rotes Seidenkissen mit Volants, das er selbst vor ein paar Tagen hierhergebracht hatte, um darauf auf dem Boden neben einem niedrigen Regal Folianten durchzusehen.

Kapitel 6

Magda teilte ihrer Wirtin mit, daß sie bald ausziehen würde. Es lief alles bestens – sie hätte sich nie träumen lassen, daß Kretschmar so reich war. In seiner Wohnung hatte sie die Qualität und Solidität seines Reichtums mit der Luft eingesogen. Nach den Portraits zu urteilen, ähnelte seine Frau keineswegs der Dame mit herrischem Gesicht, aufgedunsenen Beinen und schwerfälligem Charakter, die Magda sich vorgestellt hatte; sie schien vielmehr eine stille, vage Frau zu sein, die man ohne Schwierigkeiten aus dem Weg räumen konnte. Kretschmar war ihr nicht nur nicht zuwider – er gefiel ihr sogar: Er hatte ein sanftes, aristokratisches Wesen, er duftete nach Talkumpuder und gutem Tabak. Es war klar, daß das geballte Glück ihrer ersten Liebe unwiederholbar war. Sie verbot es sich, an Müller zu denken, an seine kreideweißen Wangen, seinen heißen, fleischigen Mund, seine langen, verständigen Hände. Wenn sie dennoch zurückdachte, wie er sie angefaßt hatte, wollte sie am liebsten gleich wieder aus dem Fenster springen oder den Gashahn aufdrehen. Kretschmar konnte sie bis zu einem gewissen Grad beruhigen und das Fieber lindern – wie jene kühlen Wegerichblätter, die so gut tun, wenn man sie auf eine entzündete Stelle legt. Und außerdem... Kretschmar war nicht nur beständig reich, sondern gehörte auch zu jener Welt, von der aus man freien Zutritt zur Bühne und zum Film hatte. Hinter verschlossener Tür machte sie nicht selten vor dem Spiegel schreckliche Augen oder lächelte matt, wenn sie dort mal den imaginären Revolver an die Schläfe drückte, und es kam ihr so vor, als gelänge ihr das keineswegs schlechter als in Hollywood.

Nach ernsthafter und umsichtiger Suche fand sie in einer sehr guten Gegend eine gar nicht üble Wohnung. Kretschmar war seit ihrem Besuch so verwirrt und aufgelöst, daß sie ihn bemitleidete und sein Geld gleich annahm, das er ihr bei einem ihrer üblichen Spaziergänge zusteckte – und im Hauseingang küßte sie ihn. Die Flamme dieses Kusses legte sich wie ein vager, bunter Heiligenschein um ihn, mit dem er auch nach Hause kam und den er nicht im Gang ablegen konnte wie seinen Hut, und als er ins Schlafzimmer kam, staunte er, daß seine Frau ihm nicht von den Augen ablesen konnte, was geschehen war.

Aber Anneliese, der fünfunddreißigjährigen Anneliese kam es nicht einmal in den Sinn, daß ihr Mann sie betrügen könnte. Sie wußte, daß Kretschmar vor seiner Heirat kleine Abenteuer gehabt hatte, und sie erinnerte sich, daß sie selbst als kleines Mädchen heimlich in einen alten Schauspieler verliebt gewesen war, der ihren Vater zu besuchen pflegte und ungeheuer komisch sächsischen Dialekt nachmachte; sie hatte gehört und gelesen, daß Ehemänner und -frauen sich ewig betrügen – davon handelten jeglicher Klatsch und unzählige Gedichte und Anekdoten und Opern. Aber sie war ganz einfach und unerschütterlich davon überzeugt, daß ihre eigene Ehe eine besondere Ehe war, kostbar und rein, aus der weder Anekdoten noch Opern gestrickt würden. Die Reizbarkeit und Nervosität ihres Mannes schob sie auf das Wetter – der Mai war ungewöhnlich seltsam: Mal war es heiß, mal gab es Eisregen mit Hagel, der auf die Scheiben prasselte und auf den Fensterbrettern taute. «Sollen wir nicht irgendwohin verreisen?» schlug sie beiläufig vor. «Vielleicht nach Tirol oder nach Rom?» – «Fahr nur, wenn du möchtest», erwiderte

Kretschmar. «Ich stecke bis zum Hals in Arbeit, wie du genau weißt.» – «Ach nein, es war nur so ein Einfall», sagte Anneliese versöhnlich und ging mit Irma in den Zoo, um das Elefantenbaby anzuschauen.

Max war eine andere Sache. Die Episode mit der verschlossenen Tür hatte bei ihm einen unangenehmen Nachgeschmack hinterlassen. Kretschmar hatte es nicht nur unterlassen, die Polizei zu benachrichtigen, sondern war regelrecht verärgert, wenn Max auf das Thema zurückkam. Ein Mensch, der in ein Handgemenge mit einem Einbrecher gerät, läßt es nicht so einfach dabei bewenden. Max geriet unwillkürlich ins Grübeln – er versuchte zu rekonstruieren, ob er nicht doch irgendeinen Verdächtigen bemerkt hatte, als er ins Haus gekommen und zum Fahrstuhl gegangen war. Er war schließlich ein aufmerksamer Beobachter – er hatte zum Beispiel eine Katze bemerkt, die durch einen Gartenzaun herausgeschlüpft war, ein Mädchen in einem roten Kleid, dem er die Tür aufgehalten hatte, Geräuschfetzen, die aus der Portierswohnung herausgetragen wurden, wo das Radio lief. Offensichtlich hatte sich der Einbrecher verdrückt, während er selber in dem dünnwandigen Fahrstuhl hinaufgekrochen war. Aber woher kam dieses unsichere, unangenehme Gefühl?

In seiner Jugend hatte er irgendwie versäumt zu heiraten, er lebte allein, hatte seit langem ein Verhältnis mit einer älteren, verblühten Schauspielerin, die es immer noch zuwege brachte, ihn zu betrügen, und sich ihm dann jedes Mal zu Füßen warf, was ihn unsäglich in Verlegenheit brachte; er führte sein Theaterbüro effizient, galt als herausragender Feinschmecker und war ein wenig stolz darauf; er schrieb, ungeachtet seiner Fettleibigkeit, Gedichte, die er niemandem zeigte, und war Mitglied in einem Tierschutzverein. Das eheliche Glück der Kretschmars besaß für ihn die Aura des Heiligen. Als ihn ein paar Tage nach der Geschichte mit dem Einbrecher die Telephonvermittlung mit Kretschmar verband, während dieser noch mit jemand anderem sprach, war Max von den ungewollt aufgeschnappten Worten so erschüttert, daß er ein Streichholz, mit dem gerade in seinen Zähnen stocherte, verschluckte. «...frag mich nicht, kauf einfach, was du willst, bloß ruf mich nicht an...» – «Aber verstehst du denn nicht, Bruno ...», sagte schmeichelnd und zärtlich eine weibliche Stimme ... Max legte sogleich den Hörer auf, mit einer zuckenden Bewegung, als habe er gerade aus Versehen eine Schlange angefaßt.

Als er an jenem Abend mit seiner Schwester und seinem Schwager in dem gedämpft beleuchteten Salon zusammensaß, wußte Max nicht, wie er sich verhalten und worüber er reden sollte. Er war eines jener empfindsamen Wesen, die bis zu Tränen rot werden, wenn jemand anders einen Schnitzer macht. Jetzt geschah etwas, das hundertmal schlimmer war.

‹Nein, nein, das ist ein Irrtum, irgendein dummes Mißverständnis›, redete er sich ein, während er Kretschmar ansah, der mit ruhiger Miene eine Zeitschrift las, seine weichen Hausschuhe, wie sorgfältig er die Seiten mit einem Elfenbeinmesser durchschnitt ... ‹Unmöglich ... Die Geschichte von heute hat mich auf diese Gedanken gebracht. Die Worte, die ich aus der Luft geholt habe, haben sicher eine ganz unschuldige Erklärung. Wie könnte irgendwer Anneliese betrügen?› Sie saß in der Ecke des Sofas und referierte detailliert und gewissenhaft die Handlung eines Theaterstücks, das sie vor kurzem gesehen hatte. Sie hatte helle, leere Augen, und ihre Nase glänzte – eine schmale, niedliche Nase. Max nickte und lächelte. Er verstand übrigens kein Wort, sie hätte ebensogut Russisch oder Spanisch sprechen können.

Kapitel 7

Inzwischen hatte Magda die Wohnung, die es ihr angetan hatte, gemietet, hatte eine Köchin engagiert und begonnen, Einrichtungsgegenstände zu kaufen, angefangen beim Service bis hin zum Toilettenpapier, hatte Visitenkarten bestellt und sich mit der Verschönerung der Zimmer beschäftigt. Merkwürdig war, daß Kretschmar, der sich ohnehin – und sogar mit einer gewissen Rührung – spendabel zeigte, alles völlig blind bezahlte, denn er hatte nicht nur die angemietete Wohnung nicht gesehen, sondern wußte nicht einmal die Adresse: Magda hatte ihn überredet, daß es so viel mehr Spaß machen würde, es solle eine Überraschung für ihn sein, da mache es doch nichts, wenn sie sich ein paar Tage nicht sähen, und wenn alles fertig sei, werde sie ihm telephonisch die Adresse geben, und dann könne er gleich rüberkommen. Eine Woche verging, es war verabredet, daß sie am Donnerstag anrufen würde, und er bewachte den ganzen Tag das Telephon. Doch das Telephon glänzte und blieb stumm. Am Freitag kam er zu dem Schluß, daß Magda ihn reingelegt hatte und für immer verschwunden war. Gegen Abend kam Max (diese Besuche waren inzwischen für Max die Hölle), Anneliese war nicht zu Hause. Max saß Kretschmar im Arbeitszimmer gegenüber und wußte nicht, worüber er reden sollte. Kretschmar hatte schon lange bemerkt, daß Max sich merkwürdig verhielt. ‹Wahrscheinlich hat er geschäftliche Probleme›, dachte er vage. Max rauchte und betrachtete das Ende seiner Zigarre.

Er war in letzter Zeit sogar etwas dünner geworden. ‹Er hat's rausgekriegt›, dachte Kretschmar mit einem momentanen Schauder. ‹Na, und wenn schon? Er ist ein Mann, er sollte das verstehen.› (Das war ein trügerischer Gedanke.) Irma kam herein, und Max' Züge hellten sich auf, er nahm sie auf den Schoß und stieß ein komisches Grunzen aus, als sie ihm mit ihrer kleinen Faust versehentlich in den elastischen Bauch boxte, während sie es sich bequem machte. Anneliese kam nach Hause. Kretschmar schien die Aussicht auf das Abendessen, den langen Abend plötzlich unerträglich. Er verkündete, daß er nicht zu Hause essen werde, zuckte mit den Schultern, als seine Frau gutmütig fragte, warum er das nicht früher gesagt habe, küßte seine Tochter auf die Stirn und ging eilig hinaus.

Er hatte nur den einen Wunsch: Magda zu finden, koste es, was es wolle, und zwar sofort – das Schicksal hatte nicht das Recht, jetzt, nachdem es ihm so viel in Aussicht gestellt hatte, so zu tun, als hätte es nichts versprochen. Ihn erfaßte eine solche Verzweiflung, daß er sich zu einem sehr gewagten Schritt entschloß. Er wußte, daß ihr altes Zimmer auf den Hof hinausging, und er wußte auch, daß sie dort mit ihrer Tante gewohnt hatte. Genau dahin ging er jetzt. Als er den Hinterhof überquerte, sah er ein Hausmädchen an einem offenen Erdgeschoßfenster Betten machen. «Fräulein Peters?» fragte sie zurück. «Ich glaube, die ist weggezogen. Aber kucken Sie mal lieber selbst. Fünfter Stock, linke Tür.»

Eine schlampige Frau mit blutunterlaufenen Augen öffnete Kretschmar, nahm aber die Kette nicht ab und sprach mit ihm durch den Spalt. «Ich möchte Fräulein Peters' neue Adresse wissen», sagte Kretschmar. «Sie hat hier bei ihrer Tante gewohnt.» – «Bei ihrer Tante?» sagte die Frau nicht ohne Interesse und hakte erst jetzt die Kette aus. Sie führte ihn in ein winziges Zimmer, in dem bei der geringsten Bewegung alles erzitterte und klapperte und wo auf einem Wachstischtuch ein Teller mit Kartoffelbrei, Salz in einer eingerissenen Papiertüte und drei leere Bierflaschen standen – und mit einem geheimnisvollen Lächeln bat sie ihn, sich zu setzen.

«Wenn ich ihre Tante wäre», sagte sie zwinkernd, «würde ich ihre Adresse wahrscheinlich nicht wissen. Nein», fügte sie mit gewisser Heftigkeit hinzu, «die hat keine Tante nicht.» – ‹Betrunken›, dachte Kretschmar niedergeschlagen. «Hören Sie», stieß er hervor, «sagen Sie mir bitte einfach, wo sie hingezogen ist.» – «Sie hat bei mir zur Untermiete gewohnt», sagte die Frau versonnen, während sie verbittert über Magdas Undankbarkeit nachdachte, ihr sowohl den reichen Freund als auch die neue Adresse vorzuenthalten, die im übrigen nicht schwer auszuschnüffeln gewesen war. «Was soll bloß werden?» rief Kretschmar. «Wo kann ich es bloß rausfinden?» Der Wirtin begann er leid zu tun. Sie konnte nicht einschätzen, ob es Magda freuen würde oder unangenehm wäre, wenn sie diesem eleganten, nervösen, blauäugigen Herrn die Adresse verriete – aber er bot einen so traurigen Anblick, daß sie ihm mit einem Seufzer die gewünschte Auskunft gab. «Hinter mir waren sie auch immer her, hinter mir auch», murmelte sie, während sie ihn hinausließ, «doch, waren sie...»

Es war gegen acht, eine leichte Dämmerung wurde von sanften, orangenen Lichtern belebt, und der Himmel war noch immer ganz blau, und davon wurde einem ganz schwindlig. ‹Gleich bin ich im Paradies›, dachte Kretschmar, während er in einem Taxi über den rauchfarbenen Asphalt flog.

An der Tür hing ihre Visitenkarte. Ein riesiges Weib mit roten Armen wie rohes Fleisch ging ihn anmelden. ‹Hat schon eine Köchin›, dachte Kretschmar verzückt. ‹So geht das bei uns.› – «Treten Sie ein», sagte die, als sie zurückkam. Er strich sein Haar glatt und trat ein. Magda lag in einem Kimono auf einer geblümten Couch, die bloßen Arme angewinkelt; auf ihrem Bauch ruhte mit dem Umschlag nach oben ein aufgeschlagenes Buch. Das Zimmer war unmöglich geschmacklos eingerichtet, und das rührte ihn.

«He, da bist du ja», sagte sie und streckte die Hand mit einer für sie untypischen trägen Schläfrigkeit aus.

«Du tust ja so, als hättest du gewußt, daß ich heute komme», flüsterte er und unterdrückte ein Lachen. «Rate mal, wie ich deine Adresse ausgekundschaftet habe.»

«Ich hab dir doch meine Adresse geschrieben», verkündete sie, während sie seine Hand hielt.

«Nein, das war zu komisch», fuhr Kretschmar fort, ohne auf sie zu hören und während er mit wachsendem Genuß diese beweglichen Lippen betrachtete, die er gleich küssen würde. «Das war schon komisch... Und du bist ein ganz schöner Schlingel, daß du diese Tante erfunden hast...»

«Warum bist du da hingegangen?» fragte Magda unzufrieden. «Ich hab dir doch meine Adresse geschrieben. Oben rechts, ganz deutlich.»

«Oben? Deutlich?» wiederholte Kretschmar verblüfft. «Von was um alles in der Welt redest du da?»

Sie schloß das Buch mit einem Knall und setzte sich auf.

«Du hast doch wohl meinen Brief bekommen?»

«Was für einen Brief?» fragte Kretschmar, legte plötzlich die Hand an den Mund, und seine Augen weiteten sich.

«Ich habe dir heute morgen einen Brief geschickt», sagte Magda und sah ihn neugierig an. «Ich dachte, du würdest ihn mit der Abendpost kriegen und dann gleich kommen.»

«Das kann nicht wahr sein», brachte Kretschmar heraus.

«Ach, ich kann's dir auch nacherzählen: Mein lieber, liebster Bruno, das Nestlein ist gemacht, und ich warte auf dich. Küß mich nur nicht zu fest, sonst wirst du deiner Liebsten den Kopf verdrehen. Das war's.»

«Magda», sagte er leise. «Magda, was hast du da getan...

Ich bin früher von zu Hause weggegangen. Die Post kommt doch erst um dreiviertel acht. Es ist jetzt ...»

«Schon wieder bin ich an allem schuld», sagte sie. «Wage es ja nicht, mir böse zu sein. Ich schreibe ihm so süß, und er... Das ist die reinste Beleidigung.»

Sie zuckte die Achseln, nahm das Buch auf und drehte ihm den Rücken zu. Auf der linken Seite war eine Abbildung: Greta Garbo, die vor dem Spiegel Grimassen macht.

Kretschmar dachte flüchtig: ‹Wie seltsam – eine Katastrophe geschieht, und der Mensch bemerkt ein Bild.› Auf der Uhr war es zwanzig vor acht. Magda lag da, gekrümmt und reglos wie eine Eidechse.

«Du hast mich umgebracht... Du hast mich», begann er, aber er beendete den Satz nicht und rannte aus dem Zimmer, donnerte die Treppe hinunter, winkte nach einem vorbeifahrenden Taxi, sprang hinein – und während er auf dem äußersten Rand des Sitzes saß und sich nach vorn beugte, starrte er auf den Rücken des Fahrers und murmelte: «Was ist das nur, Herrgott ... Ich schaff's nicht ... Ich schaff's nicht ...»

Der Wagen hielt. Er sprang heraus. In der Nähe des Gartenzauns sah er den vertrauten, x-beinigen Briefträger mit dem dicken Portier reden. «Post für mich?» fragte Kretschmar atemlos. «Ich habe sie gerade nach oben gebracht», antwortete der Briefträger mit freundlichem Lächeln.

Kretschmar schaute hinauf. Die Fenster der Wohnung waren sanft erleuchtet. Er spürte, wie ihn seine Kräfte verließen, und nur um nicht auf der Stelle stehenzubleiben, ging er ins Haus und begann hinaufzugehen. Erster Treppenabsatz. Der zweite. Eine junge Künstlerin, sie muß eine Ausstellung machen. Weißt du, da war ein Einbrecher, ich wollte ihn schnappen... Erdbeben, Abgrund... Sie hat ihn bereits gelesen, sie weiß bereits alles. Noch ehe Kretschmar an seiner Wohnungstür angelangt war, drehte er sich plötzlich um und rannte wieder hinunter. Eine Katze flitzte vorbei und schlüpfte behende zwischen dem Gitter hindurch.

Fünf Minuten später trat er wieder in das Zimmer, das er vor kurzem mit solch glücklichem Beben betreten hatte. Magda lag auf der Couch, immer noch in derselben Pose einer erstarrten Eidechse. Das Buch war noch auf der gleichen Seite aufgeschlagen – die grimassierende Greta. Er setzte sich in einiger Entfernung von ihr auf einen Stuhl und fing an, mit den Fingergelenken zu knacken.

«Hör auf damit», sagte Magda, ohne den Kopf zu heben.

Er hörte auf, begann aber bald von neuem.

«Na, ist der Brief eingetrudelt?»

«Ach, Magda ...», stieß er leise hervor und räusperte sich. Dann räusperte er sich etwas lauter und sagte mit krächzender Stimme: «Zu spät, zu spät, der Briefträger war schon da.»

Er stand auf, ging ein paarmal im Zimmer auf und ab, schneuzte sich und setzte sich dann wieder an derselben Stelle hin.

«Sie liest alle meine Briefe, das weißt du doch ...», sagte er, während er durch einen zitternden Nebel auf seine Schuhspitze blickte und damit leicht auf das verschwimmende Muster des Teppichs tippte.

«Na, das hättest du ihr aber verbieten sollen.»

«Ach, Magda, was verstehst du schon davon ... So hat es sich eben eingespielt, es war immer so ... Besonders abends. Es gab alle möglichen amüsanten Briefe ... Wie konntest du nur ... Ich kann mir einfach nicht vorstellen, was sie jetzt macht. Es wäre ein zu großes Wunder ... Wenn sie bloß dieses Mal, dieses eine Mal – mit irgend etwas anderem beschäftigt gewesen wäre, ihn verlegt, vergessen hätte ... Du begreifst wohl, Magda, daß das völlig absurd ist – es kann kein Wunder geben.»

638

«Na, denn laß dich bloß nicht im Flur sehen, wenn sie hier aufkreuzt. Ich geh allein zu ihr raus.»

«Wer? Wann?» fragte er, während ihm aus irgendeinem Grund dumpf die vorsintflutliche angetrunkene Frau in den Sinn kam.

«Wann? Jeden Augenblick, nehme ich an. Sie hat ja jetzt meine Adresse.»

Kretschmar hatte noch immer nicht verstanden.

«Ach, das meinst du», sagte er schließlich. «Das meinst du ... Herrgott, wie dumm du bist, Magda. Glaub mir, ausgerechnet das wird auf keinen Fall passieren. Alles andere... nur das nicht ...»

‹Um so besser›, dachte Magda, und plötzlich wurde sie äußerst übermütig. Als sie den Brief abgeschickt hatte, hatte sie mit viel weniger gerechnet: Der Ehemann zeigt den Brief nicht her, seine Frau wird wild, stampft mit den Füßen, will ihn ihm aus der Hand reißen... Die erste Verdachtsbresche wäre geschlagen, und das ebnet Kretschmar den weiteren Weg. Aber nun hatte der Zufall nachgeholfen, und alles war mit einem Streich entschieden. Sie legte das Buch zur Seite und schaute lächelnd auf seine zitternden Lippen. Es stand schlimm um ihn – der entscheidende Augenblick war gekommen –, und wenn man jetzt nicht handelte... Magda streckte sich aus, knackte mit den Schultern, spürte ein angenehmes Prickeln in ihrem schlanken Körper und sagte, während sie zur Decke schaute:

«Komm her, Bruno.»

Er kam; niedergeschlagen den Kopf schüttelnd, setzte er sich auf den Rand der Couch.

«Nimm mich in die Arme», sagte sie blinzelnd, «laß man – ick tröste dich.»

Kapitel 8

Berlin, ein Maimorgen, noch ganz früh. Im Efeu kruschpeln Sperlinge. Ein fettes Auto, das Milch ausfährt, saust auf seinen Reifen wie auf Seide. Auf dem Mansardenfenster an der Schräge eines Ziegeldachs spiegelt sich die Sonne. Die Luft hat sich noch nicht an die Geräusche, das Hupen gewöhnt und nimmt diese Klänge auf und trägt sie wie etwas ganz Neues, Zerbrechliches, Kostbares. In den Vorgärten blüht der Flieder; trotz der morgendlichen Kühle fliegen hier und dort weiße Schmetterlinge, wie in einem ländlichen Garten. Alles dies umgab Kretschmar, als er das Haus verließ, in dem er die Nacht verbracht hatte.

Er spürte eine Flaute im ganzen Körper – er hatte Hunger, dabei war ihm leicht übel, alles war ihm irgendwie fremd –, das Hemd klebte unbequem auf der Haut, die Unrasiertheit reizte seine Nerven. Kein Wunder, daß er sich völlig verausgabt vorkam: Diese Nacht hatte ihm offenbart, worauf all seine Gedanken sein ganzes Leben lang mit manischer Kraft gerichtet gewesen waren. Die Zügellosigkeit dieses sechzehnjährigen Mädchens hatte sein Glück noch gesteigert – allein schon daran, wie sie die Schulterblätter zusammenzog, schnurrte und den Kopf in den Nacken warf, als er sie auszog und dabei mit den Lippen kitzelte, erkannte Kretschmar, daß er niemals den kühlen Flor der Unschuld, sondern genau dieses lebendige, natürliche Entgegenkommen gebraucht hatte. Daraufhin warf auch er sogleich, wie in seinen kühnsten

Träumen, die gewohnte Last seiner schüchternen und linkischen Zurückhaltung von sich. In diesen Träumen, die ihn schon so lange heimsuchten, hatte ihm ständig vorgeschwebt, wie er hinter einem Felsen auf einen leeren Strand hinausträte und ihm plötzlich eine ganz junge Badenixe entgegenkäme. Magda hatte haargenau die bezaubernden Konturen, von denen er geträumt hatte – ihre Nacktheit war gelöst und natürlich, als sei sie es seit langem gewöhnt, entblößt am Gestade seiner Träume entlangzulaufen. Sie war beweglich und unermüdlich – heißer Atem, akrobatische Zärtlichkeiten, und nach einer kurzen Quasiohnmacht wurde sie wieder munter –, hüpfte auf der Matratze herum, krabbelte lachend quer über die Bettkante und spazierte im Zimmer umher, schwenkte dabei betont die knabenhaften Hüften, betrachtete sich im Spiegel und knabberte an einer trockenen, vom Frühstück übriggebliebenen Schrippe.

Sie schlief ganz plötzlich ein – so als wäre sie nach der ersten Silbe verstummt –, als sich das elektrische Licht im Zimmer schon orange färbte und das Fenster rauchigblau wurde. Kretschmar begab sich in das kleine Bad, entlockte dem Hahn aber nur ein paar Tropfen rostigen Wassers, seufzte, zog mit zwei Fingern einen Bastwisch aus der Wanne, betrachtete die widerwärtige rosa Seife und überlegte, daß er Magda zuerst etwas Sauberkeit beibringen mußte. Sich vor Ekel schüttelnd, zog er sich an, legte einen Zettel auf das Tischchen, weidete sich am Anblick der schlafenden Magda, deckte sie mit der Daunendecke zu, küßte ihr warmes, zerzaustes dunkles Haar und ging leise hinaus.

Jetzt, als er die leeren Straßen entlangschritt und ihn plötzlich Mitleid mit dem durchsichtigen, unschuldigen Morgen überkam, erkannte er, daß die Abrechnung bevorstand – und allmählich überfluteten ihn in schweren Wellen die Gedanken an seine Frau, an seine Tochter. Als er das Haus sah, in dem er so lange Zeit mit Anneliese gewohnt hatte, als er den Fahrstuhl betrat, in dem die rotwangige Amme mit seinem Baby auf dem Arm und seine sehr bleiche, sehr zarte Frau vor neun Jahren hinaufgefahren waren, als er vor der Tür stand, auf der kühl und unbefleckt sein Nachname golden glänzte – da war Kretschmar fast bereit, auf eine Wiederholung dieser Nacht zu verzichten, wenn nur ein Wunder geschehen war. Er sagte sich, daß er seine Abwesenheit irgendwie erklären könnte, wenn Anneliese den Brief nicht gelesen hatte – er könnte sogar seinen Ruf als Abstinenzler opfern – hätte sich vollgesoffen, randaliert, kann alles vorkommen... Aber er mußte diese Tür da aufschließen und hineingehen und sehen... was sehen? Das konnte er sich einfach nicht ausmalen. ‹Vielleicht wäre es am besten, überhaupt nicht hineinzugehen, einfach alles so zu lassen, wie es war, zu fliehen, sich zu vergraben...› Plötzlich dachte er daran, wie es gewesen war, wenn er während des Krieges die Deckung verlassen mußte.

Im Flur blieb er wie versteinert stehen und horchte. Stille. Gewöhnlich war die Wohnung um diese morgendliche Uhrzeit voller Geräusche – irgendwo lief sonst das Wasser, die Bonne sprach laut mit Irma, das Hausmädchen klapperte im Speisezimmer mit dem Geschirr... Stille. Als sein Blick auf die Ecke fiel, bemerkte er im Ständer den Schirm seiner Frau. Unversehens erschien Frieda – aus irgendeinem Grund ohne Schürze – und sagte mit Verzweiflung in der Stimme: «Die Gnädige ist mit dem kleinen Fräulein weggefahren, sie sind schon gestern abend weg.» – «Wohin?» fragte Kretschmar, den Blick auf die Ecke geheftet. Frieda erklärte alles, sprach überhastet und schrill, dann brach sie in Tränen aus und nahm ihm schluchzend Hut und Stock ab. «Möchten Sie Kaffee?» fragte sie unter Tränen. «Ja, von mir aus, Kaffee...»

Im Schlafzimmer herrschte vielsagende Unordnung. Das gelbe Kleid seiner Frau lag auf dem Bett. Eine Schublade der

642

Kommode war herausgezogen. Die Portraits seines verstorbenen Schwiegervaters und seiner Tochter waren vom Tisch verschwunden. Eine Ecke des Teppichs war umgeschlagen.

Kretschmar zog den Teppich zurecht und ging still in sein Arbeitszimmer. Auf dem Buvard lagen ein paar geöffnete Briefe. Was für eine kindliche Handschrift Magda hatte. Die Dreyers laden zum Ball ein. Von Horn – liebenswürdige Floskeln über den Ozean. Die Zahnarztrechnung.

Zwei Stunden später erschien Max. Offensichtlich hatte er sich ungeschickt rasiert: Auf seiner dicken Wange war ein schwarzes Pflasterkreuz. «Ich bin gekommen, um ihre Sachen zu holen», sagte er im Vorbeigehen. Kretschmar folgte ihm und sah schweigend zu, wie er und Frieda hastig, als müßten sie eilig einen Zug erreichen, die Koffer vollstopften. «Vergiß nicht den Regenschirm!» sagte Kretschmar lahm. Im Kinderzimmer wiederholte sich dasselbe. Im Zimmer der Bonne stand schon ein akkurat verschlossener Handkoffer bereit – auch den nahmen sie mit.

«Max, nur ein Wort», murmelte Kretschmar und ging hüstelnd ins Arbeitszimmer. Max kam herein und stellte sich ans Fenster. «Dies ist eine Katastrophe», sagte Kretschmar. Schweigen.

«Eins sage ich Ihnen», stieß Max schließlich hervor, den Blick aus dem Fenster gerichtet. «Anneliese wird das kaum überleben. Sie ... sie ...» Max blieb stecken, und das schwarze Kreuz auf seiner Wange hüpfte ein paarmal.

«Sie ist ohnehin so gut wie tot. Sie haben sie... Sie haben ihr ... Sie sind ein solcher Schurke, so was gibt's nicht noch mal.»

«Bist du nicht ein bißchen grob?» sagte Kretschmar und versuchte zu lächeln.

«Das ist doch einfach ungeheuerlich!» rief Max plötzlich aus und sah ihn zum ersten Mal nach seiner Ankunft an. «Wo hast du sie aufgelesen? Wieso erdreistet sich dieses Flittchen, dir zu schreiben?»

«Aber, aber, sachte», stieß Kretschmar mit sinnloser Drohgebärde hervor.

«Ich werde dich verprügeln, da kannst du Gift drauf nehmen!» fuhr Max noch lauter fort.

«Denk an Frieda», murmelte Kretschmar. «Sie kann jedes Wort hören. Dies ist eine Katastrophe.»

«Willst du mir wohl eine Antwort geben?» und Max versuchte, seinen Rockaufschlag zu packen. Kretschmar gab ihm einen lahmen Klaps auf die Hand.

«Ich lasse mich nicht ins Kreuzverhör nehmen», sagte er. «Das ist alles außerordentlich kränkend. Vielleicht ist das ja ein furchtbares Mißverständnis. Vielleicht ist nichts dergleichen...»

«Du lügst!» brüllte Max und stampfte mit einem Stuhl auf den Boden. «Du lügst! Ich war gerade bei ihr. Ein käufliches Mädchen, das in eine Besserungsanstalt gehört. Ich wußte, daß du lügen würdest. Wie konntest du nur, du Halunke! Das ist nicht nur liederlich, es ist...»

«Das reicht, das reicht», unterbrach Kretschmar mit tonloser Stimme.

Ein Lastwagen fuhr vorbei, die Fensterscheiben klirrten.

«Ach, du», sagte Max unerwartet ruhig und traurig. «Wer hätte das gedacht...»

Er ging hinaus. Frieda schluchzte in der Diele. Irgendwer trug das Gepäck hinaus. Dann wurde alles still.

Kapitel 9

Mittags zog Kretschmar mit einem Koffer zu Magda. Es war nicht leicht gewesen, Frieda zu überreden, in der leeren Wohnung zu bleiben. Schließlich willigte sie ein, als er vorschlug, daß ein braver Wachtmeister, Friedas Verlobter, in das bisherige Schlafzimmer der Bonne übersiedeln könnte. Und wenn irgendwer anrief, sollte sie sagen, Kretschmar sei mit seiner Familie unerwartet nach Italien gereist.

Magda empfing ihn kühl. Am Morgen hatte ein tobender Dickwanst, der Kretschmar suchte, sie geweckt und zweimal Dirne genannt. Die Köchin, eine Frau von überdurchschnittlicher Kraft, hatte ihn hinausbefördert. «Diese Wohnung ist eigentlich nur für eine Person gedacht», sagte sie und schaute auf Kretschmars Koffer. «Ach, ich bitte dich», bettelte er. «Überhaupt haben wir noch ein Wörtchen zu reden, ich habe nämlich nicht die Absicht, mir die Grobheiten deiner idiotischen Verwandten anzuhören», fuhr sie fort, während sie, in ihrem roten, seidenen Morgenrock und an ihrer Zigarette paffend, im Zimmer umherstolzierte. Mit dem dunklen Haar, das ihr in die Stirn fiel, sah sie aus wie eine Zigeunerin.

Nach dem Mittagessen fuhr sie weg, um ein Grammophon zu kaufen – wieso ein Grammophon, wieso ausgerechnet heute? Zerschlagen und mit rasendem Kopfweh blieb Kretschmar auf der Couch in dem gräßlichen Salon liegen und dachte: ‹Etwas Unerhörtes ist geschehen, aber ich bin eigentlich ganz ruhig. Annelieses Ohnmacht hat zwanzig Minuten gedauert, und dann hat sie geschrien – das war wahrscheinlich unerträglich anzuhören –, ich bin dagegen ganz ruhig… Ich kann mich nicht von ihr scheiden lassen, denn sie ist trotz allem meine Frau – und ich habe kein moralisches Recht auf eine Scheidung –, ich liebe Anneliese, und ich erschieße mich natürlich, falls sie durch meine Schuld sterben sollte. Ich möchte nur wissen, wie sie Irma den Umzug in Max' Wohnung, all die Eile und Aufregung erklärt haben. Es war abscheulich, wie Frieda darüber sprach: ‚Und sie hat geschrien und geschrien' – mit entsetzlicher Betonung auf dem ‚und'.› Seltsam, daß Anneliese nie zuvor in ihrem Leben die Stimme erhoben hatte.

Am nächsten Tag nutzte Kretschmar Magdas Abwesenheit, die ausgegangen war, um Schallplatten zu kaufen, und setzte einen langen Brief an seine Frau auf, in dem er ganz aufrichtig, wenn auch in allzu wohlgesetzten Worten, versicherte, daß er sie nach wie vor liebe – ungeachtet seiner Flamme, «die unser Familienglück mit einem Schlag in Schutt und Asche gelegt hat». Er weinte und horchte, ob Magda auch nicht zurückkomme, und schrieb weiter, weinend und vor sich hin flüsternd. Er bat seine Frau um Verzeihung, bat sie, ihre Tochter zu behüten und nicht zuzulassen, daß sie ihren unwürdigen, aber unglücklichen Vater hassen lernte – aber sein Brief enthielt keinen Hinweis darauf, ob er bereit war, auf seine Flamme zu verzichten, falls ihm seine Frau verziehe. Eine Antwort erhielt er nicht.

Dann wurde ihm klar, daß er, wenn er sich nicht weiter quälen wollte, bedingungslos, vorbehaltlos eine Scheußlichkeit begehen und das Bild seiner Familie aus seinem Gedächtnis ausradieren und sich ganz und gar der ungeheuerlichen, barbarischen, fast krankhaften Leidenschaft überlassen müsse, die Magdas heitere Anmut in ihm entfesselt hatte. Sie ihrerseits war immer bereit, jeden Sexanfall mit ihm zu teilen, beliebig lange und zu jeder Tages- und Nachtzeit, das erfrischte sie nur, sie war lebhaft und sorglos – denn glücklicherweise hatte ihr ein Arzt im vergangenen Jahr gesagt, daß sie nicht schwanger werden könne. Kretschmar brachte ihr bei, täglich mit Seife zu baden, statt nur Hände und Hals zu waschen, wie sie es bisher getan hatte. Ihre Nägel waren jetzt immer sauber und schimmerten an Händen wie Füßen in erdbeerrotem Lack. Sie rasierte sich die dunkelbrünetten Härchen unter den Achseln und schnitt sich dabei gewaltig mit der Gilletteklinge. Der Anblick von Blut rief bei ihr Ekel und Schwindelgefühl hervor. Kretschmar stürzte in die Apotheke, brachte gelbe Watte, Jod und noch alles mögliche andere.

Unentwegt entdeckte er neue Reize an ihr – und alles, was ihm an einer anderen wie vulgäre Durchtriebenheit oder grobe Schamlosigkeit vorgekommen wäre, rührte und amüsierte ihn bei Magda nur. Die noch leicht kindlichen Linien ihres Körpers und ihre unverhohlene Genußsucht – das langsame Verglimmen dieser Augen, die allmählich dunkler wurden wie die Lichterreihen im Theater, versetzte ihn in eine solche Raserei, daß er jeglichen körperlichen Anstand verlor – jene Zurückhaltung, die seine klassischen Umarmungen mit seiner schamhaften Frau charakterisiert hatten.

Er verließ das Haus kaum, aus Angst, Bekannte zu treffen, und ließ Magda nur mit klopfendem Herzen von sich weg, und das auch nur morgens – auf die Jagd nach Strümpfen und seidener Unterwäsche. Er war erstaunt über ihren Mangel an Neugier – sie stellte ihm nie irgendwelche Fragen nach seinem früheren Leben, weil sie zu dem Menschenschlag gehörte, der sich jemand Nahestehenden nur nach dem bekannten Schema vorstellt, und diesem Schema wird voll und ganz vertraut. Manchmal versuchte er, sie für seine Vergangenheit zu interessieren, erzählte ihr von seiner Kindheit, von seiner Mutter, an die er sich nur vage erinnerte, und von seinem Vater, einem imposanten Sanguiniker, der seine Pferde und Hunde, seine Eichen und seine geerbten Ländereien sehr geliebt hatte und ganz plötzlich gestorben war – woran wohl? –, an einem gewaltigen, erschütternden Lachanfall, der ihn im Billardzimmer zerriß, wo ein schwadronierender Gast, die Faust in die Handfläche klatschend, eine unflätige Zote rausgeprustet hatte.

«Was für eine? Erzähl», fragte Magda aufhorchend, aber er hatte sie vergessen.

Er erzählte ihr von seiner frühen Leidenschaft für die Malerei, von seinen Arbeiten und wertvollen Entdeckungen, davon, wie man ein Bild restauriert – mit Hilfe von Knoblauch und zerquetschtem Harz –, wie sich der alte Firnis in Staub verwandelt, wie unter einem mit Terpentin befeuchteten Flanellappen der grobe, schwarze Schatten verschwindet und eine sagenhafte Schönheit aufblüht – blaue Hügel, ein erleuchteter, wächserner Pfad, kleine Pilger...

Magda interessierte hauptsächlich, wieviel so ein Bild kostete.

Als er ihr vom Krieg erzählte und davon, welche Tortur er in den Schützengräben erlitten hatte, wunderte sie sich nur, warum er sich bei seinem Reichtum nicht unterderhand einen Posten hinter der Front verschafft habe. «Was bist du doch für ein ulkiges Schätzchen!» rief Kretschmar, küßte sie auf den Hals. «Mein Gott, was für eine Ulknudel!...»

Magda fing an, sich abends zu langweilen; es verlangte sie nach Kino, eleganten Bars und Negermusik. «Das sollst du alles, alles haben», sagte er, «hab nur Geduld, laß mich zu Atem kommen, nachdenken, mich umgewöhnen. Ich habe alle möglichen Pläne ... Wir fahren noch irgendwohin, du wirst schon sehen ...»

Er sah sich im Salon um und war frappiert, wie er, der geschmackloses Zeug nicht ertrug, sich mit dieser Anhäufung von Scheußlichkeiten angefreundet hatte, mit dieser Umgebung aus modischem Nippes, von dem sich Magda wahllos hinreißen ließ. Auf alles dies fiel der Abglanz seiner Leidenschaft, und alles wurde dadurch belebt.

«Wir haben uns wirklich sehr hübsch eingerichtet – nicht wahr, Magda?»

Sie stimmte herablassend zu. Sie wußte, daß dies alles nur vorübergehend war. Die Erinnerung an Kretschmars schnieke Wohnung ging ihr nicht aus dem Kopf; aber natürlich gab es keinen Grund zur Eile.

Als Magda eines Tages Anfang Juni zu Fuß von ihrem Schneider zurückkam und sich schon dem Haus näherte, packte sie jemand von hinten direkt über dem Ellbogen am Arm. Sie schnellte herum. Es war ihr Bruder Otto. Er grinste unangenehm. In geringer Entfernung standen, ebenfalls grinsend, aber verhaltener, zwei seiner Freunde.

«Schön, daß ich dich treffe, Schwesterherz», sagte er. «Nicht sehr nett von dir, deine Leute zu vergessen.»

«Laß meinen Ellbogen los!» sagte Magda ruhig und senkte die Wimpern.

Otto stemmte die Arme in die Hüften: «Wie schick du angezogen bist», sagte er, sie von Kopf bis Fuß musternd, «wirklich, ganz junge Dame.»

Magda drehte sich um und ging davon. Aber er packte sie wieder und tat ihr weh. «Aua!» schrie sie leise auf, wie sie es als Kind getan hatte.

«Also, du bist mir eine», sagte Otto, «ich beobachte dich schon drei Tage lang. Ich weiß, wie du lebst. Aber wir gehen besser ein Stück weiter...»

«Laß, laß», flüsterte Magda und versuchte seine Finger zu lockern. Einer der Passanten blieb sensationslüstern stehen. Ihr Haus war ganz in der Nähe. Kretschmar hätte zufällig aus dem Fenster schauen können. Das wäre schlecht gewesen.

Sie setzte sich in Bewegung, seinem Druck nachgebend. Otto führte sie um die Ecke. Feixend und mit den Armen schlenkernd, näherten sich die beiden andern – Kaspar und Kurt. «Was willst du von mir?» fragte Magda und schaute haßerfüllt auf die schmierige Schirmmütze ihres Bruders, die Zigarette hinter seinem Ohr und seinen bloßen Stiernacken. Er machte eine Kopfbewegung zur Seite. «Gehen wir in die Kneipe da.»

«Laß mich zufrieden», rief sie. Die beiden anderen kamen ganz dicht auf sie zu und bedrängten sie knurrend. Ihr wurde mulmig.

Sie gingen zu viert in die dunkle Kaschemme. An der Theke diskutierten ein paar Leute heiser und laut irgendwas. «Setzen wir uns hier in die Ecke», sagte Otto.

Sie setzten sich. Magda erinnerte sich lebhaft, wie sie mit ihrem Bruder und genau diesen sonnverbrannten Jungs in die Vororte zum Baden gefahren war. Sie brachten ihr Schwimmen bei und grapschten nach ihren nackten Schenkeln. Einer von beiden, Kaspar, hatte auf den Unterarmen und auf der Brust türkisfarbene Tätowierungen. Sie rekelten sich am Ufer, bewarfen sich mit dem feuchten, samtweichen Sand, und sie klatschten ihr auf den nassen Badeanzug, sobald sie sich flach hinlegte. All das war so toll gewesen, so lustig. Besonders, wenn der muskulöse, flachsblonde Kaspar, mit den Armen schlotternd, als sei ihm kalt, ans Ufer lief und tönte: «Is det Wasser aber naß!» Beim Schwimmen konnte er mit dem Mund unter Wasser laute Seehundgeräusche von sich geben. Und wenn er aus dem Wasser kam, kämmte er sich als erstes die Haare zurück und setzte sorgfältig seine Schirmmütze auf. Sie erinnerte sich, wie sie Ball spielten, und dann legte sie sich hin, und die anderen buddelten sie mit Sand ein, ließen nur ihr Gesicht frei und legten oben ein Kreuz aus Kieselsteinen aus.

«Also folgendes», sagte Otto, als vier Humpen mit Bier auf dem Tisch erschienen. «Du brauchst dich wegen deiner Familie nicht zu schämen, bloß weil du einen reichen Freund hast. Im Gegenteil, du mußt an die Familie denken.» Er trank einen Schluck, und seine Freunde taten es ihm nach. Beide betrachteten Magda spöttisch und unfreundlich.

«Du hast keine Ahnung, wovon du redest», sagte Magda würdevoll. «Die Sache ist ganz anders, als du denkst. Wir sind verlobt, da hast du's nämlich.»

Alle drei brachen in Gelächter aus. Magda war von ihnen so angeekelt, daß sie wegschaute und mit dem Verschluß ihrer Handtasche spielte. Otto nahm ihr die Tasche aus der Hand, machte sie auf und fand darin eine Puderdose, Schlüssel und drei Mark fünfzig. Er nahm das Geld an sich mit der Bemerkung, daß das reichen werde, um das Bier zu bezahlen. Dann legte er mit einer kleinen Verbeugung die Tasche vor sie auf den Tisch. Sie bestellten noch mehr Bier. Auch Magda nahm mit Mühe ein paar Schluck: Sie konnte Bier nicht ausstehen, aber sonst würden sie ihres auch austrinken. «Kann ich jetzt gehen?» fragte sie, ihre Sechser betupfend.

«Wie? Sitzt du etwa nicht gern mit deinem Bruder und seinen Freunden zusammen in der Kneipe?» wunderte sich Otto. «Magda, du hast dich sehr verändert. Aber vor allem – sind wir noch nicht zur Sache gekommen...»

«Du hast mich bestohlen, und jetzt gehe ich.»

Wieder knurrten sie alle, wie eben auf der Straße, und wieder wurde ihr mulmig.

«Von Stehlen kann nicht die Rede sein», sagte Otto boshaft. «Das ist nicht dein Geld, sondern Geld, das auf diese oder jene Weise unseren Brüdern abgepreßt wurde. Also rede lieber nicht von Stehlen. Du ...» Er faßte sich und sprach leiser. «Also folgendes, Magda. Sieh zu, daß du von deinem

Freund etwas Geld besorgst, für mich, für die Familie. Fünfzig Mark. Verstanden?»

«Und wenn ich's nicht mache?»

«Dann gibt's Rache», antwortete Otto ruhig. «Wir wissen
nämlich alles über dich... Verlobt – das ist gut!»

Magda lächelte plötzlich und flüsterte mit gesenkten Wimpern: «Na gut, ich werde es besorgen. Ist das alles? Kann ich
jetzt gehen?»

«So bleib doch noch, wo rennst du denn hin? Wir sollten
uns überhaupt öfter sehen, findest du nicht? Wie wär's mal
mit einem Ausflug, he?» wendete er sich an seine Freunde.
«War doch immer klasse! Hab dich nicht so, Magda.»

Aber sie war schon aufgestanden und trank ihr Bier im Stehen aus.

«Morgen mittag an derselben Ecke», sagte Otto, «und
dann treiben wir uns den ganzen Tag am Wannsee rum. Einverstanden?»

«Einverstanden», sagte Magda, lächelte, nickte und ging
hinaus.

Sie kam nach Hause, und als Kretschmar die Zeitung niederlegte und auf sie zuging, wankte und schwankte sie und tat, als
ob sie ohnmächtig würde. Es gelang ihr sehr gut. Er war besorgt, legte sie auf die Couch, brachte ihr Cognac. «Was ist bloß
passiert?» fragte er und streichelte ihr Haar. «Nun wirst du
mich verlassen», stöhnte Magda. Er schluckte und zog sofort
den schlimmsten Schluß: Untreue. ‹Und wenn schon? Dann
erschieße ich sie›, sagte er sich und wiederholte, schon wieder
ganz gefaßt: «Was ist passiert, Magda?» – «Ich habe dich betrogen», sagte sie und verstummte. ‹Sie muß sterben›, dachte
Kretschmar. «Ein schrecklicher Betrug, Bruno», fuhr sie fort.
«Mein Vater ist gar nicht Maler, sondern war Schlosser, und
jetzt ist er Portier, meine Mutter wienert die Treppe, und mein
Bruder ist ein gewöhnlicher Arbeiter. Ich hatte eine schwere,

652

schwere Kindheit – ich wurde geprügelt, ich wurde gemartert...»

Kretschmar fühlte eine unglaubliche – zärtliche, wohlige –
Erleichterung und dann Mitleid.

«Nein, küß mich nicht, Bruno. Du mußt alles wissen. Ich
bin von zu Hause weggelaufen. Ich habe mir zuerst als Modell Geld verdient. Eine entsetzliche Alte hat mich ausgebeu-
tet. Dann hatte ich eine unglückliche Affaire – er war verheiratet wie du, und seine Frau hat sich nicht von ihm scheiden
lassen, und da habe ich ihn verlassen, obwohl ich ihn wie
wahnsinnig geliebt habe. Dann war ein alter Bankier hinter
mir her, der mir sein gesamtes Vermögen vermachen wollte,
und dann gingen schmutzige Gerüchte um – das waren natürlich alles Lügen, er hat nichts bei mir erreicht. Er ist an
gebrochenem Herzen gestorben. Ich fing an, im ‹Argus› zu
arbeiten. Verstehst du – er hat versprochen, mich zu einem
Leinwandstar zu machen, aber ich habe den ehrlichen Weg
gewählt...»

«Liebste, meine Liebste», murmelte Kretschmar.

«Und du verachtest mich wirklich nicht?» fragte sie und
versuchte unter Tränen zu lächeln, was schwierig war, denn
da waren keine Tränen. «Da bin ich aber froh, daß du mich
nicht verachtest. Doch jetzt laß mich dir das Schlimmste erzählen: Mein Bruder hat mir nachspioniert, er verlangte Geld
von mir und wird uns jetzt erpressen ... Verstehst du, als ich
ihn sah und dachte: Mein armes, vertrauensvolles Häschen
hat keine Ahnung, aus was für einer Familie ich komme – also
weißt du, da habe ich mich auch wegen dem anderen geschämt – daß ich dir nicht die ganze Wahrheit gesagt habe –
ich habe mich so geschämt, Bruno...»

Er umarmte sie, kitzelte sie zärtlich, sie begann leise zu lachen (wie leicht es doch war, ihren Bruder auszutricksen).

«Weißt du», sagte Kretschmar, «jetzt habe ich Angst, dich

653

noch einmal allein ausgehen zu lassen. Was sollen wir tun? Sollen wir nicht lieber die Polizei verständigen?»

«Nein, bloß nicht», rief Magda mit außerordentlichem Nachdruck. Aus irgendeinem Grund fürchtete sie die Polizei und Polizisten.

Kapitel 10

Am nächsten Morgen ging sie in Begleitung von Kretschmar aus – sie mußte viele leichte Sommersachen und Creme gegen Sonnenbrand kaufen: Solfi, der Badeort an der Adria, den Kretschmar ausgewählt hatte, war berühmt für seinen gleißenden Strand. Als sie ins Taxi stiegen, sah sie ihren Bruder auf der anderen Straßenseite stehen, aber sie machte Kretschmar nicht auf ihn aufmerksam.

Sich mit Magda zu zeigen, mit ihr von einem Geschäft ins andere zu gehen, war für Kretschmar mit ständiger Nervosität verbunden: Er fürchtete Begegnungen mit Bekannten und konnte sich an seine neue Lage noch nicht gewöhnen. Als sie nach Hause zurückkamen, war der Spitzel schon weg; Magda wußte, daß ihr Bruder tödlich beleidigt war und nun zur Tat schreiten würde. So geschah es auch. Zwei Tage vor ihrer Abfahrt war Kretschmar gerade dabei, einen Geschäftsbrief zu schreiben, während Magda im Nebenzimmer bereits ihre Sachen zusammengefaltet in den neuen Koffer packte; er hörte das Rascheln von Seidenpapier und ein kleines Lied, das sie mit geschlossenem Mund und ohne Text unablässig leise vor sich hin summte. ‹Wie seltsam das alles ist›, dachte Kretschmar. ‹Hätte mir eine Wahrsagerin zu Silvester gesagt, wie radikal sich mein Leben innerhalb von ein paar Monaten ändern würde...› Magda ließ im Nebenzimmer etwas fallen, das Summen riß für einen Augenblick ab und wurde dann wieder aufgenommen. ‹Vor fünf Monaten war ich noch ein

Mustergatte, und Magda existierte in der Welt der Dinge einfach nicht. Wie schnell das ging. Andere Leute können ein glückliches Familienleben mit harmlosen Vergnügungen verbinden, aber in meinem Fall ging aus irgendeinem Grund gleich alles in die Brüche, und selbst jetzt kann ich nicht sagen, wann die erste Unvorsichtigkeit begangen wurde; und hier sitze ich nun und scheine ganz klar und vernünftig zu überlegen, aber in Wirklichkeit geht der Sturzflug immer weiter, wer weiß wohin...›

Er seufzte und machte sich wieder an den Brief. Plötzlich ging die Klingel. Aus verschiedenen Türen rannten gleichzeitig in die Diele: Kretschmar, Magda und die Köchin. «Bruno», sagte Magda flüsternd, «sei sehr vorsichtig, ich bin sicher, das ist Otto.» – «Geh in dein Zimmer», antwortete Kretschmar. «Ich werde ihn schon richtig behandeln.»

Er öffnete die Tür. Auf der Schwelle stand ein junger Mann mit grobschlächtigem, dummem Gesicht – der dennoch Magda überraschend ähnlich sah. Er trug einen ganz ordentlichen blauen Sonntagsanzug, und das schmale Ende seiner violetten Krawatte verschwand unter dem Hemd.

«Wen wünschen Sie?» fragte Kretschmar.

Otto hüstelte und sagte vertraulich: «Ich muß mit Ihnen über meine Schwester sprechen, ich bin Magdas Bruder.»

«Und warum ausgerechnet mit mir?»

«Sie sind Herr...?» begann Otto fragend. «Herr...»

«Schiffermüller», ergänzte Kretschmar erleichtert.

«Nun ja, Herr Schiffermüller, ich habe Sie zufällig mit meiner Schwester gesehen, und darum dachte ich, es würde Sie vielleicht interessieren, wenn ich... wenn wir...»

«Gewiß – aber warum so zwischen Tür und Angel? Bitte, kommen Sie doch herein.»

Er trat ein und hüstelte wieder.

«Also folgendes, Herr Schiffermüller. Mein Schwester-

chen ist jung und unerfahren. Meine Mutter, Herr Schiffermüller, hat keine Nacht mehr geschlafen, seit unsere Magda
von zu Hause weggelaufen ist. Ja, Herr Schiffermüller, sie ist
nämlich erst fünfzehn, wissen Sie – glauben Sie ihr nicht, wenn
sie sagt, daß sie älter ist. Wenn Sie gestatten, das sieht sehr übel
aus, Herr Schiffermüller. Was soll das denn, mein Herr, wir
sind schließlich ehrbare Leute – mein Vater ist alter Soldat. Ich
weiß nicht, wie man das wieder einrenken kann...»

Otto steigerte sich immer weiter hinein und fing an zu glauben, was er sagte.

«Ich weiß es wirklich nicht», fuhr er mit zunehmender Erregung fort. «Das ist nicht recht, Herr Schiffermüller. Stellen
Sie sich vor, Sie hätten eine geliebte, unschuldige Schwester,
die sich jemand gekauft hat, um sie zu verführen...»

«Hören Sie mal zu, mein Freund», unterbrach ihn Kretschmar. «Da scheint ein Irrtum vorzuliegen. Meine Verlobte hat
mir erzählt, daß ihre Familie nur allzu froh war, sie loszuwerden.»

«Aber, mein Herr», sagte Otto zwinkernd und kopfschüt-
telnd. «Sie werden mir doch nicht weismachen, daß Sie sie
heiraten wollen. Ja, wo ist denn die Garantie, ja, wenn man ein
ehrbares Mädchen heiraten will, dann spricht man zuallererst
mit ihren Eltern oder ihrem Bruder darüber – ein bißchen mehr
Umsicht und ein bißchen weniger Stolz, mein Herr.»

Kretschmar starrte Otto etwas besorgt an, während er bei
sich dachte, daß der andere eigentlich ganz vernünftig redete
und ebensoviel Recht hatte, sich um Magda Sorgen zu machen
wie Max um Anneliese; gleichzeitig spürte er, daß Otto verlogen und grob und daß sein Eifer geheuchelt war.

«Halt, halt», fuhr Kretschmar resolut dazwischen. «Ich
weiß genau, wie die Dinge liegen, aber Sie haben keinerlei
Recht, sich dazu zu äußern, das geht Sie gar nichts an. Und jetzt
gehen Sie bitte.»

«Oh, wirklich», sagte Otto mürrisch. «Wirklich. Na, gut.»

Er schwieg, knautschte seine Mütze in der Hand und schaute zu Boden. Er überlegte eine Weile, dann versuchte er es in einem anderen Ton.

«Sie werden vielleicht teuer bezahlen müssen, mein Herr. Vielleicht kenne ich meine Schwester ganz gut – durch und durch. Ich habe sie nur aus brüderlichen Gefühlen unschuldig genannt. Aber Sie, Herr Schiffermüller, sind zu vertrauensselig – es ist ziemlich merkwürdig und sogar komisch, daß Sie sie Ihre Verlobte nennen. Ich könnte Ihnen da ein, zwei Sachen erzählen.»

«Ganz überflüssig», erwiderte Kretschmar heftig errötend. «Sie hat mir alles selbst erzählt. Ein unglückliches Kind, das von seiner Familie im Stich gelassen wurde. Bitte, gehen Sie auf der Stelle», und Kretschmar hielt die Tür auf.

«Das wird Ihnen noch leid tun», sagte Otto linkisch.

«Gehen Sie», wiederholte Kretschmar.

Der andere zog sich sehr langsam zurück. Kretschmar stellte sich mit der oberflächlichen Sentimentalität von Leuten aus ganz anderen Lebensumständen plötzlich vor, wie armselig und häßlich die Existenz dieses Jungen sein mußte. Bevor er die Tür schloß, zog er rasch seine Brieftasche hervor, benetzte seinen Daumen und drückte Otto einen Zehnmarkschein in die Hand.

Die Tür schlug zu. Otto betrachtete den Geldschein, stand da und stand, und dann läutete er.

«Was, Sie schon wieder?» rief Kretschmar.

Otto streckte die Hand mit der Banknote aus. «Ich will Ihr Trinkgeld nicht», murmelte er zornig. «Geben Sie dieses Geld lieber den Arbeitslosen, falls Sie es nicht brauchen.»

«Aber bitte, mein Freund, nehmen Sie es doch», sagte Kretschmar verlegen.

Otto zuckte die Achseln. «Ich nehme keine Krumen von den Reichen. Ich habe auch meinen Stolz. Ich...»

«Ich dachte nur...», hob Kretschmar an.

Otto redete noch ein bißchen weiter, scharrte mit den Füßen, stopfte das Geld mürrisch in seine Tasche und ging. Der sozialen Ehre war Genüge getan, nun konnte er menschliche Bedürfnisse befriedigen gehen.

‹Nicht viel›, dachte er, ‹aber immerhin.›

Kapitel 11

Von dem Augenblick an, da Anneliese Magdas Brief gelesen hatte, kam es ihr unablässig vor, als ziehe sich ein verrückter Traum endlos in die Länge, oder als habe sie den Verstand verloren, oder als sei ihr Mann tot und man wolle ihr weismachen, er habe sie nur betrogen. Sie erinnerte sich jetzt, wie sie ihn an jenem Abend – der nun schon so weit weg schien – auf die Stirn geküßt hatte, ehe er fortging, und er hatte dann gesagt: «Jedenfalls sollte man trotzdem lieber morgen den Arzt um Rat fragen. Sie wird sich die ganze Zeit kratzen.» Das waren seine letzten Worte gewesen – über einen leichten Hautausschlag an Irmas Händen und Hals –, und dann war er für immer gegangen, doch während der Ausschlag in ein paar Tagen von etwas Zinksalbe geheilt war, gab es auf der ganzen Welt keine Salbe, die die Erinnerung an seine große, warme Stirn ausradieren konnte und die schwungvolle Bewegung zur Tür, die Drehung des Kopfes: «Jedenfalls sollte man trotzdem lieber morgen...»

Während der ersten Tage weinte sie so viel, daß sie selber erstaunt war, daß ihre Tränendrüsen nicht versiegten – ob die Physiologen wissen, wieviel Salzwasser aus den Augen eines Menschen fließen kann? Und das erinnerte sie daran, wie sie und ihr Mann auf einer Terrasse in Abbazia die dreijährige Irma in einer kleinen Wanne mit Meerwasser gebadet hatten – und plötzlich zeigte sich, daß noch genügend Tränen übrig waren – genug, um so eine Wanne vollzuweinen, das Kind darin zu baden und dann mit einem Photoapparat zu knipsen, um ein Photo zu bekommen wie in dem Album mit Irmas Babybildern: die Terrasse, die kleine Wanne, das glänzende runde Kind, der Schatten ihres Mannes – denn die Sonne stand genau hinter ihm, als er das Photo machte –, der lange Schatten mit den gespreizten Ellbogen, der sich über den Kies erstreckte.

Manchmal, in Minuten vergleichsweiser Ruhe, sagte sie sich: Na gut, mich hat er verlassen, aber Irma – wie konnte er an sie nicht denken? Und Anneliese begann ihrem Bruder in den Ohren zu liegen, ob es klug gewesen sei, sie nur mit der Bonne nach Misdroy zu schicken, und Max antwortete, doch, ja, und drängte sie, ebenfalls hinzufahren, doch sie wollte nichts davon hören. Ungeachtet der Demütigung, des Verhängnisses, des Entsetzens und des Gefühls, daß nichts wiedergutzumachen war, wartete Anneliese, die sich dessen kaum bewußt war, doch Tag um Tag weiter darauf, daß sich die Tür öffnen und bleich, schluchzend und mit weitgeöffneten Armen ihr Mann hereinkommen würde.

Den größten Teil des Tages verbrachte sie in irgendeinem zufälligen Sessel – manchmal sogar im Flur, wo auch immer der Nebel ihrer Gedanken sie überfiel – und hing dieser oder jener Einzelheit ihrer Ehe nach, und da kam es ihr bereits so vor, als sei er ihr von Anfang an all diese neun Jahre lang untreu gewesen.

Max tat, was er konnte, um Anneliese auf andere Gedanken zu bringen, brachte ihr Zeitschriften und neue Romane mit, sprach mit ihr über ihre gemeinsame Kindheit, ihre seit langem toten Eltern und ihren älteren Bruder, der im Krieg gefallen war. An einem heißen Sommertag fuhr er sie zum Tiergarten, wo sie ausstiegen und umherschlenderten und eine halbe Stunde lang einem kleinen Affen zusahen, der seinem Eigentümer, der mit ihm dort spazierenging, ausgerückt war und im Dickicht einer hohen Ulme saß, von wo ihn sein Herr mit leisem Pfeifen, dem Blitzen eines kleinen Spiegels oder mit einer großen, gelben Banane vergeblich herunterzulocken versuchte. «Er wird ihn nicht wiederbekommen, es ist hoffnungslos, er kommt nie wieder», sagte Anneliese schließlich und brach in Tränen aus. Sie kehrten zu Fuß nach Hause zurück, und es war so heiß, daß Max sein Jackett auszog, obwohl er nur Hosenträger anhatte. «Das ist aber nicht schön», sagte Anneliese mit einem Seufzer. «Du brauchst einen Gürtel.» – «Aber er hält nicht», entgegnete Max. «Mein Bauch ist irgendwie nicht richtig gewachsen.» In diesem Augenblick krallte sich seine Schwester ihm heftig in den Arm. Sie blickte zur Seite, auf ein vorbeifahrendes Taxi. Das Taxi hupte, klappte seine rote Zunge rechts heraus und verschwand um die Ecke.

Kapitel 12

In ihrem schwarzen Badetrikot, das so kurz war, daß es an den Oberschenkeln schräg zulief und in der Tiefe in einer sanft gewölbten Spitze verschwand, wie jetzt, als sie, die ausgestreckten Beine rekelnd, auf dem Rücken lag – in diesem schwarzen Badeanzug mit dem weißen Plastikgürtel und den keilförmigen Ausschnitten an den Seiten, die bis an die Taille reichten, unterschied sich Magda durch die auffällige Wohlgeformtheit und das Ebenmaß ihrer Glieder von zwei halbwüchsigen Mädchen, den Töchtern eines krebsroten Engländers mit Leinenhut, die in einiger Entfernung lagen. Kretschmar hatte die Ellbogen in den Sand gestützt und betrachtete sie unverwandt, ihre Arme und Beine, die schon ein glatter sonniger Film bedeckte, ihr rotgoldenes Gesicht mit der sich schälenden Nase und dem frisch geschminkten Mund. Die aus der Stirn zurückgestrichenen Haare verströmten einen kastanienfarbenen Glanz, in der kleinen Ohrmuschel glitzerten winzige Sandkörner, durch das dunkle Trikot hindurch schienen die noch dunkleren Brustwarzen. Und das Versprechen dieses ganzen enganliegenden Badeanzugs mit seinen täuschenden Blickfängen und Durchsichtigkeiten, seinen feinen Trägern über den Schultern hing, wie man so sagt, an einem seidenen Faden – schneidet man hier oder dort etwas durch, ist kein Halten mehr.

Kretschmar ließ eine Handvoll leichten Sand aus der Handfläche auf ihren eingezogenen Bauch rinnen. Magda öffnete die Augen, blinzelte in die Sonne, lächelte ihren Liebhaber an und kniff die Augen wieder zu. Unvermittelt richtete sie sich auf, legte die Arme um die Knie und blieb regungslos so sitzen. Nun konnte er ihren entblößten Rücken sehen, das Spiel ihrer Wirbel, das Glitzern haftengebliebener Sandkörner. «Warte, ich wische sie weg», sagte er. Ihre Haut war heiß und seidig. «Mein Gott», sagte Magda, «wie blau das Meer ist.»

Es war wirklich sehr blau. Wenn sich eine Welle hob, spiegelten sich auf ihrem schimmernden Vorhang die Silhouetten der Badenden als kobaltblaue Schatten wider. Ein Mann in orangenem Bademantel stand direkt am Wasser und putzte seine Brille. Von irgendwoher flog ein großer, harlekinbunter Ball herbei, prallte mit einem dumpfen Ton auf den Sand, und Magda streckte sich augenblicklich danach, schnappte ihn, sprang auf und warf ihn jemandem zu. Nun sah Kretschmar ihre Gestalt in das sonnige Farbengemisch des Strandes eingerahmt, das jetzt jedoch für ihn verblaßte, sosehr konzentrierte er seinen Blick auf Magda. Leicht, gewandt, mit der dunklen Strähne am Ohr und dem noch immer vom Wurf ausgestreckten Arm in dem funkelnden Armband, erschien sie ihm wie eine köstliche Vignette über dem ersten Kapitel seines ganzen Lebens.

Als sie zu ihm hin lief, lag er auf dem Bauch und beobachtete die Bewegungen ihrer kleinen Füße. Magda beugte sich über ihn und packte ihn, fröhlich prustend, mit einer verspielten berlinerischen Geste an der wohlgefüllten Badehose.

«Los, ins Wasser!» rief sie und rannte vorwärts, auf Zehenspitzen und ein Bein leicht nachziehend – und dann ging sie, schon im Wasser, mit ausgebreiteten Armen und mit verlangsamtem Schritt immer weiter und weiter, und da schäumte schon die kräuselnde Gischt bis zu den Knien an ihr hinauf. Sie ließ sich im Wasser auf alle viere fallen, versuchte zu schwimmen, verschluckte sich aber und rappelte sich rasch auf, um lachend vor Kretschmar wegzulaufen. Ihr schwarzer Badeanzug glänzte, klebte am Körper, und auf ihrem Bauch zeichnete sich in der Mitte eine kleine Ausbuchtung ab. «Hach, hach», keuchte sie lächelnd, speuzte und wischte sich das nasse Haar aus den Augen. Plötzlich fuhr sie mit der Hand über die Wasseroberfläche und bespritzte Kretschmar, der es ihr nachtat, und so scheuchten sie sich lange gegenseitig mit dem blendenden Wasser und kreischten dabei laut, und die ältere Engländerin unter ihrem Sonnenschirm sagte träge zu ihrem Mann: *«Look at that German romping about with his daughter. Now don't be lazy, take the kids out for a good swim...»*

Kapitel 13

Danach gingen sie in ihren geblümten Bademänteln einen Kiespfad zwischen Büschen aus gelbem Ginster und Kreuzdorn hinauf. Eine kleine, aber für enormes Geld gemietete Villa leuchtete weiß wie Zuckerwerk durch die Schwärze der Zypressen. Über den Kies glitten blauflügelige Grillen. Magda versuchte sie mit der Hand zu fangen. Sie kauerte sich auf dem Kies nieder, näherte vorsichtig ihre Finger der Schnarrheuschrecke, aber die eckig hervorstehenden Glieder ruckten plötzlich, die fächerförmigen Flügel schossen hervor, und das Insekt flog drei Meter weiter oder verlor sich zwischen den Disteln eines vernachlässigten Gartens.

In dem kühlen Zimmer mit dem von der Jalousie geworfenen Gittermuster auf dem Terrakottaboden streifte Magda schlangengleich die dunkle Haut ihres Badeanzugs ab und lief, mit nichts am Leib als einem Paar hochhackiger Pantoletten, im Zimmer auf und ab, und Streifen aus Sonnenlicht von der Jalousie liefen ihr kreuz und quer über den Körper.

Abends war Tanz im Casino. Das Meer bekam einen spiegelnd violetten Farbton, und in Richtung Ragusa erschien ein bereits hellerleuchtetes Schiff. Kretschmar tanzte leichtfüßig mit ihr, und ihr glatt frisierter Kopf reichte ihm kaum bis an die Schulter.

Sehr bald nach ihrer Ankunft machten sie verschiedene Bekanntschaften – Italiener, Engländer, Österreicher –, und Kretschmar wurde sich sogleich einer nagenden, beschämen-

666

den Eifersucht bewußt, als er beobachtete, wie dicht sich Magda beim Tanzen an einen anderen schmiegte, besonders da er wußte, daß sie unter ihrem dünnen Kleid nicht das geringste anhatte, nicht einmal Strumpfhalter: Die wundervolle Sonnenbräune ersetzte ihre Strümpfe. Sie schaute zu ihrem Kavalier auf und lächelte verhalten. Manchmal verlor Kretschmar sie aus den Augen, und dann stand er auf, ging, mit einer Zigarette auf das Etui klopfend, ruhelos umher, schlenderte dann in irgendeinen Raum, wo Karten gespielt wurden, und weiter auf die Terrasse und dann in den Billardraum, und schon ganz außer sich, schon in der Gewißheit, daß sie ihn irgendwo betrog, kehrte er durch das Menschenlabyrinth zu seinem Tisch zurück, und plötzlich tauchte sie auf und setzte sich in ihrem eleganten, schimmernden Kleid, das sie nicht älter machte, an seine Seite, und er verriet nichts von seinen Ängsten, streichelte aber unter dem Tisch nervös ihre nackten Knie, die sie aneinanderschlug, als sie sich leicht zurücklehnte und über die lustigen Bemerkungen eines Österreichers lachte.

Zu Magdas Gunsten muß gesagt werden, daß sie all ihre Kräfte zusammennahm, um Kretschmar vollkommen und bedingungslos treu zu bleiben. Aber so oft und so ausgiebig er sie auch liebkoste, fühlte Magda doch schon seit langem, daß etwas fehlte, daß ihre Gefühle nicht vollkommen waren, und das zerrte an ihren Nerven, und sie dachte an den anderen, ihren ersten, dessen geringste Berührung alles in ihr entflammt und erregt hatte. Unglücklicherweise sah ein junger Österreicher, der beste Tänzer in Solfi, ihrem ersten Geliebten irgendwie ähnlich – diese Ähnlichkeit war nicht mit den Augen zu erfassen, sie äußerte sich in einer Eigentümlichkeit der trockenen Berührung seiner großen Handflächen, an seinem durchdringenden, leicht spöttischen Blick, in der Art und Weise, die Nüstern zu weiten. Einmal verirrte sie sich mit

667

ihm zwischen zwei Tänzen zufällig in einen dunklen Winkel des Casinogartens, und da war auch jene sehr banale, sehr menschliche Mischung aus ferner Musik und Mondschein, die einen solchen Effekt auf jedes Gemüt hat. Ein schuppiges Glitzern spielte auf der Wasseroberfläche, und die Schatten des Oleanders huschten über das unheimliche Weiß der nahen Wand. «Ach nein», sagte Magda, als sie spürte, wie die Lippen des schweigenden Mannes, der sie umarmte, über ihren Hals, über ihre Wange wanderten, während seine heißen, geschickten Hände unter das Ballkleid tasteten, das sie direkt am Körper trug. «Ach nein», wiederholte sie, warf aber schon den Kopf zurück und erwiderte gierig seinen Kuß, und er liebkoste sie dabei so durchtrieben, daß sie noch größere Lust kommen fühlte – doch sie riß sich rechtzeitig los und rannte die Galerie entlang auf die ferne, erleuchtete Tür zu.

Diese Szene wiederholte sich nie. Nachdem Magda von dem Leben gekostet hatte, das Kretschmar ihr bieten konnte, ein Leben voll vom Luxus erstklassiger Filme mit ihren Brillantinesonnen und dem Wind in Palmen –, fürchtete sie so sehr, im Handumdrehen alles zu verlieren, daß sie sich auf kein Risiko einließ und eine Zeitlang sogar ihre vielleicht wichtigste Eigenschaft verlor – ihr Selbstvertrauen. Das Selbstvertrauen kehrte übrigens gleich wieder zurück, sobald sie sich im Herbst wieder in Berlin befanden. «Sehr hübsch, wirklich», sagte sie trocken, als sie ihren Blick über das erstklassige Zimmer eines erstklassigen Hotels schweifen ließ. «Aber du weißt, Bruno, daß das nicht ewig so weitergehen kann.»

Kretschmar beeilte sich zu versichern, daß er schon Schritte unternommen habe, eine neue Wohnung zu mieten.

«Er hält mich wohl für blöde, wie?» fragte sie sich in abgrundtiefer Verachtung gegen ihn. «Bruno», brachte sie leise hervor. «Du verstehst mich nicht...» Sie seufzte tief, setzte sich dann und bedeckte das Gesicht mit den Händen.

«Du schämst dich meinetwegen», sagte sie und beobachtete Kretschmar durch die Finger.

Er wollte sie umarmen. «Rühr mich nicht an!» schrie sie und fuhr zurück. «Ich will bloß – nie wieder in Hinterhöfen frieren und den ganzen Tag zusehen, wie du Angst hast, mit mir auf die Straße zu gehen. Nein, wage es nicht, mich anzufassen ... Ich weiß es ganz genau. Wenn du dich meinetwegen schämst, kannst du mich ja verlassen und zu deinem Lieschen zurückgehen, bitte sehr, geh doch ...»

«Magda, hör auf», murmelte Kretschmar hilflos.

Sie warf sich auf das Sofa. Sie brachte es fertig, in Schluchzen auszubrechen. Kretschmar kniete nieder und versuchte behutsam, ihre Schulter zu berühren, mit der sie jedesmal zuckte, wenn seine Finger nahe kamen. «Was wünschst du denn?» fragte er. «Hm, Magda?»

«Ich will ganz offen mit dir leben», stieß sie hervor und verschluckte sich. «In deiner eigenen Wohnung – und unter Leute gehen – leben in aller ...»

«Gut», sagte er und erhob sich.

‹Und übers Jahr heiratest du mich›, dachte Magda bei sich, während sie mechanisch weiterschluchzte, ‹du heiratest mich, natürlich nur, falls ich nicht schon in Hollywood bin – denn in diesem Fall kannst du zum Teufel gehen.›

«Ich flehe dich an, weine nicht mehr!» rief Kretschmar. «Sonst muß ich selbst noch anfangen zu weinen.»

Magda setzte sich auf und lächelte kläglich. Tränen standen ihr ungemein. Ihr Gesicht flammte, die feuchten Augen strahlten, und auf ihrer Wange zitterte eine wunderbare birnenförmige Träne.

Kapitel 14

Ebenso wie er mit Magda nun nie mehr über Kunst sprach, von der sie keinen blassen Dunst hatte, sagte Kretschmar ihr nichts von den Qualen, die er während der ersten Tage ihres gemeinsamen Lebens in der alten Wohnung durchmachen mußte, in der er zehn Jahre mit seiner Frau verbracht hatte. Überall gab es Dinge, die ihn an Anneliese erinnerten, ihre Geschenke an ihn und seine an sie. In Friedas Augen las er stumme Mißbilligung, und nach einer Woche, als sie ihrer neuen Gnädigen wieder einmal irgend etwas nicht hatte recht machen können, ließ sie Magdas schrilles Gezeter verächtlich zu Ende über sich ergehen und kündigte dann stehenden Fußes. Das Schlafzimmer und das Kinderzimmer sahen Kretschmar vorwurfsvoll, rührend und unschuldig in die Augen – besonders das Schlafzimmer, denn das Kinderzimmer hatte Magda im Handumdrehen in ein kahles Pingpongzimmer verwandelt. Aber das Schlafzimmer... In der ersten Nacht bildete sich Kretschmar ein, er könne dort noch den schwachen Duft des Eau de Cologne seiner Frau wahrnehmen, und das deprimierte und hemmte ihn insgeheim, so daß Magda in jener Nacht über seine unerwartete Schlaffheit kicherte.

Oh, welche Tortur dieser erste Telephonanruf war, als ein alter Bekannter bei ihm anrief, um zu fragen, ob sie sich in Italien gut erholt hätten, wie es Anneliese gehe und ob sie am Mittwoch mit seiner Frau in eine Premiere gehen wolle. «Wir leben vorübergehend getrennt», brachte Kretschmar mühsam heraus («vorübergehend ...», dachte Magda spöttisch, während sie ihren blasser werdenden Rücken im Spiegel betrachtete).

Eine freudlose Zerstreuung bezog er aus der Beobachtung, wie die Erinnerung an seine Frau nach und nach aus den Fragen seiner Freunde verschwand. Irgend jemandem gegenüber deutete er an, daß er eine Verlobte habe; Magda gegenüber vermied er dieses Wort jedoch. Das Gerücht von der Veränderung in seinem Leben verbreitete sich sehr schnell – und wieder fand er es interessant zu verfolgen, wie manche aufhörten, ihn zu besuchen, wie andere dagegen übertrieben liebenswürdig zu ihm und Magda waren, während einige so zu tun versuchten, als wäre gar nichts geschehen. Schließlich waren da noch einige, die ihn nach wie vor gern besuchten, obwohl es sich irgendwie so ergab, daß sie nicht mehr mit ihren Frauen kamen, die eigenartig krankheitsanfällig geworden waren.

Er gewöhnte sich bald an Magdas Anwesenheit in diesen erinnerungsbeladenen Räumen, und das kam daher, daß sie nur den angestammten Platz eines beliebigen geringfügigen Gegenstandes verändern mußte, um das jeweilige Zimmer sogleich seines vertrauten Charakters zu berauben und jegliche Erinnerung für immer auszulöschen. Und bis zum Winter war die Vergangenheit in diesen zwölf Räumen ganz ausgestorben – und schön wie die Wohnung vielleicht war, hatte sie doch nichts mehr mit jener Wohnung gemein, in der er mit Anneliese gelebt hatte.

Als er eines späten Abends Magdas Rücken nach einem Ball abseifte (so war das bei ihnen), während sie in der parfümierten Wanne saß und mit den Fußspitzen einen triefenden Schwamm aus dem Wasser holte, fragte sie ihn plötzlich, ob er nicht glaube, daß sie Filmschauspielerin werden könne. Er lachte und sagte, im Vorgefühl der bevorstehenden Wonnen schon völlig geistesabwesend: «Natürlich, warum nicht?», woraufhin Magda endlich aus der Wanne stieg, und er hüllte sie ungeduldig in ein Frotteetuch, rieb sie trocken und trug sie ins Schlafzimmer.

Ein paar Tage später kam sie auf das Thema zurück, und diesmal wählte sie einen Augenblick, da Kretschmars Kopf klarer war. Er war entzückt über ihre Liebe zum Kino und begann, im Glauben, damit ihr Interesse zu wecken, einige seiner Lieblingstheorien über den Stumm- und den Tonfilm darzulegen. «Der Ton», sagte er, «wird dem Kino sofort den Garaus machen.» – «Wie machen sie einen Film von einem?» unterbrach sie ihn mitten im Satz. Er schlug vor, sie in ein Studio mitzunehmen, wo er ihr die Sache zeigen und erklären könne. Damit fing alles an.

‹Was tue ich da, halt, halt›, sagte er sich eines Tages, als er sich erinnerte, daß er am Abend zuvor versprochen hatte, einen Film, den ein mittelmäßiger Regisseur drehen wollte, zu finanzieren, unter der Bedingung, daß Magda die zweite weibliche Hauptrolle bekam, die Rolle einer verlassenen Geliebten.

‹Dumm von mir!› fuhr er in Gedanken fort. ‹Das Studio wird von allen möglichen glanzlosen Schauspielern und Schürzenjägern wimmeln, und ich mache mich lächerlich, wenn ich ihr auf Schritt und Tritt hinterherlaufe. Andererseits braucht sie irgendeine Beschäftigung, und wenn sie morgens früh aufstehen muß, wird sie abends weniger durch die Kneipen ziehen.›

Für Überlegungen war es zu spät – der Vertrag war bereits unterzeichnet, und bald begannen die Proben. Die ersten beiden Tage kam Magda äußerst mürrisch und verdrießlich nach Hause, klagte, daß sie gezwungen werde, die gleiche Bewegung hundert Mal hintereinander zu machen, daß der Regisseur sie angeschrien habe, daß die riesigen Scheinwerfer sie blendeten. Sie hatte nur den einen Trost: daß die Hauptdarstellerin, Dorianna Karenina (dieselbe, die ein Jahr zuvor mit Cheepy auf dem Arm abgebildet worden war), charmant zu ihr war, sie lobte und ihr wahre Wunder prophezeite (‹Ein schlechtes Zeichen›, dachte Kretschmar).

Sie bestand darauf, daß er bei den Aufnahmen nicht anwesend war, es mache sie eben befangen, und außerdem wäre es keine Überraschung mehr, wenn er schon vorher alles gesehen hätte. Dafür beobachtete er sie zu Hause des öfteren mit größter Rührung dabei, wie sie vor dem Trumeau schmachtende, tragische Posen einnahm. Als sie ihn bemerkte, stampfte sie mit dem Fuß auf, und er schwor, nichts gesehen zu haben.

Er brachte sie gewöhnlich mit dem Wagen zum Studio und holte sie auch wieder ab, und als man ihm eines Tages sagte, die Probe würde noch zwei Stunden dauern, machte er einen Spaziergang und geriet unversehens in die Gegend, wo Max wohnte, und da verspürte er ein heftiges Verlangen, seine Tochter von weitem zu sehen – um diese Zeit kam sie gewöhnlich aus der Schule. Er bildete sich plötzlich ein, daß sie dort hinten mit Freundinnen gehe, Angst überkam ihn, und rasch ging er davon.

An diesem Tag kam Magda erhitzt und lachend aus dem Studio; die Aufnahmen näherten sich dem Ende, und heute sei ihr nicht ein einziger Verweis erteilt worden, und sie habe gespielt wie nie zuvor. «Weißt du was?» sagte Kretschmar. «Ich werde Dorianna zum Abendessen einladen. Ja, ein großes Abendessen mit interessanten Gästen. Heute morgen hat mich ein bekannter Künstler angerufen, vielmehr ein Karikaturist, weißt du, jemand, der so Karikaturen macht. Er hat Cheepy erfunden, die du so magst. Er ist gerade aus Amerika zurückgekommen, und es heißt, daß er sehr, sehr amüsant ist. Den habe ich auch schon eingeladen.»

«Nur, ich will neben dir sitzen», sagte Magda. «Letztes Mal...»

«Gut, gut, aber vergiß nicht, mein Schatz, es müssen nicht alle wissen, daß du bei mir wohnst.»

«Ach, das wissen sowieso alle», sagte Magda, und ihr Gesicht verfinsterte sich plötzlich.

«Versteh doch», fuhr Kretschmar fort, «es setzt dich und nicht mich in ein schlechtes Licht. Mir macht es nichts aus, natürlich nicht, ich mag diese Umstände nicht, aber um deinetwillen, Magdalein, mach es wie letztes Mal, bitte, tu es für dich.»

«Aber es ist so blöd... Und außerdem gibt es eine Möglichkeit, diese Unannehmlichkeiten zu vermeiden.»

«Wie denn – vermeiden?»

«Wenn du nicht verstehst», begann sie (‹wann wird er endlich anfangen, von der Scheidung zu reden?›).

«Sei doch vernünftig», sagte Kretschmar schmeichelnd. «Du weißt doch, ich tue alles, was du willst – wie jetzt, mit diesem Film, hm, Magda, hm, meine Süße...»

Kapitel 15

Alles war, wie es sein sollte: Auf dem japanischen Tablett in der Diele lag eine Anzahl Tischkarten: Dr. Lampert und Margaux Denis; Robert Horn und Magda Peters; von Korowin und Olga Waldheim – und so weiter. Ein kürzlich engagierter Buffetier, ein großgewachsener, älterer Mann mit dem Gesicht eines englischen Lords (so fand zumindest Magda, deren Blick nicht ohne leichte Nachdenklichkeit manchmal auf ihm verweilte), führte die Gäste würdevoll herein. Alle paar Minuten läutete die Klingel. Im Ecksalon waren bereits fünf Gäste, Magda nicht mitgerechnet. Herein kam Korowin – «von» Korowin. Er war dürr, trug ein Monokel und sprach ausgezeichnet Deutsch. Wieder eine Stockung – und es erschien Brück, der Schriftsteller, ein untersetzter, rotgesichtiger Mensch in einem abgetragenen Smoking, mit seiner Frau, einer etwas ältlichen, gutgebauten Dame, die in ihrer Jugend in einem Glasbecken zwischen dressierten Seehunden herumgeschwommen war. Die Unterhaltung im Salon war schon recht lebhaft. Olga Waldheim, eine vollbusige Sängerin mit aprikosenfarbenem Haar, erzählte mit ihrer melodiösen Stimme reizende Geschichten über ihre Angorakatzen, von denen sie ein halbes Dutzend besaß. Kretschmar, der mit den Händen in den Seiten dastand, schaute über die weiße Bürste des alten Lampert (ein Arzt und Musikliebhaber) zu Magda hinüber: Das schwarze Tüllkleid stand ihr ausnehmend, auf der Brust war eine große, samtorangene Blume befestigt, sie

675

lächelte verhalten und leicht verschwommen, und ihre Augen hatten diesen besonderen Rehkitzausdruck – ein Anzeichen dafür, daß sie nicht ein Wort von dem verstand, was Lampert ihr über Hindemiths Musik erzählte. Plötzlich bemerkte Kretschmar, wie sie heftig errötete und sich erhob. «Wie töricht – warum springt sie so auf?» Mehrere Leute traten gleichzeitig ein: Dorianna Karenina, Horn, der Schauspieler Staudinger und zwei junge Schriftsteller... Dorianna umarmte Magda, deren Augen herrlich glänzten, so als ob sie weinte. ‹Wie töricht›, dachte er wieder, ‹vor dieser untalentierten Mähre zu kriechen.› Dorianna war im übrigen äußerst attraktiv und für ihre Schultern, ihr Mona-Lisa-Lächeln und ihre heisere Stimme berühmt.

Kretschmar ging zu Horn hinüber, der nicht recht wußte, wer sein Gastgeber war, und sich die Hände rieb, als wasche er sie. «Sehr erfreut, Sie endlich bei mir zu haben», sagte Kretschmar. «Wissen Sie, ich hatte Sie mir ganz anders vorgestellt, aus irgendeinem Grund dick und mit Hornbrille. Meine Damen und Herren, dies ist der Erfinder von Cheepy. Er ist aus Amerika zu uns gekommen.» Horn, der sich weiter die Hände rieb, stand da und machte kleine Verbeugungen. «Bitte, nehmen Sie Platz», sagte Kretschmar. «Es heißt, Sie werden nicht lange in Berlin bleiben?» – «Das war gar nicht nett von Ihnen», sagte Dorianna Karenina in ihrem heiseren Baß, «mich nicht mit meinem geliebten Spielzeug öffentlich auftreten zu lassen!» – «Ach daher kam mir Ihr Gesicht so bekannt vor», antwortete Horn und trat hinter einen Stuhl neben Magda.

Kretschmars Blick fiel erneut auf sie. Sie neigte sich in kindlicher Manier ihrer Nachbarin zu, der Malerin Margaux Denis – und mit einem seltsamen Lächeln und mit Tränen in den Augen sprach sie ungewöhnlich schnell irgend etwas. Er sah hinab auf ihr kleines purpurnes Ohr, die Vene an ihrem Hals, den zarten Zwillingsschatten ihrer Brüste. ‹O Gott, was redet sie da?› Fieberhaft und überstürzt, als wolle sie jemanden beschwören, gab Magda einen Strom völligen Unsinns von sich und hielt die ganze Zeit die Handfläche an ihre flammende Wange. «Männliche Bedienstete stehlen viel weniger», plapperte sie. «Ein Bild kann man natürlich nicht so leicht wegtragen. Aber trotzdem ... Früher habe ich Reiterbilder besonders gemocht, aber wenn man so viele Bilder sieht ...»

«Fräulein Peters», wandte sich Kretschmar mit sanftem Lächeln an sie, «darf ich Ihnen den Erfinder des berühmten Tierchens vorstellen?»

Magda fuhr herum und sagte: «Ach so, guten Abend!» (was sollte dieses «Ach so», sie hatten doch kein einziges Mal davon gesprochen...). Horn verbeugte sich, setzte sich und wendete sich in aller Ruhe an Kretschmar: «Ich habe Ihren ausgezeichneten Artikel über Sebastiano del Piombo gelesen. Leider haben Sie seine Sonette nicht zitiert – sie sind absolut schauderhaft, aber das ist ja gerade das Pikante daran.»

Magda sprang auf und ging mit raschen, fast hüpfenden Schritten auf den letzten Gast zu – eine langgliedrige, vertrocknete Dame, die aussah wie ein gerupfter Adler. Magda war mit ihr zusammen in der Reitschule geritten.

Als ihr Stuhl frei wurde, rutschte Margaux Denis, ein armenischer Typ mit schwarzen Augenbrauen, hinüber und wendete sich an Horn: «Ich werde kein Wort über Cheepy sagen – Cheepy muß Sie ja anöden, das verstehe ich sehr gut. Aber – was halten Sie von Cummings' Werk – ich meine, seine letzte Serie – die *Galgen und Fabriken*, kennen Sie die?»

Die Tür zum Speisezimmer ging auf. Die Herren hielten nach ihren Damen Ausschau. Horn blieb ein wenig zurück und orientierte sich. Kretschmar, der schon Dorianna den Arm gereicht hatte, schaute sich ebenfalls um und suchte nach Magda. Er sah, wie sie sich ganz vorn zwischen den Paaren hindurchdrängte, die in das Speisezimmer strömten. ‹Sie ist heute abend nicht auf der Höhe›, dachte Kretschmar und übergab seine Dame an Horn.

Schon beim Hummer war das Gespräch am oberen Ende der Tafel, wo Dorianna, Horn, Magda, Kretschmar, Margaux Denis saßen, laut geworden, aber recht unzusammenhängend. Magda hatte gleich ein beachtliches Glas Weißwein mit einem Zuge geleert, saß nun mit leuchtenden Augen sehr aufrecht da und starrte geradeaus vor sich hin. Horn beachtete weder sie noch Dorianna, deren Name ihn irritierte, sondern stritt sich quer über den Tisch mit Brück, dem Schriftsteller, über künstlerische Ausdrucksmittel. Er sagte: «Ein Belletrist handelt beispielsweise von Indien, wo ich für mein Teil nie gewesen bin, und er läßt sich über nichts anderes aus als Bajaderen, Tigerjagden, Fakire, Betelnüsse, Schlangen – all das ist sehr spannend, sehr pikant, üppig, mit einem Wort, das Mysterium des Orients – aber was kommt dabei heraus? Nur eines: Anstatt mir Indien wirklich vorzustellen, bekomme ich von all diesen orientalischen Leckereien nur eine Knochenhautentzündung. Ein anderer Belletrist verliert nur zwei Worte über Indien: Abends legte ich meine nassen Stiefel zum Trocknen aus, und am Morgen stellte ich fest, daß ein blauer Wald auf ihnen gewachsen war [«Schimmelpilz, gnädige Frau», erklärte er Dorianna, die eine Augenbraue hochgezogen hatte], und gleich wird Indien für mich lebendig – den Rest kann ich mir dann schon selbst vorstellen.»

«Diese Yogis», sagte Dorianna, «tun erstaunliche Dinge. Sie können anscheinend auf eine Weise atmen, daß...»

«Aber entschuldigen Sie, Herr Horn», rief Brück aufgeregt – denn er hatte gerade einen Roman geschrieben, der in Ceylon spielte, «man muß doch das Sujet von allen Seiten ausleuchten, so daß jeder Leser es verstehen kann. Wenn ich beispielsweise eine Plantage beschreibe, muß ich meinen Ge-

genstand von seiner wichtigsten Seite anpacken, und das ist –
die Ausbeutung und Grausamkeit des weißen Kolonialherrn.
Diese geheimnisvolle, enorme Macht des Orients...»

«Die ist ja das Schlimme», sagte Horn.

Magda lachte kurz auf, während sie geradeaus vor sich hin
starrte. Das geschah schon zum zweiten oder dritten Mal.
Kretschmar, der mit Margaux Denis die neueste Ausstellung
erörterte, warf einen raschen Seitenblick auf Magda, ob sie
sich auch nicht betrunken habe. Unversehens bemerkte er,
wie sie einen Schluck aus seinem eigenen Glas nahm. ‹Heute
ist sie besonders kindlich!› dachte er und streichelte ihr Knie
unter dem Tisch. Magda lachte unpassend auf und warf eine
Nelke quer über den Tisch auf den alten Lampert.

«Ich weiß nicht, meine Herren, was Sie von Segelkrantz
halten», schaltete sich Kretschmar in das Gespräch zwischen
Horn und Brück ein. «Es will mir scheinen, daß einige seiner Novellen wunderbar sind, obwohl er sich, zugegeben,
manchmal im Labyrinth komplizierter Psychologie verliert.
In meiner Jugend haben wir uns oft getroffen. Damals pflegte
er bei Kerzenlicht zu schreiben, und ich glaube, daß diese Gewohnheit...»

Nach dem Essen saßen sie in bequemen Sesseln und rauchten, daß einem übel werden konnte, und Magda huschte hierhin und dorthin, und einer der jungen Schriftsteller folgte ihr
ergeben, und dann verbrannte sie ihm mit ihrer Zigarette die
Hand, und er lächelte, obwohl ihm der Schweiß aus allen Po-
ren trat, und bat um mehr. Horn, der in einer Ecke leise mit
Brück gestritten hatte, setzte sich zu Kretschmar und begann
ihm Berlin zu beschreiben, und zwar so gut, daß Kretschmar
ganz gefesselt war. «Ich dachte, Sie wären seit Ihrer Kindheit
nicht mehr hier gewesen», sagte er zu Horn. «Ich bedaure
sehr, daß der Zufall uns nicht schon früher zusammengeführt
hat.»

Schließlich erhob sich unter den Gästen jene Woge, die als leises Murmeln beginnt, dann breiter anschwillt und in wenigen Minuten alle unter Abschiedsrufen aus dem Haus geschwemmt haben wird. Kretschmar blieb ganz allein zurück. Die Luft war dunkellila vom Zigarrenrauch. Er riß das Fenster auf, und die schwarze, frostige Nacht strömte herein. Er sah, wie sich tief unten auf dem Bürgersteig die Gäste voneinander verabschiedeten, wie Brücks Auto davonfuhr – und hörte Magdas klangvolle, kehlige Stimme. ‹Keine sehr gelungene Party›, dachte Kretschmar aus irgendeinem Grund und trat gähnend vom Fenster zurück.

Kapitel 16

«Unglaublich», sagte Horn, als er und Magda um die Ecke bogen. «Unglaublich», wiederholte er. «Ich muß zugeben», fügte er nach einem Weilchen hinzu, «daß ich nicht damit gerechnet habe, dich so leicht wiederzufinden.»

Magda trottete neben ihm her, den Sealmantel eng um sich geschlagen. Horn packte sie am Ellbogen und zwang sie stehenzubleiben.

«Ich konnte einfach meinen Augen nicht trauen. Wie bist du da hingeraten? Sieh mich doch an. Weißt du, du bist ja eine richtige Schönheit geworden...»

Magda schluchzte plötzlich auf und wendete sich ab. Er zog sie am Ärmel, aber sie wendete sich noch weiter, und so drehten sie sich auf der Stelle.

«Hör auf», sagte er. «Sag doch was. Wohin würdest du lieber gehen – zu mir oder zu dir? Was ist los mit dir, bist du stumm?»

Sie schüttelte ihn ab und ging rasch bis an die nächste Ecke. Horn folgte ihr.

«Was bist ist du doch für eine Schlampe», stieß er undeutlich hervor.

Magda beschleunigte ihre Schritte. Er holte sie wieder ein.

«Komm schon mit zu mir, du Gans», sagte Horn. «Sieh mal, hier hab ich was...» Er zog seine Brieftasche heraus.

Magda schlug ihm gekonnt und präzise mit dem Handrücken ins Gesicht.

«Deine Ringe sind ganz schön spitz», sagte er ruhig und folgte ihr weiter, eilig in seiner Brieftasche wühlend.

Magda rannte auf den Eingang des Hauses zu und drehte den Schlüssel im Türschloß. Horn wollte ihr etwas zustecken, aber plötzlich hob er die Augenbrauen.

«Ach so, das ist los», sagte er, als er mit Verwunderung die Haustür erkannte, aus der sie gerade gekommen waren.

Magda stieß die Tür auf, ohne sich umzusehen. «Hier, nimm schon», sagte er barsch. Da sie es nicht nehmen wollte, steckte er das, was er in der Hand hielt, in ihren Pelzkragen. Die Tür schlug ihm ins Gesicht. Er stand da, faßte an seine Unterlippe, zupfte ein paar Mal nachdenklich daran und machte sich ohne weitere Umschweife von dannen.

Durch die Dunkelheit bahnte sich Magda ihren Weg zum ersten Treppenabsatz hinauf und war im Begriff weiterzugehen, als sie sich plötzlich schwach werden fühlte, sich auf eine Stufe setzte und schluchzte, wie sie nie zuvor geschluchzt hatte – nicht einmal damals, als er sie verlassen hatte. Etwas berührte ihren Hals, sie grabbelte danach, als wolle sie sich etwas aus dem Nacken wischen, und ertastete ein Stück Papier. Sie erhob sich von der Stufe und fühlte leise wimmernd nach dem Lichtschalter, drückte, schaltete das Licht an – und da sah Magda, daß sie gar keinen amerikanischen Geldschein in ihrer Hand hielt, sondern ein Blatt Zeichenpapier mit einer leicht verwischten Bleistiftzeichnung: die Rückenansicht eines seitlich auf einem Bett liegenden Mädchens im Hemd, das am Schenkel hochgeschoben und ihr von der Schulter geglitten war. Sie schaute nach der Unterschrift, und ihr Blick fiel auf ein mit Tinte geschriebenes Datum. Es war genau der Tag, der Monat, das Jahr, als er sie verlassen hatte. Darum also hatte er ihr gesagt, sie solle sich nicht umdrehen, darum hatte er sachte geraschelt. Waren seitdem wirklich erst vierzehn Monate vergangen?

Da ging das Licht mit einem dumpfen Ton aus, und Magda lehnte sich an das Gitter des Fahrstuhls und schluchzte von neuem los. Sie weinte, weil er sie damals verlassen hatte; weil sie nun schon über ein Jahr mit ihm hätte glücklich sein können, wenn es ihr gelungen wäre, ihn zurückzuhalten; sie weinte, weil sie den Japanern, dem alten Mann und Kretschmar entgangen wäre, wenn er bei ihr geblieben wäre – und dann weinte sie auch, weil eben beim Abendessen Horn ihr rechtes und Kretschmar ihr linkes Knie berührt hatten – als wäre das Paradies zu ihrer Rechten und zu ihrer Linken die Hölle gewesen.

Sie putzte sich die Nase, tastete in der Dunkelheit umher und drückte wieder auf den Knopf. Das Licht beruhigte sie ein wenig. Sie betrachtete noch einmal die Zeichnung, überlegte und entschied, daß es gefährlich wäre, sie zu behalten, obwohl sie ihr viel bedeutete; riß sie in kleine Schnipsel und warf diese durch das Gitter in den Fahrstuhlschacht. Das erinnerte sie irgendwie an ihre frühe Kindheit. Dann zog sie ihren Taschenspiegel heraus, puderte mit einer kreisenden Bewegung ihr Gesicht, kniff dabei fest die Oberlippe ein und lief, nachdem sie die Puderdose wieder in die Tasche gesteckt hatte, rasch die Treppen hinauf.

«Warum so spät?» fragte Kretschmar. Er war schon im Pyjama.

Magda erklärte, daß sie Schwierigkeiten gehabt habe, den alten Lampert loszuwerden, der darauf bestanden hatte, sie nach Hause zu fahren.

«Wie die Augen meiner Allerschönsten sprühen», murmelte er und hauchte sie mit seinem Weinatem an. «Wie müde und erhitzt sie ist...»

«Nein, heute nicht», erwiderte Magda leise. «Laß los, laß mich, ich kann heute nicht.»

«Magda, bitte», bettelte Kretschmar. «Ich flehe dich an,

ich habe mich so danach gesehnt – und da bist du endlich. Ich mag es so, wenn du ein bißchen beschwipst bist...»

«Das werden wir sehen. Erst will ich dir eine gewisse Frage stellen, Bruno: Hast du schon etwas wegen deiner Scheidung unternommen?»

«Scheidung», wiederholte er dümmlich.

«Manchmal verstehe ich dich nicht, Bruno. Schließlich muß das doch irgendwie auf eine solide Grundlage gestellt werden. Oder hast du vielleicht vor, mich nach einer Weile zu verlassen und zu deinem Lieschen zurückzugehen?»

«Dich verlassen?»

«Was wiederholst du immer meine Worte, du Idiot! Nein, bitte schön, du kommst mir nicht mehr nahe, bis du mir eine vernünftige Antwort gegeben hast.»

«Na gut, na gut», sagte er. «Am Montag rede ich mit meinem Anwalt.»

«Bestimmt? Versprochen?»

Er nickte und umarmte sie begierig. Magda biß die Zähne zusammen und versuchte redlich, sich zu fügen, doch plötzlich fing sie wider Willen an zu lachen, als würde sie gekitzelt, und daraus wurde ein hysterischer Anfall: «Siehst du denn nicht, daß ich heute nicht kann, daß ich müde bin», schrie sie, und ihre Zähne klapperten gegen den Rand des Glases, das ihr Kretschmar erschrocken reichte.

Kapitel 17

Robert Horn befand sich in einer mißlichen Lage. Der überaus talentierte Cartoonist, Erfinder eines populären Tierchens, hatte vor zwei, drei Jahren eine ganze Menge Geld verdient, doch nun sank er langsam, aber sicher wenn nicht in die
Armut, so jedenfalls doch auf ein sehr mittelmäßiges Einkom-
mensniveau zurück. Sein Talent war ihm keineswegs abhanden gekommen – vielmehr zeichnete er feiner und sicherer als
zuvor –, aber die Einstellung der Öffentlichkeit ihm gegenüber hatte sich unmerklich verändert – in Amerika und England zeigte man Cheepy nur noch die kalte Schulter, sie mußte
einer anderen Kreatur weichen, der Erfindung eines erfolgreichen Kollegen. Diese Tierchen, diese Puppen sind ephemere
Wesen. Wer erinnert sich heute noch an den pechschwarzen
Golliwogg mit seiner rabenschwarzen Aureole zu Berge ste-
hender Haare, mit Wäscheknöpfen statt Augen und seiner roten wulstigen Schnute?

Während sich Horns Gabe, allgemein betrachtet, nur ver-
bessert hatte, hatte er, was Cheepy anging, zweifellos aus-
gereizt. Seine letzten Zeichnungen des Meerschweinchens
waren schwach. Er spürte das und beschloß, Cheepy zu beer-
digen. Seine abschließende Zeichnung stellte eine Mond-
nacht, ein kleines Grab und einen Grabstein mit einem kurzen
Epitaph dar. Einer der ausländischen Herausgeber, der von
Cheepys Verdammnis noch nichts ahnte, geriet in Aufregung
und bat ihn unverzüglich weiterzumachen. Doch er empfand

685

jetzt eine unüberwindliche Abneigung gegen seinen Spröß-
ling. Cheepy, die unbeständige Cheepy, hatte es geschafft,
seine gesamten restlichen Arbeiten zu verdrängen, und das
konnte er ihr nicht verzeihen.

Das Geld, das ihm wie von selbst zugeflossen war, verließ
ihn auch wie von selbst wieder. Da er ein leidenschaftlicher
Spieler und ein großer Meister im Bluffen war und Poker allen
anderen Kartenspielen vorzog, konnte er vierundzwanzig
Stunden hintereinander pokern und sogar noch länger. Der
geschickte Träumer Horn (denn auch Träumen ist eine
Kunst) träumte am häufigsten folgendes: Er schiebt die fünf
ihm zugeteilten Karten zu einem Päckchen zusammen (was
für eine glänzende, hellgesprenkelte Rückseite sie haben),
sieht sich die erste an – ein Narr mit Kappe und Schellen, der
magische Joker: Danach legt er mit vorsichtigem, leichtem
Druck des Daumens den Rand, nur den Rand, der nächsten
Karte frei, in der Ecke den Buchstaben «A» und das kleine,
karmesinrote Herz; dann den Rand der nächsten, wieder ein
«A» und das schwarze Kleeblatt (ein Drilling ist schon mal
sicher); dann derselbe Buchstabe und das karmesinrote Karo
(wirklich unglaublich); zum fünften Mal schließlich wird eine
Karte durch den Daumendruck gelupft – mein Gott! das Pik-
As ... Das war ein magischer Augenblick. Er schaute auf, die
hohen Einsätze begannen, er stieß lässig einen kühlen Haufen
bunter Spielmarken in die Mitte des Tisches, und mit unbewegtem Pokerface wachte er auf.

So erwachte er auch an jenem Wintermorgen nach dem Essen bei Kretschmar. Sein erster Gedanke galt Magda, sein
zweiter war, daß er Geld brauchte. Sein Gemütszustand war
dem bei seiner Abreise aus Amerika genau entgegengesetzt.
Damals wollte er vor allem seine unbezahlten und unbezahl-
baren Schulden möglichst weit hinter sich lassen; an zweiter
Stelle stand der Wunsch, jenes Berliner Mädchen ausfindig zu

machen, dem er während seines kurzen Aufenthaltes in der Heimat begegnet war.

An seine Liebesabenteuer erinnerte sich Horn ohne besondere Empfindungen. In diesen fünfzehn Jahren, das heißt, seit er als junger Mann vor Ausbruch des Krieges (dem er mit Erfolg aus dem Weg ging) aus Hamburg in Amerika eingetroffen war, versagte Horn seinem Ladykillerinstinkt nicht das geringste, doch irgendwie ergab es sich, daß Magda seine einzige schöne und unbefleckte Erinnerung blieb – sie hatte etwas so Liebes und Einfaches an sich, und er erinnerte sich an sie in diesem letzten Jahr sehr oft und mit einer sentimentalen Wehmut, die ihm bisher fremd gewesen war, und betrachtete die schnell hingeworfene Bleistiftskizze, die er aufbewahrt hatte, immer wieder. Das war ziemlich merkwürdig, denn man konnte sich kaum einen kälteren, spöttischeren und unmoralischeren Menschen als diesen talentierten Cartoonisten vorstellen. Zuerst ließ er in Hamburg unbekümmert seine arme, schwachsinnige Mutter zurück, die am Tag nach seiner Abreise nach Amerika die Treppe hinabstürzte und sich tödlich verletzte. Ebenso wie er als Kind lebende Mäuse mit Öl übergossen, sie angezündet und zugeschaut hatte, wie sie als brennende Meteore umherrasten, gab Horn auch in reiferen Jahren seiner Neugier ständig neue Nahrung – ja, all das war reine Neugier, geistreicher Zeitvertreib, bloße Randnote und Glosse zu seiner Kunst. Es gefiel ihm, dem Leben dabei zu helfen, sich in einen Cartoon zu verwandeln, zum Beispiel ruhig zu beobachten, wie eine im Bett liegende und träumerisch lächelnde, affektierte Frau schlaftrunken, vertrauensvoll und dankbar eine duftende Pastete verspeiste, die er ihr gebracht hatte – und die er gerade selbst aus den abscheulichsten Küchenabfällen zusammengestellt hatte. Ging er in einen Laden mit orientalischen Stoffen, warf er unbemerkt einen glimmenden Zigarettenstummel auf die in der Ecke gestapelten

Seidenstoffe, und während er mit einem Auge den alten Juden ansah, der sanft und hoffnungsvoll lächelnd einen Schal nach dem anderen vor ihm ausbreitete, beobachtete er mit dem anderen, wie es in der Ecke des Ladens dem Geschwür der Zigarette gelang, die kostbare Seide zu zerfressen. Dieser Kontrast war für ihn das Wesentliche des Cartoons. Sehr komisch war natürlich jener Schüler aus der Anekdote, der, um den großen Meister aufzuhalten und damit zu retten, den Inhalt eines Eimers auf das eben fertiggestellte Fresko schleuderte, weil er bemerkt hatte, daß der Meister, blinzelnd und mit dem Pinsel in der Hand zurücktretend, gleich zum Rand der Rampe kommen und vom Gerüst in den Abgrund der Kirche stürzen würde. Aber um wieviel komischer wäre es gewesen, hätte man den hingerissenen Maler seelenruhig zurücktreten lassen. Die komischsten Illustrationen der Zeitschriften basierten deshalb genau auf jener feinen Grausamkeit einerseits und dümmlicher Vertrauensseligkeit andererseits. Und wenn Horn etwa ohne eine Finger zu rühren zusah, wie ein Blinder drauf und dran war, sich auf eine frisch gestrichene Bank zu setzen, so diente er damit nur seiner Kunst.

Aber das alles hatte nichts zu tun mit den Gefühlen, die Magda in ihm geweckt hatte. In ihrem Fall triumphierte im künstlerischen Sinne der Maler Horn über den Humoristen. Seine Zuneigung zu ihr war ihm geradezu peinlich, und eigentlich hatte er Magda nur verlassen, weil er befürchtet hatte, sich zu sehr in sie zu verlieben.

Zuerst mußte er herausfinden, ob sie wirklich mit Kretschmar zusammenlebte oder ob sie nur gelegentlich bei ihm übernachtete. Horn schaute auf seine Uhr. Mittag. Horn schaute in seine Brieftasche. Leer. Horn zog sich an, verließ das teure Einzelzimmer und machte sich zu Fuß auf den Weg zu Kretschmar. Schnee fiel weich und in senkrechten Strichen.

Kretschmar öffnete ihm selbst die Tür und erkannte in der

schneebedeckten Gestalt nicht gleich seinen Gast vom Vortag. Als jener aber, nachdem er die Schuhe auf der Matte abgetreten hatte, das Gesicht hob, war Kretschmar sehr erfreut. Ihm hatte gestern nicht nur die Unterhaltung mit Horn gefallen, sein scharfes Urteil und die überraschenden Wendungen all seiner Gedanken, sondern auch Horns Äußeres – dieses wie von Reispuder bleiche Gesicht mit den schwarzen Brauen, die hohlen Wangen und wulstigen Lippen, der Schopf weicher, schwarzer Haare – ein Ausbund an Häßlichkeit, der ansonsten herrlich gebaut und mit lässiger amerikanischer Eleganz gekleidet war. ‹Originelle Gesichtszüge›, dachte er wieder und erinnerte sich mit großem Vergnügen daran, daß Magda, als sie eben über die Party sprachen, gesagt hatte: «Dieser Künstlerfreund von dir hat eine widerliche Visage – da hast du jemanden, den ich um keinen Preis küssen würde.» Und was Dorianna über ihn zu sagen gehabt hatte, war ebenfalls interessant.

Horn entschuldigte sich, daß er ohne Anmeldung vorbeigekommen war, und Kretschmar bot ihm lachend einen Sessel an. «Ich muß zugeben», fuhr Horn fort, «Sie sind einer der wenigen Leute in Berlin, die ich gern näher kennenlernen würde. In Amerika schließen Männer leichter und ungezwungener Freundschaft als hier, und ich habe mir dort angewöhnt, kein Blatt vor den Mund zu nehmen, entschuldigen Sie bitte, wenn ich Sie schockiere . . . Aber bitte», fuhr er fort, «nehmen Sie doch dieses . . . dieses Meerschweinchen vom Sofa, verstecken oder vernichten Sie diesen einzigen Gegenstand in Ihrem Haus, den ich nicht ertragen kann. Übrigens, darf ich mir Ihre Bilder etwas näher ansehen? Das da drüben macht einen hervorragenden Eindruck.»

Kretschmar führte ihn durch die Zimmer; jedes einzelne enthielt irgendein sehr gutes Gemälde. Während er ein Bild betrachtete, lehnte sich Horn leicht zurück, die Hände vorm

Bauch verschränkt. Bei ihrem Rundgang mußten sie auch durch den Korridor gehen. In diesem Augenblick tauchte Magda aus dem Badezimmer auf, in einem knallbunten Bademantel. Sie lief den Korridor hinab und verlor unterwegs fast einen Pantoffel. «Hier herein», sagte Kretschmar mit einem verschämten Lachen, und Horn folgte ihm in die Bibliothek. «Wenn ich mich nicht irre», sagte er lächelnd, «war das Fräulein Peters. Eine Verwandte von Ihnen?»

‹Was nützt es, sich zu verstellen?› dachte Kretschmar rasch. Dieser scharfsichtige Mann pfiff ohnehin auf Konventionen. «Meine Geliebte», antwortete er laut, und zum ersten Male nannte er Magda im Gespräch mit einem Außenstehenden so.

Er lud Horn ein, zum Mittagessen zu bleiben, und dieser nahm ohne Umstände an. Als Magda zu Tisch erschien, war sie matt, aber ruhig: Das Gefühl von etwas Wundervollem, Unglaublichem, das Gefühl, das sie gestern kaum hatte bezwingen können, hatte sich jetzt beschwichtigt und in so etwas wie Glück verwandelt. Während sie nun zwischen diesen beiden Männern saß, kam sie sich wie die Hauptdarstellerin in einem mysteriösen und leidenschaftlichen Filmdrama vor und versuchte sich entsprechend zu benehmen, indem sie leise, mit gesenkten Lidern lächelte, ihre Hand zärtlich auf Kretschmars Ärmel legte, wenn sie ihn bat, ihr das Obst zu reichen, und einen flüchtigen, sogenannten gleichgültigen Blick über ihren ehemaligen Liebhaber streifen ließ. ‹Nein, jetzt lasse ich ihn nicht wieder entwischen›, dachte sie plötzlich und zog schaudernd die Schulterblätter zusammen.

Horn erzählte von Amerika, von der ruhigen, altmodischen amerikanischen Provinz, von den großen Seen und vom interessanten Bestattungsritual der Indianer. Er sah Magda kaum an, während er sprach. Wenn er es dann tat, prüfte sie, wie alle Frauen, sofort mechanisch mit ihrem Blick oder einer

690

leichten Bewegung der Finger diese oder jene Stelle ihres Kleides, auf der seine Augen für einen Moment geruht hatten. «Und bald werden wir eine gewisse Person auf der Leinwand sehen», sagte Kretschmar augenzwinkernd, und Magda verzog ihre weichen rosigen Lippen und versetzte seiner Hand einen Klaps. «Sind Sie denn Schauspielerin?» fragte Horn. «Sieh mal einer an. Und darf ich fragen, in welchem Film Sie auftreten?»

Sie antwortete, ohne ihn anzuschauen, und fühlte sich außerordentlich stolz, daß er sich als berühmter Künstler erwies und sie als Filmdiva und daß sie einander nun auf derselben Ebene begegneten.

Unmittelbar nach dem Essen brach Horn auf, überlegte, was er als nächstes tun sollte, und ging in einen Spielclub. Am nächsten Tag rief Kretschmar an, und sie gingen zu zweit in eine Ausstellung. Am übernächsten Tag war Horn zum Abendessen bei ihm, und dann kam er einmal unerwartet, aber Magda war nicht zu Hause, und er hatte das Vergnügen eines trauten Gesprächs mit Kretschmar. Horn fing an, sich zu ärgern. Endlich hatte das Schicksal Mitleid mit ihm. Dies geschah während eines Eishockeyspiels im Sportpalast.

Während sie zu dritt in ihre Loge gingen, bemerkte Kretschmar zehn Schritte entfernt Max' Nacken und Irmas Zöpfchen. Das traf sich unerwartet und dumm und schrecklich; er verlor im ersten Moment völlig die Nerven, drehte sich ungeschickt um und stieß dabei Magda heftig in die Seite. «Paß doch auf, Mensch», sagte sie ziemlich scharf.

«Also dann», sagte Kretschmar, «setzt ihr euch schon mal und bestellt etwas, ich muß telephonieren, hatte ich ganz vergessen.» – «Bitte, geh nicht fort», sagte Magda und stand wieder auf. «Es ist ziemlich dringend», beharrte er, zog die Schultern ein und versuchte sich ganz klein zu machen, während er sich mit der Frage abplagte: Kann Irma mich sehen

691

oder nicht? «Wirklich dringend. Sollte ich aufgehalten werden, macht euch keine Sorgen. Entschuldigen Sie mich, Herr Horn!»

«Bitte, bleib hier», wiederholte Magda sehr leise.

Aber er schenkte ihrem seltsamen Blick, ihren geröteten Wangen und ihren zitternden Lippen keine Beachtung, sondern krümmte seinen Rücken noch mehr und drängte sich eilig zum Ausgang.

«Na endlich», sagte Horn triumphierend.

Sie saßen Seite an Seite an einem kleinen Tisch mit blitzsauberem Tischtuch, und unten, gleich hinter der Barriere, erstreckte sich die große, gefrorene Fläche. Es spielte Musik. Die leere Eisfläche verströmte einen öligen, taubenblauen Glanz.

«Begreifst du jetzt?» fragte Magda plötzlich und wußte selber kaum, was sie da fragte.

Horn wollte gerade antworten, aber in diesem Augenblick brach das ganze riesige Auditorium in Beifall aus. Unter dem Tisch preßte er ihre kleine heiße Hand. Magda fühlte wieder, wie damals auf der Straße, Tränen aufsteigen, zog aber ihre Hand nicht zurück.

Ein Mädchen in Rot flog auf das Eis hinaus, beschrieb einen wunderschönen Kreis und machte eine Pirouette. Ihre funkelnden Schlittschuhe glitten aufblitzend dahin und schnitten mit einem quälenden Geräusch in das Eis.

«Du hast mich sitzenlassen», begann Magda.

«Ja, aber hier bin ich schließlich wieder. Heul doch nicht. Schau mal, wie schön sie sich wiegt. Bist du schon lange mit ihm zusammen?»

Magda versuchte zu sprechen, aber wieder erhob sich ein mächtiges Getöse; sie stützte die Ellbogen auf den Tisch und saß eine Weile so da, die Hände an den Schläfen, und biß sich auf die Lippen.

«Da sind sie ja auch», sagte Horn gedankenverloren.

Erregter Lärm toste über sie hinweg. Die Spieler glitten lässig hinaus auf das Eis – erst die Schweden, dann die Deutschen. Der Goalkeeper sah in seinem dicken Sweater und seinen riesigen ledernen Schienbeinschützern blendend aus.

«Er will sich von ihr scheiden lassen. Verstehst du, was für einen ungeschickten Augenblick du dir für dein Kommen ausgesucht hast?»

«Unsinn. Du glaubst doch nicht im Ernst, daß er dich heiraten wird?»

«Wenn du alles über den Haufen wirfst, dann nicht.»

«Nein, Magda, das tut der nie.»

«Und ich sage dir, er tut's doch.»

Sie fingen an, sich zu streiten, doch ihre Lippen bewegten sich geräuschlos, denn ringsum war Lärm – sich überschlagendes, jubelndes menschliches Gekläff. Dort auf dem Eis verfolgten gebogene Stöcke den flitzenden Puck, spielten ihn sich gegenseitig zu, schlugen mit voller Wucht zu oder verpaßten ihn – die Spieler flogen in vollem Galopp, bald plötzlich in konzentrischen Kreisen auseinanderstiebend, bald wieder zusammentreffend – und der Goalkeeper, ganz gesammelt, preßte die Beine fest zusammen, so daß die beiden Beinschützer zu einer einzigen Fläche verschmolzen, und glitt gewandt auf der Stelle hin und her und hielt Ausschau, von woher ein Schuß kommen würde.

«...es ist schrecklich, daß du zurückgekommen bist. Im Vergleich mit ihm bist du ja ein Bettler. Herr im Himmel, nun weiß ich, daß du alles kaputtmachen wirst.»

«Unsinn, Unsinn, wir werden sehr vorsichtig sein.»

«Weißt du was», sagte Magda. «Bring mich hier raus. Mir schwirrt der Kopf von diesem Krach, ich kann nicht mehr. Er kommt anscheinend nicht mehr zurück, und wenn er doch zurückkommt, ist es mir auch egal.»

693

«Komm mit zu mir, sei nicht dumm. Nur für eine Stunde.»

«Du bist wohl verrückt geworden. Ich lasse mich auf kein Risiko ein. Ich habe ihn ein Jahr lang bearbeitet, und jetzt ist er erst mit der Scheidung einverstanden. Soll ich das im Ernst aufs Spiel setzen?»

«Er heiratet dich nicht», sagte Horn überzeugt.

«Bringst du mich nach Hause oder nicht?» fragte sie und dachte augenblicklich: ‹Im Taxi küsse ich ihn.›

«Sag erst noch, wie du rausgekriegt hast, daß ich blank bin.»

«Ach, das sehe ich deinen Augen an», sagte sie und hielt sich mit den Händen die Ohren zu, denn jetzt schwoll der Lärm unerträglich an: Ein Tor war geschossen worden, der schwedische Torwart lag der Länge nach auf dem Eis, und der Schläger, der ihm aus der Hand geschlagen worden war, kreiselte still, während er wie ein verlorengegangener Bootsriemen davonglitt.

«Ich verstehe nicht, warum du die Sache aufschiebst, Magda. Früher oder später muß es passieren – wozu kostbare Zeit verschwenden.»

Sie traten aus den Logen heraus. Plötzlich wurde Magda rot und runzelte die Stirn. Ein rundlicher Herr mit Hornbrille starrte sie an. Neben ihm saß ein kleines Mädchen, das unverwandt durch einen riesigen schwarzen Feldstecher das wiederauflebende Spiel verfolgte.

«Dreh dich mal um», sagte Magda zu ihrem Begleiter. «Siehst du den Dicken da mit dem Kind? Das ist sein Schwager und seine Tochter. Jetzt weiß ich, warum sich mein kleiner Angsthase verdrückt hat, schade, daß ich sie nicht früher bemerkt habe. Der Dickwanst hat Dirne zu mir gesagt. Wenn den jemand mal verprügeln würde...»

«Und trotzdem redest du von Ehe», sagte Horn, während er neben ihr die Treppe hinabging. «Er heiratet dich nie und

nimmer. Laß uns jetzt zu mir gehen, nur für ein halbes Stündchen. Hast du Lust? Ach, schon gut, schon gut. Ich meine ja
nur. Ich bring dich nach Hause, aber vergiß nicht, daß ich
keine Knete habe.»

Kapitel 18

Max starrte ihr nach: Diesem überaus gutmütigen Mann juckten die Finger. Er fragte sich, wer ihr Begleiter sein mochte und wo Kretschmar war, und sah sich noch lange vorsichtig nach allen Seiten um und befürchtete, nicht nur Magdas, sondern auch Kretschmars plötzlich ansichtig zu werden. Erleichtert atmete er auf, als abgepfiffen wurde und er Irma wegbringen konnte. ‹Ich werde Anneliese nichts sagen›, beschloß er, als sie nach Hause kamen. Irma war schweigsam und beantwortete die Fragen ihrer Mutter nur mit Nicken und Lächeln.

«Das Erstaunlichste ist, daß sie nicht müde werden, so auf dem Eis umherzujagen», sagte Max.

Anneliese sah ihn nachdenklich an und wandte sich dann an ihre Tochter: «Marsch ins Bett mit dir.» – «Ach, nein», sagte Irma schläfrig. «Du meine Güte, es ist schon Mitternacht, das geht doch nicht!»

«Hör mal, Max», fragte Anneliese, als sie Irma zu Bett gebracht hatten. «Mir ist so, als ob was passiert wäre, ich war hier zu Hause so unruhig. Max, sag es mir!»

Er war verlegen. Seit der Trennung von ihrem Gatten entwickelte Anneliese regelrecht telepathische Fähigkeiten.

«Hast du vielleicht jemanden getroffen?» drängte sie. «Nein?»

«Ach, hör schon auf. Wie kommst du denn auf die Idee?»

«Ich habe immer Angst davor», sagte sie leise.

Am nächsten Morgen wurde Anneliese von der Bonne geweckt, die mit einem Thermometer in der Hand zu ihr ins Zimmer kam. «Irma ist krank, Gnädige», eröffnete sie lächelnd. «Sie hat achtunddreißig fünf.» – «Achtunddreißig fünf», wiederholte Anneliese, und der Gedanke schoß ihr durch den Kopf: ‹Also deshalb war ich gestern so unruhig.›

Sie sprang aus dem Bett und eilte ins Kinderzimmer. Irma lag auf dem Rücken und blickte mit glänzenden Augen an die Decke. «Ein Fischer und ein Boot», sagte sie und deutete mit einer Bewegung der Augenbrauen auf die Decke, wo der Schein der Lampe (es war noch sehr früh und schneite) irgendwelche Muster hinwarf. «Tut dir der Hals weh, mein Liebling?» fragte Anneliese, während sie ihren Morgenrock zurechtzog und sich besorgt über das spitze Gesicht ihrer Tochter beugte. «Mein Gott, wie heiß ihre Stirn ist», rief sie und strich Irmas feines, blasses Haar zurück. «Und da sind Schilfrohre», sagte Irma leise, noch immer nach oben blickend.

«Wir rufen besser den Arzt», sagte Anneliese zu der Bonne. «Ach, das ist nicht nötig, Gnädige», sagt diese unverändert lächelnd. «Ich gebe ihr etwas heißen Tee mit Zitrone und Aspirin, und damit bekommen wir's in den Griff. Im Augenblick haben alle Grippe.»

Anneliese klopfte an Max' Tür, der beim Rasieren war. Noch mit dem Seifenschaum auf den Wangen, ging er in Irmas Zimmer. Max schnitt sich ständig beim Rasieren, sogar mit dem Apparat – und in diesem Augenblick breitete sich ein heller, roter Fleck unter dem Schaum an seinem Kinn aus. «Erdbeeren mit Schlagsahne», sagte Irma verträumt und leise, als er sich über sie beugte. «Sie phantasiert!» sagte Max erschrocken zu der Bonne. «Aber woher denn», sagte diese seelenruhig. «Sie meint Ihr Kinn.»

Es stellte sich heraus, daß der Arzt, bei dem sie seit Irmas

Geburt in Behandlung waren, verreist war, und Anneliese wandte sich nicht an seine Vertretung, sondern rief einen anderen Arzt, der seinerzeit zu ihnen zu Besuch gekommen war und als hervorragender Internist galt. Der Arzt kam gegen Abend, setzte sich zu Irma auf den Bettrand und begann, die Augen in eine Zimmerecke gerichtet, ihren Puls zu zählen. Irma betrachtete seine weiße Bürstenfrisur, seine Affenohren und die sich schlängelnde Ader an seiner Schläfe. «Aha», sagte er und sah sie über den Brillenrand an. Dann bat er sie, sich aufzusetzen. Irma war käseweiß und sehr dünn. Der Arzt begann ihren Rücken mit dem Stethoskop abzuklopfen, atmete schwer und befahl ihr, ebenfalls zu atmen. «Aha», sagte er wieder. Nach einigen weiteren Manipulationen richtete er sich auf, und Anneliese führte ihn in das Arbeitszimmer, wo er sich hinsetzte, um seine Rezepte auszuschreiben. «Ja, Grippe», sagte er. «Ziemlich verbreitet. Gestern mußte sogar ein Liederabend abgesagt werden. Die Sängerin und ihr Begleiter waren beide erkrankt.»

Am nächsten Morgen war die Temperatur leicht gesunken. Dagegen war Max ganz rot, schneuzte sich alle Augenblicke die Nase, lehnte es aber entschieden ab, im Bett zu bleiben, und ging sogar ins Büro. Auch die Bonne war verschnupft.

Als Anneliese abends das warme Glasröhrchen unter dem Arm ihrer Tochter hervorzog, stellte sie zu ihrer Freude fest, daß das Quecksilber kaum über die rote Fieberlinie gestiegen war. Geblendet vom Licht, blinzelte Irma und drehte sich dann zur Wand. Der Raum wurde wieder dunkel. Alles war warm, gemütlich und etwas verworren. Sie schlief rasch ein, erwachte aber mitten in der Nacht aus einem entsetzlich unangenehmen Traum. Sie hatte Durst. Irma tastete nach dem Glas mit Zitronenwasser, das auf dem Nachttisch stand, leerte es und stellte es, mit den Lippen schmatzend und schluckend, beinahe geräuschlos wieder zurück. Im Schlafzimmer war es irgendwie dunkler als sonst. Hinter der Wand schnarchte heftig und beinahe ekstatisch die Bonne. Irma hörte diesem Schnarchen zu und begann dann auf das Rumpeln der U-Bahn zu warten, die ganz in der Nähe des Hauses aus dem Untergrund auftauchte. Doch das Rumpeln blieb aus. Wahrscheinlich fuhren noch keine Bahnen. Sie lag mit weitgeöffneten Augen da und hörte plötzlich von der Straße her einen vertrauten Pfiff aus vier Tönen. Genauso pflegte ihr Vater zu pfeifen, wenn er abends nach Hause kam – nur um sie wissen zu lassen, daß er in wenigen Augenblicken bei ihnen sein würde und das Abendbrot aufgetragen werden könne. Irma wußte ganz genau, daß da jetzt nicht ihr Vater pfiff, sondern ein fremder Mann, der nun schon seit vierzehn Tagen bei der Dame über ihnen ein und aus ging – die kleine Tochter des Hausmeisters hatte ihr das erzählt und ihr die Zunge herausgesteckt, als Irma sehr vernünftig bemerkte, es sei doch dumm, so spät zu kommen. Das Erstaunlichste und Geheimnisvollste daran war jedoch, daß er haargenauso pfiff wie der Vater, aber sich darüber auszulassen gehörte sich nicht: Der Vater lebte mit seiner kleinen Freundin zusammen – das hatte Irma einem Gespräch zweier Damen entnommen, die vor ihr die Treppe hinuntergegangen waren. Der Pfiff unter dem Fenster wiederholte sich. Irma dachte: ‹Wer weiß? Vielleicht ist es am Ende doch Vater, und keiner läßt ihn herein, und sie haben mir absichtlich gesagt, daß es ein fremder Mann ist.› Sie streifte die Bettdecke ab und ging auf Zehenspitzen zum Fenster. Dabei stieß sie sich an einem Stuhl, aber die Bonne trompete und brodelte weiter, als wäre nichts gewesen. Als sie das Fenster öffnete, roch es nach köstlicher, frostiger Luft. Auf der Straße stand jemand und starrte zum Haus hoch. Sie sah eine ganze Weile zu ihm hinunter, aber zu ihrer großen Enttäuschung war es nicht ihr Vater. Der Mann stand da und stand, dann drehte er sich um und ging fort. Er begann Irma leid zu tun – sie selbst hätte ihm aufmachen sollen –, aber sie war so erstarrt vor Kälte, daß sie kaum das Fenster schließen konnte. Als sie ins Bett zurückging, konnte sie sich nicht wieder aufwärmen, und als sie endlich einschlief, träumte sie, daß sie mit ihrem Vater Hockey spielte, und ihr Vater lachte und schubste sie, so daß sie mit dem Rücken aufs Eis fiel; das Eis stach, aber aufstehen konnte sie nicht.

Am nächsten Morgen hatte sie vierzig drei, und der Arzt, der sofort gerufen wurde, verordnete unverzüglich eine feste Kompresse. Anneliese hatte plötzlich das Gefühl, daß sie verrückt würde, daß das Schicksal einfach nicht das Recht hatte, sie derart zu quälen, und sie beschloß, nicht klein beizugeben, und lächelte sogar, als sie dem Arzt auf Wiedersehen sagte. Bevor er ging, sah er noch nach der Bonne, die vor Fieber schier glühte, aber bei dieser kräftigen Frau war das nichts Ernstes. Max begleitete den Arzt in die Diele und fragte mit belegter Stimme, wobei er versuchte zu flüstern, ob Irmas Leben wirklich nicht in Gefahr sei. Doktor Lampert sah zur Tür und preßte die Lippen zusammen. «Morgen werden wir sehen», sagte er. «Im übrigen schaue ich heute noch einmal herein.» – ‹Immer das gleiche›, dachte er, als er die Treppe hinunterging. ‹Die gleichen Fragen, die gleichen flehenden Blicke.› Er zog sein Notizbuch zu Rate und stieg in sein Auto, und fünf Minuten später betrat er schon eine andere Wohnung. Kretschmar empfing ihn in einer seidenen Hausjacke mit Brandenbourgs. «Sie fühlt sich seit gestern nicht ganz wohl», sagte er. «Sie klagt über Schmerzen am ganzen Körper.» – «Hat sie Fieber?» fragte Lampert und überlegte, ob er diesem töricht besorgten Liebhaber sagen sollte, daß seine Tochter gefährlich erkrankt war. «Nein, sie scheint keine Temperatur zu haben», sagte Kretschmar beunruhigt. «Aber ich habe gehört, daß Grippe *ohne* Temperatur etwas besonders Unangenehmes ist.» – ‹Wozu soll ich es ihm eigentlich erzählen?› dachte Lampert. ‹Er hat seine Familie ohne Gewissensbisse verlassen. Sie werden es ihm schon selbst erzählen, wenn sie wollen. Warum soll ich mich da einmischen?›

«Na, na», sagte Lampert, «zeigen Sie mir unsere liebe Patientin.»

Magda lag auf der Couch, ganz in Seidenspitzen, böse und rosig; neben ihr saß der Künstler Horn, die Beine übereinandergeschlagen, und skizzierte ihren reizenden Kopf auf die Rückseite einer Zigarettenschachtel. ‹Ein reizendes Geschöpf, ohne Frage›, dachte Lampert. ‹Aber trotzdem hat sie etwas von einer Natter.›

Horn zog sich pfeifend in das Nebenzimmer zurück, und Lampert machte sich mit einem leichten Seufzer an die Untersuchung der Patientin.

Eine leichte Erkältung, das war alles.

«Sie sollten ein, zwei Tage zu Hause bleiben», sagte Lampert. «Was macht übrigens der Film? Sind die Aufnahmen fertig?»

«Gottseidank ja», antwortete Magda und zog träge den Morgenrock um sich. «Aber bald wird uns der Film vorgeführt werden. Bis dahin muß ich unbedingt gesund sein.»

‹Andererseits›, überlegte Lampert unvermittelt, ‹setzt er sich mit dieser kleinen Schlampe ganz schön in die Nesseln.›

Als der Arzt gegangen war, kehrte Horn in den Salon zurück und zeichnete lässig weiter und pfiff dabei durch Zähne. Kretschmar stand neben ihm und verfolgte die rhythmischen Bewegungen seiner weißen Hand. Dann ging er in sein Arbeitszimmer, um einen Artikel über eine vieldiskutierte Ausstellung fertigzuschreiben.

«Freund des Hauses», sagte Horn und lachte auf.

Magda sah ihn an und sagte ärgerlich:

«Ja, ich liebe dich, das stimmt, du Scheusal – aber da ist nichts zu machen.»

Er drehte die Zigarettenschachtel vor sich und warf sie dann auf den Tisch.

«Hör mal, Magda, kommst du trotzdem irgendwann zu mir? Meine Besuche hier sind natürlich sehr lustig, aber wie soll's weitergehen?»

«Erstens, sprich leiser; zweitens ist mir klar, daß du nicht eher ruhst, bis wir irgendwas entsetzlich Unvorsichtiges machen und er mich umbringt oder aus dem Haus wirft und wir ohne einen Pfennig dastehen.»

«Dich umbringen», kicherte Horn. «Das ist gut!»

«Bitte, warte noch ein bißchen. Verstehst du denn nicht? Wenn er mich einmal geheiratet hat, werde ich ruhiger sein und mehr Freiheit haben ... Als seine Frau kann er mich nicht so leicht rauswerfen. Außerdem ist da noch der Film. Ich hab so allerhand Pläne.»

«Der Film», lachte Horn auf.

«Ja, du wirst schon sehen. Ich bin sicher, daß der Film ganz groß rauskommt. Wir müssen warten ... Ich bin genauso ungeduldig wie du.»

Er setzte sich zu ihr auf die Couch und legte den Arm um ihre Schultern. «Nein, nein», sagte sie, schon erschauernd und die Augen halb geschlossen. «Nur eine Vorspeise, ein Küßchen als Vorspeise.» – «Nur ganz kurz», sagte sie mit erstickter Stimme. Er beugte sich zu ihr, aber plötzlich klappte in einiger Entfernung eine Tür, und sie hörten Schritte.

Horn wollte sich eben aufrichten, aber im selben Augenblick bemerkte er, daß sich einer seiner Manschettenknöpfe in den Seidenspitzen auf Magdas Schultern verfangen hatte. Magda versuchte ihn schnell loszuknöpfen – aber die Schritte kamen bereits näher, Horn ruckte mit seiner Hand, doch die Spitzen waren robust, Magda fauchte auf, als sie mit ihren Fingernägeln an den Schlaufen zerrte – und in diesem Augenblick kam Kretschmar herein.

«Nein, ich umarme Fräulein Peters nicht», sagte Horn munter. «Ich wollte nur ihr Kissen zurechtrücken und habe mich dabei verheddert.»

Magda zerrte noch an den Spitzen herum, ohne die Wimpern zu heben – die Situation war der reinste Cartoon, wie Horn in Gedanken entzückt bemerkte.

Kretschmar zog schweigend ein dickes Taschenmesser mit einem Dutzend Klingen heraus, klappte eine auf und brach sich dabei einen Fingernagel ab. Fortsetzung des Cartoons.

«Erstechen Sie sie bloß nicht», sagte Horn begeistert. «Hände weg», sagte Kretschmar, aber Magda schrie: «Wage es ja nicht, in die Spitze zu schneiden, trenn lieber den Knopf ab!» («Das werden wir noch sehen!» warf Horn freudig ein.) Einen Augenblick sah es so aus, als ob beide Männer auf sie fallen würden. Horn zog für alle Fälle noch einmal, etwas zerriß, und er war frei.

«Kommen Sie in mein Arbeitszimmer», sagte Kretschmar, ohne Horn anzusehen.

‹Nun müssen wir auf der Hut sein›, dachte Horn und erinnerte sich sehr apropos an einen Trick, der ihm schon öfter im Leben geholfen hatte, einen Rivalen an der Nase herumzuführen.

«Setzen Sie sich», sagte Kretschmar. «Es geht um folgendes. Ich wollte Sie bitten, einige Zeichnungen zu machen – es hat da eine interessante Ausstellung stattgefunden –, ich hätte gern, daß Sie einige Cartoons zu dem einen oder anderen Bild machen, das ich in meinem Artikel auseinandernehme – also sozusagen als Illustrationen dazu. Der Artikel ist ziemlich heikel, voller beißender Formulierungen...»

‹Oho›, dachte Horn, ‹das ist bei ihm also nur das finstere Gesicht der Phantasie bei der Arbeit. Das ist ja großartig!›

«Ganz zu Ihren Diensten», sagte er laut. «Mit Vergnügen. Aber ich habe auch eine kleine Bitte. Ich warte auf einige ausstehende Honorare, und im Augenblick bin ich ziemlich knapp bei Kasse. Könnten Sie mir wohl einen Vorschuß geben? Nur eine Kleinigkeit – sagen wir: tausend Mark?»

«Aber natürlich. Mehr, wenn Sie wollen. Sie müssen sowieso das Honorar für die Zeichnungen selber festlegen.»

«Ist das ein Katalog?» fragte Horn. «Darf ich mal einen Blick reinwerfen?»

«Lauter Frauen, Frauen», sagte Horn mit betontem Widerwillen, als er die Reproduktionen betrachtete. «Knaben werden überhaupt nicht gezeichnet.»

«Und was interessiert Sie an ihnen?» fragte Kretschmar listig.

Horn erklärte es ihm ganz treuherzig.

«Nun, das ist Geschmackssache, denke ich», sagte Kretschmar und fuhr fort, stolz auf seine Unvoreingenommenheit: «Natürlich verurteile ich Sie nicht. Unter Männern von künstlerischem Naturell ist das weit verbreitet. Bei einem Beamten oder bei einem Verkäufer würde es mich abstoßen, aber bei einem Maler oder einem Musiker ist das etwas ganz anderes. Übrigens kann ich Ihnen versichern, daß Sie viel versäumen.»

«Nein, danke. Eine Frau ist für mich nur ein harmloses Säugetier, nein, nein, lassen Sie nur!»

Kretschmar lachte. «Nun, da Sie darüber so offen sprechen, lassen Sie mich Ihnen auch ein Geständnis machen. Als Dorianna Sie zum ersten Mal gesehen hat, sagte sie gleich, daß Ihnen das weibliche Geschlecht gleichgültig sei.»

(‹Oh, was für ein Luder›, dachte Horn.)

Kapitel 19

Drei Tage vergingen. Magda hustete immer noch, und da sie außerordentlich wehleidig war, verließ sie die Wohnung nicht, sondern lag im Kimono auf der Couch herum. Kretschmar schrieb in seinem Arbeitszimmer. Weil sie nichts zu tun hatte, zerstreute sich Magda mit etwas, das Horn ihr einmal beigebracht hatte: Bequem in ihren Kissen lümmelnd, rief sie unbekannte Leute, Firmen und Geschäfte an, bestellte Dinge zur Lieferung an Adressen, die sie aus dem Telephonbuch herausgesucht hatte, hielt solide Personen zum Narren oder rief zehnmal hintereinander ein und dieselbe Nummer an und brachte einen sehr beschäftigten Mann so zur Raserei – das war manchmal sehr amüsant, es kam zu bemerkenswerten Liebeserklärungen und noch bemerkenswerteren Beschimpfungen. Kretschmar kam herein, blieb stehen, betrachtete sie amüsiert und liebevoll und hörte, wie sie für jemanden einen Sarg bestellte. Der Kimono hatte sich über ihrer Brust geöffnet, sie zappelte vor Schadenfreude mit den Beinen, die langgeschnittenen Augen glitzerten und blinzelten. Ihn erfüllte eine leidenschaftliche Zärtlichkeit (noch gesteigert dadurch, daß sie die ganze letzte Woche ihre Krankheit vorgeschützt und ihn nicht an sich herangelassen hatte), und er verharrte still in einiger Entfernung, da er nicht wagte, sich zu nähern und ihr den Spaß zu verderben.

Jetzt erzählte sie einem Professor Grunewald ihre erfundene Lebensgeschichte und beschwor ihn, sich mit ihr um

Mitternacht bei der berühmten Bahnhofsuhr gegenüber dem Zoologischen Garten zu treffen – und der Professor am anderen Ende der Leitung grübelte schmerzlich und umständlich, ob dies ein Schabernack oder seinem Ruhm als Ökonom und Philosoph zu verdanken war.

In Anbetracht von Magdas Zeitvertreib war es kein Wunder, daß Max schon seit einer halben Stunde vergeblich versuchte, mit Kretschmars Wohnung eine telephonische Verbindung herzustellen. Er versuchte es immer wieder, und jedes Mal kam das erbarmungslose Tuten. Schließlich stand er auf, wurde von einem Schwindelanfall überkommen und mußte sich wieder setzen: Er hatte die letzten Nächte überhaupt nicht geschlafen, doch egal, es war jetzt seine Pflicht, Kretschmar zu holen. Das Schicksal in Gestalt dieses erbarmungslosen Tutens schien seine Absicht vereiteln zu wollen, doch Max war beharrlich: Wenn nicht so, dann eben anders. Er ging auf Zehenspitzen ins Kinderzimmer, wo es dunkel und trotz der undeutlichen Anwesenheit einiger Menschen sehr still war, blickte auf Annelieses Hinterkopf, auf ihren Wollschal – und drehte sich plötzlich entschlossen um, ging hinaus, keuchte dabei vor Tränen und stieß unartikulierte Laute aus, warf sich einen Mantel über und fuhr los, um Kretschmar zu holen.

«Warten Sie», sagte er zu dem Taxifahrer, als er auf dem Bürgersteig vor dem vertrauten Haus ausstieg.

Er stieß bereits die schwere Haustür auf, als Horn von hinten herbeieilte, und sie traten zusammen ein. Auf der Treppe sahen sie sich an und erinnerten sich im selben Augenblick an das Eishockeyspiel. «Wollen Sie zu Herrn Kretschmar?» fragte Max. Horn lächelte und nickte mit dem Kopf. «Dann lassen Sie sich sagen, daß ihm gleich nicht nach Besuch zumute sein wird. Ich bin der Bruder seiner Frau und habe eine sehr schlechte Nachricht für ihn.»

«Darf ich sie ausrichten?» schlug Horn konziliant vor, während er unbeirrt weiter neben ihm hinaufging.

Max litt an Kurzatmigkeit; er machte am ersten Treppenabsatz Halt und sah Horn mit gesenkter Stirn wie ein Stier an. Dieser blieb erwartungsvoll stehen und blickte voller Neugier auf das verweinte, geschwollene Gesicht seines Begleiters zurück.

«Ich ersuche Sie, Ihren Besuch aufzuschieben», sagte Max schwer atmend. «Das Töchterchen meines Schwagers liegt im Sterben.»

Er setzte seinen Weg treppauf fort. Horn folgte ihm schweigend (‹Amüsante Geschichte, das darf ich nicht verpassen...›). Max hörte die Schritte hinter sich ganz genau, aber eine dumpfe Erbitterung würgte ihn, und er fürchtete in Atemnot zu geraten, also beherrschte er sich. Als sie an der Wohnungstür angelangt waren, wandte er sich wieder an Horn und sagte: «Ich habe keine Ahnung, wer Sie sind und was Sie sind, aber ich kann Ihre Hartnäckigkeit beim besten Willen nicht verstehen.»

«Ich bin ein Freund des Hauses», erwiderte Horn liebenswürdig, streckte einen langen durchsichtig weißen Finger aus und drückte auf die Klingel.

‹Soll ich ihn schlagen?› dachte Max. ‹Ach, ist ja egal... Hauptsache, ich bin so schnell wie möglich wieder zurück.›

Ein Diener (derjenige, der Magdas Ansicht nach einem Lord ähnelte) öffnete.

«Melden Sie Ihrem Herrn», sagte Horn träge, «daß dieser Herr hier gerne...»

«Halten Sie sich da raus!» unterbrach ihn Max in einem Anfall von Zorn und rief, in der Mitte der Diele stehend, aus Leibeskräften «Bruno!» und noch einmal «Bruno!».

Kretschmar sah seinen Schwager, sein verzerrtes Gesicht, seine verquollenen Augen, stürzte los, rutschte dabei aus und

707

kam abrupt zum Stehen. «Irma ist schwer krank», sagte Max und pochte mit seinem Stock auf den Boden. «Du kommst am besten auf der Stelle mit...»

Kurzes Schweigen. Horn beobachtete sie beide gierig. Plötzlich drang aus dem Salon laut und vernehmlich Magdas Stimme: «Bruno, ich muß dich sprechen.»

«Wir fahren gleich», sagte Kretschmar stammelnd und verschwand in den Salon.

Magda stand da, die Arme über der Brust gekreuzt. «Mein Töchterchen ist schwer krank», sagte Kretschmar. «Ich muß sofort zu ihr.»

«Sie lügen dich an», schrie Magda böse. «Das ist eine Falle.»

«Nimm dich zusammen ... Magda ... um Gottes willen!» Sie ergriff seine Hand. «Und wenn ich mitkomme?»

«Magda, bitte, versteh doch, sie warten auf mich.»

«Sie halten dich zum Narren. Ich lasse dich nicht gehen...»

«Sie warten auf mich, sie warten auf mich», sagte Kretschmar stammelnd und mit hervortretenden Augen.

«Wenn du es wagst...»

Max stand im Gang und pochte weiter mit seinem Stock auf den Boden. Horn zog ein Zigarettenetui hervor. Aus dem Salon drang eine Stimmensalve. Horn bot Max eine Zigarette an. Ohne hinzusehen, stieß Max das Zigarettenetui mit dem Ellbogen zurück, und die Zigaretten fielen heraus. Horn lachte. Wieder eine Salve von Stimmen. «Gräßlich», murmelte Max, stürzte zur Tür zum Treppenhaus und rannte mit bebenden Wangen hinunter.

«Nun?» fragte die Bonne flüsternd, als er zurück war.

«Nein, er kommt nicht», antwortete er, bedeckte kurz die Augen mit der Hand, räusperte sich dann und ging wie zuvor auf Zehenspitzen in das Kinderzimmer.

Dort hatte sich nichts verändert. Irma warf sanft den Kopf auf dem Kissen hin und her, ihre halbgeöffneten Augen schienen das Licht nicht zu reflektieren. Sie hatte einen leisen Schluckauf. Anneliese glättete die Bettdecke neben ihrer Schulter. Irma streckte sich plötzlich leicht in den Kissen und warf den Kopf zurück. Vom Tisch fiel ein Löffelchen – und dieses Klingen tönte lange in den Ohren der Anwesenden nach. Die barmherzige Schwester zählte ihren Puls und legte dann vorsichtig, als fürchtete sie, es zu verletzen, das Händchen wieder auf die Decke. «Vielleicht hat sie Durst?» flüsterte Anneliese. Die Schwester schüttelte den Kopf. Jemand im Zimmer hustete sehr leise. Irma warf sich weiter hin und her; dann fing sie an, langsam unter der Bettdecke ihr Knie zu anzuheben und wieder auszustrecken.

Eine Tür quietschte, und die Bonne kam herein, sagte Max etwas ins Ohr, der nickte, und sie ging hinaus. Die Tür quietschte wieder; aber Anneliese wendete den Kopf nicht...

Kretschmar blieb zwei Schritte vom Bett entfernt stehen und konnte nur verschwommen den flauschigen Schal und die bleichen Haare seiner Frau erkennen: Dafür sah er mit qualvoller Deutlichkeit Irmas Gesicht – ihre kleinen, schwarzen Nasenlöcher und den gelblichen Glanz auf ihrer runden Stirn. So stand er eine ziemlich lange Zeit, dann sperrte er den Mund sehr weit auf – jemand eilte herbei und faßte ihm von hinten unter die Achselhöhlen.

Er saß schwer am Schreibtisch im Arbeitszimmer. Auf dem Sofa in der Ecke saßen zwei ihm vage bekannte Damen, auf einem weiter entfernten Stuhl schluchzte die Bonne. Ein würdiger alter Herr, der ihm unbekannt war, stand am Fenster und rauchte. Auf dem Tisch standen eine Kristallschale mit Apfelsinen und ein Aschenbecher voller Kippen.

«Warum haben sie mich nicht früher geholt?» sagte Kretschmar leise, hob seine Augenbrauen und verharrte so mit erhobenen Brauen, schüttelte dann den Kopf und ließ seine Fingergelenke knacken. Alle schwiegen. Die Uhr tickte. Lampert erschien von irgendwoher, ging ins Kinderzimmer und kam sehr bald zurück.

«Nun?» fragte Kretschmar heiser.

Lampert wandte sich an den würdigen alten Herrn, sagte etwas von Kampfer und ging wieder hinaus.

Eine unbestimmte Zeit verstrich. Vor den Fenstern war es dunkel. Kretschmar ging zweimal ins Kinderzimmer, und jedes Mal stieg ihm etwas heiß in der Kehle auf, und er ging wieder zurück ins Arbeitszimmer und setzte sich an den Tisch. Unvermittelt nahm er eine Apfelsine und begann sie mechanisch zu schälen. Es war jetzt noch stiller als vorhin, und anscheinend fiel vor dem Fenster Schnee. Von der Straße drangen nur vereinzelte, gedämpfte Geräusche herauf, von Zeit zu Zeit klopfte es in den Heizungsrohren. Unten auf der Straße pfiff jemand vier Noten – erneut Stille. Kretschmar aß langsam die Apfelsine. Sie war sehr sauer. Plötzlich kam Max ins Zimmer und breitete, ohne jemanden anzuschauen, die Arme aus.

Im Kinderzimmer sah Kretschmar den Rücken seiner Frau, die bewegungslos und angespannt über das Bett gebeugt war – die barmherzige Schwester legte den Arm um ihre Schultern und führte sie ins Halbdunkel. Er trat an das Bett – aber alles zitterte und verschwamm vor ihm –, für einen Augenblick schwebte deutlich das Bild eines kleinen, toten Gesichts vorbei, eine kurze blasse Lippe mit entblößten Schneidezähnen, von denen einer fehlte – ein Milchzahn, ein kleiner Milchzahn –, dann wurde wieder alles neblig vor seinen Augen, und Kretschmar drehte sich um, bemühte sich, niemanden anzustoßen, und ging hinaus. Die Haustür unten war verschlossen, aber unversehens kam eine Dame in einem Schal herunter und ließ einen schneebedeckten und frierenden

Mann herein, wahrscheinlich den, der eben gepfiffen hatte. Kretschmar sah aus irgendeinem Grund auf seine Uhr. Es war nach Mitternacht. War er wirklich fünf Stunden dort gewesen?

Er ging den weißen Bürgersteig entlang und konnte immer noch nicht wahrhaben, was geschehen war. «Sie ist tot», wiederholte er mehrere Male und sah im Geist mit überraschender Deutlichkeit Irma auf Max' Knie klettern oder einen Ball an eine Wand werfen. Unterdessen hupten, als sei nichts gewesen, die Taxis, der Himmel war schwarz, und nur in der Ferne, in Richtung Gedächtniskirche, ging die Schwärze in einen warmen, zimtfarbenen Ton über, in einen bräunlichen elektrischen Schimmer.

Schließlich kam er nach Hause. Magda lag auf der Couch, halbnackt und hellwach, und rauchte. Kretschmar erinnerte sich undeutlich, daß er aus dem Haus gegangen war, nachdem er sich schrecklich mit ihr gestritten hatte, aber das war im Augenblick unwichtig. Sie folgte schweigend seinen Bewegungen, während er still im Zimmer auf und ab schritt und dabei sein Gesicht abwischte, das vom Schnee naß war. Sie fühlte im Augenblick keinen Ärger mehr gegen ihn – nur wohlige Mattigkeit. Kurz zuvor war Horn gegangen, ebenfalls müde und ebenfalls sehr befriedigt.

Kapitel 20

Kretschmar verstummte für einige Zeit. Ihn bedrückte eine beispiellose Schwermut. Vielleicht zum ersten Male im Verlauf des Jahres, das er mit Magda verbracht hatte, war er sich in aller Deutlichkeit der dünnen Schicht von Schändlichkeit bewußt, die sich auf sein Leben gelegt hatte. Nun schien das Schicksal ihn mit blendender Deutlichkeit zu drängen, zur Vernunft zu kommen; er hörte die donnernden Aufforderungen des Schicksals und begriff, welch einmalige Gelegenheit ihm geboten wurde, sein Leben abrupt wieder auf das frühere Niveau zu heben. Er wußte: Wenn er augenblicklich zu seiner Frau zurückkehrte, still und beständig bei ihr bliebe, würde die unter anderen, alltäglichen Umständen ausgeschlossene Versöhnung sich beinahe von selbst ergeben. Gewisse Erinnerungen an jene Nacht ließen ihm keine Ruhe: Er erinnerte sich, wie Max ihn plötzlich mit einem feuchten, flehentlichen Blick angesehen und dann im Abwenden seinen Arm oberhalb des Ellbogens leicht gedrückt hatte, und er erinnerte sich, wie er im Spiegel einen unerklärlichen Ausdruck auf dem Gesicht seiner Frau aufgefangen hatte – mitleiderregend, gehetzt, aber dennoch mit einem menschlichen Lächeln verwandt. Schließlich fühlte er: Wenn er jetzt nicht diese Gelegenheit zur Rückkehr ergriffe, würde ein Treffen mit Anneliese schon sehr bald ganz undenkbar sein, wie es das vor dem Tod ihrer Tochter gewesen war. Über all das dachte er aufrichtig, quälend und tief nach und begriff mit der besonderen Logik der Gefühle: Wenn er zur Beerdigung ginge, würde er für immer bei seiner Frau bleiben. Als er Max anrief, erfuhr er von dem Mädchen Ort und Uhrzeit, und am Morgen der Beerdigung stand er auf, als Magda noch schlief, und befahl dem Diener, seinen schwarzen Anzug und Zylinder herauszulegen. Nachdem er hastig ein paar Schluck Kaffee getrunken hatte, ging er in Irmas früheres Kinderzimmer, wo jetzt eine Tischtennisplatte stand. Während er dort den kleinen Zelluloidball springen ließ, fand er es unmöglich, seine Gedanken auf Irmas Kindheit zu richten, und dachte statt dessen daran, wie hier ein anderes Mädchen herumgesprungen war, quietschend, den Oberkörper über den Tisch gebeugt, den Pingpongschläger erhoben, lebendig, stark und lasterhaft.

Er sah auf die Uhr. Es war wirklich Zeit aufzubrechen. Er warf den kleinen Ball auf den Tisch und ging rasch ins Schlafzimmer, um Magda ein letztes Mal schlafen zu sehen. Und während er am Bett stand und seine Augen an diesem kindlichen Gesicht mit den rosigen, ungeschminkten Lippen, den dunklen Augenlidern und der samtigen Röte über der ganzen Wange weidete, dachte Kretschmar mit Schrecken an die Zukunft neben seiner verblühten, aschfahlen, schwach nach Eau de Cologne riechenden Frau, und diese Zukunft kam ihm wie einer jener dämmrigen, langen und staubigen Korridore vor, wo eine vernagelte Kiste steht oder ein (leerer) Kinderwagen, während sich in der Tiefe die Finsternis verdichtet.

Mit Mühe wandte er die Augen von den Wangen und Schultern des schlafenden Mädchens ab, knabberte nervös an seinem Daumennagel und ging zum Fenster. Es taute, Autos spritzten durch die Pfützen, an der Ecke sah man einen leuchtendvioletten Blumenstand, der sonnigfeuchte Himmel spiegelte sich in der Fensterscheibe, die ein fröhliches, zerzaustes

713

Dienstmädchen putzte. «Wie früh du aufgestanden bist. Gehst du irgendwohin?» fragte Magda mit träger, von einem Gähnen unterbrochener Stimme.

Er schüttelte verneinend den Kopf, ohne sich umzuwenden.

Kapitel 21

«Kopf hoch, Bruno», sagte sie eine Woche später zu ihm.
«Ich weiß, alles ist sehr traurig, aber sie sind doch fast Fremde
für dich geworden; gib zu, du fühlst das doch selbst, und na-
türlich haben sie dein Töchterchen gegen dich aufgehetzt.
Glaub mir, ich leide sehr mit dir, obwohl ich, wenn ich ein
Kind haben könnte, lieber einen Jungen hätte, weißt du...»

«Du bist selbst noch ein Kind», sagte Kretschmar und
strich über ihr Haar.

«Gerade heute sollten wir guter Laune sein», fuhr Magda
schmollend fort. «Gerade heute. Denk dran, dies ist der Anfang meiner Karriere, ich werde berühmt.»

«Ja, tatsächlich, das hatte ich ganz vergessen. Wann war
das doch gleich? Doch nicht heute?»

Horn tauchte auf. In letzter Zeit war er jeden Tag bei ihnen
vorbeigekommen, und Kretschmar hatte ihm bei verschiedenen Gelegenheiten sein Herz ausgeschüttet und ihm all das
erzählt, was er Magda weder zu sagen wagte noch vermochte.
Horn war ein so guter Zuhörer, machte so vernünftige Bemerkungen und war so ernsthaft mitfühlend, daß Kretschmar die
Kürze ihrer Bekanntschaft als bloßer Zufall erschien, ohne
jede Beziehung zur inneren, geistigen Zeit, in der ihre Män-
nerfreundschaft sich entwickelt hatte und gereift war. «Man
kann sein Leben nicht auf den Treibsand des Unglücks
bauen», hatte Horn gesagt. «Das ist eine Sünde wider das
Leben. Ich hatte einmal einen Freund, einen Bildhauer, der

aus Mitleid eine ältliche, häßliche, bucklige Frau heiratete. Ich weiß nicht genau, was eigentlich mit ihnen passiert ist, aber nach einem Jahr versuchte sie, sich zu vergiften, und er mußte ins Irrenhaus. Meiner Ansicht nach darf ein Künstler sich nur von seinem Schönheitssinn leiten lassen – der wird ihn nie trügen.»

«Der Tod», hatte er noch gesagt, «kommt mir nur wie eine schlechte Angewohnheit vor, die die Natur zur Zeit noch nicht ablegen kann. Ich hatte einmal einen Freund – ein wunderschöner Junge, voller Lebenslust, mit einem Gesicht wie ein Engel und den Muskeln eines Panthers –, der sich beim Entkorken einer Flasche schnitt und einige Tage später daran starb. Einen alberneren Tod als diesen kann man sich nicht vorstellen, und doch, und doch... Ja, es ist seltsam, aber wahr: Es wäre weniger künstlerisch gewesen, wenn er bis ins hohe Alter gelebt hätte ... Die Rosine, die Pointe des Lebens steckt manchmal im Tod.»

Bei solchen Gelegenheiten konnte Horn unaufhörlich reden, mühelos Geschichten über nichtexistente Freunde erfinden und Reflexionen zubereiten, die nicht zu profund für den Geist seines Zuhörers waren, und sie in Worten von zweifelhafter Raffinesse servieren. Seine Bildung war zusammengewürfelt, sein Verstand scharf und durchdringend, seine Lust, die Mitmenschen zum Narren zu halten, unbezwingbar. Das einzig Beständige an ihm war vielleicht seine unbewußte Überzeugung, daß alles, was auf dem Gebiet der Kunst und der Wissenschaft von Menschen je geschaffen worden war, nur ein mehr oder weniger geschickter Trick sei, eine bezaubernde Scharlatanerie. Wie bedeutend auch immer der betreffende Gegenstand sein mochte, ihm fiel stets etwas Geistreiches oder Komisches oder Abgedroschenes dazu ein, je nachdem, was das Gemüt seines Zuhörers verlangte. Selbst wenn er ganz ernsthaft über ein Buch oder ein Bild sprach, hatte Horn das angenehme Gefühl, an einer Verschwörung beteiligt, Komplize irgendeines genialen Possenreißers zu sein – nämlich des Autors des Buches oder des Malers des Bildes. Er beobachtete gespannt, wie Kretschmar (seiner Ansicht nach ein schwerfälliger, borrnierter Mensch mit simplen Leidenschaften und einer soliden, allzu soliden Kenntnis der Malerei) litt und anscheinend meinte, die tiefsten Tiefen menschlichen Elends erreicht zu haben – wohingegen Horn mit Vergnügen dachte, daß das noch lange nicht alles war, sondern erst die Eröffnungsnummer im Programm einer erstklassigen Revue, in der für ihn, Horn, der Platz in der Intendantenloge reserviert war. Der Intendant dieses Hauses war weder Gott noch der Teufel. Ersterer war viel zu grau und ehrwürdig und hatte keine Ahnung von moderner Kunst, letzterer, der fett gewordene Teufel, übersättigt von den Sünden anderer, war unerträglich langweilig, so langweilig wie das letzte Gähnen vor dem Tod eines stumpfsinnigen Verbrechers, der einen Geldverleiher erstochen hat. Der Intendant, der Horn seine Loge reservierte, war ein schwer faßbares, doppeltes, dreifaches, sich selbst reflektierendes Wesen – ein schillerndes, magisches Phantom, der Schatten bunter Glaskugeln, der Schatten eines Jongleurs vor der flimmernden Theaterkulisse... Das jedenfalls war es, was Horn in den seltenen Augenblicken philosophischer Meditation vermutete.

Daher konnte er seine intensive Zuneigung zu Magda überhaupt nicht begreifen. Er versuchte sie sich selbst durch Magdas körperlichen Qualitäten zu erklären, durch etwas am Geruch ihrer Haut, an der Temperatur ihres Körpers, an der besonderen Form der Iris, am besonderen Epithel ihrer Lippen. Aber das war es nicht ganz. Ihre gegenseitige Leidenschaft hatte ihren Grund in einer tiefen Affinität ihrer Seelen – ungeachtet dessen, daß er ein talentierter Künstler war, ein Kosmopolit, ein Spieler...

Als Horn an jenem Tag kam, da Magda zum ersten Mal auf der Leinwand erstrahlen sollte, konnte er ihr zuflüstern, während er ihr in den Mantel half, daß er da und da ein Zimmer gemietet hatte, wo sie sich ungestört treffen könnten. Sie warf ihm einen zornigen Blick zu – denn Kretschmar war keine zehn Schritt entfernt. Horn lachte und fügte mit kaum gesenkter Stimme hinzu, daß er sie jeden Tag um soundsoviel Uhr erwarte.

«Ich habe Fräulein Peters zu einem Rendezvous eingeladen, aber sie will nicht kommen», sagte er zu Kretschmar, als sie hinuntergingen.

«Soll sie es ruhig einmal probieren», lächelte Kretschmar und kniff Magda zärtlich in die Wange. «Nun werden wir sehen, wie gut du spielst», fügte er hinzu, während er sich einen Handschuh überstreifte.

«Morgen um fünf, Fräulein Peters», sagte Horn.

«Morgen wird die Kleine sich allein ein Auto aussuchen gehen», sagte Kretschmar, «da gibt's also kein Rendezvous.»

«Das wird sich schon machen lassen, das Auto läuft ihr ja nicht weg, nicht wahr, Fräulein Peters?»

Magda war plötzlich beleidigt. «Was für blöde Witze!» rief sie.

Die beiden Männer lachten und wechselten amüsierte Blicke, Kretschmar zwinkerte.

Der Portier, der sich mit dem Briefträger unterhielt, starrte Kretschmar neugierig an.

«Es ist kaum zu glauben», sagte der Portier, als sie vorbeigegangen waren, «es ist kaum zu glauben, daß seine kleine Tochter erst vor kurzem gestorben ist.»

«Und wer ist der andere?» fragte der Briefträger.

«Fragen Sie mich nicht. Hat zu seiner Unterstützung einen jungen Kerl angeschafft, vermute ich. Wirklich, ich schäme mich, daß die anderen Mieter diese... [ein ungehöriges Wort] mitansehen müssen. Und dabei ist er selber ein anständiger Herr, und reich – könnte sich eine stattlichere, fülligere Freundin aussuchen, wenn er schon so weit geht.»

«Liebe ist blind», sagte der Briefträger nachdenklich.

Kapitel 22

In dem kleinen Saal, wo Schauspielern und Gästen der Film *Asra* vorgeführt wurde, waren nur wenige Leute, jedoch genug, daß Magda ein erregter und wohliger Schauer den Rücken herunterlief. Nicht weit entfernt bemerkte sie den Filmproduzenten, bei dem sie sich seinerzeit so erfolglos vorgestellt hatte. Er trat auf Kretschmar zu. Kretschmar stellte ihn Magda vor. Er hatte ein riesiges Gerstenkorn im rechten Auge. Magda ärgerte sich, daß er sie nicht gleich wiedererkannte. «Ich war aber einmal bei Ihnen im Büro», sagte sie schadenfroh (sollte er es doch jetzt bereuen). «Ach ja, meine Dame», erwiderte er mit einem höflichen Lächeln, «ich erinnere mich, ich erinnere mich.» In Wirklichkeit erinnerte er sich an gar nichts.

Sobald das Licht aus war, fummelte Horn, der zwischen ihr und Kretschmar saß, nach ihrer Hand und drückte sie. Vor ihnen saß Dorianna Karenina, in einen Pelzmantel gehüllt, obwohl es in dem Saal heiß war. Neben ihr saß der Regisseur mit dem Gerstenkorn, und Dorianna flirtete mit ihm. Leise und monoton, wie eine Art Staubsauger, fing der Apparat an zu surren. Musik gab es nicht.

Magda erschien fast sogleich auf der Leinwand: Sie las ein Buch, dann schmiß sie es hin und stürzte zum Fenster: Ihr Verlobter kam angeritten. Ihr stockte dermaßen der Atem, daß sie Horn ihre Hand wegriß und sie ihm nicht mehr gab (er streichelte ihr danach über den Rock und brachte es

irgendwie fertig, ihren Strumpfhalter aufzuhaken). Unbeholfen und häßlich, mit geschwollenem, seltsam verändertem,
blutegelschwarzem Mund, mit falsch gezogenen Augenbrauen und Kleiderfalten an den ungeahntesten Stellen,
starrte die Braut mit wildem Blick vor sich hin, um sich
danach mit dem Bauch auf das Fensterbrett zu legen, den
Hintern zum Publikum hingestreckt.

Magda wehrte Horns umherschweifende Hand ab – und sie
hatte plötzlich den Wunsch, jemanden zu beißen oder sich auf
den Boden zu werfen, um sich zu schlagen, zu schreien...
Das plumpe Mädel auf der Leinwand hatte nicht das geringste
mit ihr gemein – es war schrecklich, es sah aus wie ihre Mutter, die Portiersfrau, auf ihrem Hochzeitsphoto. Vielleicht
wird es später besser? Kretschmar lehnte sich zu ihr hinüber,
umarmte dabei Horn beinahe und säuselte zärtlich: «Zauberhaft, wunderbar, ich hatte ja keine Ahnung...» Er war wirklich bezaubert. Irgendwie fühlte er sich an das «Argus»
erinnert, es rührte ihn, daß Magda so unsäglich schlecht
spielte – und doch mit so reizendem, kindlichem Eifer, wie ein
Schulmädchen, das ein Geburtstagsgedicht aufsagt. Horn ju-
belte innerlich: Er hatte niemals daran gezweifelt, daß Magda
eine Niete sein würde, und er wußte, daß Kretschmar das aus-
baden mußte, während sie dafür morgen, gewissermaßen zum
Ausgleich... All das war sehr amüsant. Er machte sich daran,
seine Hand wieder über ihre Beine und ihr Kleid wandern zu
lassen, und plötzlich kniff sie ihn heftig.

Nach kurzer Abwesenheit erschien die Braut erneut: Verstohlen schlich sie an einer Wand entlang und ging dann heimlich in ein Café, wo eine gute Seele, ein Freund der Familie,
ihren Bräutigam in Gesellschaft eines Vamps (Dorianna Karenina) gesehen hatte. Wie sie die Wand entlangschlich war quälend, und aus irgendeinem Grund wirkte ihr Rücken fett.
‹Gleich kriege ich einen Schreikrampf›, dachte Magda. Zum

Glück flimmerte die Leinwand, und es erschienen ein kleiner Tisch im Café und der Held, wie er gerade Dorianna eine Zigarette anbot (welche Intimität!). Dorianna warf den Kopf zurück, atmete den Rauch aus und lächelte mit einem Mundwinkel. Jemand im Saal begann zu klatschen, andere stimmten ein. Die Braut trat auf. Der Applaus verstummte. Die Braut öffnete ihren Mund, wie ihn Magda noch nie geöffnet hatte. Dorianna, die wirkliche Dorianna, die vor ihnen saß, drehte sich um, und ihre Augen strahlten im Halbdunkel liebenswürdig. «Bravo, Kleines», sagte sie mit ihrer rauchigen Stimme, und Magda hätte ihr gern das Gesicht zerkratzt.

Jetzt grauste es ihr dermaßen vor jedem weiteren Auftritt, daß sie sich ganz schwach fühlte und nicht mehr wie vorher imstande war, Horns zudringliche Hand zu packen und zu kneifen. Sie hauchte ihm mit einem heißen Flüstern ins Ohr: «Bitte hör auf, oder ich setze mich auf einen anderen Platz.» Er tätschelte ihr Knie, und seine Hand kam zur Ruhe.

Die Braut erschien wieder und wieder, und jede ihrer Bewegungen war eine Qual für Magda, sie war wie eine Seele in der Hölle, der die Teufel ihre irdischen Vergehen offenbaren. Diese Einfalt, Abgehacktheit, Verklemmtheit der Bewegungen ... In diesem gedunsenen Gesicht erhaschte sie aus irgendeinem Grund den Gesichtsausdruck ihrer Mutter, wenn sie versuchte, zu einem einflußreichen Mieter höflich zu sein. «Sehr gelungene Szene», flüsterte Kretschmar, sich über Horn hinwegbeugend. Horn ging es gewaltig auf die Nerven, in der Dunkelheit zu sitzen und sich einen schlechten Film anzusehen. Er schloß die Augen und begann sich zu erinnern, wie schwierig und gleichzeitig amüsant es gewesen war, Cheepys Bewegungen für den Film zu zeichnen – Tausende von Bewegungen. ‹Ich muß mir etwas Neues ausdenken – muß mir unbedingt etwas einfallen lassen.›

Das Drama näherte sich seinem Ende. Der Held, vom

Vamp verlassen, ging durch strömenden Regen zur Apotheke, um Gift zu kaufen. Die Braut spielte im Dorf mit seinem unehelichen Kind, der Säugling schmiegte sich an sie. Und da strich sie aus irgendeinem Grund plötzlich mit dem Handrücken an ihrem Kleid hinunter. Diese Bewegung war nicht vorgesehen, sie wischte sich regelrecht die Hand ab, und das Kind starrte sie von der Seite her an. Durch den Saal lief ein Kichern. Magda hielt es nicht länger aus und begann leise zu weinen.

Sobald das Licht anging, stand sie auf und lief zum Ausgang. «Was hat sie denn? Was hat sie denn?» murmelte Kretschmar und stürzte hinter ihr her. Horn erhob sich und dehnte seine Schultern. Dorianna faßte ihn am Ärmel. Neben ihr stand der Herr mit dem Gerstenkorn im Auge und gähnte.

«Ein Reinfall», sagte Dorianna und blinzelte ihm zu. «Arme Kleine.»

«Und Sie sind zufrieden mit Ihrer Leistung?» fragte Horn neugierig.

Dorianna lachte: «Nein, eine echte Schauspielerin kann gar nicht zufrieden sein.»

«Genausowenig wie Künstler», sagte Horn. «Aber Sie trifft keine Schuld. Die Rolle war dumm. Übrigens, sagen Sie mir, meine Liebe, wie sind Sie auf Ihr Pseudonym gekommen? Das wollte ich schon immer gern wissen.»

«Oh, das ist eine lange Geschichte», sagte sie lächelnd.

«Nein, Sie verstehen mich nicht. Ich möchte es wissen. Sagen Sie, haben Sie Tolstoj gelesen?»

«Tolles Zeug?» fragte Dorianna Karenina zurück. «Nein, nicht daß ich wüßte. Warum interessiert Sie das?»

Kapitel 23

In Kretschmars Wohnung tobte ein Sturm, Geschluchze, Krämpfe, Gestöhne. Kretschmar trottete hilflos hinter ihr her: Sie warf sich mal auf die Couch, mal auf das Bett, mal auf den Fußboden. Ihre Augen sprühten Feuer und Zorn; einer ihrer Strümpfe war heruntergerutscht. Die ganze Welt schwamm in Tränen. Kretschmar tröstete sie mit den zärtlichsten Worten, die er kannte, und benutzte unbewußt jene Worte, die er früher seiner Tochter gesagt hatte, wenn er einen blauen Fleck küßte – Worte, die jetzt, nach Irmas Tod, gewissermaßen frei geworden waren.

Zuerst ließ Magda ihren ganzen Zorn an ihm aus, dann beschimpfte sie Dorianna in schrecklichen Ausdrücken, dann fiel sie über den Regisseur her (gleichzeitig traf es den völlig unbeteiligten Großmann, den Dicken mit dem Gerstenkorn). «Nun gut», sagte Kretschmar endlich. «Ich werde alles für dich tun, was ich nur kann. Aber ich glaube wirklich nicht, daß es ein Reinfall war – im Gegenteil, du hast stellenweise ganz nett gespielt – zum Beispiel da in der ersten Szene – weißt du, als du…»

«Halt den Mund!» kreischte Magda und schleuderte ein Kissen nach ihm. «Bleib doch stehen, Magda, laß mich ausreden. Ich will ja alles tun, um mein Baby glücklich zu machen. Weißt du, was ich tun werde? – Schließlich gehört der Film ja mir, ich habe für den Quatsch bezahlt… ich meine den Quatsch, den der Regisseur daraus gemacht hat. Ich werde nicht zulassen, daß er irgendwo gezeigt wird, und ihn mir als Souvenir aufheben [«Nein, verbrenne ihn», sagte Magda mit einem tiefen Schluchzer], oder gut, dann verbrenne ich ihn eben. Aber Dorianna wird davon nicht gerade entzückt sein, das kann ich dir versichern. Na – sind wir jetzt zufrieden?»

Sie fuhr fort, hin und wieder aufzuschluchzen, aber etwas ruhiger.

«Du bist doch meine Schönste, weine nicht. Ich sag dir was. Morgen gehst du dir ein Automobil aussuchen – das macht doch Spaß! Dann zeigst du es mir, und ich werde es dann vielleicht [er lächelte und hob die Augenbrauen, als er das Wort ‹vielleicht› schalkhaft in die Länge zog] kaufen. Wir werden ganz weit wegfahren, den Frühling erlebst du im Süden, mit Mimosen… Na, Magda?»

«Darum geht es gar nicht», sagte sie trotzig.

«Es geht darum, daß du glücklich bist, und du wirst mit mir glücklich sein. Wir kommen im Herbst zurück, du nimmst noch einige Schauspielkurse, oder ich finde einen wirklich tüchtigen Regisseur als Lehrer für dich … Großmann zum Beispiel …»

«Nein, bloß nicht Großmann», plärrte Magda schaudernd los.

«… nun gut, dann einen anderen. Wir finden schon jemanden, glaub mir. Und jetzt wisch die Tränen ab – wir gehen zum Abendessen und Tanzen… Bitte, Magda!»

«Ich werde erst dann glücklich sein», sagte sie mit einem tiefen Seufzer, «wenn du dich scheiden läßt. Aber ich habe Angst, daß du jetzt gesehen hast, was für eine Niete ich in diesem gräßlichen Film war, und daß du mich verlassen wirst. Nein, hör auf, du sollst mich nicht küssen. Sag, führst du irgendwelche Verhandlungen, oder ist die ganze Sache abgeblasen?»

«Verstehst du nicht, was das für ein…», stieß Kretschmar

stockend hervor. «Verstehst du denn nicht... Ach Magda, wir haben doch gerade, das heißt, sie ist besonders – mit einem Wort – dieser Kummer, mir ist es einfach im Augenblick nicht sehr recht...»

«Was sagst du da?» fragte Magda und erhob sich. «Weiß sie etwa immer noch nicht, daß du dich von ihr scheiden lassen willst?»

«Nein, so habe ich das nicht gemeint», schluckte und verhaspelte sich Kretschmar, «natürlich fühlt sie..., das heißt, sie weiß es.» Er geriet endgültig in Verlegenheit.

Magda richtete sich langsam auf, höher und höher, wie eine Schlange, wenn sie sich entrollt.

«Ehrlich gesagt, sie will die Scheidung nicht», sagte Kretschmar schließlich, und es war das erste Mal im Leben, daß er eine Lüge über Anneliese über die Lippen brachte.

«Ach, wirklich?» fragte Magda, biß sich auf die Lippen, kniff die Augen zusammen und ging langsam auf ihn zu.

‹Jetzt schlägt sie mich›, dachte Kretschmar erschöpft. «Aber nein, natürlich wird sie einwilligen», sagte er laut. «Reg dich nur nicht so auf.»

Magda trat ganz dicht an ihn heran und – legte ihm langsam die Arme um den Hals.

«Ich kann nicht länger nur deine Geliebte sein», sagte sie und schmiegte ihre Wange an seine Krawatte. «Ich kann nicht. Tu etwas. Sag dir morgen: Ich tue es für mein Baby! Es gibt schließlich Rechtsanwälte, für alles gibt es Mittel und Wege.»

«Ich verspreche es dir», sagte er.

Sie seufzte leise, ging zum Spiegel und sah träge auf ihr Ebenbild.

‹Scheidung?› dachte Kretschmar. ‹Nein, das kommt nicht in Frage.›

726

Kapitel 24

Horn hatte den Raum, den er für seine Zusammenkünfte mit Magda gemietet hatte, in ein Atelier verwandelt, und immer, wenn Magda kam, fand sie ihn bei der Arbeit. Er pfiff beim Zeichnen melodiös und motivreich vor sich hin. Magda blickte auf den kreideweißen Teint seiner Wangen, seine vollen, tiefroten Lippen, die beim Pfeifen einen Kreis bildeten, sein weiches schwarzes Haar, das sich so trocken und leicht anfühlte – und sie ahnte, daß dieser Mann sie am Ende ins Verderben ziehen würde. Er trug ein Seidenhemd mit offenem Kragen und eine Flanellhose, die mit einem passenden Lederriemen gegürtet war. Mit chinesischer Tusche vollbrachte er Wunder.

So sahen sie sich fast täglich; Magda schob weiterhin den Tag der Abreise hinaus, obwohl der Wagen gekauft und es bereits Frühling war. «Darf ich Ihnen einen Vorschlag machen?» sagte Horn eines Tages zu Kretschmar. «Wozu brauchen Sie einen Chauffeur? Ich bin in der Lage, zwölf Stunden hintereinander am Steuer zu sitzen, und bei mir läuft jedes Auto wie geschmiert.» – «Das ist sehr nett von Ihnen», antwortete Kretschmar etwas zögernd. «Aber ehrlich gesagt – ich weiß nicht... Nun, ich fürchte, Sie von Ihrer Arbeit abzuhalten, wir wollen ziemlich weit weg...» – «Ach, was denn für eine Arbeit. Ich wollte sowieso irgendwohin in den Süden fahren.» – «Wenn es so steht, würden wir uns natürlich freuen», sagte Kretschmar und fragte sich ängstlich, was

Magda wohl davon hielte. Aber nach kurzem Überlegen stimmte Magda dem Vorschlag zu. «Soll er ruhig mitkommen», meinte sie. «Obwohl er mir in letzter Zeit damit auf die Nerven geht, mir seine Liebesgeschichten zu erzählen, weißt du – und zu seufzen, als wäre er in eine Frau verliebt. Dabei...»

Es war am Tag vor der Abreise. Auf dem Heimweg nach dem Einkaufen schaute Magda bei Horn herein und hing eine Weile an seinem Hals. Die kleine Staffelei am Fenster, der staubige Sonnenstrahl, der durch den Raum fiel, erinnerten sie an die Zeit, als sie noch Modell gestanden hatte, und während sie jetzt hastig ihr Kleid abstreifte, dachte sie mit einem Lächeln daran, wie kalt ihr manchmal gewesen war, wenn sie nackt hinter dem Schirm hervorkam.

Als sie sich später mit außergewöhnlicher Eile wieder anzog, entfachte sie, auf einem Bein hüpfend und herumwirbelnd, einen Sturm im Spiegel. «Warum hast du's denn so eilig?» sagte er träge. «Es ist doch heute das letzte Mal. Ich habe keine Ahnung, wie wir es auf der Reise bewerkstelligen sollen.» – «Wir sind beide schlau genug», antwortete sie mit einem Lachen.

Sie lief hinunter und hielt nach einem Taxi Ausschau, aber die sonnenbeschienene Straße war leer. Sie kam an einen Platz – und wie immer, wenn sie von Horns Zimmer nach Hause ging, dachte sie: ‹Soll ich rechts abbiegen, dann durch die Grünanlage, dann wieder rechts...?› Dort war die Straße, wo sie als Kind gewohnt hatte.

(Glück, Erfolg bei allem, Schnelligkeit und die Leichtigkeit des Lebens waren auf ihrer Seite... Warum eigentlich nicht einen Blick riskieren?)

Die Straße hatte sich nicht verändert. Dort an der Ecke war der Bäcker, und dort war der Schlächter mit dem vertrauten Ochsen auf dem Ladenschild, und vor dem Geschäft war eine

Bulldogge angebunden – sie gehörte der Majorswitwe aus Nummer 15. Da war die Kneipe, wo ihr Bruder gewöhnlich herumhing. Und genau da gegenüber war das Haus, in dem sie geboren war. Sie konnte sich nicht entschließen, weiterzugehen, weil sie ein dumpfes Unbehagen spürte. Sie drehte sich um und ging leise vorwärts. Als sie bereits in der Nähe der Grünanlage war, rief eine bekannte Stimme sie an.

Es war Kaspar, der Freund ihres Bruders mit der Tätowierung an der Hand. Er schob ein Fahrrad mit violettem Rahmen und einem Korb vor der Lenkstange. «Hallo, Magda», sagte er, freundschaftlich nickend, und ging neben ihr am Bürgersteig entlang.

Als sie ihn das letzte Mal gesehen hatte, war er sehr flegelhaft gewesen: Da hatte er gemeinsam mit seinen Freunden gehandelt. Das war eine Gruppe gewesen, eine Organisation, eine Bande fast; nun, wo er allein war, war er einfach ein alter Freund.

«Na, wie geht's dir so, Magda?»

Sie schmunzelte und antwortete: «Glänzend. Und dir?»

«Ach, man schlägt sich so durch. Weißt du, daß deine Familie umgezogen ist? Sie wohnen jetzt in einem nördlichen Stadtteil. Du solltest sie mal besuchen, Magda. Dein Vater macht's nicht mehr lange.»

«Und wo ist Otto?» fragte sie.

«Der ist abgehauen. Ich glaube, er arbeitet in Bielefeld oder so.»

«Du weißt selbst», sagte sie, «wie sehr sie mich zu Hause geliebt haben. Vor lauter Ohrfeigen hatte ich ganz geschwollene Wangen. Und haben sie sich etwa später darum geschert, was mit mir ist, wo ich bin und ob ich nicht umgekommen bin? Sie haben nichts dagegen, an mir zu verdienen – das ist alles.»

Kaspar hüstelte und sagte: «Trotzdem, es ist deine Familie,

Magda. Deine Mutter wurde hier nämlich rausgeworfen, und die neue Gegend ist kein Zuckerschlecken für sie.»

«Und was sagen die Leute hier über mich?» fragte sie neugierig.

«Ach, einen Haufen Unsinn... Quatschereien. Das Übliche. Ich habe immer gesagt, daß ein Mädchen selber mit seinem Leben anfangen kann, was es will. Und kommst du gut mit deinem Freund aus?»

«Das schon, mehr oder weniger. Er heiratet mich bald.»

«Prima», sagte Kaspar. «Da freue ich mich für dich. Nur schade, daß du jetzt eine Dame bist und man nichts mehr mit dir auf die Beine stellen kann wie früher. Das ist sehr schade, weißt du.»

«Hast du denn keine Freundin?» fragte sie lächelnd.

«Nein, im Augenblick nicht. Grete und ich haben uns gekracht. Das Leben ist manchmal schon sehr schwer, Magda. Ich arbeite jetzt in einer Konditorei. So eine eigene Konditorei würde ich später schon ganz gerne haben – aber das kann noch lange dauern.»

«Ja, das Leben», sagte Magda nachdenklich, und nach einer kleinen Pause rief sie ein Taxi.

«Vielleicht könnten wir mal», begann Kaspar, doch dann schwieg er verlegen.

‹Das Mädel geht zugrunde›, dachte er, als er zusah, wie sie sich in das Auto setzte. ‹Die geht bestimmt vor die Hunde. Sollte irgendeinen guten, einfachen Mann heiraten. *Ich* würde sie allerdings nicht nehmen – mit so einem Wirbelwind hätte man keine Minute Ruhe...›

Er schwang sich auf das Fahrrad und fuhr schnell bis zur nächsten Straßenecke hinter dem Taxi her. Magda winkte ihm zu, als er geschmeidig wie ein Vogel abbog und eine Nebenstraße entlangfuhr.

Kapitel 25

Alles war zauberhaft, alles war heiter – außer den Übernachtungen in den Hotels. Kretschmar war unsagbar beharrlich. Wenn sie versuchte, ihn loszuwerden, indem sie Müdigkeit vorschützte, sagte er, den Tränen nahe, daß er sie den ganzen Tag nicht *einmal* geküßt habe, und bettelte um die Erlaubnis, sie wenigstens küssen zu dürfen – und nach und nach bekam er dann, was er wollte. Horn war derweil nebenan, und sie konnte manchmal seine Schritte oder sein Pfeifen hören – während Kretschmar vor Lust schrie –, und Horn konnte seine Schreie hören. Morgens fuhren sie weiter in diesem wunderbaren, lautlosen Innenlenker; geschmeidig floß die von Apfelbäumen gesäumte Landstraße unter den Vorderrädern hindurch, das Wetter war herrlich, und gegen Abend waren die stählernen Zellen des Kühlers mit toten Bienen und Libellen verstopft. Horn fuhr tatsächlich ausgezeichnet, in den sehr niedrigen Sitz mit der weichen Lehne zurückgelehnt, handhabte er das Steuerrad ungezwungen und zärtlich. Im Rückfenster hing eine pralle Cheepy und blickte nach dem zurückweichenden Norden.

In Frankreich liefen Pappeln an den Landstraßen entlang; die Zimmermädchen in den Hotels verstanden Magda nicht, und das fuchste sie. Sie kamen überein, den Frühling an der Riviera zu verbringen – dann sollte es in die Schweiz oder zu den Italienischen Seen gehen. Bei ihrem letzten Aufenthalt, bevor sie Hyères erreichten, verschlug es sie in das hübsche

Städtchen Rouginard. Sie kamen dort bei Sonnenuntergang an, über den umliegenden Bergen verblaßten zerzauste rosige Wolken, aus den Straßencafés drang das Glitzern von Lichtern, die Platanen am Boulevard waren bereits in nächtliches Dunkel gehüllt. Magda war müde und gereizt, wie immer gegen Abend, denn seit dem Tag ihrer Abreise, das heißt, seit beinahe zwei Wochen (sie hatten es nicht eilig gehabt, sondern in malerischen, kleinen Orten haltgemacht), war sie kein einziges Mal mit Horn allein gewesen – es war die reinste Tortur; wenn Horn ihrem Blick begegnete, leckte er sich traurig die Lippen, wie ein Hund, den sein Frauchen am Eingang eines Fleischerladens festgebunden hat. Als sie in Rouginard einfuhren und Kretschmar über die Silhouetten der Berge, über den Himmel und die durch die Platanen zitternden Lichter in Entzückung geriet, fuhr ihn Magda deshalb an. «Schwärm du nur», stieß sie zwischen den Zähnen hervor und konnte die Tränen kaum zurückhalten. Sie fuhren bei einem großen Hotel vor. Kretschmar ging sich nach Zimmern erkundigen. «Ich werde verrückt, wenn das so weitergeht», sagte Magda, als sie mitten in der Hotelhalle stand, ohne Horn anzublicken. «Gib ihm ein Schlafmittel», schlug Horn vor. «Ich besorge eins beim Apotheker.» – «Hab ich schon versucht», antwortete Magda böse, «es wirkt nicht.»

Kretschmar kam etwas verstört zu ihnen zurück. «Alles belegt», sagte er und breitete die Arme aus. «Sehr unangenehm. Du bist ganz müde, meine Kleine.» Immer noch mit zusammengebissenen Zähnen rauschte Magda zum Ausgang.

Sie fuhren nacheinander zu drei Hotels, und nirgends fand sich ein Zimmer. Magda war so übler Laune, daß Kretschmar sich nicht traute, sie anzusehen. Im fünften Hotel wurden sie schließlich gebeten, den Lift zu nehmen – hochzufahren und sich umzusehen. Ein dunkelhäutiger Laufbursche, der sie nach oben brachte, kehrte ihnen sein Profil zu. «Sehen Sie sich diese Schönheit an, was für Wimpern», sagte Horn und stieß Kretschmar leicht in die Seite. «Hören Sie auf mit diesem verdammten Blödsinn!» rief Magda plötzlich.

Das Zimmer mit dem Doppelbett war wirklich nicht übel, aber Magda fing an, sachte mit den Absätzen auf den Boden zu tippen, während sie mit leiser, unangenehmer Stimme wiederholte: «Hier bleib ich nicht, hier bleib ich nicht.» – «Es ist ein hervorragendes Zimmer», sagte Kretschmar ermahnend. Der Bursche öffnete plötzlich eine Innentür – dort kam ein Badezimmer zum Vorschein –, ging hindurch und öffnete eine zweite Tür – siehe da: ein zweites Schlafzimmer!

Horn und Magda wechselten plötzlich Blicke.

«Ich weiß nicht, ob Ihnen ein gemeinsames Badezimmer recht ist», sagte Kretschmar. «Magda planscht nämlich wie eine Ente.»

«Macht nichts», lachte Horn. «Ich komme schon zurecht.»

«Sind Sie ganz sicher, daß sich nichts anderes bei Ihnen auftreiben läßt?» wandte sich Kretschmar an den Burschen. Doch da mischte sich Magda hastig ein.

«Unsinn», sagte sie. «Unsinn. Ich habe keine Lust, weiter herumzuzuckeln.»

Sie ging zum Fenster, während das Gepäck hereingebracht wurde. Bläue, kleine Lichter, schwarze Baumwipfel, Grillenzirpen... Doch sie sah und hörte nichts – eine glückselige Ungeduld hatte sie erfaßt. Als sie schließlich mit Kretschmar allein war, begann er die Toilettensachen auszupacken. «Ich bade zuerst», sagte sie und zog sich hastig aus. «Nur zu», antwortete er gutmütig. «Ich rasiere mich inzwischen erst einmal. Aber mach nicht zu lange – wir müssen

noch zu Abend essen.» Im Spiegel sah er den Jumper ungestüm vorbeifliegen, den Rock, etwas Helles, noch etwas Helles, einen Strumpf und den anderen...

«So eine Schlampe», sagte er, während er sein Kinn einseifte.

Er hörte, wie die Tür geschlossen wurde, der Riegel klickte
und das Wasser geräuschvoll einlief.

«Du brauchst dich nicht einzuschließen, ich habe sowieso
nicht vor, dich zu baden», rief er lachend, während er seine
Wange mit dem Ringfinger spannte.

Hinter der verschlossenen Tür lief das Wasser immer weiter. Es floß laut und unablässig. Kretschmar schabte sorgfältig
seine Wange mit dem Rasierapparat. Das Wasser floß – und
sein Rauschen wurde dabei immer lauter. Unversehens sah
Kretschmar im Spiegel, daß unter der Tür des Badezimmers
ein Wasserstrom hervorsickerte – inzwischen klang das Rauschen jetzt donnernd, triumphierend.

«Was macht sie denn... eine Überschwemmung...», murmelte er, stürzte zur Tür und klopfte. «Magda, bist du ertrunken? Du bist wohl verrückt!»

Keine Antwort. «Magda, Magda!» rief er, und trockene
Rasierschaumflocken flatterten um sein Gesicht.

Magda erwachte aus ihrer seligen Erstarrung, küßte zum
Schluß Horns Ohr und schlüpfte lautlos zurück ins Bad: Der
Raum war voll von Dampf und heißem Wasser, sie drehte
flink die Hähne zu.

«Ich bin in der Badewanne eingeschlafen», rief sie kläglich
durch die Tür.

«Du bist verrückt», wiederholte Kretschmar. «Wie du
mich erschreckt hast.»

Die Bäche auf dem Boden versiegten. Kretschmar ging zurück zum Spiegel und seifte sein Gesicht noch einmal ein.

Sie tauchte frisch und strahlend aus dem Bad auf und hüllte

sich in Talkumpuder. Jetzt ging Kretschmar ins Bad – dort war alles sehr feucht. Er klopfte an Horns Tür. «Ich lasse Sie nicht lange warten», sagte er durch die Tür. «Hier ist gleich frei.» – «Ach, lassen Sie sich ruhig Zeit», antwortete Horn ausnehmend fröhlich.

Beim Abendessen war sie in bester Laune, sie saßen auf der Terrasse, und um die Lampe taumelten Nachtfalter und fielen auf das Tischtuch. «Hier bleiben wir ganz, ganz lange», sagte Magda. «Ich finde es hier großartig.» In Wirklichkeit gefiel ihr nur eines: die Lage der Zimmer.

Kapitel 26

Eine Woche verging, dann eine zweite. Die Tage waren wolkenlos – Hitze, Blumen, Ausländer, großartige Spaziergänge.
Magda war glücklich, Horn lächelte still vor sich hin. Sie
nahm morgens und abends ein Bad, achtete aber jetzt darauf,
keine Überschwemmung mehr zu verursachen. Der alte französische Oberst am Nebentisch, der puterrot anlief, sobald sie
auftauchte, wandte seine gierigen Augen nicht von ihr ab –
und es gab einen Amerikaner, einen bekannten Tennisspieler
mit einem Pferdegesicht und sonnengebräunten Armen, der
ihr Trainingsstunden auf dem hoteleigenen Tennisplatz anbot. Aber wer auch immer sie anstarrte oder mit ihr tanzte –
Kretschmar empfand keine Eifersucht, und es überraschte ihn
geradezu, wenn er sich an Solfi erinnerte – wo war der Unterschied, warum hatte ihn damals alles nervös gemacht und
beunruhigt, während sich jetzt Sicherheit und Ruhe einge-
stellt hatten? Er bemerkte nicht, daß sie nun nicht mehr darauf aus war, anderen zu gefallen, fremde Berührungen und
Blicke zu suchen – für sie gab es nur einen, nämlich Horn, und
Horn war Kretschmars Schatten.

Eines Tages im Mai machten sie zu dritt eine Fußwande-
rung in die einige Kilometer vom Kurort entfernten Berge.
Am Ende des Tags war Magda so müde, daß sie beschlossen,
mit dem Nahverkehrszug nach Rouginard zurückzufahren.
Dazu mußten sie über abschüssige, steinige Pfade ins Tal hin-
absteigen, und Magda lief sich Blasen, so daß Kretschmar und

Horn sie abwechselnd tragen mußten. Sie erreichten den Bahnhof. Es wurde schon Abend, auf dem Bahnsteig standen viele Touristen. Der Zug war primitiv, winzige Waggons, keine Harmonikas. Sie setzten sich. Dann riskierte es Kretsch-mar, noch einmal auszusteigen, um auf dem Bahnsteig ein Bier zu trinken. Am Tresen stieß er mit einem Mann zusammen, der hastig bezahlte. Sie blickten einander an. «Dietrich, mein Lie-ber!» rief Kretschmar. «Was für eine Überraschung!» Es war Dietrich von Segelkrantz, der Schriftsteller. «Bist du allein hier?» fragte Segelkrantz. «Ohne deine Frau?» – «Ja, ich bin ohne sie hier», antwortete Kretschmar leicht verlegen. «Der Zug fährt ab», sagte der andere. «Ich komme sofort», sagte Kretschmar eilig und griff nach seinem Glas. «Steig du schon ein ... Da vorn, der zweite Waggon, ich komme sofort, erstes Abteil. Sofort. Diese Münzen ...»

Segelkrantz lief zum Zug, die Türen wurden bereits zuge-schlagen. Im Abteil war es heiß, dunkel und ziemlich voll. Der Zug fuhr an. ‹Er hat ihn verpaßt›, dachte Segelkrantz erleichtert. Es war acht Jahre her, seit er Kretschmar das letzte Mal gesehen hatte, und sie hatten sich eigentlich nichts zu sagen. Segelkrantz war sehr einsam, liebte seine Einsamkeit und arbeitete gerade an etwas Neuem – das Auftauchen dieses alten Bekannten kam ihm ungelegen.

Horn und Magda lehnten sich aus dem Fenster und sahen zu, wie Kretschmar energisch und ungeschickt den letzten Waggon attackierte und wohlbehalten hineinkletterte. Horn hielt Magdas Taille umfaßt. ‹Jungvermählte›, dachte Segel-krantz flüchtig. ‹Sie ist die Tochter eines Winzers, er hat ein Geschäft für Konfektionsbekleidung in Nizza...›

Die Jungvermählten saßen da und lächelten sich selig an. Segelkrantz zog sein schwarzes Notizbuch aus der Tasche.

«Tut dein Fuß noch weh?» fragte Horn.

«Was kann mir schon weh tun, wenn ich bei dir bin», sagte

Magda verträumt. «Wenn ich daran denke, daß wir heute abend...»

Horn drückte ihre Hand. Sie seufzte, und da die Hitze sie wach hielt, legte sie ihren Kopf an seine Schulter und fuhr fort, sich anzukuscheln und zu reden – egal, die Franzosen im Coupé konnten ja nichts verstehen. Am Fenster saß eine dicke, schnurrbärtige Frau in Schwarz, neben ihr ein kleiner Junge, der dauernd wiederholte: *«Donne-moi une orange, un tout petit bout d'orange!»* – *«Fiche-moi la paix»*, antwortete die Mutter. Er verstummte und fing wieder an zu quengeln. Zwei junge Franzosen diskutierten leise die Gewinne des Automobilgeschäfts – einer von ihnen hatte starke Zahnschmerzen, trug einen Verband um die Wange, gab hin und wieder einen saugenden Laut von sich und verzog dabei den Mund. Magda direkt gegenüber saß ein kleiner, kahlköpfiger Herr mit Brille und einem schwarzen Notizbuch in der Hand, wohl ein Provinznotar.

Im letzten Waggon saß Kretschmar und dachte über Segelkrantz nach. Sie hatten zusammen studiert, danach hatten sie sich seltener getroffen, und Dietrich hatte immer gesagt, er werde irgendwann ihn und Anneliese beschreiben, wenn er die «musikalische Stille jungen Eheglücks» in Worte fassen wolle. Vor acht Jahren war Dietrich ein sehr attraktiver, schlanker Mann gewesen, mit dunkelblonder, recht üppiger Mähne und einem weichen Schnurrbart, den er immer sofort nach dem Essen aus einem Granatflakon parfümierte. Er war sehr schwächlich, nervös und wehleidig und litt an seltenen, aber harmlosen Krankheiten wie beispielsweise Heuschnupfen. In den letzten Jahren hatte er ohne Unterbrechung in Südfrankreich gelebt. Sein Name war in literarischen Kreisen recht bekannt, doch seine Bücher verkauften sich nur mühsam. Er hatte den verstorbenen Marcel Proust persönlich gekannt und glich ihm und einigen anderen Neuerern darin, daß aus seiner Feder merkwürdige, komplizierte und zähe Dinge flossen. Er war ein aufmerksamer, sonderbarer und nicht besonders glücklicher Mensch.

Nach zwanzig Minuten begannen die Lichter von Rouginard zu glitzern. Der Zug hielt. Kretschmar verließ eilig den Waggon. Die Sache war ihm peinlich, er hatte eine vage Furcht vor einem Mißverständnis und wollte Dietrich so schnell wie möglich alles erklären. Auf dem Bahnsteig standen viele Leute, und erst am Ausgang gelang es ihm, Magda und Horn ausfindig zu machen.

«Habt ihr Segelkrantz kennengelernt?» fragte er lächelnd.

«Wen?» fragte Magda zurück.

«Ist er etwa nicht zu euch ins Abteil gekommen? So ein gepflegter, eleganter Typ. Künstlerfrisur, ein alter Freund von mir...»

«Nein», antwortete Magda, «so einer war nicht bei uns.»

«Dann hat er sich also gar nicht zu euch gesetzt», sagte Kretschmar. «Was war das nur für ein Durcheinander. Wie geht's dem Fuß – besser?»

Kapitel 27

Am nächsten Morgen erkundigte sich Kretschmar in einer deutschen Pension, aber dort war Segelkrantz' Adresse unbekannt. ‹Schade›, dachte Kretschmar. ‹Andererseits ist es vielleicht besser so, schließlich haben wir uns lange nicht gesehen.› Ein paar Tage später erwachte er früher als gewöhnlich, sah den taubenblauen Tag im Fenster, noch diesig, aber bereits mit Sonne vollgesogen, die lindgrünen Hügel in der Ferne, und ihn überkam der dringende Wunsch, hinauszugehen, steinige Pfade hinaufzuklettern und den Duft von Thymian einzuatmen. Magda wachte auf. «Es ist noch so früh», sagte sie verschlafen. Er schlug ihr vor, sich huschhusch anzuziehen und dann, was meinst du, nur sie beide, zu zweit, den ganzen Tag ... «Geh allein», brummte sie und drehte sich auf die andere Seite. «Ach, du Langschläfer», sagte Kretschmar traurig.

Es war sieben Uhr früh, als er losging, und der Ort war erst halb erwacht. Auf dem bereits ansteigenden Weg hinauf in die Berge, vorbei an Kirschgärten und hellblauen Häuschen, sah er durch das helle Grün einen Mann, der vor einem Hauseingang aus einer Gießkanne den Sand in dunklen Achten begoß. «Dietrich, da bist du ja», rief Kretschmar. Segelkrantz trug keinen Hut: Was für eine Überraschung – eine Glatze, eine sonnengebräunte Glatze und entzündete, blinzelnde Augen.

«Wir haben uns so blöd aus den Augen verloren», sagte Kretschmar lachend.

«Aber wir haben uns schließlich wiedergetroffen», antwortete Segelkrantz und begoß weiter ruhig den Sand.

«Du... stehst du immer so früh auf, Dietrich?»

«Schlaflosigkeit. Ich schreibe zuviel. Und wo willst du hin? In die Berge?»

«Los, komm doch mit», sagte Kretschmar. «Und nimm etwas zu lesen mit. Das würde mich sehr interessieren, dein letztes Bändchen hat mir ungeheuer gefallen.»

«Ach, ob sich das lohnt», sagte Segelkrantz und dachte nach, sah im Geiste das Manuskript, die schwarzen Tautropfen der Buchstaben, die lächelnden Seiten. «Na, wenn du meinst. Ich habe in den letzten Tagen sowieso zuviel geschrieben.»

Er ging direkt aus dem Garten ins Zimmer und kam mit einem dicken Wachstuchheft zurück.

«Ich führe dich an einen sehr grünen, schönen Ort», sagte er. «Da lesen wir beim Murmeln des Wassers. Wie geht's deiner Frau, warum reist du allein?»

Kretschmar kniff die Augen zusammen und antwortete:

«Ich habe viel Schlimmes durchgemacht, Dietrich. Von meiner Frau habe ich mich getrennt, meine Tochter ist gestorben.»

Segelkrantz wurde es unbehaglich: ob es sich lohnen würde, diesem Unglücksraben vorzulesen – er wird schlecht zuhören.

Sie gingen zwischen wohlriechenden Büschen hindurch bergauf. Dann waren Kiefern um sie her, an den Stämmen saßen platte Zikaden und zirpten und zirpten, bis mal bei der einen, mal bei der anderen das Uhrwerk abgelaufen war.

«Ich liebe diese Orte», seufzte Segelkrantz. «Hier ist alles so leicht und rein. Auch ich habe Schlimmes durchgemacht. Aber das liegt jetzt weit zurück. Meine Bücher, meine Sonne – was brauche ich mehr?»

«Ich dagegen bin im Augenblick sozusagen mitten im Strudel des Lebens», sagte Kretschmar. «Du weißt sicher noch, wie friedlich und harmonisch meine Frau und ich zusammengelebt haben. Einmal hast du sogar gesagt... ach, wozu sich erinnern! Meine jetzige Geliebte hat all das völlig verdrängt. Nur an so einem Morgen wie heute, bevor es heiß wird, habe ich einen klaren Kopf und fühle mich mehr oder weniger als Mensch.»

‹Meine Sorge war ganz unbegründet›, dachte Segelkrantz. ‹Er wird zuhören.›

Sie erreichten das Innere des Wäldchens auf der Hügelkuppe. Dort sprudelte ein eisiger Wasserstrahl aus einem Eisenrohr und floß durch eine moosige Vertiefung, über der gelbe und violette Blumen zitterten. Kretschmar legte sich auf den Rücken und versenkte seinen Blick durch die sonnenbeschienenen, sich sachte regenden Kiefernwipfel hindurch in das Blau des Himmels.

«Ist das nicht zauberhaft?» fragte Dietrich, während er sich die Brille aufsetzte. «Wir lesen gleich ein wenig, dann gehen wir hinunter ins Tal, von dort zu den Ruinen, machen dort wieder Halt zum Lesen. Danach essen wir was, ich kenne da eine reizende *ferme*. Dann gehen wir weiter – dann machen wir wieder Rast zum Lesen.»

«Also bitte, ich höre», sagte Kretschmar, blickte zum Himmel hinauf und dachte, daß er Dietrich mehr erzählen könnte, als sich ein Schriftsteller auszudenken vermag.

Segelkrantz lachte kokett: «Das ist kein Roman und auch keine Erzählung», sagte er. «Schwer zu bestimmen ... Das Thema ist folgendes: Ein Mann mit erhöhter Sensibilität geht zum Zahnarzt. Im Grunde genommen ist das alles.»

«Eine lange Geschichte?»

«Es werden dreihundert Seiten, ich bin noch nicht fertig.»

«Oho», sagte Kretschmar.

Segelkrantz fand eine Stelle im Heft und räusperte sich. «Ich lese aus der Mitte, am Anfang muß noch eine Menge geändert werden. Das hier habe ich gestern geschrieben, es ist noch sehr frisch und scheint mir recht gut zu sein – aber natürlich werde ich morgen bitter bereuen, es dir vorgelesen zu haben, werde tausend Patzer finden, unausgegorene Gedanken...»

Er hüstelte wieder und begann zu lesen:

«Woran Herrmann auch denken mochte – ob daran, daß der Arzt, zu dem er ging, die grauen Schläfen und das meisterhafte Geschick eines Künstlers hatte und wahrscheinlich eine künstlerische Beziehung zu jenen tragischen, von der hellpurpurnen Kuppel des menschlichen Gaumens beschienenen Ruinen, zu jenen emaillenen Erechtheions und Parthenons, die er dort zu sehen vermag, wo der Laie nur einen löchrigen Zahn ertastet; oder ob daran, daß die aufgequollene, dabei wie Blätterteig leichte Verkäuferin (da lebte sie in ihrer musselinweißen Hölle, gespickt mit schwarzen Fliegenleichen) in der Konditorei an der Ecke mit dem Glasperlenvorhang anstelle einer Tür, die ihm gestern zugelächelt hatte, wahrscheinlich zu Schlagsahne zerfließen würde, wenn man sie heftig umarmte; oder ob schließlich daran, daß im *Trunkenen Schiff*, aus dem ihm eine Zeile einfiel, als er eine Reklame, das Wort ‹Léviathan›, auf einer Wand zwischen den faserigen Stämmen zweier Palmen sah, die ganze Zeit der Tonfall eines Pariser Gavroche zu hören ist – er stellte fest, daß der Zahnschmerz unentrinnbar gegenwärtig war, als Hülle jedes Gedankens in Erscheinung trat, und daß jeder Gedanke in der Wiege des Schmerzes lag, mit ihm zu krabbeln begann und in diesem Schmerz sein Leben verbrachte, mit dem er so untrennbar zusammengewachsen war wie die Schnecke mit ihrem Haus. Als er sein gesamtes Bewußtsein auf den Schmerz richtete, in

743

dem Bemühen, den Nerv mit dem ultravioletten Strahl des Verstandes zu töten, fühlte er für die Dauer einiger Sekunden scheinbare Erleichterung, merkte jedoch sofort, daß er den Strahl schon nicht mehr in der Gewalt hatte, sondern über seine Wirkung nachdachte und somit bereits durch diesen Gedanken selbst von seinem Gegenstand getrennt war, so daß der Schmerz triumphierend und dumpf anhielt, denn er hatte in der Tat etwas Fortdauerndes, etwas vom eigentlichen Wesen der Zeit, oder genauer, dieses Etwas war verbunden mit der Zeit wie das Summen der Herbstfliegen oder das Prasseln des Weckers, den Henriette niemals hatte finden und in der undurchdringlichen Dunkelheit seiner Studentenbude nicht hatte anhalten können. Deshalb war Herrmann, in Gedanken an Dinge, die zu einer anderen Zeit...»

‹Unglaublich›, dachte Kretschmar, und seine Aufmerksamkeit begann abzuschweifen. Segelkrantz' Stimme war sehr gleichförmig und ein wenig tonlos. Die langen Sätze schwollen an und zogen vorüber. Soviel Kretschmar verstand, ging Herrmann einen Boulevard entlang zum Zahnarzt. Der Boulevard zog sich endlos in die Länge. Die Handlung spielte in Nizza. Schließlich kam Herrmann an, und hier belebte sich die Erzählung etwas. Kretschmar fand übrigens, daß es Herrmann recht geschehen werde, wenn der Arzt ihm weh tat.

«In dem Wartezimmer, wo Herrmann sich an einen kleinen Korbtisch setzte, auf dem mit herabhängenden kalten Flossen tote, weißbäuchige Zeitschriften lagen und wo auf dem Kamin eine goldene Uhr unter einer Glasglocke stand, in der sich als gekrümmtes Rechteck das Fenster widerspiegelte, hinter dem sich jetzt die drückende Sonne befand, der Glanz des Mittelmeeres, Schritte, die auf dem Kies knirschten, warteten bereits sechs Personen. Am Fenster, auf einem Plüschstuhl, breitete sich eine gewaltige Frau mit Schnurrbart und mächtiger Brust aus, die einen unausweichlich an Ammen von Riesen, von riesenhaften Säuglingen denken ließ, die schon Zähne hatten und vielleicht schon so litten, wie Herrmann jetzt litt. Neben dieser Frau saß mit baumelnden Beinen ein kleiner Junge, überraschend schmächtig und nicht einmal rothaarig – er wiederholte mit weinerlicher Stimme: ‹Gib mir eine Apfelsine, ein Stückchen Apfelsine›, und es war schauderhaft, sich vorzustellen, wie der saure, eisige Körper der Apfelsine an den schmerzenden Zahn stößt. Etwas weiter entfernt unterhielten sich zwei braungebrannte junge Männer in bunten Socken über ihre Geschäfte, einer von ihnen hatte sich mit einem schwarzen Taschentuch die Wange verbunden. Am meisten aber interessierten Herrmann der Mann und das Mädchen, die unmittelbar nach ihm erschienen waren, als hätten sie den dunklen Grund seiner Zahnschmerzen überquert, und sich auf das kleine Kurzhaarsofa in der Ecke gesetzt hatten. Der Mann war hager, aber breitschultrig und trug einen erstklassigen Anzug aus kariertem Wollstoff, sein glattrasiertes Gesicht unter den dichten Brauen hatte etwas von einem Affen mit seinen großen, spitz zulaufenden Ohren und dem wollüstigen Mund. Seine Begleiterin, ein junges Mädchen in einem weißen Jumper mit bis zur Achselhöhle nackten Armen, an denen sich der flauschige Schatten von Sonnenbräune entlangzog, die im übrigen nicht die zarte Höhlung auf der Innenseite des Ellbogengelenks berührte, wo durch die helle Haut die türkisfarbenen Venen hindurchschienen, saß da mit zusammengepreßten Knien, und es hatte etwas Kindliches, daß der weiße Plisseerock nicht bis zu den Knien reichte, die mit ihrer zarten Rundung und dem schmiegsamen fleischfarbenen Schillern der Seidenstrümpfe äußerst qualvoll den Blick auf sich zogen. Jetzt wandte sie den Kopf ins Profil – ihre

745

Wange hatte ein Grübchen, und als klebte sie an der Schläfe, zielte eine kastanienbraune Haarsichel mit der gebogenen Spitze auf den Winkel des langgeschnittenen Auges. Aus ihrer intensiven Gesichtsfarbe und daraus, daß jede ihrer Bewegungen die Luft mit dem heißen Duft eines starken Parfums erfüllte, schloß Herrmann, daß sie Spanierin war, und dachte gleichzeitig mit einigem Befremden, ja sogar unwillkürlich mit Entsetzen daran, daß ihr weicher und leuchtender Mund sich wie ein Maul aufsperren könne, um ergeben den schon beschlagenen kleinen Spiegel des Zahnarztes zu empfangen. Plötzlich fing sie an zu sprechen, und das Deutsche kam zunächst unerwartet aus ihrem Mund, doch fast im selben Augenblick erinnerte sich Herrmann an eine Tänzerin, die aus dem Norden Berlins stammte, eine schöne und vulgäre Göre, mit der er vor zehn Jahren eine kurze Affaire gehabt hatte. Ungeachtet dessen, daß diese beiden mit größter Wahrscheinlichkeit aus gutbürgerlichen Familien stammten, spürte Herrmann bei ihnen aus irgendeinem Grund etwas von einer Revue oder einer Bar, der dunklen Atmosphäre zweifelhafter Morgendämmerungen und profitabler Nächte. Aber das Allerkomischste war natürlich, wie es ihnen nicht in den Sinn kam, daß Herrmann, der drei Schritte von ihnen entfernt saß und in einer alten *Illustration* blätterte, mit der Scheinheiligkeit und der Gier eines Fängers menschlicher Seelen jedes ihrer Worte aufsog, denn in diesen Worten war ein Tonfall leidenschaftlicher Verliebtheit, dumpfen und verhaltenen Brausens, das sich nicht zügeln oder verbergen ließ, wie bei jener Sängerin mit dem weltbekannten tiefen Alt, deren Stimme sogar dann kostbare, dunkle Noten entschlüpften, wenn sie mit der Modistin telephonierte – und während er ihrer Unterhaltung lauschte, versuchte Herrmann herauszufinden, ob sie ein jungvermähltes Paar waren oder ein Paar verliebter Ausreißer, und konnte sich für keines entscheiden.

Sie redete darüber, wie herrlich es gewesen sei, als er sie vorhin den steilen Pfad hinuntergetragen hatte, und darüber, wie schwer es ihr falle, bis zum Abend auszuhalten, wenn sie auf sein Zimmer kommen würde, und hier folgte etwas offenbar sehr Komisches, dessen Sinn Herrmann jedoch entging, etwas im Zusammenhang mit einer Badewanne und laufendem Wasser und drohendem, jedoch leicht abgewendetem Unheil. Herrmann hörte durch die Orgelmusik der Zahnschmerzen dieses banale Liebesgeschwätz und dachte daran, daß sie nie erfahren würden, wie genau sich ihre Worte diesem unauffälligen, in einer Zeitschrift blätternden Herrn mit dem Zahngeschwür einprägten. Plötzlich ging die Tür auf, ein aus der Hölle entlassener Patient kam rasch heraus, und indem er den Blick über die Versammelten schweifen ließ und langsam eine einladende Geste andeutete, ragte auf der Schwelle der große, schrecklich hagere Arzt mit den dunklen Ringen unter den Augen auf – ein wahrhaftes Memento mori. Herrmann stürzte auf ihn zu, obwohl er wußte, daß er nicht an der Reihe war, und ungeachtet der Proteste, Zurufe und Mementos, die im Wartezimmer laut wurden, drang er in das Behandlungszimmer vor, und vor dem Fenster der Stuhl der Erlösung und das der auf den Glanz der Instrumente, fast auf die zahnigen zärtlichen zupp-zupp aus den summenden die vor die der karmesinrote Gaumen, riesig, x-beliebig und vor allem dem dies und das, und hinunter und zum Za und Taraschmerz und das war iiiichterlich...»

Er las noch lange, doch schon umsonst, Knirschen und Lärm, der Lärm entfernt sich, Schweigen, Schweigen, er hörte auf zu lesen.

«Na, wie hat's dir gefallen, Bruno?» sagte er und nahm die Brille ab.

Kretschmar lag mit geschlossenen Augen auf dem Rücken.

747

Segelkrantz dachte flüchtig: ‹Er ist mir doch nicht eingeschlafen?› Doch in diesem Augenblick richtete sich Kretschmar
auf.

«Was hast du, Bruno? Ist dir schlecht?»

«Nein», antwortete Bruno tonlos. «Das geht gleich vorbei.»

«Trink etwas Wasser», sagte Segelkrantz. «Es schmeckt
sehr gut.»

«Aus dem Leben gegriffen?» fragte Kretschmar undeutlich.

«Was sagst du?»

«Hast du das aus dem Leben gegriffen?»

«Ach, das ist recht kompliziert. Siehst du, ich habe einen
Zahnarzt genommen, bei dem ich vor langer Zeit einmal gewesen bin. Aber er war kein Zahnarzt, sondern operierte
Hühneraugen. In das Wartezimmer habe ich dann beispielsweise komplett eine Personengruppe versetzt, die ich während einer Zugfahrt eigens dafür studiert habe. Ich bin mit
ihnen vor kurzem im selben Coupé gefahren und habe sie von
dort seelenruhig in die Geschichte verpflanzt – nebenbei bemerkt, mit absoluter Genauigkeit, denn Genauigkeit ist das
Allerwichtigste.»

«Wann war das mit dem Coupé?»

«Was sagst du?»

«Wann war das – als du Zug gefahren bist?»

«Ich erinnere mich nicht genau, wohl vor ein paar Tagen,
als wir uns getroffen haben – ich fahre hier viel herum. Diese
zwei haben wie wahnsinnig geknutscht, komisch, wenn Ausländer...»

Plötzlich stockte er, und nicht zum ersten Mal hatte er das
Gefühl, es sei ein ungeheuerliches Versehen geschehen, und
er errötete so stark, daß ihm ganz schwarz vor Augen wurde.

«Kennst du sie etwa?» murmelte er. «Bruno, warte, wo
willst du hin...?»

748

Er lief hinter Kretschmar her und wollte ihm ins Gesicht sehen. «Laß mich in Ruhe», sagte Kretschmar tonlos. Segelkrantz ließ ihn gehen. Kretschmar bog in den Pfad ein, und die Büsche verbargen ihn.

Kapitel 28

Er stieg zur Stadt hinunter; ohne seinen gleichmäßigen Schritt zu beschleunigen, überquerte er die Platanenallee und ging durchs Foyer in das Hotel. Auf der Treppe begegnete er einer Bekannten, einer alten Engländerin, sie lächelte ihn an. «Guten Tag», sagte Kretschmar tonlos und ging weiter. Er durchschritt den langen Korridor und betrat das Zimmer. In dem Zimmer war niemand. Auf dem Bettvorleger war Kaffee verschüttet, ein Kaffeelöffel glänzte. Mit gesenktem Kopf starrte er auf die Tür zum Badezimmer. In diesem Augenblick drang unten aus dem Garten Magdas helles Lachen herauf. Kretschmar lehnte sich aus dem Fenster. Sie ging an der Seite des amerikanischen Tennisspielers und schwang ihren von der Sonne goldenen Tennisschläger. Der Amerikaner erblickte Kretschmar am Fenster im dritten Stock. Magda drehte sich um und schaute hoch. Kretschmar bewegte tonlos die Lippen und machte eine Handbewegung, als ob er langsam ein Bündel zusammenraffe. Magda nickte und lief ins Haus. Kretschmar trat unverzüglich vom Fenster zurück, kauerte nieder, schloß seinen Koffer auf und hob den Deckel, erinnerte sich aber, daß das, was er suchte, woanders war, und ging hinüber zum Kleiderschrank und steckte die Hand in die Tasche seines Staubmantels. Er prüfte, ob die Munition eingelegt war. Danach machte er die Schranktür zu und postierte sich an der Tür. Gleich wenn sie die Tür aufmacht. (Der schmächtige Engel der Hoffnung, der einen sogar noch im

Augenblick aussichtslosester Verzweiflung am Ärmel zupft, war kaum noch lebendig – worauf sollte man denn hoffen? Er mußte sofort handeln, nachdenken konnte er später.) Im Geist verfolgte er ihren Weg: Nun wird sie das Hotel vom Garten her betreten haben, nun wird sie im Lift heraufkommen, fünfzehn weitere Sekunden – falls sie die Treppe heraufkommt –, und da mußte jeden Augenblick das Klappern ihrer Absätze im Korridor zu ihm dringen. Aber seine Phantasie hatte sie eingeholt, sie überflügelt, alles war still, und er mußte von vorn beginnen. Er hielt den Browning, und schon beim Anheben schien es ihm, als sei die Waffe eine natürliche Verlängerung seiner Hand, die gespannt und begierig auf Entladung war: auf das Durchdrücken des gekrümmten Abzugs.

Er schoß beinahe auf die weiße, noch geschlossene Tür, als er plötzlich auf dem Korridor den leichten Tritt ihrer Gummisohlen hörte – ja natürlich, sie trug Tennisschuhe, da konnten keine Absätze klappern. Gleich, gleich ... Noch andere Schritte.

«Erlauben Sie, Madame, daß ich das Tablett hole», sagte eine französische Stimme vor der Tür. Magda kam zur gleichen Zeit herein wie das Zimmermädchen – mechanisch ließ er den Browning in die Tasche gleiten.

«Was willst du? Was ist passiert?» fragte Magda. «Wieso holst du mich hoch?» Er antwortete nicht, sondern beobachtete mit gesenktem Kopf, wie das Zimmermädchen das Geschirr auf das Tablett stellte und den Kaffeelöffel aufhob. Nun hat sie alles, nun geht sie hinaus, nun fällt die Tür ins Schloß.

«Bruno, was ist passiert?»

Er senkte seine Hand in die Tasche. Magda fröstelte, setzte sich auf einen Stuhl neben dem Bett, beugte sich hinunter und begann, die Schnürsenkel ihrer weißen Schuhe zu

751

lösen. Er schaute auf ihren Nacken, den sonnverbrannten Hals. Unmöglich zu schießen, während sie sich den Schuh auszieht. Über ihrer Ferse war ein roter Fleck, Blut war durch die weiße Socke gedrungen. «Zu blöde, wie ich mich wundgescheuert habe», sagte sie, und als sie den Kopf hob, um Kretschmar anzusehen, bemerkte sie die stumpfe schwarze Pistole. «Idiot», sagte sie sehr ruhig. «Das Ding ist nicht zum Spielen da.»

«Steh auf! Hörst du?» zischte Kretschmar irgendwie hervor und ergriff ihr Handgelenk.

«Ich stehe nicht auf», antwortete Magda, während sie mit der freien Hand die Socke auszog. «Laß mich los – das tut doch weh, du siehst doch, daß es festklebt.»

Er schüttelte sie so heftig, daß der Stuhl umfiel. Sie hielt sich am Rand des Bettgestells fest und fing an zu lachen.

«Bitte, bitte sehr, erschieß mich doch», sagte sie. «Das ist dann aber genauso wie in dem Stück, das wir gesehen haben, mit dem Nigger und dem Kissen...»

«Du lügst», flüsterte Kretschmar. «Du lügst – alles habt ihr in den Dreck gezogen, alles zunichte gemacht... Du und dieser Schuft...» Er fletschte die Zähne, seine Oberlippe zitterte – er geriet ins Stottern und rang nach Worten.

«Bitte, nimm das Ding runter. Vorher spreche ich nicht mit dir. Ich weiß nicht, was passiert ist, ich weiß nur eines – ich bin dir treu, ich bin treu...»

«Gut», brachte Kretschmar hervor. «Du k-k-kannst sagen, was du zu sagen hast, aber danach schieße ich.»

«Du brauchst mich nicht umzubringen – das schwöre ich dir, Bruno.»

«Weiter, weiter, beeil dich!»

(‹... wenn ich jetzt sehr schnell mache›, dachte sie, ‹schaff ich's vielleicht raus in den Korridor. Vielleicht schafft er es nicht, hinterherzukommen, dann fange ich sofort an zu brüllen, und die Leute kommen angerannt. Aber dann ist alles zum Teufel, alles...›)

«Ich kann nicht sprechen, solange du die Pistole hältst. Bitte, nimm sie weg.» (‹... oder vielleicht kann ich sie ihm aus der Hand schlagen?...›)

«Nein», sagte Kretschmar. «Zuallererst mußt du gestehen ... Ich bin im Bilde, ich weiß alles...»

«Ich weiß alles...», wiederholte er mit gebrochener Stimme, während er im Zimmer auf und ab ging und mit der Handkante auf die Möbel schlug. «Ich weiß alles. Das ist alles verblüffend komisch: Er bekommt eine Glatze und sieht euch im Waggon, und ihr habt euch benommen wie Verliebte. Das Badezimmer – wie bequem, du schließt dich ein und gehst rüber, nein, natürlich bringe ich dich um.»

«Ja, das dachte ich mir», sagte Magda. «Ich wußte, daß du es nicht verstehen würdest. Um Gottes willen, nimm das Ding runter, Bruno!»

«Was gibt es da zu verstehen!» schrie Kretschmar. «Was gibt es da zu erklären!»

«Erstens, Bruno, weißt du ganz genau, daß er sich nichts aus Frauen macht...»

«Halt den Mund!» brüllte Kretschmar. «Das war von Anfang an eine gemeine Lüge, ein mieser Trick!»

(‹Solange er schreit, ist alles gut›, dachte Magda.)

«Nein, das ist wirklich so», fuhr sie fort. «Aber einmal habe ich ihm zum Spaß vorgeschlagen: Wissen Sie was? Ich rüttele Sie wach. Flirten Sie mal mit mir, damit Sie Ihre Knaben vergessen. Ach, wir wußten beide, daß das bloß Spaß war. Das war alles, das war alles, Bruno!»

«Eine dreckige Lüge. Ich glaube es nicht. Ihr habt darüber gesprochen, wie du in sein Zimmer hinüberläufst, während ... während das Wasser rauscht. Und das hat ein Schriftsteller gehört, ein Mensch, der ...»

«Ach, das haben wir öfter gespielt», sagte Magda unverfroren. «Zwar ist dabei nichts herausgekommen, aber es war sehr lustig. Ich streite das mit dem Badezimmer gar nicht ab. Ich selbst habe ihm gesagt, wenn wir ineinander verliebt wären, wäre das ziemlich geschickt und einfach – eine Nahtstelle –, aber dein Schriftsteller ist ein Dummkopf.»

«Also hast du vielleicht nur zum Spaß mit ihm geschlafen? Wie schamlos, mein Gott!»

«Natürlich nicht! Wie kannst du so etwas sagen? Er wäre gar nicht dazu imstande gewesen. Wir haben uns nicht einmal geküßt – schon das wäre uns zuwider gewesen.»

«Und wenn ich ihn frage – ohne dich natürlich, ohne dich.»

«Frag ihn doch! Er wird dir genau dasselbe sagen. Nur wirst du dich ziemlich lächerlich machen.»

In diesem Stil ging es eine geschlagene Stunde lang weiter. Magda gewann nach und nach die Oberhand, aber schließlich hielt sie es nicht länger aus und bekam einen hysterischen Anfall. Sie warf sich in ihrem eleganten weißen Tennisdress bäuchlings mit einem bloßen Fuß aufs Bett und weinte in die Kissen, bis sie sich langsam beruhigte. Kretschmar saß in einem Sessel am Fenster, vor dem die Sonne schien, fröhliche englische Stimmen vom Tennisplatz herwehten – und rekapitulierte alles, jede Kleinigkeit seit dem Beginn ihrer Bekanntschaft mit Horn, und dabei fielen ihm einige ein, die jetzt von jenem toten Licht gezeichnet waren, das nun sein ganzes Leben katastrophisch beschien: Etwas war zerrissen und für immer zerstört – wie augenfällig und plausibel Magda ihm auch zu beweisen suchte, daß sie ihm treu war, an allem würde fortan der giftige Geschmack des Zweifels haften. Schließlich erhob er sich, ging zu ihr hinüber, betrachtete ihren eingetrockneten rosigen Fleck mit dem schwarzen, quadratischen Heftpflaster – wann hatte sie es eigentlich aufgeklebt? –, betrachtete die goldene Haut ihrer schmalen, aber festen Wade und dachte, daß er sie vielleicht töten werde, daß eine Trennung von ihr indessen über seine Kräfte ginge. «Nun gut, Magda», sagte er düster. «Ich glaube dir. Aber du mußt sofort aufstehen und dich umziehen, denn wir packen unsere Sachen und reisen auf der Stelle ab. Ich bin jetzt physisch einfach nicht in der Lage, ihm gegenüberzutreten ... ich kann für mich selber nicht garantieren ... nein, nicht weil ich glaube, daß du mich mit ihm betrogen hast, nein, nicht deswegen, aber ... mit einem Wort ... ich kann einfach nicht ... ich habe mir alles zu lebhaft vorgestellt, und das, was Segelkrantz mir vorgelesen hat, war auch zu eindeutig. Komm, steh auf ...»

«Küß mich», sagte Magda leise.

«Nein, nicht jetzt. Ich möchte so schnell wie möglich von hier wegkommen ... Ich habe dich in diesem Zimmer beinahe umgebracht, und ich bringe dich bestimmt noch um, wenn wir nicht sofort unsere Sachen packen – sofort.»

«Wie du willst», sagte Magda. «Aber bitte denke daran, was man mir ... Natürlich ist es unwichtig, daß ich von dir und deinem lieben Rosenkranz übel beleidigt worden bin. Aber gut, gut, dann packen wir eben.»

Schweigend, ohne einander anzusehen, füllten sie rasch die Koffer, das Zimmermädchen brachte die Rechnung, und der Laufbursche holte das Gepäck.

Horn spielte auf der Terrasse im Schatten einer Platane Poker. Das Glück war entschieden gegen ihn. Er hatte gerade mit einem sogenannten Full House gegen einen Straight Flush und einen Vierling verloren. Er hatte schon daran gedacht, aufzuhören und zu Magda auf den Tennisplatz zu gehen, die voller Eifer losgegangen war, um bei dem amerikanischen Spieler die Rückhand zu lernen – er hatte schon ernstlich darüber nachgedacht, als er plötzlich durch die Büsche des Gartens auf der Straße in der Nähe der Garage Kretschmars Wagen sah; der Wagen fuhr unbeholfen um die Kurve und verschwand. «Was ist bloß los?» murmelte Horn, und nachdem er seine Schulden bezahlt hatte (er hatte nicht gerade wenig verloren), ging er Magda suchen. Auf dem Tennisplatz war sie nicht. Er ging hinauf. Die Tür zu Kretschmars Zimmer stand offen. Leer, einzelne Zeitungsseiten fliegen herum, die rote Matratze auf dem Doppelbett ist entblößt.

Er zupfte an seiner Unterlippe, wie es seine üble Angewohnheit war, und ging in sein eigenes Zimmer, in der Annahme, daß er dort eine Nachricht finden würde. Da war aber keinerlei Nachricht. Konsterniert ging er hinunter ins Foyer. Der junge schwarzhaarige Franzose mit der Adlernase, ein gewisser Monsieur Martin, der mehr als einmal mit Magda getanzt hatte, sah Horn über die Zeitung hinweg an, lächelte und sagte: «Schade, daß sie abgereist sind. Warum so unvermittelt? Zurück nach Deutschland?» Horn gab einen unbestimmten bejahenden Laut von sich.

Kapitel 29

Es gibt eine Menge Leute, die ohne Fachkenntnisse dennoch in der Lage sind, nach dem geheimnisvollen, als «Kurzschluß» bekannten Ereignis eine elektrische Leitung wieder in Ordnung zu bringen oder mittels eines Taschenmessers eine stehengebliebene Uhr zu reparieren oder sogar, wenn nötig, ein Kotelett zu braten. Kretschmar gehörte nicht dazu. Als er klein war, hatte er nie etwas gebaut, gebastelt, zusammengekleistert wie andere Kinder. Als Junge nahm er kein einziges Mal sein Fahrrad auseinander, und wenn es einen Platten hatte, schob er das chromblitzende, wie eine löchrige Galosche schlappende Gefährt zur nächsten Reparaturwerkstatt. Während des Krieges hatte er sich durch seine erstaunliche Unbeholfenheit ausgezeichnet, durch die Unfähigkeit, irgend etwas eigenhändig zu tun. Als er später die Restaurierung, Verpackung und Rahmung von Gemälden studierte, hatte er immer Angst, die Leinwand selber zu berühren. Angesichts dieser Tatsachen überrascht es deshalb kaum, daß er auch ein miserabler Autofahrer war.

Langsam und mit Mühe bugsierte er seinen Wagen aus Rouginard hinaus und gab dann ein wenig Gas, zum Glück war die Landstraße gerade und leer. Was genau im Innern des Motors vor sich ging, warum sich die Reifen drehten, davon hatte er nicht die geringste Ahnung – nur die Funktion des einen oder anderen Hebels war ihm bekannt.

«Wohin fahren wir eigentlich?» fragte Magda neben ihm.

Er zuckte die Achseln und starrte geradeaus auf die weiße Straße.

Nun, da sie Rouginard hinter sich hatten, wo die engen Gassen voller Leute gewesen waren und wo er hupen, ruckartig anhalten und schwerfällig wenden mußte – nun, da sie befreit auf der Landstraße dahinrollten, stoben Kretschmar verschiedene Gedanken dunkel und verworren durchs Hirn – daß die Straße in die Berge führte und daß wahrscheinlich bald die Kurven anfangen würden, daß Horns Knopf sich einmal in Magdas Spitzen verfangen hatte und daß ihm noch nie so schwer und beklommen zumute gewesen war wie in diesem Augenblick.

«Mir ist ganz gleich, wohin wir fahren», sagte Magda, «ich hätte es nur gern gewußt. Und bitte halte dich auf der rechten Straßenseite, es ist ja eine Katastrophe, wie du fährst.»

Er trat heftig auf die Bremse, nur weil in der Nähe ein Autobus aufgetaucht war.

«Was machst du denn, Bruno? Halte dich einfach nur rechts.»

Der Autobus voll mit Touristen donnerte vorbei. Kretschmar nahm den Fuß von der Bremse.

‹Spielt es eine Rolle, wohin wir fahren?› dachte er. ‹Wohin wir auch fahren, diesen Qualen entrinne ich nicht. Wie scheußlich grün diese Hügel doch sind. Sie haben wie wahnsinnig geknutscht...›

«Ich werde dich nie wieder um etwas bitten», sagte Magda, «aber um Gottes willen, drücke vor den Kurven auf die Hupe. Ich habe Kopfweh. Ich möchte endlich irgendwo ankommen.»

«Du schwörst mir, daß nichts dran war?» fragte Kretschmar heiser und merkte, wie gleich ein heißer Schleier von Tränen seine Sicht trübte. Er blinzelte, und die Straße erschien wieder weiß.

«Ich schwöre es», sagte Magda. «Ich bin es satt, dir am laufenden Band was zu schwören. Bring mich um, aber quäl mich nicht länger! Übrigens ist mir zu heiß, ich ziehe den Mantel aus.»

Er trat auf die Bremse; sie kamen zum Stehen.

Magda lachte. «Wieso muß du deswegen anhalten? Ach, Bruno...»

Er half ihr aus dem Ledermantel und rief sich dabei mit außerordentlicher Deutlichkeit ins Gedächtnis zurück, wie er – vor langer, langer Zeit – das erste Mal in einem heruntergekommenen Café gesehen hatte, auf welche Weise sie Ellbogen und Schultern bewegte und den reizenden Nacken beugte, wenn sie sich aus den Mantelärmeln rekelte.

Jetzt flossen ihm die Tränen unbeherrschbar die Wangen hinunter. Magda legte ihm die Arme um den Hals und schmiegte die Wange an seinen geneigten Kopf.

Ihr Wagen stand nahe an der Brüstung, einer robusten Steinbrüstung, hinter der eine mit Brombeersträuchern überwachsene Schlucht abfiel, und in der Tiefe toste Wasser; auf der linken Seite erhob sich eine Felswand mit Kiefern auf dem Gipfel. Die Sonne sengte, Grillen zirpten; etwas weiter ertönte ein Klirren und Klopfen, ein Mann mit dunkler Brille saß am Rand der Straße und brach Steine. Ein offener, sehr staubiger Rolls-Royce fuhr vorbei, und von irgendwoher antwortete ein Echo auf sein Hupen.

«Ich liebe dich so», sagte Kretschmar aufschluchzend. «Ich liebe dich so sehr.» Er knetete krampfhaft ihre Hände, streichelte ihr über den Rücken, und sie lachte leise und zärtlich. Dann küßte er sie lange auf die Lippen.

«Laß mich jetzt fahren», bat Magda. «Du weißt, ich kann es besser als du.»

«Nein, lieber nicht», sagte er, lächelte und wischte sich die Tränen weg. «Und weißt du, ich habe wirklich keine Ah-

759

nung, wo wir hinfahren, aber das macht Spaß – so aufs Geratewohl.»

Er ließ den Motor an, und sie setzten sich erneut in Bewegung. Es schien ihm, als liefe der Wagen jetzt leichter und
folgsamer, und er umklammerte das Steuer nicht mehr so nervös. Die Biegungen der Straße wurden immer häufiger – auf
der einen Seite ragte die steile Felswand, auf der anderen war
die Brüstung, die Sonne stach ihm in die Augen, der Zeiger
des Tachometers zitterte und kletterte.

Eine scharfe Kehre kam näher, und Kretschmar wollte sie
besonders forsch nehmen. Hoch über der Straße sammelte
eine alte Frau aromatische Kräuter und sah dieses kleine,
schwarze Auto von der rechten Seite des Felsens auf die
Kurve zurasen, während von links, einem unbekannten Zusammentreffen entgegen, sich zwei gebückte Radfahrer näherten.

Kapitel 30

Die alte Frau, die am Hang aromatische Kräuter sammelte, sah, wie das Auto und die beiden Radfahrer sich aus entgegengesetzten Richtungen der scharfen Kehre näherten. Aus dem Fenster eines dottergelben Postzeppelins, der durch den blauen Himmel nach Toulon zog, konnte der Pilot die Serpentinenstraße sehen, den ovalen Schatten des Zeppelins, der über die sonnenbeschienenen Abhänge kroch, und zwei Dörfer, die fünfzehn Kilometer auseinander lagen. Wenn er nur hoch genug gestiegen wäre, hätte er vielleicht gleichzeitig die Berge der Provence und, sagen wir, Berlin sehen können, wo es ebenfalls heiß war – denn diese Wange der Erde von Gibraltar bis Stockholm umspielte an diesem Tag ein Lächeln aus herrlichem Wetter. Insbesondere in Berlin wurden an diesem Tag viele Eiswaffeln verkauft; Irma war früher immer ganz aus dem Häuschen gewesen, wenn der Straßenverkäufer auf seinem weißen Bauchladen mit der Schaufel eine dünne Waffel mit jener dicken, sahnefarbenen Schicht bestrich, die einem die Vorderzähne genüßlich weh tun und die Zunge tanzen ließ. Als Anneliese morgens auf den Balkon trat, fiel ihr genau so ein Eisverkäufer auf, und es war seltsam, daß er ganz in Weiß und sie ganz in Schwarz gekleidet war. Sie war an diesem Morgen mit einem Gefühl großer Unruhe aufgewacht, und nun auf dem Balkon entdeckte sie mit Bestürzung, daß sie zum ersten Male aus jenem Zustand matter Erstarrung herausgekommen war, an den sie sich in letzter Zeit gewöhnt hatte, doch sie kam selber nicht darauf, warum ihr so seltsam unbehaglich zumute war. Sie dachte an den gestrigen Tag, an dem nichts Besonderes vorgefallen war: die übliche Fahrt zum Friedhof, Bienen, die sich auf den Blumen niederließen, welche sie mitgebracht hatte, der feuchte Schimmer der Buchsbaumhecke, der schwache Wind, die Stille und das weiche Grün. «Was mag es sein?» fragte sie sich. «Wie seltsam.» Vom Balkon konnte sie den Eisverkäufer mit seinem weißen Käppi sehen. Die Sonne warf blendendes Licht auf die Dächer – in Berlin, in Paris und weiter im Süden. Der gelbe Zeppelin zog nach Toulon. Die alte Frau sammelte aromatische Kräuter über dem Abhang: An Geschichten würde es ihr ein ganzes Jahr lang nicht mangeln: «Ich habe gesehen ... Ich habe gesehen ...»

Kapitel 31

Kretschmar war es nicht klar, wann und wie er all diese Informationen erfahren, sortiert und überdacht hatte: wieviel Zeit seit jener Kehre bis heute verstrichen war (ein paar Wochen), an welchem Ort er sich jetzt befand (ein Krankenhaus in Menton), was für eine Operation er hinter sich hatte (Schädeltrepanation) und aus welchem Grund er so lange Gedächtnisschwund gehabt hatte (Bluterguß im Gehirn). Es war jedoch ein Augenblick gekommen, als alle diese bruchstückhaften Kenntnisse sich zusammengefügt hatten – er lebte, war bei vollem Verstand, wußte, daß Magda und eine französische Krankenpflegerin in der Nähe waren, daß er angenehm geschlummert hatte und gerade aufgewacht war... Aber er wußte nicht, wie spät es war, wahrscheinlich noch früh am Morgen. Seine Stirn und seine Augen waren mit einem weichen, dicken Verband bedeckt; sein Scheitel war schon frei von Bandagen, und es war eigenartig, mit den Fingern die nachgewachsenen Haarstoppeln auf dem Kopf zu befühlen. In seinem Gedächtnis, dem gläsernen Gedächtnis, schimmerten wie auf einem farbigen Photo in Hochglanz: die Krümmung der weißen Straße, der schwarzgrüne Felsen zur Linken, zur Rechten die bläuliche Brüstung und vor ihm die entgegenfliegenden Radfahrer – zwei staubige Affen in rotgelben Trikots; ein scharfer Ruck am Steuerrad, und hoch flog der Wagen über den glitzernden Schotterabhang, und plötzlich ragte für den Bruchteil einer Sekunde ein ungeheu-

erlicher Telegraphenmast empor, blitzte Magdas ausgestreckter Arm vor seinen Augen auf – und im nächsten Augenblick
ging die Laterna magica aus. Diese Erinnerung war durch das
ergänzt worden, was ihm gestern oder vorgestern oder sogar
noch früher – wann genau, war unbekannt – Magda erzählt
hatte, oder eher Magdas Stimme – warum nur ihre Stimme?
Warum war es so lange her, seit er sie wirklich gesehen hatte?
Ja, der Verband, wahrscheinlich würden sie ihn bald abnehmen... Was hatte Magdas Stimme ihm erzählt? «...Wenn
dieser Mast da nicht gewesen wäre, wären wir über die Brüstung in den Abgrund gestürzt. Es war entsetzlich. Ich habe
noch immer einen riesigen blauen Fleck an der Hüfte. Der
Wagen hat sich überschlagen und ist in Stücke zerkracht. Er
hat zwanzigtausend Mark gekostet... Auto... *mille... beaucoup mille marks* [wandte sie sich an die Pflegerin] *vous compre-
nez?* Bruno, wie heißt zwanzigtausend auf französisch?» –
«Ach, was spielt das für eine Rolle ... Du lebst, du bist heil.»
– «Die Radfahrer waren sehr nett, haben geholfen, alle Sachen aufzusammeln, aber weißt du, die Plaidhülle flog ins Gebüsch, und da sind auch die Tennisschläger reingefallen.»
Warum war das so unangenehm? Ach ja, diese entsetzliche
Geschichte in Rouginard. Er mit dem Browning in der Hand,
sie kommt herein – in Tennisschuhen... Unsinn – all das war
aufgeklärt, alles war in Ordnung ... Wie spät war es? Wann
würde der Verband abgenommen werden? Wann würde man
ihm erlauben aufzustehen? Schwäche... All das mußte in die
Zeitungen gekommen sein, in die deutschen Zeitungen.

Er drehte den Kopf hin und her, verärgert darüber, daß
seine Augen verbunden waren. Akustische Eindrücke waren
seither beliebig viele aufgenommen worden – aber keinerlei
visuellen –, so daß er nicht einmal wußte, wie das Krankenzimmer, die Pflegerin, der Arzt aussahen ... Und die Uhrzeit? War es Morgen? Er hatte ausgeschlafen, das Fenster

stand wohl offen, denn es war zu hören, wie Hufe gemächlich vorüberklapperten, und da war auch das Geräusch von Wasser und das Klappern eines Eimers – dort mußte ein Hof mit einem Brunnen und dem morgendlichen, kühlen Schatten von Platanen sein. Er lag eine Zeitlang bewegungslos da und bemühte sich, die unzusammenhängenden Geräusche in entsprechende Farben und Umrisse umzuwandeln, und bald darauf hörte er andere Geräusche – die Stimmen von Magda und der Krankenpflegerin im Nebenzimmer. Die Pflegerin brachte Magda bei, *«soucoupe»* richtig auszusprechen. *«Soucoupe»*, wiederholte Magda mehrmals und fing an zu lachen.

Unsicher lächelnd, in dem Bewußtsein, etwas streng Verbotenes zu tun, löste und zog Kretschmar vorsichtig den Verband über die Augenbrauen hoch, aber es stellte sich heraus, daß im Zimmer eine dichte, samtige Dunkelheit herrschte – er konnte nicht einmal sehen, wo das Fenster war, es gab nicht den winzigsten Lichtschimmer. Das hieß also, daß es dennoch Nacht war, mondlose, schwarze Nacht. Wie trügerisch Geräusche sein können.

Aus dem Nebenzimmer kam das fröhliche Klappern von Geschirr. *«Café thé non. Moi pas – thé.»*

Kretschmar tastete auf dem Nachttisch umher, bis er auf das Lämpchen stieß. Er knipste es an – einmal, ein zweites Mal –, aber die Dunkelheit rührte sich nicht von der Stelle: Wahrscheinlich war der Stecker herausgezogen. Daraufhin fühlte er mit den Fingern nach Streichhölzern und fand tatsächlich eine Schachtel. Es war nur ein Streichholz darin, er riß es an, hörte es leise knistern, als ob es aufgeflammt wäre, aber es zeigte sich keine Flamme. Er warf es fort und nahm plötzlich einen leichten Geruch nach Verbranntem wahr.

Seltsames Phänomen...

«Magda», rief er plötzlich laut. «Magda!»

Ein Geräusch von Schritten und einer sich öffnenden Tür.

Aber nichts veränderte sich – hinter der Tür war es auch dunkel.

«Mach das Licht an», sagte er ärgerlich. «Bitte mach das Licht an!»

«Rühr bloß den Verband nicht an, Bruno!» schrie Magdas Stimme, die zielstrebig und sicher durch die lichtlose Finsternis näherkam. «Der Arzt hat doch gesagt... O Gott!»

«Wie, wie kannst du mich sehen?» fragte er stammelnd. «Ich kann nicht ... Mach sofort das Licht an, hörst du? Sofort!»

«Ruhig, ruhig. Regen Sie sich nicht auf», sagte die Stimme der Pflegerin auf französisch.

Diese Geräusche, diese Schritte und Stimmen schienen sich auf einer anderen Ebene zu bewegen. Er war ganz für sich, und sie waren ganz für sich. Und zwischen ihnen und jenem Dunkel, in dem er sich aufhielt, existierte eine unüberwindliche Barriere. Er strengte sich an, glotzte, rieb seine Augenlider, drehte den Kopf hin und her, warf sich herum, aber es war unmöglich, einen Weg durch diese hermetische Dunkelheit zu finden, die wie ein Teil seiner selbst war.

«Das kann nicht sein!» sagte Kretschmar mit Macht. «Ich werde wahnsinnig. Mach das Fenster auf, tu etwas...»

«Das Fenster ist offen», antwortete sie leise.

«Vielleicht scheint die Sonne nicht... Magda, vielleicht könnte ich etwas sehen, wenn die Sonne scheint... Nur einen winzigen Schimmer ... Vielleicht mit einer Brille ...»

«Lieg still, Bruno. An der Sonne liegt es nicht. Alles ist hell, es ist ein wundervoller Morgen. Bruno, du tust mir weh.»

«Ich ... ich...», fing Kretschmar krampfhaft nach Luft schnappend an, und als er genug Luft hatte, begann er gleichmäßig zu schreien.

Kapitel 32

Das Wissen um seine völlige Blindheit brachte Kretschmar fast um den Verstand. Seine Schnittwunden und Quetschungen verheilten, sein Haar wuchs wieder nach, aber das höllische Gefühl dieser unüberwindlichen, schwarzen Barriere blieb unverändert. Nach jenen Paroxysmen tödlichen Entsetzens, als er geschrien, sich gewälzt und vergeblich versucht hatte, etwas von seinen Augen abzuzerren oder wegzureißen, fiel er in einen Zustand halber Besinnungslosigkeit, aber dann ragte wieder jenes panische, unerträgliche Etwas vor ihm auf, nur vergleichbar mit dem legendären Schock eines Menschen, der im eigenen Grabe aufwacht.

Nach und nach wurden diese Anfälle jedoch weniger häufig, und er lag stundenlang auf dem Rücken, schweigend und bewegungslos, und hörte auf die Geräusche des provenzalischen Tages, doch plötzlich erinnerte er sich dann wieder an jenen Morgen in Rouginard, mit dem eigentlich alles angefangen hatte, und dann stöhnte er von neuem, während er sich schon an etwas erinnerte – den Himmel, grüne Hügel, denen er so wenig Augenmerk geschenkt hatte, so wenig, und wieder erhob sich eine Welle von Grabesschrecken.

Während er noch im Mentoner Hospital lag, hatte Magda ihm einen Brief von Horn aus Paris vorgelesen, der folgendermaßen lautete:

«Ich weiß nicht, mein lieber Kretschmar, was mich mehr erschüttert hat – das Unrecht, das Sie mir mit Ihrer unvermittelten, grundlosen und sehr unhöflichen Abreise angetan haben, oder das schwere Mißgeschick, das Ihnen zugestoßen ist. Trotz der Kränkung, die es mir unmöglich macht, Sie zu besuchen, nehme ich mit ganzem Herzen an Ihrem Unglück Anteil, besonders, wenn ich an Ihre Liebe zur Malerei und zu prächtigen Farben und feinen Schattierungen denke, an all das, was den Gesichtssinn zur höchsten Gottesgabe macht. Es gibt Menschen (Sie und ich gehören dazu), die nur durch ihre Augen, ihr Sehen leben – alle anderen Sinne sind bei ihnen nur gehorsame Diener dieses Königs der Sinne.

Ich reise heute von Paris nach England und von dort nach New York, und es wird einige Zeit vergehen, ehe ich mein Heimatland wiedersehe. Bitte, grüßen Sie freundlich Ihre Gefährtin von mir, deren kapriziöses Naturell vermutlich – wer weiß? – der Grund Ihrer, Kretschmars, Untreue zu mir war – ja, denn ihr Naturell zeichnet sich nur Ihnen gegenüber durch Beständigkeit aus, dafür hat ihr Wesen ansonsten die – bei Frauen übrigens sehr verbreitete – Eigenschaft, unwillkürlich Verehrung zu fordern oder finstere Feindseligkeit gegen Männer zu empfinden, die sich dem weiblichen Charme entziehen – selbst wenn sie diesen Mann wegen seiner Treuherzigkeit, seines häßlichen Äußeren und seines Geschmacks in Liebesdingen lächerlich und abstoßend findet. Glauben Sie mir, Kretschmar, wenn Sie mir unumwunden gesagt hätten, daß meine Gegenwart Ihnen beiden lästig geworden war und daß Sie sich von mir zu trennen wünschten, hätte ich Ihre Freimütigkeit zu würdigen gewußt, und dann wären die glücklichen Erinnerungen an unsere Gespräche über Malerei, über die transparenten Farben großer Meister nicht so betrüblich vom Schatten Ihrer treulosen Flucht verdunkelt worden.»

«Doch, das ist der Brief eines Homosexuellen», sagte Kretschmar. «Aber ich bin trotzdem froh, daß er weg ist. Vielleicht hat Gott mich dafür gestraft, daß ich dir nicht vertraut habe, Magda, aber wehe dir, wenn...»

«Wenn was, Bruno? Bitte, sprich nur zu Ende, bitte sehr...»

«Nein, nichts. Ich glaube dir. Ich glaube dir ja.»

Er schwieg eine Weile, und plötzlich begann er jenen erstickten Laut auszustoßen – halb Stöhnen, halb Heulen –, mit dem seine Anfälle von Entsetzen über die Wand der Dunkelheit immer anhoben.

«Transparente Farben», wiederholte er mehrmals mit gepreßter, zitternder Stimme. «Ach ja, transparente Farben!»

Als er sich beruhigt hatte, sagte Magda, daß sie etwas essen gehen wolle, küßte ihn auf die Wange und trippelte dann rasch die Schattenseite der Straße entlang. Sie betrat ein kleines, kühles Restaurant und setzte sich ganz hinten an einen kleinen Marmortisch. Am Nebentisch saß Horn und trank Weißwein. «Setz dich her zu mir», sagte er. «Was bist du doch für ein Angsthase geworden!»

«Man wird uns bemerken und verraten», antwortete sie nervös, setzte sich aber zu ihm.

«Unsinn. Wen geht das was an? Na, was hat er zu dem Brief gesagt? Habe ich ihn nicht allerliebst formuliert?»

«Ja, alles in Ordnung. Am Mittwoch fahren wir zu diesem Spezialisten nach Zürich. Bitte, besorg drei Karten für den Schlafwagen. Nur nimm für dich einen anderen Waggon – das ist sicherer.»

«Nichts gibt es umsonst», meinte Horn träge.

«Mein Armer», lächelte Magda zärtlich. Und zog ein Bündel Geldscheine aus der Handtasche.

Kapitel 33

Obwohl Kretschmar schon einige Male (in tiefer Nacht voller Tagesgeräusche) einen Spaziergang in den kleinen Hospitalgarten gemacht hatte, zeigte es sich, daß er für die Reise nach Zürich schlecht gerüstet war. Am Bahnhof begann ihm schwindelig zu werden – und es gibt kein seltsameres, ausgloseres Gefühl als das eines Blinden, dem sich der Kopf dreht –, er wurde ganz irr von all den verschiedenen Geräuschen, Schritten, Stimmen, dem Klopfen um ihn herum, der Angst, irgendwo anzustoßen, obwohl Magda ihn führte. Im Zug fühlte er, wie ihm speiübel wurde, denn er konnte das Rütteln des Waggons im Geiste mit keiner Vorwärtsbewegung des Express in Einklang bringen – sosehr er sich auch abmühte und seine Vorstellungskraft anspannte, um sich die Landschaft auszumalen, die draußen sicherlich vorüberflog. Es wurde noch schlimmer, als er sich in Zürich den Weg zwischen unsichtbaren Menschen und nicht existenten, von ihm aber beständig wahrgenommenen Querbalken, Trennwänden und vorspringenden Ecken bahnen mußte. «Ach, komm weiter, hab nicht solche Angst!» sagte Magda gereizt. «Ich führe dich schon. Halt jetzt. Wir sind dabei, ins Auto zu steigen. Wovor hast du bloß Angst – du bist ja wirklich wie ein Kleinkind.»

Der Professor, ein berühmter Ophthalmologe, untersuchte mit Hilfe spezieller Spiegel lange seinen Augenhintergrund, und auf Grund seiner salbungsvollen, sanften Stimme stellte

Kretschmar sich ihn als pausbackiges altes Männchen vor, dabei war er in Wirklichkeit dünn und jugendlich. Er wiederholte, was Kretschmar zum größten Teil schon wußte – daß infolge eines Blutergusses die Sehnerven genau an ihrem Schnittpunkt im Gehirn gequetscht waren – und daß diese Kontusion vielleicht heilen, vielleicht in völlige Atrophie übergehen würde, und so weiter und so weiter, daß aber auf jeden Fall bei Kretschmars augenblicklichem Zustand völlige Ruhe das Allerwichtigste sei, er solle zwei, drei Monate in Zurückgezogenheit und Stille leben, am besten irgendwo in den Bergen, und dann, sagte der Professor, und dann werden wir sehen...

«Werden wir sehen?» wiederholte Kretschmar mit grimmigem Spott (was für ein Wortspiel).

Magda ließ ihn allein im Hotelzimmer zurück und suchte einige Wohnungsmakler auf, die ihr Adressen gaben; nachdem sie sich mit Horn beraten hatte, wählte sie eine aus und fuhr los, wiederum mit Horn, um sich das dort zu vermietende Chalet anzusehen. Es erwies sich als ein zweistöckiges kleines Sommerhaus mit sauberen Zimmern und einer Weihwasserschale an jeder Tür. Das Sommerhaus gehörte einem menschenscheuen irischen Ehepaar, das für den Sommer nach Norwegen gefahren war und nicht gerade wenig Miete verlangte. Horn fand die Lage nach seinem Geschmack – auf einem Berg, unter Tannen, abseits vom Dorf –, und nachdem er für sich das sonnigste Zimmer im oberen Stock ausgesucht hatte, befahl er Magda, das Häuschen zu mieten. Danach engagierten sie im Dorf eine Köchin. Horn redete sehr eindrucksvoll mit ihr: «Wir bieten Ihnen einen so hohen Lohn», sagte er, «weil Sie in den Dienst eines Mannes treten, der infolge eines Nervenschocks erblindet ist. Ich bin der Arzt, in dessen Obhut er steht, aber in Anbetracht seines bedenklichen Zustands darf er selbstverständlich nicht wissen, daß außer seiner Nichte noch ein Arzt bei ihm wohnt. Wenn Sie,

meine Liebe, deshalb in seiner Hörweite die leiseste Andeutung machen, und sei es indirekt, sei es im zartesten Flüsterton, sei es im Gespräch mit, sagen wir, dem Fräulein in der
Küche, daß ich im Haus anwesend bin, sind Sie in den Augen
des Gesetzes für den Verstoß gegen die vom Arzt verschrie-
bene Therapie verantwortlich – und das wird in der Schweiz
offenbar ziemlich streng bestraft. Weiterhin rate ich Ihnen,
sich nicht in das Zimmer meines Patienten zu begeben oder
irgendwelche Gespräche mit ihm zu führen: Er ist Irrsinnsan-
fällen ausgesetzt, und er hat schon einmal eine alte Frau win-
delweich geschlagen und getreten, und ich möchte nicht, daß
so etwas wieder passiert. Und das Wichtigste: Wenn Sie im
Dorf herumtratschen, dann denken Sie daran, daß mein Patient in seinem jetzigen Zustand imstande ist, das Haus zu
zertrümmern, falls durch die von Ihnen hervorgerufene Neugier irgendwelche Ortsbewohner zu uns heraufkommen sollten. Haben Sie mich verstanden?»

Die Frau war dermaßen verängstigt, daß sie diese außerordentlich gut bezahlte Stellung beinahe ablehnte, und entschloß sich zum Annehmen erst, als Horn ihr versicherte, daß
sie den blinden Verrückten nicht sehen würde, daß er ganz
friedlich sei, wenn man ihn nicht reizte, und daß er sich unter
ständiger Aufsicht der Nichte und des Arztes befinde.

Horn zog als erster ins Haus. Er brachte das ganze Gepäck
mit, bestimmte, wer wo wohnen sollte, ordnete an, jeden
überflüssigen zerbrechlichen Gegenstand zu entfernen, und
als alles fertig war, ging er hinauf in sein Zimmer und pfiff
melodiös, während er einige recht anstößige Tuschfederzeichnungen mit Reißzwecken an der Wand befestigte – Skizzen zu
Illustrationen, die noch in Berlin ein Verlag, der pornographi-
sche Kunst herausgab, bei ihm bestellt hatte. Gegen fünf Uhr
blickte er durch einen Feldstecher und sah weit unten einen
Mietwagen näher kommen, aus dem Magda in einem knall-

roten Jumper heraussprang und Kretschmar beim Aussteigen half, der mit seiner schwarzen Brille aussah wie eine Eule. Der Wagen wendete, schoß wieder vorwärts und verschwand hinter einer Kurve. Magda nahm Kretschmar am Arm, und er stieg mit vorgehaltenem Stock den Pfad hinauf. Sie verschwanden hinter einem Tannengehölz, erschienen wieder, verschwanden abermals und tauchten schließlich auf der kleinen Gartenterrasse auf, wo die finster blickende, Horn aber bereits von ganzem Herzen zugetane Köchin sie furchtsam empfing, und während sie sich bemühte, den gefährlichen Irren nicht anzusehen, befreite sie Magda von ihrem Necessaire.

Horn lehnte sich inzwischen aus dem oberen Fenster und machte Magda komische Zeichen zur Begrüßung, indem er die Hand an die Brust preßte – ruckte hölzern mit den Armen und verbeugte sich wie Kasperle –, und all das vollzog sich natürlich vollkommen stillschweigend. Magda lächelte ihm von unten zu und betrat, Kretschmar am Arm geleitend, das Haus.

«Führe mich durch alle Zimmer und beschreibe mir alles», sagte Kretschmar. Er war nicht wirklich daran interessiert, dachte aber, daß es Magda Vergnügen machen würde – sie richtete sich gerne in einer neuen Wohnung ein.

«Ein kleines Eßzimmer, ein kleines Wohnzimmer, ein kleines Arbeitszimmer», erklärte Magda, als sie ihn durch die Zimmer des Erdgeschosses führte. Kretschmar berührte die Möbel, tastete die verschiedenen Gegenstände ab und versuchte sich zu orientieren.

«Das Fenster ist also dort drüben», sagte er und zeigte vertrauensvoll auf eine geschlossene Wand. Er stieß mit dem Oberschenkel schmerzhaft an eine Tischkante und versuchte den Anschein zu erwecken, als habe er das absichtlich getan – indem er mit den Händen über den Tisch fuhr, als wolle er Maß nehmen.

Dann stiegen sie nebeneinander die knarrende Holztreppe

hinauf, und oben, auf der letzten Stufe, saß Horn und schüttelte sich vor lautlosem Lachen. Magda drohte ihm mit dem Finger, er stand vorsichtig auf und trat auf Zehenspitzen zurück: eine überflüssige Maßnahme, denn unter den schweren Schritten des Blinden knarzte die Treppe ohrenbetäubend.

Sie kamen in den Korridor; Horn, der am anderen Ende vor seiner Tür stand, zeigte auf diese Tür, und Magda nickte. Er kauerte ein paar Mal nieder und preßte die Hand an den Mund. Magda schüttelte ärgerlich den Kopf – gefährliche Spielchen, er stellte aus lauter Jux Schuljungenstreiche an. «Dies ist dein Schlafzimmer, und hier ist meines», sagte sie und öffnete der Reihe nach die Türen. «Warum kein gemeinsames?» fragte Kretschmar traurig. «Ach, Bruno», seufzte sie. «Du weißt doch, was der Professor gesagt hat ...» Als sie überall gewesen waren (bis auf Horns Zimmer), versuchte er nun schon ohne ihre Hilfe wieder in umgekehrter Richtung durch das Haus zu gehen, um ihr zu beweisen, wie deutlich sie alles erklärt hatte, wie deutlich er sich alles eingeprägt hatte. Aber er verirrte sich gleich, rannte gegen eine Wand, lächelte entschuldigend und zerschlug beinahe eine Waschschüssel. Er verlief sich auch in das Eckzimmer (wo sich Horn eingerichtet hatte), das nur einen Eingang vom Korridor her hatte, aber er war schon so verwirrt, daß er meinte, er käme aus seinem eigenen Schlafzimmer. «Ist das dein Zimmer?» fragte er, nach der Tür tastend. «Nein, nein, das ist eine Rumpelkammer», sagte Magda. «Merke dir das um Gottes willen, sonst stößt du dir noch den Kopf. Und überhaupt weiß ich nicht, ob dieses Herumlaufen gut für dich ist – bilde dir nicht ein, daß ich dich weiter so auf Entdeckungen gehen lasse – das heute ist nur eine Ausnahme ...»

Im übrigen fühlte er sich bereits selber völlig erschöpft. Magda brachte ihn zu Bett. Als er eingeschlafen war, ging sie zu Horn. Da sie mit der Akustik des Hauses noch nicht vertraut waren, unterhielten sie sich im Flüsterton, hätten aber ebenso gut laut sprechen können: Von dort bis zu Kretschmars Schlafzimmer war es weit genug.

Kapitel 34

Nachdem Kretschmar so hastig und grauenerregend hinter der Wegbiegung verschwunden war, saß Segelkrantz noch lange mit seinem vermaledeiten schwarzen Heft in der Hand im Gras unter den Kiefern und zermarterte sich das Hirn. Kretschmar war also zusammen mit dem beschriebenen Paar gereist, und das Liebesgeflüster dieses Pärchens hatte für Kretschmar eine erschütternde Offenbarung bedeutet – das war alles, was Segelkrantz begriff, und in dem Bewußtsein, eine ungeheuerliche Taktlosigkeit begangen und sich eigentlich wie ein selbstzufriedener Grobian verhalten zu haben, stieß er jetzt durch die zusammengepreßten Zähne unartikulierte Laute aus, verzog das Gesicht und schüttelte die Hände, als hätte er sich verbrannt. Solche Dummheiten sind nicht wiedergutzumachen: Schließlich konnte er nicht einfach zu Kretschmar gehen und sich entschuldigen; ein Mann, der durch seine Ungeschicklichkeit einen völlig unschuldigen Gefährten mit dem Gewehr verwundet hat, sagt ja nicht zu ihm: «Oh, war meine Schuld.»

Das, was er geschrieben hatte, befand Segelkrantz schon nicht mehr als Literatur, sondern als einen brutalen anonymen Brief, in dem die niederträchtige Wahrheit mit den Tricks eines geschraubten Stils schmackhaft gemacht worden war. Seine Devise, daß das Leben mit objektiver Genauigkeit wiedergegeben werden müsse, seine Methode, die er gestern noch für das einzige Mittel gehalten hatte, die Gestalt der im

Fluß befindlichen Zeit für immer auf einer Buchseite festzuhalten – sie erschienen ihm jetzt als etwas unsagbar Grobes
und Geschmackloses. Er versuchte sich damit zu trösten, daß
alles gerade deshalb so ungeschlacht und ekelhaft geraten war,
weil er von seinen genauen Regeln abgewichen war, indem er
ein wenig geschummelt, die gezeichneten Personen aus diesem verdammten Waggon in das Wartezimmer des Zahnarztes versetzt hatte, und daß dieses unnötige Paar nicht unter
ihnen gewesen wäre, wenn er die echten Patienten des Zahnarztes in Menton, Monsieur Lhomme, beschrieben hätte.
Dies war jedoch ein falscher, literarischer Trost, der Kern der
Sache war schwerwiegender und abstoßender: Es hatte sich
gezeigt, daß das Leben es demjenigen heimzahlt, der versucht, es auch nur für einen Augenblick eindrücklich festzuhalten – es stellt sich hin und stemmt die Hände mit einer
vulgären Bewegung in die Seiten, als wolle es sagen: «Bitte
schön, weide dich an mir, so bin ich, aber mach *mir* keine
Vorwürfe, wenn du dir dabei die Finger verbrennst.» –
«Mußte ausgerechnet so ein Zufall passieren», beschwerte
sich Segelkrantz im Selbstgespräch, obwohl ihm bereits klar
war, daß hier kein besonderer Zufall vorlag und es weitaus
erstaunlicher war, wenn ihm dergleichen nicht schon früher
passiert war, wenn er zum Beispiel noch nicht von dem Vater
des jungen Mädchens umgebracht worden war, dem er ein
halbes Jahr lang den Hof gemacht und das er daraufhin mit
ausgesuchter Detailtreue in einer wortgewaltigen Novelle beschrieben hatte.

Da es ihm jetzt unerträglich schien, Kretschmar gegenüberzutreten, mußte er das zauberhafte Rouginard für einige Zeit
verlassen, und weil Segelkrantz ein hysterischer Mensch war,
verließ er Rouginard noch am selben Tag und verbrachte über
einen Monat in den Tälern der östlichen Pyrenäen. Das beruhigte ihn. Er begann die Sache trotz allem nicht mehr so

schrecklich und die Sicherheit, mit der Kretschmar die beschriebenen Leute erkannt hatte, sogar schmeichelhaft zu finden. Er kehrte nach Rouginard zurück und ging in einem Anfall seltener – ebenfalls hysterischer – Kühnheit direkt in das Hotel, wo er Kretschmar zu treffen hoffte. Dort erfuhr er in einem zufälligen Gespräch mit einem Bekannten (eben jenem Monsieur Martin mit den schwarzen Haaren und der Adlernase) von Kretschmars Flucht und der Katastrophe. *«Il vivait ici avec sa poule»*, fügte Martin mit wissendem Lächeln hinzu. *«Une petite grue très jolie, qui le trompait avec ce pince-sans-rire, cette espèce de peintre, un Monsieur Korn ou Horn, Argentin je crois ou bien Hongrois.»*

Dann stürzte er nach Menton, doch im Hospital erfuhr er, daß Kretschmars Geliebte ihn entweder in die Schweiz oder nach Deutschland gebracht hatte. Segelkrantz war jetzt in einem solchen Zustand nervösen Entsetzens, daß er dachte, er würde den Verstand verlieren. Sein Manuskript zerriß er mit solcher Gewalt, daß er sich fast die Finger verrenkte, nachts wurde er von Alpträumen heimgesucht: Er sah Kretschmar vor sich mit zur Hälfte abgerissenem Schädel und an roten Fäden hängenden Augen, wie er sich tief vor ihm verneigte und furchtbar süßlich leierte: «Danke, alter Freund, danke.» Es litt ihn keine Sekunde länger in Rouginard. Und so reiste er unverzüglich, mit jener krampfhaften Geschäftigkeit, die bei ihm Entschlossenheit ersetzte, nach Berlin.

Kapitel 35

Wenn Segelkrantz annahm, daß Kretschmar, falls er überhaupt noch am Leben war, mit Abscheu und Haß an ihn dachte, täuschte er sich. Kretschmar erinnerte sich gar nicht an ihn, denn er verbot es sich, zu jener unerträglichen Minute der Verwunderung, des Verderbens, der tödlichen Beklemmung zurückzukehren – dort, auf dem schattigen Hügel, bei der murmelnden Quelle... Der undurchdringliche Samtsack, in dem er jetzt existierte, verlieh seinen Gedanken und Gefühlen eine Note von Ernst und sogar Edelmut. Er war durch die glatte Hülle der Dunkelheit von jenem unlängst noch so zauberhaften, quälenden, leuchtendbunten Leben getrennt, das auf der schwindelerregenden Kehre abgebrochen war. Wenn er in Erinnerungen an sie schwelgte, war es, als sichtete er Miniaturen: Magda in einer gemusterten Schürze, wie sie eine Portiere beiseite zog, Magda unter einem glänzenden Regenschirm, wie sie durch karmesinrote Pfützen lief, Magda, wie sie nackt vor dem Spiegel eines Kleiderschranks stand und an einer gelben Schrippe kaute, Magda im glitzernden Trikot oder im schimmernden Abendkleid mit orange gebräunten Armen. Dann dachte er an seine Frau, und sein ganzes Leben mit Anneliese war jetzt in ein zartes, blasses Licht getaucht, und nur gelegentlich blitzte etwas in diesem milchigen Nebel auf – ihr blondes Haar im Lampenschein, ein Lichtreflex auf einem Bilderrahmen, eine Glasmurmel, mit der seine Tochter spielte – und dann wieder opalfarbener Nebel

779

und darin Annelieses ruhige, beinahe schwebende Bewegungen. Alles wurde vom trügerischen Zauber der Farben überlagert, selbst was in seinem vergangenen Leben am traurigsten und schändlichsten gewesen war, seine Seele hatte damals perlmuttfarbene Scheuklappen getragen, er hatte jene Abgründe nicht gesehen, die sich ihm jetzt auftaten. Obendrein hatte er es nicht einmal verstanden, die Gabe des Sehens ganz auszuschöpfen. Er war entsetzt, als ihm jetzt klar wurde, daß er, wenn er sich zum Beispiel eine Landschaft ins Gedächtnis rief, in der er früher gelebt hatte, keine einzige Pflanze nennen konnte außer Eichen und Rosen und keinen einzigen Vogel außer Krähen und Spatzen. Kretschmar wurde sich jetzt bewußt, daß er sich in Wirklichkeit nicht von jenen engstirnigen Spezialisten unterschieden hatte, über die er früher zu spotten pflegte, von dem Arbeiter, der nur sein Werkzeug kennt, oder dem Virtuosen, der nur ein Zubehör zu seinem Musikinstrument ist. Letztlich war Kretschmars Spezialität seine Kunstleidenschaft. Seine glänzendste Entdeckung war Magda gewesen. Und jetzt war von Magda nur ihre Stimme übrig, nebst einem Rascheln und einem Parfum – es war, als wäre sie in die Dunkelheit (die Dunkelheit des kleinen Kinos) zurückgekehrt, der er sie einst entlockt hatte.

Kretschmar konnte sich im übrigen nicht immer mit moralischen Reflexionen trösten, nicht immer gelang es ihm, sich davon zu überzeugen, daß physische Blindheit in gewissem Sinne geistige Hellsicht sei. Vergebens versuchte er, sich mit der Vorstellung zu betrügen, sein Leben mit Magda sei jetzt glücklicher, tiefer und reiner, und vergebens dachte er an ihre rührende Hingabe. Natürlich war es rührend, natürlich war sie besser als die ergebenste Ehefrau, diese unsichtbare Magda, diese engelhafte Kühle, diese Stimme, die ihn bat, sich nicht aufzuregen … Aber sobald er ihre vorüberfliegende, schreckhafte Hand in der vollkommenen Finsternis erhaschte und seine Dankbarkeit auszudrücken versuchte, flammte gleich ein solches Verlangen in ihm auf, sie zu sehen, daß jegliches Moralisieren zum Teufel ging, er fühlte den Wahnsinn immer näher kommen, sein Gesicht zuckte, qualvoll versuchte er, Licht zu gebären. Unter dem Vorwand, ihm schade die geringste Aufregung, verbot Magda ihm entschieden, sie zu berühren, doch manchmal gelang es ihm, sie zu packen, und dann betastete er ihren Kopf und Körper und bemühte sich, sie durch seinen Tastsinn zu sehen, obwohl er doch nicht das geringste sah. Horn saß gern mit ihm im Zimmer und folgte begierig seinen Bewegungen. Magda schmiegte sich an die Brust des Blinden, richtete die Augen mit einem komischen Ausdruck von Resignation zur Decke empor oder streckte Kretschmar die Zunge heraus, was im Kontrast zu dem Ausdruck hoffnungsloser Zärtlichkeit auf dem Gesicht des Blinden natürlich besonders erheiternd war. Durch eine geschickte Drehung befreite sich Magda und ging zu Horn, der auf dem Fensterbrett saß, barfüßig, in weißen Hosen und mit nacktem Oberkörper – er ließ sich gern den Rücken von der Sonne schmoren. Kretschmar lehnte sich in einen Sessel zurück, mit Pyjama und Morgenrock bekleidet; sein Gesicht war mit krausen Stoppeln bedeckt, und eine rosige Narbe leuchtete auf seiner Schläfe – er sah aus wie ein bärtiger Sträfling. «Magda, komm zurück», sagte er flehend und streckte die Hand aus. «Das schadet dir doch», antwortete sie gleichgültig, während sie Horns langen, flauschigen Rücken streichelte. Kretschmar gab keine Ruhe, zuckte und rieb sich heftig die Augen. «Ich will dich», sagte er. «Es schadet mir weit mehr, daß es schon zwei Monate her ist, daß wir ...» (hier folgte ein sozusagen selbstgemachtes, häusliches, zärtliches Verb aus ihrem Liebeslexikon). Horn zwinkerte Magda zu. Sie lächelte vieldeutig und tippte sich mit dem Finger an die Stirn. Kretschmar rief sie weiter wie ein balzender Birkhahn. Dann und wann trat Horn, der gern ein Risiko einging, barfuß auf Zehenspitzen ganz nahe an Kretschmar heran und berührte ihn mit äußerster Zartheit – und Kretschmar gab einen Gurrlaut von sich, wollte die vermeintliche Magda umarmen, aber Horn, der geräuschlos zur Seite getreten war, saß schon wieder auf dem Fensterbrett und schmorte seinen Rücken. «Mein Liebes, ich flehe dich an!» seufzte Kretschmar, während er sich mühsam aus seinem Sessel erhob und auf sie zuging. Horn, auf dem Fensterbrett, zog die Beine hoch, und Magda schrie Kretschmar wütend an, daß sie unverzüglich wegfahren und ihn verlassen würde, wenn er nicht täte, was sie sagte, und so schlurfte er mit schuldbewußtem Grinsen zu seinem Sessel zurück. «Gut, gut», seufzte er. «Lies mir etwas vor – die Zeitung vielleicht.» Wieder richtete sie die Augen zur Decke.

Horn setzte sich vorsichtig auf das Sofa hinüber und nahm Magda auf den Schoß, sie breitete die Zeitung aus und begann daraus vorzulesen, und Kretschmar nickte trübselig, verzehrte dabei bedächtig unsichtbare Kirschen und spuckte die unsichtbaren Kerne bedächtig in die Handfläche. Dies ergab ein überaus friedliches Bild. Horn machte Magda nach, spitzte die Lippen und zog sie wieder ein, um ihre Art und Weise zu lesen zu parodieren, oder er tat so, als wollte er sie gleich fallen lassen, so daß ihre Stimme sich überschlug.

‹Ja, vielleicht ist alles nur zum Besten gewesen›, dachte Kretschmar. ‹Unsere Liebe ist jetzt stärker und stiller, und vergeistigter. Wenn sie mich nicht verläßt, beweist das, daß sie mich wirklich liebt. Das ist gut, das ist gut.› Und plötzlich fing er ohne jeden Anlaß laut an zu schluchzen, mit Händen an der Düsternis zu zerren, und flehte, daß man ihn zu einem anderen Professor bringen solle, zu einem dritten, einem vierten, damit er nur wieder alles sehen könnte, koste es, was es wolle, Operation, Folter, solange er nur sehen könnte …

Horn nahm gähnend eine Handvoll Kirschen aus der Schale auf dem Tisch und verschwand in den Garten.

In den ersten Tagen ihres Zusammenlebens waren Horn und Magda sehr vorsichtig, wenn sie sich auch verschiedene harmlose Späße erlaubten. Er ging entweder barfuß oder in Filzpantoffeln. Vor der Tür, die von seinem Zimmer in den Korridor führte, hatte Horn für den Notfall im Korridor eine Barrikade aus Kisten und Koffern errichtet, über die Magda nachts kletterte. Kretschmar hatte im übrigen nach seinem ersten Streifzug durch das Haus aufgehört, sich für die Lage seiner Zimmer zu interessieren, hatte aber dafür sein Schlaf- und Arbeitszimmer gründlich auswendig gelernt, und Magda hatte ihm alle Farben dort beschrieben – die blaue Tapete, der gelbe Lampenschirm –, aber von Horn angestiftet, vertauschte sie alle miteinander: Es amüsierte Horn, daß der Blinde sich seine kleine Welt in den Farbtönen ausmalen mußte, die er, Horn, ihm vorschrieb. In seinem eigenen Zimmer kam es Kretschmar fast so vor, als könne er die Möbel und die verschiedenen Gegenstände sehen, und das gab ihm Geborgenheit und Sicherheit. Wenn er jedoch manchmal im Garten saß, fühlte er sich von einer unbekannten Weite umgeben, denn alles war zu groß, zu luftig und zu geräuschvoll, als daß er sich davon ein Bild hätte machen können.

Er versuchte, sein Gehör zu schärfen, aus den Geräuschen auf Bewegungen zu schließen, und bald wurde es recht schwierig für Horn, unbemerkt hereinzukommen oder hinauszugehen; wie lautlos er auch die Tür öffnen mochte, Kretschmar wendete den Kopf sogleich in die betreffende Richtung und fragte: «Bist du das, Magda?» Und dann ärgerte er sich über seine Gehörschwäche, wenn Magda ihm aus einer anderen Ecke antwortete. Die Tage vergingen, und je schärfer er sein Gehör anspannte, desto verwegener wurden Horn und Magda, die sich an die Unsichtbarkeit ihrer Liebe gewöhnten. Anstatt, wie er es zuerst getan hatte, seine Mahlzeiten unter dem hingebungsvollen Blick der alten Emilia in der Küche einzunehmen, setzte Horn sich seelenruhig mit Magda und Kretschmar zu Tisch und aß mit virtuoser Lautlosigkeit, indem er nie mit etwas Metallenem das Porzellan berührte und Magdas absichtlich laute Unterhaltung dazu benutzte, zu kauen und zu schlucken. Einmal verschluckte er sich. Kretschmar, über den sich Magda gerade beugte, um ihm eine Tasse Kaffee einzuschenken, hörte am Ende des ovalen Tisches plötzlich ein seltsames Geräusch – wie ein geräuschvolles menschliches Schnauben. Magda begann sofort zu plappern, doch er unterbrach sie: «Was war das? Was war das?» Horn hatte inzwischen seinen Teller genommen und entfernte sich auf Zehenspitzen; aber als er durch die offenstehende Tür schlüpfte, ließ er eine Gabel fallen. Kretschmar fuhr auf seinem Stuhl herum. «Was ist das? Wer ist da?» wiederholte Kretschmar. «Ach, es ist nur Emilia. Warum bist du so nervös?» – «Sie kommt doch sonst nie herein...» – «Na, heute kam sie eben.» – «Ich dachte schon, ich hätte Halluzinationen», sagte Kretschmar schuldbewußt. «Gestern zum Beispiel hatte ich den Eindruck, daß jemand barfuß den Korridor entlangschleicht.» – «So kann man leicht durchdrehen», sagte Magda trocken.

Nachmittags ging sie ein Stündchen mit Horn spazieren. Sie holten die Briefe und Zeitungen vom Postamt oder stiegen zum Wasserfall hinauf. Als sie einmal zurückkehrten und bereits den steilen Pfad erreicht hatten, der zum Chalet führte, sagte Horn: «Ich rate dir, ihn nicht zur Heirat zu drängen. Ich garantiere dir, gerade weil er seine Frau verlassen hat, zählt er sie jetzt zum Kreis der Heiligen und wird ihr nichts zuleide tun. Es ist eine einfachere und hübschere Strategie, wenn du nach und nach wenigstens die eine Hälfte seines Vermögens einsackst.»

«Geld, viel Geld», sagte Magda versonnen.

«Ja, das muß klappen», fuhr Horn fort. «Für den Augenblick tut's sein Scheckbuch noch ausgezeichnet. Er unterschreibt alles wie eine Maschine. Aber wir sollten das nicht zu sehr mißbrauchen. Wenn alles gutgeht, können wir ihn diesen Winter verlassen. Bevor wir gehen, kaufen wir ihm noch einen Hund – als kleines Zeichen unserer Aufmerksamkeit.»

«Sprich nicht so laut», sagte Magda, «wir sind schon am Stein.»

Dieser Stein, ein großer grauer Stein, der wie ein Schaf aussah und über und über von Ackerwinden zugewachsen war, markierte die Grenze zu dem Gebiet, auf dem es gefährlich war, laut zu sprechen. So gingen sie schweigend weiter und waren nach einigen Minuten in der Nähe des Gartens. Magda lachte plötzlich und zeigte auf ein Eichhörnchen. Horn schleuderte ein Stöckchen nach dem Tier, verfehlte es aber. «Sie richten in den Bäumen eine Menge Schaden an», sagte Magda leise. «Wer richtet in den Bäumen eine Menge Schaden an?» fragte laut Kretschmars Stimme.

Er stand zwischen den Büschen auf den Steinstufen, da wo der Pfad in die Gartenterrasse überging. «Magda, mit wem sprichst du da?» fuhr er fort und stolperte plötzlich, ließ seinen Stock fallen und plumpste auf den Hosenboden. «Wie kannst du alleine so weit weggehen!» rief sie und half ihm grob beim Aufstehen; ein paar Kiesstücke klebten an seiner Handfläche; er spreizte die Finger und keuchte. «Ich wollte ein Eichhörnchen fangen», erklärte Magda. «Was dachtest du denn, was ich da mache?» – «Ich habe mir eingebildet...», hob Kretschmar an. «Wer ist da?» rief er plötzlich scharf und wendete sich in Horns Richtung, der vorsichtig über den Rasen ging. «Da ist niemand, ich bin allein, wovor hast du bloß Angst!» knurrte Magda, und da sie sich nicht mehr beherrschen konnte, schlug sie Kretschmar auf die Hand. «Führ mich zum Haus zurück», sagte er, beinahe in Tränen. «Hier sind zu viele Geräusche, Bäume, Wind, Eichhörnchen. Ich weiß nicht, was um mich herum geschieht... Es ist alles so laut.»

«Von nun an wirst du eingesperrt», verkündete sie und zog ihn gereizt hinter sich her.

Der Abend kam, ein gewöhnlicher Abend. Magda und Horn lagen nebeneinander auf dem Sofa und rauchten, und zwei Schritte von ihnen entfernt saß Kretschmar regungslos wie eine Eule in seinem Ledersessel und fixierte sie mit seinen starren, trübblauen Augen. Auf seine Bitte erzählte Magda ihm von ihrer Kindheit. Er ging früh zu Bett, indem er langsam die Treppe emporstieg und die Einzigartigkeit jeder Stufe mit Sohle und Stock bestimmte. Mitten in der Nacht wachte er auf und betastete die Zeiger auf dem nackten Zifferblatt eines billigen Weckers: Es war halb zwei. Seltsame Unruhe. In letzter Zeit hatte etwas ihn davon abgehalten, seinen Geist auf jene hehren und schönen Gedanken zu konzentrieren, die ihm allein dabei halfen, gegen den Schrecken seiner Blindheit anzukämpfen. Er lag da und dachte: ‹Was mag es sein? Anneliese? Nein, sie ist weit weg. Sie ist ein lieber, blasser, kummervoller Schatten in der tiefsten Tiefe der Blindheit, den man nicht aufstören darf. Magdas Verweigerungen? Das ist es auch nicht. Das ist ja nur vorübergehend. Es würde ihm wirklich schaden. Er mußte eben lernen, Magda auf einer reinen, geistigen Ebene zu begegnen. Der armen Kleinen fällt es sicher auch schwer zu verzichten... Was ist es dann?›

Er kroch aus dem Bett und stand ein Weilchen an Magdas Tür. Sie hatte abgeschlossen, und weil es nur einen Ausgang zum Korridor gab, durch ihr Zimmer, war er bei sich eingesperrt. ‹Wie gescheit sie ist›, dachte er zärtlich und legte sein Ohr an die Tür, um zu hören, wie sie im Schlaf atmete, aber er hörte nichts. «Mäuschenstill», flüsterte er. «Ich möchte nur einen Augenblick ihr Köpfchen streicheln und dann wieder gehen.» Vielleicht hatte sie vergessen abzuschließen. Ohne große Hoffnung drückte er die Klinke. Nein, sie hatte es nicht vergessen.

Ihm fiel plötzlich ein, wie er als Jugendlicher in einer schwülen Sommernacht, auf irgend jemandes Gutshof am Rhein, am Gesims entlang in das Zimmer des Dienstmädchens geklettert war (das ihm übrigens eine Ohrfeige gab und ihn hinauswarf) – aber damals war er leicht und wendig gewesen, damals konnte er sehen. ‹Trotzdem, warum soll ich es nicht versuchen?› dachte er mit melancholischem Wagemut. ‹Und wenn ich wirklich falle und mir den Hals breche. Was macht's?› Er fand seinen Stock, lehnte sich aus dem Fenster und tastete dann damit über das breite Gesims, dann zur Seite und nach oben, nach dem angrenzenden Fenster. Das Glas im offenstehenden Rahmen klirrte leicht. ‹Wie fest sie schläft! Muß anstrengend sein, den ganzen Tag für mich zu sorgen.› Als er den Stock zurückzog, hakte er irgendwo fest, und der Stock entglitt seinem Griff und fiel mit leisem Aufschlag hinunter, Gesetz der Erdanziehung, und im übrigen war anzunehmen, daß sich das Fenster nicht im zweiten Stock, sondern im ersten befand. Er hielt sich am Fensterbrett fest und kletterte auf dem Gesims entlang, ertastete daneben die Regenrinne, trat über ihr kaltes, eisernes Knie und umklammerte sofort das nächste Fensterbrett. ‹Wie einfach!› dachte er nicht ohne Stolz. «Huhu, Magda», sagte er leise, während er schon versuchte, durch das offene Fenster hineinzukriechen. Er glitt aus und wäre beinahe rückwärts in den dazugedachten Garten gefallen. Sein Herz fing heftig an zu schlagen. Als er sich über das Sims in das Zimmer schob, stieß er gegen etwas, und ein Gegenstand, wahrscheinlich ein Buch, stürzte krachend auf den Fußboden. Kretschmar hielt inne. Schweißtropfen bedeckten sein Gesicht, an seinen Handflächen hing etwas

Klebriges – es war Harz, das wegen der Hitze ausgetreten war; das Haus war aus Kiefernholz. «Magda, na, Magda?» sagte er lächelnd. Stille. Er fand das Bett, das jungfräulich mit einem Spitzenstoff bedeckt war.

Kretschmar setzte sich aufs Bett und dachte nach. Wäre es aufgeschlagen und warm gewesen, so hätte sich von selbst verstanden, daß sie Bauchweh hatte und gleich wieder da wäre. «Warten wir trotzdem ein bißchen», murmelte er. Unvermittelt ging er hinaus auf den Korridor und lauschte. Er bildete sich ein, daß von irgendwo sehr weit weg ein leises, unterdrücktes Geräusch kam – etwas zwischen einem Knarren und einem Rascheln. Ihm wurde irgendwie unheimlich, und er rief laut: «Magda, wo bist du?» Fragende Stille. Dann pochte irgendwo etwas. «Magda, Magda!» wiederholte er und bewegte sich den Korridor entlang. «Ja, ja, ich bin hier», ertönte ihre ruhige Stimme. «Was ist passiert, Magda? Warum hast du dich noch nicht hingelegt?» Sie stieß mit ihm zusammen – im Korridor war es dunkel, und als er sie für einen Augenblick berührte, fühlte er, daß sie nackt war. «Ich habe in der Sonne gelegen», sagte sie. «Wie immer morgens.» – «Aber es ist jetzt Nacht», brachte er mühsam hervor. «Ich verstehe das nicht, Magda. Irgend etwas stimmt da nicht. Jetzt ist Nacht. Ich habe die Uhrzeiger gefühlt. Es ist jetzt halb zwei.» – «Blödsinn. Es ist jetzt sechs Uhr, und die Sonne scheint herrlich. Dein Wecker geht falsch. Du fühlst zu oft nach den Zeigern. Aber sag mal – wie bist du hierhergekommen?» – «Magda, ist es wirklich Morgen? Sagst du die Wahrheit?» Sie drängte sich plötzlich dicht an ihn und legte ihm wie früher die Arme um den Hals. «Obwohl es Tag ist», sagte sie leise, «wenn du willst, wenn du willst, Bruno… Als große Ausnahme…»

Dieser Schritt fiel ihr schwer, aber er war die einzige Möglichkeit. Jetzt konnte Kretschmar nicht mehr wahrnehmen, daß die Luft noch kalt war und keine Vögel sangen. Er fühlte nur eines – wilde, heiße Seligkeit, fiel danach sofort in tiefen Schlaf und schlief bis zum Mittag – bis zum echten Mittag. Als er aufwachte, schimpfte Magda ihn wegen seiner heroischen Passage von einem Fenster zum anderen aus, wurde noch wütender, als sie sein trauriges Lächeln sah, und schlug ihm ins Gesicht.

Den ganzen Tag saß er im Wohnzimmer, dachte daran, welches Glück ihm heute morgen widerfahren war, und fragte sich, wann es sich wiederholen würde. Plötzlich hörte er laut und deutlich, wie sich jemand kurz räusperte; das konnte nicht Magda sein – sie war im Garten. «Wer ist da?» fragte er. Aber niemand antwortete. ‹Schon wieder eine Halluzination!› dachte Kretschmar nervös und begriff plötzlich, was ihn nachts so beunruhigt hatte – ja, ja, es waren diese seltsamen Geräusche, die er manchmal hörte, Rascheln, Atmen, leichte Schritte.

«Sag mal, Magda», wandte er sich an sie, als sie zurückkam, «ist außer Emilia niemand im Haus? Bist du ganz sicher?» – «Idiot!» bemerkte sie lakonisch.

Aber der einmal aufgestiegene Verdacht ließ ihm schon keine Ruhe mehr. Er saß den ganzen Tag still da und lauschte düster. Horn war darüber sehr belustigt, und obwohl Magda ihn dringend gebeten hatte, vorsichtiger zu sein, hielt er sich so wenig zurück, daß er einmal, als er nur zwei Schritte von Kretschmar entfernt saß, sogar anhob, kunstvoll wie ein Vogel zu flöten, und Magda mußte Kretschmar erklären, daß sich auf dem Fensterbrett ein Vögelchen niedergelassen hatte und sang. «Scheuch es weg!» sagte Kretschmar finster. «Ksch, ksch», machte Magda und legte ihre Hand auf Horns vorstehende Lippen.

«Weißt du», sagte Kretschmar ein paar Tage später, «ich würde gern einmal ein bißchen mit dieser Emilia plaudern.»

«Das kannst du dir sparen», antwortete Magda. «Sie ist strohdumm und hat fürchterliche Angst vor dir.»

Einige Minuten dachte Kretschmar intensiv über etwas nach.

«Unmöglich», brachte er leise und langgezogen hervor.

«Was ist unmöglich, Bruno?»

«Ach, nichts», antwortete er verdrossen, «nichts.»

«Weißt du, Magda», sagte er kurz darauf, «meine Haare sind furchtbar lang geworden, laß den Friseur aus dem Dorf kommen.»

«Nicht nötig», sagte Magda. «Der Bart steht dir sehr gut.»

Kretschmar meinte zu hören, daß jemand – nicht Magda, aber jemand neben Magda – näselnd kicherte.

Kapitel 36

Max empfing ihn in seinem Büro. «Sie werden sich kaum an mich erinnern», sagte Segelkrantz. «Wir haben uns vor etwa acht Jahren bei Bruno getroffen, bei Kretschmar. Sagen Sie mir um Gottes willen, ist er hier? Wissen Sie etwas über ihn?»

«Er lebt in der Nähe von Zürich», antwortete Max. «Zufällig weiß ich das, weil wir bei derselben Bank sind. Er ist völlig erblindet, mehr ist mir nicht bekannt.»

«Ganz genau», rief Segelkrantz. «Völlig erblindet. In gewissem Sinne ist das meinetwegen passiert. Früher standen wir uns so nahe . . . Mein Gott, wir haben oft Stunden in Kneipen herumgesessen . . . Wie hat er die Malerei geliebt, wie glühend! Und jetzt – stellen Sie sich vor, wir haben uns überraschend auf einem kleinen Bahnhof getroffen, ich dachte, er reist allein, mir kam es gar nicht in den Sinn . . .»

«Verzeihen Sie», sagte Max, «ich verstehe Sie nicht ganz. Haben Sie sich etwa unmittelbar vor der Katastrophe gesehen?»

«Allerdings, genau, genau. Aber sagen Sie selbst – wie hätte ich wissen sollen, woher hätte ich ahnen sollen, daß er seine Frau . . .»

«Wenn Sie erlauben», unterbrach ihn Max, «lassen wir das beiseite. Ich spreche lieber nicht darüber, wie er sich meiner Schwester gegenüber verhalten hat. Das Schicksal hat ihn freilich genug bestraft. Er tut mir leid, wirklich leid. Als wir in der Zeitung gelesen haben, wie schwer er sich verletzt hat –

ach, was sollen wir noch davon reden. Ich kann keinesfalls zulassen, daß meine Schwester jetzt zu ihm fährt und seine Krankenpflegerin spielt. Das wäre doch absurd! Ich will nicht, daß Sie mit ihr sprechen – das wäre absurd. Gerade hat sie sich ein bißchen beruhigt, gleich gibt es einen neuen Anlaß zur Aufregung. Er hat Sie also umsonst zu mir geschickt – ich wünsche nicht, in irgendwelche Verhandlungen mit ihm zu treten, das ist alles aus und vorbei!»

«Niemand hat mich geschickt!» rief Segelkrantz. «Warum sprechen Sie in diesem Ton mit mir? Was soll das denn. Sie wissen ja das Wichtigste gar nicht. Mit ihnen reiste nämlich sein Freund, ein Maler, auf dessen Name ich jetzt nicht komme – Berg, nein, nicht Berg – Bering, Hering ...»

«Doch nicht etwa Horn?» fragte Max düster.

«Ja, ja, natürlich Horn! Sie kennen ...?»

«... eine Berühmtheit, hat die Meerschweinchen in Mode gebracht. Ein abscheulicher Kerl. Ich habe ihn zweimal gesehen. Aber was soll das alles?»

«Ich sehe, Sie sind nicht auf dem laufenden. Verstehen Sie, es hat sich herausgestellt, daß diese Frau und dieser Maler hinter Brunos Rücken ...»

«Widerlich. Dieser Schweinehund», stieß Max hervor.

«Und nun stellen Sie sich vor: Bruno erfährt davon. Ich werde Ihnen nicht sagen, wie – das ist zu furchtbar, eine literarische Denunziation, aber Tatsache ist, daß er es erfährt, und dann kommt das Unerhörte, Unbeschreibliche – er setzt sie ins Auto und rast los, während er sich den Kopf zerbricht, rast im Zickzack über die Landstraße, hundert Kilometer in der Stunde, an Steilhängen entlang, und stürzt sich absichtlich in die Tiefe – Selbstmord, doppelter Selbstmord ... Aber es hat nicht funktioniert: Sie ist heil davongekommen, er ist erblindet. Verstehen Sie jetzt? ...»

Pause.

«Ja, das ist mir neu», sagte Max schließlich. «Das ist mir neu. Und was wurde aus diesem Halunken?»

«Das ist nicht bekannt, aber es besteht Grund zu der Annahme, daß er ihnen wie ein Hai weiter gefolgt ist. Und nun stellen Sie sich vor: ein blinder, physisch blinder Mann, und damit nicht genug, er weiß, daß er von Täuschung umgeben ist und nichts dagegen tun kann. Das ist eine Tortur, eine Folterkammer! Man muß etwas unternehmen, das kann nicht so bleiben.»

«Er gibt dort Unmengen von Geld aus», sagte Max nachdenklich. «Wahrscheinlich für irgendeine besondere Behandlung. Oder... – ja, er ist völlig hilflos. Ziehen Sie Erkundigungen über ihn ein, finden Sie heraus, wie es ihm geht – wer weiß, was alles sein kann...»

«Ich würde ja gerne», sagte Segelkrantz nervös, «aber die Sache ist die... Meine Gesundheit ist ruiniert, für mich sind solche Sachen furchtbar schädlich. Ich habe ja schon Gott weiß wie unbedacht gehandelt, als ich den warmen Süden verlassen habe. Ich darf mir eine Begegnung mit Bruno gar nicht ausmalen – bitte bestehen Sie nicht darauf, daß ich fahre. Ich wollte Sie nur informieren. Sie sind ein umsichtiger, vorsichtiger Mann – ich flehe Sie an, fahren Sie! Ich gebe Ihnen meine Adresse, schreiben Sie mir alles... Sagen Sie, daß Sie fahren werden.»

«Also gut», sagte Max düster. «Ich fürchte nur, daß Sie vielleicht – wie soll ich sagen? – ein bißchen übertreiben, oder eher...»

«Das heißt also, Sie fahren», unterbrach ihn Segelkrantz erfreut. «Ach, wie wunderbar. Jetzt bin ich beruhigt. Mir ist dieses Gespräch sehr schwer gefallen, glauben Sie mir. Sie wissen nicht, was ich in der letzten Zeit durchgemacht habe...»

Sehr zufrieden ging er. Für Kretschmars Schicksal hatte er

aufs beste gesorgt, überhaupt hatte er mit dieser heroischen Reise nach Berlin seine unwissentlich begangene Verfehlung gesühnt. Und wer weiß ... Vielleicht konnte man ... natürlich nicht heute und nicht morgen, aber irgendwann mal, irgendwann (sagen wir, in einem Monat) – etwas aus dieser ganzen Geschichte herausholen, indem man, sagen wir, einen inspirierten, lebhaften Schriftsteller und seinen Freund, einen schwerfälligen, einfachen Menschen, schilderte, eine Lektüre auf einem Hügel, an einer murmelnden Quelle, und so weiter und so weiter. Welch reine Gedanken, welch herrliche Gedanken ...

Max dagegen ging nach Hause und schlug Anneliese mit gekünstelter Fröhlichkeit vor spazierenzugehen, es war ein sonniger Abend, die Männer saßen in ihren Westen auf den Balkons, am Himmel ertönte von Zeit zu Zeit das Summen eines Flugzeugs. «Ich muß wahrscheinlich für ein paar Tage verreisen», sagte Max. «Geschäftlich.» Sie sah ihn mit haargenau dem gleichen Blick an wie damals, als er mit Irma aus dem Sportpalast zurückgekommen war, und als er sich daran erinnerte, wandte Max die Augen ab. Schweigend gingen sie bis zum Ende der Straße. «Ja, das muß wohl sein», stieß Anneliese plötzlich hervor. Max räusperte sich. Schweigend gingen sie auf derselben Straßenseite zurück. Am Tag darauf fuhr er nach Zürich. Dort setzte er sich in einen Mietwagen, und in etwas mehr als einer Stunde erreichte er das Dorf, unweit dessen Kretschmar lebte. Er hielt vor dem Postamt, und die Diensthabende – eine sehr gesprächige junge Frau – erklärte ihm den Weg zum Chalet und fügte hinzu, daß Kretschmar dort mit seiner Nichte und einem Arzt wohne. Max fuhr sofort weiter. Er wußte, wer die Nichte war, aber die Anwesenheit eines Arztes überraschte ihn, das bewies, daß Kretschmar von einer gewissen Fürsorge umgeben war. ‹Vielleicht bin ich doch ganz umsonst hergekommen›, dachte

Max, ‹er ist vielleicht ganz zufrieden. Nein, wo ich einmal hier bin ... Na, jedenfalls spreche ich mal mit diesem Arzt ... Ein unglücklicher, willenloser Mensch, ein zerbrochenes Leben, wer hätte das gedacht ...›

An diesem Morgen war Magda mit Emilia zu häuslichen Besorgungen ins Dorf gegangen (zum Beispiel mußte sie die Wäscherin für die rosa Flecken auf ihrem weißen Pullover ordentlich ausschimpfen). Max' Wagen übersah sie zwar, aber als sie auf dem Postamt Zeitungen holte, erfuhr sie, daß ein beleibter Herr gerade nach Kretschmar gefragt hatte und zu ihm gefahren war.

In diesem Augenblick saßen in dem kleinen Wohnzimmer, das von der Sonne aus der Glastür zur Veranda durchflutet war, Kretschmar und Horn einander gegenüber. Horn war heute absichtlich zu Hause geblieben, weil er die letzten Tage dieses höchst amüsanten Lebens in vollen Zügen genießen wollte. Denn sie hatten beschlossen, in einer Woche nach Berlin aufzubrechen, und dort war ein solches Vergnügen unvorstellbar – es wäre zu riskant. Horn saß auf einem Klappstuhl, völlig nackt. Als Folge seines täglichen Sonnenbades im Garten oder auf dem Dach (wo er, sanft heulend, eine Äolsharfe darstellte) war sein magerer, aber kräftiger Körper mit dem schwarzen Haar auf der Brust, das wie ein ausgebreiteter Adler geformt war, von kaffeegelber Farbe. Seine Fußnägel waren schmutzig und eingerissen. Er hatte gerade seinen Kopf unter den Wasserhahn in der Küche gehalten, so daß seine schwarzen Haare eng am Kopf lagen und glänzten. Zwischen den roten vorstehenden Lippen einen langen Grashalm, die behaarten Beine übereinandergeschlagen und das Kinn in die Hand geschmiegt, an deren Handgelenk Magdas Armband funkelte, ließ er seine Augen nicht von Kretschmars Gesicht, der ihn seinerseits genauso intensiv anzustarren schien. Kretschmar trug einen weiten, mausgrauen Morgenrock, und sein bärtiges Gesicht drückte qualvolle Spannung aus. Er lauschte – seit einiger Zeit hatte er nichts anderes getan als zu lauschen, und Horn wußte das und beobachtete aufmerksam, wie sich irgendwelche entsetzlichen Gedanken widerspiegelten, während sie über das Gesicht des Blinden liefen, und war davon begeistert, denn all das war ein wunderbarer Cartoon, eine Meisterleistung der Kunst des Cartoons. Daraufhin wollte Horn den Spaß noch weitertreiben: Er schlug sich leise aufs Knie, und Kretschmar, der gerade die Hand zu seiner gerunzelten Stirn erhoben hatte, verharrte unbeweglich mit aufgerichtetem Arm. Dann beugte sich Horn langsam vor und berührte diese Stirn sehr sanft mit dem Rispenende des Grashalms, an dem er gerade gesaugt hatte. Kretschmar seufzte seltsam abgehackt und scheuchte die eingebildete Fliege weg. Horn kitzelte seine Lippen – erneut die scheuchende Geste. Dies war wirklich komisch. Plötzlich bewegte sich der Blinde abrupt und und horchte auf. Horn wandte den Kopf und sah durch die Glastür einen irgendwie bekannt wirkenden Dicken mit rotem Gesicht und einer Autobrille über den Augenbrauen, der auf dem Steinplatz der Veranda vor Verwunderung erstarrt war.

Horn sah ihn an, legte die Finger an die Lippen und wollte ihm noch ein Zeichen machen, daß er sofort zu ihm herauskommen werde, doch der andere stieß die Tür auf und trat in das Wohnzimmer.

«Natürlich kenne ich Sie. Sie heißen Horn», sagte Max schwer atmend und fixierte diesen nackten Mann, der kicherte und noch immer den Finger an die Lippen hielt und sich seiner abstoßenden Nacktheit nicht im geringsten schämte. Kretschmar hatte sich inzwischen erhoben, die rötliche Farbe seiner Narbe schien sich über die ganze Stirn ergossen zu haben, und er begann plötzlich zu schreien, völlig sinnlos zu schreien, und erst nach und nach formten sich Worte aus diesem Mischmasch von Tönen, die sich dem tiefsten Innern seiner Brust entrangen. «Max, ich bin allein hier», schrie er. «Max, sag, daß ich hier allein bin. Horn ist in Amerika, Horn ist nicht hier, ich flehe dich an. Ich bin doch völlig blind.» – «Dummkopf», sagte Horn, winkte ab und lief zu der Tür, die zur Treppe führte. Max griff sich den Stock, der neben dem Sessel auf dem Boden lag, holte Horn ein – Horn drehte sich um, die Hände ausgestreckt – und Max, der gutmütige Max, der nie im Leben ein lebendes Wesen geschlagen hatte, versetzte Horn mit aller Kraft einen Stockhieb genau überm Ohr auf den Kopf. Der andere sprang zurück, nach wie vor kichernd – und plötzlich geschah etwas sehr Bemerkenswertes: Wie Adam nach dem Sündenfall bedeckte Horn, an die weiße Wand gestützt, seine Blöße mit der Hand. Max stürzte wieder auf ihn zu, aber der Nackte wich aus und lief die Treppe hinauf. In diesem Augenblick fiel jemand Max in den Rücken. Es war Kretschmar – er schrie und hielt einen marmornen Briefbeschwerer in der Hand. «Max», keuchte er, «Max! Mir ist alles klar, gib mir meinen Mantel, schnell, gib ihn mir, er hängt im Schrank dort!» – «Den gelben?» fragte Max, nach Luft ringend. Kretschmar fand in der Tasche sofort, was er suchte, und hörte auf zu kreischen.

«Ich bringe dich unverzüglich von hier weg», sagte Max. «Zieh deinen Morgenrock aus und nimm diesen Mantel. Laß diesen Briefbeschwerer. Komm, ich helfe dir ... Es ist ungeheuerlich, was die hier mit dir gemacht haben. Da ... Nimm meine Mütze – es macht nichts, daß du nur Hausschuhe anhast. Bloß weg von hier, bloß weg, Bruno, ich habe da unten ein Auto – zuallererst mußt du aus dieser Folterkammer heraus!»

«Nein», sagte Kretschmar, «nein. Ich muß erst noch mit ihr sprechen – sie soll ganz, ganz nah zu mir herankommen. Sie ist gleich zurück, laß uns auf sie warten. Ich will es, Max. Es dauert nicht lange.»

Aber Max schob ihn auf die Veranda hinaus, dann in den Garten, und als er von dort sein Auto unten auf dem Weg sah, brüllte er und winkte dem Chauffeur herzukommen. «Sie soll nur zu mir herkommen», wiederholte Kretschmar, «ganz nahe. Um Gottes willen, Max, sag es mir. Ist sie vielleicht schon zurück? Geht sie vielleicht neben uns her?»

«Nein, Bruno, beruhige dich. Bitte, wir wollen gehen. Hier ist niemand, nur dieser Nackte schaut aus dem Fenster. Komm, mein Lieber, komm.»

«Ich komme schon», sagte Kretschmar. «Aber du mußt mir sagen, wenn du sie siehst, vielleicht treffen wir sie unterwegs. Jage ihr bloß keinen Schreck ein, sie soll ruhig ganz dicht r-r-rankommen...»

Sie begannen den Pfad hinunterzugehen, aber nach wenigen Schritten wurde Kretschmar plötzlich ohnmächtig und stürzte nach hinten, und Max konnte ihn kaum halten. Außer Atem eilte der Taxifahrer hinzu. Zusammen trugen sie Kretschmar in den Wagen. Im gleichen Augenblick fuhr eine Droschke vor, und Magda sprang heraus. Sie rannte auf sie zu, schrie etwas, aber der Wagen wendete, überfuhr sie dabei fast, schoß sogleich vorwärts und verschwand in der Kurve.

Kapitel 37

Anneliese erhielt am Dienstag ein Telegramm aus Zürich, und Mittwoch abend gegen acht hörte sie Max' Stimme in der Diele und das Poltern eines Koffers gegen den Türrahmen, Schritte, Bewegung. Die Tür ging auf, und Max führte Kretschmar herein. Er war glatt rasiert, trug eine dunkelblaue Brille, auf seiner blassen Stirn war eine Narbe, der ungewohnte blaßlila Anzug war ihm zu groß. «Hier ist er», sagte Max ruhig, und Anneliese begann zu weinen und preßte ein Taschentuch an den Mund. Kretschmar verbeugte sich schweigend in Richtung auf das unterdrückte Schluchzen. «Komm mit, wir wollen uns die Hände waschen», sagte Max, während er ihn langsam durch das Zimmer führte.

Dann saßen sie zu dritt im Speisezimmer und aßen Abendbrot. Anneliese konnte sich nur schwer daran gewöhnen, ihren Mann anzuschauen. Es war ihr, als ob er ihren Blick trotz allem spürte. Die bekümmerte Feierlichkeit seiner langsamen Bewegungen und die Art, wie er in die Luft tastete, versetzten sie in eine ruhige Ekstase von Mitleid. Max sprach zu Kretschmar wie zu einem Kind und zerteilte ihm den Schinken in kleine Stücke.

Er erhielt Irmas früheres Kinderzimmer – Anneliese war selbst überrascht, daß es ihr so leicht fiel, den Schlummer jenes kleinen Raumes um dieses unerwarteten Bewohners willen zu stören, alles darin zu verändern und umzustellen, um es dem Blinden bequem zu machen.

Kretschmar sprach nicht. Zuerst, als sie noch in der Schweiz waren, bei der Abreise nach Berlin, hatte er freilich Max unaufhörlich mit drängender, fieberhafter Hartnäckigkeit gebeten, Magda zu einem kurzen Treffen kommen zu lassen – er hatte geschworen, daß diese letzte Begegnung nicht länger als eine Minute dauern würde; würde es denn wirklich viel Zeit in Anspruch nehmen, in die gewohnte Dunkelheit zu tasten, sie mit einer Hand festzuhalten, ihr den Lauf des Browning sogleich vor die Brust oder in die Seite zu rammen, zu schießen – einmal, noch einmal, bis zu siebenmal? Max hatte sich halsstarrig geweigert, seiner Bitte nachzukommen, und damals hatte er nichts mehr gesagt, war schweigend nach Berlin gefahren, schweigend angekommen und hatte danach auch während der nächsten drei Tage geschwiegen ... Deshalb bekam Anneliese auch seine Stimme nicht mehr zu hören – als sei er nicht nur blind, sondern auch stumm geworden.

Der schwarze, schwere Gegenstand, die Schatzkammer des Todes, lag in ein seidenes Cachenez gewickelt in den Tiefen seiner Manteltasche. Im Waschraum des Waggons eingeschlossen, hatte er den Browning in seine hintere Hosentasche umverlagert und von dort bei der Ankunft in seinen Koffer, und den Kofferschlüssel hielt er nachts in der Faust, doch gegen Morgen verlor er ihn im Laufe einer komplizierten und verworrenen Jagd, und als er erwachte, mußte er lange suchen, stöberte in dem undurchdringlichen Dunkel des Bettes herum und schloß, als er den Schlüssel endlich gefunden hatte, den Koffer auf und steckte den Browning wieder in seine Hosentasche, damit er ihn ein für allemal bei sich hatte.

Und er sprach immer noch kein Wort. Annelieses Gegenwart im Haus, ihre Schritte, ihr Flüstern (sie unterhielt sich aus irgendeinem Grund mit dem Dienstmädchen und mit Max im Flüsterton) waren letzten Endes genauso konventionell und geisterhaft wie seine Erinnerung an sie. Ja, eine huschende, nach Eau de Cologne duftende Erinnerung – weiter nichts. Das wirkliche Leben, grausam, geschmeidig und muskulös wie eine Schlange, jenes Leben, das er unverzüglich töten mußte, war irgendwo anders – aber wo? Unbekannt. Mit außerordentlicher Deutlichkeit sah er sie und Horn – beide flink und wendig, mit schrecklichen, leuchtenden Glotzaugen – nach seiner Abfahrt die Koffer packen, sah Magda züngeln und sich zwischen den offenen Gepäckstücken winden, während sie Horn küßte, und dann gingen beide fort – aber wohin, wohin? Eine Unzahl von Städten und vollkommene Dunkelheit.

Drei schweigende Tage vergingen. Am vierten, frühmorgens, ergab es sich, daß er zufällig ohne Aufsicht war: Max war gerade zur Arbeit gefahren, Anneliese, die die ganze Nacht nicht geschlafen hatte, war noch nicht aus ihrem Schlafzimmer gekommen. Kretschmar wanderte in der Wohnung umher, von ruhelosem Tatendrang geplagt, betastete die Möbel und die Türrahmen. Seit geraumer Zeit läutete das Telephon im Arbeitszimmer, und das erinnerte ihn, daß es in Berlin Verlage gab, mit denen jener Unsichtbare assoziiert war, gemeinsame Bekannte, die Möglichkeit, etwas zu erfahren – aber Kretschmar konnte sich auf keine einzige Telephonnummer besinnen, alles war irgendwo aufgeschrieben, nichts war im Gedächtnis haftengeblieben. Das Läuten schwoll drängend an und verebbte wieder. Kretschmar nahm den unsichtbaren Hörer ab und hielt ihn ans Ohr. Eine männliche Stimme, die ihm vage bekannt vorkam, fragte nach Herrn Hohenwart – das heißt, nach Max. «Er ist nicht zu Hause», antwortete Kretschmar. «Ach so.» Die Stimme stockte und sagte plötzlich munter: «Nanu, sind Sie es, Herr Kretschmar?» – «Ja, genau, und wer sind Sie?» – «Schiffermüller. Ich rufe aus folgendem Grund an. Ich habe gerade bei Herrn Hohenwarts Büro angerufen, aber er ist noch nicht da.

Deshalb dachte ich, ich könnte ihn zu Hause erreichen. Was für ein Glück, daß ich Sie bekommen habe, Herr Kretschmar! Wahrscheinlich ist es ganz in Ordnung, aber ich hielt es für meine Pflicht ... Sehen Sie, Fräulein Peters ist gerade gekommen, um ihre Sachen zu holen. Ich habe sie in Ihre Wohnung gelassen, aber ich weiß nicht recht... Vielleicht gibt es irgendwelche Verfügungen ...» – «Geht in Ordnung», sagte Kretschmar und bewegte mit Anstrengung seine wie von Kokain gefühllosen Lippen. «Was haben Sie gesagt?» – «Geht in Ordnung», wiederholte Kretschmar. «Verzeihen Sie, ich höre Sie nicht richtig.» – «Geht in Ordnung», wiederholte Kretschmar kaum deutlicher und legte mit zitternder Hand auf.

Wie durch ein Wunder gelangte er ohne irgendwo anzustoßen in den Gang und versuchte, Hut und Stock zu finden, aber das dauerte zu lange und war zu kompliziert. Indem er hastig die Stufenkanten mit den Fußsohlen ertastete, die Hand über das Geländer gleiten ließ, dabei auf den Treppenabsätzen ungeschickt mit den Knien einknickte und fieberhaft «in Ordnung, in Ordnung» wiederholte, ging Kretschmar hinunter und befand sich plötzlich auf der Straße. Etwas Winziges, Feuchtes stichelte ihm sogleich auf die Stirn. Er bewegte sich, indem er sich an dem glitschigen Eisen des Vorgartenzauns entlanghangelte, und horchte, ob nicht ein Taxi vorbeikäme. Bald hörte er gemächliches, feuchtes Reifensirren. Kretschmar stieß einen Schrei aus. Das Sirren entfernte sich achtlos. «Ach, das muß schneller gehen», murmelte er.

«Darf ich Ihnen hinüberhelfen?» fragte eine freundliche weibliche Stimme direkt neben ihm. «Um Himmels willen, besorgen Sie mir einen Wagen», sagte Kretschmar.

Das Geräusch eines Motors, Sirren. Jemand half ihm beim Einsteigen. Jemand schlug die Tür zu. «Geradeaus, geradeaus», sagte Kretschmar leise, und sobald der Wagen sich in Bewegung gesetzt hatte, beugte er sich vor, klopfte mit dem Finger an die Scheibe und nannte die Adresse.

Am besten die Kurven zählen. Die erste – das muß die Motzstraße sein. Links knirschte und klingelte eine Straßenbahn. Kretschmar fuhr plötzlich, durch den Gedanken beunruhigt, daß jemand mit ihm eingestiegen sein könnte, mit der Hand über den Sitz neben sich, die Rücklehne vor ihm und den Boden. Wieder eine Kurve. Das mußte der Viktoria-Luise-Platz sein. Oder der Prager Platz? Gleich kommt die Kaiserallee. Sie hielten an. Waren sie etwa schon angekommen? Das kann nicht sein, es ist nur eine Kreuzung. Es sind bestimmt noch fünf Minuten ... Aber die Tür ging auf. «Bitte sehr», sagte die Stimme des Taxifahrers. «Nummer sechsundfünfzig.»

Kretschmar trat auf den Bürgersteig hinaus. Durch die Luft vor ihm erhob sich frohgemut eine vollständige Ausgabe der Stimme, die er gerade am Telephon gehört hatte. Schiffermüller, der Hausmeister, sagte: «Was für eine Überraschung, freut mich, Herr Kretschmar. Fräulein Peters ist oben in Ihrer Wohnung, sie...» – «Leiser, leiser», murmelte Kretschmar. «Bezahlen Sie bitte eben. Meine Augen sind...» Sein Knie stieß gegen etwas Klingelndes und Wackelndes – vielleicht ein Kinderfahrrad. «Nun führen Sie mich schon ins Haus», sagte er. «Geben Sie mir den Schlüssel zu meiner Wohnung. Schnell, bitte. Und nun bringen Sie mich zum Fahrstuhl. Machen Sie schon. Nein, nein, Sie können unten bleiben. Ich fahre allein hinauf. Ich drücke selbst den Knopf...»

Der Fahrstuhl stöhnte sanft, es wurde ihm leicht schwindelig, dann stieß er mit den Fersen auf und war angekommen.

Er stieg aus, machte einen Schritt, aber da er sich in der

Richtung leicht verschätzt hatte, trat er mit einem Fuß in einen Abgrund, nein, keinen Abgrund, sondern nur hinunter auf die nächste Treppenstufe, und er setzte sich unwillkürlich hin. «Es ist rechts, weiter rechts», flüsterte er, und mit vorgestreckten Händen gelangte er zur Tür. Er bemühte sich, nicht zu sehr zu kratzen und zu rasseln, fand das Schlüsselloch, steckte den Schlüssel hinein, drehte ihn um, und da war das bekannte Liedchen der sich öffnenden Tür.

Links, ja, da links – in dem kleinen Ecksalon war ein munteres Rascheln von Papier und dann ein ganz leises Knacken zu hören, wie von den Gelenken eines Menschen, der in die Hocke geht. «Ich brauche Sie in einer Minute, Herr Schiffermüller», sagte Magdas Stimme. «Sie müssen mir helfen, dieses Dings zu tragen...» Die Stimme brach ab. ‹Sie hat mich gesehen›, dachte Kretschmar und zog die Pistole aus der Tasche. Von links aus dem Zimmer schnappte etwas schwer, und Magda plapperte und fuhr im Singsang fort: «... alles das runterzutragen. Oder vielleicht könnten Sie bitte...» Bei dem Wort «bitte» schien sich ihre Stimme umzuwenden, und es wurde still.

Kretschmar, der den Browning in der rechten Hand hielt, fühlte mit der linken den Pfosten der offenen Tür, trat ein, warf die Tür hinter sich zu und lehnte sich mit dem Rücken dagegen.

Die Stille hielt an. Er wußte, daß er mit Magda allein im Zimmer war und daß es nur einen Ausgang hatte – den einen, den er versperrte. Er konnte das Zimmer deutlich sehen, beinahe wie mit den eigenen Augen: links das gestreifte kleine Sofa, an der rechten Wand ein kleiner Tisch mit der Porzellanballerina, in der Ecke am Fenster die Vitrine mit den kostbaren Miniaturen, in der Mitte ein zweiter Tisch und ein wenig entfernt zwei gestreifte Stühle.

Mit ausgestreckter Hand begann er den Browning vor sich

hin- und herzubewegen, während er versuchte, ein klärendes Geräusch auszumachen. Sein Gespür verriet ihm im übrigen, daß Magda irgendwo bei dem Glasschrank mit den Miniaturen war – von dort kam irgendein Hauch von stechend parfümierter Wärme, und etwas zitterte dort, wie die Luft bei Hitze flirrt. Er engte den Winkel ein, den er mit der Mündung beschrieb, und plötzlich vernahm er ein leises Quietschen. Schießen? Nein, es war noch zu früh. Er mußte viel dichter an sie herankommen. Er stieß gegen einen Tisch und blieb stehen. Die stechende Wärme zog irgendwo vorbei, aber er konnte das Geräusch des Vorbeiziehens wegen des Donnerns und Krachens seiner eigenen Schritte nicht erhaschen. Ja, jetzt war sie weiter links, nahe am Fenster. Er sollte die Tür hinter sich verschließen, dann wäre er freier. Es fand sich kein Schlüssel. Da hielt er sich an der Kante des Tischs fest und zog ihn zur Tür. Wieder zog die Wärme vorbei, verengte sich und wurde schwächer. Er versperrte die Tür und begann den Browning wieder umherzuschwenken, und wieder fand er in der Dunkelheit einen lebenden, zitternden Punkt. Nun bewegte er sich leise vorwärts, versuchte dabei nicht mit den Sohlen zu quietschen, um sein Gehör nicht zu stören. Er stolperte gegen etwas Hartes, und ohne den Browning abzusetzen, untersuchte er den Gegenstand. Es war ein kleiner Koffer. Er schob ihn nach links zum Sofa und ging wieder entlang der Diagonalen des Zimmers, die unsichtbare Beute in die Ecke treibend. Sein Gehör und sein Tastsinn waren so geschärft, daß er sie jetzt ganz genau spüren konnte. Es war nicht ihr Atem, nicht ihr Herzschlag, sondern mehr ein allgemeiner Eindruck, die Stimme des Lebens selbst, die gleich im nächsten Augenblick erstickt werden würde, und dann würde Ruhe einkehren, Klarheit, Befreiung vom Dunkel... Doch da spürte er unversehens ein Nachlassen in jener Ecke – er schwenkte die Pistole zur Seite, und die Ecke füllte sich wieder mit der warmen Anwesenheit. Danach schien sie sich abzusenken, diese Anwesenheit, sie ließ sich nieder, immer tiefer, dann kroch sie, streckte sich am Boden entlang. Kretschmar konnte sich nicht länger beherrschen und drückte den Abzug durch. Der Schuß zerriß förmlich die Dunkelheit, und sofort darauf bäumte sich etwas auf und schlug ihm gleichzeitig an Kopf, Schulter und Brust. Er fiel hin, verhedderte sich – womit? – im Stuhl, dem fliegenden Stuhl. Beim Fallen verlor er den Browning, ertastete ihn sofort wieder, spürte aber gleichzeitig ein schnelles Atmen, und eine kalte, flinke Hand versuchte zu schnappen, was er selbst geschnappt hatte, und Kretschmar packte etwas Lebendes, etwas Seidiges, und plötzlich – ein unglaublicher Aufschrei, als würde jemand gekitzelt, nur schlimmer, und gleich darauf: ein Dröhnen in den Ohren und ein unerträglicher Stoß in die Seite, wie weh das tut, ich muß einen Augenblick ganz ruhig sitzen, sitzen und dann leise über den Sand zu der blauen Welle gehen, zu der blauen, nein, zu der blauroten Welle mit den goldglänzenden Adern, wie gut das tut, Farben zu sehen, sie strömen, strömen, füllen den Mund, oh, so weich, so erstickend, ich halte es nicht länger aus, sie hat mich getötet, was hat sie für vorstehende Augen, Basedowsche Krankheit, ich muß trotzdem aufstehen, gehen, aber ich sehe ja alles – was heißt Blindheit? warum wußte ich nicht früher... aber ich ersticke, es gurgelt, es darf nicht gurgeln, noch einmal, noch – hinüberkriechen, nein, ich kann nicht...

Er saß mit gesenktem Kopf auf dem Boden, dann kippte er langsam nach vorn und fiel gebeugt auf eine Seite.

Stille. Die Tür weit zur Diele geöffnet. Der Tisch fortgeschleudert, der Stuhl liegt neben dem toten Körper eines Mannes im blaßlila Anzug. Der Browning ist nicht zu sehen – er liegt unter ihm. Auf dem Tischchen, wo einmal, zu Annelieses Zeiten, eine Porzellanballerina weiß geschimmert hatte (sie wurde später in ein anderes Zimmer geschafft), liegt ein nach außen gewendeter Damenhandschuh. Neben dem gestreiften Sofa steht ein schickes kleines Köfferchen mit einem bunten Etikett: «Solfi, Hôtel Adriatique». Die Tür vom Flur zum Treppenhaus steht ebenfalls weit offen.

Literaturhinweise

Gelächter im Dunkel
(Camera obscura / Laughter in the Dark)

Appel, Alfred, Jr.: *Nabokov's Dark Cinema*. New York (Oxford University Press) 1974

Buhks, Nora: «‹Volshebnyi fonar› ili ‹Kamera obskura› – kino-roman V. Nabokova». *Cahiers du Monde Russe* (Montrouge), 33 (2–3), Apr–Sep 1992, S. 181–206

Connolly, Julian W.: «Laughter in the Dark». In: *The Garland Companion to Vladimir Nabokov* (Hg. Vladimir E. Alexandrov), New York (Garland) 1995, S. 214–226

Medaric-Kovacic, Magdalena: «Nabokov's *Kamera obskura* as an Avant-Garde Ornamental Novel». *Canadian-American Slavic Studies* (Vancouver, British Columbia), 19 (3), Fall 1985, S. 314–327

Raguet-Bouvart, Christine: «Textual Regeneration and the Author's Progress». *Cycnos* (Nice), 10 (1), 1993, S. 91–97

Raguet-Bouvart, Christine: «Les métamorphoses du corps: De *Camera Obscura* à *Laughter in the Dark* de Vladimir Nabokov». In: *Le corps dans tous ses états* (Hg. Marie Claire Rouyer). Talence (Presses universitaires de Bordeaux) 1995, S. 227–236

Schuman, Sam: «*Laughter in the Dark* and *Othello*». *The Nabokovian* (Lawrence, MO), Spring 1988, 20, S. 17–18

Schuman, Sam: «‹Red Rocks› in *Laughter in the Dark* and *Lolita*». *Notes on Contemporary Literature* (Carrollton, GA), 18 (3), May 1988, S. 7–8

Seifrid, Thomas: «Nabokov's Poetics of Vision, or What *Anna Karenina* is Doing in *Kamera obskura*». *Nabokov Studies* (Davidson, NC), 3, 1996, S. 1–12

Stuart, Dabney: «*Laughter in the Dark*: Dimensions of Parody». *TriQuarterly* (Evanston, IL), 17, Winter 1970, S. 72–95

Verzweiflung (Ottschajanije / Despair)

Arana, R. Victoria: «‹The Line Down the Middle› in Autobiography: Critical Implications of the Quest for the Self». In: *Fearful Symmetry: Doubles and Doubling in Literature and Film* (Hg. Eugene J. Crook). Tallahassee, FL (University Press of Florida) 1982, S. 125–137

Carroll, William C.: «The Cartesian Nightmare of *Despair*». In: *Nabokov's Fifth Arc* (Hg. J. E. Rivers, Charles Nicol). Austin, TX (University of Texas Press) 1982, S. 82–104

Chouard, Géraldine: «*La Méprise*: mirages de la désespérance.» *Q/W/E/R/T/Y*, 5, Oct 1995, S. 259–268

Connolly, Julian W.: «The Function of Literary Allusion in Nabokov's *Despair*». *Slavic and East European Journal* (Madison, MD), 26, 1982, S. 302–331

Connolly, Julian W.: «Dostoevsky and Vladimir Nabokov: The Case of *Despair*». In: *Dostoevsky and the Human Condition After a Century* (Hg. Alexej Ugrinsky, Frank S. Lambasa, Valija Ozolins). New York (Greenwood Press) 1986, S. 155–162

Couturier, Maurice: «Dédoublement et doublures dans

Despair». In: Déborah Léevy-Bertherat (Hg.): *Le Double, l'ombre, le reflet*. Paris (Opéra Editions) 1996

Grayson, Jane: *Nabokov Translated: A Comparison of Nabokov's Russian and English Prose*. Oxford (Oxford University Press) 1977

Davydov, Sergej: «*Despair*». In: *The Garland Companion to Vladimir Nabokov* (Hg. Vladimir E. Alexandrov). New York (Garland), 1995, S. 88–101

Kimney, John: «The Three Voices of Nabokov's *Despair*». *Russian Language Journal*, 34 (119), 1980, S. 101–108

Kockel, Richard: «Eine neue Methode des Versicherungsbetrugs: Der Fall Tetzner». *Deutsche Zeitschrift für die gesamte Gerichtliche Medizin* (Berlin), 21 (2–3), 1933, S. 112–119

Liebermann v. Sonnenberg, Erich/Otto Trettini: *Kriminalfälle*. Berlin (Universitas) 1934

Melnikow, Nikolaj: «Kriminalnyj schedewr Wladimira Nabokowa i Germana Karlowitscha (o twortscheskoj istorii romana W. Nabokow ‹Ottschajanije›.» *Wolschebnaja gora* (St. Petersburg), 2, 1994

Normanton, Helena (Hg.): *Trial of Alfred Arthur Rouse*. Edinburgh (Hodge) 1931

Proffer, Carl R.: «From *Otchaianie* to *Despair*». *Slavic Review* (New York), 27, 1968, S. 258–267

Rosenfeld, Claire: «*Despair* and the Lust for Immortality». In: *Nabokov: The Man and His Work* (Hg. L. S. Dembo). Madison, WI (University of Wisconsin Press) 1967, S. 66–84

Ruppert, Peter: «Fassbinder's *Despair*: Hermann Hermann through the Looking Glass». *Post-Script: Essay in Film and the Humanities* (Commerce, TX), Winter 1984, 3 (2), S. 48–64

Sartre, Jean-Paul: «Vladimir Nabokov: *La Méprise*». In: *Situations I*, Paris (Gallimard) 1947, S. 58–61

Schapira, Marie-Claude: «Le ‹faux-double› dans La Méprise». *Q/W/E/R/T/Y, 5*, Oct 1995, S. 279–284

Schuman, Sam: «‹Despair and Die›: A Note on Nabokov and
Shakespeare's Tragedies.» *Notes on Contemporary Literature*
(Carrollton, GA), 12 (1), Jan 1982, S. 11–12

Suagee, Stephen: «An Artist's Memory Beats All Other
Kind: An Essay on *Despair*». In: *A Book of Things about Vladimir Nabokov* (Hg. Carl R. Proffer). Ann Arbor, MI (Ardis)
1974, S. 54–62

Thorwald, Jürgen: *Das Jahrhundert der Detektive*. Zürich
(Droemer) 1964

Inhalt

Gelächter im Dunkel   5

Verzweiflung   273

Vorwort zur englischsprachigen Ausgabe   546

Nachwort des Herausgebers   555

Camera obscura   583

Literaturhinweise   809

Vladimir Nabokov
Gesammelte Werke
Herausgegeben von Dieter E. Zimmer

Editionsplan

1 Frühe Romane I (*Maschenka; König Dame Bube*)*
2 Frühe Romane II (*Lushins Verteidigung; Der Späher; Die Mutprobe*)*
3 Frühe Romane III (*Gelächter im Dunkel; Verzweiflung; Camera obscura*)*
4 *Einladung zur Enthauptung*
5 *Die Gabe*
6 *Das wahre Leben des Sebastian Knight*
7 *Das Bastardzeichen*
8 *Lolita*
9 *Pnin*
10 *Fahles Feuer*
11 *Ada*
12 Späte Romane (*Durchsichtige Dinge; Sieh doch die Harlekine!*)
13 Erzählungen I (1921–1934)*
14 Erzählungen II (1935–1951)*
15 Dramen; *Lolita*-Drehbuch
16 *Nikolaj Gogol*
17 *Vorlesungen über russische Literatur*
18 *Vorlesungen über europäische Literatur*
19 *Vorlesungen über Don Quijote*
20 Deutliche Worte*
21 Interviews und Essays
22 *Erinnerung, sprich*
23 *Briefwechsel mit Edmund Wilson*
24 Briefe

* bereits erschienen